A E
& I

Los perseguidos

Autores Españoles e Iberoamericanos

Esta novela obtuvo el Premio Azorín de Novela 2023,
concedido por el siguiente jurado:
Juan Eslava Galán, Luz Gabás, Reyes Calderón,
Carlos Ferrer, Juan Ramón Torregrosa,
Belén López Celada y Amparo Koninckx Frasquet,
secretaria general de la Diputación Provincial,
que actuará como secretaria sin voto.

La Diputación Provincial de Alicante y Editorial Planeta
convocan y organizan el Premio Azorín de Novela.
Editorial Planeta edita y comercializa la obra ganadora.

Fernando Benzo

Los perseguidos

Premio Azorín de Novela 2023

Planeta

Av. Diagonal, 662-664, 08034 Barcelona
www.planetadelibros.com

Diseño de la colección: Compañía

Primera edición: abril de 2023
Depósito legal: B. 4.952-2023
ISBN: 978-84-08-27000-3
Composición: Realización Planeta
Impresión y encuadernación: Unigraf, S. L.
Printed in Spain - Impreso en España

Certificado PEFC
Este libro procede de bosques gestionados de forma sostenible y fuentes controladas
PEFC
PEFC/14-38-00305
www.pefc.es

El papel utilizado para la impresión de este libro está calificado como **papel ecológico** y procede de bosques gestionados de manera **sostenible**.

Éramos los elegidos del sol
Y no nos dimos cuenta
Fuimos los elegidos de la más alta estrella
Y no supimos responder a su regalo

VICENTE HUIDOBRO, *Últimos poemas*

I

ANTES

Antes

Embistió el terraplén sin aflojar la velocidad. El Seat 124 se elevó durante unos segundos. El morro cabeceó como si fuese un caballo encabritado, las ruedas cayeron con pesadez y los bajos del coche sonaron a cascajo al chocar contra el suelo. La carrocería crujió y una nube de tierra pardusca lo envolvió impidiendo cualquier visión.

El Chungo soltó un aullido de placer. Se lo estaba pasando en grande. A su lado, Dardo dio tal bote que la cabeza le chocó contra el techo. En el asiento de atrás, Peyo perdió el equilibrio y cayó a un lado. Pareció que el coche iba a deshacerse en pedazos. Pero aguantó el arreón y siguió adelante, campo a través, dejando atrás una estela de polvo.

Tras ellos, apenas a unos metros, los dos Seat 131 de los polis dieron el mismo salto al toparse con el montículo de tierra. Se rehicieron más rápido que el 124 y, pronto, volvían a pisarles los talones. El Chungo había sacado el coche de la calle de un volantazo, saltando por la acera, buscando terreno libre, un descampado en el que tendrían más posibilidades de librarse de sus perseguidores que si seguían en el asfalto. Pero ni siquiera en aquel espacio abierto lograban dejarlos atrás.

El Chungo se echó a reír, con una risa idiota y salvaje.

—¡Pon la música! —gritó, el cuerpo echado hacia delante, la espalda separada del asiento, los ojos desbocados por las ganas, fijos al frente.

Dardo apoyaba una mano en el salpicadero y con la otra se agarraba al asidero de encima de la ventana tratando de mantener el equilibrio. El Chungo hacía zigzaguear al 124, buscaba levantar polvo para entorpecer la visión de los polis y sacarles ventaja con giros inesperados, consciente de que los coches policiales tenían un motor más potente y pronto les darían caza si se mantenía en línea recta.

—¿Qué quieres?

—¡Que pongas la música, joder! ¡Que sin música no sé conducir!

Dardo miró al Chungo. Saltaba a la vista que se estaba divirtiendo. Para el Chungo la vida era siempre como una escena de película. La música sonaba de fondo, los peligros eran de mentira, los policías eran panzones y torpes y siempre perdían, y ellos eran los buenos, los que nunca acababan ni en el talego ni con una bala en el corazón.

Dardo se mantuvo a duras penas erguido mientras metía el cartucho en el radiocasete del coche y el Chungo daba un par de volantazos más, uno a la derecha, otro a la izquierda. Un derrape, otro crujir de la chapa, la protesta de los neumáticos, Los Chichos empezaban a cantar. Detrás, Peyo había logrado incorporarse y se giraba para mirar a través del cristal trasero y de la polvareda que levantaban a su paso.

—Se nos están echando encima —dijo—. Nos alcanzan.

—Y una mierda —le respondió el Chungo—. Si tienes miedo, paro y te bajas.

—No digas gilipolleces.

—Pues no me toques los huevos y a callar, que soy yo el que conduce.

El Chungo repitió el aullido. Aún estaba de subidón. Se

había metido un par de pirulas de dexedrina. Se las había tomado allí mismo, sentado en el coche, a menos de cien metros de la ferretería. Él ya estaba en la heroína. Las pastillas eran para cuando iban a dar un palo. Y siempre dejaba bien claro que solo las tomaba para ponerse un poco a tono, para coger brío, que no valentía, que de eso no le faltaba. Dardo y Peyo se habían fumado un porro, un poco de grifa. El Chungo no tenía pastillas para los tres. Después de tragarse las pirulas, arrancó y recorrió el corto trecho, aparcó justo enfrente de la ferretería y se bajaron y entraron.

Había dos clientes, una pareja de abueletes. Peyo, navaja en mano, los empujó a una esquina de la tienda. A él le quitó el reloj, a ella le arrancó una cadenita del cuello. Confió en que ambas cosas fueran de oro. El Chungo le partió la nariz al dependiente de un puñetazo sin mediar palabra. Dardo saltó por encima del mostrador y vació la caja. Se metió los billetes a puñados en los bolsillos. Unas veinte mil pelas, anunció. Menuda mierda, protestó el Chungo, y desahogó su rabia dándole un segundo puñetazo en la cara al dependiente, que aún gimoteaba y se sorbía la sangre.

El abuelo, que estaba frente a Peyo, dijo con ánimo colaborador, casi como si le diese pena la frustración de aquellos chicos:

—Si ustedes quieren, les entrego mi cartera. Algo más habrá. Pero no nos hagan daño a mi señora y a mí, por favor.

La mujer, a su lado, miraba a Peyo con ojos de espanto.

El Chungo se olvidó del dependiente y fue junto a ellos.

—A ver esa cartera.

El abuelo solo llevaba quinientas pesetas.

—Menuda mierda —sentenció el Chungo, y lo rubricó dándole al viejo un puñetazo en la boca del estómago.

El hombre cayó de rodillas con un bufido ahogado. La mujer dio un grito de pánico.

—Pincha a la vieja —le dijo el Chungo a Peyo.

—Venga, no me jodas.

El Chungo se echó a reír.

—Cagao —le dijo, y se olvidó del asunto.

Apenas estuvieron tres o cuatro minutos en el establecimiento. Un trabajo fácil.

Corrieron hasta el coche y nada más arrancar aparecieron los dos zetas. Algún vecino los habría visto y había dado el aviso. Mejor. El Chungo gritó feliz. Disfrutaba más con la huida que con el palo en sí. Pisar acelerador, quemar rueda, llevar a la poli detrás, creerse Steve McQueen.

Se habían hecho con el 124 media hora antes. Peyo era al que mejor se le daba abrir los coches con una percha a través de una rendija en la ventanilla y arrancarlos después haciendo un puente con los cables. El Chungo solo había exigido que pillasen un coche en el que pudiese escuchar su cartucho de Los Chichos, que para animarse antes de un palo necesitaba tanto la música como las pirulas. La ferretería la había elegido Dardo, que se conocía bien aquella zona de Villaverde Alto. Cada uno tenía su tarea. Estaban organizados. El Chungo era el jefe de la banda y el que conducía. Dardo era el segundo, el cerebro, el que daba vueltas por ahí y luego volvía a los Recreativos Cosmos y decía dónde dar el palo. El de la ferretería parecía sencillo. Pero el resultado era decepcionante: veinte mil quinientas pesetas apenas daban para un gramo de heroína. Y de la mala, de la más adulterada. Aquella cantidad solo llegaría para cubrir las necesidades del Chungo. No quedaría nada de aquel escueto botín para el resto. Pero lo que más cabreaba a este era regresar a los Recreativos como un pringado. Le restaba autoridad ante los otros. Por eso le alegró más aún de lo habitual que apareciese la pasma. Por lo menos podría narrarles una buena persecución de coches.

El Chungo, a sus quince años, era un conductor temerario pero seguro. El 124 iba al máximo de su velocidad y los polis no lograban más que mantenerse a rebufo, sin lograr darle caza. Llevaban ya cerca de diez minutos de carrera. Sabía que tenía que arriesgar un poco más si quería perderlos. Dio otro volantazo y derrapó en la tierra. La parte trasera golpeó una piedra y el coche se levantó del golpe. Dardo volvió a dar con la cabeza en el techo y se cagó en sus muertos. El Chungo le miró.

—¿Prefieres conducir tú, enterao?

—¡Piérdelos de una vez, joder, que ya está bien de esto! —gritó Dardo para hacerse oír por encima de la música.

El Chungo aceleró. El descampado llegaba a su fin. El límite lo marcaban unas vías abandonadas que apenas sobresalían de la tierra. Se puso serio. La protesta de Dardo le había cortado el rollo.

—Vale —dijo de mala gana—, pues nos vamos.

El coche saltó por encima de las vías. Traqueteó adelante y atrás.

Fue un error. El Chungo no lo habría cometido de no haberle puesto de mala leche el quejica de Dardo.

El neumático trasero izquierdo estalló.

Al otro lado de las vías había un terraplén de pendiente pronunciada. Los dos coches de policía frenaron antes de atravesar las vías. Los agentes se quedaron dentro, viendo lo que ocurría. El 124 volcó, dio una vuelta de campana y acabó estrellándose contra el único árbol que crecía en mitad de la pendiente. El techo se hundió como si fuera de papel.

Por un instante el mundo se detuvo. Tan solo se movía el polvo levantado que volvía a asentarse con lentitud. Tan solo se oía a Los Chichos cantando que la vida no tiene sentido. Tierra, rumba y ningún movimiento.

Peyo abrió los ojos. El techo hundido apenas le permitía ver. La cara de Dardo asomó por entre el asiento delantero y la chapa.

—Cojonudo, Chungo —protestó—. Bien cagada.

Miró al Chungo. Vio su cabeza caída a un lado, la sangre brotándole a la vez de nariz y boca, las manos aferradas al volante doblado por el impacto de su cara contra él, los ojos abiertos sin mirada.

—¡Hostia, Peyo! ¡Vámonos de aquí!

Abrieron las puertas del coche a patadas y salieron como pudieron. Los agentes ya se acercaban, bajando el terraplén a pie, pistola en mano. Hubo tres disparos. Dardo y Peyo corrieron sin mirar atrás.

Los policías se detuvieron en mitad del terraplén. No merecía la pena seguir. Ni les acertarían desde allí ni serían capaces de alcanzarlos a la carrera. Otra vez se les habían escapado. No era algo que angustiase a los policías. Antes o después, esos dos chicos, fueran quienes fuesen, acabarían cayendo. Todos caían tarde o temprano. Por eso no les importaba demasiado cuando se escapaban. Solo era cuestión de paciencia.

Los cuatro agentes contemplaron a Peyo y Dardo alejarse a la carrera y, más cerca, al coche estrellado contra el árbol. Del capó salía una estrecha nube de humo grisáceo, se oía a Los Chichos cantar y, en el asiento del conductor, les esperaba el cadáver de un chico que ya no cumpliría los dieciséis.

Ahora

Son una docena de periodistas desperdigados por las butacas de la sala de prensa del Ministerio del Interior. Ninguno confía en que se vaya a dar una noticia interesante. No se respira la expectación previa de esas veces en las que se espera un gran anuncio. Es una convocatoria rutinaria. Venta de logros. Hay que cubrirlo, pero sin entusiasmo.

El ministro se presenta en la sala con puntualidad. Le siguen el jefe de Gabinete, el jefe de Prensa, un ayudante de protocolo y un par de asesores. Luis Cáceres, el ministro, entra meneando el cuerpo con sus andares característicos, que le dan un cierto aire de guaperas de discoteca, de galán de verbena. Aún no ha cumplido los cuarenta y cinco. Transmite seguridad. Se le adivina convencido del poder seductor de su cuerpo estilizado, su mentón firme, su mirada viva y hasta de sus ojeras de ministro. Sus detractores le desprecian calificándolo de «aparatero», de ser un tipo «muy de partido» que suple sus carencias intelectuales con una curtida habilidad para la conspiración política. Para estos, el cargo le viene grande y es evidente que acabará siendo uno de esos ministros que los ciudadanos olvidan nada más dejar el cargo y a los que las crónicas históricas apenas reservan una línea con punto y seguido. Sus defensores resaltan su habilidad para salir siempre airoso en el duelo político, el estudiado despliegue de carisma y cercanía con el que se mete en el bolsillo a votantes y medios y, sobre todo, eso tan necesario en el fango político que es una ambición libre de límites o remilgos, lo que los lleva a augurarle un futuro de altos vuelos.

Dani, sentada en la cuarta fila, le mira sin interés. Ha oído decir de él que es un seductor discreto pero pertinaz, un mujeriego irredento con un éxito legendario. La erótica del poder debe de ser, se dice. Basta verle para saber que es de esos que solo quieren a su lado a una mujer para que les diga cada cinco minutos lo listos que son. Una pereza. Ha salido con un buen puñado de tipos así en su vida. De hecho, podría decir que atraerlos es su especialidad.

Espera con paciencia a que Cáceres presente su catálogo de ventas: bajada de los índices de criminalidad, reducción de la población reclusa, inversiones en nuevos equipamientos para policía y Guardia Civil... Los miembros de su equipo, sentados en la primera fila, asienten rítmicamente, complacidos. El ministro trata de reforzar la envergadura de sus anuncios con frases oídas una y mil veces, tópicos repetidos por sus antecesores que también repetirán sus sucesores: una eficacia de las políticas de seguridad como nunca se había visto en nuestra democracia, un paquete de medidas que blablablá, un esfuerzo de inversión que blablablá, este Gobierno demuestra así su firme compromiso con blablablá. Humo. Queda claro: está matando el mono de salir en los medios.

Se abre turno de preguntas. Dani no levanta la mano. El resto de los periodistas van recibiendo del responsable de protocolo el micrófono para hacer la suya. Dani observa a sus colegas. Una mayoría abrumadora de mujeres. Y todas más jóvenes que ella. Tiene treinta y seis años, pero de pronto se siente como si tuviese ochenta y seis. Le parece ayer mismo cuando todavía era una becaria o, después, cuando ya le hicieron contrato y tuvo que seguir tragándose ruedas de prensa soporíferas como aquella, las que despreciaban los más veteranos de la redacción. Al ver a esas chicas se siente vieja, aunque también da gracias al cielo por no tener que pasar por semejante calvario. Salvo cuando persigue algo muy concreto, como esa mañana.

Ocurre lo habitual: las preguntas no se refieren al relato sobre la eficaz gestión del ministro. Los periodistas van a lo suyo. Preguntas de actualidad. Cataluña, elecciones en Francia, rumores de crisis de Gobierno. El ministro intenta que no se le note el hastío. Le resulta frustrante montar aquella rueda de prensa para vender su brillante gestión y acabar teniendo que hablar, para variar, de catalanes y franceses.

Para los becarios desperdigados por las filas de asientos, aquello es como pescar. Lanzas la caña a ver si hay suerte y aparece algo más apetecible que tener que volver a titular con índices variados de asesinatos, robos o agresiones domésticas. El ministro esquiva el tiroteo. Congela su sonrisa de político y va contestando con un tono de tranquila indiferencia. Todo va bien: el Gobierno es una maravilla, el presi es una maravilla, yo soy una maravilla, la vida es una tómbola...

Por fin, antes de llegar a la decena de preguntas, ministro y periodistas parecen comprender que aquello ya no da más de sí. Ignacio Montes, el jefe de Prensa, se levanta, da por terminada la comparecencia y agradece a todos los presentes su asistencia e interés. El ministro Cáceres repite el agradecimiento, baja de la tarima y sale de la sala seguido por su séquito.

Dani se levanta y va tras ellos.

Llama al ministro. Este se vuelve y Montes se apresura a susurrar algo a su oído. El nombre y el medio al que pertenece aquella periodista que se salta las reglas y osa interrumpirle, imagina ella. A cualquiera de los becarios el jefe de Prensa le habría dicho que ya habían concluido y el ministro y su comitiva habrían seguido su camino. A Dani no. Tal vez Montes también le ha susurrado su apellido y el añadido habitual: hija de quien es, mejor tratarla bien.

Dani odia eso, la utilidad del apellido, sacarle partido. Pero si eso sirve para que el ministro la atienda, mejor aprovecharse.

—Tengo un poco de prisa. ¿Qué quiere, Daniela? —le dice Cáceres con falsa familiaridad, como si ella no supiese que le acaban de soplar su nombre.

Dani sonríe con igual falsedad.

—Señor ministro, quería pedirle una entrevista. Me gustaría tener con usted una charla tranquila, de tú a tú. Tal vez tomándonos un café.

—Así dicho, parece que me está pidiendo más una cita que una entrevista.

Lo dice con evidente coquetería. Dani no le sigue.

—Tengo afición a los secretos. Y estoy segura de que usted debe de tener unos cuantos que quizá le pueda interesar contarme.

—¿Me está pidiendo que sea su fuente, Daniela? Hay que ser muy osada para pedirle algo así a un ministro.

—A un político puede interesarle, en un momento dado, contar algunas cosas. El motivo que pueda tener para ello me da igual siempre que la historia sea atractiva. Lo único que le pido es que, el día que se sienta hablador, cuente conmigo para escucharle.

Cáceres, entre divertido e incómodo, echa un rápido vistazo a Montes, su jefe de Prensa.

—Tal vez algún día nos tomemos un café —le dice después a Dani buscando librarse de ella—. Pero no será para hablar de secretos.

—Entonces le haré una petición más directa. —Dani abandona la pose ingenua—. ¿Puede decirme algo sobre los rumores en torno a Zoran Lazic?

El ministro Cáceres pone una expresión de confusión bastante convincente.

—¿Y quién es ese?

—Un ilustre inquilino de la cárcel de Estremera. Lograron detenerle hace poco en el aeropuerto del Prat. En los mundos del crimen organizado se le conoce también como «el Vampiro de Nis».

Cáceres no cambia el gesto.

—Buen apodo, sí, señor. ¿Y por qué debería conocerle?

Dani lo suelta todo como una ráfaga de metralleta:

—Porque es el jefe de la mayor organización criminal internacional que opera en nuestro país. Y porque corre el rumor de que desde este ministerio se le ha pedido a la Fiscalía General del Estado que negocie con él un trato secreto por el que se rebajaría la gravedad de los delitos que pueden imputarle a cambio de que él no haga pública toda una larga lista de miembros corruptos del Cuerpo Nacional de Policía y de la Guardia Civil.

Al ministro le tiembla el labio superior. Es solo un espasmo. Casi imperceptible.

Dani lo percibe. Eso es todo lo que había ido a buscar. Esa milésima de segundo. Objetivo cumplido.

Cáceres recupera una moderada displicencia en su expresión, pero ahora su voz suena mecánica, rutinaria.

—No tengo ni idea de lo que me está hablando.

—Le hablo de corrupción policial y de pactos con mafiosos, señor ministro.

Los ojos de Cáceres se enfrían y ya no se molesta en aparentar cercanía.

—Tenga usted un buen día, señorita.

El ministro da media vuelta y retoma su camino.

Del grupo se descuelga Ignacio Montes, el jefe de Prensa, que permanece quieto, la mirada clavada en Dani, la ira mal contenida.

—¿Se puede saber a qué ha venido eso?

—Ya me has oído. Corren rumores.

—Y una mierda rumores, Dani. Los dos sabemos de dónde te has sacado esto. Ya he oído lo de ese nuevo novio que tienes.

—No hago declaraciones sobre mi vida privada.

—Eres muy graciosa, Dani.

Montes no es como su jefe. No se molesta en fingir amabilidad.

—¿Te crees que puedes presentarte aquí a chantajear al ministro del Interior? ¿O te cuenta algún secreto interesante o le acusas de andar en tratos con un mafioso serbio? ¿De eso vas?

—¿Cómo sabes que es serbio? No lo he mencionado.

El labio superior de Montes también tiembla, pero él no lo disimula.

—Sé dónde está la ciudad de Nis, lista de los cojones.

—Eres un hombre erudito, Ignacio.

—¿A esto te dedicas ahora? ¿A la extorsión?

—Me dedico a algo llamado «periodismo». ¿Recuerdas aún lo que era?

Se miran en silencio. Se conocen desde hace años, aunque nunca han sido amigos. Coincidieron en el primer periódico en el que trabajaron. Más de diez años atrás. Entonces a Dani le parecía un buen tipo. Habían salido de copas con los compañeros algunas veces. No puede jurarlo, pero cree recordar que hasta había intentado ligar con ella en alguna ocasión. Es un chico tímido, piensa. En los últimos años se han echado el uno al otro alguna mano, en ese mercado de favores que es habitual entre un jefe de Prensa de un político y una periodista de un periódico de los grandes.

—Dani, si jodes a mi jefe, yo te joderé a ti.

¿Un chico tímido? Diez años atrás. Aquella frase de matón tiene su gracia, se dice ahora Dani. La política, que echa a perder a la gente. Montes tiene solo cuarenta años, pero es ya perro viejo. Ella es un poco más joven, pero ya no la impresionan los perros viejos.

Todos los periodistas se han ido. Han apagado las luces de la sala de prensa. Una suave penumbra envuelve el pasillo.

Dani no le replica. Se marcha y aquellas últimas palabras de Montes se quedan colgando en el aire. Camina hacia la salida que lleva a la calle Amador de los Ríos. Ha ido bien. También ella está un poco echada a perder, piensa, pero no le apetece juzgarse con dureza.

Nada más llegar a la calle saca el móvil del bolso y hace una llamada.

—Ya está.

—¿Cómo han reaccionado?

—Les ha sentado como una patada en donde más duele.

—Fantástico, Dani.

Dani es valiente, lanzada. Le gusta el vértigo. Y, desde luego, plantarse delante de un ministro para pedirle que le proporcione buenas historias si no quiere que cuente lo de sus tratos con un criminal internacional da bastante vértigo.

—Eres mala —le dice Raúl entre admirativo y orgulloso.

—Esa soy yo.

Se siente un poco mala, sí. Aquello ha sido jugar sucio. Ignacio Montes no andaba descaminado. Chantaje. Amenaza. Las palabras suenan duras. No le gustan. No la hacen sentir cómoda. No quiere pensar que ella es así. Pero, a la vez, qué demonios, no puede engañarse a sí misma: la sensación de estar cruzando algunas líneas no le desagrada del todo.

Abre los ojos poco antes de las seis. Sin necesidad de despertador. Cada vez duerme menos. Señal de vejez, dicen. Nunca más de cinco horas. Las suyas son noches largas de sueños cortos.

Contempla el techo. Han aparecido unas manchas de humedad. En la penumbra los cercos forman figuras caprichosas. Abres los ojos y, durante los primeros instantes del día, cuando aún estás medio atontado, puedes creer que estás viendo nubes. Como si estuvieses durmiendo a la intemperie. Sobre ti, un cielo nuboso y sin estrellas. Pronto recuerdas. No, no es el cielo. Solo son unas manchas que hace semanas dijeron que vendrían a pintar. Solo es el techo de una celda.

Así cada día. Unos segundos, solo unos segundos al día, crees ser libre y, después, vuelta a lo de siempre.

Dormir al aire libre no debe de ser agradable. Animales, frío, riesgo de lluvia. Mucho mejor allí. En la confortable calidez de la celda. Sus propios pensamientos le resultan cómicos.

Se levanta. Los pies, cubiertos por los calcetines, le cuelgan desde el catre. Siempre duerme con calcetines, da igual la época del año. Ni siquiera es porque sea friolero ni nada de eso. Es solo costumbre. No recuerda haber dormido nunca sin ellos.

Duerme en la litera de arriba, claro. Privilegios del veterano, una regla no escrita. ¿Quién es ahora su compañero? Han sido tantos que tarda en individualizarlos en su cabeza. Sí. Romero o Roberto o Rosario. Se llama algo así. Ecuatoriano o boliviano. Es un correo, una mula. Le han pillado en Barajas. Con la tripa hasta arriba de bolsas de coca. Robledo. Eso. Oswaldo Robledo. Solo llevan compartiendo celda cinco días. Oswaldo ha estado antes en el módulo hospitalario. A los correos los tienen unos días en observación, aunque antes de salir del aeropuerto ya les han hecho expulsar todo. Por si aún les queda dentro algún resto de las bolsas, que pueden romperse y, ya se sabe, eso significaría una muerte súbita. Las echas por el culo, pero las metes por la boca, les gusta repetir a algunas de esas mulas, porque lo de que alguien crea que se las meten por detrás los humilla, cosas de pendejos, boleros pero no culeros.

Se queda sentado en el borde de la litera. Otra costumbre. Todos los días permanece así unos segundos. Como si necesitase coger fuerzas para comenzar la jornada. Pero no es eso. No está falto de fuerzas. Solo es como lo de los calcetines. Costumbres. La vida consiste en una sucesión de costumbres que hay que respetar para no volverse loco. Sin ellas te conviertes en un pelele que actúa y se mueve sin rumbo ni sentido. Cada mañana lo mismo: se queda sentado, quieto, sin más, y luego coge aire y, con los pulmones bien llenos, se baja de la litera con cuidado para no despertar al compañero, que tiene una respiración ruidosa sin llegar a ser ronquido.

Camina con sigilo hasta la esquina donde está el lavabo y también aquí sigue un inmutable ritual. Antes de abrir el grifo y mojarse la cara con agua fría, se mira en el espejo encastrado que hay sobre el lavabo. A la luz del incipiente amanecer ve, borrosa, la cara de un hombre cansado. Y ahí sí cambia esa mañana sus sagradas costumbres. Antes de abrir el grifo y de poner ambas manos haciendo cuenco bajo el chorro, mira a los ojos a aquel rostro y solo le dice una palabra:

—Adiós.

Por fin.

Lleva muchos, demasiados años queriendo despedirse de ese preso que le mira desde el espejo. Y por fin ha llegado el día.

Le suena el móvil cuando sale de un bar en la Castellana, cerca aún del ministerio. Acaba de tomarse un pincho de tortilla y una caña, que aquella mañana ni siquiera ha desayunado. Quizá eso engorde. Pero considera que se lo ha ganado. Hay cosas en la vida que no merecen la pena: las dietas, gastarse una fortuna en potingues y los ligues de gimnasio. Eso suele decirle una de sus mejores amigas. Y a Dani le gusta repetirlo cuando le entra hambre a media mañana, le parece que le están saliendo patas de gallo o se le acerca en el gimnasio un tipo con exceso de músculos y cara de pánfilo.

Ve el nombre en la pantalla. Antonio. Hace una hora que ha salido del ministerio. Empezaba a decepcionarle que tardara tanto.

—Cuéntame, jefe.

Antonio Llorente, redactor jefe de Nacional de uno de los principales periódicos del país, sesenta y dos años, carácter endiablado, vieja escuela, odia por igual a los jefes y a los subordinados, pero a los unos siempre quiere matarlos y a los otros solo torturarlos hasta que considera que ya son buenos periodistas, algo que nunca llega a pensar por completo. Lo único que le importa en la vida son su mujer, sus dos hijas, un caniche que le transforma en un abuelo chocheando y que Simeone acierte con la alineación del domingo. Dani le adora y sabe que, muy en el fondo, él a ella también. Llevan una década trabajando juntos, se conocen demasiado. Ni él consigue ya amedrentarla tanto como le gustaría ni ella está aún segura de haberse ganado su respeto.

—¿Se puede saber qué has hecho?

—¿Qué he hecho? Dímelo tú.

—Polis corruptos y mafia serbia. ¿Qué cojones es eso?

—Paquete completo: tráfico de mujeres, de heroína, de coca y quizá de armas... Los rusos han pasado de moda. Ahora triunfan los serbios. Y algunos polis les echan una mano. ¿Cómo te suena?

Antonio se queda callado unos segundos. Dani se siente satisfecha: le ha impresionado. Aquel tono funciona con un tipo que aún se apasiona con las buenas historias. No quiere pararse a pensar que en aquella actitud hay mucho de actuación, que le asusta un poco la que puede estar liando. Pero no va a dar marcha atrás. Ha decidido jugar fuerte. Toca apostar y arriesgar.

—¿Tiene algo que ver en todo esto ese abogado con el que andas ahora?

—No me uses tono de papá mosqueado, anda.

—Doy por hecho que no tienes una sola prueba de lo que le has dicho y, aun así, te has presentado en una rueda de prensa para tocarle las pelotas al ministro del Interior.

—No voy a las ruedas de prensa para hacer amigos.

Antonio calla. Sabe que ya no logra impresionar a Dani con sus rugidos. Ya se conocen sus trucos el uno al otro. La carita de buena de Dani cuando le pide algo. La sobreactuación iracunda de él cuando ella la lía sin consultarle. Dani es su tercera hija. La cuarta, si se cuenta al caniche.

—¿Sabes cuántas llamadas me ha hecho ya el tal Montes, el jefe de Prensa del ministro?

—Dircom.

—¿Qué?

—Ya no se los llama «jefes de Prensa». Ahora les gusta llamarse «dircom».

—Que le vayan dando al jefe de Prensa ese. Tienen un cabreo del diez. A los ministros no suele gustarles que les pregunten por escándalos de corrupción. Y menos que alguien les vaya con chantajes de «o me cuentas o cuento».

—No le he chantajeado. Solo le he provocado un poco por ver si le ponía nervioso. Y ya estoy viendo que sí.

—Que no te pierda la ambición, Dani. —Antonio pasa a su otro registro favorito: el de jefe paternalista—. Están que quieren matarte. Y tengo que decirte que a mí también me sorprende que actúes así. No es tu estilo.

—Hay algo sucio, Antonio. Y el propio ministro está metido. No es por proteger a sus polis. Es para evitar que le salpique a él. Un escándalo de corrupción policial no ayuda a un candidato a la presidencia.

—No me jodas, Dani.

—Para nada, jefe. Vamos a joderle a él. Tú y yo.

Dani le oye respirar a través del móvil a pesar de que va andando por la Castellana y el tráfico suena cerca. Es lo que hacen cuarenta años de fumar Ducados. Que tu respiración adquiera una densa sonoridad. Dani sabe lo que sopesa mentalmente su jefe. Lo de siempre. Meterse en líos o dejarlo correr.

—¿Sabes lo poco que les gustaría a los de arriba que alguien del Gobierno los llamase para quejarse de que uno de sus periodistas ha ido a una de sus ruedas de prensa a chantajearle?

—¿Y desde cuándo nos han parado ese tipo de cosas?

—No me jodas, Dani.

—Eso ya me lo has dicho.

—No me gusta ese tío con el que estás.

—Sé cuidarme solita, jefe.
—Eso dicen siempre los que la están cagando.
—Te quiero, Antonio.
—No me jodas, Dani, ¿vale? Y cuídate.

Va sentado al fondo del autobús, en la penúltima fila, con el petate entre los pies. Línea 70. El mismo número que tenía el tranvía de su infancia. Algunas cosas no cambian. Todo lo demás parece diferente.

Otra ciudad, otro mundo, otra gente.

Vuelves a casa, le ha dicho el funcionario de Prisiones que le ha presentado el papeleo para la firma. Se alegra por él. Todos se alegran. El roce hace el cariño. El justo, sin pasarse, cada uno en su papel. El funcionario se equivocaba. No, aquello que ve a través de la ventanilla del autobús ya no es su casa. Diferente, sin duda mejor, pero no su casa.

Tres décadas son demasiado tiempo.

Ha tenido permisos. Pocos. Pero nunca los ha aprovechado para regresar. Los pasaba en hotelitos discretos de pueblos de la sierra, nunca muy lejos de Soto del Real. Nunca tuvo un motivo para volver, como ahora. De no tenerlo tampoco ahora, una vez libre, habría regresado. Nadie le espera allí. No queda nada.

El barrio aparece ante sus ojos. Algo reconocible, al menos. Las colmenas. Las torres donde se apelotonaban en pisos diminutos familias con demasiados hijos, demasiadas deudas, demasiada rabia. Lo llamaban «el barrio colorao». Muchos creían que era porque, por aquello de ser un barrio obrero, allí había mucho rojo. Pero no era por eso.

Era por el color del ladrillo de todas aquellas torres levantadas para dar cama y techo a demasiada gente demasiado pobre. La línea 70 lleva al infierno, decían algunos. El gran San Blas, se había llamado en los sesenta. El viejo San Blas, lo llamaron después. Ahora ya no sabe ni cómo lo llamarán. Otro mundo. Aquel es, para él, un barrio de pasado oscuro y futuro esplendoroso.

Se baja del autobús. Se detiene en la acera y respira hondo. Hasta el aire le huele diferente. Huele a limpio. Huele a nuevo.

Camina sin rumbo. No tiene prisa. Primer día en libertad. Está acostumbrado a que la vida transcurra despacio, a que el tiempo y los plazos no existan. Su mirada no registra lo que ve. Transforma cada lugar, cada escena, en postales del pasado. Salta muy atrás. Regresa a los primeros años que alcanzan su memoria. Postales en blanco y negro en aquel barrio colorao. Antes de todo.

La plaza. Allí se libraban las más encarnizadas batallas a pedradas entre las bandas infantiles del barrio. Niños de diez años. Solo era un juego. Podías acabar con una buena brecha en la cabeza, con una ceja reventada, con el cuerpo lleno de moratones. Pero aún eran críos. Se enfrentaban por diversión, con el pretexto de hacer suyo el territorio de la plaza. Ya no iban al colegio. Solo aprendían a ser como sus hermanos mayores, aspiraban a seguir sus pasos, a pesar de que muchos estaban en el caballo, los atracos o la trena.

Pasa por delante del instituto. Mismo edificio, otro nombre. Siempre se sintió muy diferente de los chicos de su edad que seguían yendo a clase. Aquellos niños y niñas iban al colegio con uniforme y confiaban en que, si hacían los deberes, su futuro sería mejor. Y él y sus compinches iban a la salida del colegio y esperaban en la acera de enfrente por si veían a alguna chica que se iba sola para casa y la seguían y la rodeaban y pasaban cosas que mejor no recordar, hasta que llegó un momento en que ningún padre dejaba ya que sus hijas recorrieran solas la corta distancia que iba del instituto a la colmena en que viviesen.

Recorre la avenida. Luminosa. Aceras amplias y árboles frondosos. Llega hasta donde estaban entonces las chabolas. No queda ni rastro. Ahora hay un gran centro comercial y agradables edificios de poca altura con amplios pisos para familias de pocos hijos. Observa las caras de las personas con las que se cruza. Señoras tirando del carrito de la compra, madres empujando cochecitos de bebé, un hombre paseando a su perro, jubilados sin rumbo, repartidores, tenderos y camareros a la puerta de sus establecimientos, oficinistas de corbata, colegiales retrasados cargando con sus mochilas. Caras felices. Nadie parece tener nada que temer caminando por la calle. Ya no desfilan por esas mismas aceras los yonquis de antaño, aquella procesión de muertos vivientes que peregrinaban hasta allí a diario para comprar las dosis de jamaro, el caballo que les vendían los gitanos en la misma avenida sin preocuparse ni de ocultarse ni de disimular. Las madres de los clanes eran las que se ocupaban de vender las papelinas, escoltadas por sus hijos mayores, mientras los pequeños de cada familia vigilaban para avisar con un silbido si veían llegar a la pasma. Un mercadillo diario de desesperanza y muerte.

Echa un vistazo a los portales donde alguna vez se topó con cadáveres que esperaban ser recogidos y a locales dedicados ahora a nuevos negocios. En varios de ellos dio alguna vez un palo, antes de que decidieran que no atracarían más las tiendas de su propio barrio, que buscarían dónde sacar tajada en Orcasitas, en Vicálvaro, en Barajas, en el centro, donde fuese, pero no a costa de sus vecinos. Había que tener algún límite. No eran animales. Recordó las primeras discusiones: ¿farmacias o droguerías?, ¿coches o motos? No había jefes claros aún, no estaban organizados. Discutían con apasionamiento si era mejor ser como Rocky o como Bruce Lee. Eran niños. Todo era un juego. Ellos no acabarían suplicando a los gitanos de las chabolas que les fiaran una papelina ni dejándose la vida en un portal con la jeringa aún clavada en el brazo. Aún no.

Su paseo termina frente al Cosmos. El Salón de Recreativos. Aquel llegó a ser su hogar más aún que el piso donde dormía junto a cuatro hermanos y la madre. Allí pasaba las horas jugando con las máquinas de petacos y con la de marcianitos y la de asteroides, con la mesa de billar y el futbolín del fondo. Allí fumó su primer canuto de grifa, se repartieron sus primeros botines y escuchó el relato del primer polvo de cada uno. Allí creció.

Ahora es un bazar chino.

El Bar Cosmos es el local de al lado. Gordi ha utilizado el mismo nombre para el bar. Una concesión a la nostalgia. Muy propio de él. Siempre ha sido un blando.

La nostalgia es para blandos. Pero el desarraigo duele más que la nostalgia. Es peor no pertenecer a ningún sitio que vivir atascado en el recuerdo de aquel al que perteneciste.

Las postales del pasado se borran de su mente. Tiene un asunto que atender. Lo mejor es hacerlo lo más rápido posible y marcharse cuanto antes de aquel barrio que ahora es bonito, acogedor, apetecible, pero ya no es el suyo.

Cruza la calle y entra en el bar.

Está detrás de la barra. Le reconoce al instante a pesar de que, como es lógico, no se parece en nada al chico que fue. Apenas conserva pelo, poco más que una rala pelusa entre rubia y rojiza. Tiene la cara abotargada, con el carnoso labio inferior un poco prominente, asomando en su perfil. Una ancha papada nace en su barbilla y le cubre el cuello. Sigue siendo gordo. Como cuando era un chico torpón, apocado, el hijo del encargado de los Recreativos, siempre dispuesto a hacer lo que fuese para entrar en la banda. Nunca fue admitido. Nunca pasó de ser el chico de los recados. Vete a por unas litronas, vete a por cigarrillos, que ya no quedan en la máquina; vete a decirle a tu padre que esta máquina se ha tragado mi moneda, vete y no nos molestes ahora. Era un muchacho servicial, sumiso y silencioso. Ahora lava vasos tras la barra del Bar Cosmos. Su vida no se ha alejado ni un par de locales del Salón en el que su padre, un hombre también gordo, también triste, había pasado la vida.

Se sienta en un taburete frente a él. Cuando Gordi levanta la mirada y le ve, sus manos dejan de fregar el vaso y su grueso labio inferior se descuelga otro poco.

—Ha sido mucho tiempo, Gordi.

Gordi recupera la movilidad. Deja el vaso que estaba fregando, se seca las manos con un paño que le cuelga de la cintura, el labio le tiembla, los ojos se le humedecen.

—¿Cómo estás?

—Pues ya lo ves. Viejo.

—Yo te veo muy bien.

—¿Este bar es tuyo?

Gordi echa un vistazo a su alrededor, como si necesitase recordar dónde están. No es un local demasiado amplio. Un bar de barrio. Cuidado. Limpio. En ese momento no hay más clientes que un tipo al fondo jugando a la tragaperras.

—No te has esforzado mucho en buscarle un nombre.

—Cosmos. No podía ser otro...

Gordi le dedica una sonrisa que es como la oferta de un brindis por los viejos tiempos. No la sigue.

—Bueno, me alegra ver que te ha ido bien.

Gordi se encoge de hombros, en un gesto que habla más de resignación ante el destino que de orgullo por su negocio.

—Tengo lo tuyo.

Le había llamado a la prisión hacía unos días. Cuando un funcionario le dijo quién era no reconoció el nombre.

—Me ha dicho que te diga que es Gordi —le aclaró el funcionario.

Gordi siempre les había pedido que no le llamaran así. Odiaba aquel mote. Lo odiaba tanto como que su madre le vistiese siempre con pantalones cortos, incluso cuando ya tenía los quince, incluso en invierno. Quizá porque sus piernas eran tan rollizas que no cabían en ningún pantalón largo. Quizá porque los pantalones largos eran más caros que los cortos. Daba igual el motivo. Así era imposible que le tomasen en serio, así nunca pasaría de ser el chico de los recados.

Esa llamada fue la primera vez que hablaban desde que encerraran a Peyo. Una conversación breve. Sin efusiones ni preámbulos. Gordi le dijo que sabía que saldría en unos días, le dio la dirección del bar y le explicó que tenía algo para él. Ahora le da la espalda y se agacha y abre un armarito que la barra oculta a la vista de los clientes. Se endereza y le tiende un paquete. Un grueso sobre blanco, compacto como un ladrillo.

Una pareja joven entra en el bar. Van riéndose, cogidos de la mano. Pasan junto a ellos y se sientan en una de las mesas del fondo.

Cuando la pareja ha pasado, despega una esquina de la solapa del sobre. Mira en su interior. Billetes de cincuenta. Es incapaz de calcular cuánto hay en total. Un taco de billetes perfecto, impecable, recién emitidos. Una pequeña fortuna.

Gordi va a atender a la pareja. Piden dos cañas. Se las sirve y regresa después al mismo lugar tras la barra.

—Sabes quién te lo envía, ¿verdad?

No dice nada.

—Me han pedido que te diga que cuando se te acabe podría haber más. Solo dime si lo necesitas —susurra Gordi.

Guarda el sobre en el petate.

—¿Te lo ha dado él?

Gordi hace un gesto evasivo.

—Vino a traerlo un desconocido en su nombre. A veces no es bueno hacer preguntas.

Ninguno sabe por dónde seguir. El silencio lo evita un tintineo de la tragaperras entregando un premio menor. Una vez que dejan de sonar las monedas cayendo en la bandeja, la conversación entre risitas y besos de la pareja es lo único que se oye en el bar.

—¿Quieres tomar algo?

—Ya nos veremos, ¿vale?

—Cuando quieras... —le contesta Gordi, que se apresura con torpeza a buscar algo amable que decir—: Yo... yo me alegro de verte.

Gordi hubiese querido decir algo más. Pero no se le ocurre nada. Cuando se pone nervioso suele quedarse sin palabras. Le pasa desde niño. Se aturulla, tartamudea, las palabras se le apelotonan en la cabeza y no es capaz de hacerlas salir.

Peyo se marcha. Regresa a la calle, al barrio, a aquella primera mañana larga, cálida y libre.

Ha aparcado su Mini en el único sitio libre que quedaba en la acera. Es sorprendente que haya tantos coches en aquella apartada zona de la Casa de Campo. No es fácil imaginar dónde estarán sus dueños, porque por allí apenas se ven a algunos jubilados dando un paseo y a solitarios corredores que pueden dedicarse a hacer ejercicio a media mañana de un día laborable.

Es uno de esos días madrileños de comienzos de la primavera, con tanta luz como fresco. Dani se baja del coche. Al primer vistazo identifica a Ignacio Montes. Apoya la espalda contra un aparatoso todoterreno negro y fuma con parsimonia. Viste traje, sin más abrigo. Va hasta él, que no la mira hasta que está a su lado. Se saca un paquete de cigarrillos del bolsillo interior de la chaqueta y le ofrece a Dani.

—Ya no fumo —le dice ella.

Montes asiente. Da un par de caladas sin decir nada más.

Dani reprime las ganas de burlarse: cuidada puesta en escena. Una escueta llamada al móvil: ¿podemos vernos? Lugar y hora. Nada más. Una mañana fresca y soleada cerca del lago de la Casa de Campo. Un cigarrillo y un silencio teatral. Debe de ser por trabajar en el Ministerio del Interior, piensa: un día eres un periodista y, al poco, vas por la vida comportándote como un agente secreto.

—Pues usted dirá...

Ignacio Montes la mira por vez primera a los ojos. Una mirada entre enigmática y calculadora. Una mirada ensayada. Dani tiene ganas de decirle que se deje de aquel numerito.

—Mi jefe está nervioso. Ya sabes cómo son los políticos.

—Dime tú cómo son.

Montes opta por probar suerte con un tono más amistoso:

—Venga, Dani. Pónmelo fácil, ¿vale? Por nuestra amistad —le dice relajando la pose.

—Tú y yo no somos amigos. Ahora mismo no creo que yo te caiga ni siquiera un poquito bien. Y ya te advierto que tú a mí tampoco.

Dani se pregunta por qué trata así a Montes. Y la respuesta le llega un segundo después. Tan solo porque es divertido.

Montes recula, se instala en un espacio intermedio entre el misterio y la amabilidad.

—Mi jefe no quiere escándalos. Tiene sus ambiciones, ¿sabes?, ahora que hay rumores de que quizá el presidente no se presente a otra reelección. El partido tendría que buscar un nuevo candidato. No es el mejor momento para un escándalo de corrupción policial.

—Así que vais a pactar con el serbio para que se quede calladito.

Montes da una última calada a su cigarrillo. Luego tira al suelo la colilla y la aplasta con el talón hasta desmenuzarla.

—Es evidente que es tu nuevo novio el que te ha venido con esa historia.

—No es mi novio.

—¿Habláis sobre mafiosos serbios después de hacerlo?

—Cuidado, Ignacio. No vayas por ahí. En serio, el papel de tipo duro no te va.

Hay un silencio tenso, Dani ofendida por la impertinencia, Montes calibrando el tono que adoptar. Cuando vuelve a hablar, el jefe de Prensa suena menos a espía y más a antiguo compañero.

—¿Estarías dispuesta a no publicar nada sobre ese asunto?

—Un buen reportaje sobre una trama de corrupción policial es algo que un periodista no puede dejar pasar, ¿no crees?

—Siempre has sido idealista y ambiciosa.

—Creo recordar que tú también eras ambas cosas. Dime, ¿a cuál de ellas has renunciado?

Montes vuelve a sacarse del bolsillo el paquete de tabaco y esta vez coge un cigarrillo para él. Lo enciende y da una larga calada.

—Zoran Lazic es un tipo peligroso, pura escoria, y no va a comerse una condena sin resistirse. Hay material como para condenarle por una docena de delitos. Y él acusará a medio Cuerpo Nacional de Policía de corrupción si eso puede servirle para que le caiga menos pena. Nosotros negaremos sus acusaciones, claro. Pero habrá ruido, escándalo. Difama, que algo queda. Y a Cáceres no le interesa que se manche a su ministerio. A la gente le encanta que se revuelva la mierda, le fascina oír hablar de las cloacas del Estado, ya sabes. Suena todo tan dramático...

Montes da otra calada. Contempla el humo que sale de su boca. Niega con la cabeza, como si respondiese a algún pensamiento que no compartió con ella.

—Tu novio, el abogado, está haciendo de mensajero de Lazic con el ministerio. Está jugando fuerte. Pero eso tú ya lo sabes.

—Ya te he dicho que no es mi novio. Nos estamos conociendo —dice ella con un deje de ironía.

Dani nota el nervio en el estómago. Se dirigen hacia algo, pero aún no sabe hacia qué.

—Me da igual lo que sea, Dani. Es un tipo tan despreciable como su cliente. Y tú creerás que te ha contado toda esa basura de los polis corruptos para que tengas una buena historia con la que venir a presionar al ministro, para que te luzcas como periodista. Y una mierda. Te la ha contado para utilizarte. Para que nos acojones amenazando con sacarlo a la luz. Para seguir chantajeándonos. Porque eso es tu novio: un chantajista. Y ahora tú lo estás siendo también.

Intenta que Montes no perciba que aquello la incomoda. Porque es verdad. Apostar. Arriesgar. Saltarse algunas líneas. Las ideas que llevan bulléndole en la cabeza desde hace días, desde que decidió plantarse en aquella rueda de prensa y asaltar después al ministro, regresan todas a la vez. Montes tiene parte de razón y Dani lo sabe.

Está a punto de caer en la tentación y pedirle un cigarro. Diez años sin fumar. No. Se obliga a aguantar. Las palmas de las manos empiezan a sudarle.

—Yo solo soy periodista —dice, pero ahora suena más a mantra protector que a convicción—. Dame una buena historia y seré feliz.

—No me gusta pensar que ahora eres capaz de dedicarte a propagar calumnias sin pruebas, Dani.

—Nunca me ha interesado gustarte.

Montes tira el cigarrillo a pesar de que solo le ha dado un par de caladas. Lo pisa. Se mete las manos en los bolsillos y se apoya contra su coche.

—Te daré algo. Pero con alguna condición.

Montes hace una pausa teatral. La observa. Ella se mantiene inexpresiva.

—No escribirás nada sobre ese puto vampiro. No convertirás a Zoran Lazic en un personaje mediático. Ni sobre supuestas corrupciones policiales. Lazic cumplirá la condena que le caiga y para ti no existirá como periodista.

—Entonces ¿vais a negociar con él? ¿Es verdad que tiene toda una lista de polis pringados? ¿Rebajaréis la imputación a cambio de silencio?

—No lo pillas, Dani. Eso a ti no te incumbe ni te interesa, ¿entendido?

Moral y ética. Callarse un escándalo. Negociar. Venderse. Las ideas suenan como un tiroteo en su cabeza. Está a punto de no seguir adelante. De ofenderse, de mandarle a la mierda, de irse a casa y ponerse de inmediato a escribir que el ministerio está en tratos con un vampiro. Pero sigue. Curiosidad, instinto. Sí, tal vez ambición. Quiere saber adónde va aquella conversación.

—¿Qué me ofreces a cambio?

—¿Has oído hablar de Gabriel Melgar?

Dani niega con la cabeza. Montes ha advertido que despierta su curiosidad, y eso le gusta.

—Tendrás una gran historia. Te daremos toda la información que necesites. Y te aseguro que será mucho más interesante que un reportaje sobre un asqueroso mafioso serbio y un puñado de polis y guardias echados a perder. Te ayudaremos a sacar a la luz la historia del mayor criminal que ha actuado en nuestro país en las últimas décadas. Contarás cosas que nunca se han contado. Tendrás material para un libro. Tu padre se sentiría orgulloso de ti.

—No metas a mi padre en esto.

—Gabriel Melgar ha desaparecido. Con tu talento investigador incluso podrías llegar a ser tú quien lo encuentre. Hay cosas que un periodista puede hacer con más libertad que un político o un policía.

Dani se lo piensa. La decepción debilita su curiosidad. Gabriel Melgar. No tiene ni idea de quién es ni qué interés real puede tener. Un asesino serbio chantajeando al Estado desde una celda tiene su morbo. Renunciar a ello por un nombre desconocido no parece un buen trato.

Echa un vistazo a su alrededor. Un tipo menudo con

unas horrendas mallas de color fucsia y una camiseta de un naranja chillón pasa corriendo frente a ellos. Dani le sigue con la mirada.

—Dime, Ignacio, ¿aceptar tu oferta me convierte en alguien como tú?

—No te entiendo.

—Seguro que no.

Dani niega con un cierto desaliento.

—Creo que me estoy vendiendo, que estoy permitiéndote que me compres. Dime, tú que lo sabes, ¿cómo se siente uno cuando se deja comprar?

Montes no responde. Deja de apoyarse en el coche. Endereza el cuerpo, endurece la mirada, aprieta los labios para obligarse a callar.

Dani le dedica una mueca retadora. Aquello ha sido gratuito. Pero darle a Ignacio resulta tontamente placentero.

—Te llamaré.

—No tardes. Eres demasiado lista para que ese abogado te maneje.

Montes se esfuerza en sonar amable.

—Y si algún día quieres que quedemos para tomar una copa y hablar de cosas que nada tengan que ver con todo esto...

—Tal vez te venda mi alma, Ignacio. Pero no cuentes con el resto.

Dani le guiña un ojo y se vuelve para irse, pero, tras unos pasos, se gira de nuevo y le pregunta:

—¿Cómo decías que se llama ese tipo tan misterioso?

La pregunta le hace pensar a Montes que ha llevado a Dani a donde quería. Ella lo percibe y no le gusta.

Montes le contesta:

—Gabriel Melgar. Pero todos le conocen como Dardo.

Sale del baño, con la pequeña toalla rodeándole la cintura. Antes de vestirse con la ropa que tiene extendida sobre la cama, esperándole en perfecto orden, coge el reloj de la mesilla y se lo pone en la muñeca. Después, calzoncillos, calcetines, pantalón y camisa. Luego regresará al baño, se peinará y se echará un último vistazo en el espejo. Ritual matinal. Siempre la misma sucesión de actos. Hasta para levantarse mantiene la costumbre de detenerse un momento, sentado al borde de la cama, antes de ponerse en pie.

La habitación es un cuarto pequeño. Cama, mesilla, armario, mesa y silla. Todo de color madera, todo ajado. Podría haberse permitido alquilar una habitación en alguna pensión mejor. Pero no lo necesita. Habitación con baño, sin lujos y sin carencias. Tal vez, puestos a quejarse, las paredes podrían haber sido un poco más gruesas. A menudo se oyen toses provenientes de otros huéspedes. A veces, pocas, se oye a alguna pareja haciendo el amor. Es molesto. A él le gusta poder tumbarse en la cama boca arriba, con las manos unidas sobre el vientre, quedarse muy quieto y no escuchar nada. Pasa largos ratos así. Sin pensar, sin sentir.

Abre el armario y saca el sobre de debajo de las tres mudas de ropa interior que apila en su único cajón. No es que sea un escondite muy sofisticado, pero no hay nada mejor. No teme un robo. La chica dominicana que limpia la habitación es de fiar, está seguro. Sabe intuir esas cosas. Solo guarda el sobre allí para no dejarlo a la vista.

Extrae uno de los billetes de cincuenta euros. El grosor del sobre apenas ha menguado. Gasta poco. Tan solo el alquiler de la habitación y el lavado de la ropa, la manutención, una propina periódica para la limpiadora y poco más. Saca los billetes de uno en uno. No volverá a tirar del sobre hasta que consuma esos cincuenta euros.

Echa un vistazo a la habitación. Aquello no es un hogar, pero al menos tampoco es una celda.

Va al Bar Cosmos. Está a menos de diez minutos andando desde la pensión. Gordi, detrás de la barra, embebido en su eterna tarea de lavar y secar vasos, levanta la vista al verle entrar. Espera a que se haya sentado en el taburete de todas las mañanas y, aunque no sea necesario, le pregunta lo mismo que todos los días:

—¿Tostada y café con leche muy caliente?

No contesta, no hace falta.

La idea inicial era recoger el paquete que Gordi le había guardado y dejar el barrio para siempre. Pero han pasado tres meses y aún sigue allí. La única razón para no haberse marchado es que no tiene adónde ir. Ha alquilado la habitación, se ha comprado algo de ropa, mata las horas leyendo o tumbado en la cama mirando al techo y se pasa por el Bar Cosmos. No habla con nadie, más allá de algún borrachuzo de los que se dejan caer por el bar y le suplican una invitación, a lo que suele acceder. Algunas mañanas da un paseo por el parque cercano y, cuando lo necesita, va al supermercado o a la biblioteca pública, para reponer comida o lectura. Queso, pan, algo de fruta y novelas policiacas sin complicaciones. Desayuna en la barra del Cosmos, come en la mesa del fondo y la cena la hace ya en su habitación. Termina los días con media hora de lectura. Luz apagada, ansia de silencio y un sueño que tarda en llegar. Días iguales.

Gordi le pone el café y la tostada delante, y retorna a su limpieza de vasos.

Puede predecir cada uno de los movimientos de Peyo. Primero abre el botecito de mermelada de fresa, después desenvuelve el taco de mantequilla, deja ambos a la derecha del plato y va cogiendo de poco en poco con la punta del cuchillo para untar la tostada. Y no da un sorbo al café hasta que ha cubierto la totalidad del pan con ambas.

Nunca le habla si él no le dirige antes la palabra. A veces, al contemplarle, Gordi se pregunta qué habrá detrás de aquella obsesión por respetar rutinas. Vicios de presidiario. Costumbres de cincuentón maniático. Ritos de supervivencia. A pesar de que lleva tres meses yendo al Bar Cosmos a desayunar y a comer, nunca, ni una sola vez, aquellos dos hombres se han salido de conversaciones dedicadas a intrascendentes cuestiones de intendencia o diálogos de sosa cortesía. Nunca han hablado de nada relacionado con el pasado ni han mencionado a ninguna de las personas de entonces.

Pero esta mañana Gordi ha decidido saltarse todas las normas no escritas de su relación.

Se arma de valor, las mejillas se le sonrojan, las manos se detienen en medio del secado de un vaso y lucha con todas sus fuerzas para que la voz le surja sin tartamudeo.

—¿Vas a quedarte en el barrio?

Peyo levanta la mirada de su café y le observa con sorpresa. Gordi intenta seguir hablando del tirón, pero no lo logra. Se atora y empieza a balbucear.

—Hay gente que te recuerda. Te han visto por la calle y me han preguntado. Aún tienes amigos en el barrio, Peyo. Tal vez te gustaría volver a ver a alguno de ellos.

Peyo le evita el esfuerzo que le supone seguir hablando.

—Ha pasado demasiado tiempo.

—No tienes que vivir escondido.

Gordi enrojece, temeroso de haber ido demasiado lejos. Pero decide no dar marcha atrás.

—Hay algo que quiero decirte desde hace tiempo.

Peyo espera, sin que su expresión le invite a continuar. Pero Gordi lo hace.

—Pensaba que quizá estés cansado de que pasen los días sin nada que hacer. Podría interesarte... Me gustaría ayudarte... Tener un trabajo...

—¿Me estás ofreciendo un empleo?

Gordi carraspea, traga saliva, aspira con fuerza.

—No sería algo definitivo, el tiempo que quisieras. A mí no me vendría mal un poco de ayuda.

—Este bar no necesita otro camarero.

—Lo decía por ti.

Peyo fija su mirada en Gordi, una mirada incómoda. Las mejillas de Gordi arden. Los ojos de Peyo se enfrían.

—Gordi, voy a decirte algo. Y no lo repetiré. No intentes arreglarme la vida. No quiero ver a nadie del barrio, no quiero trabajar en tu bar. No quiero hacer nada porque estoy bien como estoy.

Gordi asiente con sumisión. Peyo sigue, con una ira apenas contenida.

—Si alguna vez necesito tu caridad o tu consejo, te lo diré. Mientras, sírveme lo que te pida, limpia tus vasos y atiende a tus clientes sin meterte donde no te llaman, ¿de acuerdo?

—No pretendía ofenderte, Peyo.

—No me has ofendido. Solo quiero que entiendas que, después de todos estos años encerrado, lo último que voy a aceptar es que alguien me diga lo que debo hacer.

Peyo se levanta y se marcha. Deja en el mostrador el café y la tostada. El rito matinal salta por los aires.

Gordi se siente un bocazas. Se regaña mentalmente por haberse metido donde no le llamaban. Le enfada no haberse contenido.

Teme que Peyo no vuelva.

Pero, a la mañana siguiente, a la hora habitual, Peyo entra y se sienta en su taburete. Le pide café y tostada.

No volverán a mencionar lo ocurrido el día anterior. No volverán a hablar de cuestiones personales. Su relación se mantendrá en ese territorio neutro en el que cada uno permanece en su sitio, a un lado y otro de la barra, cada cual en un mundo diferente.

Raúl Puente sale del portal, se detiene en la acera, echa un vistazo a su alrededor como si necesitase comprobar que el mundo sigue en su sitio, esperándole, y coge aire con fuerza. Un ligero moqueo está a punto de hacerle estornudar, pero se contiene y pronto le sigue un cosquilleo agradable. Tiene esa costumbre: una raya antes del sexo y otra después. Es una manera de recuperar la energía para continuar con las batallas del día, para seguir imponiendo su voluntad en ese mundo al que ahora echa un vistazo, como si necesitase cerciorarse de que está tal y como lo ha dejado al subir al apartamento de Anabel.

Anabel se ha quedado arriba dándose una ducha. Raúl le ha lanzado un beso de despedida antes de irse y ella se ha desperezado bajo el chorro de agua. Es una belleza. Raúl ha estado tentado de retrasar el regreso al despacho. Es dulce y apasionada a la vez y sabe tomar la iniciativa. Llevan poco más de dos meses acostándose. Es pasante en su bufete. Veinticinco años. En un principio Raúl no tenía intención de convertir aquella noche en que habían salido tarde del despacho, habían ido a picar algo, habían decidido tomarse una copa y habían terminado en aquel mismo apartamento, en una relación duradera. No es la primera subordinada con la que ocurría algo así, claro. Y su norma es no generar expectativas, no hacerles creer lo que no es.

Nada de promesas ni compromisos. Pero Anabel le da todo lo que a él le gusta, sin exigencias y con ganas, y no tiene sentido dejar de disfrutarlo tan pronto.

Va hasta la moto que ha dejado aparcada frente al edificio donde ella vive. Se sube la cremallera de su cazadora de cuero marrón cubriendo traje y corbata. Antes de arrancar se saca el móvil del bolsillo y le echa un vistazo. Cinco llamadas perdidas. Dos de clientes, dos de su secretaria y una de Dani. No es mucho para dos horas sin mirarlo. No devolverá ninguna ahora. Le alegra ver el nombre de Dani en la lista. Le gusta Dani. Con ella lleva ya tres meses y cada vez le atrae más. Sobre todo por lo mucho que tienen en común.

Mira los mensajes recibidos. Entre ellos hay uno de Irina. «¿Nos vemos por fin hoy?» No puede gustarle más su vida. Irina es estonia y estilista. Se la había presentado uno de sus clientes. Una cita a ciegas. Treinta años. Rotunda. De las tres, la única que no va de chica sana, que siempre se mete tantas rayas como él. Le sale a un ojo de la cara en coca cada polvo. Pero Irina lo vale. Se está haciendo mayor, piensa burlón consigo mismo: empieza a tener relaciones duraderas. Tal vez tres mujeres en su vida sean demasiado. Tal vez no.

Le da al botón de contacto y siente el placentero temblor de la máquina entre las piernas. Se pone el casco. Acelera y el ronco rugido del motor le acaricia los oídos. Ama las motos desde niño. Ha tenido una desde los quince años: Vespino, Yamaha 250, Honda 500. Por fin, ahora tiene entre sus piernas una Kawasaki. He llegado a la cima, piensa. Despacho de abogados propio, Kawasaki 1000 propia. Dos polvos a mediodía con Anabel. Tal vez otros dos esa misma noche con Irina. Cuatro en un día, poca cosa. Echa de menos a Dani. Mañana, decide. Primero, copa en Toni 2. Se habían conocido allí. A última hora del día suelen encontrarse en aquel bar, un clásico, los abogados, periodistas, políticos y empresarios más prometedores de la ciudad. Allí no se busca ni cónyuge ni hogar. Allí se hacen contactos, se cierran relaciones laborales o de cama. Anabel es aún muy joven para frecuentar ese círculo, pero probablemente accederá pronto. Irina nunca formará parte de él por mucho que lo desee. Dani es un miembro natural. Se la presentó un conocido común, la saludó con un par de besos, le preguntó qué estaba tomando al ver su vaso vacío, fue a la barra a pedirle una copa y esa noche hicieron el amor en su ático de Fortuny, primero en el sofá del salón, después en la cama, despertaron juntos y Raúl decidió que quería repetir, que aquella chica merecía algo más que una noche. Mientras acelera y enfila las calles vacías que rodean el parque Felipe VI, dejando atrás Valdebebas camino del barrio de Salamanca, echa de menos a Dani y duda si cumplir lo prometido a Irina o ponerle una excusa y quedar con Dani en su lugar.

Coge velocidad para pasar en verde tres semáforos. Le basta un giro de cadera para inclinar la moto lo justo y adelantar a una furgoneta. Va rápido solo por el placer de sentir la velocidad. No tiene prisa. Que esperen las citas de la tarde. Sí, es un abogado caro y hace esperar a sus clientes. ¿Y qué? Le pagan y le esperan lo que haga falta porque saben que las dos cosas merecen la pena, que él es el mejor, que nadie los sacará de sus apuros y les arreglará sus chanchullos mejor que él. El mejor. Un hijo de puta sin principios ni reparos, así le había descrito hacía poco uno de sus mejores clientes. Y después había añadido: justo lo que necesito. Traedme mierda y yo la convertiré en oro, le dijo en una ocasión a otro cliente.

Deja de pensar en las mujeres de su vida. Piensa solo en él. Recuerda a aquel tímido chico de provincias que llegó a Madrid para estudiar Derecho hacía poco más de veinte años. De pringado a rey, piensa, y le hace gracia porque le suena como un título de Dickens. Algún día, se dice, alguien debería escribir su biografía.

Va tan embebido en sus pensamientos que a punto está de saltarse el primer semáforo que le pilla en rojo. Es absurdo parar porque por allí no hay nadie, ni peatones ni tráfico, pero decide ser obediente. Se detiene y se sube la visera del casco, coge aire y cierra los ojos.

La furgoneta le arrolla antes de que los vuelva a abrir. Le golpea con tal fuerza que sale catapultado. La moto da tumbos sobre el asfalto más de veinte metros. Él vuela por los aires mucho más allá. Golpea con la cabeza en el suelo. El casco impide que se le parta el cráneo.

Al abrir los ojos lo primero que ve es su pierna derecha doblada hacia fuera en una posición imposible, la tibia asomando a través del pantalón desgarrado. Después levanta la mirada. Se protege la cara poniendo el brazo delante. Solo es un gesto instintivo porque, obviamente, eso no va a protegerle de nada.

La furgoneta le golpea y le lanza otra decena de metros más lejos. El conductor no se detiene a comprobar el resultado. Ni falta que hace.

II

TIEMPO DE SUEÑOS

Antes

Dardo regresó a los Recreativos Cosmos tres días después de que dos agentes se lo llevaran detenido a la comisaría de Chamartín. Le estaban esperando cuando entraba en el portal de su casa, pasadas solo unas horas de la muerte del Chungo. Salió de la comisaría con un ojo morado, un labio partido, la espalda llena de verdugones y actitud de triunfo. No han podido conmigo, fue lo primero que nos dijo con la solemnidad de una declaración de victoria.

Le había encargado a Zanco que nos avisase de que ya estaba libre y este nos fue buscando uno a uno para decirnos cuándo nos encontraríamos en los Recreativos. A la hora convenida, allí estábamos esperándole. Apesadumbrados aún por la muerte del jefe, asustados por la detención de Dardo y aliviados al menos por su liberación. La banda del Chungo al completo. Zanco, el Trompos, el Pelao, Toño el Flecos y yo. Desde el día del accidente no habíamos vuelto a estar juntos. No era prudente. Se había corrido la voz de que la pasma quería saber quiénes eran los dos compinches que iban con el Chungo en aquel 124 robado en el que se había matado. Era normal que hubiesen ido primero a por Dardo. Todo el mundo sabía que era su lugarteniente, seguro que su cómplice en aquel robo a la ferretería. Todos teníamos miedo de que viniesen a por el resto. Especialmente yo, que era quien iba con ellos en aquel coche. Nos habíamos mantenido esos días separados, dejándonos ver poco y, desde luego, sin acercarnos a los Recreativos Cosmos, que sería el primer sitio donde nos buscarían.

A Dardo le habían tenido en los calabozos. Le dieron poca agua, poca comida y muchos golpes. Pero no dijo nada, salvo que no tenía ni idea de quién iba con el Chungo en el palo. El Chungo tenía sus contactos para esas cosas, él solo era su amigo para jugar al futbolín y al billar, les dijo a los polis. Y cada vez que repetía esa milonga, ellos le daban. Pero no admitió nada más. Aguantó mientras los polis acababan sudando de tanto darle, escupió saliva y sangre, se cagó en sus muertos y soportó las tundas con una resistencia impropia de un chaval de quince años. Aquellos policías no sabían que venía ya aprendido, que eran tantas las veces que su padre le había dado somantas semejantes que ya estaba acostumbrado a aguantar. Al tercer día, por evitar líos legales, le dejaron salir, alabando entre ellos el aguante de aquel crío que no tenía una envergadura especialmente atlética. Él les dijo adiós lanzándoles un beso. Ellos le juraron que la próxima vez no saldría entero de allí.

Cuando nos reencontramos en los Recreativos, lo primero que hizo fue tranquilizarnos. No irían a por ninguno de nosotros. A él le habían cogido más por que sirviera de advertencia que porque de verdad les interesase averiguar algo. Pero daban el asunto por zanjado. En realidad les importaba bien poco quién más iba en aquel coche. El Chungo estaba en el depósito, eso era todo. Vuelta a empezar. Ahora, nos arengó Dardo, había que mirar al futuro, en honor al jefe muerto, todos juntos, sin rajarse.

Llamó a Gordi, que se pasaba los días sentado en un

taburete a la entrada del Salón, mientras que su padre permanecía en un cuartucho, donde daba el cambio y guardaba las llaves de los Recreativos para abrirlos si había alguna avería y donde dejaba pasar la vida consumiendo Celtas sin filtro y novelitas de Zane Grey. Dardo le dio a Gordi cinco duros y le mandó a comprar una litrona y un paquete de cigarrillos Rex. Yo invito, nos dijo a los demás. También se asomó a la garita del padre y le pidió a este que, durante un rato, no dejase pasar a nadie al Salón, que teníamos que hablar. El padre de Gordi asintió, con la obediencia de quien sabe que a cambio recibirá su pago. Llevaba años manejándose con los chicos del barrio. Había visto pasar antes a muchos otros y siempre había sabido sacar tajada de su discreción: les dejaba convertir el Salón en su cuartel general, miraba para otro lado y ponía la mano a cambio. El padre de Gordi era un hombre taciturno, silencioso y sabio.

Tras aplacarnos temores, Dardo se recreó en contar su experiencia en comisaría. Orgulloso y heroico, se detuvo en los detalles. La incomodidad de la celda, el frío y la oscuridad, un olor entre vómito y orines, un silencio de cementerio. La pequeña habitación de los interrogatorios. Una silla y una mesa. Polis turnándose. Bofetones, golpes con periódicos enrollados y mojados. Dos días yendo y viniendo de la celda a la habitación. Y él aguantando. Que os den. Ni idea de quién iba con el Chungo. Solo sois unos fascistas, les decía, aunque no sabía muy bien qué significaba eso, solo que les cabreaba mucho. Más bofetones, más golpes. Y, al final, la victoria de haber resistido. Dardo se mostraba henchido de orgullo. Ninguno había pasado por algo así, ninguno había sido aún ni detenido ni golpeado por los polis. Eso le hacía sentirse alguien superior, el primero, el único.

He tenido tiempo para pensar, dijo tras la narración de

su aventura, como si hubiese pasado en aquella celda media vida y no solo un par de días. A partir de ahora vamos a ir a lo grande, dijo, vamos a tener ambición, a organizarnos y a crecer.

Gordi llegó con el tabaco y la cerveza. Dardo cogió ambas cosas y le ordenó que nos dejase solos. Ofreció cigarrillos a todos y la botella pasó de mano en mano. Tras aliviar mono y sed, Dardo siguió compartiendo sus reflexiones carcelarias. Hay que seleccionar mejor los objetivos, dijo con tono de general planificando una guerra. Lo mejor: farmacias y gasolineras. Pero antes hay que estar seguros de que la caja está llena. Que no pase otra vez que, después de correr el riesgo, el botín no dé para nada. Primero, vigilancia. Asegurarse de que hay dinero fresco. Y durante el palo tiene que haber alguien que se quede fuera. Vigilando y listo para conducir si hay problemas. Y se acabó lo de ir solo con navajas. Usaremos armas de verdad. Y más adelante iremos creciendo: sucursales de banco y chalés de lujo. Paso a paso. Se acabó lo de ser una banda de niños. Toca ir en serio.

—¿Y los tirones? —preguntó Zanco.

El pequeño Zanco era un gualdrapa, un chorizo de poca monta especializado en las chirlas, los tirones a las viejas. Su mayor habilidad era ir de paquete en la moto, estirarse con agilidad y arrancarles el bolso a las abuelas. Como era menudo y pesaba poco, le resultaba sencillo tumbarse y no desequilibraba demasiado al que conducía.

Dardo meneó la cabeza en un ademán despreciativo. Cualquier pringado del barrio daba tirones, dijo. Son cosas de niños. Si queremos convertirnos en una banda importante, hay que empezar a actuar de otra manera.

El dinero se repartiría entre los seis. Un fondo para las necesidades de la banda y el resto a partes iguales. Que cada uno se lo gaste como quiera. Pero, eso sí, sin pasarse con la mierda. Consumir pero saber consumir, dijo Dardo con tono de párroco. El caballo está matando a la juventud, dijo, y todos reímos ante aquella frase hecha que habíamos oído un millón de veces. El Trompos y el Pelao ya se metían jaco y todos lo sabíamos. Los demás seguíamos aún con la grifa y las pastillas, pero esos dos pillaban en Los Focos papelinas y se pinchaban luego en portales, en los bancos del parque y en los baños de los bares. El Trompos vivía con unos tíos viejos a los que les robaba cuanto podía para costearse el caballo, y el Pelao daba algún palo, atracos de navaja y callejón, por su cuenta. Todos los demás sabíamos que acabarían mal. Para aquellos dos la incógnita no era cuál sería el final sino cuánto tardaría en llegar.

—Tengo una pregunta.

Toño dio un paso al frente. Había escuchado a Dardo como el resto, sin interrumpirle. Toño, al que llamaban el Flecos porque el pelo le caía en una melenita sobre el cuello en la que se le formaban pequeños tirabuzones como flecos de tela, había sido siempre el mejor amigo del Chungo. La banda había comenzado con ellos dos. Los demás nos habíamos ido uniendo después. El Chungo y Toño eran vecinos de bloque y amigos desde niños, como Dardo y yo. Las bandas nacían así. Un par de chicos daban un palo y, si iba bien, repetían y se les juntaban otros chicos de los muchos que vagábamos por las calles del barrio y poco a poco empezaban a ir siempre juntos, a enfrentarse a otros grupos y a formar una banda estable. Había muchas de ellas en el barrio. Y la de los Recreativos Cosmos había empezado con el Chungo y Toño, un chico duro, de pocas palabras. Jamás le habían visto perder una pelea. Tenía una gruesa cicatriz que le cruzaba un lado de la cara desde la esquina del ojo a la comisura de la boca. Una cuchillada en una pelea a los trece años. Su rival, tres años mayor que él, perdió un ojo y ganó una lesión cerebral que le dejaría un tartamudeo de por vida. Toño era el que tenía peor carácter, más cuerpo y menos templanza de la banda. Cuando nos vimos en los Recreativos la misma tarde en que murió el Chungo y supo lo que le había ocurrido solo se encogió de hombros, escupió y gruñó un «menuda mierda». Era escaso de palabras y de sentimientos.

—Tú dirás —le ofreció Dardo.

—¿Quién ha decidido que tú seas ahora el jefe?

La pregunta detuvo el tiempo, el aire y a todos. El Trompos, que se estaba quitando el cigarrillo de la boca, quedó paralizado con los dedos sujetando la colilla que permaneció entre sus labios. A mí me tocaba el turno con la botella y también me quedé estático con ella a mitad de camino hacia la boca. Dardo observó a Toño sin inmutarse. Nunca se habían llevado bien. El Chungo era más amigo de Toño el Flecos, pero Dardo se había ido ganando su respeto porque era, a todas luces, el más inteligente del grupo, el que sabía elegir los objetivos donde actuar, el que mejor nos organizaba. Toño solo era fuerza bruta, un matón que inspiraba seguridad si se le tenía cerca.

—¿Quieres serlo tú? —le preguntó Dardo con un tono amistoso, incluso solícito.

—Puede ser.

—A lo mejor también quiere serlo alguien más. —Dardo nos fue mirando uno a uno—. ¿Peyo? ¿Pelao? ¿Zanco?

Solo Zanco contestó, nervioso:

—Yo, lo que digáis. Yo, a muerte con la banda.

Los demás esquivamos la mirada de Dardo. Al último al que miró fue a Toño, que dijo:

—Esta banda la creamos el Chungo y yo. Ahora que él no está...

No acabó la frase. Tan solo frunció el gesto, lo que dio aún más relieve a su cicatriz, y dio otro paso al frente hacia Dardo, que permaneció quieto. Toño era bastante más alto que él y mucho más corpulento. Parecía mayor de lo que era. Imponía. Y todos sabíamos que no tendría ningún inconveniente en resolver lo que fuese a golpes.

—Has venido de la comisaría y te has puesto a decirnos lo que vamos a hacer y lo que no y hasta lo que pasará con el dinero, como si ya fueras el jefe, aunque nadie te haya dicho ni te haya pedido que lo seas.

Todos mirábamos a Dardo ahora. El Flecos, retador, estaba a solo dos pasos de él. Un tenso silencio congeló la escena.

Dardo habló con firmeza pero con serenidad, sin la actitud desafiante de Toño:

—No seguiré en esta banda si no soy el jefe —dijo, y de nuevo nos fue mirando a todos, uno a uno, sin prisa—. Solo pensadlo. Conmigo como jefe o sin mí. Por mi parte, no hay otra.

Toño esperó, las piernas separadas, los puños prietos, listo para atacar o defenderse. No entendía otro lenguaje. Si por él fuera, habría zanjado aquel asunto a puñetazo limpio hasta que solo quedase uno en pie. Para él, la vida consistía en eso. Pelear y mantenerse en pie. Pero Dardo no tenía ni cuerpo ni intención de pelea. A todos nos sorprendió que en aquel momento, en que cualquiera diría que estaba a punto de decidirse cómo sería el resto de nuestras vidas, mantuviese la calma y hasta el tono amistoso.

—Un día —dijo—. Que cada uno piense lo que quiere. Durante un día. Mañana quedamos aquí a esta misma hora y decidimos.

—Buena idea —saltó Zanco, al que le costaba permanecer callado cuando le comían los nervios—. Pero, pase lo que pase, la banda seguirá unida, ¿verdad?

Toño no dijo nada. Dardo solo asintió.

—Entonces —siguió Zanco, de pronto erigido en árbitro—, decidido. Mañana. Y, ahora, ¿alguien se apunta a echar un futbolín?

Todos aceptamos. Nos repartimos alrededor de la mesa. Y lo anterior pareció no haber ocurrido. Volvimos a ser solo chavales de quince años. Jugamos, reímos, nos metimos como siempre con el Trompos porque manejaba fatal al portero y yo fui el que marcó más goles esa tarde y nadie volvió a mencionar la cuestión que había quedado aplazada hasta el día siguiente.

Zanco era el más bajito de la banda. De niño había tenido la polio y eso le había dejado la pierna izquierda un poco más corta y más delgada que la derecha, lo que le daba unos andares tambaleantes. Era menudo, puro nervio, con voz de pito. Se esforzaba en que nadie dudase nunca de su arrojo, pero su aspecto hacía difícil que le considerasen un tipo duro.

Si el Chungo le había admitido en la banda era solo porque, desde niños, Zanco había sido vecino y amigo del Jaro, al que todos teníamos por un héroe. El Jaro le había enseñado a dar tirones cuando solo tenía doce años. Nunca llegó a participar en los palos más importantes ni ascendió un solo peldaño en el escalafón de aquella banda, que era de las grandes, nada que ver con nuestro grupito del Cosmos. El Jaro tenía a sus órdenes a docenas de chicos. Daban palos de envergadura y eran temidos por todos. Zanco podía ser solo un crío servil y obediente que se subía de paquete en la moto y se lo pasaba en grande arrancando bolsos en los que solía encontrar poco dinero, pero estar con el Jaro le daba una deseada respetabilidad en el vecindario.

Cuando la poli le dio el golpe de gracia a la banda del Jaro, deteniendo de una tacada a más de treinta de sus miembros, Zanco no cayó. Era tan poco relevante que la poli ni siquiera reparó en él. Pero el Jaro no le olvidó. Debilitada la banda, Zanco pasó a estar más cerca de su famoso vecino y jefe. Unos pocos meses después de aquello, cuando el Jaro, ya detenido, logró un permiso del correccional para salir a ver a su novia, embarazada, Zanco fue uno de los antiguos compinches a los que reunió para desvalijar un chalé. Todo salió mal. Un vecino los vio y les salió al encuentro con una escopeta de caza y le abrió el pecho a tiros al Jaro. Aquel momento llegaría a ser mítico al convertirse poco después en una escena de la película *Navajeros*.

Pero Zanco lo vivió en persona. Vio morir al Jaro.

Huérfano de líder, se arrimó al Chungo, que soñaba con crear una banda tan impresionante como la del Jaro, y este no le acogió por su valía o su astucia, sino tan solo porque tenía aquel pasado, porque era un personaje, aunque fuera intrascendente, de un drama elevado a leyenda.

Dardo recurrió a Zanco porque sabía que este le apoyaría sin hacer preguntas. Le recogimos en el portal de su casa. Antes Dardo había venido a buscarme. Tampoco yo le negaría nada de lo que me pidiese. Éramos amigos desde niños. Vecinos de rellano en uno de los bloques del sector G, el más marginal de todo San Blas. Nos habíamos conocido compartiendo escondite. La azotea del bloque en que vivíamos. Dardo subía allí cada vez que su padre aparecía por casa con ganas de bronca y buscaba cualquier pretexto —la falta de cena preparada, el desorden, una cucaracha muerta en alguna esquina— para tomarla con aquel de los hermanos que tuviera más a mano. Si ese día el padre agarraba primero a otro, Dardo escapaba y se iba a la azotea. Yo hacía lo mismo siempre que mi madre se pasaba con el vino. No me gustaba verla cuando bebía. Mi madre llegaba de la calle, con dos botellas de tinto de Avilés como única compra en la tienda de ultramarinos, se sentaba en la cocina y las vaciaba hasta caerse de la silla al suelo, donde se quedaba hasta que alguno de sus hijos, a regañadientes y protestando, aceptábamos ayudarla a arrastrarse hasta la cama. Sentía una mezcla de pena y asco al ver así a mi madre. En cuanto ella se sentaba en la esquina de la cocina, un cigarrillo entre los labios, la botella ya en la mano, me largaba a la azotea. Allí coincidía con Dardo. Seis años. Uno, miedo al padre; el otro, vergüenza de la madre. El uno, hijo de un viudo violento; el otro, hijo de una borracha abandonada por el marido, ambos miembros de familias numerosas donde la vida doméstica solo consistía en un sálvese quien pueda. Construimos nuestra amistad en anocheceres de frío y hambre en una azotea. Allí compartimos los primeros cigarrillos, los primeros porros, las primeras cervezas y juntos bajamos de aquella azotea a descubrir el mundo, a participar en las batallas a pedradas de la plaza, a unirnos a bandas que nunca llegaban a cuajar, a sobrevivir y labrarnos un precario prestigio a golpe de peleas y atracos de poca monta. A mí me llamaban Peyo porque así me bautizó el propio Dardo, que ya tenía ese apodo cuando le conocí, nunca supe por qué. Dardo decía que yo era moreno y zorro como un gitano, que no parecía un payo, como mucho payo a medias, y así surgió la gracia de llamarme Peyo, casi payo, y con ello me quedé.

Dardo, Zanco y yo salimos del sector G. Dardo nos dijo lo que quería de nosotros. Me entregó un chuzo, un palo acabado en una punta de metal, como los que usaban los serenos, y él se quedó con otro. A Zanco le dijo que mantuviese los ojos bien abiertos y nos diera el queo si aparecía alguien. Ni Zanco ni yo le hicimos preguntas. A Zanco se le puso cara de susto, yo me limité a callar.

Lo esperamos en una calle estrecha y sin luz por la que sabíamos que pasaría en su camino de vuelta a casa. Apareció un cuarto de hora después. Iba solo, las manos en los bolsillos, la mirada baja.

Dardo le dio el primer golpe. Con la barra. En la boca del estómago.

Toño el Flecos dobló el cuerpo, cayó de rodillas, se rodeó el estómago con los brazos y boqueó en busca de aire.

Antes de que hubiera recuperado la respiración, Dardo ya le había dado por segunda vez. En la cara. Después le golpeé yo.

Toño se derrumbó de boca al suelo. Y allí seguimos apaleándole.

A apenas un par de metros, Zanco miraba a uno y otro lado, vigilando, oteando las sombras de la calle vacía.

Golpeamos a Toño como quien sacude una alfombra para sacarle el polvo. Yo me detuve antes, pero Dardo me instó a que continuara. Le obedecí, aunque ya no dejaba caer la barra con tanta decisión. Toño no había tenido opción de defenderse. Estaba en el suelo, su respiración sonaba como un ronquido y la cara, pegada al asfalto, estaba cubierta por la sangre que le manaba de nariz, cejas y labios.

Por fin Dardo me indicó con un gesto que parase. Luego, jadeante por el esfuerzo, se agachó y acercó su cara a la de Toño.

—Te espero mañana en el Cosmos. Nos va a ir de puta madre a partir de ahora, ya lo verás.

Nos marchamos.

Zanco y yo caminamos unos pasos por detrás de Dardo. Nos separamos sin despedirnos.

A la tarde siguiente la banda se reunió en el Cosmos. Dardo nos habló de los próximos palos que ya tenía planeados. Nadie los discutió ni recordó que había quedado pendiente decidir quién sería el nuevo jefe.

Toño el Flecos acudió a la hora convenida. Fue el que menos habló. La cara hinchada y con desolladuras aún en carne viva le impedían hacerlo.

Nadie le preguntó qué le había pasado y él tampoco lo contó.

Vamos a hacer algo grande, solía decirme. No estaremos siempre aquí. En esta azotea, en esta casa, en este barrio. Yo le escuchaba y le creía. Aquellas palabras de Dardo, dichas en la oscuridad de esa azotea a la que llegaban todos los ruidos que escapaban por las ventanas de la colmena —conversaciones familiares que acababan en risas o en discusiones, siempre en tono elevado, voces de locutores deportivos de radio y de presentadores de concursos de televisión, llantos de bebé y gruñidos de placer, todo a la vez, un zumbido caótico pero que a mí me sonaba familiar, como si formase la música de fondo con la que había crecido— eran mi consuelo, mi esperanza. Vamos a llegar muy lejos. Yo le escuchaba y miraba al cielo, compartía con mi amigo una toba de Bisonte o de maría o un bocata hecho a toda prisa con un pedazo de queso duro o un botellín de cerveza birlado en el ultramarinos, y me aferraba a unas palabras que me ofrecían un futuro, que eran la única puerta entreabierta por la que vislumbrar una escapatoria de esa vida de días inertes y noches de azotea. No necesitaba que me diera detalles. No pedía saber más. Tan solo deseaba que Dardo siguiese repitiéndome aquello mientras íbamos creciendo. Vamos a salir adelante, vamos a irnos de aquí.

El Chungo murió en aquel accidente estúpido y Dardo

vio en ello la oportunidad de ponerse al frente. Yo sabía que, para mi amigo, liderar su propia banda solo era un paso adelante en aquel camino de huida que llevaba planeando desde que éramos unos niños. Y, por supuesto, estaba decidido a seguirle sin hacer preguntas, sin importarme adónde nos llevase, daba igual, yo le seguiría, yo estaría al lado de Dardo.

Llegaron buenos tiempos. Dardo se encargó de que así fuera. Sabía lo que quería. La banda progresó. Fue él quien se ocupó de comprar armas para dejar de ser solo unos vulgares navajeros. Invirtió en su totalidad el botín de un par de palos —una mercería en Vicálvaro y una tienda de vinos en Prosperidad— para comprarle una pistola del 9 largo y dos escopetas recortadas a un tipo que comerciaba con armas de quinta mano en la trasera de su taller de motos de Vallecas. Dedicó muchas horas a acompañar al Trompos a robar coches para que practicara y perfeccionara sus habilidades como conductor, más allá de lo mucho que le divertía hacer los trompos que le habían valido su apodo. Incluso condujo personalmente la Bultaco Lobito desde la que Zanco dio varios tirones que ayudaron a completar la cantidad que hacía falta para comprar además balas y cartuchos. Fue también el propio Dardo quien entró en contacto con un gitano de Los Focos que le daba buen precio por los objetos robados: carteras, pulseras, relojes, bisutería, lo que fuese. Aquel perista, al que le gustaba exagerar diciendo que era el único de su raza que no se dedicaba a la droga, más por tradición familiar que por remilgos morales, echaba un vistazo a la mercancía que le llevábamos Dardo y yo y ofrecía una cantidad única por todo el lote que había que pelear hasta sacarle, como poco, un tercio más. Cuando fuimos cogiendo confianza tras unas cuantas visitas, Dardo le pidió que no nos hiciese perder el tiempo con aquellos regateos y el tipo se agarró un monumental enfado, porque no concebía la compraventa sin negociación, hasta estar a punto de echarnos de su chabola y romper aquella fluida relación comercial.

En su afán por controlarlo todo, Dardo llegó a imponer que la banda tuviese un único camello, un tipo pellejudo con aspecto de hurón desnutrido, consumido por la tisis, con el que solo nos veíamos él y yo en un callejón del sector G y que nos proveía de hachís, maría y caballo. Dardo pretendía contener así el consumo de todos los miembros de la banda. Pagaba la droga con un fondo común y la repartía entre los seis y así esperaba, sobre todo, que el Trompos y el Pelao no se pasaran con la heroína. Colocados no me servís de nada, les decía, aunque no los controlaba solo por su utilidad, sino, según me aseguró, porque le preocupaba que acabasen como era evidente que iban a acabar. Les compraba hasta las chutas, las jeringuillas, y les pasaba las papelinas jurándoles que si consumían por su cuenta él mismo les daría una paliza. Aquello no funcionó. Ninguno de los dos se ajustó a las dosis marcadas por Dardo y más de una vez Toño el Flecos, que tal vez odiase a Dardo, pero que nunca más se volvió a atrever a plantarle cara o desobedecerle, tuvo que encargarse, cumpliendo sus órdenes, de recordarles a puñetazos que se estaban pasando con el jaco.

Dardo seguía siendo también quien elegía dónde dar los palos. Su objetivo favorito eran las farmacias porque, además de la caja, te llevabas un cargamento de pastillas que se podían colocar después con los camellos del parque. También le gustaban las gasolineras, que solían tener una buena caja y que además permitían llenar los depósitos de los coches y motos robados. Pero no hacía ascos a otros comercios, siempre y cuando estuviese seguro de antemano de que la caja merecería la pena. Otra regla era no actuar nunca en nuestro barrio. Al vecindario, ni tocarlo.

Además, ya había suficientes chorizos friendo San Blas, tantos que los vecinos empezaban a exigir a las autoridades que les permitiesen armarse para repeler ellos mismos a aquella plaga de adolescentes atracadores.

Los palos eran de una sencillez casi ridícula. Mostrar la pistola y las escopetas era suficiente. Nadie oponía resistencia. Y se producían tantos que no había polis para prevenirlos o perseguirlos a todos, por lo que el riesgo de ser pillados era cada vez menor. Actuábamos con tanta frecuencia que pronto perfeccionamos un procedimiento que ejecutábamos con precisión. Dardo, el Pelao y yo entrábamos en el establecimiento que tocase. El Pelao apuntaba con la recortada a los dependientes, yo me ocupaba de vaciar la caja y Dardo recolectaba la mercancía. Fuera, el Trompos esperaba al volante del coche que hubiésemos pillado para dar el palo —y al que luego prenderíamos fuego en algún descampado— y Toño y Zanco se quedaban en la acera para impedir que entrase algún cliente y para dar la alerta si veían llegar a la pasma. Rápido, limpio y lucrativo. Riesgo mínimo.

Se corrió la voz. En el barrio la banda del Cosmos empezó a adquirir un cierto renombre. Cuando íbamos por la calle los tenderos nos saludaban con deferencia, agradecidos de que nos mantuviésemos alejados de sus negocios. Los miembros de otras bandas nos trataban con respeto, sin meterse en líos con nosotros, sabedores de que Toño el Flecos no dudaría en poner firme a cualquiera que se atreviese a retar o incordiar a alguno de los miembros de nuestra banda. Hasta las chicas y los polis nos miraban de otra manera, se fijaban en nosotros, habíamos dejado de ser transparentes para las unas y los otros. Y eso nos gustaba. Bandas había muchas. En aquellos años por las calles de San Blas, de Vicálvaro, de Vallecas pululaban centenares de chavales dispuestos a todo con tal de sacarse unas calas, algún dinero, para después dejárselo en heroína; jóvenes como nosotros, que no iban al colegio, que no iban a ninguna parte, que vivían sin destino y sin miedo, porque el miedo solo se siente cuando se tiene algo que perder. Muchos de ellos acababan pronto en el correccional o en el cementerio. Pero los miembros de la banda de Dardo no. Porque él nos cuidaba. Porque él era a la vez jefe, amigo, padre y tutor de los cinco chicos que pronto pasamos de obedecerle a admirarle. Porque él nos había proporcionado ese respeto que ahora inspirábamos, nos había hecho dejar de ser uno más, otros tirados. Nos dio una identidad: miembro de la banda del Cosmos, ni más ni menos.

Por si fuera poco, el dinero fluía. Dábamos golpes de cuarenta, de cincuenta, a veces de cien mil pesetas de botín. A todos nos parecía una maravilla. Menos a Dardo. Hay que aspirar a más, nos dijo una tarde cualquiera en el Cosmos. Ya estamos preparados. La ruta hacia el éxito que nos marcara aquel primer día en que se proclamó nuestro jefe no había variado.

Tocaba dar el salto. Siguiente paso.

Todos le escuchamos y asentimos y nos abrazamos y gritamos y nos dimos palmadas en la espalda unos a otros.

Todos nos sentíamos igual.

Ya éramos hombres.

Éramos hombres importantes y peligrosos.

El primer asalto a una vivienda que hicimos fue a un chalé al final de la calle del General Mola, una zona próspera pero aún poco poblada. El plan no era muy diferente al de los palos habituales. El Trompos fuera, esperando al volante de un Seat 1200 recién robado. Zanco y Toño el Flecos vigilando la calle. Los otros tres, dentro. Entramos en la casa con facilidad, haciendo palanca con una barra hasta que saltó la cerradura de una puerta trasera. La casa estaba vacía. Llevábamos varios días turnándonos para vigilarla. Habíamos visto subirse a un taxi, llevando maletas, al matrimonio ya mayor que vivía en ella.

Entramos y la primera impresión fue de sorpresa. Nunca habíamos visto muebles y cuadros y alfombras como aquellos. Los tres nos quedamos alelados, asombrados de que pudiera existir aquel lujo, deslumbrados por una elegancia que resultaba palaciega comparada con lo que conocíamos. Dardo nos dijo al Pelao y a mí que buscásemos, sobre todo, en los cajones de los dormitorios. Dinero y joyas. Nos separamos para recorrer las habitaciones.

El Pelao buscó por la cocina y después bajó al sótano. Abrió una puerta al final de las escaleras y allí se encontró cara a cara con el perro. Un dóberman que le recibió con un feroz rugido y la afilada dentadura desplegada. Durante las vigilancias ninguno habíamos visto que hubiera un perro.

El animal saltó sobre el Pelao, que gritó aterrado y cayó hacia atrás por la embestida. Las fauces del perro le apresaron la mano izquierda. Aulló de pánico y de dolor. Dardo y yo bajamos corriendo. Nos encontramos con el Pelao tendido a la entrada del sótano, intentando revolverse para patear al dóberman, que mantenía los dientes hundidos en su mano.

No me lo pensé. Yo era el único que había entrado armado, solo por si acaso, dado que no esperábamos encontrarnos a nadie. Disparé la recortada. El dóberman salió impulsado hacia atrás, el costado reventado por el impacto de los cartuchos. Entre sus mandíbulas se llevó dos dedos de la mano izquierda del Pelao.

—¡Hay que largarse! —gritó Dardo.

El estampido del disparo había sonado como un trueno. Debía de haberse oído en toda la manzana.

Salimos corriendo de la casa, el Pelao agarrándose la mano herida con la sana, sollozando de susto y de dolor, Dardo maldiciéndome por haberme precipitado disparando y yo gritándole a Toño y a Zanco que se subieran al coche a toda prisa y al Trompos que arrancase y nos alejase de allí cuanto antes.

Aquel desastre terminó con los seis apelotonados en un coche mal elegido por demasiado pequeño, poniéndose todo perdido con la sangre que brotaba como si fuese un aspersor de la mano mutilada del Pelao, Dardo intentando que este se estuviese un poco quieto para tratar de parar con un pañuelo aquel chorreo, Zanco y Toño discutiendo sobre quién era el culpable de que no hubiesen visto a aquel maldito perro durante las vigilancias, y el Trompos poniendo en peligro la vida de todos conduciendo a una velocidad desbocada.

Al Pelao le cosieron la mano en un ambulatorio adonde lo llevó Dardo, que se encargó de inventar una historia sobre el ataque de un perro propio.

Unos días después fuimos ya capaces de tomarnos a risa aquel caos, todos menos el Pelao, al que maldita la gracia que le hacía haberse quedado con ocho dedos. Tan solo nueve días más tarde estábamos entrando en una vivienda en Carabanchel de la que nos llevamos cuarenta mil pesetas y un botín de relojes, joyas y marcos de plata que colocamos al perista gitano por un buen precio. Dardo decidió darle todo lo que sacamos con aquel palo al Pelao, como una forma de compensarle por la pérdida de los dedos, y este se lo gastó de una tacada en caballo y estuvo varios días desaparecido, hasta que regresó al Cosmos con mono, sin un duro y crispado por un dolor en la mano que ya nunca le abandonaría.

Seis meses después de aquella chapuza y tras muchos otros palos que nunca volvieron a salir tan mal como el primero, la banda dio su mejor golpe. Una sucursal del Banco Popular en Barajas. Un atraco que Dardo planeó hasta el último detalle.

Nos obligó a pasarnos varias tardes en los Recreativos sin hacer otra cosa que no fuera repasar cada paso. Esta vez robamos dos coches. Conducirían el Trompos y Toño. El Pelao, que con solo tres dedos en la mano izquierda ya no se manejaba igual de bien con las armas, se quedaría en la acera vigilando. Entramos Dardo, Zanco y yo. Nos cubrimos las caras con pasamontañas, algo que nunca habíamos hecho antes y con lo que nos sentimos como ladrones de película. Dardo y yo llevábamos las recortadas. A Zanco le tocó la pistola, que empuñaba con mano temblorosa, comido por unos nervios que era incapaz de controlar. Los tres empleados, los cuatro clientes y el director de la sucursal no opusieron resistencia. Era el tercer atraco que esa oficina sufría en apenas un trimestre. Pero nosotros tuvimos más suerte que los anteriores. La caja estaba llena. Nos llevamos tres millones de pesetas. Una fortuna. No nos lo podíamos creer.

Nos habíamos convertido en atracadores de bancos.

Ninguna de las otras bandas del barrio había sacado tanto dinero de un solo golpe.

Éramos los mejores.

Y, además, ahora éramos ricos.

Dardo apareció la tarde siguiente en el Cosmos con una de las bolsas de deporte que habíamos usado para el atraco.

—Tengo algo para vosotros —nos dijo resplandeciente de alegría—. Un regalito.

Sacó de la bolsa y dejó sobre la mesa de billar lo que traía. Seis hebillas. Unas grandes hebillas de plata. Seis cabezas de águila de perfil. Cada vez que uno cogía su hebilla, Dardo metía la mano en la bolsa y le entregaba también un grueso fajo de billetes.

—Y, ahora, nos vamos a celebrarlo.

Dardo nos llevó al Devils, el club de putas más elegante de la calle Orense. Allí no solían admitir a mocosos como nosotros. Seis niñatos vestidos con camisetas y vaqueros ceñidos, calzados con viejas zapatillas de deporte Kelme y luciendo unas vistosas hebillas de plata en el cinturón. Ahuyentaríamos a la clientela. Pero Dardo ya se había ocupado de todo.

—El dinero es la mejor llave para abrir cualquier puerta —nos dijo cuando llegamos, dándoselas de gran señor.

Ya lo había hablado con el dueño, un tipo curtido en bregar con todo tipo de clientes. Todo listo. Una sala privada solo para nosotros, un camarero que nos serviría todas las bebidas que pidiésemos y un grupo de chicas que se mostraron encantadas de recibirnos.

Aquella noche perdí la virginidad con una dulce chica con acento de Jaén que llevaba una peluca de pelo liso rojo y aseguraba llamarse Tania. Fue algo rápido y confuso, pero les dije a todos que había sido la leche. Y lo mismo dijeron Dardo, Toño y Zanco. El Trompos y el Pelao prefirieron dejar pasar la ocasión. Habían pillado jaco y las chicas no les interesaron nada. Se quedaron en el reservado metiéndoselo mientras los demás nos íbamos a disfrutar con la compañía elegida.

La juerga acabó cuando amanecía. Volvimos al barrio ya resacosos. Adormilados y satisfechos. Caminamos por un escenario lúgubre, unas calles vacías y cubiertas por un acerado azul de una fría tristeza que contrastaba con nuestro buen ánimo. Nos despedimos cuando llegamos a la altura de los Recreativos con abrazos y risas.

Aquella noche tal vez fue el momento más feliz de la banda.

Robábamos bancos y nos íbamos de putas. Nos sentíamos respetados, importantes, diferentes. Habíamos recorrido un largo camino y estábamos en la cumbre a la que siempre soñamos con llegar.

Ninguno habíamos cumplido aún los diecisiete.

Las chicas estaban sentadas en uno de los bancos que miraban al estanque. Dos en el respaldo y tres en el asiento. Charlaban a media voz, pero reían con estruendo.

Yo las vigilaba desde una distancia prudente, sentado en la hierba, fingiendo estar ocupado en arrancar una brizna, en contemplar las aguas muertas del estanque, en no hacer nada salvo esperar. Creía que ellas no habían reparado en mi presencia, aunque también sospechaba que yo podía ser la causa de sus comentarios cuchicheados y de los coros de risas.

Merche se separó del grupo. Se bajó del banco, se despidió de sus amigas y se rio cuando le desearon suerte y silbaron y le dijeron que tuviera cuidadito de vuelta a casa. Caminó hacia donde yo estaba y, cuando la vi venir y me levanté, las cuatro chicas que quedaban en el banco aplaudieron burlonas.

—Anda, venga —me dijo—, déjate de jugar a los espías y acompáñame a casa.

Era malo disimulando. No era la primera tarde que iba al parque a rondarla. Normalmente Merche se iba con alguna otra y, en esos casos, desistía de acercarme. Pero, si iba sola, me decidía a abordarla. Resultaba un poco absurdo que me anduviese con tantos miramientos con aquella chica a la que conocía desde antes de que supiera andar.

Señalé atrás, a las chicas que aún reían y aplaudían.

—No deberías perder el tiempo con esas.

Merche me miró sorprendida y risueña.

—¿No te gustan mis amigas?

—Deberías estar estudiando, en vez de pasarte todo el día en un banco del parque.

—¿Ahora eres mi padre?

Merche me dedicó una mirada retadora. Era menuda, de pelo moreno y tez clara, de nariz altiva, barbilla firme y sonrisa enchulada. Tenía quince años, pero en aquel barrio se perdía pronto el aire de niña y se imponían las maneras de mujer. Llevaba, como todas las chicas, una cinta en el pelo y cazadora vaquera y tacones demasiado altos y colores chillones iluminándole uñas y párpados.

Le sostuve la mirada. Observé sus ojos. Pestañas con exceso de rímel. Ojos marrones. Pupilas demasiado dilatadas.

—¿Qué te has metido?

Merche se apresuró a apartar la mirada.

—Nada. Una pastilla. Solo por divertirnos.

—¿Una pastilla? ¿Qué pastilla?

—No lo sé. No las traje yo. No sé el nombre, ni siquiera sé muy bien qué es. Estoy bien.

Me detuve. Estábamos en la salida del parque. Las otras chicas ya no podían vernos.

Agarré a Merche del brazo.

—Oye, ¿por qué no dejas de hacer el idiota?

Ella se soltó con brusquedad y volvió a andar.

—¿Para eso has venido? ¿Para decirme lo que puedo y lo que no puedo hacer?

—¿Sabe tu hermano que consumes anfetas?

—Una pirula no me convierte en una drogota, así que no me vengas ni con sermones ni con mi hermano ni con mierdas, ¿vale? —Merche aceleró el paso—. ¿Quién te crees que eres, aparte del perrito faldero de Dardo?

—¿Eso piensas que soy?

—Dicen que eres bueno robando coches, que no hay cerrojo ni puente que se te resista.

—Qué sabrás tú de eso...

—He preguntado por ahí sobre ti.

Preguntaba por mí. Eso me gustó.

El enfado se desvaneció con rapidez.

—Venga —me dijo ella—, ¡robemos un coche! Demuéstrame lo que sabes hacer. Llévame de paseo.

Una tarde la llevé a un descampado junto a las chabolas del Cerro del Tío Pío para disfrutar de las vistas de los tejados de Madrid. Compartimos un canuto de hachís, sueños y secretos.

—Desde pequeña he querido ser peluquera. Antes estaba segura. Pero ya no. Si tú pudieses elegir, ¿qué querrías ser?

—¿Yo? Yo no sirvo para mucho. Montaría un taller de coches. Puede que eso se me diera bien.

—¿A eso es a lo que aspiras? ¿A estar siempre vestido con un mono sucio y con las uñas llenas de grasa?

—¿Qué querrías ser tú?

—Yo sueño con otra vida. Lejos de aquí. Una casa grande con un jardín. Tres perros, de esos grandes que tienen el pelo dorado. Ropa elegante. Y una peluquera que vendría a mi casa a peinarme.

—¿Y un hombre a tu lado?

—¿Quién necesita un hombre si es rica?

—Alguien tendría que cuidar de ti. Yo cuidaría de ti.

Merche me miraba con un mohín burlón.

—¿Tú? Tú solo eres un pringado. Acabarás como todos. En la trena o en algún callejón. No, Peyo, yo no estaré nunca con hombres del barrio.

—Entonces vámonos de aquí. Del barrio. De esta ciudad. Muy lejos.

Merche extendía la mano y me acariciaba el pelo, y yo no sabía si aquello era un gesto sincero de cariño o si formaba parte de sus burlas.

—¿Tú y yo? ¿Juntos?

—Sí.

—¿Eres rico?

—Aún no.

Merche cogía el canuto, aspiraba con ganas y expulsaba con fuerza el humo, que se desvanecía tan deprisa como sus fantasías.

—Nunca te harás rico robando coches y asaltando gasolineras. Algún día te pegarán tres tiros y ese día no quiero ser yo quien tenga que llorar por ti.

Nos separábamos en el portal. Volvíamos de dar un paseo, de tomarnos unas cervezas en algún bar, de caminar hasta salir del barrio, de sentarnos en algún banco a dejar pasar la tarde y, cuando llegábamos al portal, a pesar de que los dos vivíamos en el mismo bloque, Merche desaparecía por las escaleras y yo me quedaba fuera, fumando un último cigarrillo antes de subir. No era algo acordado, ni siquiera éramos conscientes de ello.

En el portal de aquel edificio donde ambos habíamos crecido, en la oscuridad de un atardecer con lluvia, la agarré por la cintura y la apoyé contra la pared y le acerqué la cara hasta confundir nuestros alientos, y ella entreabrió la boca y adelantó una pierna para meterla entre las mías.

—Voy a besarte.

—A lo mejor no te dejo.

Ella jadeó un poco. Yo aplasté mi pecho contra el de ella.

—¿Quién te crees que eres?

—Solo soy un tío del barrio. Nada más.

—Yo no soy como tú.

—Eso es lo que tú te crees.

—Anda, suéltame —me dijo, aunque no se movió; mi pecho contra el suyo, la pierna de ella entre las mías—. Tengo novio.

—Eso es mentira. Y, además, me da igual.

Y ella gimió cuando la aplasté un poco más contra la pared, las manos de ambos buscándonos.

Días después Dardo me salió al encuentro en aquel mismo portal, una tarde en que había quedado con ella. Yo bajaba por las escaleras y Dardo estaba apoyado contra la pared, justo en el mismo sitio en que Merche y yo solíamos besarnos y tocarnos.

—¿Adónde vas?

Desaceleré el paso y me encogí de hombros.

—Por ahí. Cosas mías.

—Merche no va a bajar.

Yo conocía bien la mirada que vi en Dardo: era la que se le ponía cuando algo salía mal, cuando quería recordar quién mandaba en la banda o cuando nos decía que estaba harto de algún tercero a quien esperaba que Toño o quien fuese le hiciese saber que le estaba tocando las pelotas. Nunca, hasta ese momento, me la había dirigido a mí.

—Deja a mi hermana en paz, Peyo.

Aguanté.

—Eso no es asunto tuyo.

Dardo no pareció escucharlo.

—Merche no se pudrirá en este barrio de mierda. Hay una escuela en Cuatro Caminos. Enseñan peluquería y esas cosas: maquillar, pintar uñas, poner cremas, lo que cojones sea. Voy a pagarle esa escuela. Quiero que salga de aquí. Tengo planes para ella y en ellos no hay sitio para ti.

Dardo y yo nunca peleábamos, nunca discutíamos. Yo no pensaba que fuese eso que a Merche le gustaba llamarme cuando me quería chinchar: «perrito faldero», «segundón», cosas así. No, nunca había sentido que fuese Dardo quien dirigiese mi vida. Nunca hasta ese momento.

—Eso tendrá que decidirlo ella, ¿no?

Dardo sonrió y, fue algo curioso, en ese momento se dio un aire con su hermana. Los dos tenían una sonrisa valiente y retadora, solo que la de Merche poseía también un encanto algo infantil, mientras que la de Dardo parecía ser siempre el prólogo de una amenaza.

—No, Peyo. Eso lo decido yo.

Dardo se separó de la pared en la que estaba apoyado y se plantó, firme, frente a mí.

—Sigamos con lo nuestro. Coge la parte que te toca. Ahorra. Algún día tú y yo dejaremos este bloque. Te irás de aquí. Nos iremos los dos. Tendrás un trabajo o un negocio o lo que sea. Y una chica cariñosa a tu lado. Pero no será mi hermana. Porque ella no es para ti, ¿lo entiendes?

Volví a ver a Merche unos días después de aquello. Ella salía del ultramarinos. Cuando vio que me acercaba, aceleró el paso.

—Déjame.

—¿No vas a hablarme?

—Te digo que me dejes.

—Por tu hermano, ¿verdad? Te ha dicho que no me hables.

—Lo mismo que te ha dicho a ti.

—Pues ya ves que no voy a obedecerle.

Merche no me miraba. Caminaba con la mirada baja, fija en el suelo.

—Creía que hacías todo lo que te ordenaba Dardo.

—Ya ves que no.

—Te meterás en problemas.

—Lo haré por ti.

—No pierdas el tiempo. Tengo novio.

Ella aceleró más aún al acercarse al portal de su bloque. Yo mantuve el paso a su lado.

—Dices eso para fastidiarme. Pero no tienes novio. Yo soy tu novio.

Merche puso esa expresión suya entre la burla y el desprecio que yo conocía tan bien.

—¿Tú? Ni lo sueñes.

Fue en un Milquinientos. Robado esa misma tarde. En un descampado oscuro a la salida de un polígono de Canillejas. Hicimos el amor en el asiento trasero. Y aquello no se pareció en nada a lo de las chicas de los clubs. Aquello fue lo mejor que me había pasado nunca.

Merche me abrazaba con fuerza, me besaba con ternura, guiaba mi boca y mi cuerpo a donde más lo deseaba y me susurraba al oído:

—Solo eres un don nadie.

Y yo me dejaba llevar porque lo único que ansiaba era llegar a donde ella decidiese llevarme.

Dardo era el tercero de cuatro hermanos, Merche era la pequeña. El padre había llegado al barrio a finales de los sesenta. Le habían dado una vivienda protegida en la calle Carteros cuando el barrio se organizó según las profesiones de quienes empezaban a poblarlo. En aquel piso habían nacido sus cuatro hijos y allí había muerto la mujer de algo que nunca se supo si fue un derrame, un infarto o solo rendición. Viudo y jubilado antes de tiempo por una insuficiencia respiratoria que le impedía seguir cargando con la saca de reparto del correo, el hombre trasladó a la familia a un nuevo piso en un octavo del sector G y dedicó su vida a dejar pasar el tiempo en el bar. Era capaz de dar coba durante horas a un tinto porque la pensión no le alcanzaba para emborracharse. Vivía una vida estancada en la amargura y el desprecio.

El Juanele, primogénito de la familia, había sido un bala perdida desde niño. Hizo todo lo que uno imaginaría que acabaría haciendo con solo verle de crío gamberreando por el barrio. Dejó el colegio sin pasar de primaria, se dedicó a alternar estancias en correccionales con periodos de libertad que echaba a perder dejándose pillar por la poli en cuanto le sacaba a algún vecino la navaja para exigirle unas monedas, se enganchó a esnifar todo tipo de porquerías, ya fuese pegamento o gasolina, y a fumar el kif que vendían en sus días de paseo los soldados marroquíes del cuartel de Conde Duque. Maduró lo justo para unirse a alguna de las primeras bandas de cierta envergadura que hubo en San Blas en los setenta. Murió a los dieciocho de una cuchillada, que nunca estuvo claro quién se la dio ni si fue por tener deudas o por pasarse de chulo con quien no debía, y ni padre ni hermanos le lloraron en exceso porque apenas le veían por la casa y siempre habían sabido que aquel ù otro parecido sería su final.

Los otros tres hermanos —el Nico, Dardo y Merche— se alternaron desde entonces como objetivo aleatorio de la rabia del padre, una ira que se disparaba por cualquier pretexto. Nico era un bicho raro, tímido y callado. No iba al instituto. Se pasaba el día en la biblioteca leyendo libros sobre Egipto y recibía los golpes del padre sin protestar, con paciencia, esperando tan solo a que se cansase. Era el que más cobraba, porque Dardo y Merche eran más rápidos cuando llegaba el momento de escabullirse, él subiéndose a la azotea, ella buscando refugio en casa de alguna vecina, donde solía quedarse a dormir y no volvía hasta que a la mañana siguiente el padre se había ido al bar. La vida familiar consistía en ver a quién pillaba el cartero enfisémico por banda, ese hombre agrio que nunca se preocupó por la educación, el futuro o el crecimiento de unos hijos que dejaron de interesarle el día que la madre murió. Solo les daba la mitad de su pensión para que se alimentasen y bofetones a mano abierta cada vez que se volvía a cabrear con el mundo.

Hasta que, en uno de nuestros encuentros en el asiento trasero de un coche recién ligado, vi la marca de unos dedos en el culo de Merche y un arañazo en un muslo y un pezón ennegrecido por un moratón, y le pregunté quién le había hecho todo eso, con quién me la estaba pegando, quién era el cabrón con el que me ponía los cuernos y le dejaba el cuerpo así.

—Ya te dije que tenía novio —me contestó Merche, que se vistió a toda prisa, como si al volver a ponerse la ropa fuese a olvidarme de lo que acababa de ver.

—Tú no tienes novio —le gruñí, negro de celos y rabia—. El que te ha hecho todo eso es solo un cabrón que no es ni novio ni hombre.

Merche me dijo que aquello no era asunto mío, que ella no me había prometido ser solo para mí, y se bajó del coche y se alejó a paso rápido.

Merche y yo nos peleábamos a menudo. Por nada. Porque ella tenía mal carácter y yo poco aguante. Porque yo me ponía a darle lecciones y a Merche le aburría tanto sermón. Porque a veces me comportaba como un gallito mandón, un chuleta de ordeno y mando, y Merche no estaba por pasar por el aro de que ni yo ni ningún otro viniese a decirle lo que tenía que hacer, que para eso ya aguantaba al pesado de su hermano, decía. Nos peleábamos y pasábamos unos días o un par de semanas sin hablarnos, hasta que uno u otro nos buscábamos en el portal o en el parque o en cualquier otro lugar y pactábamos a regañadientes una tregua y volvíamos a hacernos con unas chinas, unas cervezas y un coche y nos íbamos a algún descampado a pasar la tarde en el asiento de atrás.

Pero volví a verle señales semejantes en otro encuentro en que ella se resistió a ser desnudada y yo me empeñé hasta conseguirlo y les eché el pestillo a las puertas del coche y le aseguré que de allí no nos movíamos hasta que me dijese el nombre del animal que le dejaba medio cuerpo lleno de marcas o si no se lo tendría que contar a Dardo o incluso a su padre.

Merche bajó los ojos cuando dije aquello. Y lo supe.

Hablé con Dardo. Nunca mencionábamos a Merche en nuestras conversaciones. Desde que Dardo me prohibiera verme con ella, Merche y yo habíamos mantenido nuestra relación en secreto. Cuando yo iba con Dardo y me encontraba con ella donde fuese, ninguno de los dos dábamos la menor señal de reconocernos siquiera. A ambos nos producía una mezcla de placer y temor el vernos a escondidas de Dardo. Eso les daba un cierto aliciente a nuestros encuentros, una sensación agradable de secreto y peligro.

Se lo conté y Dardo no dijo nada. Nunca me hizo ningún comentario ni sobre el hecho de que siguiera viéndome con su hermana ni sobre mi descubrimiento.

Ese mismo día Dardo esperó a que su padre volviera a casa. Por una vez no evitó encontrarse con él. Le esperó frente a la puerta y en cuanto el padre la abrió Dardo solo le dijo que tenía que marcharse. Y al padre le bastó mirar a los ojos a Dardo para saber por qué. Apenas trató de resistirse, de argumentar que no tenía adónde ir, de recordar que era él quien les daba de comer con una parte de su pensión. Dardo le interrumpió. No le denunciaría, no le mataría, que era lo que de verdad deseaba hacer. Solo le ordenaba que diese media vuelta y se fuese. De la casa, del barrio y de sus vidas para siempre.

Nunca volvieron a verle. Nunca le echaron de menos. Dardo dedicó su parte de los palos a mantenerse él y sus hermanos. No volvieron a mencionar al padre. Poco más de un año después Nico anunció a sus dos hermanos, sin entrar en muchos detalles, que se marchaba a Francia, que le había salido un trabajo que no les detalló. Metió una muda de ropa en una bolsa de deporte, les dijo que les escribiría para contarles cómo le iba y salió por la puerta para tampoco regresar jamás. Nunca les escribió.

Fue Merche quien me contó cómo Dardo había echado a su padre. Y me dijo que no quería volver a hablar de ello.

Dardo ya no tenía que subirse a la azotea para huir de su padre. De todas formas, íbamos cada vez menos. Ya no necesitábamos tener un escondite. Ya no éramos unos niños. Pero añoré aquellas noches en la oscuridad, el mejor recuerdo que iba a quedarme de una infancia en la que poco más habría que mereciese ser recordado.

No fue eso lo único que se terminó.

Poco después Merche me dijo que se había acabado lo de andar echando polvos furtivos en el asiento trasero de un coche robado. Iba a buscarse un novio. Pero ahora sí: uno de verdad. Lo habíamos pasado bien, pero, joder, Peyo, me dijo, tú solo eres un pelanas y, si sigo contigo, nunca llegaré a ninguna parte. Inició una nueva vida. Sin mí. Y yo solo supe contemplarla desde la distancia. La veía por el parque, por las calles del barrio, en bares y discotecas, a menudo acompañada de otros, y esperaba, como un perro abandonado pero fiel, que se aburriese de cualquiera de aquellos novios pasajeros, convencido de que tarde o temprano volvería a estar conmigo.

Respeté la distancia que ella puso entre los dos, sin decidirme a dar el primer paso. Y ni siquiera sé por qué fue así, por qué no supe conservarla, recuperarla, por qué preferí esperar, dejarla vivir su vida, confiar en que ella sola decidiese regresar, sin ser capaz de darme cuenta de que eso nunca iba a ocurrir.

Cuando estaba con la banda me creía un tipo duro, peligroso, valiente. En cambio, cuando veía a Merche, solo era un tonto enamorado.

Tardé en comprender que, el día que advertí a Dardo de lo que ocurría con ella y su padre, había salvado a Merche y, a la vez, la había perdido.

La policía nos rondaba. Nos vigilaban como fieras agazapadas, dispuestos a abalanzarse sobre nosotros en cuanto les diésemos un buen motivo. Por supuesto, sabían quiénes éramos y lo que hacíamos, pero también sabían que sin pruebas, sin nada concreto con lo que sustentar una acusación en firme, de poco serviría llevarnos a una comisaría, más allá de darnos la tunda de golpes de rigor y soltarnos pasados dos o tres días, así que se limitaban a observarnos y a esperar.

Los policías que patrullaban el barrio en sus 131 pasaban por delante de los Recreativos y reducían la velocidad, para que nos diese tiempo de advertir su presencia. No era algo que nos inquietase. Los policías formaban parte del paisaje, de la vida cotidiana, como los camellos, los yonquis, los carteristas o los sirleros. Personajes pintorescos, poco más. A veces ibas caminando y te cruzabas con parejas de agentes que se te quedaban mirando, que te saludaban, que te dedicaban una mueca retadora. Acababan saludándonos por nuestro nombre como si de unos vecinos bien avenidos se tratase. Querían que los viésemos, que supiésemos que estaban ahí, que nunca se nos olvidase que al menor error estarían encantados de llevarnos directos al correccional y, pronto, por edad, a la cárcel.

A Dardo le gustaba su presencia. Lo consideraba una

señal de estatus. La banda del Cosmos seguía aumentando su prestigio. Ahí los tenéis, nos decía, cuando veíamos pasar uno de sus coches por delante de los Recreativos, los buitres revoloteando. Les preocupamos, les importamos, añadía con orgullo. Aquello solo nos obligaba a actuar con algo más de cautela, pero no nos impedía seguir a lo nuestro.

Pero aquella presencia fue a más. Sobre todo a partir de la pelea en el bar El Lago. Ocurrió una noche de sábado, al concluir un concierto de Obús en el Barra.

Las peleas en las noches de discotecas eran algo frecuente. Los fines de semana íbamos toda la banda a locales donde sonase música heavy. Nosotros no somos chorizos de rumba y flamenquito, decía Dardo. Los sábados por la noche nos presentábamos en Barrabás, en Canciller o en Consulado, en cualquiera de las discotecas más cañeras. Vestíamos nuestras mejores galas. Camisetas negras con dibujos de motos o calaveras entre llamas en el pecho o en la espalda, Lois ceñidos, botas y, por supuesto, las hebillas relucientes en la cintura. Entrábamos los seis a la vez para que la gente tuviese bien claro que la banda del Cosmos había llegado. Nos gustaba que nos mirasen, que supiesen quiénes éramos. Luego, cada uno iba a lo suyo. Dardo se dedicaba a las chicas. No pasaban ni cinco minutos antes de que se le acercase alguna al hueco de la barra en que se hubiese instalado. No nos engañemos, siempre fue el más atractivo del grupo y sabía ser seductor, aunque no lo necesitara. Tenía el don de los líderes, un aura casi mítica. Yo era más natural o eso creo ahora. Por lo general me quedaba con alguna amiga de la chica que estuviese con él. Compartí besos y sobeteos con más de una en los rincones menos iluminados de las discotecas. Era mi forma de desengancharme de Merche. Zanco también ligaba a veces. El Pelao y el Trompos desaparecían rápido, directos a meterse un pico en los lavabos. Y Toño el Flecos hacía la guerra por su cuenta. Se perdía en la marabunta de chicos y chicas que abarrotaban las discotecas y no volvíamos a saber de él hasta bien avanzada la noche.

Las peleas formaban parte de la rutina. El motivo era casi lo de menos. Cualquier afrenta valía. Viejas o nuevas rencillas, enemistades individuales o de grupo, ofensas por hecho u omisión, daba igual. Una mirada, una palabra o un mal gesto equivocado. Ibas fuera —porque era una regla sagrada que no se peleaba dentro de la discoteca—, y comenzaba la pelea, que solía convertirse en una batalla de grupo.

Participamos en muchas. Algunas llegarían a convertirse en esas historias que se cuentan una y otra vez cuando uno vuelve la vista atrás. Así fue una con un grupo de soldados que iban a participar al día siguiente en algún tipo de ceremonia de graduación o lo que fuese en Capitanía General. Se plantaron una noche frente a la entrada de Consulado, con su aspecto de atletas recién duchados, el pelo al uno, los musculosos brazos apretados por las mangas cortas, los mentones alzados con un rictus de desafío. No hizo falta mucha provocación. Fue una guerra de clase. Todos los que estábamos dentro de la sala salimos a hacerles frente y dimos y nos llevamos golpes y terminamos felices, malheridos y sin estar seguros de quién había ganado.

Esa fue una lucha gloriosa, pero, por supuesto, hubo otras de andar por casa. Tuvimos que pelear en apoyo al Pelao, que se enzarzó con un camello al que acusaba de haberle levantado diez mil pesetas vendiéndole jaco falso, una venenosa mezcla con polvo de talco y harina. Al camello le respaldaron sus compinches y aquello acabó con un endeble acuerdo de paz en que el Pelao recuperó cinco mil pesetas y un par de barras de hachís a modo de compensación y el camello conservó las otras cinco mil y se dejó un diente en la transacción.

También peleamos por Merche. No era raro que la encontrásemos en alguna de las discotecas habituales. A veces estaba acompañada de sus amigas, a veces de tipos de aspecto chulesco, perdonavidas de barriada que se creían estrellas de cine. Ella me saludaba y me sonreía y me daba la espalda o, si estaba ya algo fumada, me tonteaba un poco, algo a medio camino entre la burla y el coqueteo. Me preguntaba si ya era rico o si aún era un pringado, me decía que tal vez, solo tal vez, podría llegar a plantearse si ya me merecía que fuese su novia. Encontrármela me estropeaba la noche. Pero Dardo lo llevaba aún peor. Le ponía de un humor de perros verla en las discotecas, acompañada de esos tipos que nunca consideraba a la altura de lo que quería para ella. Hasta que hubo una vez que no se contuvo. Merche bailaba con uno grandote, demasiado mayor para ella, un tipo al que conocíamos del barrio, que ya había pasado por la cárcel por tráfico, un matón de poca monta, guaperas y nada de fiar. Dardo le dijo a Merche que no quería verla con ese perdedor, que se fuera a casa. Ella le dijo que estaba harta de que siguiera tratándola como si fuese una niña. El tipo se entrometió en la discusión entre hermanos. Un error. Dardo no esperó a salir fuera. Le tumbó de un puñetazo. Tras aquel primer golpe fuimos a la calle. Nosotros y los amigos de aquel tipo, media docena de gorilas que nos sacaban todos la cabeza. No salimos bien parados. Hasta Toño recibió más de lo que dio aquel día.

Y hubo muchas más. Peleas provocadas por causas pronto olvidadas y que se parecían entre sí como si fuesen un ritual preestablecido. Siempre aparecían porras, puños americanos y navajas. Uno sabía que saldría malherido, pero se lanzaba sin miedo y sin pensar. No era una cuestión de valentía. Era así porque a la altura de la noche en que solían comenzar, todos íbamos ya borrachos o colocados y excitados por la música, el baile o el calentón, y nada importaba demasiado. Pero en parte era también porque en aquellas salas atestadas existían algunos códigos sagrados: la lealtad a tu banda, a los colegas, a tu sangre o a tu barrio. Había algo irracional, algo que superaba al miedo o la prudencia, que te llevaba a que, si era necesario, te golpearas hasta matar o morir en defensa del honor, el orgullo, la dignidad o la cartera de quien tocase. Las peleas tenían algo de ceremonia y de celebración.

La pelea del bar El Lago empezó como cualquier otra. Nunca supe su origen exacto. Vimos que Toño el Flecos iba hacia la salida seguido de otro tipo y, un poco detrás, un grupo de desconocidos, probablemente amigos de este. Era la señal habitual. Dardo nos hizo un gesto y salimos tras ellos. Se unieron bandas amigas de unos y otros. Fue una de esas peleas multitudinarias con todos golpeándonos, agarrándonos y retorciéndonos en el suelo y que solían terminar con la llegada de unas cuantas lecheras policiales o alguna patrulla de los municipales.

Pero esta terminó antes.

Un grito de histeria se elevó por encima de los bufidos, rugidos, maldiciones y resoplidos de los luchadores. Era una de las chicas que presenciaban la batalla a una distancia prudente.

Paramos. Miramos a nuestro alrededor. A aquel primer grito le siguieron otros. La primera chica que había gritado señalaba un punto en el suelo. Todos vimos el cuerpo caído en la acera, bajo el cual comenzaba a extenderse un charco de sangre.

Otra chica dio un paso al frente. Trastabilló. Se tiró del pelo con ambas manos.

—¡Joder, es mi hermano!

Aquel chico, un chaval de Barajas de dieciocho años que había ido con su hermana y con otros amigos a pasar la noche del sábado a Barrabás, el chico que había salido junto a Toño encabezando la comitiva que se disponía a pelear, murió de una única puñalada frente a la puerta del bar El Lago.

Nadie vio quién lo había hecho. Pasamos aquella noche en la comisaría, siendo interrogados uno tras otro, pero ninguno quedó detenido. La navaja nunca apareció. El agresor no pudo ser identificado.

Nadie pagó por aquella muerte. Como si fuese un periodo de luto acordado, las peleas cesaron en los alrededores de las discotecas durante varios fines de semana. Después todo volvió a la normalidad.

Pero para nosotros las cosas cambiaron.

La policía podía tomarse con una mezcla de paciencia y resignación el no poder acusarnos con pruebas de nuestros palos. Sabían esperar. Todos acababan cayendo. Era solo cuestión de tiempo. Pero aquello era diferente. Era un asesinato. Y todos los miembros de la banda habíamos participado en aquella pelea, que parecía haber sido causada por algún incidente entre Toño y el chico muerto. Alguien dijo que los habían visto juntos dentro de la sala, discutiendo en el pasillo que llevaba a los servicios, antes de encaminarse hacia fuera. Nadie pudo asegurar que hubiese sido Toño el Flecos quien le apuñalara. Era el principal sospechoso y, por extensión, todos los miembros de la banda lo éramos. La prensa llegó incluso a mencionar la posible implicación de una banda conocida como la banda del Cosmos. Salíamos en la prensa. En una época en que la delincuencia era tan alta que ya no atraía el interés de los periodistas, aquel muerto sí generó titulares durante algunos días y llegamos a disfrutar de la discutible y efímera fama de ser sospechosos de un asesinato.

La vigilancia aumentó. Los policías se presentaban de improviso en los Recreativos. Los registraban. Hasta entonces siempre habíamos guardado las armas en el Salón, en el armario de las escobas. Gordi y su padre hacían la vista gorda. Dardo le soltaba algunos billetes al padre a cambio de que mirase para otro lado. Tuvimos que aumentar las precauciones. Los palos, la compra de droga, la venta de lo robado. Y las armas a la casa de Dardo. La vida se complicó. Se diría que había siempre ojos policiales observándonos. Con cierta regularidad parejas de agentes nos salían al encuentro cuando íbamos solos. Se te plantaban delante, te hacían detenerte y te decían «no te creas que nos hemos olvidado del chico que matasteis» o «no tengas ninguna duda de que acabaremos trincándote». La cordialidad de antes, aquella ficción en la que parecíamos mantener con los policías una amistosa relación de vecindad, se había acabado. Ahora nos miraban con hambre, con ganas, con algo que era a la vez odio y desprecio.

Dardo nos dio una orden clara: silencio absoluto y a aguantar.

—No fuimos nosotros. Eso ni se discute ni se menciona.

Ese fue el pacto. Volvimos a desvalijar casas, a asaltar gasolineras, a atracar tiendas. Y nunca hablamos de lo ocurrido aquella noche.

La policía, desbordada por una delincuencia incontrolable, no lograba capturarnos a pesar de haberse convertido en nuestra sombra. El asesino del chico del bar El Lago siguió sin ser identificado. La vida pareció continuar igual. Pero para la banda del Cosmos, de alguna manera, esa muerte marcó el principio de su final. De pronto todo aquello había dejado de ser divertido.

Salimos de la Covacha, que era como llamábamos al cine Covadonga, en Prosperidad. Acabábamos de ver otra de esas películas de bandas, palos, drogotas y macarreo que nos entusiasmaban porque lo que contaban era muy parecido a nuestras propias vidas. La sala, como siempre, estaba llena. Los domingos por la tarde éramos muchos los que nos íbamos al cine para pasar la resaca tras la noche de discoteca. Nos metíamos en la sala con litronas y tabaco. Nos exigíamos unos a otros silencio sin lograrlo y, todos a una, gritábamos o aplaudíamos o silbábamos según lo que ocurriese en la pantalla. En aquel cine lo pasamos en grande con Terence Hill y Bud Spencer, con los hermanos Calatrava y Ágata Lys, con pelis de karatekas o de *cowboys*, con Sylvia Kristel y con Nadiuska y con John Travolta, al que luego copiábamos la chupa de cuero y la manera de andar. Pero, sobre todo, no nos perdíamos ninguna de aquellas películas que contaban la vida del Jaro, del Torete o del Vaquilla, de cualquiera de aquellos tíos que eran como nosotros, a los que jaleábamos y admirábamos, ansiosos de ser como ellos, nuestros mitos de andar por casa, sin que nos importase que su final no tuviese nunca demasiado de heroico. Fue en esa misma pantalla donde llegamos a ver recreada la muerte del Jaro, que el propio Zanco había presenciado en la vida real.

Estábamos Dardo, Zanco y yo. El Pelao y el Trompos también, pero iban a su aire. Se subían al gallinero a meterse un pico sin que les importara un comino lo que se estuviese proyectando. Toño el Flecos era poco aficionado al cine y rara vez nos acompañaba. Al que más le gustaba era a Zanco. Aquella tarde, como siempre que tocaba otra peli de navajeo, atracos y droga, salió del cine eufórico, sintiéndose un héroe de película, narrándonos con entusiasmo las escenas que acabábamos de ver, imaginando que él mismo era el protagonista de lo que veía en la pantalla.

—Acabarán haciendo una película sobre ti —le decía a Dardo, camino de vuelta a casa.

Pero Dardo no estaba de humor. Se mostraba pensativo y taciturno.

—Sí —le contestó con tono malhumorado—. En cuanto llegue mi final, que será como el de todos. Muerto a tiros. Tirado en cualquier esquina.

—De eso nada —insistía Zanco adrenalínico—. Tu peli será aún mejor, habrá cochazos y tías.

—Eres un gilipollas, Zanco. Dime, ¿dónde están ahora todos esos de las películas? En una puta tumba. Ahí es donde terminan todas esas estrellas de cine.

Zanco no insistió, sorprendido. Dardo nunca había dicho algo así. Solía salir tan encantado como nosotros después de ver aquellas películas. Pero esa tarde no. Zanco comprendió que si seguía con lo mismo solo iba a conseguir cabrearle más. Incapaz de callarse, optó por volver a narrarnos alguna de las escenas de peleas que acabábamos de ver.

Le dejamos en el portal de su casa y Dardo y yo seguimos hacia el sector G. Cuando llegamos, me propuso subir a la azotea. Me sorprendió. Hacía mucho que no íbamos allí. Arriba el atardecer cubría de un tono ocre los edificios más cercanos.

Dardo encendió un cigarrillo y me dio otro.

—No voy a morir aquí —dijo después de una larga calada mirando a algún lugar indefinido entre el horizonte y nosotros.

—Claro que no.

—No me entiendes. Mira esas películas. Míranos a nosotros.

Apretó el filtro entre los dedos hasta aplastarlo y soltó el humo como un escupitajo.

—No voy a ser toda mi vida un maldito quinqui.

Yo no entendía aquello. Era algo nuevo. Siempre habíamos salido contentos del cine. Reafirmados, inflamados, felices de ser quienes éramos. Tal vez con menos euforia que el tontaina de Zanco, pero sí con un cierto orgullo de ser como los protagonistas de las pelis. Por eso me desconcertaba esa reacción de Dardo. Nosotros no éramos de quejarnos ni de hacernos demasiadas preguntas.

—Un día dejaremos el barrio. Un día seremos ricos —le dije, más por animarle que por convicción, porque eso era lo que él solía repetirme cuando consideraba que era yo el que necesitaba que me diese ánimos.

Dardo me miró y por un momento pareció reconocer en ello sus propias palabras, pero eso no bastó para aplacar el regusto amargo y la rabia nueva que le salían por los ojos.

—Es un error —dijo.

—¿El qué?

—Lo que hacemos. Todo. Creemos que así lograremos cambiar nuestro destino. Y es al revés. Lo único que hacemos es cumplirlo. Acelerarlo. No me había dado cuenta hasta ahora: estoy equivocándome...

—¿De qué estás hablando?

No dijo más. Acabamos el cigarrillo con la última luz del día. Bajamos a nuestros respectivos pisos, yo a ver cómo encaraba la noche mi madre, él a comprobar si Merche estaba en casa o tenía que salir a buscarla.

No le di más vueltas a esa conversación. No pensé en ello porque no la entendía. No la recordé hasta mucho tiempo después.

Dardo ya había elegido un camino, ya no quería ver películas de quinquis porque había dejado de ser uno de ellos. Aún tardaría en abandonar el barrio, pero esa tarde, aunque yo no lo comprendí, él ya había dejado todo aquello atrás.

Dardo empezó a desaparecer. El resto de la banda seguíamos viéndonos en los Recreativos Cosmos, como siempre. Pero, cada vez más a menudo, él no daba señales de vida. Al principio sus ausencias duraban dos o tres días. Pronto empezaron a alargarse.

Cuando se dejaba caer por los Recreativos, el resto le acuciábamos: el dinero empieza a escasear, nos aburrimos, ya no te ocupas de comprarnos el hachís y el jaco, ¿tienes algún palo planeado?, ¿vamos juntos este sábado al Consu? Necesitábamos acción, dinero y a nuestro jefe. Pero Dardo respondía a todo con evasivas. Estaba ido, pensativo, de pronto parecía aburrirle nuestra compañía.

Los demás me pidieron que fuese yo quien hablase con él. Al fin y al cabo, era su mejor amigo. Una de las escasas tardes en que se había pasado por los Recreativos, tras un rato jugando al futbolín y compartiendo unos canutos, dijo que tenía que irse y yo salí tras él. Le pregunté sin rodeos qué pasaba, adónde iba, por qué tanta prisa. ¿Te has echado una novia o algo así?, le tanteé. Dardo me contestó que no sabía a qué venían tantas preguntas. ¿Acaso no podía ir a donde le diese la gana? La banda no se disolvía. Pronto nos contaría sus nuevos proyectos. Me hizo vagas promesas y no le creí. No me quedó ninguna duda de que Dardo andaba metido en algo que no tenía interés en compartir con nosotros.

Llegó un momento en que los demás dejaron de esperarle. El dinero se acababa. El Pelao y el Trompos empezaron a buscarse la vida para conseguir sus picos. Toño el Flecos también comenzó a distanciar sus idas al Cosmos. Zanco se lamentaba por el fin de la banda como un niño que se quedara huérfano, se pegaba a mí como última esperanza.

El primero en cometer un error fue el Pelao. No nos avisó. Él solo entró en un supermercado del barrio y, navaja en mano, le pidió el dinero a la cajera. Improvisaba. Ni había hecho vigilancia previa ni sabía cuánta pasta podía sacar. El mono apretaba y necesitaba un chute cuanto antes. Nunca atraques estando con el mono, le había dicho Dardo un millón de veces. No vio al guardia de seguridad que se le acercó por detrás. Le dio con la porra bajo la oreja. Le tiró al suelo del golpe y a punto estuvo de partirle la mandíbula. A pesar de ello, el Pelao logró escapar. Huyó, primero a cuatro patas, como un perro, luego ya en pie, llorando de dolor, de rabia y de mono.

Dardo apareció por el Cosmos en cuanto Zanco le fue a buscar para contarle lo que había pasado. Venía iracundo. Llamó al Pelao de todo, le dio varios empujones, le preguntó a gritos si era imbécil o qué, quién le mandaba dar un palo por su cuenta, cómo podía ser tan torpe. El Pelao, que tenía media cara de color violeta y un derrame en el ojo derecho, aguantó el chaparrón sumiso y abochornado. En cambio, Toño el Flecos saltó. Se interpuso entre el Pelao y Dardo, y se encaró a este como no lo había hecho desde aquel lejano día en que puso en duda su liderazgo. Le dijo que lo ocurrido al Pelao era culpa suya. Necesitaba su dosis y habían quedado en que sería Dardo quien se ocuparía de comprarla con el fondo común de los palos.

—No has cuidado de él —le espetó Toño—. Ya no te interesamos.

Dardo miró a Toño. Nos miró después a los demás, uno a uno, y comprendió que todos pensábamos lo mismo.

No perdió la calma.

—Ya sois mayorcitos —dijo—. Por mí, podéis iros todos a la mierda.

Se fue.

Le esperé un par de noches después en el portal de nuestro bloque.

Llegó pasadas las dos. Yo estaba adormilado, hecho un ovillo en los escalones, harto de esperar, hambriento, con frío y con sueño. Dardo supo lo que yo estaba esperando. Respuestas. Explicaciones. Algo a lo que aferrarme.

Me propuso que subiésemos a la azotea. Hacía frío, yo tiritaba, Dardo no parecía sentir nada.

—Ya no más —me dijo sin necesidad de que le hiciera ninguna pregunta—. Se acabó. La banda, los palos, el barrio...

—¿En qué andas metido?

—Construyo un futuro, Peyo. Para mí y para ti. Solo dame un poco de tiempo.

—¿Y los demás?

Dardo me miró como si no entendiera a quién me refería.

—Tú y yo —me contestó—. Siempre ha sido así, Peyo. Desde niños. Tú y yo.

—No abandones a Zanco.

—¿Por qué?

—Porque no sobrevivirá sin ti.

La banda se deshizo. Al menos, tal y como había sido hasta entonces. Por los Recreativos Cosmos empezaron a aparecer caras nuevas. Tipos a los que yo no conocía o que solo me sonaban de haberlos visto por el barrio o por las discotecas. El Pelao o el Trompos los presentaban contando sus habilidades: «Es bueno con las cerraduras» o «tiene pistola y sabe usarla». Eran chicos atraídos por el prestigio de la banda de Dardo. Venían a incorporarse sin saber que Dardo ya no formaba parte de ella. Los otros creían que reclutando a nuevos miembros la banda se reforzaría, que el propio Dardo acabaría por recuperar el interés por liderarla. Yo era el único que estaba seguro de que eso no iba a ocurrir.

Toño el Flecos se hartó de esperar. Eligió una barra americana de Bravo Murillo, un local sórdido pero concurrido, donde eran baratos los licores y las mujeres. Decidió actuar solo. Quería demostrarles a todos que sabía dar un palo, que podía ser por fin el jefe de la banda. Esperó hasta bien entrada la noche, cuando los clientes y las chicas del local se habían ido y solo quedaba el camarero que se ocupaba de cerrar. Entró y le encañonó con una chata, una escopeta recortada que había comprado sin decírnoslo a ninguno. Le pidió que vaciara la caja sobre la barra. El camarero, un chico de maneras blandas y poco dispuesto a correr riesgo alguno, se apresuró a obedecer. Iba a ser un palo muy sencillo. El Flecos lo había preparado, no era ningún idiota como el Pelao. Se había pasado varias noches aterido en una esquina vigilando el local hasta estar seguro de que la noche acababa siempre con aquel camarero solo en el interior recogiendo.

La chica fue un imprevisto. Era una lumi, como se llamaba a las chicas de las barras americanas. Una jovencita que no había cumplido los veintiuno, de pelo rubio, escote bajo y tacones vertiginosos. Había ido al baño, un pis antes de irse, y se había retrasado. Cuando salió y vio a Toño escopeta en mano, dio un grito de terror. La reacción de él fue puro reflejo. Se giró y disparó. Antes siquiera de haberle visto la cara a la lumi, ya la había mandado al suelo, con la sangre surgiendo de debajo de su cuerpo en varias direcciones. Pronto su cadáver parecía flotar en un charco denso y oscuro.

Toño el Flecos se olvidó hasta de huir. Permaneció quieto, escopeta en mano, mirando el cuerpo de la chica, sus ojos abiertos sin mirada, escuchando al camarero sollozar detrás de la barra, hasta que la policía acudió a detenerlo. Aquella chica no tendría que estar allí. Había hecho todo lo que había aprendido junto a Dardo. Vigilar, planificar, asegurarse. Aquella chica no tendría que haberse retrasado retocándose la pintura del ojo porque ya no era la hora de estar guapa para los clientes. Maldita chica idiota.

La banda se reunió en el Salón de Recreativos en cuanto se corrió la noticia. Dardo fue también. Nada más verle, Zanco corrió a abrazarle, buscando más protección que cariño. Dardo le puso las manos en los hombros y Zanco rompió a llorar, la cara apoyada en su pecho. El Pelao y el Trompos no dijeron nada. Dardo los miró y ambos caminaron hacia la salida. Pasaron a su lado sin dirigirle ni una palabra.

En el Salón solo quedamos Dardo, Zanco y yo. Gordi se asomó para decirle a Dardo que ya había traído las tres litronas frías que le había encargado. La idea de Dardo era invitar a todos a cerveza y hablar de lo ocurrido. Pero ni siquiera nosotros tres lo hicimos. Nos fuimos del Cosmos dejando atrás a Gordi cargando aún con la bolsa del súper con las litronas.

No dijimos nada, pero los tres sabíamos que aquel era el final de la banda del Cosmos.

El Pelao llevaba el pelo rapado por los lados, como un mohicano. Una tía suya se lo había cortado así cuando solo tenía nueve años para tratar de acabar con una invasión de piojos. A él le gustó y decidió mantenerlo. En aquellos años era extraño. Se llevaba el pelo largo y patillas y flequillo, pero nadie se dejaba una cresta. Años después llegarían los punkis y pondrían aquello de moda, pero entonces el Pelao tenía pinta de bicho raro y la gente le consideraba un pirado.

La pérdida de los dedos, arrancados por aquel dóberman, solo hizo que empeoraran las cosas. La mano le dolía de manera permanente y solo cuando se colocaba dejaba de sentir el dolor, así que aumentó el consumo y cada vez pasaba más horas desesperado por conseguir el siguiente pico. Mientras Dardo se ocupó de proveernos a los miembros de la banda, cada uno con lo suyo, ya fuese el caballo o tan solo el hachís y la maría, no hubo problema. Teníamos dinero, un camello bien provisto y a Dardo encargándose de todo. Pero, cuando este empezó a desatender a la banda, la ansiedad del Pelao se disparó. El dolor aumentaba con el mono. Ya no eran solo los dedos. Tenía retortijones de estómago, arcadas sin vómito, temblores y tiritonas. Llegaba al Salón y nos suplicaba que le ayudásemos fiándole dinero y yéndole a comprar a las madres de la avenida.

Una mañana de domingo Dardo vino a buscarme a casa. Yo dormía aún. Me dijo que me vistiese deprisa y que le acompañase. Estaba inquieto. Impaciente. No era frecuente verle así.

La policía aún se encontraba en el solar. Esperaban la llegada de alguien del juzgado. El cuerpo todavía estaba allí, a la vista de todos, tan solo cubierto por una manta.

El Pelao murió en aquel descampado. Un vecino le vio al amanecer. Tenía una jeringuilla clavada en el muslo.

Murió como sabíamos que moriría. Muchas mañanas aparecían cuerpos así. Caballo adulterado, sobredosis, un organismo que ya no aguantaba que le metiesen más mierda, lo que fuese. El Pelao solo tenía diecisiete años cuando se convirtió en otro cadáver más. Un cadáver con ocho dedos. Un tipo sin suerte.

Dardo y yo nos quedamos mirándole junto a otros curiosos. Uno de los polis nos vio y nos reconoció. Nos sonrió. Pero no fue una sonrisa ni compasiva ni misericordiosa. Fue una sonrisa de desprecio y de victoria. Por eso no importa las veces que os logréis escapar, parecía decir: este es siempre, tarde o temprano, vuestro final.

Dardo me tiró de la manga para instarme a que nos fuésemos. No esperamos a que se llevaran el cuerpo.

—Ese policía hijo de puta... —fue lo único que murmuró cuando ya nos alejábamos.

El Pelao murió solo, de noche, en un solar. Sin despedidas.

Empezábamos a perder.

Merche se presentó en mi casa al día siguiente. Llevábamos semanas sin coincidir ni en discotecas ni en el portal de nuestro bloque ni en las calles del barrio. Llamó al timbre y abrí yo la puerta y me sorprendió verla allí. Tuve la sensación de que hacía mucho tiempo, muchísimo, que no nos veíamos. Años en vez de semanas. Parecía haber crecido, haberse hecho mujer. Sus rasgos se habían afilado, los pómulos más altos, la barbilla más prominente. Ya no abusaba del rímel y el colorete, y su cuerpo también me pareció más estilizado bajo la sencilla camiseta que vestía. Seguía guapa y yo seguía loco por ella, por más que me obligara a no echarla de menos.

Me ofreció que bajásemos a dar un paseo.

Aquella mañana había sido el entierro del Pelao. Solo fuimos el Trompos, Zanco y yo. Dardo no apareció. Vimos cómo su féretro se introducía en el nicho y luego nos alejamos del pequeño grupo de asistentes, de la madre sollozando y de unos hombres, tal vez parientes, que mantenían una expresión compungida y resignada, todos de acuerdo en que aquello se veía venir. Nos quedamos unas cuantas hileras de tumbas más allá fumando unos canutos.

Esa misma tarde fui a pasear con Merche por el parque. Hablábamos poco. Compartíamos en silencio la tristeza. Cuando pasábamos por delante del banco en el que ella solía sentarse con sus amigas, me lo dijo.

—Vete.

Sin preámbulos ni adornos.

—Márchate del barrio. Aléjate cuanto puedas de aquí.

—¿Por qué?

—Porque si no, antes o después, acabarás como el Pelao.

—¿Desde cuándo te importa lo que me pueda pasar?

—No seas idiota, Peyo. Tú lo sabes.

—¿Qué sé?

Se detuvo al borde del estanque. Parecía impaciente. Como si necesitase convencerme cuanto antes de que debía hacer lo que me decía, como si ya no quedase tiempo.

—Tú y yo —dijo.

Recordé que Dardo me había dicho lo mismo no hacía mucho. Tú y yo. Ambos hermanos parecían creer que les pertenecía, que los seguiría a donde fuese, que nunca sería capaz de ser solo yo sin ellos.

—Que no sea posible no quiere decir que no sea verdad —añadió—. Tú lo sabes.

Contemplamos el agua del estanque. La brisa de la tarde apenas formaba una suave onda en la superficie.

—¿Te vendrías conmigo?

Merche sonrió.

—No lo entiendes. Yo ya no puedo irme. Tú sí.

—No, Merche, no te entiendo.

—Peyo tonto —dijo ella, y me atusó el pelo con la mano como solía hacer, un gesto que a mí me encantaba.

—Yo me iré —le aseguré para tranquilizarla y para intentar deslumbrarla—. Me iré con Dardo. Siempre hemos hablado de que algún día dejaríamos el barrio.

Ella me miró con una mirada que me decepcionó porque solo era una mirada triste.

—No, Peyo —me dijo, con cariño de madre y no de novia, de pronto mujer, madura—. Vete tú. Sin Dardo. Tú solo.

No lograba entenderla. Toño el Flecos estaba en prisión. Dardo andaba en sabe Dios qué cosas misteriosas. El Pelao había acabado en el cementerio. Y Merche me decía aquello.

—Sálvate, Peyo.

Yo conducía y Dardo iba a mi lado. No había hablado desde que nos subimos al coche y me indicó adónde ir. Le miraba de reojo de vez en cuando. Su pierna derecha no dejaba de moverse. Eso me inquietaba. Tampoco Zanco había abierto la boca en todo el camino, lo cual era aún más extraño. Aquel silencio llenaba el coche de una tensión indefinida, alimentada por todas las preguntas que no habíamos hecho.

Salimos de la ciudad por la Nacional I. Apenas nos cruzábamos o adelantábamos a otros coches. Eran cerca de las dos de la madrugada. Seguimos la carretera durante unos diez kilómetros. Dardo me alertó cuando nos acercábamos al desvío que debíamos tomar, aunque yo ya estaba al tanto. Tres kilómetros más. Una carretera más estrecha y peor iluminada. Otro desvío. Otros dos kilómetros, ahora ya por un camino comarcal sin iluminación. Hasta que llegamos al polígono de naves, donde la única luz la daba una farola de una sola bombilla a un lado del estrecho carril de entrada.

—Al fondo —se limitó a decir Dardo.

Avanzamos con el Renault 10 por la calle principal del polígono, flanqueada por naves sin rótulos ni indicación alguna de su uso, la profunda oscuridad rota por los haces de luz de los faros de nuestro coche.

—¿Seguro que no hay vigilantes ni serenos ni nada? —preguntó Zanco, que hablaba por vez primera desde que Madrid quedase atrás.

—Tranquilo. En algunas naves dejan un perro dentro. Nada más —le contestó Dardo.

Me señaló dónde debía parar: detrás de una furgoneta mugrienta que podía estar allí aparcada o abandonada. Apagué el motor y las luces.

—Toca esperar —dijo Dardo a media voz.

Y fueron tres horas. Tres horas densas e inquietantes en que cada minuto duraba una vida. Nos mantuvimos sin hablar. Tan solo fumábamos. Cigarrillos corrientes. Nada de colocarse. Sin salir del coche. Abríamos las ventanillas y exhalábamos el humo y la negrura de la noche lo devoraba con rapidez haciéndolo desaparecer. Fueron tres horas tan largas que envejecían.

El reflejo de las luces nos llegó antes de que pudiésemos ver u oír el camión. Iluminaron una calle paralela a la que estábamos. Dardo nos chistó exigiéndonos silencio, a pesar de que no habíamos abierto la boca.

—Vamos —susurró.

Zanco nos pasó las armas, las dos recortadas de la banda, que las había llevado a los pies. Bajamos del coche y avanzamos en fila pegados a las paredes de las naves.

Yo iba entre Dardo y Zanco. Me moría de miedo. Me latía tan fuerte el corazón y me temblaban tanto las piernas que llegué a pensar que no podría seguir avanzando, que el terror acabaría por paralizarme por completo el cuerpo.

Nos detuvimos en la esquina. Nos asomamos con cuidado. Vimos la cabina del camión a no más de cinco metros. Vimos al hombre que se bajaba de ella para abrir el portalón de una de las naves.

Dardo dio la orden.

—Ahora.

Antes de que el hombre se diese cuenta de que nos acercábamos ya habíamos llegado hasta él. Dardo le golpeó con la culata de la escopeta en la cara. Tres veces. El hombre trastabilló primero hacia atrás y, al final, cayó de culo. Dardo puso una pierna a cada lado de su cuerpo y le clavó el cañón de la escopeta en la frente.

—¿Vienes solo?

El hombre titubeó aturdido. Dardo le dio una patada en los riñones. El hombre se atragantó con la sangre que le brotaba de la nariz, empezó a toser, tardó en poder contestar.

—Solo.

Dardo nos hizo una seña a Zanco y a mí. A los dos nos llevó unos segundos reaccionar. Aquella escena inesperada nos había dejado paralizados como a un par de idiotas.

—¡Moveos, joder!

Fuimos a la parte trasera del camión, abrimos la caja y nos dedicamos a vaciarla tirando fuera los muebles que la llenaban. Sillas, mesas, escritorios, aparadores, todos de madera de aspecto elegante, con pinta de costar un dineral. Algunos se rompían al caer. Hacíamos bastante ruido. Un par de perros empezaron a ladrar dentro de naves cercanas. No nos importaba el jaleo. No había nadie por los alrededores que pudiese alarmarse. Dardo había investigado el polígono. Estaba seguro de que no corríamos riesgo.

Una vez vaciado el camión, revisamos su piso. No fue difícil encontrar la trampilla. Cerrada con llave. Dardo se la pidió al hombre, y este, que había escupido un par de dientes y había comprobado que su nariz estaba rota, la entregó sin protestar.

Allí estaban los paquetes. Envueltos en plástico para protegerlos de humedades si llovía durante el viaje. Ordenados en pilas de tres. Llenaban todo el falso suelo de la parte trasera del camión. El hombre no necesitaba esconderlo más. Se sentía seguro. No viajaba con temor de que le parara la policía. Solo era un transportista de muebles.

Le confirmamos a Dardo que lo habíamos encontrado. Dardo sonrió, satisfecho de que las cosas fueran como había previsto. Luego se volvió para hablar al hombre que estaba en el suelo.

Era conocido como el Holandés. De él se decía que traía la heroína de mayor calidad que circulaba por las calles de Madrid. Un tipo peculiar. Un emprendedor con iniciativa. Trabajaba solo. Él y su camión. Todos los meses viajaba un par de veces a Ámsterdam, cargaba el camión con muebles de estilo flamenco y con paquetes de heroína llegada desde laboratorios tailandeses y regresaba sin ningún contratiempo a Madrid, donde vendía lo uno y lo otro a sus selectas clientelas, ya fuesen anticuarios de prestigio para lo uno o los camellos más poderosos para lo otro. Sencillo. Llevaba haciéndolo varios años y era un tipo respetado en ambos gremios, el del mobiliario de lujo y el de la droga de calidad. Le gustaba Ámsterdam, le gustaba pasar media vida en la carretera y le gustaba la soledad. No tenía esposa ni hijos. Tan solo aquel camión, una fulana nacida en Bali que trabajaba en el Barrio Rojo de Ámsterdam, a la que llevaba en todos los viajes lencería exquisita, una amplia casa a las afueras de Cercedilla, la nave en que guardaba y desde la que distribuía muebles y droga y una cuenta en el banco con un saldo impropio de un modesto transportista. Era un hombre ahorrador, avaro, tímido y confiado. Ni siquiera había imaginado nunca que alguien podría asaltarle, que un día tendría una escopeta apuntándole, un pómulo fracturado y dos dientes menos.

Dardo nos había metido en aquello, como hacía siempre, sin darnos detalles. Solo dijo que había llegado el momento, que desde el principio había contado con nosotros, que aquella noche empezaba todo, que me encargase de conseguir un coche discreto y que Zanco se ocupase de llevar las armas, que empezaríamos a comprender pronto de qué iba todo aquello, sus ausencias y nuestro futuro.

Era otro inicio. De nuevo Zanco y yo le seguíamos sin rechistar, como cuando nos pidió que le acompañásemos a hacerle entender a Toño el Flecos quién mandaba. Dardo siempre esperaba que le siguiesen sin hacer demasiadas preguntas. Así era con todo y con todos. Así fue aquella noche con el Holandés.

Le apartó la escopeta de la frente. Se sacó un pañuelo del bolsillo trasero de los vaqueros y se lo ofreció. Mientras el hombre se intentaba limpiar la sangre que le cubría la cara, le habló con amabilidad, paternal. Sin apartarse y sin dejarle ponerse de pie.

—Vas a seguir trayendo tu producto de Holanda. Pero ya no lo distribuirás tú. Me lo entregarás todo a mí. Para ti será hasta más cómodo y yo te pagaré mejor que todos tus clientes actuales. Desde esta noche trabajas para mí. Lo traerás, lo guardaremos en esta nave y yo seré quien decida a quién y cuánto se le pasa. Ahora estamos en el mismo equipo.

El Holandés le miró desde el suelo. Ahí tenía a un niñato desconocido que venía a alterarle la paz de su negocio. A él, que nunca había tenido ni jefe, ni socios, ni empleados.

—Y una mierda —fue su respuesta.

Dardo no se alteró. Levantó la escopeta y disparó al Holandés en el brazo izquierdo a la altura del bíceps. El hombre aulló de dolor, varios perros le hicieron los coros aullando también, el eco del disparo se perdió por las oscuras calles del polígono.

—Vas a tener que estar un tiempo sin conducir. Hasta que se te cure eso. No será mucho. Pero el siguiente disparo será en la rodilla. Te llevaría más tiempo recuperarte y perderías más dinero y quizá también la pierna. Con el tercero, si me obligas a hacerlo, te volaré la cabeza.

El Holandés levantó una mano temblorosa, rogando que le diese tiempo. Pero no lo pedía para pensarse la respuesta, sino tan solo para poder controlar el llanto.

—Lleguemos a un acuerdo —logró al fin balbucear.

Dardo se mostraba tranquilo. Se diría que estaba disfrutando.

—No, no llegaremos a un acuerdo. Ya tenemos un acuerdo y es que, a partir de ahora, trabajarás solo para mí. ¿Lo has entendido?

El Holandés tosió, atragantado por sus babas y su sangre, rompió de nuevo a llorar y, por fin, asintió.

Dardo me miró. Yo estaba tan confundido por aquella situación que por un instante pensé que sería el siguiente al que dispararía para luego exigirle obediencia absoluta.

Esa violencia inesperada fue desconcertante. Dardo me asustaba. Y ello a pesar de que seguía tranquilo, complacido, y que lo único que dijo fue:

—Pues aquí ya hemos terminado. Es tarde, ¿nos vamos?

Era una plaza amplia. Había una estatua en el centro que representaba a dos hombres con aspecto de ángeles o de soldados en una pose extraña. También había un quiosco y varios bares en los bajos de los edificios que la rodeaban. Por allí pululaban tipos de aspecto muy variado: dos negros corpulentos con pinta de militares a pesar de ir con vaqueros y camiseta, una pareja de chicos con la ropa decorada con cadenas y con el pelo pintado de colores y levantado como una cresta de gallina y una panda de pijazos que estaban echándoles el candado a sus motos.

—Unos vienen a pasar y otros a pillar, pero todos están aquí por lo mismo —nos dijo Dardo divertido—. A ver si solo con verlos adivináis a qué ha venido cada uno.

Zanco y yo no habíamos estado nunca allí. Por supuesto, conocíamos más ciudad que nuestro barrio, aunque solo fuera por los muchos sitios adonde habíamos ido para dar un palo. Nos movíamos bien por la zona de Orense y sus clubs y habíamos estado un par de veces en el Retiro. Pero aquella plaza y las calles estrechas que llevaban a ella nos eran desconocidas. Me parecía como si nuestro barrio y aquel perteneciesen a ciudades, a mundos, por completo diferentes.

—Aquí empieza todo —nos dijo Dardo con cierta solemnidad.

Se había detenido en el centro de la plaza, a la espalda de la estatua de aquellos dos hombres.

Ver nuestras expresiones de no estar comprendiendo nada pareció complacerle. Eso era lo que buscaba.

—Aquí es donde he pasado todas esas semanas en que tanto os preguntabais dónde estaba. Y, ahora, ya podemos comenzar.

Zanco se mostró encantado al instante. No tenía ni idea de a qué podía estar refiriéndose Dardo, pero le daba igual. Que algo, lo que fuese, pudiese empezar a su lado era motivo para que se entusiasmara.

Yo eché un vistazo a aquella plaza, a los edificios, a toda esa gente de aspecto tan diferente unos de otros que rondaba alrededor del quiosco.

—Bienvenidos a nuestra nueva vida. Este será nuestro barrio a partir de ahora.

No, pensé, viendo a Dardo y a Zanco tan contentos, no, aquel no era mi barrio. Y una vaga intuición me dijo que nunca lo sería.

Pero no dije nada. No quise estropearles esa alegría que parecía embargarlos, como si aquello fuese una celebración en la que yo era el único que no sabía lo que estábamos celebrando.

No hice preguntas, no puse pegas, no se dieron siquiera cuenta de que yo no compartía su buen ánimo. No entendí qué estaba pasando ni adónde nos estaba llevando Dardo, solo supe que, fuera a donde fuese, le seguiría.

Ahora

La camarera deja los vasos en la bandeja. Dani la coge, esquiva a otros clientes que también esperan sus pedidos y va hasta una mesa libre.

Antonio camina tras ella. Se sienta, contempla su vaso, lo gira y hace una mueca despreciativa al encontrar el agujerito por el que se supone que debe beber el café. Quita la tapa. Da un sorbo, mira a su alrededor y vuelve a mostrar su descontento.

—¿Te das cuenta? No hay ni una sola persona que esté leyendo el periódico mientras desayuna. La prensa de papel está muerta.

Dani echa un vistazo sin demasiado interés al Starbucks. Algunas parejas charlan y la gran mayoría, casi todos menores de treinta, miran sus móviles. Es temprano, necesita espabilarse y no le apetece animar a Antonio a que le suelte una vez más la misma quejosa disertación que ya le ha escuchado un millón de veces. Ha sido él quien le ha ofrecido que bajaran a tomar un café en vez de sacárselos de la máquina que hay en la redacción y Dani sabe que no es para hablar de eso, que aquello solo es un prólogo.

—No te pongas en plan viejo gruñón, ¿vale?

—Soy un viejo gruñón.

Dani asiente. Probablemente lleva siendo un viejo gruñón desde que tenía veinte años. A Antonio es difícil imaginarle joven y sin estar cabreado.

—El periodismo está cambiando, eso es todo.

—Los periódicos ya solo les interesan a dinosaurios como yo.

—Creo que voy a dejar de trabajar contigo y a lanzar un pódcast.

—¿Un podqué?

—Mira que te gusta hacerte el antiguo...

Dani bebe sin quitar la tapa, por el agujerito. Antonio le dedica una larga mirada con ojos, al menos por un momento, reblandecidos.

—Bueno, dime, ¿cómo estás?

Ahora es Dani quien hace una mueca de contrariedad. Llevan más de un mes sin tener una conversación que no se refiera al día a día laboral. Estaba segura de que aquello llegaría antes o después. En cuanto él le ha propuesto bajarse al Starbucks (lugar que él detesta, pero sabe que a ella le gusta) ha sabido que por fin tocaba.

—Prefiero no hablar de ello.

Ninguno de los dos es aficionado al sentimentalismo. Pocas veces se han dado muestras de afecto durante todos los años que llevan trabajando juntos a pesar del cariño que se tienen. Es la forma de ser de ambos, así que esa conversación, que tiene algo de trámite obligado, incomoda a los dos por igual.

—Venga ya, Dani —protesta él—. Tu novio ha muerto. Digo yo que algo jodida sí estarás.

A cada uno le gusta exagerar ante el otro su personaje. Antonio, el jefe pasado de moda. Ella, la chica fuerte y decidida. Dani se muestra así para intentar impresionarle. Antonio es el segundo hombre al que más admira en el mundo. Y el único al que aún puede intentar deslumbrar.

—¿Cómo quieres que esté? Ahora que ha muerto no voy a subir a Raúl a los altares. ¿Sabes cuántas viudas desconsoladas coincidimos en su entierro? Conté tres. Sabía que estaba muy lejos de ser perfecto y tampoco voy a decirte que fuera el amor de mi vida. Ni siquiera tenía claro aún cuánto recorrido tenía nuestra relación. Pero claro que sentía algo por él. Y claro que estoy un poco jodida.

La voz de Dani suena con más rabia que tristeza.

—Verdad y Justicia, Antonio.

—Con mayúsculas.

—Siempre con mayúsculas.

Los dos sonríen al recitar aquello, que suena a conjura, chiste privado y contraseña.

—Eso es lo que Raúl se merece.

—¿A qué te refieres?

—Voy a averiguar quién le asesinó.

—¿Crees que le asesinaron?

Los ojos de Antonio, acuosos y de párpados gruesos, abandonan el aire fúnebre y se iluminan con interés. Dani lo advierte y lo disfruta. El instinto periodístico, el olfato, el apetito de saber. Eso es aquella mirada. Lo sabe bien porque lo lleva en la sangre. Es una droga, un chute, un placer que solo los adictos a la noticia como Antonio y ella pueden comprender.

—Tengo más contactos de los que crees. Me he movido hasta acceder a su autopsia. He podido leerla. La furgoneta le arrolló dos veces.

—No es un dato definitivo.

—Raúl era un abogado de la mafia serbia al que una furgoneta embistió y después remató.

Dani bebe de su café. Antonio, pensativo, sujeta con ambas manos su vaso.

—Así dicho, admito que suena impactante —dice entre irónico y convencido—. ¿Y quién crees que le mató?

—Aún no lo sé.

—Eso no te pondrá a ti en peligro, ¿no?

Dani se muestra sinceramente sorprendida.

—¿A mí?

—Te plantaste en el Ministerio del Interior para amenazar al propio ministro con sacar el asunto de Lazic y los polis corruptos.

—Fue un órdago. Y funcionó. Me han ofrecido la historia esa del tal Gabriel Melgar o Dardo o como demonios se llame.

Antonio se ha puesto serio. Mira al fondo de su vaso aquel brebaje paliducho que hay en su interior.

—Tienen la desvergüenza de llamar a esto «café» —gruñe.

Por cómo lo contempla, se diría que es eso lo único que le contraría en ese momento.

—Dime la verdad, Dani. —Levanta la mirada del vaso—. ¿Fuiste al ministerio por ayudar a tu novio como parte de su estrategia de presión? Yo también tengo aún mis contactos. He preguntado por ahí y todos me dicen que ese abogado tuyo no era muy diferente de sus clientes. Un tipo que jugaba sucio, que no respetaba las reglas, ya me entiendes. Y tengo la sensación de que te utilizó, que te envió allí para presionar al ministro.

Dani se pone seria. Antonio no está usando ni su tono cascarrabias ni el paternal. Solo la escruta con la mirada.

—¿Qué diferencia hay? ¿Qué más da el motivo por el que fui?

—Hay diferencia. No es lo mismo ir como periodista a confirmar un rumor que aprovecharte de tu condición de periodista para ayudar a tu novio en una estrategia judicial.

—Deja de llamarle mi «novio». Te voy a contar un secreto, viejo gruñón: hoy en día puedes acostarte con alguien sin tener que considerarle «tu novio».

—Me da igual ser tan viejo y anticuado. Joder, Dani,

tengo hijas y, si te acuestas con alguien, prefiero pensar que es tu novio y no que es solo un imbécil de traje caro y moto grande que te ha puesto cachonda.

—Fui por iniciativa propia. No fue algo que planeara con Raúl. Él me había hablado del serbio encarcelado y de su pretensión de que le rebajen las imputaciones a cambio de no delatar a polis corruptos. Me interesó. Le pregunté si le importaba que fuese al ministerio y lo utilizase para establecer contacto con el ministro. A él le venía bien para acelerar su negociación que Cáceres temiese que el asunto pudiera salir en prensa. Sin conspiraciones. No vi nada malo en hacer algo que podía beneficiarnos a los dos, ¿vale?

—Una periodista ambiciosa.

—Tuve quien me enseñó a serlo.

Antonio parece darse por satisfecho. Le gusta presumir de ser fiel a determinados códigos de conducta y suele arengar a sus periodistas con discursos sobre valores y principios: Verdad y Justicia con mayúsculas. Y quiere pensar que tantos años de peroratas han calado en Dani.

—Entonces ¿vas a seguir el asunto del serbio o el de ese otro tipo, el tal Dardo?

—Quiero saber quién mató a Raúl.

—¿Y eso en qué dirección te lleva?

—No lo sé. Solo tengo un pequeño hilo y voy a tirar de él.

Antonio asiente, con la complicidad del viejo zorro que es, comprensivo ante la curiosidad de su pupila.

—Si encuentro algo que merezca la pena contar, lo haré en nuestro moribundo periódico —concluye ella.

—¿No ibas a crear un podnosequé?

—Puede. O puede que le venda la historia a uno de esos programas de investigación que hay en todas las plataformas.

Antonio pone cara de dolor, fingiendo sentirse herido.

—En todo caso, no te metas en más líos de la cuenta.

—Tendré cuidado.

—Nunca lo tienes. Eres engreída, desobediente y bastante tocahuevos.

—Bueno, entonces solo tendré un poquito de cuidado.

Antonio abandona definitivamente el vaso en la bandeja.

—No olvides cómo ha acabado ese novio tuyo por jugar con fuego.

Dani, en cambio, se termina su café de un último trago.

—Antonio...

—Dime.

—Con mayúsculas, ¿vale? Vamos a averiguar quién ha matado a Raúl Puente.

Dani se acomoda en una esquina del sofá, los pies enfundados en unos gruesos calcetines de lana con dibujitos de piñas, una copa de vino en una mano, en la otra la carpeta que le ha pasado Ignacio Montes. En el pequeño altavoz con *bluetooth* que tiene en un estante de la librería suena Chet Baker. Fuera anochece. Es su momento favorito del día. Música, vino, sofá y calcetines en su apartamento de la plaza de Tirso de Molina. En esos momentos todo está bien.

No abre aún la carpeta. Montes se la ha pasado hace más de una hora. La ha citado en la coctelería Del Diego. Cuando Dani llegó, él estaba allí. En una mesa esquinada. De nuevo la estampa deliberada de un hombre misterioso. Al verle, Dani pensó que estaba demasiado lejos de tener el atractivo adecuado para ir por la vida con esa pose de espía. Él le preguntó si quería tomar algo. Ella contestó que tenía prisa, sin preocuparle que se notase que era mentira. Él le explicó, como si ella esperase una excusa, que había dejado pasar un poco de tiempo antes de llamarla para respetar su tranquilidad tras lo ocurrido a su novio. Intentó que hablasen de ello, pero Dani le dijo que se le hacía tarde y que le diese lo que le había anunciado por teléfono que tenía para ella. Montes le pasó la carpeta con cierta decepción, sabedor de que era su única baza para retenerla a su lado.

Esa carpeta solo es el principio, le ha dicho. Para situarla. Le pasará más si le interesa.

—¿Quieres convertirme en la biógrafa de una especie de narco o algo así? —le preguntó ella.

—Tú decidirás cómo enfocar el material. Querías una buena historia y es lo que te estamos dando.

—A cambio de renunciar a la otra —le recordó Dani—. Aún no sé si estoy haciendo un buen trato.

Montes le aseguró que no se arrepentiría. Ella no le prometió nada.

Dani no ha indagado en el contenido de la carpeta hasta este momento. Lo ha demorado por razones contrapuestas. En parte por el mero placer de la espera, como un niño que tarda en desenvolver un regalo muy deseado. Pero también por un indefinido temor a la decepción. Imagina lo que puede haber dentro. Información sobre ese delincuente desaparecido, el tal Gabriel Melgar. Saber quién es ese tipo ya no le parece ni la mitad de emocionante que el asunto del serbio y los polis. Sobre todo después de la muerte de Raúl. Incluso ha dudado si abrir ya la carpeta o aparcarla hasta el día siguiente. Aún tiene pendiente terminar un artículo que Antonio ya le está reclamando, una mano de leches a una cadena de clínicas de adelgazamiento con la que alguien se está forrando vendiendo supuestos productos milagrosos. Le gusta escribir esos artículos de denuncia, hay en ellos algo de ese idealismo al que no quiere renunciar. Utilizar el periodismo para algo más que informar. Cambiar el mundo. Aunque solo sea un poquito. Y, además, paga los recibos. Pero este asunto es otra cosa. No es frecuente que se ponga a tiro una trama de corrupción policial y mafias internacionales. Por supuesto, decide que acabará mañana el artículo sobre las clínicas y que dedicará la velada a ver qué le ha dado Montes.

Se moja los labios con el vino. Por un instante es capaz

de dejar de pensar. Pero la sensación pasa deprisa. Mira la carpeta y siente un pellizco en el estómago que conoce bien. Podría estar ahí, se dice. La gran historia. Por fin. Algo que sirva para algo más que pagar el alquiler del piso, la wifi y la letra del coche. Contempla la carpeta y resuenan en su cabeza una vez más todas esas ideas que creció escuchando en casa. Las grandes máximas. El idealismo. La verdad. La honradez. La virtud de pensar en los otros. Las mayúsculas. Al fin y al cabo, para eso se había obligado a ser valiente y plantarse con chulería impostada ante el mismísimo ministro del Interior, se dice.

Por fin hojea los documentos. Un informe de cuatro folios sin membrete y sin firmar. Dos fotografías tomadas desde lejos de un tipo caminando por una calle. Un expediente con membrete de Instituciones Penitenciarias. Tres informes más, todos de dos hojas, con membrete de la policía y aspecto de formularios de denuncias. Le sabe a poco, aun sin haberlo siquiera leído.

Empieza por el informe anónimo. Un resumen biográfico de Gabriel Melgar. Solo le da tiempo a leer la primera hoja. Le suena el móvil. Mira la pantalla. Ignacio Montes. Muy oportuno.

Apaga la música y se endereza en el sofá.

—¿Pudiste ver lo que te di? —le dice él sin saludo previo.

—Me lo has dado hace solo un rato —le contesta, decidida como siempre a no darle gusto—. ¿Conseguiste lo que te pedí?

Montes tarda en contestar. El teléfono queda en silencio.

Arriesgar. Apostar. Dani se repite mentalmente aquellos mantras simplones pero reconfortantes.

Le ha puesto una condición. De acuerdo, quizá deje a Lazic y sus sospechas sobre las circunstancias de la muerte de Raúl y se centre en el tal Dardo. Pero no del todo. Al fin y al cabo, Raúl era el abogado del serbio y ha muerto. Le han asesinado. Montes puso la esperable cara de sorpresa y escándalo cuando le pidió aquello y exclamó el correspondiente «¡pero ¿qué dices, Dani?!».

—Sí, ya sé que el otro conductor se dio a la fuga —admitió él después—. Ocurre a menudo. Pero eso no convierte un accidente en un asesinato.

Dani no cedió. Le dijo que no le viniese con historias, que los dos sabían que el atropello de Raúl no había sido accidental.

—Puede que lleguemos a un acuerdo —le dijo ella antes de irse de la coctelería en el pulso constante que mantienen. Un juego que a cada uno parece gustarle, el uno porque le hace sentir espía, la otra porque se siente una auténtica investigadora—. Es posible que no escriba sobre tus malditos polis corruptos y el chantaje de Lazic, Ignacio. Al menos mientras no tenga pruebas fiables de ello. Pero quiero una cosa más a cambio de meterme con el tal Dardo.

Apenas una hora después de aquella conversación, el silencio del teléfono llega a su fin:

—Ya tienes el permiso concedido. Este jueves.

Una hora, no está mal. Montes se ha dado prisa en cumplir con su petición. Dani lo anota mentalmente como una victoria.

Tiene bastantes preguntas acumuladas en la cabeza. Ha decidido priorizarlas. La primera es quién ha matado a Raúl. La segunda es por qué el ministro del Interior tiene tanto interés en que saque a la luz pública al tal Dardo. Paso a paso.

—De acuerdo. Allí estaré —dice saboreando el triunfo, pero sin demostrarle a Montes su satisfacción.

Cuelga. Se lleva la copa de vino a la boca y vuelve a hacer sonar la trompeta de Chet Baker desde el móvil.

Tiene el permiso. Podrá visitar a Zoran Lazic en la cárcel de Estremera. Visita privada, le dijo Ignacio Montes. Escriba o no sobre Gabriel Melgar al final, en ningún caso escribirá acerca de lo que hable con el serbio. Ese es el trato, le ha subrayado Ignacio antes de colgar. Dani lo acepta. No va en busca de un artículo. Va por Raúl. Va porque ningún trato con Montes o el ministro va a hacerla renunciar a intentar averiguar quién le mató.

Recobrada su postura favorita en el sofá, Dani suelta un resoplido nervioso y feliz por haber conseguido la cita carcelaria y, después, se obliga a concentrarse en los papeles que tiene en el regazo, que en ese momento le interesan bastante menos que la reunión entre rejas que mantendrá dentro de unos días.

El 12 de marzo de 2003, el presidente de Serbia, Zoran Djindjic, el hombre que había puesto a su sanguinario antecesor, Slobodan Milosevic, a disposición del Tribunal Internacional de La Haya y que estaba decidido a liderar un proceso de democratización del país, una vez troceada la antigua Yugoslavia por las guerras de los Balcanes, acudía a su despacho en la sede del Gobierno de Belgrado cuando un francotirador le disparó dos veces, alcanzándole en la cabeza y el abdomen. Djindjic murió casi en el acto. Al frente de aquel atentado estaban dos hombres: un paramilitar kosovar llamado Zvezdan Jovanovic, que es quien apretó el gatillo, y Milorad Ulemek, al que llaman Legija, cabecilla del clan de Zemun, la principal organización mafiosa de Serbia, y cerebro del magnicidio. Ambos fueron detenidos. Del resto de las personas que participaron en la conspiración criminal, unos fueron abatidos por las fuerzas de seguridad serbias, otros fueron capturados, y solo unos pocos desaparecieron sin que se pudiese llegar a probar que habían formado parte de la trama. Entre estos estaba un experimentado soldado vinculado al clan de Zemun, un tipo nacido en la apacible ciudad de Nis, llamado Zoran Lazic.

A Dani le divertía que Raúl le contase la historia de sus peculiares clientes. En parte le preguntaba por ellos por mero entretenimiento, en parte porque aquellos relatos olían a reportaje. Zoran Lazic era uno de sus personajes favoritos. Como suele ocurrir con esos tipos que se han curtido en guerras fratricidas, que han medrado en regímenes sin escrúpulos y que se han visto obligados a reinventarse como criminales expatriados, todo lo que se sabe de Lazic puede ser verdad o solo parte de la leyenda. Las historias de los hombres como él solo pueden construirse sumando retazos, datos aislados y especulaciones.

Por el despacho de Raúl Puente desfilaron unos cuantos sujetos que respondían a ese mismo perfil. Antiguos militares o policías o altos funcionarios de estados desaparecidos, como la Unión Soviética o Yugoslavia, que se instalaban en España para poner en marcha prósperas organizaciones criminales. Para ello, un abogado con talento jurídico, hambre de dinero y pocos miramientos resultaba imprescindible, ya fuese para construir el tinglado legal que sirviese de pantalla a la actividad ilegal o para desplegar sus argucias judiciales cuando tocaba desmontar acusaciones y evitar juicios o, llegado el caso, la cárcel. Raúl Puente se había especializado en la creciente y rentable clientela de mafiosos del Este. Dani escuchaba la semblanza que le hacía de aquellos sujetos. Raúl Puente satisfacía su curiosidad sin discreción, con la vanidad que le era propia, orgulloso de haberse labrado su prestigio profesional en un mundo peligroso en el que parecía moverse como pez en el agua y que le había permitido vivir a todo trapo.

Lazic creció con un arma en sus manos. Siendo poco más que un adolescente, llevado como tantos chicos de su edad por un violento patriotismo propio del agitado momento histórico, se unió a una pujante organización paramilitar llamada la Guardia Voluntaria Serbia. Durante casi una década no se perdió una guerra. Croacia, Bosnia y Kosovo fueron los escenarios donde se labró un cierto prestigio como obediente matarife. El joven Lazic no tenía ninguna duda de que alcanzar el esplendoroso futuro que deseaba para la nueva Serbia pasaba por llevar antes a cabo una concienzuda limpieza étnica. Y por eso era el primero en dar un paso al frente cuando se requerían verdugos de prisioneros y detenidos: hombres, mujeres, militares, civiles. Así, a golpe de tiros en la nuca, Lazic fue entrando en el círculo más cercano del propio Zeljko Raznatovic, más conocido como Arkan, el creador de la Guardia Voluntaria Serbia, que con el tiempo devendría en el salvaje grupo conocido como los Tigres de Arkan.

Como corresponde a un soldado de fortuna, su suerte es cambiante. Tras años de exitosa carrera bélica, Lazic acaba siendo capturado y encerrado en la prisión de Dubrava, en Kosovo. Permanece allí, a la espera de ser juzgado por crímenes de guerra, un par de años. Se fuga. Cuando los kosovares decidieron que aquella prisión se reservase en exclusiva para presos albanos, se organizó el traslado de los serbios a otra prisión. La organización del traslado fue tan chapucera que un nutrido grupo de presos serbios pudieron saltar del tren en el que los llevaban y desaparecer.

Lazic regresa a Belgrado y, a pesar de que tampoco ha pasado tanto tiempo, el mundo que conocía parece haber cambiado por completo. La guerra ha terminado. Sus antiguos hermanos de armas se han dispersado. Los hay dedicados al tráfico de drogas con las redes albanesas, al mercado negro de armas o de petróleo con antiguos miembros de la KGB, a ofrecerse como guardaespaldas privados en cualquier país de Europa o a ejercer de sicarios de narcos mexicanos y colombianos. Lazic comprende que toda una época ha llegado a su fin y que más le vale pensar en su futuro.

Opta por aceptar la oferta de unirse al clan de Zemun. La idea es hacer fortuna al margen de la ley.

Pero las cosas se complican. Arkan, el creador de la Guardia Voluntaria Serbia, es asesinado a tiros en el vestíbulo del Hotel Intercontinental de Belgrado. Legija, llevado por un inflamado sentimiento de lealtad eterna a su antiguo líder, decide que vengará la muerte de Arkan cobrándose la vida del primer ministro serbio. El resultado es que este será asesinado, Legija será detenido y condenado a cuarenta años de cárcel por organizar su muerte, y Lazic, viendo que el cerco se cierra en torno a él, comprende que lo mejor que puede hacer es poner tierra por medio y largarse de Serbia.

Toca, de nuevo, elegir destino. Lazic baraja diferentes criterios. Viejos compañeros ya instalados, buen clima, mujeres bonitas, posibilidades de hacer negocio. No le es difícil decidirse. Reaparece en la costa mediterránea, en tierras valencianas, unido a un grupo criminal serbio liderado por un antiguo compinche del clan de Zemun, Luka Mazek.

Tres años después de su llegada a España, Zoran Lazic será acusado del asesinato de Mazek. Es entonces cuando Raúl Puente se convierte en su abogado. Mazek ha sido asesinado en Madrid, un crimen brutal y revestido de todo tipo de detalles macabros. La investigación apunta a que alguien ha decidido quitarle de en medio para sustituirle al frente de una banda que empezaba a adquirir una considerable envergadura. Eso convierte a Zoran Lazic, su lugarteniente, en el principal sospechoso.

Raúl Puente conoce así a aquel hombre amable pero frío, del que su entorno resalta como principales virtudes sus carencias: Lazic es un hombre sin escrúpulos, sin piedad ni compasión y sin reparos en usar la violencia siempre que lo considere útil para lograr sus propósitos. Al abogado no le es difícil librarle de ser juzgado por aquel crimen. La ausencia de pruebas incriminatorias claras y una débil coartada proporcionada por una prostituta que asegura haber pasado junto a Lazic la noche en que murió Mazek en un hotel de Alicante obligan a archivar la investigación. Lazic le paga a Raúl una generosa minuta y queda libre para continuar con su nueva vida como máximo cabecilla del floreciente crimen organizado serbio en territorio español.

Tan solo cuatro años después de la muerte de Mazek, Lazic se ha trasladado a la Costa del Sol. Vive en una suntuosa mansión cerca de Estepona. No se anda con pudores a la hora de hacer ostentación de sus aparatosos coches y conquistas femeninas en los más selectos restaurantes y discotecas. Lazic es leal heredero de la tradición de mafiosos del Este que llevan años disfrutando de aquel estilo de vida en la zona.

Alcanzada la cima del éxito criminal, es inevitable que Lazic se convierta en objetivo prioritario de las fuerzas de seguridad. Pero no es fácil echarle el lazo. Lleva toda su vida siendo un superviviente y sabe actuar sin dejar pruebas directas de sus actividades.

Cuando por fin se tiene una buena oportunidad para procesarle, Lazic se evapora. Ninguno de sus posibles socios, sus amantes actuales o pasadas, sus empleados o sus compañeros de juerga dan información sobre su paradero. Se lo traga la tierra. Hasta ese día en la zona internacional del aeropuerto del Prat. Esperaba para embarcar en un vuelo de Air France a París. Le detuvieron sin que opusiese resistencia.

Se decreta prisión preventiva. Lazic va a parar al centro penitenciario Madrid VII, en Estremera. Su abogado, Raúl Puente, contacta con las personas adecuadas. Traslada un mensaje. Su cliente ofrece llegar a un acuerdo. Se le imputarán delitos de condena moderada. Está dispuesto a pasar un año, quizá dos, en prisión. Una condena liviana, un tercer grado rápido y luego a la calle libre de polvo y paja. Si no, dará nombres. Policías. Guardias civiles. Muchos. Un escándalo del que puede aportar pruebas. Pringados hasta arriba en operaciones de tráfico de droga, de armas, de mujeres. Un surtido catálogo de acusaciones. El propio ministro tendrá difícil seguir en el cargo cuando se sepa lo negligente que ha sido en la vigilancia de las ovejas negras de sus cuerpos policiales.

En ese punto concluye el relato que Raúl le hizo a Dani sobre Zoran Lazic.

Y Dani decidió que aquel era un buen momento para hacer eso que tantas veces pensaba que debía hacer y a lo que nunca se decidía. Apostar y arriesgar.

Ahora, Raúl está muerto y ella va a intentar averiguar quién le ha matado. Y, para ello, se verá cara a cara con el protagonista de aquel relato sangriento.

Dani cae en la cuenta de que no está respirando. Coge aire con fuerza y, según entra en su cuerpo, siente cómo le duelen primero los pulmones y después el estómago. Sigue caminando detrás de los dos funcionarios que la guían a través de corredores y puertas de seguridad hacia las tripas del centro penitenciario Madrid VII.

Son las doce de la mañana, la hora prevista para la visita. Ha salido de su casa a las siete, a pesar de que Estremera está solo a poco más de sesenta kilómetros de Madrid. Le podían las ganas, la ansiedad, los nervios. Noche de insomnio y dos cafés antes de salir, sin nada más, incapaz de meterse nada sólido en el estómago. Sesenta kilómetros conduciendo su Mini con la música puesta y, al llegar, no habría podido decir qué música había sonado porque su cerebro estaba demasiado bloqueado para escuchar nada. No habría imaginado que aquello la impresionaría tanto.

Ha llegado con más de tres horas de adelanto. Ha hecho tiempo en un bar al borde de la carretera. Tercer café de la mañana. Repaso de situación. Tómatelo como una entrevista más: ¿qué vas a preguntar?, ¿cuál es el objetivo de tus preguntas? Cuarto café. El estómago protestó. Por un momento creyó que iba a vomitar. Pidió una tostada. Se la sirvieron y no fue capaz ni de probarla. Se marchó del bar. Llegó al aparcamiento del centro. Se ha quedado sentada en el coche, contemplando la torre de vigilancia, observando a los visitantes, abogados y familiares que acuden a sus citas con otros reclusos. Por fin son las once y media. Siente una arcada nerviosa atascada en la boca del estómago. Baja del coche, se identifica en una oficina de recepción, acuden los dos funcionarios que la acompañarán. Y deja de respirar.

La llevan a una pequeña habitación en la que solo hay una mesa con unos arcos de hierro atornillados a los lados del tablero y dos sillas, todo ello fijado al suelo. No hay ventanas que den al exterior. Tan solo un pequeño rectángulo en una de las paredes cubierto por un cristal ahumado, desde el cual es fácil suponer que alguien estará vigilando lo que ocurra dentro. Estarán a solas, le dicen. Lazic es considerado un recluso de extrema peligrosidad, le explican. Y a Dani se le interrumpe de nuevo la respiración.

Se sienta en una de las sillas, más que nada porque le daría vergüenza que finalmente le fallen las piernas y que los funcionarios de prisiones la vean desmoronarse como un guiñapo. La dejan sola. Se obliga a respirar de nuevo y le parece que, en aquella habitación vacía, puede oírse el eco del sonido del oxígeno entrando en sus pulmones.

Cálmate, cobarde, se dice mentalmente.

Pero no se hace caso.

Se abre la puerta. Zoran Lazic, el Vampiro de Nis, entra seguido por un guardia. Dani le echa un rápido vistazo, apenas un segundo antes de apartar la mirada. Su corazón, su cerebro, su terror van a tal velocidad que aquel segundo le basta para hacerse un perfecto retrato de él. Uno ochenta, cuerpo recio, aún más fuerte que gordo, pero con riesgo de pasar pronto de lo uno a lo otro, pantalón de paño gris, jersey de lana azul de media cremallera y cuello alto, rostro de rasgos angulosos, mandíbula ancha, nariz gruesa, pelo corto de un rubio desvaído. Aspecto de lo que es. Un soldado veterano. Un tosco matarife.

Va esposado. Se sienta en la silla que queda libre y el guardia pasa una corta cadena a través de las esposas y de uno de los arcos de la mesa. No se podría levantar aunque quisiera. No podría estirar los brazos y agarrar a Dani, a pesar de tenerla solo al otro lado de la mesa. Pero eso no resulta tranquilizador.

El guardia que lo ha traído se marcha.

—Treinta minutos —es lo único que dice.

Dani vuelve a mirar a Lazic. Se detiene a observar sus ojos. Son azules. De un azul que parece brillar. Hay algo extraño en ellos, aunque Dani no sabe concretar qué.

Lazic entrelaza las manos sobre la mesa. Es lo poco que puede permitirse hacer con ellas.

—¿Qué quiere de mí? —dice con un tono en tierra de nadie, ni amable ni hostil, en un castellano con un reducido acento extranjero.

Quizá es solo una percepción equivocada, pero Dani tiene la impresión de que Lazic nunca parpadea.

—Ya lo sabe.

Se obliga a mantenerle la mirada. Es guapo, piensa. Y se siente tan idiota al pensarlo como si lo hubiese dicho en voz alta y él hubiese podido oírla.

—¿Es usted una admiradora? ¿Viene para pedirme un autógrafo? ¿Una foto?

—Usted sabe quién soy.

—Una periodista que persigue escándalos.

—Soy algo más que eso.

—Sé quién es usted. Sé en qué periódico trabaja y de quién es hija. Sé que conduce un Fiat Mini 500 y que vive en un apartamento en la plaza de Tirso de Molina.

Dani cae en la cuenta de lo que hay de extraño en aquellos ojos azules. Brillan. Pero no transmiten ningún sentimiento. Podrían ser canicas azules. Ojos de porcelana. Lazic sonríe pero sus ojos no. Son unos ojos sin mirada, unos ojos mudos. Unos ojos que tienen algo de muro y de muerte.

Y Dani no sabría decir qué la asusta más: el frío vacío de aquella mirada o aquella exhibición de conocimientos sobre ella con regusto a amenaza.

No. No se va a dejar asustar.

Tampoco le da satisfacción. No le muestra la menor emoción.

Se obliga a sostenerle la mirada. Se obliga a respirar y a sonar firme.

—¿Quién mató a Raúl Puente?

—Debería olvidarse ya de su novio muerto. Usted es joven y bonita y la vida no se detiene.

Lazic ladea la cabeza y trata de suavizar la expresión.

—Ahora que ya no tiene pareja, quizá podríamos quedar un día para cenar y conocernos mejor.

—Creo que pasará algún tiempo antes de que usted pueda ir a cenar, señor Lazic. ¿O es que espera salir pronto de aquí?

—Uno nunca sabe dónde estará mañana, Daniela.

—¿Ordenó usted la muerte de Raúl?

Lazic separa las manos y muestra las palmas hacia arriba, en un gesto de incomprensión. Dani las mira. Manos de dedos anchos, de piel endurecida. Es fácil imaginar su tacto, piensa. Y tú eres una maldita tarada inconsciente, piensa después.

—¿Por qué iba a hacer algo así? —le responde él—. Raúl era mi abogado. Y además era un buen tipo. Si no hubiese estado contento con su trabajo, le habría despedido y contratado a otro, no asesinado. Además, matar a alguien atropellándolo no es mi estilo.

—¿Tiene un estilo para matar?

—¿De verdad quiere saberlo?

—Soy curiosa.

Lazic asiente, pensativo. Por vez primera aparta su mirada inerte del rostro de Daniela, la pasea por la habitación, como si buscase un recuerdo que colgara de las paredes desnudas. Luego, la mira de nuevo. Como antes. Sin parpadear. Sin sentimiento alguno en aquellos ojos azules. Y dice:

—Hace unos años, un viejo amigo y compañero de batallas llamado Luka Mazek fue asesinado en un piso de Madrid. Los detalles del crimen no tienen nada de especial. Le abrieron la cabeza a martillazos. ¿Quiere que siga?

Dani no contesta, pero Lazic sigue hablando, la voz serena, casi afable.

—El asesino descuartizó a Mazek con una sierra. En cuatro partes. Brazos, piernas, torso y cabeza. Arrancó la piel de todas ellas, la reblandeció en la cocina guisándola a fuego lento y después la cortó en trocitos que pudiera absorber con facilidad el inodoro. También se ocupó de los huesos. Los trituró con una máquina picadora, los metió en bolsas y las tiró en varios contenedores. Como ve, un asesino paciente, trabajador y meticuloso. Pero lo más interesante viene después.

Lazic hace una pausa, dándole a Dani la opción de detenerle. Pero esta permanece callada e inmóvil.

—Hay una vieja tradición militar en mi país —continúa él—. Si matas a un enemigo que se merezca tu respeto, tienes derecho a adquirir su virilidad. Para ello solo tienes que hacer una cosa: comerte su próstata. Mazek era un hombre valiente, un soldado de fuerza y honor. Era una pena que tanta virilidad se perdiese. Por eso su asesino cumplió con la tradición. Heredó su virilidad.

Lazic se encoge de hombros y concluye con la misma tranquilidad con que ha dicho todo lo anterior.

—¿Usted hizo eso? —le dice Daniela sin dar crédito.

El rostro de Lazic muestra lo mucho que le gusta haberla impresionado.

—Por supuesto, Daniela. Yo jamás haría algo tan vulgar como ordenar que maten a un hombre atropellándole. No me menosprecie, por favor.

Dani había decidido desde antes de estar allí, durante la noche previa de insomnio nervioso, que no mostraría reacción alguna ante Lazic. Daba igual lo que le dijese. Su mejor arma, su forma de confundirle o de ganarse su confianza o de hacerle bajar la guardia, lo que fuese, no sería buscando ningún tipo de falsa empatía, sino todo lo contrario, manteniéndose fría, no dejándole ver lo que sentía, dijera lo que dijese. Está sorprendida de haberlo logrado ante la demostración de que ha averiguado cosas tan personales de ella como la marca de su coche o su domicilio, con la vulnerabilidad que ello supone. Pero aquello es aún peor.

Nunca habría imaginado que es más difícil disimular el asco que el miedo.

—Ahora entiendo su apodo. Vampiro.

—Nunca me ha gustado que me llamen así. Un vampiro solo chupa la sangre. Yo soy más glotón.

Dani se obliga a no dejarle disfrutar de su miedo. Pero los ojos de ella no son cuencas sin vida como los de él, y ella sabe que Lazic lee en ellos todo lo que pasa por su cabeza.

—¿Me dará alguna información?

—¿Por qué debería dársela?

—No tiene nada que perder. Y, como ha dicho, Raúl trabajaba bien para usted. Quizá se lo merece.

—Me gustaría que siguiese viniendo a verme. Algo me dice que usted y yo podríamos llegar a ser buenos amigos.

—No lo creo.

—Me excitan las mujeres que se resisten.

Dani siente que necesita salir de allí. Le falta aire. Las

palmas de las manos le están sudando. Le parece que el aliento de Lazic la toca. Es una habitación demasiado reducida, una mesa demasiado estrecha, un mundo demasiado pequeño para compartirlo con aquel hombre.

Hace un esfuerzo por controlar la ansiedad, el deseo desesperado de levantarse y salir corriendo.

—¿Va a denunciar a una serie de policías corruptos si la Fiscalía no le trata bien?

—*No comment.*

—¿Cree que el Ministerio del Interior podría estar detrás de la muerte de Raúl?

—¿Y usted?

—No he venido a jugar, señor Lazic.

—Una pena. Lo pasaríamos bien.

Dani se levanta. Es un movimiento instintivo. Cuando se quiere dar cuenta, está ya de pie. No, no puede irse aún. No tiene nada. Pero su cuerpo le exige, le impone salir de allí.

Lazic hace un gesto de decepción al verla dispuesta a irse.

—¿Volverá a visitarme?

Daniela no se sienta de nuevo. Se queda de pie, mirándole desde arriba.

—Deme una razón para volver.

—¿Le parezco guapo?

—Me repugna, señor Lazic.

—Vaya... —Lazic se encoge de hombros resignado—. Entonces tendré que buscar otra razón para que vuelva.

—Pruebe.

Lazic asiente, como si de pronto cayese en la cuenta de que hay una posibilidad de enderezar aquel mal comienzo entre ellos.

—Gabriel Melgar.

Dani vuelve a sentarse, lentamente, sin dejar de observar al serbio.

Lazic la contempla con una mirada en la que no hay maldad ni desafío, con la mirada de un hombre acostumbrado a salirse con la suya.

—¿Quién es Gabriel Melgar? —le pregunta Dani, como si nunca antes hubiese oído aquel nombre.

—Eso tendrá que averiguarlo usted.

—¿Es quien mató a Raúl?

—Oh, por favor, Daniela. —Lazic mueve la cabeza contrariado—. Olvídese ya de eso. ¿A quién le importa quién mató a Raúl? Raúl es un personaje intrascendente, un soldado en medio de una guerra. Nadie le echará de menos. Ni siquiera usted.

—No voy a permitir que su asesinato quede impune.

Lazic parece impacientarse.

—A usted Raúl le importa una mierda. Usted ha salido de caza. Quiere atrapar una pieza mayor, no conformarse con un cervatillo.

Empujada por la curiosidad y el instinto, Daniela se inclina hacia Lazic desde el otro lado de la mesa. Apenas unos centímetros. El asco y la urgencia por huir quedan aparcados por un instante.

—Dígame, ¿qué tiene que ver ese tal Gabriel Melgar con usted, con los policías, con la muerte de Raúl?

—Eso tendrá que investigarlo. Si se lo doy todo hecho, no será divertido.

Lazic vuelve a extender las palmas de las manos, esta vez como si, a pesar de las esposas, intentase ofrecer un acogedor abrazo.

—Y, luego, vuelva. Seguiremos hablando, Daniela.

—No sé si podré. En el ministerio no están muy contentos con que venga a verle.

—Entonces diremos que es mi novia. Nadie puede negarme tener un vis a vis con mi novia.

Dani vuelve a echarse hacia atrás, como si en vez de una

amenaza disfrazada de broma aquello hubiese sido una proposición formal. Se levanta otra vez. Mira al rectángulo con el cristal ahumado tras el que se supone que los observan, dando a entender con ello a quien esté al otro lado que desea marcharse. No quiere pasar un solo segundo más cerca de Zoran Lazic.

—Dígame una última cosa, Dani.

La puerta se abre. El mismo guardia que ha traído a Lazic entra en la habitación.

Daniela mira a Lazic, que mantiene su apariencia tranquila.

—¿Cuántas citas serán necesarias antes de que acceda a follar conmigo?

Daniela sale de la habitación, del largo pasillo que hay tras la puerta, del centro penitenciario, y sube a su coche y sale, conduciendo a excesiva velocidad, del aparcamiento.

Solo entonces vuelve a respirar.

Es una mañana de sol suficiente. El jardín no es ni tan amplio ni tan frondoso como en las fotografías del folleto publicitario, pero los residentes se sienten a gusto en sus ratos de paseo y disfrutan de una cierta intimidad cuando los sacan los cuidadores porque el tiempo permite recibir fuera a las visitas. Hay diseminados bancos de madera y un par de fuentecitas siempre en funcionamiento y una pequeña y bien cuidada rosaleda y varios chopos de considerable tamaño para cuando se busca sombra, todo ello recorrido por senderos de guijarros que le sacan partido al espacio con curvas y rodeos para que el caminante tenga la sensación de que está dando un paseo más largo de lo que en realidad es.

Aquella mañana de sábado Dani está sentada en un banco al sol. Visita a su padre.

José Javier Lozano, ahora en sus ochenta y uno, fue uno de los periodistas más reconocidos de los setenta. Director y presentador del programa de tertulia política más seguido de la televisión, de él se decía que había sido quien había enseñado a los políticos españoles a dialogar y que, por tanto, de manera indirecta, era uno de los grandes artífices de la Transición. Quizá fuese exagerado atribuirle semejante protagonismo histórico, pero sí era cierto que su programa —un sencillo formato en el que Lozano sentaba a cinco o seis personajes de primera fila y los moderaba con serenidad en unas discusiones en las que nunca hubo sitio para el insulto o el exabrupto— había permanecido en antena durante casi dos décadas y había convertido a José Javier Lozano en una estrella, un mediador respetado por los políticos de todas las tendencias y un maestro admirado hasta la veneración por varias generaciones de periodistas.

Cuando, ya avanzada la década de los ochenta, el gusto del público empezó a cambiar y las cadenas de televisión sustituyeron el debate sosegado por el combate dialéctico y las reflexiones políticas por los escándalos del corazón, José Javier Lozano inició una segunda etapa en su carrera, tan absorbente y exitosa como la anterior. Puso punto final a su programa, que entró directamente en la leyenda televisiva, y pasó el resto de su vida escribiendo libros de gran éxito sobre política o periodismo, dando clases y conferencias, y siendo un analista prestigioso y respetado. La gente le adoraba. Era un hombre afable, reflexivo, con un sutil sentido del humor y una oratoria seductora.

Dani también le adoraba. Le deslumbraba aquel personaje público al que la gente paraba por la calle para estrecharle la mano o darle un par de besos. Dani había crecido viendo más a su padre en la televisión que en casa, donde estaba permanentemente encerrado en su despacho, ocupado, siempre con algo más importante o más urgente que hacer que prestarle atención a su única hija. Dani había crecido venerando al personaje y añorando al padre, leyendo y escuchando lo que este predicaba sobre todo aquello que años después convertiría en un mantra cómplice con Antonio: la búsqueda de la verdad, la defensa de la justicia, los imperativos morales y éticos, el Periodismo (con mayúscula, por supuesto). El amor que sentía por su padre nunca se manifestó en abrazos, risas o juegos, sino en la obediencia a unas reglas sagradas que rigieron su infancia y adolescencia: nunca protestar, no hacer ruido, no entrar en el despacho sin avisar, apagar la tele y cenar y bañarse y acostarse siempre a horas fijas, porque las rutinas ayudaban a que la casa familiar fuese un silencioso y ordenado templo donde el padre podía dedicarse, sin alteración ninguna, a su sagrada tarea de ilustrar al conjunto de la sociedad con sus programas, libros o conferencias.

La madre, buena y sencilla, atenta a las necesidades del marido hasta parecer a veces más sirvienta que compañera, volcada en el cariño a su hija para cubrir la parte que el padre no aportaba, había muerto a los setenta y cinco, rápido y con la misma discreción con que había vivido, sin dar la lata ni quejarse, de un cáncer inesperado y veloz. Y padre e hija quedaron devastados por la pérdida, por un dolor ante la ausencia que nunca compartieron porque ninguno tenía ni idea a aquellas alturas de lo que la madre había significado para el otro ni sabían tampoco ya cómo quererse.

La decadencia física y mental de José Javier Lozano comenzó apenas unos meses después de la muerte de su mujer. Fue como si, al irse ella, todas sus luces se apagaran. Pasó de ser un padre ausente a ser un padre ido.

Tres años después de las primeras señales —despistes tontorrones, vacíos mentales pasajeros—, José Javier Lozano, sentado en un parque del jardín de la residencia en que vive, mira a su hija y le pregunta:

—Entonces ¿va todo bien por casa?

Dani sonríe con una sonrisa tranquilizadora a aquel anciano de delgadez extrema, apenas unas hebras de pelo blanco sobre las orejas, ojos hundidos y de mirada ausente, un rostro en que todo es nariz y pómulos y voz clueca. Nada permite reconocer en él al hombre que fue.

—Todo bien.

—Y, entonces ¿crees que te dará el permiso?

—¿Qué permiso?

—¿Qué permiso va a ser? Pues para casarnos, claro, para casarnos. Que menudo es tu padre...

—Seguro que lo dará.

José Javier Lozano asiente, calibrando si debe o no confiar en su respuesta, y por fin dice, por quinta vez aquella mañana:

—Entonces, todo bien por casa, ¿no?

Dani va a verle todos los fines de semana. Le lleva alguna prenda o una caja de pasiegos, que le encantan, y le deja que crea que es la esposa perdida y hasta su madre, según decida la mente a la deriva de él regresar a la mediana edad o a la lejana infancia. Pocas veces, en sus delirios, la toma por quien es, la hija a la que sigue ignorando en la demencia como ya lo hiciera en la cordura.

El padre entorna los ojos para mirarla, la boca a medio abrir también, las comisuras de los labios humedecidas, la barbilla apenas sostenida.

—Porque tú quieres casarte conmigo, ¿verdad?

Siempre quiso deslumbrarle. Atraer su atención. Convertir la admiración que sentía por él en mutua. Ha sido una buena hija. Obediente, estudiosa, sin dar disgustos. Cuando, como cualquier joven, quiso ir ganando cuotas de libertad, solía apelar a eso, a que era una buena hija que merecía lo que pedía. Pero el padre, que zanjaba aquellas demandas con sentencias inmediatas, sin tomarse tiempo en alegaciones o deliberaciones, a menudo las rechazaba con un argumento que consideraba inapelable: solo eres como hay que ser. Punto final. Sin reconocimientos especiales. Así era el mundo en el que él vivía. El padre no era huraño ni agresivo. Tan solo vivía en un universo propio cuyas reglas no eran negociables. Un mundo donde no había sitio para los hijos.

—Claro que quiero casarme contigo —le contesta Dani con ternura.

El padre parece darse por satisfecho. Levanta la barbilla y deja que el sol le acaricie la cara. Dani le imita.

Voy a ser periodista, le había dicho Dani al padre el mismo día en que se matriculó en la facultad. Rebosaba orgullo. En su cabeza iba a ser más que eso. Iba a ser la heredera, la segunda generación, tal vez el comienzo de toda una dinastía. José Javier Lozano estaba en su despacho, sentado detrás de su escritorio, siempre desbordado de libros y papeles.

No la felicitó. No mostró emoción alguna.

—Fracasarás —le dijo, sin sutilezas ni matices—. Estarán siempre comparándote conmigo. Harás mejor dedicándote a otra cosa.

Dani no compartió con él nada relacionado con sus estudios universitarios. Se acostumbró a que profesores y alumnos, jefes y colegas le comentasen siempre lo mucho que admiraban a su padre, lo mucho que seguro que le había enseñado, lo afortunada que era teniendo semejante mentor. Tampoco le mostró nunca sus artículos ni contrastó con él ninguna duda profesional. La madre, siempre conciliadora, le aseguraba que su padre se sentía muy orgulloso de ella. El padre nunca se lo demostró. Y ella no dejó por ello de mantener intacta su admiración ni de seguir aspirando a ganarse algún día su reconocimiento.

Dani cierra los ojos. Siente el agradable recalentamiento del sol en la piel. Hubiese querido disfrutar de aquel momento de silencio sin pensar en nada. Pero no lo logra. Piensa en el Vampiro de Nis. Piensa en Gabriel Melgar, en Ignacio Montes, en el ministro Cáceres y en Raúl, al que ve en su imaginación tirado en el asfalto después de ser atropellado dos veces. Piensa en el miedo que siente. En su cabeza vuelve a sonar la voz de Lazic diciéndole cuál es su modelo de coche y dónde vive. Piensa en las ganas de dejarlo y en las de seguir. En realidad, piensa en lo mismo que lleva pensando sin descanso, día y noche, desde su visita a la cárcel.

—Dime, ¿merece la pena? Poner el trabajo por delante de todo. Sacrificar todo por un solo objetivo. Ni siquiera sé cuál era el tuyo ni cuál es el mío: ¿la fama, el aplauso, la influencia? Es estúpido. Soy ambiciosa sin saber siquiera cuál es mi ambición.

José Javier Lozano mira a su hija. Por un instante a Dani le parece que aquellos ojos han recobrado la vida, que el padre se asoma a la superficie del pozo negro en que ahora vive.

—¿Te gustan los garbanzos?

—¿Perdona?

—Los garbanzos, ¿te gustan?

—Creo que sí.

—A mí no. Pero no se lo digas a mi mujer. Ella se empeña en que los coma. Ayer mismo me los sirvió otra vez. Espero que hoy no lo haga también. No me gustan nada. Es como comer piedras.

—Le diré que te los haga más blanditos, ¿quieres?

José Javier Lozano asiente, dándose por satisfecho. Vuelve a mirarla con sus ojos entornados.

—Eres una mujer guapa —le dice, apreciativo, como si no hubiese reparado en ello antes—. Dime, ¿tienes hijos?

Dani niega con la cabeza. El padre vuelve a asentir.

—Yo tampoco —le dice.

Sobre la mesa de trabajo están desperdigados los diferentes informes que le pasaron. Se los sabe de memoria. El ministro Cáceres e Ignacio Montes tienen razón. De aquello puede sacarse algo sustancioso. Aún no tiene claro cómo enfocarlo. Un único reportaje, una serie de artículos. Sí, tal vez hasta un libro. El tono también puede ser diverso. Denuncia: ¿cómo es posible que un hombre así no haya acabado aún entre rejas? Biografía épica: conozcan ustedes la historia del mayor criminal español actual. Misterio: ¿dónde está Dardo? No lo tiene decidido todavía. Pero una cosa está clara: allí hay material al que se le puede sacar mucho jugo. Su duda es otra: ¿merece la pena meterse en semejante lío?

Gabriel Melgar puede reaparecer y contraatacar. Ahogarla en una montaña de querellas: calumnias e injurias, derecho al honor, falsedad, el menú completo. O peor aún: podría aparecer y hacerla desaparecer a ella, en venganza por haberle sacado del confortable anonimato en el que ha vivido hasta ahora. O Melgar puede estar muerto y que ella ponga nervioso a quien le haya matado, ya sea Lazic o quien sea. No pisa terreno seguro. No sabe por qué Lazic lo ha mencionado. No sabe por qué desde el Ministerio del Interior le sirven en bandeja a aquel personaje hasta ahora desconocido para el público. No sabe quién ha matado a

Raúl. Y, por todo ello, no sabe si merece la pena jugar con fuego publicando la historia del misterioso Gabriel Melgar, alias Dardo.

¿Para qué?

Copa de vino, atardecer y Chet Baker. Ahí está. Su ritual. Lo de siempre y una pregunta nueva: ¿para qué?

Se plantea si no habría sido más feliz siguiendo de manera más exacta los pasos de su padre. Dedicarse a la crónica política. Repartir leña a los inútiles y los corruptos. Escribir ladrillos sobre la regeneración democrática, el futuro del proyecto europeo o tostones semejantes. Trabajo intelectual, vida pausada. Pero no. Escuchó solo a medias aquella advertencia de su padre, hiriente aunque sensata. Optó por la investigación de historias variopintas. Y eso la lleva a ese balance reiterativo con el que pretende acallar inquietudes vitales: recibos pagados, copa de vino, Chet Baker, cambiar el mundo a trocitos. No es una persona de necesidades complicadas. No puede quejarse. Pero algo falta, algo falla, algo queda pendiente de añadir a aquel reiterado listado de razones para sentirse satisfecha.

¿Para qué?

Soy una tía tirando a normal, se dice. Tengo treinta y seis años. Soy una buena profesional. Soltera y sin hijos. No tengo ni traumas ni obsesiones, más allá de, como mucho, un inevitable pero controlado complejo de Electra. No tengo problemas mentales ni adicciones. No he sido víctima de abusos ni de malos tratos. No le tengo miedo al compromiso ni rechazo el amor, aunque aún siga sin pareja estable. Tal vez me líe más veces de las que debería con los tíos equivocados, pero tampoco he tenido relaciones tormentosas, supero rápido los desengaños y no tengo tendencia ni a la depresión ni a la melancolía.

¿Para qué complicarse la vida?

¿Para demostrarle a su padre, ahora que ya ni siquiera

la recuerda, que le hubiese merecido la pena molestarse en conocerla cuando aún razonaba?

¿Para creerse que de verdad es capaz de mejorar el mundo?

Dani intenta no dejarse llevar a terrenos incómodos. Se obliga a centrarse en lo que es solo trabajo. Se maneja mejor con las incógnitas periodísticas que con las emociones.

Regresa a la nota biográfica apócrifa sobre Gabriel Melgar. Termina con esa misteriosa conclusión: desaparecido sin rastro hace tres meses (no hay que ser Sherlock Holmes para establecer un vínculo: Dardo ha desaparecido días después de que Zoran Lazic fuese detenido cuando estaba a punto de tomar un avión con destino a París en el aeropuerto del Prat). Los breves informes policiales: diligencias de investigaciones abiertas en diferentes fechas a lo largo de las dos últimas décadas contra Dardo por delitos variados que siempre concluyen con el archivo por falta de pruebas. Un tipo escurridizo. Sabe cubrirse las espaldas, lo que reduce su biografía criminal a una mera elucubración. Y el informe de Instituciones Penitenciarias. El documento menos interesante. Ni siquiera se refiere a Dardo. Es sobre otro tipo. Al parecer, un amigo de la infancia. Dardo es un hombre al que apenas se le conocen relaciones personales. Aquel tipo solo parece un lejano vínculo del pasado incluido en la carpeta como relleno a falta de algo mejor. Un recluso que ha salido hace poco de la cárcel tras cumplir una larga condena. Un tipo de escaso interés que ha dejado como dirección de contacto para recibir notificaciones pendientes sobre su situación legal la de un bar en San Blas.

Mira la mesa. Sobre los papeles cae el último rayo de sol del día, se cuela con debilidad a través de la cortina entreabierta.

Ha hablado esa misma tarde con Ignacio Montes. Le ha llamado por teléfono. Nada de encuentros propios de espías.

—¿Hablamos de tu cita con el Vampiro? —le preguntó él sin preámbulos.

Dani no le dijo nada, ni siquiera que Lazic le había puesto delante la zanahoria de Gabriel Melgar para que volviese a visitarle.

—Ya he estudiado el contenido de la carpeta.

—Un personaje interesante el tal Dardo, ¿verdad?

—Para poder escribir sobre él, necesitaré más.

—Ya te dije que, si aceptas, lo tendrás. Nombres, cifras, todo lo que tenemos...

—¿Por qué?

—¿Perdona?

—¿Por qué tenéis tanto interés en que publique algo sobre ese tipo?

—Un trato, ¿recuerdas? Nada de esparcir rumores sobre corrupción policial. Mejor contar la historia de un delincuente auténtico. Y todos contentos.

—¿Ese es el único motivo?

—Nos merece la pena. ¿Y a ti?

Ovillada en su esquina favorita del sofá, Dani sigue repitiéndose aquella misma pregunta: ¿merece la pena?, ¿para qué?

Me hago mayor, se dice. Antes era capaz de vivir sin tener todas las respuestas.

Coge el móvil y llama a Antonio.

—¿Qué quieres, Daniela? —ladra él—. Estoy viendo el partido. Para jugar así, más nos valía renunciar a estar en la Champions. Estoy de todos estos jugadores de mierda hasta los mismos...

—Voy a seguir.

—¿De qué me hablas?

—Escribir sobre el tal Dardo. Voy a hacerlo. Voy a seguir investigando.

—¿Y para eso me molestas en medio de un partido?

¡No tenía la menor duda de que lo harías! —Antonio le dice aquello gritando y después levanta aún más la voz, pero ya no se dirige a ella—: ¿Quieres tirar a puerta de una vez, cojo de los cojones?

—Sé por dónde seguir. Era lo que quería contarte.

Dani cuelga. Antonio ni siquiera la está escuchando.

Peyo ocupa su sitio habitual en la barra. Estira el culín de una cerveza antes de irse a su habitación. A veces, como aquel día, se pasa a última hora de la tarde para tomarse esa última caña de final de jornada, que acompaña de media ración de un queso de cabra que Gordi le sirve sin que él se lo pida. Esa tarde le ha hecho una pregunta inesperada a Gordi.

—¿Cuál es tu playa favorita?

Gordi ha dudado mientras repasaba con un paño algunos vasos.

—No tengo.

—Pero habrás estado en alguna que te haya gustado, ¿no?

—Hace muchos años. Ya no lo recuerdo. El bar no me permite tomarme vacaciones.

—Pero si alguien te dijese que quiere bañarse por primera vez en su vida en el mar, ¿dónde le recomendarías?

—Peyo, la verdad es que nunca me he bañado en el mar.

El diálogo es interrumpido por la entrada de una pareja en torno a los cincuenta. Él, corpulento, con un tripón desmoronado, pantalón caído y camisa mal remetida por la cintura. Ella, con el gesto torcido y la edad mal llevada, todos los deterioros causados por el tiempo resaltados por un maquillaje fallido. Basta con verlos caminar para advertir que llevan unas cuantas copas encima.

No solo llegan borrachos, sino también peleando. Se sientan en una de las mesas, enzarzados desde antes de entrar en una discusión en que hablan de pagos pendientes, de egoísmos de ella, de derroches de él, de culpas de uno u otro, de promesas incumplidas y cambios prometidos que nunca llegaron a hacerse. Sus frases suenan como un intercambio de golpes, resulta fácil deducir que son un matrimonio, que él está dolido con un suegro rácano que se niega a ayudarlos, que ella está harta de que él no se esfuerce y quiera vivir de ese suegro que para ella es pura bondad. Todo suena a pelea recurrente.

Él le pide a voces a Gordi que les ponga dos DYC con Coca-Cola. Luego se vuelve para seguir gritándole a su mujer. Que está harto de acusaciones y sermones, le dice ahora, con un vozarrón impertinente. Hay otros clientes en el bar: un par de abuelos, vecinos del barrio, que apuran un coñac al final del día, y un trío de chicos jóvenes que hasta ahora han estado compartiendo risas y cañas en la mesa de al lado de la que ocupa el matrimonio. Las conversaciones de viejos y jóvenes han cesado, acalladas por los rugidos del marido gritón.

Gordi les lleva las copas a la mesa. En ese momento es ella la que toma la palabra, también a gritos, para replicar a la andanada de ataques y reproches del marido. Lo acusa, a todo volumen, de ser solo un vago, de llevar demasiado tiempo viviendo del cuento, le grita que deje de esperar que sea el suegro quien le apañe la vida.

Gordi le pide a la mujer si puede bajar el tono, para no molestar al resto de los clientes. El hombre se vuelve hacia él.

—¿Estás mandando callar a mi mujer?

El rostro rubicundo de Gordi enrojece más aún.

—Solo le pido que respete a los demás —dice conteniendo a duras penas el tartamudeo.

El hombre echa un vistazo a los dos viejos y a los chavales.

—Joder con la clientela de lujo... —dice fanfarrón—. Anda y que os den a todos.

Gordi regresa desalentado a la barra.

El hombre vuelve a centrar la atención en su mujer. Habla aún más alto.

—¡A lo mejor les cuento a todos estos clientes tan finos a quién te follas cuando yo me voy a trabajar! —le grita, y de nuevo recorre con la mirada al resto—: ¿A alguien le interesa saber lo puta que es mi mujer?

Ella pone cara de horror. Hace ademán de levantarse, pero trastabilla y tiene que agarrarse a la mesa, y eso hace que las copas se caigan y el contenido íntegro de una de ellas acaba derramándose sobre la entrepierna de su marido.

Él le da una bofetada que lanza a la mujer hacia atrás.

Queda tendida en el suelo, y el hombre se pone de pie y se mira el pantalón empapado de whisky y cola y maldice a la mujer por su torpeza.

—Te voy a... —la amenaza mientras ella, desde el suelo, se tapa la mejilla golpeada, en parte por protección y en parte por vergüenza.

El hombre no llega a hacer nada.

El taburete le da de lleno en la espalda. El golpe le hace tambalearse, pero no llega a caer. Su corpulencia le permite mantenerse en pie.

La mujer grita del susto. El hombre se gira. Peyo vuelve a golpearle con el taburete. Lo hunde en su prominente estómago. Y, cuando eso hace que el hombre se doble hacia delante, vuelve a lanzar el taburete contra él, esta vez a la cara.

El hombre cae al suelo, aturdido. Su mujer llora con un estridente desgarro y llama «animal» a Peyo.

Gordi mira a Peyo con expresión de asombro. Peyo jadea por el esfuerzo de los tres golpes dados con el taburete.

Cuando recupera el resuello como para hablar, se dirige a la pareja, ambos aún en el suelo. Les dice que se larguen del bar si no quieren que llamen a los municipales y todo aquel jaleo continúe en una comisaría. Le recomienda a la mujer que no siga junto a ese salvaje y al marido le dice que probablemente tenga la nariz rota por el último golpe pero que, si vuelve a verle maltratar a su mujer, la nariz será lo único que ya no se preocupará de romperle.

Detenida en la entrada del bar, Dani contempla la escena.

Se acerca a la barra cuando regresa la calma al Cosmos. Gordi se encarga de sacar del bar a la pareja malherida. A él le da unas servilletas para que contenga la hemorragia y le permite apoyarse en su brazo hasta que está en la calle. A ella, que llora en silencio y esconde el rostro entre las manos, le da diez euros para que se coja un taxi y le dice que no deje entrar en casa a la mala bestia de su marido y que se decida a denunciarle por agresión. Los dos viejos se marchan también al poco, satisfechos del coñac y del espectáculo gratuito. Los tres chicos piden otra ronda de cañas y retoman su charla como si nada. Un tipo entra y va hasta la tragaperras buscando un golpe de suerte para terminar el día. Gordi limpia la sangre y las copas derramadas con una fregona y regresa tras la barra. Peyo ha vuelto a sentarse.

—Ha sido una exhibición impresionante.

Peyo solo repara en su presencia cuando le habla. Le echa un vistazo. Una mujer de rostro agradable, con una sonrisa sin doblez, una melena castaña enmarcándole una cara de ojos grandes, nariz estrecha y labios finos. Aunque calcula que debe de andar ya por la mitad de la treintena, los vaqueros, el jersey de rayas y la cazadora de piel que viste le dan un aire más juvenil.

—¿Nos conocemos de algo?

—Quiero hablar con usted.

Gordi levanta la mirada al escucharla. Mira a Peyo, se encoge ligeramente de hombros y apenas hace un movimiento de negación con la cabeza, dando a entender que no la conoce de nada.

—Ya ve que estoy ocupado.

—Pues a mí me da la impresión de que la fiesta ha terminado.

Peyo ni siquiera la está mirando.

—La fiesta nunca termina.

—¿Le invito a otra cerveza?

—No.

—¿Me deja al menos sentarme a su lado?

—Eso no puedo prohibírselo.

Dani ocupa un taburete junto a Peyo y le pide a Gordi que le ponga una copa de tinto. Gordi le dedica una mueca a Peyo al servir el vino. Podrías alegrarte, para una vez que te habla una chica guapa, parece decirle.

—Me llamo Daniela Lozano —le dice ella—. Dani.

—¿Es usted policía o algo así?

—Soy periodista.

—Peor aún.

—Solo quería hacerle algunas preguntas. Sobre una persona.

—¿Quién?

—Le llaman Dardo.

Gordi, que desde su lugar en la barra puede oír sin dificultad la conversación, les da la espalda, finge ir a coger una botella de un estante. Sus mofletes se han coloreado.

Peyo no muestra expresión alguna. Solo remata de un sorbo el dedo de cerveza que aún queda en su vaso.

—¿Sabe que ha desaparecido?

—No sé nada de él desde hace más de veinte años. Tendrá que buscar en otro sitio.

—¿No mantuvieron el contacto mientras estuvo en la cárcel?

—¿Qué espera que le cuente?

Dani sabe que de su respuesta a esa pregunta depende el resultado de aquel encuentro. No titubea.

—Todo.

Peyo levanta la barbilla en un gesto de despedida a Gordi y se pone de pie para irse.

Dani se maldice. No ha acertado con su respuesta.

—Ya me he divertido de más por hoy.

Ella vuelve a intentarlo antes de que él se marche.

—Querría conocer mejor a Dardo. Que me contase su relación con él. Lo que ocurrió antes. Hasta que usted acabó en la cárcel.

Peyo, de pie a su lado, fija los ojos en ella. Dani ve en sus ojos incomodidad e impaciencia, ve cansancio y dolor.

—No sé quién le ha dicho que hablara conmigo o cómo podía encontrarme. Pero ha perdido el tiempo.

Peyo va hacia la salida.

Dani le habla a su espalda.

—Puede que Dardo sea el hombre que ha ordenado matar a mi novio.

Peyo se detiene. Pero no se vuelve.

—Le dejaré mi número de móvil al camarero —dice Dani, hablándole a su espalda—. Llámeme.

Peyo reanuda el paso. Niega con la mano sin tan siquiera darse la vuelta antes de salir del Bar Cosmos.

Dani mira a Gordi y asiente.

—Me llamará.

Luego le da un primer sorbo a su copa de vino.

Esperan en silencio a que les sirvan las copas. Dani bebe de la suya. Paraíso, se llama el cóctel. El agradable sabor ácido de piña y kiwi le hace fruncir la boca. Nunca ha tomado esa combinación, pero el camarero se la ha recomendado asegurándole que le encantará y ha acertado. Al otro lado de la mesita Ignacio Montes menea la cabeza con una mezcla de desaliento e incredulidad.

—Ni lo sueñes —le dice al fin, calmado pero tajante.

Ha sido Dani quien le había pedido verse. Han vuelto a quedar en la coctelería Del Diego. Esta vez Dani se muestra menos distante. Al fin y al cabo quiere sacarle algo y sabe que para ello no basta con una llamada de teléfono.

—Ya te he dicho que no tiene nada que ver con el tema de los policías —insiste ella.

—Todo tiene que ver.

—Eso empiezo a sospechar.

Ignacio vuelve a negar con la cabeza, esta vez para dar a entender que su frase no significa lo que ella piensa, sino que es solo una muestra de cansancio ante tanta condición y contrapartida.

Él da un sorbo a su Negroni. No tiene un buen día, piensa Dani contemplándole. Cada vez se parece menos a aquel chico cándido de antaño, el compañero de redacción siempre animoso y servicial, un aspirante a seductor tan obsequioso como errático. Los cuarenta se le echan encima. La vida le ha curtido, pero tal vez no tanto como él mismo se cree. La presión, las conspiraciones, las citas discretas en coctelerías al atardecer, ser el fontanero que desatasca la mierda. Pasear por las cloacas te acaba ensuciando el alma. Por un instante, breve, fugaz, cosa rara, Dani llega a sentir un ramalazo de simpatía hacia él. Hasta que vuelve a dejar la copa en la mesa y le dice:

—Dani, no te voy a gestionar otro encuentro con Lazic.

Ella asiente como si compartiese su decisión. Pero luego dice:

—Entonces, no cuentes conmigo para que me encargue de agitar el avispero.

Él pone una mueca de incomprensión y Dani endurece el tono.

—Vamos, Ignacio. No me tomes más por idiota, ¿vale?

—¿De qué me hablas?

—¿De verdad crees que no es evidente? No hay que ser un genio para comprender vuestro interés en que escriba sobre Dardo.

Ignacio va a decir algo, pero ella le acalla levantando apenas la mano y sigue hablando.

—No me cuentes otra vez esa milonga del *do ut des.* No sé qué os traéis entre manos, pero sí hay cosas que veo claras. Queréis ponerle nervioso y que cometa un error. Que aparezca. Y, como no lo habéis conseguido por vuestros medios, solo se os ocurre exponerlo en los medios para acabar con el anonimato en el que ha vivido tantos años y que salga de su escondite.

Dani hace una pausa y, cuando vuelve a hablar, su tono es aún más duro.

—Te lo diré de otro modo: me estáis utilizando. Solo soy un cebo.

Ignacio deja de negar con la cabeza. Dani sigue:

—Tu jefe y tú sois unos hijos de puta. Lo sabes, ¿verdad?

—Yo soy tu amigo, Dani.

—Entonces consígueme otra visita a Lazic.

—Mantente alejada de ese cabrón. Es un tipo peligroso.

—Vosotros también lo sois.

Ignacio no le sostiene la mirada. Da otro trago a su copa, más largo de lo que aconseja su fuerte contenido. Dani bebe también de la suya, hecha ya a su sabor ácido.

—El ministro quiere verte.

Dani no demuestra sorprenderse, aunque lo hace. Tiene la sensación de que aquel día le toca ganar. Y le gusta. Apostar. Arriesgar. Eso está bien. Pero ganar es mucho mejor.

—¿Va a ofrecerme otro artículo con el que poner nervioso a otro desaparecido?

—Me ha pedido que te traslade que le gustaría invitarte a cenar.

Ignacio se lo dice bajando los ojos. Molesto. Quizá hasta un poco avergonzado. Dani se esfuerza por mantenerse seria. Pobre Ignacio. Comprende que cada vez se le aleja más la posibilidad de terminar aquella conversación con un mínimo de dignidad. Dani percibe la incomodidad de él y se siente mala y le gusta sentirse mala.

—¿También le haces de celestino?

—Mi trabajo no es fácil.

Ignacio está a punto de enfadarse. Dani decide aflojar. No le interesa llevarlo tan lejos.

—El ministro Cáceres no es mi tipo —dice incapaz de renunciar a fastidiarle otro poco.

—Solo es una cena. Le pediste tener hilo directo con él, ¿ya no lo recuerdas?

Ignacio Montes no va a presentarse ante su jefe sin haber cumplido sus deseos. Dani lo comprende y entonces sabe que no es necesario forzar más. Ha ganado.

—Cenaré con el ministro si vuelves a conseguirme que vea a Lazic.

—Nunca te cansas de negociar, ¿verdad?

—Mi trabajo tampoco es fácil, Ignacio.

Él no dedica demasiado tiempo a pensárselo. Los dos saben que no hay opción.

—Creo que me meteré en un lío si te lo consigo. Pero trato hecho. Tendrás dos citas.

Daniela despliega una espléndida sonrisa.

—Una con un mafioso serbio y otra con un ministro. Mi agenda se está poniendo interesante últimamente.

—¿Seguirás entonces adelante con lo de publicar algo sobre Gabriel Melgar?

Dani se lleva su vaso a la boca. Deja que la mezcla de las frutas con el *peppermint* entre en ella y retiene por un instante el líquido antes de tragarlo, disfrutando ese sabor intenso que produce un agradable picor en lengua y paladar.

Hoy he ganado, se dice. Ignacio solo pide, desde la derrota, una pequeña satisfacción, un gesto de condescendencia.

Qué diablos. Otro día.

—Cumpliré con mis compromisos sociales. Luego, ya veremos.

Peyo se sienta en el banco. Observa las aguas del estanque, que aquella mañana tienen un tono verde grisáceo. Ve pasar a dos ancianos que se saludan al cruzarse. Deja que un jadeante pastor alemán se le acerque y le olisquee las puntas de los zapatos antes de que su dueño lo llame dando una voz. Contempla después un punto móvil en el cielo, tan lejano que bien podría ser un avión o algún pájaro que ha subido demasiado. Escucha el silencio de la mañana.

Va allí de vez en cuando. Al mismo banco de entonces o, al menos, al que ha sustituido al de entonces en el mismo sitio. Allí donde las chicas cuchicheaban y se reían. Va allí, pero no por nostalgia ni buscando recordar. Solo va porque no tiene ningún sitio mejor al que ir.

Cuatro meses. Nuevas rutinas, ahora fuera como antes dentro. No, no es uno de esos tarados que cuando salen del trullo no saben vivir fuera y acaban añorando el pasado y soñando con volver o se pasan todo el día buscando a cualquiera en parques, barras de bar o grupos de terapia que los soporten contando una y otra vez sus historias de cuando estaban dentro. Ni hablar. Ni está tan loco como para querer volver ni habla jamás de todos aquellos años de encierro. Ni siquiera piensa en ellos. Prefiere mirar hacia delante. Lo único que desea es seguir libre, sentirse libre, saber que si está sentado en aquel banco o en la barra del Cosmos o en su habitación de la pensión es porque así lo ha decidido él, sin que nadie se lo imponga, sin que medien ni horarios ni turnos. En eso consiste la libertad. Y eso es lo único que le importa. Ser libre. El pasado carece de interés. Ha tenido tiempo de sobra allí dentro para obligarse a olvidarlo y, al final, lo ha conseguido.

Pero, pasados unos meses, los rituales diarios empiezan a ser insuficientes. La vida no puede consistir solo en ir sacando uno a uno los billetes de cincuenta euros del sobre para gastárselos en el supermercado, el bar y poco más. No es infeliz. No lo es porque no mide la vida en términos de felicidad o infelicidad. Tan solo siente una indefinida culpabilidad por conformarse con sus rutinas invariables. Puede ser cómodo, pero, a la vez, cada día que pasa siente como si aumentase una deuda que hubiera contraído consigo mismo. Se debe una vida. Por ello se le ha ocurrido aquella idea. Viajar al mar. Hay demasiadas cosas que no conoce o que no ha hecho nunca. Volar en globo, conocer Barcelona y París, ir al teatro, hacer el amor bajo la ducha, bañarse en el mar. Ha elegido esto último. Esa será su primera meta, un primer objetivo facilón para ir cumpliendo con asuntos pendientes, para obligarse a ir más allá de los confortables ritos diarios.

En la acera de enfrente del Cosmos hay una agencia de viajes. Es un local modesto. En su escaparate, folios pegados al cristal ofrecen sueños pequeños. Autobús, visita con guía y comida en Toledo. Excursión al monasterio de El Escorial. Día completo en Segovia, cochinillo y Alcázar incluidos. Ilusiones a precios asequibles, fantasías para bolsillos ajustados. Fin de semana en la costa mediterránea. Ese es el folio en que se ha fijado. Lo relee al pasar por delante de la agencia cada día. Le importa un comino que el hotel incluido tenga tres o cuatro estrellas. En realidad, no tiene la menor intención de entrar en la agencia y contratar el viaje. Ya irá él por su cuenta, sin compañía que le importune, sin tener que ajustarse a ningún tipo de organización. Libre. Pero aquella hoja pegada al escaparate le recuerda cada día al pasar su meta pendiente. Bañarse en el mar.

Ahora ha aparecido esa chica y ha alterado sus planes. La idea del baño en el mar se desvanece como uno de esos sueños que solo se recuerdan durante el minuto siguiente al despertar. En lugar de eso, su irrupción en el bar ha bastado para hacerle pensar en todo aquello en lo que ha aprendido a no pensar.

Sigue tumbándose en la cama a oscuras, boca arriba, las manos unidas sobre el estómago, las piernas rectas y juntas, posición de cadáver, una vieja costumbre antes de quedarse dormido. Es capaz de quedarse así un buen rato, esperando el sueño, sin nada en la cabeza. Pero ahora no. Ahora piensa. Recuerda.

Sigue yendo a la barra del Cosmos, a la biblioteca, a comprar pan o yogur o una de esas ensaladas ya preparadas. Mantiene sus rutinas. Pero ahora hay algo más.

Así pasa una semana.

Hasta esa mañana en que se levanta del banco frente al estanque y va al Cosmos y ve a Gordi detrás de la barra y le pide que le preste su móvil y que le dé el número que le ha dejado aquella chica. Gordi y él no han vuelto a mencionarla. Bañarse en el mar es, sin ninguna duda, mucho mejor objetivo que el de llamar a aquella chica. Eso piensa Peyo. Bañarse en el mar o hacer aquella llamada. Esa es la elección.

Elige sabiendo que elige mal.

Ella contesta con rapidez.

—Gracias por llamarme.

—Solo será una conversación. Nada más.

El pasado solo es un gran charco de agua muerta. Se lo ha estado prometiendo a sí mismo durante todos aquellos años, largos como una vida entera. No lo removerá. Ser libre. Eso iba a ser lo único importante. Ser libre para ir a sentarse a un banco del parque o a la barra de un bar, para leer una novela policiaca de final predecible tumbado en la cama de la pensión, para partirle la cara con un taburete a un puto gilipollas. A los ojos de cualquiera aquello puede que parezca una vida de mierda. Para él es una maravillosa libertad.

Y, al hacer aquella llamada, tiene la certeza de que está renunciando a ella.

El mar tendrá que esperar.

III

TIEMPO DE PROMESAS

Antes

El semáforo se puso en rojo en la glorieta de San Bernardo. El Renault 8 se detuvo en primera línea. A su lado se paró un zeta de la Policía Nacional. El Seat 131 blanco ya había sido sustituido por el Fiat Ritmo azul como coche policial. El agente que conducía miró hacia nosotros. Hamid, que iba sentado al lado del conductor, le miró también. Yo iba detrás y advertí cómo el vistazo del policía pasaba de rutinario a curioso.

—Deja de mirarle fijamente, joder —le urgí a Hamid.

Este volvió la cabeza al frente. Pero ya era tarde. Amir, el conductor de nuestro coche, giró hacia la calle Fuencarral. El zeta hizo lo mismo. Apenas habíamos enfilado la calle, la sirena del coche policial emitió un breve aullido. Nos hicieron luces. Amir siguió como si nada.

—¡Para! —tuve que gritarle—. Y, ya sabéis, sobre todo, tranquilos.

Nos echamos a un lado. Nos detuvimos frente a los cines Roxy. Pude ver a una anciana que ya conocía, porque ahora que vivía cerca pasaba a menudo a comprar sándwiches en el Rodilla que había cerca del cine. Vestía el mismo abrigo marrón de lana que otras veces, que le quedaba enorme, y llevaba calado un gorro de colorines, bajo el que caía una desgreñada melena blanca. Agitaba en alto un puñado de cuartillas y repetía a gritos su cantinela: «¡Chistes de amor, cinco duros! ¡Chistes de amor, cinco duros!». En una ocasión le había comprado uno de sus chistes. A cambio de la moneda me dio una hoja doblada y al desplegarla, escrito a mano, con caligrafía infantil, solo ponía: «Viste siempre elegante como un elefante». Esta vez no sentí pena por aquella pobre loca. En ese momento su futuro me pareció más despejado que el de nosotros tres.

Del zeta solo se bajó el policía que iba de copiloto. Se acercó hacia nosotros y con un gesto de mano nos indicó que saliésemos del vehículo.

—¿Por qué nos han parado? —me preguntó Hamid.

Amir tamborileaba con los índices de ambas manos sobre el volante. Hamid permanecía rígido pero tranquilo. Había mucha gente en las aceras. Era la hora de entrada en los cines. Ya se habían parado unas cuantas personas a mirar. Espectáculo gratis. Mejor que cualquier película.

El policía repitió los gestos, esta vez más apremiante, para que saliésemos. Yo no contesté a Hamid. Eran tiempos difíciles y nosotros teníamos un aspecto sospechoso. Los atentados terroristas de ETA se sucedían en Madrid, las calles cercanas a aquella estaban infestadas de yonquis y camellos, los atracos a sucursales de banco seguían aumentando. El aspecto de Hamid y Amir resultaba intimidatorio, los dos tan iguales, con su tupida cabellera negra peinada hacia atrás y sus gruesos bigotes y, detrás de ellos, los acompañaba yo, con mi aire de medio payo y medio gitano. No hacían falta más motivos. Eran los tiempos. Y nos había tocado, jodido azar, eso era todo.

Sonaron sirenas policiales. El policía que conducía el zeta salió también de este. Había pedido refuerzos.

—Bajad —dije, ahora a media voz—. No causemos problemas.

Los tres nos detuvimos junto al coche.

—Documentación —nos dijo el agente.

Por el fondo de la calle, avanzando por el carril contrario con las sirenas ululando y las luces giratorias del techo encendidas, se acercaban dos coches patrulla.

Amir y Hamid se sacaron el pasaporte del bolsillo interior de la chaqueta a la vez, en un movimiento tan igual que pareció sincronizado. Yo le entregué al agente mi DNI. Hamid se mantenía impasible. Amir movía una rodilla de manera compulsiva.

Los dos nuevos zetas se detuvieron junto al primero. Mientras el agente miraba los documentos, su compañero se acercó a nuestro coche. Abrió la puerta del conductor. Metió la cabeza y echó un vistazo al interior. Metió después medio cuerpo y se puso a rebuscar en la guantera y por los asientos.

—¿Eres de nacionalidad israelí? —le preguntó a Amir el que revisaba los pasaportes.

Amir asintió con un movimiento de cabeza excesivo. Yo sabía que su pasaporte era falso. Amir era iraní, como Hamid. El pasaporte de este sí era iraní, aunque con una identidad también falsa. Mi DNI también era una falsificación, aunque más burda que sus pasaportes.

Me llegó otro sonido inesperado. Ya no eran sirenas policiales. Levanté la mirada y vi un helicóptero que se acercaba hacia donde estábamos. En su panza, en letras bien grandes, podía verse la palabra POLICÍA. El resto de la gente también miró al cielo. Entre los espectadores surgió un murmullo de expectación cuando vieron el helicóptero detenido en el aire sobre nosotros. Los curiosos de las aceras se convirtieron en una pequeña multitud. Tres zetas, seis agentes, un helicóptero. Los responsables de la seguridad ciudadana andaban un poco histéricos y estaban cayendo en la sobreactuación. Daba igual que fuese por un exceso de celo o por un exceso de miedo, tanta policía junta no pintaba bien para nosotros.

—¿Qué hace en Madrid? —le preguntó el policía a

Amir. Levantó la voz para hacerse oír por encima del sonido del helicóptero.

Amir miró a Hamid. Una mirada de súplica. Una mirada aterrorizada. Amir llevaba poco tiempo en España. Ni siquiera entendía muy bien el idioma. Los tipos como él, esbirros a las órdenes de jefes como Hamid, solían llegar con un pasaporte israelí porque con él pasaban con más facilidad los controles fronterizos que con uno iraní. Cuando ya llevaban algún tiempo aquí lo volvían a cambiar por un pasaporte iraní, igualmente falso, pero al menos de su verdadera nacionalidad, lo que les resultaba más cómodo para mentir si eran interrogados. Los policías ya sabían esto, así que un pasaporte israelí hacía saltar de inmediato todas las alarmas.

Hamid contestó por Amir. Sin titubear. Como un contestador automático.

—Dirigimos una empresa de exportación e importación de alimentos.

El otro agente, que estaba revisando nuestro Renault 8, contestó en lugar de su compañero:

—Seguro que sí.

Desde el otro lado del coche levantó la mano y nos mostró un taco de pasaportes. Iraníes, israelíes y argelinos. Todos falsos, por supuesto. Hamid no se dedicaba solo a la heroína. También lideraba una próspera red de falsificación de documentos. Vendía a precio de oro pasaportes, con visado norteamericano incluido, a compatriotas que llegaban a España huyendo del nuevo régimen iraní del ayatolá Jomeini, pero preferían seguir su camino e instalarse en Estados Unidos.

El policía había encontrado aquellos pasaportes bajo las esterillas traseras del coche.

Todo se precipitó.

Amir no soportó la presión. Echó a correr. Los seis policías se volvieron hacia él y dos de ellos se arrancaron para seguirle.

Amir estaba a punto de girar por la calle de Belvis cuando uno de los dos agentes que corrían tras él, al ver que iba a perderlo, sacó su pistola y disparó al aire.

El sonido del disparo desató un caos inmediato. Se oyeron muchos gritos. La gente empezó a correr sin destino. Chocaban unos con otros, se llamaban, se agarraban, se caían, eran una marabunta enloquecida, cada uno intentaba abrirse camino y ponerse a salvo sin saber ni de qué huían ni adónde ir.

Amir se tiró al suelo al oír el disparo. Se arrastró hasta parapetarse detrás de un Citroën GS aparcado en la acera. Se sacó la Glock que llevaba siempre en una sobaquera. Disparó dos veces hacia los policías. Las balas se incrustaron en la carrocería de uno de los zetas. Los agentes corrieron a refugiarse tras sus coches.

Hamid y yo nos miramos. Durante unos segundos nadie estuvo pendiente de nosotros. No hizo falta que nos dijésemos nada. Los dos echamos también a correr, cada uno en una dirección diferente.

Los policías, que habían desenfundado sus armas y estaban todos pendientes de Amir, nos vieron alejarnos, pero no se atrevieron a salir de detrás de los zetas.

Hamid, sin dejar de correr, sacó también su pistola y disparó al aire. La gente se apartaba a su paso saltando a un lado o tirándose al suelo. Los gritos aumentaron, el desconcierto también.

Yo esquivé un bolardo, trastabillé y para no caer me agarré a ciegas a la persona más cercana. La vieja me mostró sus encías desdentadas: «¿Chiste de amor por cinco duros, señor?».

Cuando recuperé el equilibrio y levanté la cabeza acerté a ver en una marquesina el cartel que anunciaba el título de un próximo estreno: *Sálvese quien pueda.*

Aquel día, en la calle Fuencarral, en el tramo entre los

cines Roxy y el Proyecciones, con las aceras abarrotadas de gente aturdida por el pánico, interrumpido el tráfico por los coches zeta cruzados en la calle, ocurrió algo insólito.

Aterrizó un helicóptero.

El caos fue a más. Cuando el helicóptero empezó a aproximarse a tierra, la ventolera que producían los rotores levantó una inesperada polvareda. Al bajar otro poco más, la fuerza del viento derribó dos contenedores y formó un remolino que levantó la basura desparramada extendiéndola por la calle. Muchas personas dejaron de correr, cegadas y atragantadas por todo aquel polvo.

Eso facilitó nuestra huida. Justo cuando los patines del helicóptero estaban a punto de tocar el suelo, lo siguiente en salir volando fueron los libros de un puesto ambulante cercano. La calle se llenó de volúmenes, de hojas sueltas y de todos los residuos de los contenedores, todo ello flotando en una nube de polvo que seguía levantándose del asfalto. Ni los peatones ni los policías, desbordados por la situación, nos prestaron ya atención a Hamid y a mí. Todos miraban, asombrados, a aquel helicóptero que se había posado en el centro de la calle Fuencarral.

Amir, al ver que del helicóptero bajaban dos agentes armados con fusiles, optó por no complicarse más la vida, tiró su arma al suelo y se rindió. El helicóptero retomó el vuelo para intentar localizarnos desde las alturas. Los policías aún se quedaron algún tiempo en la calle Fuencarral, sin saber bien qué hacer más allá de recoger los libros y hojas volados y comprobar que no había heridos por las carreras y tropezones. Los espectadores se dispersaron, una vez recobrada la serenidad, encantados ahora de haber formado parte de aquel inesperado espectáculo. Hamid y yo escapamos.

La vieja volvió a anunciar a gritos su insuperable ganga: «¡Chistes de amor, cinco duros!».

Fui al Hanói. Antes, me pasé un buen rato dando vueltas por las calles, asegurándome de que nadie me seguía y de que el helicóptero no volvía a aparecer. Cuando llegué había anochecido y el bar empezaba a llenarse de gente.

El Hanói era un garito que estaba al principio de la calle Espíritu Santo, frente a la plaza del Rastrillo. Era uno de esos locales gafados en el que llevaban años sucediéndose negocios fallidos: lechería y quesería, zapatería, carpintería y bodega de venta de vino a granel. Ahora, como garito de música country, vivía sus días de gloria. Hacía apenas un año allí solo iban unos cuantos moteros ya talludos, sus desengañadas novias, que un día soñaron con enamorar a James Dean, y un puñado de camellos de hachís de saldo que se tomaban un descanso antes de volver a la plaza. Por esos inexplicables caprichos colectivos que nadie sabe cómo ocurren, ser un bar pasado de moda lo había puesto de moda. Su dueño, Mike Homes, nacido Miguel Casas, un sesentón que vestía siempre pantalón y camisa vaquera, nunca se quitaba el Stetson y hablaba con un ligero acento de Kansas a pesar de ser de Cuenca, se estaba haciendo de oro contra todo pronóstico. El Hanói era ahora parada obligada en la ruta nocturna de toda aquella fauna variopinta que recorría cada noche los locales que habían surgido por las calles de Malasaña. Era un lugar incómodo, pequeño y mal ventilado, sin encanto y con una estética sin criterio, y en él no se escuchaba otra música que no fuera música norteamericana, nada que ver con lo que sonaba en los demás locales de la zona. Tal vez era todo eso lo que lo hacía parecer tan diferente y atraía como moscas a aquella clientela ansiosa por sentirse moderna.

Me abrí paso a través de la sala principal. Era estrecha y se mantenía en penumbra, apenas permitía vislumbrar la decoración de las paredes: banderas sudistas, dos neones que reproducían el logo de Harley Davidson, matrículas de coches de Tennessee y Luisiana, un gran cartel de *Apocalypse Now* y otro de *Centauros del Desierto* y, en la pared del fondo, un mural que reproducía la famosa foto de la guerra de Vietnam en que unos niños se alejan aterrados de un bombardeo de napalm, todos ellos pintados en siluetas rellenadas con un colorido psicodélico. La música sonaba a un volumen que hacía inútil cualquier intento de hilar una conversación.

A un lado de la pared con el dibujo había un pasillo que llevaba a la sala trasera del bar. A esa segunda sala solo podía accederse si se había sido invitado. Era un habitáculo con una barra corta atendida por una sola camarera y la música llegaba atenuada, lo que permitía conversaciones más fluidas. Durante años había sido solo un almacén de bebidas. Desde hacía meses Dardo había llegado a un acuerdo con Mike Homes y aquel cuarto trasero era su lugar exclusivo, donde pasaba las noches en compañía.

Cuando llegué él ya estaba allí. Le gustaba ir temprano. También estaban sus invitados, los de siempre u otros nuevos, muy parecidos a los de cualquier otra noche. A mí me resultaban todos iguales y a pocos era capaz de ponerles nombre porque, en su afán por ser diferentes, acababan siendo lo mismo. Dardo mezclaba en aquella habitación a personas que afuera se ignoraban o incluso eran enemigos. Chicos y chicas de ropajes negros, que los hacían parecer brujos o carceleros, pelos de colores, peinados estrambóticos y maquillajes saturados. Punkis de crestas enhiestas, imperdibles en las cejas, botas militares y muñequeras con tachuelas. Imitadores de Elvis de tupés elevados, chupa y pantalón de cuero, camiseta y calcetines blancos y exagerada pose chulesca. Aquel no era un mundo de bandas, como nuestro barrio, sino de tribus, que defendían con férrea lealtad una identidad que no se definía por el territorio o el poder, sino solo por la estética. Pero allí, en la habitación trasera del Hanói, convertida en tierra de nadie y de todos, aceptaban convivir sin enfrentarse. A Dardo le entusiasmaba pasar las noches en compañía de aquella fauna estrafalaria. Yo no entendía qué veía él en una gente cuyo aspecto y cuyas vidas nos eran tan ajenos. Le gustaban sobre todo los que decían dedicarse a cosas de las que no sabíamos nada: pintores, fotógrafos, diseñadores de ropa, músicos, productores de discos o aspirantes a estrellas de cine. Los había también que no tenían oficio concreto, pero sí el bolsillo bien cubierto por papás dadivosos. Dardo no había cambiado. Seguía calzando las Yumas y llevando los vaqueros ceñidos, las camisas de manga corta y cuellos anchos y la media melena, por supuesto sin teñir ni cardar ni nada de eso. Su aspecto no encajaba con ninguno de ellos, pero tal vez era eso lo que le hacía tan popular: la rareza que era Dardo para ellos. Eso y que en aquel cuarto uno podía meterse de todo y siempre invitaba él.

Se me acercó al verme. Hamid estaba con él. También había ido a refugiarse en el Hanói tras el incidente de la calle Fuencarral.

Dardo se estaba partiendo de risa.

—Ya me ha contado —me dijo señalando al iraní—. Pero ¿qué coño habéis liado?

A Hamid y a mí no nos parecía tan gracioso. Aún teníamos el susto metido en el cuerpo.

—Nada.

—Pues para no haber hecho nada, solo os ha faltado que os persiguiese el Séptimo de Caballería.

Me dio un abrazo.

—Vamos, Peyo, admítelo. Tiene su gracia.

—Ni puta gracia, Dardo.

Dardo le dio también una palmada en el hombro a Hamid, a la que este no reaccionó. No era Hamid un hombre de efusiones ni aspavientos. Su respuesta fue preguntarnos qué pensábamos que le pasaría a Amir y si su detención nos traería problemas.

Dardo se encogió de hombros con desinterés.

—Amir es como todos esos matones tuyos. Un tipo duro, aunque hoy le ha faltado templanza. No nos delatará. Y no estará mucho en la cárcel. Puede que le acaben mandando de vuelta a Teherán. Pero ya te ocuparás tú de traerle de nuevo.

Hamid asintió y después preguntó por el Renault 8, que era suyo y que había quedado en la calle Fuencarral.

Dardo le dijo que mejor se olvidase del coche y de Amir y le volvió a palmear, dando a entender que ninguna de esas dos pérdidas merecía que le dedicásemos más tiempo.

—Centrémonos en lo que importa: ¿cerrasteis el trato?

—Los marroquíes de Delicias entrarán —le dije.

Asintió satisfecho.

—Os dije que lo harían.

Hamid no compartió esa satisfacción. Permanecía serio.

—Tenemos que hablar —le dijo a Dardo, con su marcado acento y un tono que siempre sonaba a enfado.

—¿De los marroquíes? No habrá problemas. Serán obedientes.

—De Gafari

Dardo hizo un gesto de fastidio al oír aquel nombre.

—Me estoy ocupando de ello. No hace falta que me lo menciones cada vez que nos vemos.

—A veces olvidas que trabajas para mí, Dardo.

—Ya te encargas tú de recordármelo a todas horas, amigo mío.

Dardo se esforzó por mantener el buen ánimo.

—Venga, dejemos ahora el trabajo —dijo—. Habéis pasado por un mal trago hoy. Toca tomarse otro tipo de trago.

Hamid se excusó. Nunca se quedaba mucho tiempo en el salón trasero del Hanói. Iba, liquidaba lo que tocase tratar con Dardo y se iba. Hamid no soportaba ni la música country ni a los jóvenes con pelos de colores. Tan solo había acudido para esconderse un rato tras el asunto del helicóptero. Dijo que prefería irse a casa y que aún tardaría en llegar. Vivía lejos del Hanói, en Móstoles, no en la calle de al lado como nosotros.

En cuanto se hubo marchado, a Dardo se le oscureció el semblante.

—Odio a ese cabrón. ¿Dice que yo trabajo para él? Le estoy haciendo de oro, le estoy sirviendo esta ciudad entera en bandeja. A un puto moro como él.

—Iraní.

—¿Qué diferencia hay?

Dardo se volvió y fue en busca de un corrillo cercano para olvidar el enfado. Pronto asentía con entusiasmo a lo que alguien había dicho mientras agarraba por la cintura a una chica, probablemente su novia de aquella noche.

Me fui solo a la barra. Pedí un whisky con cola y mientras lo esperaba miré a mi alrededor. En una esquina, en un sofá de dos plazas, una pareja se sacaba de los bolsillos lo necesario para ir al baño a meterse un tiro: la papelina, la cuchara, la jeringa que compartirían. En otra esquina dos chicos se comían a besos con gula. Una chica pintaba de morado los ojos a otra a mi lado. Las conversaciones se mezclaban con la música. Daba igual lo que dijeran. Todos hablaban siempre de lo mismo. Lo que iban a hacer. Grabar un disco, rodar cortos, montar exposiciones, viajar a Londres, abrir una tienda de ropa. Siempre lo mismo: todo iba a ocurrir en el futuro.

Los contemplaba a todos como quien observa animales exóticos en un zoo después de haberlos visto tantas veces que ya no te sorprenden. Hasta que oí una voz a mi lado:

—Se te ve serio, Peyo.

Me volví. Era una chica bajita y algo regordeta. Llevaba los párpados pintados de negro, el pelo desplegado como la cola de un pavo real y las manos enfundadas en mitones. Logré acordarme: se llamaba Rosa. Nos habíamos acostado hacía unos días y, al mismo tiempo que caí en cómo se llamaba, decidí que esa noche intentaría repetir.

También mi vida era diferente y avanzaba a una velocidad que impedía detenerse a pensar en los detalles.

—Cuánto me alegro de verte, Rosa. ¿Cómo te va todo?

—Los tíos como nosotros acaban siempre en prisión o bajo tierra. Y el dinero que sacamos de todo ello, ¿adónde va a parar? La mayor parte acaba en los bolsillos de los que venden toda esa mierda.

Aquella idea se convirtió en el punto de partida desde el cual Dardo comenzó a construir su futuro. Cuando empezó a desaparecer, dejándonos atrás al resto de la banda, actuaba siguiendo un plan que ya tenía diseñado.

Dardo nunca improvisaba. Siempre respetaba una estrategia. Cada paso que daba, cada decisión, cada elección que hacía iban dirigidos a alcanzar algún fin predeterminado. Así había sido desde que empezamos a ir con el Chungo, así continuó siendo después. Tal vez era esa determinación, de la que los demás carecíamos, lo que te hacía desear seguirle sin necesidad de hacer preguntas.

—El futuro está lejos del barrio. El futuro tiene que consistir en algo más que asaltar con las recortadas una sucursal del Banco Hipotecario.

Aquel camello tísico al que le compraba las papelinas para el Pelao y el Trompos y los tripis y la maría para los demás fue el primero en señalarle el camino que debía seguir. La ciudad era una gran tienda de droga y el barrio solo era una parte de ella, pequeña e intrascendente. El negocio, el verdadero negocio, se cocía en el centro. Eso fue lo que le dijo. Y Dardo comprendió lo que tenía que hacer.

No buscaba ser un camello más. Quería ser el tipo para el que trabajasen todos los camellos que vagaban por las calles colocando sus mierdas. Ese era su plan.

Acababa de cumplir los diecinueve años y había decidido convertirse en el amo de la ciudad.

En la plaza del Dos de Mayo y sus alrededores, en el céntrico barrio de Malasaña, convivían docenas de camellos que vendían de todo. Pero la joya de la corona era el caballo. La heroína. Y el mercado del caballo lo controlaban los iraníes. Tipos duros que habían huido del ayatolá y habían montado una ruta para traer desde Pakistán, pasando por Estambul, toda aquella heroína que acababa vendiéndose micra a micra en los callejones, las esquinas y los portales de Malasaña. Cada gramo eran diez micras y por cada micra se podían cobrar hasta dos mil pesetas. Un negocio millonario. Comparado con el mercado del caballo, los que vivían de pasar hachís, maría o anfetas eran solo los parientes pobres.

Dardo había seguido el consejo del tísico. Se había pasado deambulando por el centro todas aquellas semanas en que ninguno sabíamos lo que hacía. Iba a los garitos. Observaba. Compraba a los camellos tan solo para entablar conversación. Seguía a unos, buscaba la amistad de otros. Indagaba procurando no hacerse notar. Una pregunta a uno, otra a otro. Quién es tu proveedor, quién controla esta calle, quién vende en ese local. Aprendía. Creía que no llamaba la atención. Se equivocaba.

Brown sugar. Así llamaban a aquella heroína pakistaní, por su color marrón, lo que permitía distinguirla de otras variedades, de la base o la tailandesa. Un manjar para los yonquis. Había varios grupos de iraníes compitiendo por el negocio. Dardo centró en ellos su atención. Eligió su objetivo. Hamid y Jahan Bayat. Hermanos. Miembros de una rica familia próxima al derrocado sah Reza Pahlaví y, por tanto, caída en desgracia con el nuevo régimen. Tipos con contactos, con ambición y con resentimiento. Una suma perfecta para convertirse en los principales traficantes del *brown sugar.*

Dardo no tuvo que dar con ellos. Ellos dieron con él. Una noche, ya casi amaneciendo, Dardo salía de un *drugstore* de la calle Luchana donde se reunían los camellos más tirados con los jefes a los que tocaba rendir cuentas.

Caminaba hacia la boca de metro de Noviciado cuando le cogieron. Saltaron tres sobre él. Uno le agarró de un brazo, otro del otro y el tercero le enganchó por el pelo impidiéndole cualquier reacción.

Le llevaron hasta un portal cercano. Le dieron patadas en la parte de atrás de las rodillas hasta obligarle a doblarlas y hacerle caer. Antes de entender siquiera lo que estaba pasando, tenía el cañón de una pistola aplastado contra la frente como si quisiesen perforársela.

—¿Quién eres? —preguntó Hamid, al que en ese momento aún no identificaba.

Dardo estaba en el suelo, con tres gorilas iraníes encima y aquel otro amenazándolo de muerte.

Y mantuvo la calma.

—¿Cuál de los hermanos Bayat eres? ¿Hamid o Jahan? —le preguntó.

Aquello le valió que Hamid le diera un bofetón. Después le cacheó sin separar la pistola de su frente.

—No llevas ni armas ni drogas.

—Yo ni consumo ni mato. Yo hago negocios. Como tú.

—¿Quién cojones eres? —le insistió, confundido y desquiciado al ver que Dardo aún era capaz de hablar sin alterarse—. ¿Eres poli? ¿Por qué andas por ahí preguntando sobre mí?

Dardo dedujo cuál de los dos hermanos era. Se decía que uno mandaba más que el otro, que uno era el cerebro y el otro la fuerza, y él había andado preguntando más en sus pesquisas por el primero.

—Quería conocerte, Hamid.

Que Dardo demostrase conocer su nombre no tranquilizó al iraní. Más bien al contrario. Le dio un par de guantazos más y le hundió la rodilla en la boca del estómago. La sangre brotó de la nariz de Dardo y la presión de Hamid dejando caer todo su peso sobre él le hacía cada vez más difícil respirar.

—Quiero proponerte algo —acertó a balbucear.

Hamid no pareció escucharle.

—Voy a matarte, cabrón —le dijo—. Voy a pegarte un tiro.

—Y yo voy a hacerte muy rico. Solo necesito que me escuches un minuto.

Dardo dijo aquello cuando solo parecían faltar unos segundos para que se convirtiese en otro de los cuerpos que los municipales recogían de callejones y portales cada amanecer con la vida arrebatada por un navajazo, un disparo o una mala dosis.

La expresión iracunda de Hamid cambió. En sus ojos asomó la intriga. Aquel niñato tirado en el suelo al que estaba a punto de matar le hablaba como si estuviesen compartiendo una copa en la barra de un bar. Su valentía, o más bien su temeridad, le hizo merecerse aquel minuto que pedía.

La presión de la rodilla en el estómago cedió un poco, la del cañón de la pistola en la frente también. Algo imperceptible. Un minuto. Dardo supo que había conseguido lo que pedía y se apresuró a hablar:

—Ahí fuera se vive en el caos. Si se pone orden en las calles, en los vendedores, en todo ese tinglado que ahora funciona sin más reglas que la competencia entre unos y otros, los beneficios serán mucho mayores. Eso es lo que te ofrezco, Hamid. Si me respaldas, no solo controlarás todo el mercado del *brown sugar.* Te beneficiarás también del hachís, las anfetas, la coca, todo. Tú decidirás quién, el qué, cuánto y dónde se vende. Controlarás y obtendrás beneficio de cada gramo, cada papelina, cada china, cada pastilla... Y no solo en el centro, sino en toda la ciudad.

Hamid no mató a Dardo. Y este solo le pidió dos cosas: que le permitiese demostrarle que sabía lo que hacía y que le diese para ello un plazo de dos semanas. Le pidió ambas cosas con el cañón de la pistola aún apoyado en la cabeza, mientras Hamid se debatía entre el asombro, la diversión y la indignación ante la desfachatez de aquel niñato.

Dos semanas. Se lo concedió.

Ese fue el tiempo que Dardo necesitó para terminar de planear el asalto a un solitario proveedor de heroína tailandesa llamado el Holandés en un polígono cercano a la carretera de Burgos.

Dardo había oído hablar de aquel tipo en sus noches indagando. Era una pequeña leyenda. Un solitario camionero que traía heroína tailandesa de Ámsterdam. Una molesta competencia al *brown sugar* iraní. Hasta la noche en que Zanco y yo acompañamos a Dardo a aquel polígono y le hicimos el vuelco, levantándole el cargamento, y después este le reclutó por la vía rápida.

Dos semanas después del encuentro en el portal, Dardo se vio con los dos hermanos Bayat en un pequeño reservado de un bar de Lavapiés. Les entregó una bolsa de deporte. Un regalo. Los siete kilos de caballo que habíamos sacado del camión del Holandés. Una pequeña fortuna a la que renunciaba para ganarse su apoyo.

Cuando abrieron la bolsa de deporte, Hamid y Jahan

no contuvieron expresiones de asombro al ver su contenido. Sería de las pocas veces que Dardo los vería contentos.

El Holandés entregaba desde entonces cada uno de sus cargamentos a Dardo, que a su vez se lo pasaba a los Bayat para que lo pusiesen en circulación. De ese modo la heroína tailandesa del Holandés ya no competía con el *brown sugar* de los iraníes, sino que pasó a engordar también sus bolsillos. Y los de Dardo.

Un año después de aquello Dardo, Zanco y yo vivíamos en un piso alquilado en la calle de la Palma, en Malasaña, muy cerca del Hanói. Ya no teníamos mucho que ver con aquellos críos de los Recreativos Cosmos que solo un año antes se dedicaban a asaltar chalés y bancos y a gastarse casi todo lo que obtenían en porros, birras y putas de la calle Orense. Ahora teníamos dinero de sobra y una habitación para cada uno en aquel piso, nos dedicábamos a poner orden entre camellos y traficantes, pasábamos las noches en el Hanói y nos acostábamos sin pagar con chicas a las que les parecía exótico irse a la cama con unos macarras de barriada.

—Y esto es solo el principio —le gustaba repetirnos a Dardo.

Y nosotros le creíamos y le seguíamos a ciegas, convencidos de haber despejado así las sombras que hasta entonces siempre habían parecido oscurecer nuestro futuro.

A Zanco no le gustaba el Hanói. No entendía qué veía Dardo en aquel antro donde solo sonaba esa música blanda ni en aquellas amistades que parecían demasiado encantadas consigo mismas. Zanco prefería la calle. Siempre había sido de baretos, trapicheos, callejeo y amigachos. Sin sofisticación. Solo supervivencia callejera. Pero, a pesar de que echaba de menos nuestro barrio, el Cosmos y los tirones, los palos y las sesiones dobles de cine en la Covacha y las noches de heavy a todo trapo en el Barra o el Canci, nunca se iría. Admiraba demasiado a Dardo para dejarle. Zanco nunca había querido ser él mismo, sino parte de algo mayor que él. No habría sabido salir adelante sin sentirse protegido por Dardo, sin recibir sus órdenes y sus elogios, feliz en su sumisa lealtad. No conocía otra manera de vivir. Por eso, por más que añorase otro lugar y otra vida, Zanco nunca se alejaría de Dardo. Y a veces me preguntaba si no me pasaría a mí lo mismo.

Zanco hizo de la plaza del Dos de Mayo su territorio personal, casi su hogar. Cuando nosotros nos íbamos al Hanói, él prefería quedarse rodeado por aquel ir y venir constante de personas, ruidos y rumores. La vida en la plaza giraba en torno al quiosco Antonia, donde servían una horchata de primera y alrededor del cual pululaban vendedores y compradores de todo. Había gente a cualquier hora, una caótica mezcla de razas, tribus, adictos, aspirantes a algo y desesperanzados de todo, camellos de medio pelo y camorristas peleones, niños buenos y malos, lo más tirado y lo más pijo en busca de lo mismo.

En un único espacio, los marroquíes y argelinos vendían hachís, los iraníes vendían su *brown sugar*, macarras patrios pasaban anfetas y la coca empezaba a aparecer. Y todos se enfrentaban por cada comprador, cada venta, cada esquina o cada palmo de terreno. Las peleas eran frecuentes. Los iraníes eran los más animales, te podían dejar para el arrastre usando solo sus puños, pero los magrebíes eran más zorros y, antes de que su rival se diese cuenta, le habían pinchado en las nalgas o los muslos con sus navajas y el herido abandonaba la pelea empapado en sangre. Cada día empezaba y terminaba una guerra que nadie ganaba nunca.

Cada vez más a menudo aquella inestable rutina se interrumpía por la aparición de los polis. Cualquiera, el primero en verlos, gritaba: «¡Agua, agua!» y, a velocidad de vértigo, todos se apresuraban a ponerse a salvo. Los moros que esperaban compradores en las esquinas desaparecían por los portales. Los iraníes tenían siempre una moto a mano en la que se largaban para volver en cuanto se hubiese despejado la plaza. Los más veteranos del barrio corrían a esconder su mercancía en los maleteros de algún coche o se metían en los baños de los bares, donde las dosis se ponían a salvo en cisternas o azulejos removidos para recuperarlas en cuanto se hubiese ido la pasma. Los policías solían llevarse algún detenido. Por cubrir el expediente. Al que le tocaba, aceptaba con resignación la mala suerte y un par de días después estaba ya de vuelta, otra vez rondando el quiosco o peleando por volver a ocupar el sitio donde atender a sus clientes.

Zanco empezó a ser parte del paisaje habitual de la plaza. En cuanto se corrió la voz de que aquel tipo delgaducho y con una ligera cojera era amigo del tal Dardo, el nuevo socio de los iraníes, nadie se atrevió a meterse con él. Zanco se dedicaba a algo parecido a lo que Dardo hiciera en su día. Compraba unas cervezas en El Arco o La Rosa o cualquier otro de los bares de la plaza y unas noches invitaba a un trago a unos y otras a otros y charlaba con todos y así podía irle luego con información que le fuese útil a Dardo. Los camellos de la plaza eran el escalón más bajo, el último eslabón de las cadenas de venta de drogas que se cruzaban y enredaban sin orden ni concierto por todo el centro de la ciudad. Y Zanco, a golpe de cervezas y porros compartidos y de un sinfín de conversaciones deshilvanadas, iba desenmarañando la madeja, trazando la línea de mando de unos y otros, hasta dar con quien podía interesar y entonces se lo señalaba a Dardo, y a los iraníes y a mí nos tocaba hacer nuestra parte.

En realidad aquello era lo de siempre. Dardo decidía. Él era el jefe, el capataz, y Zanco y yo quienes ejecutábamos, la mano de obra fiel, los obreros que cumplíamos sus indicaciones. Zanco era el comienzo del proceso. Él averiguaba quién podía aportar algo o a quién sería mejor expulsar de la zona para siempre. Dardo le escuchaba y tenía la última palabra. Y los hermanos Bayat, su escuadrón de matones y yo nos encargábamos de convencer a los elegidos, ya fuese con palabras o con hechos, de que todo iría mejor si sumábamos esfuerzos.

A veces con Hamid, que era más contenido en sus métodos, y otras con su hermano pequeño, Jahan, que era una mala bestia, me ocupaba de ir a ver a quien Dardo me dijera. Nos presentábamos en pisos o en garitos o en tascas o les salíamos al encuentro en plena calle y yo era quien les exponía cómo iban a ser las cosas a partir de ese momento. Ahora trabajaremos juntos, les decía. Nosotros te diremos dónde pondrás a vender a tus camellos, qué será lo que venderán y cuánto tendrás que darnos a nosotros. A cambio te pasaremos *brown sugar* para que lo añadas a lo que ya vendes y así aumentarán también tus ganancias. Nadie te molestará. Si alguien quiere quedarse con el punto de venta de tus camellos, le daremos. Si alguien le roba mercancía o dinero a tu gente, le daremos. Si alguien vende a alguno de los tuyos a los maderos, le daremos. Y, a cambio de todo ello, tú nos darás a nosotros una parte de lo que saques. Así de sencillo. Nada nuevo. Si yo no lograba convencer a alguno, dejaba el sitio a aquel de los hermanos Bayat que me hubiese acompañado y a sus matones, que se ocupaban con muchas menos palabras que yo de hacer entrar en razón al reticente. Así han funcionado las mafias desde el principio de los tiempos. Pero Dardo fue el único al que se le ocurrió algo tan necesario como era poner orden en una ciudad donde no existía negocio más próspero que el tráfico de drogas.

Su plan funcionó. Dardo y los hermanos Bayat se habían hecho con casi todo el tráfico del centro de la ciudad. Las peleas entre camellos disminuyeron, el producto nunca escaseaba, los compradores sabían dónde encontrar lo que venían a buscar sin necesidad de andar dando vueltas por callejuelas y garitos. Y, si alguien no cumplía, le dábamos.

Zanco era feliz pasando las horas en la plaza. Cuidaba del lugar y de sus gentes. De entre sus nuevos vecinos el Topo era uno de sus favoritos. Era un borrachín que aún no había cumplido los setenta, pero de tan castigado parecía centenario. Había pasado media vida bajo tierra, de ahí su apodo. Durante décadas se le consideró el mejor carterista del metro de Madrid, un piquero legendario en el gremio. Pero los años y el exceso de Soberano y Fundador acabaron por quebrarle. Un temblor imparable en ambas manos terminó con su pericia y le obligó a retirarse. Desde hacía años el Topo vivía en la superficie y se pasaba los días en la plaza, apoyado en cualquier coche, ofreciendo chocolate a todo el que pasaba a su lado, dejándose los cuatro cuartos que sacaba vendiendo unas chinas resecas en chatos de clarete en una bodega de la calle del Pez. Era un tipo bienhumorado e inofensivo y Zanco cuidaba de él, le regalaba las chinas que vendía, se aseguraba de que al menos una vez al día invirtiera el dinero en comer y no en beber y le mantenía pagada la habitación de la pensión cercana en que vivía.

El Topo desapareció. Cuando le echó en falta en la plaza durante un par de días, Zanco me pidió ayuda para buscarlo. Fuimos a su pensión. El tipo que la llevaba nos confirmó que el viejo llevaba días sin aparecer. Corrimos la voz entre los camellos del quiosco. Todos le conocían y nadie sabía nada. Hasta preguntamos por él a los polis la siguiente vez que se dejaron caer por la plaza y no les sonó que pudiese estar detenido. Zanco no dejó de buscarle.

Tardó más de una semana en aparecer. Zanco le vio una mañana recostado en un Seiscientos y susurrando «¡Choco! ¡Chocolate sabroso!» a todo el que se cruzaba, como siempre. Pero llevaba un brazo en cabestrillo y tenía erosiones aún a medio cicatrizar en la cara y un ojo rodeado de diferentes tonos de violeta. El Topo explicó que había estado ingresado. Una ambulancia le había recogido de una acera cercana a la plaza. Alguien llamó al verle tirado en la calle después de que le dieran una paliza de muerte. Unos árabes o algo de eso, le dijo a Zanco. Un grupo de animales, todos borrachos o colocados, que decidieron divertirse apaleándole. Le dijeron que le conocían, que le habían visto en la plaza del Dos de Mayo. Eres de los enemigos, los oyó que le decían a la vez que empezaban a golpearle partiéndose de risa.

Zanco le insistió al Topo.

—¿Serían iraníes?

—Serían, hijo, qué sé yo —le contestaba el viejo.

—Pero ¿quiénes, Topo? Necesito saber quiénes eran.

El Topo se lo pensó solo unos segundos. No dudó:

—Los árabes esos que venden el jaco a los maricones —dijo.

Zanco nos contó aquello a Dardo y a mí a la mañana siguiente, mientras tomábamos el primer café del día en la cocina del piso. Estaba muy alterado, dolido e indignado. Quería que ocurriese algo, que aquello no quedase impune. Exigía venganza, guerra. Reclamaba sangre.

Dardo le escuchó, sin compartir su excitación. Disfrutó con calma el café mientras Zanco trataba de contagiarnos su ira. Cuando Zanco reiniciaba por tercera o cuarta vez el relato y reiteraba su ansia de hacer pagar a los culpables, Dardo asintió.

—Entendido.

No dijo nada más.

Es probable que no sea así, que no exista una relación entre lo uno y lo otro, que el Topo no le importase lo más mínimo a Dardo y que al decir aquello solo buscase que Zanco, tan nervioso, dejase de repetir lo mismo en bucle.

Pero alguna vez llegué a pensar, por muy estúpido que pueda parecer, que la paliza a aquel viejo borrachuzo fue lo que desencadenó todo lo que ocurriría poco después.

Hamid Bayat y Yasir Gafari eran la misma cara de la misma moneda. Sus historias personales solo se diferenciaban por escasos matices. Los Bayat eran comerciantes, los Gafari eran militares. Ambas familias pertenecían a una acomodada burguesía que disfrutaba de los privilegios reservados a los afines al sah. Vivían de espaldas a lo que iba cociéndose poco a poco en las calles de Teherán, ajenos a una revolución que los pilló por sorpresa, que acabó de improviso con sus predecibles vidas y que los obligó a escapar de su propio país para salvar no ya un patrimonio familiar que dieron por perdido, sino su propio pellejo.

Hamid y su hermano Jahan habían recurrido a su talento genético para el comercio para prosperar como traficantes del codiciado *brown sugar* pakistaní. Yasir Gafari había hecho otro tanto, pero, en su caso, echando mano de sus dotes también heredadas para el mando. De cualquier forma, el resultado era el mismo. Por eso a Dardo le gustaba definirlos con aquella gracieta: la misma cara de una misma moneda. Hamid y Jahan controlaban una amplia zona de venta que tenía su epicentro en la plaza del Dos de Mayo. Yasir Gafari era el amo y señor de territorios vecinos: los garitos de alrededor de Luchana y las calles que iban desde Chueca a Almirante. Pero ninguno se conformaba. Gafari quería hacerse con el territorio de los Bayat tanto como estos vivían obsesionados con apropiarse del espacio de venta de Gafari. No era solo por el negocio. Había algo atávico en su enfrentamiento. Los Bayat y los Gafari llevaban ya varias generaciones odiándose. Desde una lejana historia de detalles ya olvidados sobre un matrimonio fallido entre un Bayat y una Gafari, unos Romeo y Julieta persas que acabaron tan mal como para que, más de un siglo después, sus herederos aún se tomasen como un deber de honor el expulsar al otro del negocio de la venta de caballo en las calles de un lugar tan lejano y desconocido para sus ancestros como Madrid. Vueltas y revueltas del destino.

Los Bayat llevaban ventaja en el duelo. Y por eso Dardo los eligió como aliados. La zona de Gafari no era tan popular como Malasaña. La plaza de Chueca era territorio exclusivo de homosexuales y en Almirante hacían la calle los chaperos. En Malasaña y sus alrededores se vivía una fiesta que atraía cada vez a más gente y, por tanto, cada vez había más consumo. En aquella época en el territorio de Gafari aún se vivía con una cierta clandestinidad, con sentimiento de persecución y de desprecio, de rechazo y de condena, lo que no era bueno para el negocio.

Los Bayat crecían, Gafari capeaba las dificultades. Y esa diferencia fue a más cuando Dardo entró en juego. Dardo hizo crecer el negocio de los hermanos Bayat más allá de las calles del centro. Aquello que le dijera el camello tísico de San Blas seguía inspirando sus pasos: toda la ciudad era un gran mercado. No había que conformarse con una parte si se podía tener todo.

Dardo tiró del pasado. Acompañado por Zanco y por mí, fue a ver al perista de la banda, aquel gitano que tenía tan a gala lo de ganarse la vida con la compraventa de los productos de los palos y no con la farlopa y el jamaro como los demás. Dardo le pidió que le dijera a quién tenía que ir a ver. El perista puso su precio a cambio de poner a Dardo en contacto con los jefes de los clanes más poderosos. Un precio alto. Dardo aceptó pagarle lo que pedía y a él, como siempre, le ofendió que ni siquiera regateara. Ten mucho cuidado, le dijo a Dardo tras cerrar el acuerdo de la forma más sagrada: con un apretón de manos. Esa gente es peligrosa y no se fían de los payos. Ya saben ustedes, nos dijo, siempre jovial, los gitanos son de bronce y los payos de hojalata. Y nosotros nos reímos sin saber muy bien de qué.

Estuvimos en La Rosilla y La Celsa. Fuimos también a las Barranquillas, que aún era solo un asentamiento incipiente y que no crecería hasta algún tiempo después, cuando la policía arrasó con los otros dos poblados y obligó a sus habitantes a reinstalarse en este, como años más tarde ocurriría también con el paso de las Barranquillas a la Cañada Real. Aquellos lugares nos resultaban familiares porque eran todos lo mismo. Habíamos crecido cerca. Los conocíamos y, a la vez, al volver desde esa nueva vida que teníamos, los observábamos con una cierta distancia que despertaba en mí, al mismo tiempo, alivio y culpa, como si al alejarme le hubiese fallado a alguien sin saber siquiera a quién, tal vez a mí mismo, a quien fui y ya no quería ser. Se parecían todos entre sí. Chabolas apelotonadas, calles de tierra, baches y lodo, fogatas en las esquinas que servían más para señalar lugares de venta que para dar calor, desfiles de yonquis vagando como espíritus extraviados en busca de la dosis que les aliviara por unas horas el mono, niños por todas partes jugando con el barro y el agua de los charcos, machacas vigilando para dar el aviso cuando apareciese la visita habitual de la pasma y, detrás de las puertas, el negocio constante, el despacho de las dosis veinticuatro horas al día.

Tuvimos que vencer reticencias y desconfianzas, rechazos y amenazas. Pero Dardo nunca se rendía y sabía convencer. Nunca titubeaba, nunca se conformaba con el no inicial, aguantaba lo que fuese hasta lograr un buen trato.

En una chabola de Los Focos un patriarca de los de sombrero con cinta blanca, traje de raya gruesa y la piel de la cara cuarteada, se hartó de nosotros repentinamente, a saber si ofendido sin que supiésemos por qué, e hizo una señal a uno de los jóvenes que le acompañaban y este sacó un navajón que parecía un machete y nos dijo que ya era hora de que nos largásemos de su casa —una precaria construcción levantada con tablones y cartones y con techo de uralita, su lugar de venta pero no su hogar— o nos rajaba allí mismo. Dardo no se inmutó. Siguió exponiendo su propuesta al cabeza del clan como si aquel tipo no estuviese a punto de decapitarnos. Y lo increíble fue que, al final, gracias a que Dardo aguantó impertérrito la amenaza y demostró ser capaz de hablarle en su propio lenguaje, volviendo a ser el chico de barrio que ya no era, nos fuimos de allí con un acuerdo.

En La Celsa nos asaltaron nada más bajarnos del coche. Un grupo de chavales de no más de doce años surgió de la nada, todos ellos armados con pinchos, y nos pidieron lo que lleváramos. Dardo les entregó todo el dinero sin ofrecer resistencia a aquellos críos que apenas levantaban un palmo del suelo y nos indicó que hiciésemos lo mismo y después seguimos, como si nada, en busca del tipo al que íbamos a ver, mientras los chavales se metían dentro del coche para quedarse con el radiocasete Pioneer y las cintas y unos mecheros que había en la guantera. Nos vimos a nosotros mismos en ellos y eso nos gustó.

En una gasolinera de Vicálvaro, después de encontrarnos con otro tipo que controlaba a todos los camellos que vendían en los alrededores de Canciller y Consulado, una chica se acercó a Zanco, que se había ocupado de repostar y volvía de haber pagado en la caja. Le ofreció sus servicios por cuarenta pavos. Zanco le dijo que no estaba interesado. La chica se sacó una fusca, un pistolón del tamaño de un trabuco, del bolsón que le colgaba del hombro y le pidió a Zanco la cartera. Dardo se bajó del coche e instó a Zanco a que le diera la cartera sin discutir y luego entabló una amistosa charla con la chica, ignorando la pistola con que le apuntaba, para que le contase quién era el camello al que interesaba conocer en aquella zona y cómo podía localizarle.

Así era Dardo. Tenía un objetivo y no había nada que le fuese a hacer retroceder. Buscaba la persona con la que verse y ofrecía siempre el mismo acuerdo. Era algo simple y beneficioso para todos. Los proveeríamos del demandado caballo pakistaní. Podrían vender lo mejor de lo mejor en sus chabolas. Lo habitual: más beneficio a cambio de darnos una parte. Lo que ya había hecho con las redes de camellos del centro, solo que en estos barrios el negocio era aún mayor. Los iraníes les llevarían el producto hasta los poblados. Servicio a domicilio. Luego los gitanos lo vendían y nos daban lo nuestro. Y aprovisionamiento permanente. Eso era importante. Eso fue lo que más nos ayudó a que se nos abriesen las puertas de las chabolas. Se consumía tanto que había momentos en que el caballo escaseaba. Y eso desataba una locura colectiva. Los yonquis pasaban de su catatonia habitual a la agresividad más desesperada. Mataban por un chute. Entre ellos y a los camellos. Eran revueltas en toda regla. Para los clanes de los poblados la escasez era uno de sus mayores problemas y aún no habían sabido cómo evitarlo. Dardo les aseguraba que eso ya no pasaría. Los iraníes eran una garantía. El aprovisionamiento estaba asegurado. La demanda se mantendría cubierta.

Sí, así lo decía Dardo cuando ofrecía sus tratos. Empezaba a hablar como un empresario.

Al extenderse a los poblados los beneficios de los Bayat se dispararon. Y, con ello, los nuestros. Cada vez más dinero. Cada vez más diversión, más amigos acercándose a Dardo y queriendo formar parte de los selectos invitados de la sala trasera del Hanói, más novias de una noche o dos, más imparable aquella vida que había comenzado como un prometedor viaje en un tren de destino incierto y ahora se había convertido en un cohete disparado hacia el infinito.

Gafari se quedaba atrás. El equilibrio entre ambos bandos se había roto. Y eso sacaba a este de quicio. No era solo una cuestión de ganancias. El orgullo, la honra, la sangre, el rencor ancestral hervían. Y tampoco los Bayat se conformaban con su evidente victoria. Querían más. Querían todo. Querían barrer a Gafari de las calles de Madrid. Guerra abierta, duelo a muerte. Así eran aquellos persas orgullosos.

Tanto Gafari como los hermanos Bayat tenían a un nutrido escuadrón de matones a su servicio. Antiguos soldados y polis que también se habían visto obligados a huir tras el cambio de régimen en Irán, acusados de formar parte del aparato represor del derrocado sah. No tenían nada más que perder, así que estaban dispuestos a todo. Las reyertas entre ambos grupos se multiplicaron. Violentas, sangrientas. Los choques constantes entre iraníes se convirtieron en un quebradero de cabeza para la policía, para Gafari y los hermanos Bayat y para Dardo, Zanco y yo.

Hamid perseguía a Dardo con el asunto. Le exigía que hiciese algo. Si quería que siguiesen trabajando juntos tenía que solucionar aquello. Exigirle a mi amigo que se ocupase él era su forma de querer demostrarle quién mandaba sobre quién. Formaba parte de la compleja relación entre Hamid y Dardo. A lo largo de aquellos meses entre ellos se había ido consolidando una peculiar relación llena de contradicciones donde convivían la desconfianza y el respeto mutuo, la complicidad y una cierta displicencia, la admiración y la envidia, un débil afecto y un indefinido temor. A veces parecían grandes amigos, comían y bebían juntos y se contaban historias y se comportaban como almas gemelas. Otras se imponía el recelo, la competitividad, el afán de ambos por hacer notar al otro que no se consideraba ni subordinado ni inferior, y en esos momentos su relación se reducía a frías charlas de negocios.

Cuando a aquel grupo de esbirros de Gafari se les fue la mano con la bebida y cometieron la estupidez de divertirse dándole una paliza al pobre Topo, Dardo solo dijo aquello a Zanco: «Entendido». Unos días después, también en la cocina del piso de la calle de la Palma, mientras cenábamos un pollo con patatas comprado en un restaurante cercano, antes de que Zanco se fuera a rondar por la plaza y nosotros a echar otra noche en el Hanói, Dardo nos comunicó sus planes. Solo nos ofreció indicios, como siempre. Sabedor de que le seguiríamos, aunque nunca supiésemos con certeza adónde.

—He cerrado un encuentro con Yasir Gafari —fue lo único que nos dijo.

Cogí el autobús de la línea 70 y me bajé en la avenida. El mismo recorrido que haría casi treinta años después. Llevaba año y medio sin ir por el barrio. Pero aquel día me había levantado avanzada ya la mañana, me había duchado y vestido sin prisa, había desayunado en un bar cercano a nuestro piso en el centro y había decidido volver. Esa vez nuestro viejo barrio me pareció más feo y más sucio. No estuve seguro de si mi memoria había embellecido el recuerdo o si mi nueva vida me llevaba a exagerar la miseria.

Fui a los Recreativos Cosmos. Gordi estaba allí. También su padre, que se había avejentado en exceso en poco tiempo.

Gordi se alegró de verme. Incluso hizo ademán de darme un abrazo. Nunca habíamos sido tan amigos. Detuvo el intento al ver que yo no le seguía. El padre apenas musitó un saludo. Siempre había sido un hombre taimado pero desganado y de pocas palabras. Desde el salón del fondo, el nuestro, llegaban las voces de unos chicos que discutían, llamándose de todo, cagándose en todo.

—Deberías venir más a menudo —me dijo Gordi.

Estaba más gordo y mofletudo. Al menos ya no llevaba pantalones cortos. A sus veinte seguía teniendo el aspecto de estar predestinado a la derrota.

Los gritos y las maldiciones del fondo subían de volumen.

—Un asco —me dijo Gordi encogiéndose de hombros—. Esto ha cambiado mucho. Los Recreativos, todo el barrio. Vamos a peor, Peyo. La droga, ya sabes...

Miré al padre, que a pesar del jaleo del fondo seguía sentado en su taburete, impertérrito, tal vez dormido con los ojos abiertos.

—Se jubilará dentro de unos meses. Yo sigo aquí, echándole una mano. Como siempre —me dijo Gordi al ver que yo miraba al viejo, como si eso justificase todos aquellos años de desidia—. Y me ha llegado que los propietarios puede que aprovechen que se jubila para cerrar los Recreativos, qué sé yo...

Los chicos del fondo interrumpieron la conversación. Se cruzaban amenazas a gritos y nos llegó el inconfundible sonido de un par de puñetazos bien dados. Gordi suspiró al comprender que ya no le quedaba más remedio que intervenir. Fue al salón. Todos fuera, le oí decir. Sácanos tú, gordo de mierda, oí que alguien le contestaba. También yo fui y me encontré con una docena de críos de no más de doce o trece años. Agarré por la pechera de sus camisetas a un par de ellos, que parecían ser los que estaban pegándose, y los empujé hacia la salida. Un tercero, más gallito, me dijo que si le ponía la mano encima me rajaba. Echó mano del bolsillo trasero de sus vaqueros, pero allí no encontró nada. Estaba demasiado colocado para recordar si llevaba navaja o no.

Se acabaron marchando todos, protestando e insultándonos, pero sin resistirse. Seguirán con la pelea en el parque y luego volverán por aquí, me dijo Gordi. Solo vienen a seguir metiéndose de todo. Todo ha cambiado, repitió, nostálgico de aquel otro tiempo que habíamos compartido allí.

Una vez lograda la calma en los Recreativos, pudimos volver a hablar.

—¿Qué harás si cierran esto? —Miré otra vez al padre,

que mientras nos enzarzábamos con los chicos ni siquiera había cambiado de postura sobre el taburete—. No puedes seguir siendo la sombra del viejo toda tu vida.

—¿Me llevas contigo? —me dijo riéndose de la ocurrencia—. Cuentan cosas. Las noticias llegan incluso hasta aquí. Dicen que os va muy bien. Que ahora sois peces gordos. Que os estáis forrando.

—La gente exagera.

—Yo no soy como vosotros, Peyo. Yo me quedaré por aquí. Iré viendo. Le tengo cariño al barrio.

—El barrio es una mierda, Gordi.

—Puede que sí. Pero yo formo parte de esa mierda. Y algunos queremos quedarnos para intentar mejorarlo.

Callamos. Tal vez porque en ese momento yo debía decirle que sería un idiota si se quedaba allí y no quise ofenderle. Tal vez porque él estaba a punto de decirme que yo ya no formaba parte de aquello, que había huido y que eso me quitaba cualquier derecho a opinar sobre su vida.

—¿Dónde puedo encontrar a Merche?

Gordi asintió con tristeza, como si mi pregunta le confirmase que no era mi encuentro con él lo que me había llevado de vuelta al barrio, y de seguido negó con la cabeza.

—Ni idea. Estuvo trabajando en la tienda esa de botones e hilos que hay en la avenida. Ordenaba el almacén y esas cosas, ayudando a la dueña. Pero no duró mucho. Ya hace tiempo que no la veo por aquí. No estoy seguro de dónde vive ni en dónde trabaja.

Los dos comprendimos que no quedaba mucho más que hablar. Nos despedimos. Tampoco hubo abrazo ahora. Yo le di una indecisa palmada en la espalda y él me dijo que no tardase tanto en volver.

Fui al sector G, a nuestro bloque. Mi familia ya no vivía allí. Hacía meses que a mi madre se la habían llevado a vivir al pueblo sus dos hermanas mayores, un par de viudas de buen corazón. El tinto peleón había acabado por impedirle valerse por sí misma y, al menos, mis tías se ocuparían de ella. Los hermanos nos habíamos dispersado. Cada uno se buscó la vida por su cuenta. Nunca habíamos sido una familia unida. Nunca esperé que fuésemos de esos hermanos que se reúnen por Nochebuena ni nada parecido.

Merche tampoco vivía ya en el bloque. Por lo que yo sabía, cuando Dardo alquiló el piso de la calle de la Palma en el que nos ofreció habitación a Zanco y a mí, ella siguió sola en aquella casa unos meses. Luego se largó y puso el piso a la venta. Le había preguntado no hacía mucho a Dardo si sabía dónde vivía. Me contestó con la mezcla de enfado y rabia con que hablaba siempre de ella las pocas veces en que surgía su nombre por casualidad en alguna conversación: quién sabe, nunca me ha hecho ni puto caso en nada, que espabile, siempre creyéndose tan lista.

Logré encontrarla. Pregunté a una vecina que salió del portal del bloque cuando yo estaba a punto de irme. Me contestó con prisas y un cierto desprecio:

—¿Esa? Pues imagínate, vete tú a saber.

Me dijo que a veces la había visto en un bar cercano a la plaza. Allí fui y el camarero me remitió a una tienda de lámparas y apliques cercana donde a veces le pagaban por que le pasara la mopa a todo. El vendedor de la tienda me dijo que llevaba tiempo sin verla y me mandó a un segundo bar y en él un camarero que iba de enterado me dijo que por las horas que eran, ya cercano el mediodía, seguro que andaba por el parque, que le gustaba ir por donde el estanque, a sentarse en algún banco a comer y echarse una siesta. Allí fue donde la encontré, comiendo un bocadillo. En el mismo banco de antaño.

Me miró y me pareció que tardaba en reconocerme.

—Joder, Peyo, no me mires con esa cara de miedo, que como bocatas, pero no a personas.

A ella sí la abracé. Sentí la ligereza de un cuerpo huesudo que recordaba más sólido. En su cara se notaba también aquella delgadez. Las mejillas se le hundían bajo los pómulos y las aletas de la nariz parecían más gruesas que antes o podía ser que el tabique fuese ahora más estrecho. Los labios se le habían oscurecido, el color de los ojos también. Vestía una gruesa rebeca de lana, excesiva para aquel día de escaso frío, y unos pantalones de tela demasiado holgados. Parecía mayor, una chica vestida de vieja, sin pintar ni peinar, muy lejos de los dieciocho años que tenía.

—¿Me invitas a un tercio? —me dijo tras el abrazo.

—Claro que sí.

—¿Y me lo contarás todo? ¿Es verdad que ahora sois ricos y que todo el mundo os obedece?

Fuimos al primer bar que me indicara la vecina del bloque. No quise ir al del camarero que había acertado al decirme dónde encontrarla. No me apetecía que viese a Merche para que luego pudiese comentar con los clientes su aspecto, lo cual era absurdo, porque seguro que la veía a diario.

El camarero de este otro bar saludó a Merche sin especial entusiasmo. Ella pidió un tercio de Mahou y una bolsa de patatas fritas. Nos sentamos en una mesa y ella me observó con una mirada de madre orgullosa ante el hijo triunfador. Sonrió y al verla sonreír pensé que mi primera impresión había sido demasiado severa, que tal vez no era ya la chica presumida de antaño que tanto cuidaba su aspecto, pero que seguía siendo guapa y aún conservaba aquel destello pícaro, espabilado y seductor en la mirada.

—¿A qué has venido al barrio?

—A verte.

—¿A mí? —Se pasó la mano por el pelo, parodiando un gesto de coquetería—. ¿No vendrás a pedirme por fin matrimonio?

—Solo si me dices que sí.

—Entonces, mejor no lo hagas.

Dio un largo trago al botellín.

—Tengo demasiados novios y todos se enfadarían.

Abrió la bolsa de patatas y comió con ganas, sin preocuparse de las formas ni ofrecerme compartirlas. Se acabó las patatas en un minuto y le pregunté si quería algo más y me dijo que sí, sin concretar qué le apetecía. Fui a la barra y volví con un montadito de queso en aceite.

—¿Dónde estás viviendo, Merche?

—Aquí, allá, ¿qué importa eso? —me contestó con la boca llena.

—¿Tienes trabajo?

Se atragantó a la mitad de otro trago.

—No quieras saber.

Comía con avidez. Vació el botellín y el último trozo del montadito de queso desapareció en su boca, así que volví a la barra y regresé con otro tercio y con un par de montaditos, esta vez otro de queso y uno de chorizo.

Cogió el de chorizo y le dio un buen mordisco. Luego se llevó el botellín a la boca y bebió para que la cerveza le ayudase a tragar.

Cuando bajó el botellín, yo estiré el brazo y le cogí la mano y le subí la manga del jersey.

Vi las marcas antes de que ella retirase el brazo con brusquedad y se bajara la manga hasta cubrir incluso la mano.

—¿A qué has venido? —volvió a preguntarme, ahora con una repentina desconfianza.

—Dardo podría ayudarte.

—No quiero su ayuda.

—Yo podría ayudarte.

Soltó una carcajada sin alegría.

—Peyo tonto... —Se acabó el tercio de un largo trago,

después se acabó el montadito de chorizo de dos bocados y habló con el de queso ya en la mano—. No necesito tu ayuda ni la del cabrón de mi hermano. Puedo vivir sin la ayuda de nadie, ¿sabes?

Siguió comiendo, enfurruñada. Y yo solo la observé sin decir nada.

Tendría que haber vuelto antes. Más de un año sin ir por el barrio, sin ver a Merche. Dolido por su rechazo, por su indiferencia, por cómo parecía preferir a cualquiera antes que a mí. Demasiado ocupado conquistando territorios, acompañando a matones iraníes a que le partieran la cara a quien tocase, creyéndome alguien, acostándome con chicas de pelo encrespado y pensando en Merche cuando lo hacía.

—¿Me invitas a otra cerveza?

Pasamos una hora en el bar. La invité a un par de tercios más y a dos bolsas de patatas y un tercer montadito de queso. Le pregunté cómo le cabía tanta comida en ese cuerpo cada vez más delgado. Ella me preguntó si existía una enfermedad que fuese estar siempre con hambre. Tenía proyectos. Iba a entrar en una peluquería como aprendiz. Lo que siempre quiso. Pero nada de escuelas. Aprender el oficio sobre el terreno. Luego abriría la suya propia. En la Prospe, me dijo. Un barrio con futuro, no como este. Pronto, lo iba a hacer pronto. Mientras, iba tirando con lo que había sacado de la venta del piso del sector G. Antes solo me burlaba de ti, me dijo. No es verdad lo de que viva aquí y allá. Vivo bien, comparto piso con una amiga y su novio. Sí, es cierto, me meto, pero controlo, ya me entiendes, como todos en el barrio, ¿quién no se mete algo?, seguro que tú también, ¿o los pijos del centro no hacéis esas cosas? Y dime, Peyo, ¿tienes novia, ahora que eres un tío importante y con pasta para gastar?

No quiso que la acompañara a su casa. Prefirió acompañarme ella a la parada del autobús. Caminamos por la avenida, ella cogida de mi brazo, algo tambaleante: tantas cervezas hacían su efecto. Yo sentía su mano en el brazo, veía sus dedos estrechos con los nudillos marcados y las uñas mal cortadas.

Cuando ya llegaba el autobús se puso de puntillas y me dio un beso en los labios.

—Peyo tonto...

—Vente conmigo.

—No me pidas tonterías de tonto.

—Entonces volveré yo.

Subí al autobús y la miré mientras este se alejaba. Ella se quedó bajo la marquesina de la parada, diciéndome adiós con la mano, moviendo el brazo en alto de un lado a otro y sonriendo, como esas novias que en las películas despiden en estaciones a los novios que parten al frente.

Seguí mirándola, viéndola empequeñecer, hasta que el autobús giró al final de la avenida y la perdí de vista.

Ella seguía despidiéndome con la mano.

Pasaron a recogerme en la calle San Bernardo, cerca de mi casa. Venían Jahan y dos tipos más. Se presentaron en un Ford Capri rojo que no les había visto antes. Cambiaban de coche a menudo, por si la poli los vigilaba. Yo me senté atrás, junto a Jahan. Apenas intercambiamos unas palabras de saludo. Jahan hablaba un español mucho más primario que su hermano mayor y, en todo caso, era aún de menos palabras que él. Iba comiendo un merengue. Lo sujetaba con una servilleta, pero, a pesar de ello, se le estaban pringando los dedos y tenía un pegote del pastel en un lado de la boca. Los otros dos comían lo mismo. El que conducía se estaba poniendo hecho un asco. Jahan me mostró una caja de cartón donde había otros cuatro merengues, ofreciéndome que cogiera. No lo hice.

Mientras el coche avanzaba por las estrechas calles de Malasaña, terminaron sus dulces y remataron la merienda chupándose los dedos y charlando animadamente en su idioma, como niños grandotes, golosos y felices. Jahan cerró la caja con el resto de los merengues y, con un guiño cómplice, me dijo: «Para luego».

No fuimos lejos. El conductor detuvo el Capri frente a la entrada de la iglesia de Santiago el Mayor, en el acceso a la plaza de las Comendadoras por la calle de Quiñones. Apagó el motor y las luces, pero nadie se movió.

Ya no pude esperar más.

—¿A qué hemos venido aquí?

Jahan no contestó. Solo movió la cabeza de un lado a otro, dándome a entender que debía tener paciencia. El conductor murmuró una frase breve que me sonó a burla y Jahan dijo algo imperioso, me pareció que instándole a callar.

Aquellos tipos duros no me impresionaban, a pesar de las muchas veces que había visto de lo que eran capaces. Estaba acostumbrado a su fría compañía, a su rudeza y a su completa carencia de habilidad social. Pero aquella tarde sentí una indefinida inquietud.

La calle no tenía alumbrado. Tan solo llegaba el tenue reflejo de las farolas de la plaza, que ni siquiera estaban a la vista. Eran solo halos que asomaban por una esquina.

La noche se cerró a la media hora de haber aparcado. Justo cuando Jahan rompió el silencio con un susurro en español:

—Vamos.

Nos bajamos del coche. El que había conducido lo rodeó, fue a la parte de atrás y abrió el maletero. Sacó algo. Hasta que no volvió a rodear el coche no vi lo que era. No dije nada. Pero mi corazón se desbocó. De tanto ir con ellos había aprendido algo sobre armas. Llevaba dos fusiles de asalto Kaláshnikov AK-74.

Le dio uno de ellos al otro matón y ambos se metieron los rifles bajo las chaquetas. Aquello no los ocultaba por completo. Pero si alguien se asomaba por alguna ventana o pasaba por allí, eso y la oscuridad de la calle le impedirían distinguirlos.

No nos marchamos. Esperamos, ahora fuera del coche. No pasó nadie. Miré a las ventanas y tampoco vi a ningún vecino mirándonos. De todas formas, en aquel barrio no tendría nada de especial ver a cuatro tipos sospechosos reunidos en una callejuela oscura.

El silencio era total. Hacía frío. Yo luchaba por no temblar, aunque sentía que estaba a punto, no sabía si por la temperatura o por el miedo, y no quería que los iraníes lo notasen.

Esta vez la espera no duró más de diez minutos.

Tres hombres giraron por la esquina y caminaron en dirección a nosotros. Uno de ellos era Yasir Gafari. Le reconocí a pesar de que avanzaba al contraluz y no le había visto muchas veces. Los nervios agudizaban mis sentidos.

Jahan dio la orden. Nuestros dos matones sacaron los AK de debajo de las chaquetas y salieron al centro de la calle.

Gafari cayó con la primera ráfaga de disparos. Los otros dos llegaron a reaccionar. Echaron mano de sus sobaqueras y sacaron sus Glock. Jahan también empuñó la suya. Todos los iraníes usaban el mismo modelo. A todos les encantaban aquellas pistolas de origen austríaco.

Tardé unos segundos en entender lo que estaba pasando. Miré a Jahan y sus dos matones. Miré a los dos tipos que aún estaban en pie a apenas unos metros de nosotros. Y me tiré al suelo y repté para tratar de meterme debajo del Capri cuando los disparos, tras una mínima pausa, volvieron a sonar.

Uno de los hombres de Gafari cayó. Uno de los de Jahan, el que iba de copiloto en el Capri, también. El otro acompañante de Gafari se dio la vuelta y huyó a la carrera.

Jahan se volvió, miró a su alrededor buscándome y, cuando me vio tirado en el suelo, el cuerpo a medio meter debajo del Capri, me apremió gritándome «¡Venga, venga, venga!».

Nos subimos los tres al coche. Esta vez Jahan se sentó delante, junto al conductor. Este metió la marcha atrás y las ruedas chirriaron del acelerón. Nos largamos dejando atrás tres cadáveres.

Todos los periódicos acertarían al describir después el

suceso como un ajuste de cuentas entre bandas de traficantes. Eso era una garantía de que no se investigaría con demasiado interés. La policía no perdía el tiempo cuando los malos se mataban entre sí.

Mientras nos alejábamos de la plaza de las Comendadoras el seco sonido de los disparos aún se repetía como un eco sostenido en mi cabeza. Jahan se volvió y me pidió que le pasase la caja de cartón. Sacó un merengue y se puso a comérselo. Nos ofreció al conductor y a mí y los dos lo rechazamos con un gesto.

Cerré los ojos con fuerza. Me entraron ganas de vomitar. Sentía miedo, asco y, sobre todo, una ira que a duras penas era capaz de contener.

Yasir Gafari cayó en la trampa. Como nos diría Dardo a Zanco y a mí después de lo ocurrido, fue absurdamente fácil. Dardo le había hecho llegar el mensaje: estaba harto de los desprecios de Hamid Bayat, tal vez sería bueno que hablasen, quizá pudiesen llegar a algún acuerdo... Gafari, cegado por el odio a los Bayat, mordió el anzuelo como un pardillo. Aceptó verse con Dardo. Quedaron para tomar una copa en el Café Moderno, de donde era seguro que Gafari se marcharía por la calle de Quiñones. El iraní solo puso una condición: que le acompañasen dos de sus hombres como escolta. Se fiaba, pero no del todo. Dardo aceptó sin poner ninguna pega.

Avisó a Jahan. Pero en ningún momento hablaron de que yo tuviera que estar presente. Eso fue idea de Hamid. Por indicación de su hermano mayor, Jahan me unió al grupo en el último momento. Luego aquel informó a Dardo de que yo estaría presente. Era una manera de protegerse. Hamid se fiaba de Dardo menos que el propio Gafari. Si aquella emboscada era contra su hermano y no contra Gafari, yo le serviría de escudo de protección. Suponía que Dardo no permitiría que me pasase nada.

Todo salió según lo planeado. Dardo actuó con rapidez. Hizo correr la voz entre los matones de Gafari de que serían bienvenidos si decidían ponerse bajo el mando de los Bayat. Antes de que el cuerpo de Gafari hubiese sido enterrado, la gran mayoría de sus hombres ya habían aceptado trabajar para sus asesinos. Así funcionaban las cosas entre aquella gente.

Todos felices. Menos yo.

Dardo nos había ocultado su plan a Zanco y a mí. Y yo había acabado metido en medio de un tiroteo sin haber sido advertido. Podrían haberme matado. Había tenido que arrastrarme como una rata hasta debajo de un coche para salvarme. Aquello no era gracioso como podía serlo el aparatoso incidente del helicóptero en la calle Fuencarral.

Discutimos. No era algo habitual. De hecho, nunca había estado tan enfadado con Dardo. Estallé en la cocina del piso de la calle de la Palma, con Zanco como testigo. Le reproché a Dardo que me hubiese expuesto a semejante peligro sin tan siquiera ponerme sobre aviso.

La reacción de Dardo fue echarse a reír.

—Vamos, Peyo. No me negarás que cada vez te pasan cosas más divertidas.

Aquello no rebajó mi enfado. Lo empeoró. Mi ira me llevó más allá de lo que pretendía.

—Ahora que, por lo que se ve, nos dedicamos a organizar asesinatos, hay algo que me gustaría preguntarte —le dije, perdida la contención—. Solo por situarme: ¿tienes algún límite?

Dardo puso una expresión de sorpresa. Zanco bajó la mirada. Nosotros no teníamos conversaciones así. Dardo decidía, nos contaba lo poco que consideraba oportuno contarnos y nosotros hacíamos lo que nos pedía. Aquella pregunta se salía de esas reglas.

Dardo tensó las mandíbulas. Me sostuvo mi iracunda mirada. Yo le sostuve su mirada congelada.

Solo me hizo una pregunta:

—¿Estás conmigo, Peyo?

Dudé. Decidí no dar un paso atrás. Me di cuenta de que había cosas en mi cabeza que ni siquiera sabía hasta ese momento que estaban ahí. Y aquel me pareció un buen momento para dejarlas salir.

—No estoy seguro —le dije—. ¿Alguna vez te has parado a pensar que nos está haciendo ricos vender lo mismo que mató al Pelao y a tantos otros colegas del barrio? ¿Nunca has pensado en eso?

—¿Me estás diciendo que la muerte del Pelao o de quien sea es culpa nuestra?

—No lo sé, Dardo. Dímelo tú: ¿lo es?

No contestó. Tan solo me miraba con incredulidad. Y yo seguí.

—Has organizado el asesinato de Yasir Gafari. Murieron tres personas.

—¿Vas a llorar a Gafari, Peyo?

Zanco fue a decir algo, pero le acallé con un gesto. No quería parar. No quería dejarlo. No quería volver a sentirme como una rata que corre a esconderse debajo de un coche.

Tal vez lo que dije a continuación no venía a cuento. Puede que no fuese el mejor momento, pero me dio igual porque de pronto necesitaba sacarme todo aquello antes de que se pudriese dentro de mí. Así que lo dije:

—Deberías cuidar de tu hermana, Dardo. Puede que ella te necesite.

Su mirada se incendió. Estaba de pie en el centro de la cocina. Yo estaba frente a él. Pensé que quizá me golpearía. Y no me importó.

—Hace ya mucho tiempo que te dije que te mantuvieras alejado de mi hermana.

—Ve a verla.

—Merche no quiere verme. Le he ofrecido de todo y siempre lo ha rechazado.

—No permitas que la mate también a ella.

—Deja en paz a mi hermana, Peyo. Merche no es asunto tuyo.

—¿Tienes algo mejor para ella que yo?

Zanco volvió a intentar hablar. Esta vez llegó a decir alguna palabra. Algo así como «Eh, tíos, venga...». Pero ni Dardo ni yo le hicimos caso.

—Voy a repetirte la pregunta, Peyo. Y piénsate bien la respuesta —me dijo él—. ¿Estás conmigo?

Zanco se metió entre los dos y se apresuró a contestar:

—Claro que lo estamos, Dardo. Estamos a muerte contigo.

Tuvo hasta cierta gracia. De pronto, como si aquellas palabras de Zanco fuesen el sortilegio que rompía un maleficio, tanto Dardo como yo cogimos aire y bajamos la guardia.

Las cosas que estaban dentro regresaron a su escondite. A un sitio pequeño y oscuro al fondo de mi cabeza.

Dardo volvió a sonreír.

—¿Y si nos vamos al Hanói a tomar una copa?

Yo también sonreí.

—Eres un cabronazo, Dardo.

Y él asintió comprensivo.

—Lo sé, Peyo. Lo sé.

El Seat Málaga se echó a un lado y se detuvo y el conductor chistó para llamar mi atención. Yo caminaba por la acera de la calle San Vicente Ferrer y miré al oírle y vi que me hacía gestos para que me acercara. Llevaba bajada la ventanilla del copiloto. Me asomé por ella y me pidió que subiese.

No pregunté. No era necesario. Era como si desprendiesen un olor especial. Se detectaban a distancia. Coche K. La secreta.

Me subí. El conductor era un hombre joven de aspecto cuidado. Pelo corto peinado con una impecable raya a un lado. Mejillas perfectamente rasuradas y patillas cortadas con precisión. Rostro de firmes maxilares y mandíbula de ángulos rectos. Un intenso olor a colonia. Llevaba chaqueta, pero no corbata. Desde luego, no pretendía mimetizarse con el ambiente del barrio. Nada de desaliños estudiados. Aquel era, saltaba a la vista, un tipo presumido, un secreta con poco afán de secreto.

Arrancó y condujo hasta salir del barrio e incorporarse al tráfico de la Gran Vía. Sujetaba el volante con una mano. Con la otra cogió de la bandeja que había bajo el volante un paquete de Winston y un zippo. Con habilidad y precisión, sacó un cigarrillo del paquete, se lo llevó a la boca, lo encendió y devolvió después paquete y encendedor a la bandeja, todo rápido, con una sola mano. No me ofreció fumar con él.

Dio una calada al cigarrillo y expulsó el humo a la vez por boca y nariz y dijo:

—Roque Cardoso. Brigada Judicial. Departamento de Estupefacientes.

Metió la mano en el bolsillo interior de su chaqueta, sacó una cartera de piel negra, la abrió de un movimiento seco y me mostró la placa. Apenas me dejó tiempo para verla antes de volvérsela a guardar.

—Soy nuevo en el barrio y me gustaría hacer amigos.

—Pues no sé en qué puedo ayudarle, agente.

—Subinspector.

Dio un par de caladas a su cigarrillo. Se obligó a mostrar una amabilidad que estaba claro que era forzada.

—He oído hablar de ti. De tu amigo Dardo. De vuestros compinches iraníes. Y, por supuesto, sé que estáis detrás de la matanza de Comendadoras, aunque aún no tenga manera de probarlo.

—No sé de qué me habla, inspector.

—Subinspector.

—Vaya. Lo siento. Es que me cuesta creer que ni siquiera sea inspector.

Sujetaba el volante con las dos manos. Y los nudillos de ambas empalidecieron apretándolo. Aguantó, el Winston aplastado entre los labios prietos, las ganas de darme un guantazo. Logró seguir sonando amistoso.

—He solicitado voluntariamente este destino. Me cansé de detener a rateros en el Rastro. Necesitaba nuevos retos. Algo que de verdad me motive y a la vez, no te lo oculto, le dé un cierto brillo a mi historial. Soy cabezota, hijoputa y ambicioso. Y tengo ganas de pillar a escoria de verdad. Ya me entiendes: basura como tú y tus amiguitos.

—Hablando así no espere hacer muchos amigos en el barrio.

Por primera vez me miró. Intentó que su mirada fuese como el puñetazo que tanto le habría gustado darme.

Se quitó el cigarrillo de la boca tras una última calada y lo tiró por la ventanilla.

—Oye, pringao, vamos a dejarnos de tonterías, ¿te parece? Sé quién es y qué hace Dardo. Todos hablan de él en las calles. Que si maneja el cotarro, que si se ha hecho el dueño, todas esas cosas... Hasta esos mierdas de iraníes comen en su mano. Pero eso se va a acabar, ¿me entiendes?

—Usted va a acabar con ello, entiendo.

—Exacto, payaso. Dardo terminará donde lo hacen todos los mierdas como él. No lo dudes. Y por eso es por lo que he venido a hablar contigo. Porque tú aún puedes elegir.

Yo miraba por mi ventanilla. Observaba a la gente que caminaba por las aceras de la Gran Vía. Me fijaba en las marquesinas de los cines que se iban sucediendo. Rialto, Lope de Vega, Callao, Palacio de la Prensa. Era una tarde como otra cualquiera. Parejas de novios se encontraban en la puerta de los cines, había colas moderadas delante de las taquillas, los que habían salido de la sesión anterior elegían bar adonde ir a tomar algo. La vida seguía su curso sin sorpresas. Tampoco había sorpresas dentro de aquel Seat Málaga. La conversación iba por donde había estado seguro de que iba a ir.

—¿Puedo elegir?

El subinspector Cardoso resopló y hasta mí llegó el vahído de un aliento denso que la colonia y el pelo con raya de rectitud meticulosa, las uñas de manicura, la chaqueta de Cortefiel, el Winston, el zippo y la placa no lograban diluir. Era otra de esas cosas que uno sabe sin saber cómo lo sabe. Ves un coche y sabes que es un K, un vehículo de la secreta. Ves a un tipo como Cardoso y hueles su aliento y sabes que todo lo demás es mentira, que lo único real es que es un gañán barriobajero con pretensiones de señorito. Y justo eso, lo que tanto se había esforzado en que no se notase, fue lo primero, lo único en realidad, que me gustó de él. Que no era diferente a nosotros.

—Puedes elegir hundirte con tu amigo. Irás a la cárcel, si antes no te alcanza alguna bala perdida. Te caerán unos años y te los pasarás preguntándote cada día por qué fuiste tan idiota de estar haciéndote el gracioso en vez de escucharme hoy. O puedes ser inteligente y escucharme.

—Le estoy escuchando.

—Te ofrezco ser tu amigo. Tu mejor amigo. Quiero ser para ti ese amigo al que uno le cuenta todos sus secretos. Todos. Y a cambio ese amigo te cuida, te protege y, cuando los demás caigan, te salva de pasar una buena temporada entre rejas.

Pasábamos por la red de San Luis. Distinguí a las prostitutas y los camellos que se alternaban en los portales de la calle Montera. Había dejado a Dardo en casa, dándose una ducha antes de salir para el Hanói. Zanco andaría por la plaza. Yo había bajado a comprar comida. Quería cenar algo antes de decidir si yo también me pasaba por el Hanói. Tenía hambre. Y ahora volví a sentirla. Me crujieron las tripas. Eso me empezó a impacientar.

—A ver, que me quede claro, lo que me está ofreciendo es que me convierta en su confite.

—Vaya, qué tío tan listo. Las pillas al vuelo, ¿eh?

Desvió la mirada del tráfico para observarme por segunda vez, ahora con una mirada más amable. Yo también relajé mi expresión. Como si ambos comprendiésemos que habíamos encontrado un espacio que podíamos compartir. El subinspector y su confidente. Una relación provechosa para los dos. Información a cambio de protección. Los mejores amigos.

—¿Y puedo pensarme su propuesta o tengo que contestarle ahora mismo?

—¿De verdad necesitas pensártelo?

—¿Qué me había dicho que era usted?

—Subinspector.

—Está bien, subinspector. Pues entiéndame bien lo que le voy a decir, señor. Sin ofensas ni rencor. Puede usted ir yéndose a tomar por el culo.

Me bajé del coche en mi esquina favorita de la ciudad, justo enfrente de ese edificio que tanto me gustaba, el que se alzaba, deslumbrante en su elegancia, marcando el límite entre la Gran Vía y la calle de Alcalá.

Así fue como Roque Cardoso, entonces subinspector de la Brigada Judicial, apareció en mi vida.

Y ya nunca se marchó.

Conocimos a Virginia en la sala trasera del Hanói. Había ido con una amiga de un amigo de un conocido de Dardo. Siempre era algo así. Dardo había intimado con sus amistades iniciales en sus primeras noches deambulando por los bares de Malasaña. Luego, cuando ya se estableció en el Hanói, los ya incluidos en su círculo fueron trayendo a otros. No había reglas establecidas sobre por qué o a quién se aceptaba o no en aquel reducido mundo. No era algo que nadie decidiese o comunicase formalmente. Pero había quienes regresaban y a otros nunca los volvías a ver después de su primera noche. Virginia no cumplía ninguno de los dos requisitos más apreciados: el aspecto extravagante o la ocupación exótica. Estudiaba Empresariales en una universidad privada, su forma de vestir chocaba en aquel ambiente por su normalidad y nunca llevaba ni laca, ni maquillaje, ni abalorios de más. Pero nada más verla en su primera noche en el Hanói supe que había venido para quedarse porque, desde que llegó, se comportó con la despreocupada naturalidad de quien se mueve en un territorio que no solo conoce, sino que también le pertenece.

Era menuda, ligera, pero a pesar de ese cuerpo pequeño, de las piernas demasiado delgadas, la cintura fina y los hombros estrechos, no daba sensación de fragilidad. El pelo, de un color pajizo, le caía en una media melena de rizos suaves. Era alegre, habladora, de risa sonora. Transmitía seguridad y despreocupación. En sus ojos, de un marrón claro, había siempre un brillo de desafío y de seducción. Te ofrecía nada más conocerte una cercanía cómplice, pero intuías que no debías abusar de ello o retrocedería con rapidez hacia una desinteresada indiferencia. Era capaz de decirte con una misma mirada que te admiraba y a la vez dejarte claro que nunca te consideraría a su altura. Nada más verla comprendías que sería todo un reto amarla y otro mucho mayor lograr que te amase. Dardo se enamoró de ella a la vez que la conoció y no me sorprendió porque Virginia no era una chica para una noche sino un amor para toda la vida.

La aparición de Virginia puso fin a la incesante sucesión de romances fugaces de Dardo que solía liquidar en la puerta del Hanói con una despedida rápida que no delatara su aburrimiento o su desinterés o con un desayuno apresurado en la cocina tras una sesión de cama en el piso de la calle de la Palma. Virginia se empeñó en enseñarle un mundo que existía más allá de sus días dedicados al trabajo y aquellas noches sin fin en el Hanói en compañía de amigos recién conocidos y de amores efímeros. Pronto ejerció una gran influencia sobre él, lo cual no dejaba de resultar sorprendente porque Dardo y Virginia no se parecían en nada. Ella era una niña rica, hija de un próspero constructor, criada con el objetivo de que acabara luciendo del brazo de un arquitecto, un médico o un gran abogado. Él era lo que era, tan listo para elaborar sus planes como ignorante en todo lo demás. Solo tenían una cosa en común: los dos habían decidido rebelarse contra su destino natural. Dardo supo desde niño que no quería ser un macarra de barrio más, Virginia se había negado a ser solo un delicado objeto decorativo. Y esa rebeldía compartida creó pronto entre ellos un vínculo más fuerte que el que habría surgido de cualquier origen, educación, afición o inquietud común.

Dardo no le ocultó a qué se dedicaba. Se lo contó en su primer encuentro fuera del Hanói. Nervioso y lleno de dudas, lo cual no dejaba de ser sorprendente y divertido de ver tratándose de Dardo, me pidió que le ayudase a elegir un sitio al que llevarla a cenar y, tras darle un millón de vueltas, acabamos escogiendo un discreto y agradable restaurante en la plaza de la Paja. Dardo acudió a la cena más temeroso y reconcentrado de lo que habría ido a un juzgado a declarar, a una chabola a cobrar una deuda o a un callejón a abrirle la cabeza a algún camello timador.

Entre el primer y el segundo plato Dardo le contó. Virginia le escuchó sin decir nada, sin hacer ninguna pregunta, sin apartar ni por un segundo la mirada de él. La vida que le descubrió iba más allá de su curiosidad por conocer mundos diferentes al suyo, de su permanente afán por romper con lo previsible o de las ganas de vivir aventuras transgresoras de una chica de veinte años que vivía con papá y mamá en una mansión de La Moraleja. Terminaron la cena con conversaciones que no cuajaban y se despidieron en la misma puerta del restaurante. Las noches siguientes Virginia no apareció por el Hanói.

A Dardo, acostumbrado a perseguir todo cuanto deseaba hasta conseguirlo, solo le quedó esperar, sumido en un ánimo cambiante entre la ansiedad y la melancolía. Nunca le había visto antes ni volvería a verle jamás en el futuro tan desvalido y vulnerable como las dos semanas en que Virginia desapareció de su vida tras aquella cena.

Ella reapareció en el Hanói. Con su minifalda, su melena, su sonrisa y una pizca de miedo en la mirada. Besó a Dardo y le dijo que algunas cosas podían evitarse y otras no. Y que ellos eran inevitables.

Virginia le cambió. Le enseñó a vestirse con algo que

no fueran los Lois, las Yumas y las camisas pasadas de moda. Le mostró cómo era la vida más allá del Hanói, Malasaña y el piso de la calle de la Palma. Bares y restaurantes y parques y avenidas donde la gente vivía su vida ajena a lo que ocurría a su alrededor, en ese otro mundo, más oscuro y más sucio, que era el único que había conocido Dardo. No era que él no supiese que todo aquello existía, sino que nunca se había detenido a mirarlo hasta que Virginia le obligó a hacerlo. Le hacía escuchar la música que a ella le gustaba y que la acompañara al cine a ver las películas que a ella le apetecían. Le obligó a leer, sobre todo libros de economía y de finanzas. Le cambió el corte de pelo, le regaló un reloj Orient caro pero discreto y le convenció de que se comprara su primer coche, un coqueto Peugeot 205 en el que se iban muchos domingos a hacer excursiones por los pueblos de la sierra, que hasta entonces habían sido para Dardo lugares tan ignotos como cualquier lejano planeta.

Dardo se hizo hombre siendo el hombre que Virginia decidía que fuese. De alguna manera, lo que aprendió durante los siguientes meses iba a definir la persona que sería durante el resto de su vida. Nunca iba a ser un tipo ni culto ni refinado ni se ajustaría a reglas sociales ni formalismos, ni tampoco Virginia lo pretendió. Pero sí fue dejando atrás a una parte de aquel chico salvaje y desairado del viejo barrio que nunca conoció familia o escuela que le enseñara.

Virginia pasó a ser una presencia frecuente en nuestro piso de la calle de la Palma. Zanco también la adoraba. Le gustaba todo de ella, no solo porque a él siempre le gustaba todo lo que le gustase a Dardo, sino también porque, como él mismo me diría, ella era un tipo de chica que ni siquiera sabía que existiese. Es una chica que siempre huele a jabón y que habla con palabras que no entiendo pero que me gusta cómo suenan, me dijo una vez. Le gustaba hablarle y que le hablase, daba igual de qué, y prepararle un desayuno cuando ella salía por la mañana del dormitorio de Dardo, adormilada aún, vestida solo con una camiseta que le cubría hasta la mitad de los muslos y con el pelo embarullado, y prepararle un canuto a media tarde con la delicadeza de un orfebre y aplaudirla cuando a ella le daba por poner música en la radio y bailar en medio del salón.

Virginia y yo, en cambio, no congeniamos tan deprisa. Yo no era tan expresivo como Zanco y ella no buscó agradarme como a él. Me intimidaba su suave chulería de niña rica, la ironía que había a menudo en sus comentarios, una altivez contenida con la que marcaba diferencias y una mirada que nunca te evitaba. Hasta la facilidad con la que había aceptado nuestra forma de vida me producía una inexplicable incomodidad. A veces tenía la sensación de que nos observaba desde una distancia vigilante, como si fuésemos una curiosidad divertida de contemplar o un fenómeno digno de estudio. Ella me gustaba, pero me causaba un temor inexplicable que pudiera llegar a descubrir que me gustaba.

Una noche en el Hanói se me acercó cuando estaba en la barra del salón trasero pidiendo una copa. Me lo dijo sin preámbulos:

—Tú no te fías de mí.

Me encogí de hombros dándole a entender que no sabía a qué se refería.

—¿Alguna vez te has enamorado, Peyo?

Negué con la cabeza. Pero ella no entendió que mi negación no era la respuesta a su pregunta. A lo que me negaba era a hablar de eso con ella.

—Es algo que no se puede planear ni elegir —me dijo—. Ocurre y entonces sabes que ya no puedes vivir sin ello. ¿Has sentido eso alguna vez?

No negué de nuevo. No dije nada.

Ella apoyó su mano en mi hombro y se levantó de puntillas para acercar su boca a mi oído y poder hablarme sin tener que levantar tanto la voz para hacerse oír por encima de la música. Yo sentí la calidez de su aliento en mi oreja y el aroma de un perfume aún fresco a pesar de las horas ya pasadas en aquel salón mal ventilado.

—Eso es lo que me ha pasado a mí con Dardo. Y en ello no hay ni truco ni trampa. Y si alguien sale herido de esto, estoy segura de que seré yo y no él. Pero tampoco eso va a hacer que me aleje de su lado.

Se apartó, volvió a plantar los pies en el suelo, retiró su mano de mi hombro y, aunque no elevó de nuevo la voz, pude oír lo que me decía.

—¿Cuidarás tú de mí como cuidas de él?

Esta vez asentí. Y me di cuenta de que estaba haciendo una promesa, asumiendo un compromiso o cerrando un trato sin saber siquiera en qué consistía.

Desde aquel momento las cosas empezaron a ser diferentes entre nosotros. Virginia tenía razón. No, no me fiaba por completo. Pero ambos empezamos a dejar a un lado los recelos y preferimos comenzar a conocernos, y una relación indecisa, con constantes avances y retrocesos, con Dardo siempre como el lazo que nos unía, fue surgiendo entre nosotros.

Pero sería consciente de ello mucho después. En aquel momento no me detenía a darles tantas vueltas a las cosas. Dardo era feliz. Zanco era feliz. Eso me bastaba. Virginia había entrado a formar parte de nuestro mundo. Y yo tenía otros asuntos de los que ocuparme.

Volví. Empecé a hacerlo con regularidad. Todos los domingos. Como Dardo, me compré mi primer coche, un discreto Ford Fiesta marrón, e iba en él hasta San Blas, donde pasaba el día con Merche.

Ella se resistía a salir del barrio. Le proponía irnos en el coche a donde fuese, envidioso de ver lo bien que lo pasaban Dardo y Virginia. Pero ella se negaba. Se diría que le daba miedo ir más allá, como si solo se sintiese segura en las calles del barrio, como si algo, unas manos invisibles, la agarrasen y la retuviesen allí.

—Yo ya no sueño con marcharme —me decía cuando rechazaba una vez más mi propuesta de irnos lejos a pasar el día como si le estuviese proponiendo huir para siempre—. Si me fuese, solo pensaría en volver.

Luego se olvidaba de lo dicho y retomaba su recurrente relato sobre la peluquería en la que entraría pronto de aprendiz y la que abriría después en la Prospe y, animada por sus propias palabras, entonces sí renegaba de este barrio de sombras y derrotas y se ilusionaba hablando de ese otro de rulos, permanentes, secadores y esperanza.

Traté de poner orden en su vida.

Le pregunté cuánto dinero le quedaba de la venta del piso familiar y dónde lo tenía. Me contestó con evasivas.

Ando bien de pasta. Por ahí, en un banco. Estaba seguro de que no le quedaba ni un duro.

Fui al bar de aquel camarero que iba de listo del primer día, el que me dio la pista de dónde encontrarla, y llegué a un acuerdo con él. Siempre que Merche fuese por allí le serviría lo que pidiese. Yo me pasaría cada domingo a saldar la cuenta. Al principio el camarero se resistió.

—¿Por qué iba a fiarte? —me dijo.

—Porque si no vendré y, en vez de pagarte lo que se deba, te reventaré la cabeza —le dije.

Hice lo mismo en una de las pensiones del barrio. Elegí la que me pareció más hogareña, un piso en el que su dueña alquilaba habitaciones solo a chicas. Pago mensual por adelantado. Le dije a Merche que sería temporal, que ya buscaríamos algo mejor más adelante, un pisito solo para ella, paso a paso. No logré averiguar dónde vivía entonces. Aquella historia de la habitación en casa de la amiga y su novio cambiaba cada vez que le preguntaba. A veces decía vivir sola en una buhardilla de la calle Cerrajería. Otras, con un par de chicas en un bajo de la calle Grifería. Luego, vuelta a la historia de la amiga y el novio. Se contradecía e improvisaba y, cuando se enredaba tanto en sus propias mentiras que no sabía cómo seguir, se libraba de mis preguntas llamándome «pelmazo» y «cotilla».

También le encontré a un tipo. Un viejo conocido de cuando éramos niños. Llegamos a un acuerdo. Otro pago por adelantado. Le pasaría. Vigilaría cantidad y calidad. Él se resistió un poco. Yo no soy el cuidador de nadie, me dijo. Prometí proveerle a bajo precio. Le ayudaría a prosperar. Se lo presenté a Merche y le dije que nunca pillara con nadie que no fuera él. Prometió obedecer.

Cada domingo nos encontrábamos en el parque. Junto al estanque. A las doce. Solía retrasarse, a veces tanto que pensaba que no iba a presentarse. Pero siempre acababa por aparecer. Antes yo hacía la ronda. El camarero me decía que aquella semana apenas había aparecido, solo dos comidas y una cena. Y a veces hasta sospechaba que ni siquiera eso era verdad, que solo me lo decía para sacarme el dinero. La dueña de la pensión me decía que no la había visto en toda la semana, que esa chica no le gustaba, que no estaba segura de si quería tenerla de huésped, que lo suyo eran chicas de servicio o dependientas venidas del pueblo, muchachas humildes, trabajadoras y dignas, nada de mujeres con esa vida, ya me entiende. La convencí de que la mantuviese pagándole el doble de lo que solía cobrar por habitación. Mi amigo de la infancia me decía que esa semana no le había pasado nada, pero que la había visto por Los Focos, ya sabes, mala gente y mala calidad, nada recomendable.

Me hacía promesas todos los domingos. Comeré. Dormiré en la pensión. Sí, ya sé, solo pillaré con ese amigo tuyo. Y las incumplía. Todas las semanas. Me soltaba sus mentiras y yo fingía creérmelas para que no se enfadase. Luego me la llevaba a comer y, con la tripa llena, se animaba y volvía a contarme lo de la pelu en la Prospe con el mismo entusiasmo que si fuese la primera vez que me lo decía.

—Ven conmigo —me dijo un domingo cualquiera, después de haber comido caliente—. La casera se va al cine los domingos por la tarde y todas las chicas aprovechan para meter a sus novios. Y así será como antes, ¿te acuerdas?

Fui a su habitación. Me dio miedo hacerle daño a aquel cuerpo endeble, de vientre hundido, de caderas puntiagudas, de costillas marcadas y pechos débiles.

—¿Quieres que me quede?

—¿Hasta cuándo?

—Esta noche. O para siempre.

Ella se echaba a reír.

—Peyo tonto.

—Entonces vente tú. Vámonos de aquí.

Eso la enfadaba. Se enfurruñaba con aquellas maneras infantiles que contrastaban con un cuerpo cada vez más avejentado, con las nuevas arruguitas en sus mejillas enjutas, con los ojos sin brillo y unos labios sin color que parecían a punto de rasgarse cada vez que sonreía.

—Eres como Dardo. Los dos iguales. Los dos queriendo mandar sobre mí.

—Yo solo quiero ayudarte.

—Eso mismo decía él. Pero nunca se preocupó de verdad de nada de lo que me pasaba. Como tú. Solo queréis mandar sobre mí. Que cumpla vuestras órdenes. Sin dejarme vivir mi vida. Sois lo mismo: Dardo y tú.

Durante un tiempo fui las tardes de los domingos a su habitación. Deseaba hacerlo tanto como deseaba no hacerlo. Había algo inquietante en aquellos encuentros. Una incómoda sensación de culpa, de abuso.

—¿No harás esto como pago? —le pregunté.

Ella estaba acurrucada bajo la sábana, su cuerpo desnudo pegado al mío.

—Esto es mi regalo —me dijo ella—. Te lo has ganado.

Me obligué a sustituir esos encuentros en su habitación por paseos. Dábamos largas caminatas, pero nunca íbamos más allá de las calles del barrio, nunca traspasábamos las fronteras imaginarias que ella se había trazado.

La espié. Fui cuando no tocaba, un martes o un miércoles, y di con ella y la seguí hasta aquel tugurio cercano a Barajas, más allá de los límites que conmigo nunca se saltaba. Un prostíbulo arrabalero, una casucha de dos plantas de ladrillo visto y deteriorado, que pertenecía a un tipo obeso y de piel, pelo y bigote oscuros al que todos conocían como el Indio. En la planta baja servía copas de garrafón, en la de arriba ofrecía cuartos con catre y chicas baratas.

—He dejado la pensión. No soportaba a la dueña —me anunció Merche, sin previo aviso—. Además, no quiero vivir donde tú decidas que tengo que vivir ni quiero que me pagues nada más. Yo y solo yo decido sobre mi vida.

Lo abandonó todo. La pensión, el bar, a mi amigo y a mí. Todo a la vez y sin darme una explicación. Pasamos dos meses sin vernos. Hasta que un domingo aún no amanecido la esperé sentado en mi coche, aparcado frente a la casa del Indio. Cuando salió ni siquiera se sorprendió al verme.

—Ya me habían dicho que habías estado preguntando sobre mí —me dijo sin rencor, y entonces comprendí la ruptura.

Se subió al coche y me preguntó si la invitaba a un café y unas porras y bajó la visera y se miró en el espejito, interesada en comprobar si la sombra de ojos se le había corrido y si aún quedaba algo de pintura de labios en su boca.

Desayunamos en silencio.

—Todo salió mal —fue lo único que dijo después de tomarse dos cafés y tres porras.

Volvimos a empezar. Le busqué un piso para ella sola. Compramos juntos el mobiliario imprescindible. Solo para el dormitorio. Nada para la cocina, porque ya me advirtió que ella no era de cocinar. Aproveché para comprarle ropa y toallas y hasta un par de camisones y una bata.

—Parecemos unos recién casados —me dijo.

Se negó a volver al mismo bar. Me dijo que odiaba al camarero, que cada vez que iba le soltaba un sermón y después le proponía que follasen en el cuarto trasero. Entonces aún no existía el Bar Cosmos y nadie parecía dispuesto a tratar a Merche como lo habría hecho el bueno de Gordi. Buscamos uno atendido por un viejo que al menos no presentaba el mismo riesgo que el anterior.

Me prometió con mucho énfasis que estaba decidida,

que no hacía falta que le buscase a quien le pasara, que iba a dejarlo.

Y, por supuesto, me aseguró que pronto, solo unos días después, entraría de aprendiz en un salón de belleza, que ya lo tenía acordado con la propietaria. Tienes que venir a verlo. Tan luminoso... Tan limpio... El primer paso para empezar a ahorrar para el otro, el suyo, en la Prospe. La cantinela habitual.

Regresé cada domingo. A comprobar cómo incumplía, una tras otra, cada una de sus buenas intenciones.

No volví a compartir con ella ni cama ni sueños de un futuro juntos.

—¿Qué más puedo hacer para ayudarte, Merche? —le decía cuando ya no se me ocurría por dónde tirar, cuando me fallaban las fuerzas para afrontar un nuevo comienzo de mentiras y fracasos.

Y ella me contestaba con una triste dulzura que ya no era la de aquel otro tiempo y me ofrecía una sonrisa sin el alma que había perdido en algún lugar del camino.

—Solo déjame vivir.

Y vuelta a empezar. Las promesas se repetían como las frases de una oración dominical. Dormiré en el piso todas las noches, haré tres comidas al día en el bar, no me meteré más. Primero, aprendiz. Luego, la Prospe. Amén.

Y yo volvía cada domingo, confiando en que algún día, no sabía cómo, todo se arreglaría.

El *sheriff.* Zanco nos contó que así era como habían empezado a llamar al subinspector Roque Cardoso los habituales de la plaza. Una burla a sus maneras chulescas, a su permanente actitud de perdonavidas. Pero también había en ello algo de respeto. Y de temor.

Su aparición había alterado la vida de todos los que pululaban por la plaza y sus alrededores. La confortable impunidad, apenas incordiada por patrullas policiales desganadas, con la que hasta entonces se desarrollaba el incesante comercio de todo tipo de sustancias se terminó. Cardoso convenció a sus superiores policiales de que era posible acabar con aquella feria de la droga que se celebraba a diario en Malasaña y que hasta entonces se había dado por inevitable y estos ofrecieron a su vez a sus superiores políticos lo que más les podía gustar: un éxito rápido, aplausos y elogios, papás con sus niños jugando en parques donde ya no habría colgados durmiendo en los bancos ni encontrarían jeringuillas junto a los columpios, un mundo feliz, unas elecciones ganadas de calle. Y Cardoso era el hombre que había llegado para ponerles semejante foto a tiro. Le dotaron de presupuesto y personal. Y supo aprovecharlo. Decían que era su Eliot Ness. «Cardoso el Sucio», empezaron a llamarle algunos. Como Harry. Pero al final prosperó más lo de llamarle el *«sheriff»*.

Detenciones, registros, requisas, incautaciones. Ya no se trataba de llevarse a comisaría a cualquier camello, hacerle pasar una noche en el calabozo y soltarle a la mañana siguiente para que regresase a seguir vendiendo en la misma esquina. Ahora había una maquinaria en marcha: se acusaba formalmente, se procesaba y se los acababa encerrando. Pero sobre todo ya no bastaba con pillar al más pringado, al último mono, y que se le hubiesen quitado un puñado de papelinas, de chinas o de pastillas. Ahora se investigaba, se tiraba del hilo, se esperaba hasta dar con algo o alguien que mereciese la pena, algún escalón más alto en las redes. Caían kilos de caballo o de hachís, cientos de pastillas, jefecillos de los que no se mojaban vendiendo en la calle. Aquellas actuaciones se podían vender a la prensa como toda una operación policial, no solo como la recogida de migajas. Se vestía adecuadamente cada logro. Los periodistas aceptaban publicarlo. Pero no era solo publicidad: algo estaba cambiando de verdad.

Compradores y vendedores cogieron miedo. Ya no era tan cómodo lo de pillar en la plaza. Ni siquiera podía uno sentirse seguro dentro de los locales. Los polis irrumpían en los garitos, llegaban hasta los baños y se llevaban juntos al que vendía y al que compraba. Quitaban las ganas o, al menos, la tranquilidad. El paraíso ya no era tal. El *sheriff* Cardoso lo había puesto patas arriba. Y lo celebraba con ostentación.

A Cardoso le gustaba dejarse ver en lo que ya consideraba tierra conquistada. Era frecuente que apareciese, altivo y ufano, dándose una vuelta por la plaza a cualquier hora de la noche. Siempre con chaqueta y con un abrigo de tres cuartos, un loden pasado de moda, como su esmerado peinado con raya a un lado. Se acercaba a cualquiera que no se hubiese percatado a tiempo de su presencia para quitarse de en medio. Le daba las buenas noches y una palmada en el hombro con sobreactuada camaradería. Le preguntaba qué tal le iba todo. Tranquilo, le decía, con la benevolencia del todopoderoso, que hoy no te toca, no he venido a por ti, hoy solo quería saludarte y saber si estás bien, pero ándate con ojo, ¿vale? Luego se pasaba por cualquiera de los locales de la zona. Se hacía sitio en la barra, se pedía una ginebra con limón y se quedaba allí, dejándose ver. Y cuando el camarero se acercaba para decirle que estaba invitado y que si le apetecía otra copa, él contestaba que ni hablar, que solo una por noche, y se empeñaba en pagarla. Disfrutaba llamando la atención, marcando territorio, convirtiendo su presencia en una alarma y una advertencia.

También a nosotros nos afectó. Sus detenciones e incautaciones hacían daño a Dardo y los Bayat. Era más difícil colocar en las calles las mismas cantidades que antes. Había que reemplazar a los vendedores y transportistas que iban a parar a la cárcel por otros, a menudo más torpes por inexpertos, que caían con más rapidez que los anteriores. La gran fortaleza de nuestra red, el aprovisionamiento, empezaba a fallar.

Hamid Bayat estaba cada vez más nervioso. El negocio en los poblados seguía yendo como un tiro. Pero el iraní nunca se había sentido cómodo con eso, tan solo lo aceptaba por el dineral que dejaba. No se fiaba de los clanes gitanos. No se sentía igual de respetado ni de temido y eso le generaba ansiedad. Él prefería el centro, la venta urbana. Exigía a Dardo que hiciese algo con el *sheriff* con la misma obstinada insistencia con que antes se lo exigiera con Gafari.

—Te estás volviendo blando —le espetó a Dardo en una de las escasas ocasiones en que Hamid pasó por el salón trasero del Hanói—. Ahora quieres ser un señorito, pasearte con esa novia guapa que te has echado, olvidarte de que todo lo que tienes me lo debes a mí.

Dardo se encaró con Hamid.

—Ocúpate tú de ese policía si tanto te preocupa.

—Con todo el dinero que te hago ganar, no voy a ocuparme también del trabajo sucio.

—¿Quién le hace ganar dinero a quién?

Hamid y Dardo tenían las caras tan cerca que sus narices casi se tocaban. A su alrededor se creó un pequeño espacio libre. Parecían estar a punto de abalanzarse el uno sobre el otro.

—Encárgate del policía —le dijo el iraní escupiéndole cada palabra.

Dardo no retrocedió. No cedió. Le sostuvo la mirada y la actitud retadora.

—No vuelvas a decirme nunca más lo que tengo que hacer.

Su alianza continuó más allá de aquella noche, pero yo tuve la sensación de que fue en ese momento cuando la relación entre ellos llegó a su fin.

Dardo no perdió la calma. Siguió sin mostrar una especial preocupación por la creciente eficacia del subinspector. Encajaba las malas noticias con serenidad, aguantaba los golpes, asumía cada derrota como si nada hubiese cambiado.

Hasta que cayó el Hanói.

La policía se presentó de improviso una madrugada. Las sirenas policiales rompieron el silencio de las calles. Cuatro vehículos: un K, dos zetas y un furgón. Cuatro polis de uniforme de patrulla en los zetas, seis agentes con el uniforme de intervención en el furgón y Cardoso. La caravana se detuvo en la calle Espíritu Santo, frente al Hanói.

Entraron. Hubo algún grito, algunas voces aisladas de aviso y de protesta y mucho movimiento rápido de quienes se apresuraron a tirar el contenido de sus bolsillos al suelo o detrás de la barra. Mike Homes se acercó a recibirlos. Le indicaron que quitara la música y encendiera las luces. Uno de los polis pidió a todos los presentes que fuesen saliendo ordenadamente y que tuviesen preparados los carnés de identidad para enseñárselos a los dos agentes que se apostaron en la puerta.

Cardoso fue directo al salón trasero. Saludó con una falsa cordialidad a la veintena de personas que esperábamos allí. Pidió, con tono amable, que fueran saliendo. Todos menos Dardo y yo. Nos señaló con el dedo y nos ordenó que nos pegásemos a la pared. Dardo no se movió. Virginia permaneció a su lado. Cardoso se les acercó.

—¿No me has oído? —le dijo a Dardo, la amabilidad desaparecida—. Pega la puta espalda a la pared.

—¿Tiene un permiso judicial para esto? —se interpuso Virginia.

Cardoso le echó un breve y desinteresado vistazo.

—Siempre hay una que va de lista.

—Debería enseñárnoslo.

—No lo necesito si sospecho que aquí dentro se está cometiendo un delito —le contestó Cardoso, con su mejor tono de *sheriff*—. Y, ahora, bonita, una vez terminada la clase de Derecho, déjanos solos a los mayores o te pongo las esposas y te meto a rastras en el furgón.

Dardo se apresuró a intervenir.

—Déjela ir. Ella no tiene nada que ver con esto.

—Parece que el chico te quiere de verdad —le dijo Cardoso a Virginia, con una mueca de desprecio—. Debes de sentirte muy orgullosa de tener semejante novio. —Luego se volvió hacia Dardo—. De acuerdo —añadió recuperando el falso tono amable—. Ella puede irse. Tómatelo como un gesto de amistad, Dardo. Para que nuestra relación empiece con buen pie.

Se fijó entonces en mí.

—Ojalá hubieses preferido ser mi amigo —señaló con aparente decepción.

Dardo instó con un gesto de cabeza a Virginia a que se fuera. Ella se resistió y Dardo le insistió con mirada apremiante. Por fin ella dejó la sala, despidiéndose de Cardoso con otra mirada de odio que él ignoró.

—Esto no le llevará a ninguna parte —le dijo Dardo al *sheriff*, una vez solos ellos dos y yo—. En este bar no va a encontrar nada que merezca la pena. Este numerito es solo una pérdida de tiempo.

Cardoso asintió.

—¿Acaso te crees que no lo sé? Solo he venido a conocerte por fin en persona. Ya era hora de que nos saludásemos. Y, ya de paso, te toco un poco las pelotas en tu bar favorito. Un antro costroso, por cierto.

—Las cosas no tienen por qué ser así entre nosotros.

—Claro que no, Dardo. Pero me ha parecido que esta podía ser una manera llamativa de iniciar nuestra amistad, ¿no crees?

A Dardo y a mí nos llevaron a la comisaría de Centro, en la calle Luna, junto al pobre Mike Homes, que temblaba aterrado bajo su sombrero vaquero, y a unos cuantos clientes a los que les habían fallado los reflejos para librarse a tiempo de alguna carga comprometedora.

Pasamos dos días en los calabozos. Los tiempos habían cambiado. Ya no te molían a palos. Tan solo esperabas hasta que no les quedaba más remedio que soltarte porque no daban con motivo alguno para mantenerte allí.

Volvimos a ver al subinspector Cardoso cuando nos marchábamos. Nos esperaba en la calle, frente a la comisaría. Nos dijo que solo se había pasado para despedirse.

—Considerad estos dos días un mero aperitivo. Pronto podré proporcionaros una estancia más larga entre rejas.

Amanecía, hacía frío, llevábamos dos días metidos en

un calabozo y lo último que nos apetecía era charlar con aquel *sheriff* de chaqueta fina, abrigo anticuado y pose de chuloputas.

Fuimos a casa. Zanco nos recibió con entusiasmo. Nos preparó café. Nos repitió varias veces lo mucho que se alegraba de que ya estuviésemos fuera y lo mucho que se cagaba en ese *sheriff* de mierda.

Dardo se mantuvo callado y caviloso. Cuando habló, dijo poco:

—Tenemos que cambiar.

Aunque había en aquel anuncio una cierta solemnidad, yo no pude evitar sonreír. Dos días en un calabozo. Como cuando, tras la muerte del Chungo, se lo llevaron detenido. Era gracioso: se diría que estar encerrado le inspiraba. Entonces había salido con la decisión de ponerse al frente de la banda y de empezar a dar palos de más envergadura. Ahora también salía de este nuevo encierro con decisiones tomadas.

Fue a ver a Hamid. Quedaron en Móstoles. Se reunieron en un fumadero de opio que había montado un compatriota de los Bayat en un discreto almacén. A los iraníes les encantaba aquello. Iban allí, se tendían en un camastro, el dueño del negocio o su mujer les preparaba la pipa, fumaban y se largaban durante unas horas a un mundo de ensueño y fantasía muy lejos de aquellas calles, aquella ciudad, aquel país que detestaban.

Dardo y Hamid se reunieron en un cuartito trasero que le dejaban a este para sus citas más confidenciales. Dardo le expuso su visión. Debían abandonar la venta en plazas, parques y portales. El menudeo a pie de calle ya no compensaba. Había que avanzar. Centrarse en crecer en la parte del transporte. Y tan solo participar en la venta final de manera residual. Nada a pequeña escala. Con nuevos métodos. Más seguros, más centralizados, más controlables.

Eso mismo había sido lo que nos había explicado a Zanco y a mí la misma mañana que salimos de la comisaría. Con su lenguaje de empresario, aprendido de los manuales que Virginia le hacía leer. Nos hablaba de márgenes, de rentabilidad, de diversificación y de prioridades. A veces me daba la impresión de que buscaba deliberadamente que Zanco y yo no fuésemos capaces de seguirle. Virginia me ha enseñado mucho, nos dijo. Por lo que se veía, no todo era romanticismo y palabras ñoñas en sus excursiones.

—Vamos a crecer.

Esa era la conclusión. Siempre lo era. Crecer. Más. Nunca mirar atrás. Ese era Dardo.

Pisos. Aquel fue su primer paso para abandonar la venta callejera. Buscamos pisos en venta en el centro. Por menos de un millón de pesetas podías comprar pisos pequeños y avejentados. Dardo invirtió en eso lo ganado hasta entonces. Instalaba en ellos a dos o tres camellos que considerase responsables. Alojamiento y comida a cambio de sus servicios. Nos pidió a Zanco y a mí que nos ocupásemos de aquella nueva forma de venta. Hacíamos a la vez de caseros y de gerentes del negocio. Nos asegurábamos de que todo iba bien, de que no fallaba el aprovisionamiento y de que las visitas de los compradores se sucediesen como si de una consulta médica se tratase.

Dardo fue el primero en montar una red de lo que tiempo después se conocería como «narcopisos». Las ventas a puerta cerrada eran más seguras y permitían reducir los riesgos en comparación con el trapicheo callejero. Ya no había que relacionarse con un sinfín de camellos, sino solo con los inquilinos de los pisos. Y, mientras Zanco y yo supervisábamos todo aquello, Dardo pudo dedicarse a lo que más le interesaba ahora: introducirse en las redes de transporte a gran escala, la adecuada inversión de sus beneficios y Virginia.

Aquel cambio fue un éxito. Las ventas no se resintieron. Al contrario. Fueron a más. El consumo seguía creciendo. Pero lo mejor era que todos parecían satisfechos. Cada vez había menos camellos por las calles y, con ello, menos trifulcas y menos sensación de inseguridad entre los vecinos. Cardoso podía presumir de ser el hombre que había limpiado las calles del centro y esperar su recompensa. Los políticos pudieron sacar pecho en sus mítines y entrevistas, sin importarles que el mercado de la droga en realidad no hubiese disminuido, sino que solo era menos visible. Y los beneficios de Dardo no paraban de aumentar. Todos contentos.

Pero no todo era perfecto.

La relación entre Dardo y Hamid empeoró aún más. Al iraní no le gustaba que Dardo fuese el único propietario de los pisos, sin haberle ofrecido participar, ni que quisiese meter las narices en las interioridades de sus rutas internacionales, algo que consideraba su terreno en exclusiva. La desconfianza aumentaba.

El *sheriff* Cardoso se impacientaba. La recompensa esperada por sus éxitos no acababa de llegar. Ya no se conformaba con sus detenciones de presas de escaso peso y las incautaciones de alijos de menos peso aún, ni con recibir palmaditas y elogios de los jefes, porque seguía siendo solo un subinspector, por mucho que en las calles fuera un *sheriff*.

Los vecinos del centro podían alegrarse de que sus calles ahora no estuviesen abarrotadas de camellos y yonquis, pero les desesperaba el constante trasiego de adictos entrando y saliendo de sus edificios, lo que llevaría a muchos a decidirse por malvender sus casas a especuladores inmobiliarios y abandonar el barrio para siempre.

Y el Hanói nunca volvió a abrir.

Mike Homes volvió a ser solo Miguel Casas. Cardoso

logró que le retirasen la licencia, alegando que era el lugar donde hacían sus ventas los camellos de la plaza del Rastrillo. Se le acusó de varios delitos contra la salud pública, de los que sería absuelto por falta de pruebas tras varios años pleiteando, cuando él solo era ya un viejo *cowboy* jubilado, nostálgico de aquel tiempo en que su bar brillaba en las noches de Malasaña. Nunca le faltó de nada. Dardo jamás me lo contó, pero supe por Virginia que se ocupó siempre de que así fuera.

Nuestra vida volvió a cambiar. Y Dardo siguió adelante, hacia sus nuevas metas. Siempre crecer. Siempre más.

Llegamos tarde. En realidad habíamos llegado con mucha anticipación, pero Dardo decidió parar unas calles antes. Aparcó en una placita, frente a una iglesia que estaba cerrada. Me preguntó si llevaba tabaco. Le dije que sabía de sobra que no, dado que yo no fumaba. Y le recordé que él tampoco fumaba. Estaba nervioso. Le entendí, así que no dije nada más, no hice ninguna broma ni me burlé ni intenté tranquilizarle con frases hechas.

No deberíamos retrasarlo más, le dije, como quien tiene pendiente una boda o un entierro. Llevábamos ya un buen rato allí parados, sin hacer nada que no fuera esperar. Iba a protestar, a pedir más tiempo, pero se dio cuenta de que era absurdo. Al fin condujo hasta la casa. Dejó el coche junto a los demás. Nos bajamos, cogió aire, llamó al timbre.

Virginia nos abrió. Estaba pendiente de nuestra llegada. Desplegó su sonrisa más radiante al vernos. Excesiva. También estaba nerviosa. Los dos la besamos en la mejilla y le dijimos «feliz cumpleaños» y ella nos guio, rodeando la casa, hasta el jardín trasero.

El chalé, de dos plantas, tenía todas las habitaciones encendidas y en el jardín había hileras de bombillas que iban de un árbol a otro formando una estrella con el centro sobre la piscina, iluminada también por luces submarinas. En una esquina del jardín, al fondo, había un pequeño templete de madera en cuya barandilla titilaban las llamas de velones de colores. En otra esquina había una mesa larga con vasos y botellas atendida por camareros. Todo era cálido y acogedor.

Mi primera impresión, aún desubicado, fue que en aquel lugar todo transcurría a cámara lenta. Los invitados charlaban en corrillos. Unos cambiaban de un grupito a otro. Otros se acercaban a la mesa de las bebidas. Todos parecían moverse despacio. Las voces sonaban a media voz, unidas en un murmullo único, entremezclado como si se tratase de un instrumento más con una música ambiental sin estridencias que surgía de altavoces invisibles. Unas camareras, bandeja en mano, se deslizaban, también silenciosas, al son de la melodía. Nunca había visto algo así. Una casa que me parecía del tamaño de un palacio. Grupos de personas en los que no había nadie que no fuese guapo y elegante. Una música envolvente como la brisa de aquella noche de primavera, como el agua de brillos turquesas de la piscina, como la mirada luminosa de Virginia. Y Dardo y yo estábamos allí, fuera de lugar, sin saber qué hacer o adónde ir.

—Sé que no va a ser fácil —le dijo Virginia a Dardo.

—Te prometí que vendría y aquí estoy —le respondió él con la misma voz encogida con que un desahuciado suplicaría el tiro de gracia.

Fuimos hasta la mesa de las bebidas y advertí alguna mirada que se salía de los corrillos para observarnos. El camarero nos preguntó qué queríamos tomar. Yo estaba tan nervioso que pedí una Coca-Cola, sin nada más, como si allí estuviese prohibido beber alcohol. Dardo pidió primero un tequila y luego se corrigió y pidió un ron con cola y, cuando el camarero le recitó cuatro opciones posibles de ron, optó por una cerveza.

Virginia había insistido en que fuésemos. Alguna vez tiene que ser, le dijo a Dardo. Quería que conociese cómo era su vida aparte de él. Llevaba celebrando una fiesta por su cumpleaños desde el jardín de infancia. Era la ocasión perfecta. Sus padres no estarían. Ese día era tradición que desapareciesen para dejar a los jóvenes a su aire. Eso facilitaría las cosas. Virginia les había hablado a sus padres de Dardo. Como era de esperar, el rechazo fue total. Un capricho, dijo la madre, una tontada de juventud, ya se le pasará. Una vergüenza, dijo el padre, una estupidez de niña malcriada, ganas de darnos un disgusto. Le había contado a Dardo aquella reacción de los padres. Tendrán que acabar aceptándote, le aseguró. Él no dijo nada.

Zanco y yo estábamos con ellos una del millón de veces que debieron de debatir lo de la fiesta.

Habrá muchos invitados y cada uno estará a lo suyo, le insistía Virginia. Así sería más fácil para la primera vez, sin ser el centro de atención. Me hace ilusión, le aseguró. Luego lo reformuló: bueno, me aterra, pero también me hace ilusión.

—¿No te decepcionará darte cuenta de que yo soy como un marciano entre tu gente? —le preguntó Dardo entre zalamero y temeroso.

—Lo que me da es miedo a que odies quién soy yo —le contestó ella cauta y amorosa.

Dardo puso como única condición para ir a la fiesta que le acompañásemos Zanco y yo. Zanco, siempre obediente con él, esta vez se negó. Antes voy de copas al infierno, señaló. Acabamos entre risas y yo me vi obligado a aceptar.

—Venir aquí ha sido un error —me susurró mientras Virginia oteaba el jardín en busca del grupo de invitados más propicio para presentarnos.

—Claro que lo ha sido —le susurré yo.

—¿Nos largamos?

—Cuando tú digas. Ya sabes: a muerte contigo.

Virginia eligió a unas chicas para empezar. Compañeras desde el colegio de monjas, nos dijo. Tres bellezas tan iguales entre sí como reflejos en un espejo. Las trajo hasta nosotros y nos recitó sus nombres y apellidos: Alejandra Ruiz de Azcárate y Laguna, Lidia Rojas de la Cámara, Verónica Dampierre Di Lucca. Una de las muchas reglas que desconocíamos de aquel mundo era que allí se presentaba a la gente por nombre y apellidos. Virginia cayó en la cuenta cuando le tocó decir los nuestros. Se quedó repentinamente muda. Tal vez supiese que Dardo se llamaba Gabriel Melgar o quizá ni eso, pero seguro que no tenía ni idea de qué iba después de Peyo.

Dardo le hizo el quite.

—Soy Dardo von Damn Konigsberg —dijo con una caballerosa inclinación—. Y este es mi camarada y compañero de armas, Peyo Barrios van der Chungen.

Las tres estilizadas gracias no supieron si debían reír o no. Virginia soltó una carcajada. Yo pensé que tal vez la noche no iría tan mal después de todo.

Me equivoqué. Fue un desastre. Virginia tenía que dejarnos de vez en cuando para ejercer de anfitriona. Pasamos buena parte de la velada plantados como pasmarotes silenciosos en corrillos en los que se hablaba de asuntos de los que no sabíamos nada: las mejores pistas de esquí, los cotos más recomendables para matar cochinos, las universidades más prestigiosas de la Costa Oeste de Estados Unidos y hasta la inminente fusión de dos grandes bancos. Nada podíamos decir. Salvo en lo de los bancos, claro, que los conocíamos porque habíamos dado palos en sucursales de ambos.

Los invitados nos saludaban cuando Virginia nos acercaba a sus grupos. Nos echaban un vistazo como si fuésemos animales exóticos, comprendían que una vez satisfecha la curiosidad de ver cómo era el nuevo novio de su amiga no teníamos mayor interés y seguían con la conversación interrumpida por nuestra aparición, mientras nosotros permanecíamos callados y ausentes, hasta que decíamos que íbamos a por otra copa y nos marchábamos sin que nadie demostrase darse cuenta de ello.

La música subió apenas de volumen y de ritmo y los corrillos de charla comenzaron a alternarse con corrillos de baile. A las doce una de las camareras sacó una tarta con velitas y Virginia las sopló y todos aplaudieron y cantaron el *Cumpleaños feliz*, y Virginia le pidió a Dardo que se acercara y le dio un beso delante de todos al que él respondió con torpeza y los invitados se giraron y regresaron a sus charlas y sus bailes sosos.

Dardo y yo fuimos a parar a un grupo solo de hombres. Cuatro jóvenes de nuestra edad que parecían uniformados. Chaquetas deportivas, polos de colores fuertes, pantalones de pinzas, mocasines y cara de imbéciles. Rodrigo, Jacobo, Álvaro y Santi. O algo así. No escuché su retahíla de apellidos complejos. Estos sí nos hicieron caso. Nos recibieron con simpatía. O algo así, también.

—Tenemos que felicitarte. Ninguno de los rolletes de Virginia le había durado tanto. De hecho, debo confesarte que me has hecho perder la porra. Yo no os daba más de dos meses —dijo Rodrigo.

—A Virginia siempre le ha gustado la variedad. Sin ofender, claro. Pero entiéndeme: un surfista gaditano, el hijo del cónsul griego, el profesor de Contabilidad, un poeta iluminado... Y ahora tú —dijo Jacobo.

—El tiempo que dures con ella, puedes contar con nuestra amistad —dijo Álvaro.

—Por cierto, colegas, ¿nos pasáis algo? Ya sabéis. Un porrete, una rayita. ¿Lleváis algo? Porque tenéis pinta de poneros hasta arriba —dijo Santi.

Virginia vino a rescatarnos. No les hagáis ni caso, nos aconsejó. Dardo no dijo nada. Según avanzaba la noche, hablaba cada vez menos.

Mientras él pedía otra copa Virginia me dijo:

—Me he equivocado, ¿verdad?

Me encogí de hombros. Virginia estaba muy guapa, con las luces reflejándose en su melena, una raya de ojos que alargaba su mirada y uno de esos vestidos suyos, este con brillos plateados, de falda corta y talle estrecho. No iba a ser yo quien le estropease la fiesta de su cumpleaños.

La noche continuó sin mejorar. Charla y canapés fueron a menos. El baile fue a más. Dardo y yo renunciamos a socializar. No nos separamos en toda la noche, como si nos diese miedo perdernos si no permanecíamos juntos. Solo hicimos amistad con los dos camareros de la mesa, a los que pedíamos una copa tras otra. Virginia se esforzaba por atender a sus amistades y a nosotros. A partir de las cinco los invitados empezaron a marcharse y nosotros aprovechamos para quitarnos de en medio.

Virginia insistió en acompañarnos hasta el coche. Se colgó del brazo de Dardo y le dio un beso mientras caminábamos.

—Gracias —le dijo. Y luego a mí—: Gracias también.

Dos de aquellos cuatro idiotas estaban a punto de subirse al coche aparcado delante del nuestro, un deportivo rojo. A esas alturas de la noche era ya incapaz de ponerles nombre.

—Nos ha encantado conocer a tu exótico novio —le dijo uno de ellos a Virginia—. Siempre has sido nuestra chica rebelde.

—Formáis una pareja preciosa —añadió el otro, con tonillo bobalicón—. Ya sabes que, cuando se acabe, me tendrás aquí esperándote como siempre.

—Me pregunto qué tiene uno de estos que no tengamos uno de nosotros —le dijo uno al otro e intercambiaron un guiño para subrayar su ingenio.

Virginia aferró el brazo de Dardo.

—Me parece que estáis un poco pedos —les señaló.

—Solo borrachos. Nos habríamos metido algo, pero tu novio nos ha dejado a dos velas.

—Seguro que a ti sí te da todo lo que le pides.

Virginia nos miró temerosa.

—Vámonos ya.

Dardo no se movió.

—Sois muy graciosos.

Ellos le mantuvieron la mirada.

—Será un placer volver a verte. Pronto celebraremos la fiesta de Carnaval. Podrías venirte. Total, está claro que no necesitarás buscar un disfraz.

—O, mejor, puedes invitarnos a alguna fiesta con tu gente. Seguro que son muy diferentes a esta.

—Quinquis y putillas. Muy apetecible.

Dardo liberó su brazo de las manos de Virginia. Golpeó primero a Rodrigo. O tal vez era Álvaro, Santi o Jacobo. Le dio un puñetazo que le tiró sobre el capó de su deportivo. Luego le cogió por el pelo de la nuca y le golpeó la cabeza contra el coche. Su amigo contemplaba la escena paralizado. No acertó ni a defenderse ni a huir. Dardo le agarró el polo por el pecho y le dio un cabezazo en la boca.

El primero gimoteaba, el segundo se echó a llorar. Virginia chilló. Algunos invitados que iban hacia sus coches también. Dardo ignoró todos los gritos. Pateó en el suelo al que había recibido el cabezazo. Después volvió al otro y le dejó sin aire con un par de puñetazos en el costado.

Virginia se abalanzó sobre él. Le suplicó que parase. Dardo se la quitó de encima de un empujón. Ella cayó de culo.

Dardo se volvió de nuevo hacia los dos chicos. Se inclinó hacia ellos. Su voz sonó como un rugido:

—¡¿Lo pasáis bien?! ¿Eh? ¡¿Lo estáis pasando bien?!

Dardo aún les dio varias patadas más. En cara y cuerpo. Sin decir nada, sin mirar a nadie. Con resoplidos de perro rabioso.

Un nutrido grupo de invitados observó la escena reunidos a una prudente distancia, mudos de asombro y sin atreverse a acercarse. Virginia lloraba. Los dos chicos quedaron tendidos. Uno había vomitado y tenía la cara apoyada en un repugnante charco de sangre y vómito. El otro se agarraba el estómago y su cara, con la nariz rota, las cejas abiertas y los labios partidos, apenas se parecía a la de antes. Ambos intentaban con desesperación volver a respirar.

Dardo se volvió hacia el grupo que nos contemplaba. De manera refleja todos dieron un paso atrás, como si temiesen que Dardo fuera a elegir a alguno para hacerle lo mismo.

Me buscó con la mirada.

—Vámonos de aquí de una puta vez.

Subió al coche y nos marchamos.

Hicimos el camino en silencio. Llegamos a nuestra casa y Dardo se metió en su dormitorio sin decir una palabra.

Nunca hablamos de aquella noche. No le dije lo que pensaba. Que no entendía nada. Que aquello no era como las mil peleas que habíamos tenido en las discotecas. Que nunca había visto tanto odio en su mirada como cuando estaba pateando a aquellos dos idiotas de cuyo nombre ni siquiera estaba seguro.

Era una loma de escasa pendiente, un solar sin uso en el que se acumulaban matojos, botellas de plástico, alguna bolsa de basura, páginas sueltas de periódicos viejos y unos tablones de madera medio podrida por la lluvia que se apilaban en lo más alto del terreno. Lindaba de una parte con una cuesta que bajaba hasta la carretera de Extremadura y, de la otra, con una calle sin aceras ni iluminación en la que se levantaban unos cuantos almacenes dispersos alternados con otros terrenos sin edificar y con igual apariencia de abandono.

El BMW se detuvo en el arcén frente al solar. Eran casi las doce de la noche. Primero se apagó el motor y después los faros. Bajaron cuatro hombres. Dos de ellos ascendieron por la suave loma. Los otros dos permanecieron a la espera junto al coche y ni siquiera acertaban a ver las siluetas de los de arriba, que se dedicaban a retirar los tablones. Uno de ellos llevaba consigo un pequeño azadón que utilizó para levantar la tierra que había quedado al descubierto al apartar las maderas. No hizo falta que cavase mucho. Los primeros paquetes, envueltos en papel de estraza y protegidos con plástico, aparecieron apenas hubo apartado un par de terrones.

Solo cogieron un paquete. Luego el que manejaba el azadón volvió a remover la tierra para cubrir los demás y su compañero le ayudó a colocar de nuevo los tablones, que daban la apariencia de estar allí tirados sin más.

Se incorporaban ya para bajar cuando a ambos lados de la calle se encendieron los faros de dos coches. Avanzaban desde direcciones opuestas a toda velocidad hacia donde estaba el BMW.

Los dos tipos que estaban en la cima de la loma se quedaron paralizados. Los dos que estaban abajo se miraron, uno le dijo algo al otro, poco más de una palabra, y ambos corrieron para subirse al coche. Solo uno de ellos llegó a abrir la portezuela antes de que comenzaran a dispararles. Cayó hacia atrás. La espalda golpeó la puerta abierta y se derrumbó sin que su mano soltara la manilla, con el pecho agujereado a balazos. El otro, contra toda lógica, cayó hacia delante. Se hincó de rodillas como si se dispusiese a rezar. Se mantuvo así durante unos instantes, quieto, los brazos caídos, la barbilla hundida en el cuello, con una bala dentro del corazón y otras tres en su cabeza. Por fin aquel extraño equilibrio se quebró y el cuerpo se derrumbó de cara sobre el asfalto.

Los dos hombres que estaban arriba de la loma bajaron despacio, las manos en alto, hablando atropelladamente con voces temblorosas, repitiendo frases que sonaban a súplica. Cuando salieron del solar y estaban ya en la calle, al lado de sus dos compañeros caídos, volvieron a sonar las armas. Esta vez los cuerpos salieron disparados hacia atrás, impulsados por el impacto de las balas. Quedaron tendidos juntos, ambos boca arriba.

Aquella noche se apresó el mayor alijo con el que se había hecho hasta entonces la policía española en una sola operación. En aquel descampado, bajo aquellos tablones, siguiendo el principio de que nada hay más seguro que el escondite más obvio, había enterrados noventa y nueve paquetes de *brown sugar*. Casi dieciocho kilos. Una vez cortado el caballo, podrían obtenerse unas ochocientas mil papelinas. En dinero, allí podía haber más de ochocientos millones de pesetas. Cerca de cinco millones de euros.

Al día siguiente, en los telediarios, los boletines de radio y las ediciones de tarde de la prensa escrita se tendrían ya todos los detalles del operativo. Un éxito policial sin precedentes. La historia se contaba buscando darle la emoción propia de una novela negra. Se había recibido una información en la Jefatura Superior de Policía de Madrid. De tan simple, costaba creerlo. Kilos de heroína enterrados en un solar al alcance de cualquiera, en una calleja cercana a la circunvalación de Móstoles. Los traficantes lo escondían allí, muy cerca de sus domicilios, y se acercaban periódicamente para retirar lo que iban decidiendo colocar en el mercado. Se montó un dispositivo permanente de vigilancia en torno al solar. Tras varios días sin que se detectase nada sospechoso, esa noche se había detenido frente a él aquel BMW. Había que actuar con rapidez.

Las crónicas narraban cómo los agentes que formaban el dispositivo policial habían actuado con reflejos y arrojo. Los traficantes se habían resistido al ver que iban a ser detenidos. Tras un intenso tiroteo los cuatro delincuentes habían sido abatidos. Las descripciones no se ahorraban adornos dramáticos: la sangre de los cuatro iraníes muertos mezclándose sobre el asfalto, al lado de sus cadáveres aún calientes las pistolas rusas Tokarev con las que habían intentado eliminar a los policías, un sobrecogedor silencio cubriendo la noche. Lo mejor: ningún policía había resultado herido a pesar del enfrentamiento. Un éxito de la Brigada de Estupefacientes. Y, más en concreto, del subinspector Roque Cardoso, que dirigió la operación con brillantez. Llovían elogios para el hombre al que, según se subrayaba con admirativo afecto, en los bajos fondos ya se le conocía como el *sheriff*; por algo sería.

Cardoso fue el primero en acercarse a los cuatro cuerpos caídos aquella noche. Los otros tres policías le dejaron unos instantes a solas. Cardoso miró uno a uno a los muertos. A los dos que habían subido a desenterrar el paquete no los conocía. A los que los esperaban abajo sí. Eran Hamid y Jahan Bayat.

Hamid murió cayendo de rodillas. Jahan murió agarrado a la manilla de la puerta de su recién comprado BMW. La prensa calificó a los hermanos como los dos mayores traficantes de droga que operaban en la capital, tanto en la zona centro como en los asentamientos de chabolas, probablemente involucrados en el reciente ajuste de cuentas de la plaza de las Comendadoras, cabecillas de una red internacional de tráfico de drogas que, con su muerte, quedaba descabezada y, con suerte, desmantelada.

Cardoso contempló los cuerpos durante unos instantes, las manos metidas en los bolsillos del loden, la mueca de satisfacción apenas contenida. Luego se volvió hacia sus hombres.

—Llamad al juez, a la Policía Científica y a la prensa.

Habían hecho historia. Así se lo reconocerían todos los medios. Un antes y un después en la lucha contra la droga. Cardoso convertido en héroe. Y los hermanos Bayat muertos muy lejos de aquella tierra en que nacieran, que tanto añoraban y a la que ya nunca iban a regresar.

Zanco me despertó para contármelo. Lo había oído por la radio. Entró en mi habitación excitado como nunca, lo que en él, que rara vez estaba tranquilo, significaba algo cercano al más absoluto desquicio. Me despertó con frases atropelladas: no te lo vas a creer, estamos jodidos, ¿dónde está Dardo?, despierta de una vez, muy jodidos, no te lo puedes ni imaginar. Traté en vano de calmarle. Hamid y Jahan habían muerto en un enfrentamiento con la policía. En la radio no paraban de contar lo sucedido, decían sus nombres, ¿qué tenemos que hacer ahora?, ¿dónde demonios se ha metido Dardo? Dardo no estaba en el piso. No había venido a dormir. Zanco se retorcía las manos como un padre preocupado. ¿Le habrá pasado algo a él también? Dardo sabe cuidarse solo, le dije a Zanco. Y él se esforzó en creerme para tratar de recuperar una endeble serenidad.

—¿Y nosotros? —me preguntó—. ¿Estamos seguros aquí?

Domingo. Eso fue lo que pensé. Tal vez yo fuese un inconsciente, pero la muerte de los hermanos Bayat solo me producía una sorpresa carente de pena o preocupación. No compartí los nervios de Zanco. Domingo. Miré el reloj. Las nueve y media. Eso me alivió. No había prisa. Lo único que me importaba era que fuese domingo y que, por tanto, iba a ver a Merche. A las doce, frente al estanque. Como todas las semanas.

—Puede que sea bueno pasar el día fuera de casa —le dije a Zanco—. No creo que la pasma se vaya a presentar aquí ni nada de eso, pero tampoco está de más que tomemos precauciones. Nos quitamos de en medio y esta noche volvemos a ver si ha regresado ya Dardo. Él sabrá qué hacer y si estamos en peligro.

A Zanco le tranquilizó oír aquello. Zanco necesitaba actuar siempre siguiendo instrucciones de otro.

Me levanté y me duché y me vestí sin prisas. No tenía sensación de peligro. Nunca la tenía. A pesar de lo que hacíamos, yo no vivía teniendo presentes los riesgos. Tal vez porque llevábamos ya años viviendo con la policía observándonos. La presencia de la policía era algo tan natural para nosotros como la temperatura de cada día: a veces hace calor, a veces hace frío, lo notas y sigues con tu vida. La caída de los Bayat no alteraba eso. Solo suponía un poco más de frío o de calor, un cambio de estación, tal vez unos días de tormenta. Habría, eso sí, que hacer ajustes en los asuntos de negocios. Pero eso era cosa de Dardo. No era algo de lo que tuviese que ocuparme yo. Podía seguir pensando solo en Merche.

—Estaré por la plaza —me dijo Zanco—. Rondaré el piso para ver si aparecen Dardo o los maderos.

En el bar donde desayuné no tenían puesta la radio. Mejor. Pude tomarme el café pensando en lo que de verdad me importaba. En Merche. Qué hacer. Nada mejoraba. Tampoco empeoraba. Seguíamos viviendo en la misma sucesión permanente de promesas olvidadas, recomienzos y finales idénticos, sin ir ni adelante ni atrás. Pero no podía engañarme. No avanzar era, en realidad, ir hacia abajo. Pagar su piso, sus comidas, sus dosis no era ayudarla. Solo eran maneras de apuntalar un puente en ruinas, a punto del derrumbe. Y el pozo esperando debajo, como una boca abierta, paciente pero hambriento. Qué hacer. Aquella pregunta era mi condena y mi tortura.

A las doce estaría frente al estanque. Seguro que ella no. Llegaría media hora o cuarenta minutos después. Con sueño y con hambre. Me pediría que la invitase a desayunar. Se pediría un café con leche en vaso con la leche muy caliente, casi hirviendo, y un par de porras bien gordas. Para cuando hubiese acabado ya sería casi la hora de comer. Pasaría sin apenas intermedio del café a la caña y yo le insistiría en que comiésemos algo caliente y ella insistiría en preferir un bocata y no sabía cuál de los dos se impondría ese domingo porque en eso no había regla fija, dependía cada semana de mi ánimo más o menos firme y del suyo más o menos dócil. Por la tarde nos dedicaríamos a caminar. Sin destino, pero sin salir del barrio. Ella me haría promesas. Yo fingiría creérmelas. Y luego la despediría en la acera, frente a su portal, con un beso en la mejilla y un cuídate mucho que ella no obedecería, y me subiría al coche y me iría sin saber si ella entraría en el portal y dormiría en el piso que le había alquilado.

Los domingos por la mañana había poco tráfico. Llegué con tiempo de sobra, me desvié por la avenida de Arcentales para llenar el depósito en la gasolinera que había frente al parque. Entraron detrás de mí. Debían de haberme venido siguiendo todo el camino, pero, absorto en buscar respuesta a mi pregunta recurrente, ni me había fijado. Nada más verlos el sexto sentido se despertó. Un par de coches de modelo y color anodinos. Un par de coches K. Lo supe antes de advertir que en cada uno iba una pareja de hombres.

Uno de los coches se cruzó delante y el otro se detuvo detrás. Esperé sentado, las manos sobre el volante para que pudiesen verlas. Vinieron a por mí los cuatro. Uno de ellos abrió la puerta del coche y me agarró del hombro para sacarme de un tirón. Me giró para que apoyara estómago y pecho contra mi propio coche y me esposó. Con una brusquedad innecesaria, porque me dejé hacer sin resistirme.

—¿A qué viene esto? —fue lo único que pregunté, y lo hice más porque eso es lo que se espera que pregunte alguien que está siendo detenido que porque sintiese verdadera curiosidad.

La respuesta del policía que me había sacado y esposado no me lo aclaró mucho:

—A callar, gilipollas.

Otro de los polis se metió en mi coche. Sacó la llave del contacto y fue a la parte de atrás. En el mismo llavero del que colgaba aquella estaba también la llave del maletero.

Desde mi incómoda posición, aplastado contra el lateral del coche, esposado y con un policía presionándome con su mano en mi espalda por si se me ocurría la estúpida idea de huir, traté de ver de reojo lo que ocurría.

El policía abrió el maletero, apenas hurgó en su interior unos segundos y luego se irguió con expresión de triunfo y mostró al resto su hallazgo.

—Aquí lo tenemos.

Un paquete envuelto en papel de estraza y recubierto con plástico.

El policía que me presionaba la espalda me dijo:

—Buena cantidad, chaval. Billete directo a la trena.

—No he visto en mi vida ese paquete.

La mano empujó un poco más mi espalda. Mi esternón se hundió dolorosamente contra el cristal de la ventanilla.

—Seguro que no.

En ese momento no sabía aún de dónde provenía el paquete. Y, además, me daba igual.

Lo único que me preguntaba era qué haría Merche cuando llegase al estanque y viese que yo no estaba allí, qué haría todos los siguientes domingos en que yo tampoco estaría.

Me mandaron a la cárcel de Carabanchel. Llegué un amanecer, me entregaron un colchón que parecía más una estera, me llevaron a la tercera galería, abrieron una celda y me señalaron un camastro libre y los otros tres ocupantes del chabolo, que era como llamaban los presos a las celdas, me recibieron con desprecio y desinterés.

Me juzgaron y me condenaron por posesión de drogas. Dieciocho meses.

La cárcel de Carabanchel era un universo en sí mismo, una réplica superpoblada, embrutecida y degradada del mundo exterior. Todo lo malo que uno pudiese conocer fuera se reproducía dentro en un modo más sórdido y descarnado. La principal preocupación era evitar que te agredieran, te robaran o te violaran. La mejor manera de evitarlo era teniendo algo que ofrecer y a alguien que te protegiera, además de llevar siempre un pincho en el bolsillo para defenderte en caso de ataque. En aquella prisión todo estaba a la venta: el espacio, la comida, la seguridad, el sexo o la supervivencia, daba igual, y quien no pudiese pagárselo lo conseguía usando la fuerza. Y, como ocurría fuera, dentro funcionaba a todas horas un frenético mercadeo de cualquier tipo de drogas. Todas las tardes el patio bajo la cúpula central de la cárcel se convertía en un animado bazar donde los cerca de mil ochocientos reclusos compraban y vendían de todo, al menos los que no estaban ocupados pinchándose en la celda o el baño, pagando por sexo con travestis en la séptima galería, enzarzados en alguna pelea o asaltando por los pasillos o los baños a cualquier incauto.

Dardo se ocupó de todo. Vino a verme cuando solo llevaba unos días allí, en cuanto me permitieron recibir una visita. Nos rodeaban otros reclusos con sus familiares. Yo solo tenía a Dardo. Sentados en una mesa, cada uno a un lado y con una mampara transparente en medio, se suponía que para evitar que las visitas entregasen algo a los de dentro, lo cual era ridículo, porque bastaba con pasarlo por un lado o por debajo de la mesa.

Primero me informó de las cuestiones prácticas. Puedes estar tranquilo, me dijo. Ya había hablado con las personas adecuadas. Hay que tener amigos hasta en el infierno, bromeó. No me pareció gracioso: era yo el que estaba prisionero en el infierno.

Me haría llegar caballo. Era muy fácil meterlo, camuflado en los paquetes de comida que se permitía enviar a los presos o durante los vis a vis con queridas, novias y esposas. En cuanto se corriese la voz de que yo era lo que se llamaba un «kie», un tipo duro protegido por otros tipos duros y que además ofrecía primeras calidades, nadie se metería conmigo. Me dio varios nombres. Localízalos, me dijo. Gente del viejo barrio. Amigos. Me protegerían, se asegurarían de que yo fuese intocable.

Me dijo que estaba sorprendido de lo que había averiguado: allí dentro se pagaba el doble y hasta el triple que fuera por todo. Hasta las chutas, las jeringas, se cotizaban alto, porque allí eran un bien escaso. Era tan rentable que se decía que había quien cometía delitos con el único fin de poder pasar un tiempo dentro vendiendo. Márgenes, rentabilidad, aprovechar las oportunidades, un mercado inesperado. Ahí estaba Dardo, con su palabrería empresarial de siempre. Y yo al otro lado de la mampara, preso, en una cloaca donde los yonquis te clavaban un hierro solo por desahogarse cuando estaban con el mono, donde te asaltaban cuando menos te lo esperabas para obligarte a dar placer a animales en celo, donde nadie apostaría a que un joven novato como yo saldría con vida de la tercera galería, a la que llamaban «el Bronx», lo más siniestro de aquel universo siniestro, mi nuevo hogar. Y Dardo hablándome de sus malditos márgenes de beneficio.

—Solo quiero saber una cosa —le dije, interrumpiendo su planteamiento de un hiriente optimismo.

—Claro, Peyo. Dime.

—¿Sabías que esto iba a ocurrir? ¿Sabías que iban a tenderme una trampa?

Puso una expresión de desconcierto, como si le costase entender la pregunta.

—¡Por Dios, Peyo! ¿Cómo puedes siquiera plantearte eso? Esto ha sido un error. Un estúpido error.

—Dime que puedo creerte, Dardo. Dime que esto no forma parte de ningún trato.

—¿Un trato?

Había una mampara entre él y yo. Una mampara que no solo nos separaba a nosotros. Aquella mampara inútil partía el mundo en dos. Verdad y mentira. Amistad y traición. Y cada uno estábamos a un lado de ella.

—Dardo, los iraníes nunca usaban pistolas Tokarev. Siempre llevaban sus Glock.

Dardo recuperó la misma expresión confundida de antes.

—Leí los artículos de prensa sobre lo ocurrido en Móstoles —continué—. Y te reconozco que tardé en caer en la cuenta. No soy un tío muy espabilado. Lo de Móstoles comenzó porque alguien le dio un soplo a la policía. Alguien que sabía lo del escondite del descampado vendió a los Bayat, Dardo. Y en la prensa se mencionaban las pistolas Tokarev. Y uno se pone a pensar: cuatro policías frente a cuatro iraníes. Todos los iraníes mueren. Y los polis, ni un rasguño. Allí no hubo un tiroteo. Alguien llevaba aquellas pistolas y las dejó junto a los cadáveres, para asegurarse de que pareciese que habían disparado contra los polis. Y el que lo hizo pensó que lo lógico era que los iraníes usasen pistolas rusas.

A esas alturas Dardo ya estaba sonriendo.

—Al margen del pequeño error con las pistolas, una jugada maestra, ¿no te parece?

No respondí.

—Comprenderás que no podía contároslo —dijo él—. Era todo tan delicado que, cuanta menos gente lo supiera, mejor.

Dardo no compartía sus planes.

—Pero no se trataba de un trato. Y, desde luego, lo que te ha ocurrido no formaba parte de trato alguno.

Los llevaba a cabo y él y solo él decidía en qué lugar acabaría situado cada uno cuando los hubiese ejecutado.

—Os lo había anticipado a Zanco y a ti. Hacían falta algunos cambios. Y eso es lo que he hecho. Cambiar las cosas.

Todos éramos peones. Él nos movía. Y esta vez a mí me había tocado acabar mal situado. Detrás de la mampara. Detrás de las rejas de Carabanchel.

—El *sheriff* ya tiene lo que tanto quería —me dijo, disfrutando de poder lucir sus cartas—. La mayor operación antidroga de la historia y todo ese rollo. Ha salido caro. Unos cuantos milloncejos perdidos. Pero ya está: ahora Cardoso es lo que quería ser, toda una estrella. Llegará muy lejos en la policía.

—Y te lo deberá a ti. De una tacada te has librado de los Bayat y has comprado a Cardoso.

Dardo me guiñó un ojo.

—Como te digo, he hecho algunos cambios.

Me incliné hacia delante, mi cara tan cerca de la mampara que mi aliento la empañó.

—Ahora déjame que te lo vuelva a preguntar, Dardo: ¿formo yo parte de todo ello? ¿Mi detención ha sido un regalo a tu nuevo amigo, el *sheriff*?

Dardo también se inclinó hacia delante. Si alguno de los presos o sus visitas que nos rodeaban nos hubiesen mirado, habrían podido pensar que intentábamos besarnos a través de la mampara.

—Mi amigo eres tú, Peyo. Yo ni conozco ni controlo todo lo que ocurre ahí fuera, ¿sabes? No tenía ni idea de que esto iba a pasar.

No le dije que ya sabía de dónde había salido el paquete de caballo que alguien había puesto en mi coche. Tampoco le pregunté dónde había dormido la noche en que cayeron los Bayat. No podía estar con Virginia, a quien no había visto desde lo ocurrido en su fiesta de cumpleaños.

Me eché hacia atrás en la silla y deseé creerle con todas mis fuerzas.

Era lo único que podía hacer.

Cumplió su palabra. Tuve quien me protegiera allí dentro. Me hice respetar. Gané dinero fácil. Y vi morir a demasiados hombres de demasiadas maneras diferentes.

Antes de todo eso, cuando tuve derecho a una segunda visita, me vi con Zanco. Fue una conversación más breve que con Dardo. Zanco no soportaba estar en la prisión, aunque fuese como visitante. Se estrujaba los dedos y no paraba de mover las piernas y sudaba, como si temiese que le fueran a dejar allí metido para siempre si no se marchaba cuanto antes.

Solo le pedí una cosa:

—Cuida de Merche.

Zanco se fue. Y yo regresé a la galería muerto de miedo.

Pero no tenía miedo por mí. Tenía miedo porque mi entrada en la cárcel no era mi condena sino la de Merche.

Durante dieciocho meses el mundo se apagó. Fue un tiempo de oscuridad. Y desde el primer día supe que, cuando regresase la luz, iba a encontrarme con otro mundo que en nada se parecería al que ahora devoraban las sombras.

Ahora

Son ya casi las once de la noche. Gordi se dispone a cerrar el bar. Ya no hay clientes. Solo ellos dos en la misma mesa que ya han ocupado en los dos encuentros anteriores. Saben que si quieren pueden quedarse una vez cerrado el local, que Gordi no los hará marcharse.

—Estábamos en Carabanchel.

Dani respeta las decisiones de él. Hay asuntos en los que se detiene y otros sobre los que pasa por encima, esquivándolos o despreciándolos. No le fuerza. No le hace hablar de nada de lo que no quiera hablar.

—Dentro de una cárcel, la vida no es vida. Allí no hay nada de lo que merezca la pena hablar.

Ella piensa en lo que significa decir eso para un hombre que ha pasado encerrado casi la mitad de su vida.

Esta es la tercera vez que se ve con Peyo. Siempre han quedado en el Bar Cosmos, al atardecer y en la misma mesa. Él es un hombre de rutinas. Peyo habla y ella escucha. Acuerdan tutearse y su conversación apenas se sale del relato que él va desgranando. No sé de qué puede servirte esto, le dijo él tras el primer encuentro. Y también: tampoco sé de qué puede servirme a mí. Habla despacio, a veces se detiene, a veces se calla durante tanto tiempo que ella llega a dudar si retomará la narración o si la abandonará en aquel punto. Al principio ella quería entender quién era Dardo. Tras tres encuentros empieza a querer entender también quién es Peyo.

Hay cosas que le resulta imposible siquiera imaginar. Su mente no logra abarcarlo. Casi tres décadas en prisión. Es un espacio temporal que le supera. La vida continúa, día a día, minuto a minuto, ahí fuera, y tú estás dentro. A Dani le desconcierta su propia incapacidad para capturar la dimensión del paso del tiempo, la confunde y le intriga a la vez. Ha intentado buscar criterios concretos para tratar de comprenderlo, alguna forma de medirlo. Referencias históricas. El muro de Berlín, lo que va de los dos Bush a Trump, la muerte de Lady Di y los apretones de Clinton en el despacho oval. Todo eso ocurre y Peyo está dentro. Va sumando. La Expo, las Olimpiadas, un Mundial ganado y dos Eurocopas. Kuwait e Irak, el 11-S y el 11-M. Internet, los móviles. Lo mismo: todo eso ocurre y Peyo está dentro. Busca otras perspectivas. Escándalos que la apasionaron: Strauss-Kahn y Madoff. La desaparición de las más grandes folclóricas. La muerte de Leonard Cohen y la de Robin Williams. Diez temporadas de *Friends*, seis de *Sexo en Nueva York* y otras seis de *Gossip Girl*. Y Peyo, dentro. Es inabarcable. Ese hombre serio, tranquilo, amable, de maneras y lenguaje pulidos sin prisas a lo largo de miles de días idénticos en una prisión, había abandonado el mundo exterior casi tres décadas atrás, siendo un joven, y ahora está ahí, superados los cincuenta, tomándose una caña en un bar de barrio, hablándole de un tiempo lejano y ajeno, como un fantasma llegado del pasado o un resucitado.

—No creo que todas estas viejas historias te vayan a ayudar a averiguar quién mató al abogado.

Él ya lo ha captado: Raúl solo habría estado destinado a ser alguien pasajero en la vida de Dani si su inesperada muerte no le hubiese otorgado trascendencia. Sin la embestida de la furgoneta, Raúl solo habría sido para ella un nombre en una de esas listas de relaciones fallidas en que se mezclan buenos y malos recuerdos, momentos que divierten, enternecen o abochornan.

—¿Qué necesitarías para avanzar?

—No estoy segura. La relación entre Lazic y Dardo. Creo que, si logro establecerla, empezarán a encajar otras piezas.

—No creo que eso sea relevante.

—Yo creo que sí. Ahora mismo Lazic está en prisión y Dardo, desaparecido o quién sabe si muerto. Yo diría que su relación, sea la que sea, no parece pasar por un buen momento.

Dani piensa en voz alta.

—Y no olvidemos la tercera pata. El ministro Cáceres. Interesado en ambos. Negociando con Lazic y empujándome a que escriba sobre Dardo.

Dani no le ha ocultado nada a Peyo. Quiere ganarse su confianza, quiere que le siga hablando. Y sabe que el vínculo que los une es muy débil. Un impulso momentáneo de él, llevado por una compasión ante el novio asesinado que ya se ha desvanecido al comprender que el novio no era tan novio. Si no le agarra, si no logra interesarle, el hilo se romperá y le perderá. Y no tiene mucho más de donde tirar. Así que la única forma de conservarle es compartiendo con él lo poco que sabe.

Acaban otra noche sin respuestas, dejando pendiente las preguntas, lo que abre la puerta a un cuarto encuentro.

Gordi los espera para cerrar. Nunca los apremia. Ni siquiera se acerca. Nunca interviene en la conversación ni hace preguntas. Hora de irse, le dice Peyo a Dani.

Se despiden de Gordi y salen a la calle. Hace fresco. Un golpe de aire los recibe. Dani se cierra sobre el pecho las solapas de su cazadora. Peyo encoge los hombros.

—Espero que quieras seguir —le dice ella.

—Iremos viendo —le contesta él.

Dani va hasta su Mini. Había encontrado un hueco frente al bar. Peyo se queda en la acera, la ve subir y arrancar y le dice adiós con la mano. Ella le responde con el mismo gesto desde dentro del coche.

Dani conduce hasta su casa. Vuelve a pensar en el pasado de Peyo, en sus años de encierro. Vuelve a su empeño de querer medirlo, ahora desde otra perspectiva. Ella es una adolescente, primer amor, primer polvo, primer coche, universidad, redacción, muere mamá, mudanza a Tirso de Molina, el gran José Javier Lozano ya no es capaz de recordar su nombre. Su vida. Y Peyo, mientras, dentro. Sin vida.

No, no logra comprender lo que debe de ser. Imposible imaginar tanta soledad, tanto tiempo no vivido, tanto silencio.

Peyo camina hasta la pensión. Él intenta reducir. Encontrar una sola palabra que resuma la razón por la que está haciendo aquello, por qué ayuda a esa periodista, por qué ha aceptado mirar atrás, algo que se obligó a no hacer durante tantos años. Una sola palabra. Curiosidad. Destino. Compañía. Ninguna le vale. A pesar de ello, sabe que volverá a hacerlo: quedará con ella y seguirá hablando.

En cuanto cruza la puerta, el *maître* se acerca presuroso. Le da la bienvenida y hace una rápida comprobación: al reservado, ¿verdad? Se diría que la está esperando y la conoce. Eso o que está acostumbrado a recibir a mujeres que acuden a citas como la suya, piensa Dani.

Le sigue por un pasillo hasta el fondo del local. A un lado quedan dos comedores. Unas mamparas con cristal esmerilado impiden que se vea desde las mesas a quienes atraviesan el pasillo. Discreción garantizada. El reservado es una pequeña habitación que pretende recrear el ambiente acogedor de lo que podría haber sido un saloncito burgués decimonónico de alguna casa del barrio. Una lámpara con dos brazos de lágrimas de cristal y bombillas que simulan velas, una alfombra hogareña sobre el parqué, una mesita auxiliar de caoba y el comedor en el centro. Los dos cubiertos puestos uno junto al otro. Estudiada sencillez y, sobre todo, intimidad.

El *maître* le pregunta si desea un aperitivo. ¿Puedo ofrecerle algún vino blanco?, le dice con su tono de mayordomo obsequioso. Dani le pide una copa de tinto y él se apresura a asentir bajando la mirada para ocultar el descontento que le produce la elección.

Dani espera. No está nerviosa. No está ni impresionada ni expectante. Una vez llegado el momento, todo aquello solo le parece divertido. Un poco surrealista. Está allí, en vaqueros y jersey —deliberadamente no se ha arreglado: no quiere hacerle creer que da una elevada trascendencia al encuentro—, sentada a la mesa en aquel reservado, que tiene algo de decorado teatral, en uno de los restaurantes más caros del barrio de las Letras, esperando a un ministro. Es algo tan inesperado, tan alejado de su vida habitual, que ha decidido divertirse sin más. Luego ya se verá a lo que lleva todo aquello, pero en ese momento solo se siente espectadora de su propia situación.

Cáceres no se retrasa. Aparece apenas dos minutos después de que el *maître* le haya traído la copa de vino. Entra con su andar bamboleante, traje y corbata y peinado impecables, con la misma frescura que si la jornada acabase de empezar. Le da dos besos y le dedica una sonrisa que ella reconoce de verla en televisión, esa sonrisa de hombre cercano, sosegado y fiable con la que suele empezar y terminar sus entrevistas y comparecencias, mientras que entre medias adopta una expresión más solemne propia de un político abrumado por el peso de la responsabilidad.

El *maître* le sirve, sin preguntarle, un jerez, y ambos mantienen un rápido diálogo que suena a ritual. ¿Va bien el país, señor ministro? Inmejorable, Jacinto. Pero el Barcelona está por delante del Madrid, señor ministro. No se preocupe, Jacinto, ya estamos tomando cartas en el asunto. Jacinto se retira y los deja a solas.

—Me alegro de verte, Daniela.

—Me alegro de que se alegre, señor ministro.

—Por favor. Luis. Aquí no estamos para ser protocolarios.

—Ya me dirá para qué estamos.

Durante la cena el ministro lleva las riendas de la conversación. Dani se limita a seguirle y esperar. El ministro dedica el primer y el segundo plato —una deliciosa ensalada de delicado aliño y un lenguado con un lecho de patatas asadas por las que Dani estaría dispuesta a matar— a recorrer asuntos previsibles de la política nacional. Cáceres aparenta mojarse en sus opiniones, pero en realidad no dice nada sorprendente. Modula el tono con la habilidad de un actor curtido. Baja la voz, suena a misterio, cuando parece que le va a contar una confidencia de la última vez que ha ido a la Zarzuela a despachar con el rey, pero al final la anécdota solo consiste en que su majestad le ha admitido que tiene que acortar la reunión debido a problemas intestinales. Parece enfadarse e ir a soltar un exabrupto contra un compañero del Consejo de Ministros, pero lo deja luego reducido a una insulsa crítica a su manía de intervenir en todos los puntos del orden del día del consejo, da igual que le corresponda o no. Se estira en una reflexión sobre la cuestión soberanista, así, en abstracto, que no le lleva a ninguna parte más allá de frases de argumentario de partido. Sabe del encanto de su sonrisa y de la complicidad que establece con la mirada y utiliza ambos recursos. Es educado, guapo, solícito y falso. A Dani no la impresiona. Le divierte verle actuar. También ella lo hace, mostrándose intrigada, asombrada o deslumbrada según toque, aunque se sabe una aficionada a su lado. Le deja hablar, finge mantener el interés haciendo preguntas sencillas de las que es capaz de anticipar la respuesta, y sigue esperando.

Cuando están ya con un café él y un poleo ella, el ministro Cáceres se acaricia, pensativo, la barbilla y a Dani le basta percibir su sutil cambio de actitud para comprender que por fin ha llegado el momento de afrontar lo que ha motivado la cena.

—Por lo que me ha contado Ignacio Montes, tengo la sensación de que te hemos creado un malentendido respecto a nuestro interés en que escribas sobre Gabriel Melgar.

Lo dice con naturalidad, como si aquello solo fuese otro asunto más de los que ha recorrido a lo largo de la noche.

—Me encantaría que me aclarase ese malentendido, ministro. Sobre todo para dejar de sentirme como una idiota a la que pretenden utilizar.

Cáceres no altera el gesto ante la pulla.

—Tú me pediste que te proporcionase buenas historias.

—Y usted ha elegido la de Dardo. Lo único que me gustaría saber es por qué.

El ministro asiente, comprensivo, dando a entender que le parece una petición justa.

—Gabriel Melgar, o Dardo, va a ser detenido pronto. Hace años que las Fuerzas y Cuerpos de Seguridad están tras él. Ya sabes lo difícil que es reunir pruebas contra este tipo de criminales a gran escala. Hay un millón de pantallas, filtros e intermediarios con los que se protegen. Pero años de investigación empiezan a dar sus frutos y por fin parece posible procesarle con garantías de lograr una buena condena.

—¿Cómo está tan seguro de que va a detenerle? Que yo sepa, está en paradero desconocido.

—Eso no es incompatible con lo que te he dicho. Daremos con él. Y detendremos. Pronto.

—Parece muy seguro de ello.

El ministro pone su tono grave y solemne, el de crear titulares y hacer promesas electorales.

—Lo estoy.

Hay que admitirlo, piensa Dani, el tipo es bueno. Te mira fijamente y puede venderte a su madre. Es todo un reto hablar con él sin dejarse embaucar.

—Y yo formo parte de su plan para cazarle, ¿verdad? Quiere que escriba sobre él para que se ponga nervioso.

Cáceres menea la cabeza para mostrarle su incredulidad.

—Por Dios, Daniela, ¿de verdad piensas eso? Ya me avisó Ignacio Montes. En serio, no puedes creer que somos tan infantiles.

El ministro pasa de una sonrisa incrédula a otra paternal. Tiene toda una colección de sonrisas estudiadas y sabe usar la más oportuna en cada momento.

—Dardo no va a perder los nervios por que se publique un artículo o dos sobre él, por mucho que le pueda molestar. Es una idea tan ingenua que resulta hasta graciosa.

—Entonces ¿no soy su cebo, señor ministro?

—No eres mi cebo, Daniela.

Dani baja la mirada. Al decirlo ante el ministro, lo que ha estado creyendo desde hace ya unas semanas también a ella le ha parecido de pronto una bobada, propia de una mojigata inexperta en conspiraciones.

—Sigo sin entender por qué tiene tanto interés en que escriba sobre él.

—Primero, porque tienes un trato con nosotros: una buena historia a cambio de que no nos compliques la vida con ese infundio sobre los policías corruptos y las negociaciones con el serbio.

—¿Seguro que es un infundio?

El ministro no demuestra haber oído eso.

—Y segundo, porque quiero que conviertas a Dardo en un personaje conocido por los ciudadanos.

—Explíqueme eso, señor ministro.

El ministro Cáceres parece necesitar un momento para reflexionar, para poner en orden sus ideas antes de exponérselas a Dani.

—¿Cómo llamarlo?

Vacía medio sobre de azúcar en el café y lo remueve con la cucharilla.

—¿Marketing criminal?

Cáceres da un pequeño sorbo al café y después descansa los codos en la mesa, entrelaza las manos y apoya en ellas la barbilla y suspira. No es más que una pausa teatral y Dani lo sabe. Pero funciona.

—Está consiguiendo interesarme.

Él vuelve a tomar la taza y da otro sorbo y luego habla, con el tono reflexivo de un profesor paciente, de un sabio dispuesto a compartir sus hallazgos.

—El éxito de la captura de cualquier criminal no se mide tanto por la envergadura de sus crímenes como por la popularidad mediática y el conocimiento ciudadano del detenido. Da igual que captures al más activo asesino en serie, al terrorista más buscado o al mafioso más poderoso. Si previamente el personaje no es conocido por el público, su captura carecerá de rentabilidad en términos políticos. Nadie comprenderá lo que has conseguido. Y lo mismo vale para esos miserables que matan a sus mujeres o a sus hijos, para los que violan a adolescentes o los que asaltan en sus casas a ancianas para robarles la pensión. Hay casos que no tienen ninguna repercusión y otros, en cambio, llenan y llenan portadas, programas y tertulias. Y solo hay un motivo para esa diferencia. Yo lo llamo así: el «marketing criminal».

El ministro hace una pausa estudiada para dejar que ella asimile sus palabras y continúa:

—Te pongo un ejemplo. Aquellos grandes capos de la droga gallegos, ¿los recuerdas? Ahora todos los conocemos, tenemos claros sus nombres y el poder y las fortunas que llegaron a acumular. Hay libros, series de televisión, de todo... Pero, en los tiempos en que se los detuvo y procesó, no se había hecho el marketing criminal previo. Habían caído unos traficantes que, salvando distancias, podían considerarse la versión española de Pablo Escobar. Los responsables de la seguridad que lograron al fin encarcelarlos podrían haberlo celebrado como un éxito incomparable. Pero aún no eran reconocibles por el público en general, así que su caída no dio el inmenso rédito político que podría haber dado.

—Porque, a su juicio, hacer justicia, mejorar la seguridad de todos, librar a la sociedad de cualquier criminal no es satisfacción suficiente.

—Aquí no estamos hablando de eso —le dice Cáceres sin inmutarse—. No lo olvides, Daniela: estamos hablando de rentabilidad política. Y, para que la detención de Gabriel Melgar sea un éxito no solo policial sino también político, es necesario haber hecho antes ese marketing, haberle convertido antes en un criminal famoso. Solo así su detención tendrá la repercusión que merece. Primero construye el mito. Después acaba con él.

Dani no ha tocado su poleo.

—Suena terriblemente cínico, señor ministro.

—Los ciudadanos merecen alegrías. El deber de sus dirigentes es dárselas. No hay ningún cinismo en eso.

El ministro se encoge de hombros, convencido de la lógica de sus palabras.

—Dardo caerá de todos modos. Saquémosle provecho a su caída. Tú serás la gran periodista que puso cara y nombre a un criminal que hasta ahora era un gran desconocido para el público.

—Y usted será el próximo candidato de su partido a la presidencia del Gobierno. Un éxito así ayuda.

—No es fácil tener éxitos en el Ministerio del Interior. Al menos antes estaba el terrorismo. Caían comandos y esas cosas. Pero ¿ahora?

Toca que el ministro utilice su «arma definitiva». La sonrisa de hombre bienintencionado, transparente y beatífica, propia de quien quiere dejar claro que todo lo hace por los demás y no por él.

Ha dejado de funcionar.

Dani le dispara las preguntas, interrumpiendo su cuidada interpretación. Él acepta el cambio de tono con deportividad.

—¿Por qué está tan seguro de que va a capturar a Dardo pronto?

—Deja eso en mis manos, Daniela. Comprenderás que no te muestre todas mis cartas.

—¿Tuvo algo que ver Dardo con la muerte de Raúl Puente?

—Te aseguro que no lo sé.

—¿Hay alguna relación entre Dardo y Zoran Lazic?

—Céntrate solo en Dardo, Daniela. Esa es la idea.

—No sé si quiero jugar a su juego, señor ministro.

—¿No empezaste a jugarlo el día que te presentaste en el ministerio para chantajearme?

Callan. Él espera. Ella duda.

—Aún podría dar marcha atrás. Aún podría escribir sobre Lazic y su negociación con ustedes.

El ministro parece contraer el gesto apenas un instante.

—Por supuesto, Daniela. Y esa sería tu decisión. Yo solo quería deshacer malentendidos, confirmar nuestro trato y que los dos nos beneficiemos de él. Eres tú la que tiene que decidir si te sigue interesando o no.

Cáceres baja la mirada y observa la taza frente a Dani, con el poleo intacto.

—Se te habrá quedado helado. ¿Te pido otro o prefieres que acabemos con un licor?

Aún estarán un rato más en el reservado. Pero ya no hablarán más de Dardo. Cáceres cambia de tercio. Preguntas personales. Cómo está tu padre, que ya sé que anda como anda, el pobre. Qué tal va el periódico, que he oído que pasa por apuros económicos. Qué aficiones tienes, que en realidad aún sabemos poco el uno del otro. También le habla de sí mismo. La dura vida de ministro. La ausencia de tiempo libre. La falta de tiempo para dedicar a los amigos. Y, lo peor, el precio que se paga de vida familiar. Él está casado y tiene un niño de seis años. Apenas ve a su mujer y a su hijo. El matrimonio se resiente, claro. A veces uno se siente muy solo. A veces se echa de menos tener a alguien cerca. Ya me entiendes, Daniela.

Se empeña en llevarla a casa. Dani no ha ido a la cena en coche. No logra encontrar una buena excusa para evitar que él la lleve. Salen del restaurante, no se cruzan con nadie más que el *maître*, que les pregunta si han disfrutado de la cena, le dice a ella que ha sido un placer conocerla y que espera volverla a ver pronto y al ministro le recuerda que ha prometido hacer lo necesario para que la liga la gane quien la tiene que ganar.

Van en el coche oficial. En los dos asientos delanteros el conductor y el escolta mantienen la mirada al frente sin mover un milímetro la cabeza en todo el camino.

En el asiento de atrás, el ministro sigue llevando el peso de la conversación. Comentarios sin ilación. El dichoso tráfico en Madrid solo es fluido a esas horas de la noche. Dicen que vienen nevadas, pero esperemos que no lleguemos al colapso. Me he propuesto ir al gimnasio, pero no encuentro el momento. Es extraño, yo te he tuteado y tú no, odio esta distancia que marca el cargo.

Cuando ya están en la calle de la Colegiata, él le dice, en un tono diferente, más bajo, más íntimo, no me gustaría que te fueras pensando que soy un cínico, como me has dicho antes. Refuerza su petición apoyando la mano en el brazo de ella. Dani siente el contacto. Una ligera presión. Consciente y medida. Una mirada donde reúne humildad y promesas. Y mantiene allí la mano más tiempo del necesario. A ella le divierte su evidencia. Y se lo plantea por un momento. En peores plazas ha lidiado. Y daría para muchas bromas en el Toni 2 con las amigas. A ver, ¿con qué famoso lo he hecho? Y ellas: ¿un futbolista? Frío, frío. ¿Es rico? No creo. ¿Y poderoso? Caliente, caliente.

Ni hablar.

Se conoce.

Sal corriendo de este coche, se ordena.

—Me quedo aquí, por favor. Me gusta caminar un poco antes de llegar a casa.

Cáceres retira la mano resignado. Sabe que ha tenido una oportunidad de lograrlo. Pero un ministro no insiste ni ruega. Tampoco se rinde. Otra vez será.

—Seamos amigos, Daniela. Es lo mejor para los dos —le dice cuando ella ya está abriendo la pesada puerta del coche blindado para bajarse. Y ella sabe que detrás de esas palabras que suenan a propuesta de acuerdo late también una amenaza.

Le alivia salir a la acera, ver el coche alejarse.

Hay algo en ese hombre que le inspira atracción y mucho más que le produce rechazo. Se alegra de haber superado el momento de debilidad. Habría sido una nota de color en su historial, qué duda cabe. Pero, por una vez, cosa rara en ella —y ahí regresa la incómoda sospecha de que tal vez se está haciendo mayor—, ha optado por no complicarse más la vida.

Ha llovido mientras cenaban. Dani sube por la calle de la Colegiata. La humedad se mete en el cuerpo, pero, a pesar de ello, camina sin prisa. Le va dando vueltas a la conversación de la cena. Piensa en esa basura del marketing criminal, menudo eufemismo de mierda, se dice, manipulación y punto. Piensa también en el recital de sonrisas ensayadas y en la mano en el brazo y en los códigos éticos de Antonio y en la pregunta de siempre: ¿para qué? Aspira con fuerza ese aire que huele a lluvia y escucha el regular sonido de sus pasos sobre la acera mojada.

Y también escucha su eco.

Lo sabe por esa inexplicable percepción que a veces se tiene de repente.

La están siguiendo.

No se vuelve. Echa un vistazo a su alrededor. Son más de las doce de la noche de un martes. Una noche de clima antipático. No hay nadie por la calle. Está a doscientos metros de su casa. Acelera un poco. El eco detrás de ella también se acelera, acompasando la velocidad a la suya. Caminan a dúo. Suena a pasos de claqué.

Se esfuerza por controlar los nervios. Coge aire y, por fin, se gira. Solo soy una cobardica, se regaña. Allí no hay nadie. Aquello solo es un temor reflejo, inevitable en toda mujer que vuelve sola a casa por la noche. Trata de recordar aquel eslogan de una política que había sido tan criticado. Algo sobre poder volver a casa sola y borracha. Solo intenta pensar en otra cosa. Porque sí ha visto algo. Una sombra. Alguien se ha apresurado a esconderse en un portal al ver que ella se volvía. O lo ha imaginado.

Las luces de las farolas se alargan en estelas blanquecinas sobre el asfalto. Pasa un coche, luego otro, luego ninguno.

Dani vuelve a caminar. Sus pasos suenan solos durante tres o cuatro metros. Después regresa el eco. Alguien camina tras ella. Cerca. Sin duda. Ella va más deprisa, el eco también. Cincuenta metros para llegar a la plaza de Tirso de Molina. Piensa en girarse otra vez. No lo hace. Tiene miedo.

La respiración le pasa de la nariz a la boca. Un ligero jadeo. El miedo se agarra a los pulmones, le clava sus garras en el estómago.

Camina más rápido, al borde del trote.

Suena a apenas un par de metros a su espalda. Se debate entre girarse o no. ¿Dónde está el aguerrido escolta de un ministro cuando se le necesita? Su mente se ha puesto a mil por hora pensando una sucesión de estupideces. Zoran Lazic, el Vampiro de Nis, le sonríe en su imaginación. «Sé quién es usted.» Oye la voz de Lazic en el interior de su cabeza.

Nunca ha recorrido cincuenta metros tan largos.

Llega a la plaza y ve a los sin techo habituales que están ya listos para pasar la noche en sus refugios de mantas y cartones. Será una noche dura, pero han apostado por que no volverá a llover. Siempre parecen preferir pasar la noche en la calle en lugar de en algún albergue. Dani no sabe el motivo. Orgullo de vagabundo, tal vez. Dani se alegra de verlos, se siente un poco más segura por su presencia. Aquella imagen familiar, que tan a menudo la entristece, esta vez la serena: los cartones, cubiertos con bolsas de supermercado para protegerlos del agua y el relente, los carros de la compra aparcados a un lado, los bultos de las personas y de sus perros bajo las mantas. Los conoce, se saludan siempre que se cruzan, les da alguna ayuda de vez en cuando y ahora se siente protegida por su presencia.

Nota la respiración en la nuca. Da un brinco. Se vuelve.

No hay nadie.

Y, ahora, en la plaza, no hay ningún portal donde haya podido esconderse rápido.

Es la brisa nocturna, maldita boba, no el aliento de nadie. Idiota cobarde, se dice. «Sé dónde vives.» La voz vuelve a sonar en su cabeza. Pero ya no es Lazic. Es la voz untuosa, con afán de seducción, del ministro Cáceres. Con esa manía de reforzar las frases terminándolas con su nombre: «Sé dónde vives, Daniela».

«¿Para qué, Daniela?»

Llega a su portal. Se saca del bolso el manojo de llaves. Se le cae. Y, a la vez que se agacha, vuelve a oír los pasos sobre la acera mojada, que suenan como una gota de agua salpicando en un charco.

Coge las llaves del suelo. Oye sus propios jadeos. Las manos le tiemblan. Los pasos se acercan. No acierta a separar la llave del portal de las demás. Tiene que sujetarse la muñeca derecha con la mano izquierda para frenar el temblor, separar por fin la llave y lograr meterla en la cerradura.

Entra. Va a cerrar la puerta de entrada del edificio. Al otro lado una mano se lo impide.

A Dani se le escapa un grito.

Corre, pasa por delante del ascensor y sube por las escaleras. Seguro que solo es un vecino, piensa su acelerado cerebro mientras asciende a la carrera. Llega tarde, como ella. Un vecino inofensivo, con frío y sueño, seguro que alguien adorable. Es suya esa mano en la puerta. Nada más. Pero no deja de correr escaleras arriba. «Sé dónde vives», le dice en su cabeza la voz, que ahora es la de Peyo, convertido en un siniestro expresidiario, un peligroso criminal.

Oye sus propios jadeos. Solo que no son los suyos. Alguien jadea cerca, alguien que también sube por las escaleras a la carrera.

No grita. Gime. Mierda, voy a morir por jugar a los detectives. Por conseguir un artículo. «Papá, voy a ser periodista.»

Llega al tercer piso, el suyo. Corre hacia su puerta.

«Fracasarás.»

Lleva el manojo en la mano. Coge aire. Se obliga a templarse durante unos segundos. Solo durante el tiempo necesario para coger la llave del piso, meterla en la cerradura, abrir.

Una sombra aparece al final de las escaleras. Ni ella ni su perseguidor han dado las luces al entrar en el portal, claro, así que aquel cuerpo solo es la silueta de una sombra entre las sombras.

Dani abre la puerta de su piso.

La sombra corre hacia ella.

Entra, cierra cuando ya se le echa encima, se aplasta contra la puerta, jadea ya sin freno, busca oxígeno con desesperación, luchando por no romper a llorar.

Pega la oreja a la puerta. No oye nada al otro lado. Seguro que ha visto una sombra, ¿verdad?, se pregunta. Seguro que ha corrido hacia su puerta, que no son solo fantasías tuyas, se insiste, desconfiando de sí misma.

Desde que Lazic le demostrara saber tantas cosas sobre ella, ha tratado de asumir que la vigilan. Se ha obligado a no pensar en ello demasiado, a no estar asustada, a aceptarlo como parte de todo aquel lío en que ha decidido meterse. Gajes del oficio de intrépida periodista de investigación, se ha dicho. Pero, ahora, ese miedo que se ha forzado a ignorar se ha desbordado.

Arriesgar. Apostar.

Morirse de miedo.

Cruza el apartamento sin encender ninguna luz. Va a la ventana del salón. Se asoma por entre los visillos sin separarlos.

La plaza está vacía. Pasa un taxi. El piloto verde, rodeado de una aureola difusa que colorea a su alrededor el aire húmedo, se refleja en las verjas de metal de los comercios cerrados. Un semáforo cambia y los brillos verdes sobre el asfalto tornan a rojos. Los sin techo de la plaza y sus perros no se mueven, duermen sin que nada los perturbe. Pasa un segundo taxi. Despacio. Sin esperanza.

Una figura, una sombra, gira por una esquina. Dani lo ve tan solo durante el segundo previo a que desaparezca de su vista.

O lo imagina.

Suspira. Logra que su respiración regrese de la boca a la nariz. Tiene ganas de reírse y de llorar. Depende de si todo eso ha sido real o fantasía. Y no se decide. Va al baño. Enciende la luz y se contempla en el espejo y se dedica una mirada un poco comprensiva y un poco burlona.

Menuda reportera intrépida. La voz en su cabeza ya no es la de nadie, sino la suya propia, la más pelmaza de todas, la más reiterativa, repitiéndole lo de siempre: ¿para qué?

Los días de lluvia, las visitas se hacen en un porche acristalado que da al jardín de la residencia. Deben ser más cortas, porque allí solo caben como mucho ocho personas con comodidad. Dani y José Javier Lozano comparten el espacio con una anciana a la que visitan dos hijas, que intentan sin éxito que cambie su hierática expresión enseñándole fotografías de sus nietos, y con otro residente, en silla de ruedas, que se recoloca una y otra vez con movimientos idénticos la manta que le cubre las piernas mientras su hijo le observa sin intentar entablar una conversación que sabe imposible.

Dani le ha traído a su padre un jersey nuevo y este lo ha recibido refunfuñando porque es verde oscuro y dice que ese color no le gusta. Pero Dani le ha insistido para que al menos se lo pruebe y por fin se lo ha dejado puesto, sin escuchar sus quejas, que sabe que habrían sido las mismas si el jersey hubiese sido rojo, amarillo o con lunares.

Le ha visto peor. Más delgado. Le ha preguntado a una de las cuidadoras, que le ha confirmado que lleva unos días comiendo menos. Son rachas, le dice, es normal, ya le volverá el apetito. Le ha pedido a la cuidadora que se acuerden de cortarle el pelo esa semana y, después, se ha sentado con él en el porche y José Javier le ha preguntado ya varias veces si está segura de que su padre les permitirá casarse.

Ese sábado Dani contesta a las preguntas de manera más mecánica de lo habitual. Tiene la cabeza en otra parte.

No ha sido una semana fácil.

El martes había cenado con el ministro y luego pasó aquello, aún no sabe si imaginario o no.

El miércoles discutió con Antonio. Se está retrasando en las entregas. A Antonio le gusta que vaya una semana por delante con el artículo dominical. Y ese miércoles ni siquiera ha entregado aún el del próximo domingo. Le ha echado una bronca. Le ha dicho que estaba demasiado obsesionada con eso otro, con el asunto del delincuente desconocido ese, el tal Flecha o Dardo o como cojones se llame, le dice, y el serbio y el ministerio y su teoría sin probar de que su novio abogado había sido asesinado y que o se ponía ya a escribir sobre ello o lo dejaba correr, pero no podía ser que toda esa película, que no llevaba a ninguna parte, le estuviese haciendo incumplir con las entregas.

Dani, por supuesto, se revolvió. Joder, Antonio, que me he retrasado en entregarte un artículo sobre un posible compadreo entre talleres de coche y centros de ITV, apasionante asunto, el mundo entero está esperando leerlo, no te jode. Y Antonio es de entrar al trapo fácil: usted perdone, que si no escribe sobre contubernios entre el Gobierno y la mafia internacional, a la señora todo le parece poco. Acabaron a gritos y luego, como siempre, antes de terminar el día ya habían hecho las paces, de esa manera en que ella y Antonio se reconcilian tras sus broncas: gruñendo ambos una inteligible disculpa.

El viernes se vio con Ignacio Montes. Un encuentro rápido. Se acercó él a la redacción, la llamó al móvil y le pidió que bajara. La esperó en una calle cercana, dentro del coche. Dani llegó y se subió al coche y él le entregó un sobre, este mucho más abultado que el primero.

—Podrías habérmelo hecho llegar todo por correo electrónico.

—No quiero dejar rastro de la entrega.

Esa fue su única concesión al suspense. Ignacio no estaba hablador. Le dio el sobre y casi ni la miró. Dani pensó que tal vez estaba incómodo con su nuevo papel. Ahora que ella parecía tener hilo directo con el ministro, Ignacio quedaba degradado como interlocutor, reducido a un mensajero que entrega sobres.

Él ni siquiera mencionó la reciente cena de ella con su jefe. Solo le preguntó cuándo tenía previsto sacar el artículo pactado. Ella le contestó que aún tenía que decidir el enfoque, que estudiaría la documentación y después decidiría. Ignacio le dijo que no debía retrasarse, que el tiempo empezaba a apremiar, que la idea era que ella encendiese la mecha y que, a partir de su artículo, en las tertulias de tele y radio, en otros medios, todo lo posible, se empezase a hablar de Dardo.

—Estás segura, ¿verdad? —le dijo.

Aquello pilló a Dani por sorpresa.

—¿De qué?

—De meterte en esto. De escribir sobre ello.

Dani no le contestó. No le mencionó aquella pregunta que repiqueteaba tan a menudo en su cabeza ni le contó cómo se te pone el corazón y te tiemblan las manos cuando crees que alguien te sigue por la noche hasta tu casa.

—Ya he cerrado tu nuevo encuentro con Lazic —le dijo él.

Ella le dio las gracias.

Dani se bajó del coche e Ignacio ni siquiera la miró para despedirse.

Se ha pasado la noche anterior estudiando el interior del sobre que le diera Ignacio. Apenas ha dormido. Aquel sobre contenía todo tipo de datos sobre lo que Gabriel

Melgar había estado construyendo, protegiendo y manteniendo durante toda su vida. Escrituras de constitución de sociedades, extractos de cuentas, recortes de prensa con noticias financieras o de sucesos, informes con membrete de Hacienda sobre paraísos fiscales, copias de declaraciones de impuestos. Una avalancha de datos indescifrable para Dani. A las seis de la mañana, tras toda la noche leyendo documentos y contrastando y confirmando datos en internet, Dani solo se siente agotada, aturdida y desfondada. No se ve capaz de desentrañar aquel laberinto jurídico y empresarial. Su único consuelo es pensar que, si nadie ha logrado aún procesar a Dardo, debe de ser porque no es la única incapaz de atravesar su entramado de protección.

A las nueve, tras echar una cabezada de poco más de una hora en el sofá, se había duchado y había salido hacia la residencia. Son las diez y media y a las once y media tendrá que irse para dejar que otra visita ocupe su sitio en el porche. Mejor. Hoy no tiene ni cabeza ni ánimo para seguir la corriente a los desvaríos del padre.

José Javier le hace las preguntas habituales. La toma por su esposa. Protesta de las cuidadoras, que cree que son unas primas de su mujer que están de visita en su casa y a las que, ya lo sabes, nunca he podido tragar, panda de cotillas, que se divierten escondiéndole todas las mañanas las zapatillas. ¿Te ha llamado el presidente?, le pregunta. Y Dani contesta sin atender: ¿Qué presidente? José Javier se impacienta: pues cuál va a ser, mujer, el presidente de Inglaterra, claro, dice.

Nada nuevo en la cabeza del padre.

Hasta que va a irse. Toca dejar sitio. Dani se levanta. Le dice al padre que espera que el próximo fin de semana haga mejor tiempo y puedan salir al jardín. Y, según ella le está diciendo eso, advierte que la mirada del padre se despierta, adquiere luz, ve realmente lo que mira, y le pregunta:

—¿Estás asustada?

Dani se sorprende. Se incomoda. Recuerda esa mirada. Es la mirada de cuando la pillaba. La mirada de cuando llegaba más tarde de su hora y con alguna copa de más y se topaba con él en la cocina porque había ido justo en ese momento a por un vaso de agua. La mirada de cuando la madre la mandaba al despacho a decirle que la cena estaba lista y se olvidaba de llamar antes de abrir la puerta o de cuando se armaba de valor y le preguntaba si le pagaría un viaje a la nieve con sus amigas. La mirada severa en la que había siempre reproche y una capacidad de percepción que la desarbolaba.

—¿Por qué tendría que estarlo?

José Javier Lozano se queda mirándola. Cinco segundos, tal vez diez. Luego la mirada se apaga como si alguien diese a un interruptor en su cerebro. Sus ojos vuelven a perder vida. Dani, confundida, le da la espalda para avisar a la cuidadora de que ya dejan el sitio en el porche.

Y oye la voz del padre:

—Daniela...

Se gira. El padre está mirando por la cristalera. Pero su mirada no llega más allá, no sale al jardín. Se queda en las gotas de agua que resbalan por los cristales.

—¿Papá?

José Javier vuelve hacia ella su cara sin expresión.

—¿Qué has dicho, papá?

Él se encoge de hombros con inocencia.

—Es usted una chica muy guapa.

Dani lleva tres años sin haber oído a su padre decir su nombre.

Cuando se marcha de la residencia va en el Mini a San Blas, al Bar Cosmos. Esa mañana ha llamado a Gordi para pedirle que, cuando fuese a desayunar, le dijese a Peyo que quiere verle con urgencia. Gordi le ha dejado un mensaje a Dani en el móvil que lee al salir de la residencia. Peyo la espera para comer juntos. Dani quiere hablarle del contenido del sobre. Quiere que él avance en su relato. Quiere decidir qué hacer.

Pero, cuando llega al Cosmos y se encuentra con él, no le dice nada de eso. Le pregunta si le importaría que vayan a dar un paseo.

No está lloviendo. Van al parque. Llegan al estanque. Se detienen allí. Junto al banco en que tantas veces se ha sentado Peyo. Ella respira con fuerza. Huele la tierra, los árboles, el césped, el aire.

Justo cuando entran, de vuelta en el bar, fuera empieza de nuevo a llover.

Se lo dice a la mañana siguiente, después de que le ponga delante, en la barra, el café y la tostada.

—Quiero que hagas una llamada.

Gordi asiente. Ha cogido un vaso seco y le está pasando un paño. Lavar y secar vasos es su mecanismo de protección, el único territorio en que se siente seguro.

—¿Necesitas más dinero?

—No, no quiero otro paquete. Di que quiero verle.

Gordi aprieta los labios. No hace preguntas.

Pero después, cuando Peyo ya se marcha, Gordi se le acerca. Están junto a la puerta del bar. Gordi echa un vistazo al local, para asegurarse de que ninguno de los clientes que hay en la barra y las mesas puede escucharle.

—Peyo, lo de esa chica, la periodista...

—¿Qué pasa con ella?

—¿Crees que es una buena idea?

—¿Qué quieres decir?

—Ya me entiendes...

A Gordi le cuesta decir lo que quiere decir. Se le enrojecen los mofletes, se le aturulla la voz.

—Meterte en líos. Remover. Yo no sé todo lo que ocurrió. Yo solo estaba aquí. Como siempre. Pero me pregunto si no será mejor para todos dejar las cosas como están.

Peyo está a punto de gruñir, de volver a decirle que no

se meta donde no le llaman. Que haga lo que le acaba de decir y nada más: que solo siga estando ahí, como siempre. Sin tocar las narices. Pero no se lo dice. Porque sabe que no sería justo, que Gordi tiene razón, que está siendo más sensato que él. Igual que sabe que no le va a hacer caso.

—Tú haz esa llamada, ¿entendido?

Peyo no vuelve a mencionarlo. Solo pasan dos días cuando, también después del café y la tostada, Gordi le dice:

—Me han dado lugar y fecha.

Y esa mañana, cuando Peyo se va a ir, vuelve a buscarle en la entrada.

—Tendrás cuidado, ¿verdad?

—¿Por qué debería tenerlo? Se supone que es amigo, ¿no?

Gordi asiente, sin demostrar que haya captado la ironía en el tono.

Otra vez los mofletes colorados, otra vez la voz aturullada.

—Yo solo sé que hay sitios de los que es mejor no moverse y otros a los que es mejor no regresar.

Peyo recorre el paseo frente al Estanque Grande del Retiro. Los días de lluvia han quedado atrás. Es una mañana de sábado templada y luminosa. Aunque aún es temprano, apenas las once, hay ya bastante gente. Esquiva a turistas haciéndose selfis con la columnata de Alfonso XII de fondo, a paseantes con sus perros, a *skaters* y patinadores y a padres empujando carritos o vigilando que sus hijos pequeños no se encaramen a la barandilla baja que los separa del agua. En esta varias barcas navegan ya con remeros madrugadores. Pasa por delante de las echadoras de cartas, de la cabra de colorines inmóvil que choca las mandíbulas como si fuesen unas castañuelas si se le echa en el platillo una moneda, de unos titiriteros montando el escenario de su guiñol y de un grupo de músicos peruanos ataviados con ponchos y chullos que ya están tocando con sus flautas y tamborcillos, la primera vez de muchas a lo largo del día, *El cóndor pasa.*

El paseo le lleva hasta la plaza del Ángel Caído. El bronce de la estatua refulge bañado por el sol mañanero. A un lado hay un quiosco con mesas. La mitad están ocupadas. Peyo recorre con la mirada a la clientela de la terraza. Una pareja joven se toma un café disfrutando cada uno a lo suyo del momento de paz. Unos enamorados veinteañeros se miran con arrobo. Un treintañero de pelo fosco, barba descuidada y dilataciones en los lóbulos de ambas orejas escribe algo en una Moleskine. Un par de mujeres de edad indefinida están cada una en su mesa concentradas en la lectura, una de un libro y otra del periódico.

Hay un hombre solo en una mesa que no lee ni hace nada. Lleva una gorra inglesa gris y gafas de sol y, cuando el vistazo de Peyo pasa por él, busca su mirada.

Peyo se acerca. El hombre le indica que se siente en una silla vacía a su lado.

—Me gusta venir aquí a desayunar los fines de semana —le dice, como si estuviese continuando una conversación ya iniciada.

Señala a la fuente.

El agua surge de la boca de unas máscaras diabólicas. Más arriba el ángel caído alza su mano al cielo.

—La leyenda dice que la estatua del ángel está exactamente a seiscientos sesenta y seis metros de altura sobre el nivel del mar. Una coincidencia o un deliberado guiño satánico, a saber. A los madrileños les gusta creer que no hay otra estatua igual en todo el mundo. Pero ¿sabes cuántas ciudades tienen un monumento dedicado a Lucifer?

—No tengo ni idea.

—La Habana, Turín, Quito... —El hombre suspira—. Como la vida misma. Nos creemos únicos, originales, diferentes. Pero nunca lo somos.

El hombre se quita las gafas de sol y las deja sobre la mesa, junto a su vaso, donde aún queda un dedo de zumo de naranja.

—No sé si tenemos que saludarnos como viejos amigos o como viejos enemigos.

—No era a ti a quien quería ver.

Roque Cardoso se encoge de hombros.

—Esto es lo que hay.

Las ojeras hinchadas, la falta de pelo para trazar la raya

recta con la precisión que le gustaba, las arrugas que se despliegan en abanico desde la esquina de cada ojo, las mejillas oscurecidas por una sombra de barba, la piel decaída y de un color más cetrino que antaño, todo ello delata sus años, pero hay aún firmeza en su mirada y seguridad en su voz.

Peyo no le ha reconocido hasta que se ha quitado las gafas. Ahora duda si levantarse e irse o no. Él se da cuenta de ello, así que se salta los preliminares.

—¿Qué es lo que quieres, Peyo? Supongo que no has pedido este encuentro solo para agradecer la subvención.

—¿Subvención?

—Es una forma de hablar. El dinero.

Cardoso vacía su vaso de zumo. Se saca un paquete de tabaco del bolsillo interior de la chaqueta. Saca después un encendedor. Un zippo. Hay cosas que nunca cambian, piensa Peyo al verlo.

—Eres un hombre austero, Peyo. No sales nada caro. Tal vez deberías darte alguna alegría. Ya sabes: coches, mujeres, algo... Es una pena que solo te gastes el dinero en ese asco de bar. Él te daría más si se lo pidieses. Ya ves: tiene buen corazón. Yo, ya me conoces, no te daría ni un puto euro.

—Quiero verle.

Cardoso da una larga calada a su cigarrillo. Levanta la barbilla para expulsar el humo. Lo dirige arriba, hacia el monumento, como si pudiese hacerlo llegar hasta la cara del diablo.

—No es el mejor momento. Estoy seguro de que ya sabes que anda en otras cosas. Ni siquiera yo le veo últimamente.

—Pero ¿puedes hacerle llegar un mensaje?

—Estamos en contacto, claro. Ha sido él quien me ha pedido que fuese yo el que viniera.

—Dile que no le haga daño a la periodista.

Cardoso se lleva el cigarrillo a la boca y mueve la cabeza en un gesto de desaprobación.

—Esa chica... —dice con tonillo de padre disgustado—.

Veo que le has cogido cariño. Mira, Peyo: lo mejor que podría hacer la chica es seguir con sus articulitos de relleno en el suplemento dominical. Deberías aconsejarla bien: que no se meta por medio en asuntos que la superan. Estos periodistas jóvenes han visto demasiadas películas. Se creen que pueden ganar el Pulitzer o algo así. Joder, Peyo, que esto es España, que aquí un periodista ya se puede considerar un triunfador con no estar en el paro.

—Vosotros dejadla en paz, ¿de acuerdo? Dile que se lo pido yo. Como algo personal.

—Venga, Peyo, no pierdas la perspectiva. Esa chica puede estar tranquila. No tiene mayor interés. Son tiempos revueltos. Se están decidiendo muchas cosas y, en medio de todo eso, la muchachita no es mucho más que un grano en el culo. Lo único que tiene que hacer es portarse bien y no convertirse en un problema mayor. Yo pasaré tu mensaje, pásale tú a ella este. Que se porte bien. Solo eso.

Peyo asiente. No necesita pasar un segundo más junto a Cardoso. Se levanta. Tampoco necesita mostrarle buenas maneras, entre ellos sobran las formalidades. Solo quiere irse.

Cardoso vuelve a ponerse sus gafas de sol.

—Tal vez tú y yo deberíamos sentarnos algún día a hablar con más calma. Nunca nos hemos entendido.

Peyo no está seguro de si le dice eso con sarcasmo o de verdad. En cualquier caso, le da lo mismo.

—Solo recuérdalo: no hagáis daño a la periodista.

—Eres un sentimental, Peyo.

—Has envejecido, *sheriff*. Tienes un aspecto de mierda.

Peyo se marcha. Deja a su espalda al mismo diablo. Pasa por delante del grupo de peruanos. Están tocando otra vez *El cóndor pasa*.

—Sabía que volvería, pero no esperaba que fuese tan pronto.

—Será una visita breve.

—Admita que me echaba de menos.

Lazic se muestra afable en el tono y la expresión, aunque su mirada va por libre, unos ojos esculpidos en piedra. Dani mantiene una postura muy recta, sin tocar el respaldo de la silla, en una pose de institutriz de cuento. Es su forma de estar alerta y de dejarle claro que no va a bajar la guardia ni a pasarle una.

—Señor Lazic, no le toleraré una sola ordinariez.

—Lo que usted llama «ordinariez» yo lo considero galantería.

Están en la misma sala que la primera vez. Es una reproducción precisa de la escena. Lazic lleva la misma ropa. La cadena que cruza sus esposas y los arcos de acero fijados en ambos extremos de la mesa le limita los movimientos. Las voces en ese espacio vacío suenan metálicas. Y Dani siente, de nuevo, la misma asfixiante mezcla de miedo, repugnancia y ansiedad.

—¿Por qué me dijo que debía investigar a Gabriel Melgar?

—¿Lo ha hecho?

—No logro establecer una relación entre Gabriel Melgar y Raúl Puente. O, ya puestos, entre Gabriel Melgar y usted.

—Y ha venido a pedirme ayuda. Dígame, ¿por qué tendría que hacerlo?

—Sigo su consejo. Investigo a Gabriel Melgar. Y usted es la mejor fuente para ello, así que aquí estoy.

Lazic asiente complacido ante ese requiebro.

—Bien planteado.

—Entonces deme algo.

Lazic se echa hacia atrás en la silla. Hay una enorme distancia, no solo física, entre la postura relajada de él y la rigidez de ella. Y Dani sabe que, en contra de lo que pretende, esa diferencia le da ventaja a él.

—Usted me gusta, Daniela. Desde que estuvo aquí mis noches en la celda ya no son tan solitarias. Ahora las paso acompañado de su recuerdo.

—No le va la cursilería, Lazic.

—No pretendía ser cursi. Hablo de sexo. Un hombre en una celda de aislamiento no deja de tener sus necesidades.

—Es usted asqueroso.

—¿Busca herirme cuando yo le declaro mi amor? —Dani va a levantarse e irse, pero las palabras de él frenan su ademán—: ¿Sabe por qué le di el nombre de Gabriel Melgar? ¿Sabe por qué le brindo mi ayuda?

—Mida bien lo que va a decir. No voy a aguantar una más.

Lazic ignora el ultimátum.

—Invierto. Hoy la ayudo yo. ¿Quién me dice que mañana no me podrá ayudar usted? En esta cárcel, a solas, no hay muchas oportunidades de buscar aliados.

—Usted y yo no somos aliados ni lo seremos nunca. Lo único que quiero de usted es que me ayude a averiguar quién mató a Raúl Puente.

Ella vuelve a sentarse. Relaja apenas la espalda. Une las manos sobre la mesa. Ahora los dos tienen la misma postura, solo que las manos de ella están libres y las de él encadenadas.

—Usted cree que fue Dardo quien ordenó la muerte de Raúl, ¿verdad?

—Desde luego, es por quien apostaría.

—¿Y qué motivo tendría para ello?

—Veo que aún no ha investigado lo suficiente.

—No juegue conmigo, Lazic.

—Sin jugar, esto no sería divertido. Si le doy de una tacada todo lo que necesita, no volverá a visitarme. Y entonces no podré enamorarla.

—Me costaría enamorarme de alguien que ha ordenado que me vigilen para averiguar dónde vivo o qué coche tengo.

—Ya hemos hablado de eso. Investigar, aprender...

—¿Eso incluye seguirme por la noche? ¿Perseguirme hasta la puerta de mi casa?

—No sé de qué me habla.

—Seguro que no.

Dani siente la ira encendiéndose en su estómago y se fuerza a controlarla. Eres periodista. Estás haciendo una entrevista. La iniciativa corresponde al que pregunta. Atente al manual. De nada serviría que hicieses lo que de verdad deseas. Escupirle a la cara. Decirle lo mucho que deseas que se pudra en su celda.

—¿Cuál es su relación con Dardo?

—No vaya tan rápido. Hay algo que necesito decirle antes. Me quedé preocupado por la impresión que se pudo llevar de mí en su primera visita. Esa historia de la muerte de Mazek...

—Ah, sí. Casi se me olvida. El hombre al que mató a martillazos, luego descuartizó y después se comió su próstata.

Lazic pone una exagerada mueca de culpabilidad.

—Admito que tal vez aquel no fue mi mejor día.

Se lo repite. Un mantra a toda velocidad en su cabeza. Periodista. Entrevista. Respira. No dejes que esos ojos que no parpadean descubran lo que sientes.

—¿Qué es lo que necesita decirme?

—Querría contarle otra historia. Pero esta vez es una historia con final feliz, una historia que le demostrará que no soy el monstruo que cree.

—¿Va a confesarme otro crimen?

—¿Qué mejor sitio para ello que esta habitación? Aquí nadie puede oírnos. Todo queda entre usted y yo. Y, la verdad, lo único que yo deseo es impresionarla.

—Preferiría no tener que escuchar otra historia repugnante.

—Lo entiendo. Y le aseguro que no lo es. Es una historia en la que podrá verme tal y como soy: un hombre sensible, bondadoso y con corazón.

—No se burle.

—No lo hago, se lo aseguro. Además, en esa historia está la clave de mi relación con Gabriel Melgar.

—Entonces, adelante.

—Viveca Khachatryan. ¿Le dice algo ese nombre?

Dani sabe perfectamente quién es, como cualquier español de más de veinte años. Asiente intrigada. Y a Lazic le complace percibir su intriga. Y le cuenta, sin prisa, la historia que tiene para ella.

Viveca Khachatryan, una niña de nueve años. Mirada dulce y frondosa melena de color miel. Su madre era Kavita. Así la conocía todo el mundo desde niña, solo por su nombre de pila, desde que se convirtió en todo un ídolo infantil cantando y actuando en superproducciones de Bollywood. El padre era Dikran Khachatryan, un hombre de negocios armenio, millonario, propietario de las mejores discotecas de media Europa y, según rumores indemostrables, un habilidoso financiero capaz de blanquear incalculables fortunas de dinero negro. Medio mundo odia a Khachatryan, pero no por sus negocios, sino porque convenció a Kavita de que se retirase cuando se casaron, privando a miles de admiradores de una estrella a la que habían visto crecer en la pantalla y los escenarios. Dikran, Kavita y su única hija, la adorable Vi, habían llegado de Londres dos años antes para instalarse en una mansión de la Costa del Sol. Llevaban una vida de ensueño hasta que una mañana, cuando iba al colegio, Viveca fue secuestrada.

Un chófer la llevaba en un lujoso Mercedes al colegio cuando una furgoneta se cruzó en su camino. Tres hombres encapuchados, con rifles de asalto en mano, bajaron de ella y se llevaron a la niña en menos de un minuto. Tres días después Khachatryan recibió una llamada en su mansión marbellí. Los secuestradores pedían un rescate de veinte millones de dólares. Para entonces toda España y millones de personas en Europa y Oriente estaban pendientes del secuestro.

¿Recuerda la que se armó?, le pregunta Lazic a Daniela. A ella le ha venido a la cabeza su reciente cena con el ministro. Marketing criminal. Aquí funcionó de inmediato. Una niña preciosa. Hija de una superestrella hindú y de un empresario armenio con una vida llena de claroscuros. Mamá apareciendo en las televisiones del mundo entero, radiante a pesar del drama, impecable y tan seductora como cuando era la heroína de culebrones interminables, mirando a la cámara y dirigiéndose directamente a los secuestradores. Por favor, cuiden de mi hijita. Todo el planeta llora al ver a esa madre rota de dolor. Y, detrás de ella, el marido y padre, con expresión feroz, sin mover un músculo, con más aspecto de villano que de víctima, basta verle para imaginar lo que les hará a los secuestradores si les pone la mano encima. Ingredientes perfectos para un drama que supera fronteras. A partir del mismo día del secuestro abre telediarios, monopoliza debates, es portada de periódicos y revistas y está presente en las conversaciones de buena parte de la población mundial. ¿Ajuste de cuentas con el padre? ¿Castigo a la madre de algún fan enloquecido? Todas las teorías valen. Viveca y sus padres se han convertido en estrellas planetarias.

—Yo ya vivía en Estepona —le narra Lazic a Dani—. Y la vida de todos los residentes de la zona se nos puso patas arriba. Aquello se llenó de periodistas, cámaras, policías, detectives privados y hasta videntes. Era un circo apasionante. Cada mañana, con religiosa puntualidad, Kavita daba una rueda de prensa a las doce. Un mensaje cada día. Cuiden de mi niña. Manténganle el pelo limpio y bien peinado. Déjenla leer cuentos de princesas. Todos los medios desmenuzaban durante horas cada palabra de Kavita tratando de descifrarlas. Se decía que aquellas peticiones eran en realidad mensajes en clave para los secuestradores, que formaban parte de una negociación ya abierta entre ellos y la familia. Pero lo único cierto era que los días iban pasando y la niña seguía secuestrada.

—¿La secuestró usted?

Lazic extiende los brazos en un gesto de inocencia.

—¡No, por Dios! Ya le he dicho que yo soy el bueno de esta historia.

La policía solo tiene una pista. Una conversación grabada ilegalmente a unos reclusos en la cárcel de Toulouse. En ella varios delincuentes franceses hablan de su plan para ganar mucho dinero en cuanto salgan, de la idea de sacárselo a alguno de esos ricachones del sur de España, tal vez secuestrando a un familiar. Y mencionan a un tal Jean-Luc. El supuesto organizador del asunto. No hay más de donde tirar.

La Policía Nacional manda a la Costa del Sol a sus mejores hombres. Los principales expertos en crimen organizado. La niña no puede estar muy lejos. Hay que buscar a unos franceses. Siguen todas las pistas posibles, hasta lo que les dicen los videntes, pero nada da resultados. El ministro del Interior comparece varias veces ante los medios con evidente nerviosismo. El mundo entero está mirando a la Costa del Sol. El Gobierno no se puede permitir fracasar.

Pero están fracasando.

—Hasta que contactan conmigo.

Daniela ya no está recta en la silla. Ha relajado la postura sin darse cuenta, concentrada en lo que Lazic le explica. Recuerda ver a sus padres en aquellos días, incluso a José Javier, abandonando cualquier tarea en cuanto empiezan las noticias en televisión, ansiosos como todos por conocer la última novedad sobre el secuestro. Recuerda al mundo en vilo. Recuerda el desenlace. Y no logra adivinar qué tiene que ver Zoran Lazic con todo ello.

Un funcionario de prisiones entra en ese momento en la habitación. Daniela da un brinco en la silla, porque está tan absorbida por lo que Lazic cuenta que la puerta al abrirse le da un buen susto. Han pasado los treinta minutos de la visita. Hora de irse.

Daniela mira al funcionario con ojos de cordero degollado. Unos minutos más, por favor. El funcionario duda. Sabe que esa no es una visita ordinaria, que viene concertada desde el ministerio. Cinco minutos, concede. Daniela se lo agradece y, cuando el funcionario sale, insta a Lazic a que siga.

Lazic no acelera el relato. Le gusta escucharse, le gusta que ella le preste tanta atención, y no va a acortar el placer.

—En la policía toman una decisión poco reglamentaria. Contactan conmigo. Tal vez yo pueda llegar a ciertos ambientes, hablar con determinadas personas, utilizar métodos que no están a su alcance. Tal vez me interese que aquel asunto y todo el revuelo mediático que se ha montado acabe de una vez. Tal vez necesite que la zona vuelva a la tranquilidad para seguir adelante con mis asuntos sin tanta policía alrededor. Tal vez quiera que se me deba un favor. Así se me plantea y, la verdad, a mí me parece razonable.

—¿Me va a decir que fue usted quien encontró a Viveca?

Lazic hace una mueca de humilde pudor. Parpadea. Sus ojos brillan divertidos. Ambas cosas parecen nuevas en él. La vanidad le humaniza, piensa Daniela. Hasta a un asesino sin alma le gusta que le admiren de vez en cuando.

—Jean-Luc Guillaume, el cerebro del secuestro, era un imbécil. Un delincuente común con aires de señorito. Antes del secuestro, había pasado varias semanas en la Costa del Sol organizándolo y, de paso, viviendo a todo trapo. Iba a los clubs más selectos y se comportaba como si fuese millonario. Coca, mujeres, coches de lujo. El paquete completo. Quería atraer la atención sobre él. Quería hacer un tipo de amigos muy concreto. Tipos que le pudieran proporcionar sin tener que dar explicaciones todo lo que necesitaba: tres casas discretas por la zona, la furgoneta y otros dos coches con sus correspondientes matrículas falsas, documentos de identidad españoles y un yate con eslora suficiente y un capitán que no hiciese preguntas para navegar desde Puerto Banús a Sicilia una vez cobrado el rescate. Buscó a personas diferentes para conseguir cada cosa. Y nadie lo relacionó con el secuestro. Digamos que peticiones así no eran tan extrañas en la zona, ya me entiende. Pero cuando mi gente empezó a indagar con los contactos adecuados, no fue difícil empezar a atar cabos.

—Pero Viveca fue rescatada por la policía.

—Así es. La operación tenía que ser un éxito de la policía española. No se podía saber que un mafioso serbio había sido quien había resuelto el secuestro.

—El marketing criminal tiene esas cosas.

—¿Perdón?

—Disculpe, pensaba en voz alta.

—Encontré la casa donde estaba la niña. La movían de una a otra cada dos o tres días en el maletero de uno de sus coches, metida en una bolsa de deporte. Identifiqué a Jean-Luc. Aparentemente hacía vida normal. Se suponía que era un adinerado empresario francés que pasaba unos días de vacaciones en casa de un matrimonio amigo. Un matrimonio que, casualmente, tenía una hija que iba a clase con Viveca. Nadie sospecharía de alguien así. Jean-Luc jugaba al golf, al tenis, se dejaba ver en los restaurantes más conocidos con esos amigos, gente conocida y respetable que luego resultaría que estaba en el ajo, claro. El resto no fue difícil, una vez localizado. Mi gente le robó la cartera en el vestuario del club de tenis y la dejó en la barra de un bar cualquiera, donde seguro que alguien la vería. Y así fue. El camarero del bar vio aquella cartera perdida, miró en su interior y dentro encontró una pequeña agenda con notas escritas por nosotros. Mencionaban a Viveca y la dirección de una de las casas.

Lazic extiende las manos lo poco que puede, subrayando así la simpleza del plan.

—Todo el mundo aceptó con naturalidad que aquel secuestrador tan ambicioso cometiese un error tan tonto como perder su cartera con notas comprometedoras en ella. Así ha quedado para siempre la historia oficial. Gracias al supuesto descuido con la cartera, Jean-Luc Guillaume fue detenido. La preciosa Viveca fue liberada. Y la familia Khachatryan dejó para siempre la Costa del Sol unas semanas después para vivir en una protegida villa en Gales. Y, por supuesto, nunca se supo que cierto serbio había sido quien lo había resuelto todo. Un hombre bueno y con corazón, ¿no cree?

Lazic calla. Daniela sigue mirándolo fijamente, como si

aún no hubiese terminado de contar la historia. Demasiado asombrada para reaccionar de inmediato.

El funcionario rompe aquel instante estático. Han pasado los cinco minutos. Daniela regresa a la realidad al oírlo. Un minuto más, solo un minuto, suplica. El funcionario tuerce el gesto. Ella le dedica una mirada cándida. Un minuto, concede a regañadientes el funcionario antes de volver a salir.

Daniela se vuelve hacia Lazic y le habla deprisa.

—¿Cuál es la relación de esta historia con Dardo?

—Amiga mía, eso tendrá que averiguarlo usted.

—Ya le he dicho que no tengo interés en jugar.

—Aprender. Investigar. No lo quiera todo tan fácil.

—¿Esa vieja historia es todo lo que va a darme?

—Créame: es mucho más de lo que imagina.

Daniela se levanta para irse. Vuelve a sentir la ira regresando. No le gusta la incómoda sensación de que Lazic está haciendo con ella lo que quiere. No le gusta reconocerse que le ha apasionado lo que le ha contado. No le gusta pensar que le gustaría volver para seguir hablando con él.

Y Lazic, una vez más, parece leer sus pensamientos.

—¿Volverá a verme?

—Espero que no.

—¿Ve cómo son las cosas entre nosotros? Yo soy generoso con usted, y usted solo quiere castigarme.

El funcionario se asoma por tercera vez. Daniela está de pie y ve en la expresión del hombre que si le pide diez segundos más la dejará encerrada en la cárcel para siempre.

—Me rompe el corazón —le dice Lazic.

Daniela, restablecida la distancia infinita entre ambos tras el paréntesis de complicidad entre oyente y narrador, apenas le mira antes de irse.

—Supérelo.

Fue Peyo el que dio con ello. Estaban en el apartamento de Dani. Ella había propuesto que cambiaran su lugar de encuentro habitual. Su casa en vez del Bar Cosmos. Todo será más sencillo, le dijo. El Bar Cosmos no tiene ni wifi ni un tinto decente y así tendrían a mano los documentos que le habían pasado sin andar llevándolos de un sitio a otro.

Peyo aceptó el cambio sin poner ninguna pega. Continuarían aquel trabajo en equipo, el uno narrándole su pasado, la otra contrastando con él sus pesquisas. Entre ambos se había cerrado el acuerdo tácito de recorrer juntos el mismo camino.

A Dani le divierte observar a Peyo en su casa. Está fuera de lugar, como un animal al que hubieran sacado de su hábitat natural para soltarlo en un paraje desconocido. En el apartamento se le ve torpe, un poco patoso, inseguro en sus movimientos. Es como si, al entrar en aquel piso, de pronto tuviese veinte años más de los que tiene. Vuelta a lo del paso del tiempo, piensa ella la primera vez que le ve en su salón, dudando si sentarse en el sofá o en la silla frente al escritorio. Hace décadas que ese hombre no está en un lugar que pueda considerarse un hogar. Celda y pensión. No tiene ni idea de lo que es Ikea, una luz led o el pequeño altavoz con *bluetooth* que suena mejor que cualquier antigua torre de sonido.

Peyo se sienta ante el ordenador. Verle manejar el ratón, armándose un lío abriendo y cerrando páginas y con una especial puntería para cliquear siempre en el lugar equivocado, obliga a Dani a aguantarse la risa, no vaya a ofenderse. Peyo maldice y blasfema mientras pelea con el portátil. En la cárcel, le cuenta a Dani, ofrecían a los reclusos participar en talleres de informática. Él prefirió apuntarse a los de carpintería. Eso es tener visión de futuro, dice. Dani ya no puede aguantarse más: acaba llorando de risa delante de él. Y Peyo se ríe también, otra novedad.

Cuando es ya capaz de utilizar con moderada soltura el ratón, Peyo empieza a disfrutar de internet como si nunca antes hubiese sabido de su existencia. El mundo entero en tu pantalla, dice, como si fuese el personaje de un anuncio de fibra y gigas. Ella le observa sin interferir mientras él, deslumbrado, navega por páginas al azar. A Dani, el entusiasmo de Peyo según va visitando páginas le fascina y la enternece.

Dani se dedica a repasar una vez más toda la documentación del segundo sobre que le diera Ignacio Montes. Ni siquiera sabe lo que busca y, en todo caso, no encuentra nada que le abra una nueva puerta.

Peyo pasa horas absorto en la red.

Y da con ello.

En una crónica periodística de la época de las que le aparecen cuando escribe en Google el nombre de Viveca. Un largo relato pormenorizado y muy documentado sobre el secuestro.

—Es verdad lo que te dijo Lazic.

Dani está en el sofá, descalza y sentada como un indio, con una copa de tinto en la mano y la mesita de centro cubierta de documentos en un despliegue caótico.

—¿A qué te refieres?

—Efectivamente, solo quería jugar un poco. Ni siquiera

te lo ha puesto muy difícil de averiguar. Como mucho, tú habrías tardado un poco más que yo.

—¿De qué hablas?

Peyo le pide que se acerque. Dani lee en la pantalla el párrafo del artículo que él le indica. Se habla de la desesperación del ministro del Interior de entonces ante la absoluta ausencia de pistas sobre el paradero de la niña. A fin de reforzar el amplio operativo de búsqueda, cuenta la crónica, se ha decidido que tome la dirección de este el mayor experto con que cuenta la Policía Nacional en la lucha contra el crimen organizado, que se desplazará de inmediato a Marbella. Y da su nombre.

—Roque Cardoso.

Peyo lee el nombre en voz alta. Se lo ha mencionado en su relato. Se lo recuerda: el policía que se compinchó con Dardo para acabar con los hermanos Bayat. El *sheriff*. Y, como es fácil deducir sabiendo lo que saben por Lazic, también el hombre que decide recurrir al serbio para dar con la niña secuestrada.

—¿Querías saber el vínculo entre Lazic y Dardo? —le dice Peyo a Dani—. Aquí lo tienes.

Lo que no le cuenta Peyo a Dani es que hace solo unos días ha estado hablando con Cardoso en la plaza de la fuente del Ángel Caído.

Una nueva puerta se abre.

—Internet es algo increíble —dice Peyo.

—Las nuevas generaciones de periodistas no tenéis ni puta idea de nada.

Antonio se sulfura como un búfalo desbocado.

—No sabéis ni lo que es una hemeroteca. No creo ni que leáis la prensa cada día. Sois incapaces de tener una visión interrelacionada de la información. Juntáis novecientas palabras con una sintaxis pobretona y os creéis que solo por eso ya merecéis una nómina.

Dani le deja seguir sin interrumpirle. Total, cuando empieza ya no hay quien le pare. Aquel es otro de sus clásicos. Despotricar sobre las nuevas generaciones. Dani se lo sabe de memoria. Pero a veces, cada vez menos a menudo, se siente bondadosa y le deja seguir. Que disfrute. Ya tiene una edad y esas peroratas inflamadas empiezan a ser uno de sus pocos placeres.

Por fin, tras varios minutos de desbarre, Antonio retorna a lo que ha provocado su iracunda diatriba:

—Entonces ¿de verdad no sabes quién es Roque Cardoso?

Lo único que ha hecho Dani ha sido asomar la cabeza por la puerta de su despacho y preguntarle qué le puede contar sobre Cardoso. Antonio le ha mandado pasar, le ha ordenado que se siente en uno de los dos confidentes frente a su mesa y, los ojos encendidos, el furor desatado, se ha lanzado.

En realidad le encanta aquello y Dani lo sabe. Que le pregunten, que se le necesite, que uno de esos jóvenes ignorantes recurra al viejo dinosaurio en busca de ayuda, demostrar por qué es necesario tenerle al frente de la redacción, poder soltar uno de sus discursos recurrentes: la prensa de papel está muerta, los periodistas jóvenes solo son una panda de iletrados, la prensa de opinión ha acabado con la prensa de información, la ética debe mantenerse siempre por encima de la estética. Tiene todo un repertorio para dar la paliza.

—Roque Cardoso es como ese personaje de película que siempre estaba en todas partes, ¿cómo se llamaba?

—¿Forrest Gump?

—Eso. Forrest Gump. Solo que aquel era tonto y este es más listo que el hambre.

Antonio se calma. Coge de la mesa el paquete de Ducados y se enciende uno (porque lo de no fumar en la oficina no entra en los márgenes de su código ético), y adopta el tono didáctico.

—Cardoso es uno de esos pocos policías que han adquirido un nombre propio en los medios. Como, por otras razones, aquel Billy el Niño, que seguro que tampoco te sonará.

Cardoso, le explica Antonio, fue un policía elevado a mito. Había participado, con éxito, en todo tipo de casos llamativos, de los que abren telediarios y proporcionan ascensos y medallas. Por casualidad, Antonio menciona como ejemplo precisamente el secuestro de aquella niña, la hija de la cantante, ya sabes, Viveca Kaloquesea. A Cardoso le mandaron a Marbella para buscarla y regresó a Madrid bajo palio.

—Era un hombre apuesto, que sabía hablar, que daba bien en cámara —recuerda Antonio—. Y a él le gustaba todo eso. Se le veía chuleta y engreído, lo que ahora llamaríais un «sobrado». Al verle podías adivinar lo mucho que le gustaba dar ruedas de prensa o entrevistas para contar su último éxito.

Para sorpresa general, Cardoso anunció que dejaba la policía cuando, en un cambio de Gobierno, se daba por hecho que sería nombrado comisario general de la Policía Judicial. Un giro inesperado.

—Hubo rumores. Se empezó a decir que Cardoso había preferido marcharse antes de que sus rivales dentro del cuerpo empezaran a sacarle trapos sucios para desacreditarle.

—¿Tenía trapos sucios?

—Siempre habían corrido historias. Amistades poco recomendables. Métodos poco ortodoxos. A las redacciones nos llegaban informaciones que nadie pudo probar. Incluso se decía que había llegado a formar un grupo interno de policías leales que le obedecían más a él que a los mandos a cambio de sobresueldos. Como te digo, solo eran rumores. Pero, una vez que dejó la policía, fue cuando su imagen de héroe modélico empezó de verdad a ensombrecerse.

Cardoso pasó a la llamada «segunda actividad», la prejubilación de los policías, cercano a los cincuenta años. Y creó una empresa de consultoría de seguridad. Con su reputación y su fama, desde el primer día le sobraron clientes. Planes estratégicos de seguridad para grandes empresas, adjudicación de contratos públicos para el diseño de los sistemas de protección de puertos y aeropuertos, programas de protección a directivos en destinos considerados de riesgo, de todo. Un negocio boyante. Pero tal vez demasiado aburrido para alguien como él, ironiza Antonio.

Desde hace años a Roque Cardoso se le relaciona con todo tipo de escándalos. Si hay algo turbio, dice Antonio, el nombre de Cardoso acaba apareciendo. Espionaje entre presidentes de bancos o de equipos de fútbol, seguimientos a candidatos políticos o cargos públicos, filtraciones comprometedoras sobre la vida privada de estrellas del cine o de la música, deportistas de élite y hasta miembros de la Casa Real.

—Elige lo que quieras —dice Antonio—, pero al final siempre consigue salir limpio. Su empresa factura millonadas tanto por los servicios legales como por los ilegales y su leyenda, aunque ya no sea tan limpia, sigue creciendo. No sería exagerado decir que es el tipo que más información comprometida, mayor red de contactos y más capacidad de chantaje reúne en nuestro país. Un personaje siniestro, ambicioso, vanidoso y, sobre todo, escurridizo.

Antonio concluye su descripción meneando la cabeza desalentado.

—Y tú me dices que solo te suena lejanamente su nombre...

—Solo estaba segura de que tú me completarías mucho mejor su perfil —se defiende ella.

—Y una mierda.

Antes de que se vaya, Antonio le pregunta, con desesperanza, sobre el dichoso asunto del abogado atropellado y la historia de los polis corruptos y el mafioso serbio. ¿Vas a escribir algo por fin o no? Dani no le ha contado que ha cenado con el ministro del Interior. Y tampoco le explica por qué muestra ese interés por Roque Cardoso, aunque, con ese salto directo que ha dado de un asunto a otro, es evidente que lo adivina.

—No sé si aceptarías publicarme lo que me gustaría escribir —le dice Dani.

—Ya sabes la norma: solo se publica lo que tenga un respaldo sólido. No basta con rumores, maledicencias o mera especulación.

Le dice que por supuesto que tiene un respaldo sólido.

Tiene una fuente. La exagera y la engrandece. Le habla de Peyo como si Peyo lo supiese todo, como si solo él bastase para construir una historia sin fisuras.

Antonio la observa preocupado. Primero le habla de Roque Cardoso. Ahora de un expresidiario.

—¿En qué te estás metiendo exactamente, Daniela?

—No lo sé.

—Entonces deja de dar palos de ciego. Te ofrezco un trato: publicaré lo que me traigas. Sin censura ni vetos. Pero tendrás que presentármelo antes de diez días. Ni uno más. Si para entonces no has logrado montar un buen artículo, se acabó.

Dani sabe que va a ser su mejor oferta, así que le responde llevándose la mano a la frente en un saludo militar.

—Diez días.

Son las nueve de la noche. En la plaza, los tres sin techo, dos hombres y una mujer, rehacen como cada día el refugio de cartones y mantas preparándose para dormir, siempre tempraneros para recogerse. Aún hay tráfico y gente que entra y sale de la boca de metro o que camina por las aceras. La plaza no le inspira aún esa perturbadora sensación de riesgo indefinido, de amenaza incierta, que le produce ahora cada vez que la ve vacía.

Dani mira por la ventana, una copa de vino en la mano. Peyo se ha levantado para marcharse. Ha pasado otra tarde hablándole. Le ha estado contando. «Viejas historias inútiles», las llama él.

—No tenemos nada —le dice Dani, a la que el atardecer le ha traído un bajón de ánimo.

A Peyo le gusta aquel apartamento y pasar allí la tarde. No le apetece coger el autobús, ir a tomar algo por el Cosmos y acabar en la habitación de la pensión. Y por eso mismo quiere irse. Porque no desea acostumbrarse a algo que no es suyo. Él no forma parte de ese escenario, no encaja, no hace juego con el sofá ni con el jarrón de la esquina, ni con la librería donde ya no cabe un libro más ni con la música de Chet Baker que ella ha puesto de fondo. Sabe que es así y no quiere olvidarlo ni engañarse.

—Tenemos mucho más de lo que crees —le dice,

porque sabe que ella necesita en ese momento que la anime.

Dani deja de mirar por la ventana y le observa a él, escéptica.

—Solo nos hace falta poner orden a lo que tenemos —le dice Peyo, que por ella se muestra más animoso de lo que en realidad está, porque la idea de marcharse le pone melancólico—. Volvamos al origen y avancemos paso a paso. Venga, ¿cuál es el punto de partida?

Dani le contesta con tono rutinario, perezosa de recorrer todo el camino.

—Según Raúl Puente, abogado de Zoran Lazic, este negocia con el ministro del Interior para que la Fiscalía General del Estado solo le impute delitos menores a cambio de que no haga público un listado de guardias y policías corruptos.

—Y cuando tú vas a ver al ministro este te pide que no escribas sobre ello a cambio de ofrecerte información para que publiques la historia de Dardo.

Peyo coge un taco de pequeños pósits que Dani usa para pegar notas en los documentos que sigue repasando. Arranca uno de ellos y escribe en él con un bolígrafo: «Ministro del Interior».

—Ahí lo tienes. En realidad él es el primer elemento en común entre Lazic y Dardo. El propio ministro. Con uno está negociando su silencio, al otro pretende darle relevancia pública y después detenerlo.

—¿Y esos dos objetivos tienen relación entre sí o son independientes?

—Entran en relación cuando Lazic te dice que debes investigar a Dardo para saber quién mató al abogado. En tu segunda visita el propio Lazic nos conduce a su segundo vínculo con Dardo.

Peyo despega otro pósit del taco. Escribe y lo pega en el escritorio debajo del primero.

—Roque Cardoso. El *sheriff* tiene relación con ambos. Y es casi seguro que ambas relaciones han durado hasta hoy. En el caso de Dardo no tengo ninguna duda. Respecto a Lazic, si él mismo te dijo que la historia de Viveca era tan importante es porque su relación con Cardoso no ha debido de consistir solo en ese momento puntual.

Dani asiente. El escepticismo ha dejado paso al interés. Se acerca al escritorio. Deja en él la copa de vino, coge el taco de pósits y el bolígrafo que ha usado Peyo, separa dos y en uno escribe «Dardo» y en el otro «Lazic». Los pega en la mesa de tal forma que los cuatro se convierten en los picos de un rombo imaginario.

—De acuerdo —dice—. Se está jugando una partida compleja entre estos cuatro personajes.

—Cuatro tramposos que usan cartas marcadas.

Ambos contemplan el rombo, enganchados por igual a aquel ejercicio.

—Empecemos a fijar respuestas —sigue Peyo—. ¿Cómo pudo el ministro Cáceres mostrarse tan seguro durante vuestra cena de que pronto detendrá a Dardo si este está en paradero desconocido?

Dani tarda poco en ofrecer una respuesta.

—Porque alguien va a decirle dónde está.

—Exacto. —Peyo le da un aplauso de solo un par de palmadas—. Alguien que sabe dónde se esconde Dardo y que va a traicionarle y delatarle.

Dani asiente con energía, contenta como si hubiese acabado de puntuar en algún tipo de juego.

—Roque Cardoso, por supuesto.

—Siempre Cardoso. En medio de todo.

—Pero ¿qué interés puede tener Cardoso en delatar a su viejo amigo Dardo?

—Cardoso siempre tuvo polis que trabajaban para él más allá de las normas y me jugaría algo a que los ha seguido teniendo después de dejar la policía. Estoy seguro de que Lazic y el *sheriff* han continuado colaborando después de que hicieran buenas migas durante el secuestro de Viveca. Y es bastante probable que sea así como Lazic ha conocido a esos polis pringados en asuntos feos. Gente de Cardoso. ¿Me sigues?

—Te sigo.

Chet Baker se lanza con su trompeta a por las notas más altas de *Body and Soul*. Dani mueve los pósits. Ahora pone tres en una línea horizontal, con el de Cardoso en medio de los de Dardo y Lazic, y coloca el del ministro encima del de Cardoso.

—Creo que esto refleja mejor las relaciones entre los cuatro. Está claro que Cardoso y el ministro están juntos en esto.

—Tú negocia el silencio de Lazic y, a cambio, yo te entrego a Dardo.

—No es muy leal con Dardo por parte de Cardoso.

—La lealtad no es el fuerte de ninguno de ellos. Y, en todo caso, es cuestión de priorizar lealtades. Cardoso ha dado prioridad a proteger a sus polis. Además, él sabe que si sus polis caen, detrás cae él, así que en realidad solo está protegiéndose a sí mismo.

Dani asiente mientras contempla los cuatro papelitos amarillos.

—Suena lógico. Dardo, una vez convertido por mí en un personaje identificable por los ciudadanos, es detenido. El ministro saca pecho. Lazic es imputado por delitos menores y se resigna a cumplir una breve condena. Y Cardoso habrá protegido a su red de polis y, por extensión, a él mismo, claro. Cuadra.

Dani vuelve a coger su copa de vino y bebe lo poco que le queda.

—Aún tengo algunas preguntas.

—Vamos allá —la anima Peyo—. Creo que estamos inspirados.

—La más importante sigue sin respuesta: ¿quién mató a Raúl?

Peyo señala a los cuatro pósits.

—Podrías encontrar un motivo para hacerlo en cada uno de ellos. Ese abogado era ambicioso y temerario. Mala combinación.

—¿Por qué permanece escondido Dardo? Según lo que hemos dicho, Cardoso le va a entregar, pero él no puede saber eso, así que el motivo tiene que ser otro ¿Y por qué Cardoso no lo ha hecho ya y le ha dicho al ministro dónde está Dardo?

—Cardoso estará reteniendo una información tan valiosa hasta ver cómo termina la negociación con Lazic. No se la va a dar gratis al ministro. O tal vez aún no sabe dónde está Dardo, pero espera averiguarlo pronto. Y no, tampoco sabemos de qué se esconde Dardo.

Peyo sabe que Dardo y Cardoso están en contacto y mantienen su complicidad. Dardo pidió al *sheriff* que fuese en su lugar al encuentro frente al Ángel Caído. Pero el propio Cardoso le había dicho que no se veían demasiado. Todo ello es compatible con la sospecha de la traición de Cardoso. Pero Peyo no va a compartir esa reflexión con Dani. No va a contarle que se ha visto con Cardoso porque no quiere tener que decirle el motivo. No quiere que sepa que teme por ella. Solo dice:

—Por supuesto, aún nos faltan muchas respuestas.

—¿Y quién dio el soplo que permitió detener a Lazic en el aeropuerto de Barcelona?

—Añade también esa a la lista de preguntas por resolver.

—Pues aún tengo más —dice Dani—. ¿Qué gana Cardoso entregando a Dardo? Es lógico pensar que Dardo también conoce el nombre de esos policías corruptos, así que una vez detenido pasaría a ser él quien amenazaría con sacarlos a la luz, como ahora hace Lazic, y vuelta a empezar.

Peyo necesita otra vez un tiempo para dar con una respuesta coherente.

—Cardoso no permitirá eso —dice al fin—. Recuerda el final de los hermanos Bayat. Hará lo mismo. Firma de la casa. Dardo morirá durante su detención. Podrán encargarse de ello sus polis de confianza. Para el ministro Cáceres, el éxito de capturarlo es el mismo vivo o muerto. Cuando llegue el momento Dardo será ejecutado, igual que hizo con los iraníes.

Dani suspira, con sentimientos contradictorios. Peyo tiene razón. Una vez ordenado lo que saben, tienen mucho más de lo que le parecía. Pero, a la vez, enumerar las incógnitas, contemplar esos cuatro pósits en la mesa, le hace sentir que aún no sabe nada.

Está a punto de escribir su propio nombre en un pósit.

—Me queda una última pregunta sin respuesta: ¿qué artículo debo escribir yo?

Peyo no responde a esa. Sabe que ella no espera que lo haga, que esa es una pregunta a la que solo ella misma puede responder.

Para sorpresa de él, Dani despega del escritorio los cuatro pósits y los arruga hasta hacer una bola con ellos.

—¿Sabes lo que te digo? Que nos merecemos una recompensa.

Dani rompe con lo previsible. Lo necesita. Propone algo nuevo e inesperado. ¿Tenemos más de lo que creía? Pues toca celebrarlo. Demonios, Peyo, bromea, soy una mujer joven, no puedo vivir encerrada en esta casa leyendo todo el día documentos. Aquel brusco cambio de tono deja sin palabras a este. Pero ella no espera a que reaccione. Decidida, va al pequeño armario de la entrada del piso, saca de él la pelliza con la que ha venido Peyo y una chaqueta para ella. Nos vamos, le anuncia, sin dejar margen a la réplica.

Caminan hasta la plaza de Santa Ana. Solo respira, le dice ella. Prohibido mencionar a ninguno de ellos, ¿entendido? ¿Sabes divertirte, Peyo?, le reta. Él no sabe qué decir y ella se burla: ¿Me dijiste que estabas en los cincuenta o en los setenta?

Le propone ir a algún local de moda, tal vez a bailar, en todo caso a algo divertido y con buena música. Él le dice que con una tradicional caña se da por satisfecho. Ella le llama «aburrido», pero se adapta y lo lleva a la Cervecería Alemana y al Viva Madrid. No hablan de nada en concreto porque cuando se salen de la acotada relación que han establecido ambos comprenden que la enorme distancia que los separa hace difícil encontrar algo de que hablar. Pero Dani no recula. Quiere divertirse, quiere que él se divierta. Quiere saber si es posible sacarle de encima ese ánimo taciturno en el que sigue viviendo preso. Él se deja llevar. Lo pasa mejor de lo que demuestra. Van de una barra a otra. Dani le dice que debería sonreír más a menudo y él empieza a hacerlo después de la cuarta caña. Acaban en La Venencia, en una mesa al fondo, entre toneles de vino y viejos carteles de vendimias pasadas, saboreando una manzanilla y compartiendo un platillo de aceitunas chupadedos.

Dani le acaba contando lo de la noche en que juraría que la siguieron. Solo lo hace porque empieza a estar borracha y siempre ha mezclado mal alcohol y secretos.

Peyo la escucha con semblante preocupado.

—¿Por qué sigues con esto? —le pregunta después—. ¿Por el abogado?

Dani bebe de su catavinos. No quiere ponerse seria, pero no puede evitarlo.

—No lo sé —le dice, y es una respuesta sincera, y luego le pregunta—: ¿Y tú?

Peyo se encoge de hombros.

Se miran. Se ríen. Él se fuerza a ocultar su preocupación. Ella pide otro par de copas de manzanilla. Luego pasarán al palo cortado y a las aceitunas las sucederá una ración de mojama.

—¿Cómo fueron esos años? —le preguntará ella—. Todo ese tiempo allí encerrado...

—¿No hemos salido a divertirnos? —le responde Peyo esquivo.

Ella suelta una risita tonta. Intenta transformar su curiosidad en algo divertido, tomarle incluso un poco el pelo.

—¿Cómo se las apaña uno?

—¿A qué te refieres?

—Bueno, ya sabes... —Ella quiere chincharle un poco, no incomodarle—. Imagina... Mujeres y eso...

Alguna imagen, difusa, le viene a Peyo a la cabeza. Pero, desde luego, no le va a hablar de cuando empezó a tener permisos, de aquellos fines de semana en hoteles de pueblos de la sierra, de las veces en que buscó la compañía de rostros y cuerpos que ya no es capaz siquiera de evocar.

—Es hora de marcharnos.

Cuando salen de la tasca, están borrachos y los diez minutos caminando de vuelta a la plaza de Tirso de Molina no logran despejarlos.

Delante ya de su portal, ella le dice:

—Tengo el absurdo impulso de besarte.

—Por eso creo que es buena hora para irme.

—Hay algo que debes saber que ha cambiado durante estos años, señor mayor. Ahora nosotras tomamos la iniciativa.

—¿Y nosotros salimos huyendo?

Se despiden con una última mirada cómplice. Ella abre la puerta. Él le desea buenas noches.

La noche avanza y trae consigo silencio, oscuridad y frío a la plaza. Las ventanas van apagándose como si un goteo de sombras cayese sobre las fachadas. Solo queda una encendida. Desde la calle solo se ven unos visillos corridos. Detrás de ellos aparece, apenas esbozada, la silueta de una persona. Se detiene, quedando de perfil respecto a la ventana. No es posible distinguir lo que hace. No se llega a ver que está frente a un escritorio ni que coge de él una bola deforme hecha con cuatro pósits, la observa y sonríe. Desde la calle nada permite adivinar que acaba de salir de la ducha, que se ha puesto una sudadera y un pantalón de pijama ancho y unos calcetines con dibujitos de piñas, y menos aún que, aunque ha llegado a casa muy borracha, el agua de la ducha ha hecho su magia y le ha devuelto lucidez. Se inclina y tampoco se aprecia a través de los visillos que es para apretar el botón de encendido de un portátil. Lo único discernible es que se sienta y a partir de ahí ya solo es visible una parte de su silueta. Fuera cual fuese el ángulo que se buscase, sería imposible ver desde abajo que ha apoyado las manos sobre el teclado, quietas, y que mira la pantalla. Espera, no se sabe a qué.

Está en casa. Segura.

Peyo se encoge dentro de su pelliza. La temperatura baja deprisa. Un perro marrón, flacucho y feo sale de entre los cartones bajo los que duerme junto a su amo. El perro echa un vistazo a Peyo, que está en la acera de enfrente, y decide que no le interesa lo que pueda estar haciendo ahí ese tipo, oculto en la sombra de un portal, inmóvil, observando la única ventana encendida del edificio del otro lado de la plaza, así que da dos giros completos que le dejan como estaba y regresa debajo de los cartones, en busca del calor del cuerpo de su amo.

Alguien tiene que protegerte. A Peyo le resuenan sus propias palabras en el cerebro, que aún sigue boca abajo por efecto del alcohol.

Mira por última vez a la ventana.

Vuelve a recorrer la plaza con la mirada. No se ve nada raro o sospechoso. No hace falta que siga vigilando.

Vuelve a pensar lo mismo: está segura.

Y, por fin, se aleja, caminando por la calle vacía, de vuelta al mundo al que sí pertenece y que, lo sabe bien, no es este del que ahora se va.

IV

TIEMPO DE SOMBRAS

Antes

La luz del sol me deslumbró, como si no me hubiese dado en todo el tiempo que había estado en prisión. La puerta se cerró a mi espalda, intenté caminar hasta la acera y tuve que hacer visera con la mano hasta casi dejar de ver. Me quedé esperando a que aquella momentánea ceguera pasara y solo volví a abrir los ojos cuando el silencio se rompió, cerca de mí, por una ráfaga de bocinazos.

Recuperé la visión en el instante en que las dos ruedas derechas de un Dodge azul, un aparatoso modelo de una elegancia anticuada, se subían a la acera. El coche se detenía poco después con un frenazo cuando le faltaba algo más de un metro para atropellarme.

Al cesar los bocinazos pudo oírse por toda la calle la canción que sonaba a todo trapo en su interior. Barón Rojo. *Campo de concentración.* No debía de ser casualidad la elección. Un homenaje sin sutilezas a la mole carcelaria que se alzaba detrás de mí.

—¿Vas a subir o te vas a quedar ahí esperando a ver si te dejan volver a entrar?

Zanco asomaba la mitad de su menudo cuerpo por la ventanilla. A su lado vi a Dardo, que golpeaba el centro del volante para que volviera a sonar el claxon. Los bocinazos compitieron con la música en un estruendo que debían de estar oyendo hasta en el último rincón del interior de la prisión.

—¡Joder, Peyo, sube de una vez antes de que nos detengan por escándalo público! —me gritó Zanco.

Me metí en la parte de atrás del Dodge y los dos se giraron para darme la bienvenida, zarandeándome con palmadas y empujones y lanzándome besos con aspavientos exagerados. Luego Dardo pisó el acelerador y Zanco sacó el brazo por la ventanilla con el dedo corazón en alto y gritó insultos variados en dirección al edificio de la cárcel hasta que lo dejamos atrás.

No me di la vuelta para despedirme del lugar donde dejaba, sin querer llevarme conmigo ningún recuerdo, los últimos dieciocho meses de mi vida.

Dardo me miraba por el retrovisor.

—Tienes un aspecto cojonudo.

—Seguro que sí.

Zanco sacó de una bolsa de supermercado que llevaba entre las piernas un botellín de Mahou y me lo pasó. Me sorprendió lo frío que estaba. También me ofreció un canuto ya liado, que rechacé.

—No te habrás enganchado a nada más fuerte ahí dentro, ¿verdad?

—Mientras no te hayas enganchado a ducharte con compañía...

Dardo acompañó aquello de un significativo movimiento adelante y atrás del brazo con el puño apretado. Los dos se morían de la risa.

—Al revés —dije yo contestando a Zanco—, ya ni fumo ni consumo nada. Para muchos la única forma de sobrevivir en la trena es metiéndose de todo. Para mí, la única posibilidad de sobrevivir era haciendo justo lo contrario.

Hablaba en serio, pero Dardo me contestó:

—Saber que no te has dejado meter nada es tranquilizador.

Ambos volvieron a celebrar el comentario con exageradas carcajadas. Yo le di un trago a la cerveza, que al final solo estaba templada, en contra de lo que el tacto del cristal prometía, y miré por la ventanilla y me sorprendió ver que en el mundo existían más colores que diferentes tonos de gris.

Eché un vistazo después al interior del coche, al cambio de marchas terminado en una brillante bola de carey, al salpicadero de diseño con pretensiones futuristas, a la tapicería de cuero de los asientos. Ni el olor a cerveza y a porro ni el ruidoso guitarreo de Barón Rojo lograban destruir la sensación de lujo añejo. Le pregunté a Dardo si el coche era suyo y eso hizo que él y Zanco intercambiaran una mirada cómplice.

—Han cambiado muchas cosas —dijo Zanco, que se había encendido el canuto que yo había rechazado—, pero no te preocupes, tronco. Te pondremos rápido al día.

—¿Qué te gustaría hacer para celebrar tu salida? —me dijo Dardo—. ¿Follar? ¿Comer algo especial? Hoy es tu día, ¿vale? Solo pide y lo tienes.

—No se me ocurre nada.

En el retrovisor, la mirada de Dardo me mostró su decepción.

—Venga, hombre —protestó—, algo tiene que apetecerte ¿En qué pensabas mientras tus compañeros de celda te miraban con ojitos golosos?

De nuevo Dardo y Zanco rieron lo que ya veía venir que serían, durante un tiempo, gracias recurrentes. Luego Dardo se inclinó hacia un lado, abrió la guantera y sacó del interior un abultado portafolios de piel negra. Me lo lanzó atrás y me cayó en el regazo.

Acabé la cerveza con el segundo trago, dejé el botellín vacío en el piso del coche y lo cogí.

—¿Qué es esto?

—Una sorpresa de bienvenida —dijo Dardo.

Dardo me miraba por el retrovisor y Zanco estaba dado la vuelta en su asiento, ambos expectantes por ver mi reacción.

Abrí la cremallera del portafolios.

Estaba lleno de dinero. La cara del rey repetida varios cientos de veces. Un grueso fajo de billetes de cinco mil pesetas.

En aquel momento no hubiese podido imaginar que algo parecido se repetiría muchos años después: salir de la cárcel y tener un pesado taco de billetes esperándome. Daba igual que fuese tras dieciocho meses o tras veinticinco años. El dinero no cicatriza.

—¿Qué es esto? —repetí.

Me contestó Dardo.

—Tu parte.

—¿A que no habías calculado que sería tanto? —añadió con entusiasmo Zanco.

Los dos esperaban que hiciese o dijese algo.

Sus expectantes expresiones se empezaron a desvanecer al ver que yo solo contemplaba el interior del portafolios, sin entender.

—Las ventas que has hecho dentro —dijo Dardo impacientándose ante mi silencio—. Joder, Peyo, espabila ¿Qué te pensabas? ¿Que te iba a dejar sin que recibieras una parte? Te lo has ganado.

Aquello era mucho dinero. Y solo era lo mío. Ni siquiera había sido consciente de las ganancias que había obtenido pasando dentro lo que Dardo me hacía llegar de fuera.

—Tu estancia en la cárcel ha sido un negocio redondo.

Eso dijo Dardo. Y yo intenté olvidar que lo había dicho.

Zanco secundó el comentario con una risa nerviosa y alborozada, tratando de ocultar con ella la frustración que producía en ambos mi ausencia de reacción. Volvió a coger la bolsa de entre sus pies y sacó de ella tres cervezas y fue quitándoles la chapa con un abridor y le dio una a Dardo y me pasó otra a mí y él bebió de la tercera.

Brindamos. Por los amores de ducha y chabolo, que Dios no quiera que regresen más. Lo dijo Dardo. Zanco aplaudió. Y yo dejé el portafolios repleto de billetes a mi lado en el asiento y di un trago a mi cerveza.

Dardo dio un giro con el coche que no me esperaba. Al poco nos habíamos incorporado a la carretera de La Coruña.

No hice ninguna pregunta. Pero comprendí que no estábamos yendo al piso de la calle de la Palma.

La casa estaba a unos treinta kilómetros de Madrid por la carretera de La Coruña, cerca del casino de Torrelodones, aunque al otro lado de la autovía. No formaba parte de ningún núcleo urbano ni de ningún conjunto residencial de los que empezaban a abundar en torno a todos los pueblos de la zona.

—¿Qué te parece? —se apresuró a preguntarme Dardo en cuanto pasamos el murete de piedra que rodeaba la parcela y aparcó el Dodge en un chamizo a un lado de la entrada.

—Dime qué me tiene que parecer.

—Es mi casa.

Ni siquiera nos habíamos bajado aún del coche. Dardo y Zanco me miraban desde los asientos delanteros, ansiosos por escuchar mi respuesta como si considerasen aquella su última oportunidad de sorprenderme.

—Tú y yo seguimos en la Palma —me aclaró Zanco.

—Pensé que necesitabais que os dejara espacio —le siguió Dardo y ambos celebraron lo que parecía ser una especie de chiste privado entre ellos.

Me bajé del coche y contemplé la casa. Era un chalé de tres plantas con pinta de haber sido construido hacía ya unos cuantos años y de encontrarse a punto de iniciar un deterioro imparable de no ser porque había aparecido

Dardo para rescatarlo. Se llegaba por un camino de tierra que solo llevaba hasta la casa y esta quedaba oculta a los ojos de cualquier curioso por una tupida hilera de cipreses. Era una casa robusta, de ladrillo visto, sin encanto ni ostentación. Perfecta si uno quería vivir alejado de todo y de todos.

Fuimos a la parte trasera, donde la parcela descendía en una pendiente que terminaba en un pequeño prado en el que había una hormigonera, varios palés de ladrillos y azulejos, tres hombres trabajando y una piscina a medio construir.

Dardo me pasó un brazo por los hombros.

—El sueño tonto de un niño del sector G —me dijo.

Frente a la fachada posterior de la casa, antes de la bajada del terreno, había una estrecha explanada de césped en la que nos esperaban sofás y sillas de mimbre bajo una pérgola con columnas de madera y techo de lona. Nos sentamos y Zanco se ocupó de traer del interior de la casa vasos, una cubitera de hielo y una botella de vermut.

Dardo me puso al día. O lo que él entendía por poner al día, porque me habló, como siempre, de ideas y planes sin compartir detalles concretos. Mezclaba reflexiones que ya le había oído muchas veces antes de mi ausencia con otras nuevas que venían a perfeccionar aquellas. El verdadero negocio no está ni en la producción ni en la venta. El transporte es el negocio. Recurría cada vez más a menudo a esa jerga empresarial que tanto le gustaba. Distribución. Estrategia inversora. Economía de escala. Nosotros ya no tenemos que ensuciarnos las manos. El mundo entero tiene que ser nuestro nuevo terreno de juego. Internacionalización. Interconexión de mercados. Financiación, dividendos y reinversión. Yo trataba de seguirle. Pero él parecía estar siempre varios años luz por delante.

Zanco le apostillaba, contagiado de su entusiasmo, aunque en su caso sin pretender adornarse con muestras de supuesta erudición empresarial. Admirativo y elogioso, encantado al comprobar que todo aquello de lo que se hablase, fuera una historia del pasado o una expectativa de futuro, condujese siempre a un final feliz.

—Tendrías que haber visto lo que se le ocurrió a Dardo cuando todos aquellos matones iraníes se quedaron descabezados. Los fue colocando uno a uno de porteros y gorilas de puticlubs, bares y salas de fiesta. Ahora tiene un contacto para lo que haga falta en la mitad de los locales de Madrid y a sus dueños agradecidos y dispuestos a devolverle el favor cuando sea necesario, después de que les proporcionase gorilas a bajo coste. Es la leche, Peyo: Dardo es capaz de sacar beneficio hasta de los muertos.

Cualquier cosa que dijese Dardo confluía siempre en una única conclusión: todo formaba parte de un viaje aún no terminado. Solo era otra etapa más, una parada en el camino. Sentado en el jardín de su nueva casa, con un vermut en la mano, el pelo más corto, las patillas desaparecidas, zapatos y no zapatillas, pantalones negros y una camisa de puños y cuellos comedidos, Dardo acababa sus reflexiones añadiendo siempre el mismo objetivo. Invariable más allá del paso del tiempo y los cambios. Crecer. Más. Dardo siempre era otro y siempre era el mismo. La meta que perseguía no tenía nada que ver con la casa de tres plantas, el Dodge en la puerta, la piscina en marcha, la ropa correcta, el vermut de marca y la palabrería de ejecutivo. Su meta consistía en no ponerse una meta. Crecer. Más. Solo continuar ese camino, el viaje hacia el sol que había comenzado en la azotea del bloque a los diez años. Sin parar. Sin final.

Avanzada la mañana, la conversación quedó interrumpida por la llegada de un par de coches con apenas unos minutos de diferencia. En cada uno venía un solo tipo. Parecidos entre sí. Solo se diferenciaban en que uno debía de estar ya más allá de los cincuenta y el otro no debía de haber pasado hacía mucho los treinta. Pero los dos iban vestidos con traje y corbata, compartían un mismo aspecto un poco relamido y desentonaban con el ambiente campestre. Dardo nos pidió que le disculpásemos, no tardaría mucho, pero tenía que tratar algunos asuntos con ellos, y se los llevó al interior de la casa.

—Se pasa el día trabajando, reuniéndose con tipos como esos. Ya sabes: abogados y esas cosas —me explicó Zanco cuando nos hubimos quedado los dos solos, a media voz, como si me revelase una información de alto secreto—. Ya no sabe divertirse. Solo se relaciona con tíos encorbatados.

Rellenó mi copa y la suya y suspiró con una repentina melancolía, como si de pronto fuese un viejo que añorase un pasado irrecuperable. Pero Zanco no era un viejo como tampoco era siquiera un adulto. Él no había cambiado como Dardo. Seguía siendo solo lo que siempre había sido, el niño que había visto morir al Jaro, y nunca maduraría más allá.

—Nos estamos haciendo mayores, Peyo. Ahora es todo más serio. Dardo ha ido perdiendo el interés por todo aquel que no sea útil para sus negocios.

—¿Y nosotros dos lo somos?

Zanco contempló a los tres obreros que estaban donde la piscina, que recogían sus cosas para irse ya a almorzar.

Tardó en contestarme.

—Entiendo que ha debido de ser muy jodido estar ahí dentro, Peyo —me dijo—. Pero no te olvides de que, aquí fuera, ni tú ni yo somos nada sin él.

Vino alguien más. Levanté la mirada y vi que se acercaba por el jardín.

Llevaba el pelo suelto y vestía un traje corto de lino estampado de talle ceñido y falda con algo de vuelo y calzaba sandalias.

Me levanté y fui hasta ella y Virginia me abrazó y me dio un beso y aquel saludo me hizo sentir por primera vez en toda la mañana que al fin estaba libre, que había regresado.

Zanco aprovechó para ir dentro a reponer bebida y nos dejó solos en el jardín y ella, tras el beso, me miró y me leyó la mirada y sonrió comprensiva.

—Sé que te sorprende verme aquí.

Iba a decirle que no, pero me di cuenta a tiempo de que sería estúpido decirlo.

—No sabía si seguíais juntos. No quise preguntar. Pensé...

—Pensaste que yo no volvería después de aquella noche —me acabó la frase ella.

Asentí y compartimos un breve instante de incomodidad.

—Vengo de hacer la compra en el pueblo. Ahora soy un ama de casa de pueblo, quién me lo iba a decir, ¿eh?, la chica que quemaba las noches...

Lo dijo divertida, sin el menor atisbo de sarcasmo, y luego, más seria:

—Ya ves, ahora vivimos juntos. Llevamos unos meses. Él quería cambiar de aires, alejarse de todo. Me propuso que me viniese con él y le he seguido hasta aquí.

No dije nada y ella debió de tomarse mi silencio como una duda o un reproche porque su voz se endureció al añadir:

—Le seguiría a cualquier sitio que me pidiese. Igual que tú, Peyo.

Los tres trabajadores pasaron a nuestro lado y se despidieron y ella les respondió y les dio las gracias.

—Solo los idiotas creen que perdonar es una muestra de debilidad —me dijo.

Dardo salió del interior de la casa. Se acercó a nosotros

y anunció con alivio que aquel par de pesados —su asesor fiscal y un consultor financiero, me aclaró— se habían ido ya. Rodeó con el brazo la cintura de Virginia y le dio un beso en la mejilla y le dijo que se alegraba de que ya estuviese en casa y Zanco regresó con una bandeja con aperitivos y bebidas y Dardo dijo que hacía una temperatura excelente para comer fuera y Virginia estuvo de acuerdo y Dardo se ocupó de repartir vasos y de rellenarlos con una botella de vino blanco que había traído Zanco y todos levantamos las copas y brindamos por mí, porque estaba de vuelta, porque aquel estúpido golpe de mala suerte, dieciocho meses de cárcel, qué bobada, ya era solo una tontería sin importancia que formaba parte de un pasado imperfecto y ahora lo único que importaba era el futuro perfecto que todos juntos, aquel cuarteto que ahora componíamos una idílica imagen doméstica, pletórica de felicidad rural, íbamos a compartir.

Estaba esperando junto al portal de la calle de la Palma. Era de noche. Zanco y yo regresábamos, cansados tras el largo día de reencuentro. Ambos le reconocimos al momento. Zanco me interrogó con la mirada. Le dije que se subiese, que no hacía falta que se quedara.

Todo parecía haber cambiado mucho en poco tiempo. Él no. Seguía llevando el Winston encajado en los labios, el abrigo pasado de moda y la raya del pelo de perfecta rectitud.

—No quería dejar de darte la bienvenida, Peyo. Pero me parecía que habría estado de más en vuestra entrañable reunión familiar en la nueva casa de Dardo.

—¿Qué quiere de mí, subinspector?

—Inspector.

—Vaya, enhorabuena. Supongo que fue el regalo de los jefes.

—Estudié y pasé las pruebas. Yo hago los deberes, Peyo.

—¿Matar a iraníes a sangre fría formaba parte de esos deberes?

Cardoso se quitó el cigarrillo a medio consumir de la boca y meneó la cabeza con decepción.

—Creo que se han debido de olvidar de decírtelo, pero ahora todos somos amigos.

—Entonces ¿ya no va a colocarme droga en el maletero para que me manden al trullo?

—Todo irá bien si te portas bien.

—Todos estos meses me he estado haciendo una pregunta.

—Estaré encantado de ayudarte.

—En su caso no me sorprende en absoluto lo ocurrido. Lo que me he preguntado durante todo este tiempo es si Dardo lo sabía, si puedo creerle cuando me asegura que no.

Cardoso se encogió de hombros.

—Venga, Peyo, vamos a mirar hacia delante. No podemos quedarnos atascados dándoles vueltas a minucias del pasado.

Tiró la colilla al suelo y la pisó para apagarla. Vi que a sus pies había otras dos colillas de Winston más. Me había esperado con paciencia.

—¿Para qué ha venido, inspector?

—De verdad que solo quería saludarte. Me alegro de que ya estés fuera.

Respiró hondo. Levantó la mirada, la fijó en la farola más cercana, a veinte metros de nosotros. Su luz amarillenta apenas llegaba a iluminarnos. La observó como si en ella estuviese escrita la respuesta a mi pregunta.

—Vienen buenos tiempos para todos, Peyo. Tú solo pórtate bien y no lo eches todo a perder con esa actitud tuya de mierda, ¿vale? Estar siempre desafiante y provocador conmigo no te traerá nada bueno. Nosotros no tenemos que ser amigos, pero tampoco tenemos por qué jodernos. Sería estúpido que te lo perdieras todo y acabaras otra vez en el Bronx de Carabanchel, ¿no te parece?

No me interesaba Cardoso. En aquel momento lo único que me interesaba era subir al piso y echarme en la cama. No tenía sueño. Solo quería estar solo. Solo quería tumbarme, mirar al techo en la oscuridad, dejar de brindar y de escuchar comentarios felices y optimistas sobre mi vuelta a la libertad. Solo quería que pasase cuanto antes la noche y llegase el amanecer para hacer lo único que quería hacer. En aquel momento, más allá del día siguiente, no me interesaba nada de lo que pudiese traer ese futuro esplendoroso que todos se empeñaban en ponerme delante como quien te ofrece un billete de ida al paraíso. Y, desde luego, lo último que quería era seguir allí, en aquella calle vacía y oscura, hablando con Roque Cardoso.

—Cuando le vi por primera vez no me imaginé que sería tan fácil comprarle.

Cardoso bajó la mirada. Observó el portafolios que yo llevaba bajo el brazo. Asintió, sin que la expresión se le alterase, sin demostrar que mi afán por ofenderle hubiese tenido el menor éxito.

—La única diferencia entre tú y yo es que yo soy mucho más caro.

Salí a buscarla al amanecer. Fui en autobús hasta el barrio y seguí caminando y me detuve, solo por si acaso, en lugares en que fuese posible que supieran de ella.

Zanco no había sabido decirme en concreto por dónde andaba. Había intentado cumplir mi petición durante mis meses de encierro. Ella no se dejaba. Con Zanco ni siquiera mostraba la moderada docilidad que siempre había tenido conmigo. Zanco iba periódicamente a visitarme a la cárcel para mantenerme informado. Ha dejado el piso que le alquilaste. Llevo tres semanas sin dar con ella. La he visto, pero se ha marchado al verme sin dirigirme la palabra. Siento tener que decírtelo, Peyo, pero no está bien. Le di algo de dinero. Ha vuelto a irse. Le compré ropa. Otra vez no quiere ni hablarme.

Noticias dispersas, siempre malas. Yo sabía que Zanco me contaba solo a medias, que me ahorraba detalles. ¿Y Dardo?, ¿se ocupa de ella?, le preguntaba yo. Y Zanco se mostraba esquivo, incómodo por tener que decirlo. Me respondía también a medias. Ya sabes, no es fácil para él.

Un camarero de los que antes le daban de comer me dijo que la había visto algunas veces pidiendo a los conductores en un semáforo de la avenida. El amigo que le pasaba solo me dijo que lo dejase correr, que no volviese a complicarme la vida. A una chica que se cruzó en mi camino, de aspecto abandonado y expresión sonámbula, le mencioné su nombre y ella me dijo que no le sonaba, luego que sí, que podía ser una tía que había aparecido muerta hacía dos días en el baño del 7-Eleven, pero no, ahora que lo pensaba, esa creía que era dominicana, aunque no podría jurarlo.

Pasé por delante de los Recreativos Cosmos, pero estaban cerrados y no sabía bien cómo dar con Gordi y acabé llegando a donde iba, al lúgubre caserón del Indio. Se entraba directamente al bar que ocupaba la planta baja. Aquel era un local sin más afán que ofrecer una bebida rápida a los clientes que subían o bajaban de los cuartuchos de arriba. No había decoración de ningún tipo. No había ni música ni tele ni tragaperras ni nada que comer más allá de unas bolsas de patatas fritas y de aceitunas. Un par de mesas con tres sillas que parecían más de cocina casera que de bar, una barra a un lado y las escaleras al fondo. Era un bar de paso, puesto sin interés en que nadie se quedase.

Una chica estaba detrás de la barra. Un abuelo en una esquina se tomaba un café y, por su aspecto, no era fácil imaginarle ni recién satisfecho ni recién llegado en busca de satisfacción. Aparte de aquel viejo, era demasiado temprano para que alguien estuviese ya buscando compañía y demasiado tarde para que aún quedase sin terminar alguno de los encuentros de la noche.

Me acerqué a la camarera, una filipina de edad indefinida. Masticaba chicle, sentada en un taburete, y hojeaba sin detenerse a leer nada una revista de cotilleos de hojas arrugadas.

Le pregunté por Merche. Ella me miró con desgana y me contestó con sorpresa.

—¿Tú quieres arriba con ella?

—Solo quiero saber dónde está.

—Yo no sé.

—Seguro que sí lo sabes.

—Yo no sé. Indio no está. Pregunta a él cuando venga.

Le di un billete verde. Dudó. Le di otro igual. Dudó menos. Miró al viejo de la esquina, calibrando si estaba o no pendiente de nosotros y si podría irse de la lengua.

—Indio no puede saber, ¿sí? —me dijo al fin.

Me señaló una puerta debajo de las escaleras.

En la puerta había una plaquita que había sido una vez dorada en que ponía Privado. Daba a un pasillo estrecho. Había una puerta a un lado y otra al fondo. Abrí la puerta lateral. Tras ella había un pequeño despacho. Una mesa ahogada en papeles, una silla de respaldo de piel despellejada, un archivador y un ventanuco. Seguí hasta el fondo del pasillo. Abrí la otra puerta y me vino de inmediato un olor a cerrado, a sudor y a algo peor, más agrio, no supe a qué, no quise imaginar.

Encontré un interruptor dentro, junto a la puerta, y lo pulsé y se encendió una bombilla desnuda y débil en el centro de aquel cuartucho que no era mucho más que una despensa. Había dos personas allí. Dos bultos cubiertos cada uno con una manta y echados sobre un delgado colchón. Uno de ellos se movió al encenderse la luz y masculló con pereza algo parecido a «ya va, ya va».

—Merche...

El otro cuerpo tardó más en moverse. Por fin se giró y levantó apenas la cabeza. Medio abrió solo un ojo para ver quién estaba en la puerta. Volvió a cerrarlo, apretó ambos con fuerza y luego logró abrirlos a la vez.

—¿Y tú qué haces aquí, tronco?

Merche meneó la cara de un lado a otro para intentar despejarse, tosió, gargajeó, su compañera de cuarto le dijo que no jodiésemos la marrana, que quién era yo, que apagase la luz y la dejásemos dormir, y ella le chistó y la mandó callar y después se quitó la manta de encima y se puso de pie y yo pensé que no recordaba que fuese tan menuda.

Vino hasta mí y tuve que esforzarme en reconocerla en aquel rostro achicado, de piel de color ceniza salpicada de manchas oscuras, de ojillos al fondo y mejillas sin piel, del que sobresalía una nariz alargada y de punta alicaída.

Era Merche sin ser ella.

No supe qué hacer, si abrazarla, si darle un beso o si mostrarme severo. Ella se adelantó. Me habló con una voz ronca que era la suya pero tampoco lo era.

—¿Me das algo?

No la entendí. Ella acompañó la petición de una sonrisa que dejaba ver los huecos abiertos por dientes perdidos y la sombra de los que aún se aferraban a unas encías descoloridas.

—Para la Juana y para mí —me dijo señalando a la compañera, que se había cubierto la cabeza con la manta—. Danos un poco de pasta, anda. Lo que tengas nos vale. Si no pillamos temprano se nos corta mucho el cuerpo.

—¿Vives aquí?

Ella miró a su alrededor, como si necesitase recordar dónde estaba. Recorrió con la mirada el cuartucho maloliente, que ni siquiera tenía una ventana para poder ventilar, sorprendida de que me sorprendiese.

—El Indio nos lo deja a cambio del trabajo.

—¿Qué trabajo? ¿Con clientes?

—No, no. Eso ya no. —Merche soltó una risita que acabó en una tos con flema—. El Indio dice que la Juana y yo ya no estamos para gustarle a nadie, eso dice, el hijoputa.

—¿A qué os dedicáis entonces? ¿Camareras en el bar?

Merche negó con vehemencia.

—El Indio no se fía de nosotras para eso. Dice que le tangamos, que le vaciamos la caja. —La tos volvió a interrumpirla—. Limpiamos arriba. Hacemos camas, barremos, fregamos retretes, todo eso. A cambio, dos comidas, este cuarto y algún pico.

Desde debajo de la manta Juana protestó, pero esta vez no fueron ya solo gruñidos sino un desagradable berrido:

—¡¿Os calláis de una puta vez, que es pronto aún?!

—Empezamos un poco tarde —me explica Merche—. El Indio no quiere que nos crucemos con ningún cliente. Dice que se los espantamos. Ya te digo, un hijoputa.

La cogí del brazo. Un brazo que era solo un hueso. La saqué del cuartucho y cerré la puerta para que Juana no protestara más y en la oscuridad del pasillo le dije a media voz:

—Déjame sacarte de aquí.

Vi en la penumbra cómo sus ojos se abrían cuanto podían en una expresión de espanto y de enfado. Soltó el brazo de mi mano con brusquedad y me golpeó con el puño, sin fuerza, en el pecho.

—¡No voy a ningún sitio! ¡Márchate tú!

Aquella ira repentina se le pasó tan rápido como había surgido. Al instante me mostraba otra vez su sonrisa mellada y, con el tono zalamero de quien está habituado a pedir, me dijo:

—Bueno, pero para invitarnos a desayunar a Juana y a mí sí que tendrás, ¿no?

Le dije que sí y ella fue a avisar a su compañera.

Y luego me di cuenta de que ni siquiera podía estar seguro de que me hubiese reconocido.

Dardo me introdujo de inmediato en una nueva rutina, muy diferente a mi vida anterior a la condena. Mi principal ocupación consistía ahora en acompañarle a clubs y discotecas que en nada se parecían al viejo Hanói. Dardo había perdido el interés en las amistades estrafalarias. En realidad había perdido el interés por cualquier tipo de amistad. Como me dijera Zanco, ya solo se relacionaba con quienes pudieran servirle de algo. Dardo construía. Despacio, paso a paso. Daba forma a su ambición. Con mayor habilidad y talento del que podría hacer pensar su infantil empeño en utilizar simplones conceptos empresariales convencido de que eso le aportaba un cierto aire de respetable dignidad como hombre de negocios.

Durante el día le gustaba mantener sus reuniones en la nueva casa. Por allí desfilaban abogados, asesores, contables. Ahora necesitaba a su alrededor a toda una recua de tipos encorbatados, como los llamaba Zanco, que diesen forma a sus iniciativas. Los seleccionaba a partir de criterios muy específicos —brillantes, ambiciosos y sin escrúpulos— y les pagaba con generosidad a cambio de una lealtad férrea y una disponibilidad permanente. Cada uno en lo suyo, pero a la vez todos trabajando para un único fin: que el dinero nunca se quedase parado. Primero hay que ocultarlo, después hay que hacerlo aflorar, decía Dardo. Ganaba tanto dinero que uno de sus principales problemas empezaba a ser cómo poder disponer de él legalmente. Fuera cual fuese la manera que ideasen los encorbatados de limpiarlo, él se aferraba a rajatabla a un principio sagrado: el dinero legal debía estar siempre al servicio del dinero ilegal, en una especie de circuito cerrado e infinito. Y fue fiel al objetivo que se había fijado cuando Cardoso empezó a complicar la venta callejera y por fin se libró de la rémora en que se habían convertido los hermanos Bayat. El transporte. Solo eso le interesaba.

Camiones. Fue lo primero. Compró una flota de camiones y copió a lo grande lo que hacía en solitario aquel holandés de Cercedilla con el que nos habíamos estrenado como extorsionadores. Así nació su primera empresa. Contrató conductores, cerró acuerdos con productores de frutas, de carne, de aceite, de vino. Poco tiempo después tenía dos docenas de camiones, cargados con su porte legal y con el ilegal, yendo y viniendo de Ámsterdam, de Fráncfort, de Hamburgo, de Marsella, de cualquier ciudad con un puerto o aeropuerto por donde entrasen en Europa los envíos provenientes de Afganistán, de Bali, de Tailandia o del norte de África. No podía ser más sencillo. Los camiones hacían su ruta sin que nunca hubiese problemas en la carretera con las policías de los diferentes países que atravesaban. Cuando llegaba la carga, una parte se enviaba a laboratorios locales para ser cortada y después la distribuíamos por los pisos de Malasaña que supervisaba Zanco, lo demás lo pasábamos a los cabecillas de redes callejeras de venta, lo enviábamos a los asentamientos o lo repartíamos por Barcelona, Bilbao, Sevilla y cada vez más ciudades. Y el dinero entraba en cascada.

Tras el transporte por carretera llegó el marítimo. La misma mecánica. Transporte legal como tapadera. Contenedores en Valencia en los que llegaba el caballo pakistaní desde Estambul, en Algeciras para el hachís marroquí, en Cádiz para los primeros cargamentos de meta venidos de Miami. Y también hubo que ampliar la actividad al transporte aéreo a través de Barajas. Cada vez había más gente que trabajaba para Dardo. Traficantes locales, transportistas, funcionarios sobornados. Cada vez necesitaba reclutar a más tipos en los que pudiese confiar. Los encorbatados españoles le ponían en contacto con encorbatados de otros países y estos a su vez consolidaban los contactos necesarios para asegurar el aprovisionamiento permanente y los transportes regulares y así satisfacer una demanda que nunca se saciaba. En este país no va a entrar un solo gramo de ninguna mierda que no haya traído yo, decía cuando le daba por sacar pecho ante nosotros. Él lanzaba sus ideas, diseñaba cada nueva vía de negocio y dedicaba los días a supervisar la parte aburrida. Crear empresas que sirviesen de tapaderas y de pantallas, hacer que el dinero fluyese del negro al blanco, comprar más camiones, pagar más fletes marítimos y aéreos, identificar a los mejores socios potenciales en cada país, vestir con una apariencia respetable un laberinto cada vez más complejo. Todo se reducía a lo mismo de siempre. Crecer. Más.

Yo acompañaba a Dardo a la otra faceta de sus actividades, las que tenían lugar de noche, las que se suponía que eran más divertidas que las reuniones con los encorbatados. Las noches en esos locales tan diferentes a los que nos rodeaban en Malasaña. Una vida nocturna con la que Dardo ya no buscaba, como antes, diversión y compañía, sino que era solo un complemento necesario de todo aquello a lo que dedicaba las horas del día: hacer nuevos contactos, ampliar negocio, detectar oportunidades, seguir creciendo.

Aún no habíamos cumplido los veinticinco. Hacía poco más de cuatro años recorríamos los poblados para proponer acuerdos a los jefes de los clanes. Ahora estábamos allí, en un escenario tan distinto a aquel, pero haciendo en realidad lo mismo. Ya no cerrábamos los tratos estrechando manos en chabolas siniestras. Pero la esencia de todo aquello no era tan diferente a lo de antes.

Íbamos a Boccaccio, una discoteca cercana a Colón de rancia decoración y exquisita clientela, y compartíamos elegantes sofás y botellas de champán y horas de charla dispersa y noches de risas con personajes variopintos. Una noche tocaba un viejo cubano panzón y charlatán que le ponía precio a Dardo para que se asociase con él en el control de todos los canales de tráfico del continente americano que, según él, tenían su epicentro en La Habana. Otra, un inglés con maneras de James Bond al que le interesaba asociarse con Dardo para consolidar sus redes de venta de maría, que partían de las Canarias y llegaban hasta Escocia pasando por todas las grandes ciudades de Inglaterra, y al que le presentamos a un contacto muy útil del consulado marroquí que ya trabajaba para nosotros. Uno de los compañeros nocturnos más frecuentes era un extrovertido y parlanchín productor de revistas musicales que como contacto era más divertido que rentable y que aparecía siempre acompañado por un trío cambiante de actrices, cantantes o bailarinas, siempre de caerse de espaldas, y que, además de montar sus espectáculos y de decidir a quién convertiría en estrella y a quién no según le mimasen, se ocupaba de proveer de cualquier cosa que le pidiesen a toda la farándula madrileña.

Otras veces tocaba ir a Pirandello, donde la noche era más de baile que de charla. Allí acudíamos, sobre todo, cuando tocaba divertir a alguna visita extranjera. Socios de Dardo argelinos, belgas, alemanes o de donde demonios fuese a los que le interesaba tener contentos y que venían a Madrid para conocerle, cerrar negocios y, ya puestos, pasarlo bien. Después de pasearlos durante todo el día y ver cómo se dejaban fortunas en las *boutiques* de Serrano, los llevábamos a aquella discoteca a que bebiesen, se metiesen lo que quisieran a nuestra costa, bailasen y, siempre, acabasen conociendo en la barra o en la pista de baile a una chica o un chico, según sus preferencias, sin que sospechasen nunca que aquella conquista no era tal, sino que estaba pagada de antemano por nosotros.

También pasamos muchas noches en el Poupée de la calle Silva. Se decía que allí iban los noctámbulos que buscaban discreción, aunque en aquel garito coincidían políticos, periodistas, jueces, escritores, cineastas y empresarios de sobra conocidos, todo hombres, a los que les gustaba tanto dejarse ver como esa falsa sensación de clandestinidad que da un club de *striptease*. Uno de sus principales reclamos eran sus deslumbrantes camareras, que atendían vestidas solo con unos pantaloncitos o una falda diminuta y una blusa de gasa transparente que decoraba sin tapar. Como ya ocurriera con los modernos del Hanói, a aquella respetable clientela le gustaba relacionarse con alguien tan diferente a ellos como Dardo. Más de una vez coincidimos allí con el inspector Cardoso y siempre nos saludamos con poco más que un cruce de miradas, cada uno ocupado y dedicado a sus asuntos propios.

Esas eran nuestras noches. Falsa diversión. Todo, en realidad, trabajo. Bajo su aparente desparpajo desinteresado, Dardo no compartía ni asiento ni botella ni un minuto de conversación con nadie de quien no pensase que, antes o después, podría obtener algo. Construía con paciencia y previsión una tupida red de contactos, una amistad llevaba a otra, un favor hecho siempre propiciaba un favor recibido, y aquella forma de actuar iba llevándole a ampliar su capacidad de maniobra.

A mí me reservaba mi propio papel en aquella estrategia. Me presentaba como su segundo, su hombre de confianza, pero sobre todo me llevaba porque me consideraba un elemento más de su nueva personalidad, como la chaqueta deportiva, el pantalón de tela o los zapatos de piel. La idea era que un tipo importante, por muy simpático o muy joven que fuese, no se movía por ahí a solas. Pero, además de por imagen, también me llevaba para encargarme de algunas cosas. Él se reservaba los grandes asuntos, yo me ocupaba de los menores. Toma nota de la dirección de este tío para enviarle unas flores a su mujer, apúntate el teléfono de este otro y le invitamos a cenar la semana que viene, recuerda que a este gilipollas le gustan los relojes de marca, ¿sabes dónde se puede conseguir un Alfa Romeo a buen precio?, ahora resulta que el juez prefiere un chico, ¿puedes conseguirme a una morena y una rubia, que este quiere verbena?, no olvides tener a las tres chicas preparadas este viernes, ve al baño y le pasas allí la papela, que el diputado no quiere que le puedan ver cogiéndola aquí. Vivir de noche, pero tener que dedicar buena parte del día a cumplir aquellos encargos podía resultar agotador. Aun así, yo lo prefería a lo de antes, cuando solo había que acompañar a Jahan y su banda de iraníes a asustar, someter o partirle la cara a quien tocase.

Había noches que terminaban tan tarde que Dardo se venía a dormir al piso de la calle de la Palma, a su antigua habitación, en vez de irse hasta su casa. Otras veces me decía que me fuese yo y él se quedaba y yo obedecía sin preguntar. Y luego, a la mañana siguiente, cuando me despertaba e iba al baño o a la cocina me cruzaba por el pasillo del piso con una de las chicas que habíamos pagado para que se dejase seducir en la pista de baile de Pirandello, con alguna de las camareras del Poupée, con una de las actrices o bailarinas que habíamos conocido unas horas antes en Boccaccio y, alguna vez, también con mujeres que alguien nos había presentado esa misma noche u otra reciente como su novia o su esposa.

Había veces en que Zanco entraba corriendo en mi habitación y me zarandeaba hasta despertarme para decirme, asombrado, que había abierto la puerta del baño y se había topado allí, sentada en el retrete, las bragas por los tobillos, con la actriz que solo dos semanas antes había sido portada de *Interviú*. Otra vez me aseguró que la mujer que estaba tomándose un café en nuestra cocina era la joven esposa de un conocido futbolista y, según él, otra mañana le había estado indicando por dónde sería más fácil que pasase un taxi a esas horas a una popular presentadora de programas infantiles de la tele. Nunca confirmamos ninguna de aquellas identidades con Dardo. Jamás las mencionamos en su presencia.

Como ya ocurriera cuando las noches transcurrían en el Hanói, Zanco tampoco nos acompañaba a aquellas sesiones de trabajo. A él era al que menos le había cambiado el día a día. Seguía buscando la compañía de los que aún sobrevivían en la plaza y se ocupaba de que no hubiese problemas en los pisos donde se seguía despachando de todo a todas horas, el único negocio de venta al consumidor que Dardo aún mantenía.

De vez en cuando Dardo nos pedía que fuésemos a su casa. A pesar de que era él quien había elegido un lugar tan recóndito para vivir, a veces me daba la sensación de que tanta soledad se le echaba un poco encima y necesitaba compañía. Zanco y yo acudíamos y él despachaba a los encorbatados y nosotros le esperábamos bajo la pérgola y luego comíamos los cuatro, atendidos por una pareja de señoras que Virginia había fichado en Torrelodones para que se ocupasen de todos los asuntos domésticos, y pasábamos la tarde hablando, repasando asuntos o escuchando las nuevas ideas que le rondasen la cabeza.

Virginia siempre se unía a nosotros. Solía estar también con él en sus reuniones diurnas. Había terminado sus estudios universitarios y le ayudaba con las cuestiones legales y financieras. En las citas nocturnas no participaba nunca. Cosas de hombres, decía con desprecio. A esos viejos forrados y puteros no les gustaría que aparecieses acompañado de tu mujercita, decía con exagerado desdén, solo para divertirle, y Dardo le cogía la mano y le daba un beso y nos decía que sin ella no tendría ni puñetera idea de cómo manejar este follón.

Había una parte de juego, una indefinida sensación de irrealidad en aquella nueva vida. Solo éramos cuatro veinteañeros. Pero estábamos sentados en aquellas sillas de jardín que tenían algo de tronos rústicos y una de las asistentas traía en una bandeja una botella de Chivas de doce años y unos vasos de cristal repujado y hablábamos de negocios, de cifras desorbitadas, de éxitos recién logrados o a punto de llegar y nos comportábamos como si hubiésemos sido siempre aquellos personajes nuevos que ahora éramos. Dardo se ocupaba de servirnos a cada uno dos dedos de whisky y se mojaba los labios con el suyo y después se echaba atrás en su sillón y cruzaba las piernas y sonreía y podías comprender que sonriera. Era aún poco más que un niño, pero había logrado agarrar bien fuerte el mundo y colocarlo donde siempre había querido tenerlo. A sus pies.

Alejandro Varona era un abogado de presencia imponente. Alto, corpulento, con una gran cabeza con una tupida cabellera blanca que le daba un aire leonino, ojos saltones azul oscuro, voz de barítono enfadado, vestido siempre con trajes de raya diplomática hechos a medida, corbata de nudo grande y prominente y camisas de puños anchos con aparatosos gemelos. Era un castellano recio, de carácter agrio y trato brusco. Le gustaba jactarse de no tener amigos. Para él las personas solo encajaban en tres categorías posibles: enemigos, aliados o despreciables. Y no era difícil que te pasara de una a otra según te resistieses a cumplir su voluntad, te plegases sin rechistar a sus deseos o dejase de interesarle tu existencia. Era servicial con los poderosos y tirano con los débiles. Nadie le quería ni él necesitaba que le quisiesen. Solo había tres cosas que de verdad le importaban: su madre, su colección de pintura y una casa de campo de cierta prestancia en los montes de Toledo que había pertenecido a las tres últimas generaciones de su familia.

En aquella casa fue donde Dardo y yo le vimos llorar.

Virginia le pidió ayuda a Dardo. Le aseguró que solo lo hacía porque no se le ocurría otra alternativa. Como le dijo, hay cosas que uno solamente hace por sus padres. Virginia mantenía una relación precaria con los suyos desde que les anunciara que dejaba la casa familiar de La Moraleja para irse a vivir con Dardo. Ellos habían seguido sin querer conocerle. Habían confiado en que aquel empeño de la niña en ennoviarse con un tipejo barriobajero se le acabaría pasando. Según fue transcurriendo el tiempo, en lugar de aceptarlo cada vez habían mostrado menos comprensión con aquella fijación de su hija por seguir adelante con ese amorío que echaba por tierra todo lo que habían soñado para ella. Tras la marcha de Virginia la madre se esforzaba por no perder el débil vínculo que aún mantenían y que solo consistía en esporádicas llamadas telefónicas. El padre, en cambio, se había enrocado negándose a tener cualquier trato con ella. Roberto Ginés, el padre de Virginia, era un hombre simple, un tipo de origen humilde al que ni el éxito ni el dinero le habían hecho abandonar los rígidos principios que habían regido su vida. A un hombre que se precie de serlo, le gustaba repetir, le basta con defender muy poquitas cosas: la familia, la honradez y el esfuerzo. Eso había hecho él y así había convertido la modesta empresa de reformas que había heredado de su padre en una próspera constructora. Pero, ahora, tras toda una vida cumpliendo aquella máxima, la recompensa final era que su empresa constructora había iniciado un declive que la situaba cercana a la bancarrota y que su única hija había dinamitado la familia para irse a vivir con un tipo que solo era un pelanas o algo aún peor.

Cuando Virginia se enteró, por su madre, de lo de la crisis de la empresa, superó cualquier reparo y le pidió ayuda a Dardo. Este sabía del desprecio que inspiraba al padre. Nunca había vuelto a La Moraleja desde aquella fiesta de catastrófico final y jamás le preguntaba a Virginia nada que tuviese que ver con su vida al margen de él. Pero, a pesar de todo ello, no dudó ni un instante en prometerle que haría todo lo que pudiese.

Virginia tuvo que emplearse a fondo para convencer al padre. No podía rendirse tras tantos años de lucha y dejar que la empresa a la que había dedicado su vida se derrumbase como una mala construcción, le dijo. Roberto Ginés, con la melancolía que acompaña a la derrota, claudicó. Acudió a la casa de Torrelodones y se sentó frente al hombre al que siempre había negado un sitio en su familia.

Alejandro Varona era la solución. Al mismo tiempo que la empresa de Roberto Ginés se desmoronaba, otras constructoras vivían una etapa de esplendor. En aquellos años cada vez eran más los pequeños ayuntamientos por todo el país en los que sus gobernantes se empeñaban en levantar auditorios, museos, polideportivos o piscinas públicas, o en cuyo término brotaban, como una erupción contagiosa, colonias de adosados. Y algunos dirigentes locales veían en ello no solo el legado más lucido que podían dejar a sus vecinos, sino también una forma fácil de enriquecerse. Alejandro Varona, desde su despacho del paseo de la Castellana, era el hombre encargado de hacer realidad aquel deseo. Había sabido hacer los contactos políticos adecuados, daba igual el partido, que él no se andaba con las esclavitudes de la ideología y la lealtad sectaria, para convertirse en el hombre al que todos recurrían para que diese forma a operaciones rápidas, indetectables y lucrativas para todas las partes. Varona recomendaba la constructora a la que se debía conceder tal o cual obra, echaba una mano para lograr la necesaria apariencia de legalidad en el contrato público correspondiente y también se ocupaba de negociar, cobrar y repartir las comisiones. Corrupción llave en mano.

La constructora de Roberto Ginés no estaba entre las señaladas por el todopoderoso dedo de Alejandro Varona. Ginés y él se conocían, pero nunca habían logrado entenderse. Ahora bastaría con que Alejandro Varona le tratase con un cierto afecto para sacar adelante la empresa.

—Vamos a poner arreglo a eso —le dijo Dardo al padre de Virginia.

Pero aquellas palabras no sirvieron para que Roberto Ginés mostrara la menor señal de alivio. Dardo y él se hablaron con cortesía, incluso con una contenida cordialidad, pero en ningún momento se acercaron a nada parecido a un entendimiento y mucho menos a un atisbo siquiera de posible amistad. Ambos se mantuvieron a cobijo detrás de un muro insalvable de desconfianza recíproca.

—Solo hago esto por salvar la empresa, porque sé lo mal que lo está pasando mi mujer, porque es difícil tirar cincuenta años de trabajo por la borda, por no dejar en la calle a todos mis empleados, porque creo que es mi deber hacer todo lo posible, aunque eso signifique traspasar ciertas líneas —le dijo el constructor.

—La verdad, señor Ginés, es que sus razones no me interesan en absoluto —le respondió Dardo—. Yo solo lo hago por Virginia.

Dardo metió en aquello a Roque Cardoso. Nos vimos con él en la casa de Torrelodones. Fue la primera vez que vi a Dardo y Cardoso juntos y me llamó la atención lo bien que se entendían. Era como si cada uno adivinase antes de decirlo lo que el otro ofrecía y pedía.

Cardoso puso a sus hombres de confianza a investigar a Alejandro Varona. Aquel era un tipo sin ninguna debilidad de la que se pudiese sacar partido. Alejandro Varona no bebía, no se metía nada, no se acostaba con nadie, no había por dónde agarrarle. Trabajaba catorce horas al día, y cuidar de su anciana madre, por la que sentía un amor filial cercano a la obsesión, ocupaba todo su tiempo libre. Cada viernes por la tarde subía a su Mercedes a la madre y a la mujer que la atendía y se iba con ellas a la casa de Toledo, donde pasaba todos los fines de semana.

Alejandro Varona podía no tener ningún vicio, pero sí

una pasión. Se reservaba un pequeño porcentaje de cada comisión que gestionaba. Eso suponía una considerable cantidad de dinero que dedicaba, a través de un marchante, a adquirir en las subastas de Christie's y Sotheby's las obras de arte que conservaba en la casa toledana. Alejandro Varona coleccionaba arte para su deleite exclusivo. Rara vez invitaba a nadie a aquella casa. No quería llamar la atención sobre lo que allí atesoraba. Era un coleccionista con un gusto ecléctico y exquisito y con una personalidad desconfiada y solitaria.

Cardoso cumplió su parte. Recopiló toda aquella información para Dardo. Y, una vez que llegaron a algunas conclusiones sobre lo que se podía hacer, Dardo nos sorprendió a los dos al decir:

—Nos encargaremos de hacerlo Peyo y yo.

Cardoso le insistió en que no lo veía necesario. Le aseguró que él tenía polis de confianza que podían ocuparse, por supuesto por una cantidad apropiada, y que no teníamos por qué asumir nosotros ningún riesgo. Pero Dardo no cedió. Y le dio una razón tan inesperada como inapelable:

—Necesito divertirme.

Fuimos a la casa un sábado al atardecer. Varona la tenía protegida por un sofisticado sistema de alarmas y en ella vivían un guardés y dos rottweilers. Asaltarla habría sido imposible. Por eso hubo que utilizar otro método. Sabíamos que la madre y la cuidadora se retiraban temprano a un dormitorio de la planta superior. Sabíamos que el guardés vivía en una edificación aneja a la fachada trasera de la casa y que los perros andaban sueltos, pero estaban adiestrados en no atacar en presencia del amo si este no se lo ordenaba. Y sabíamos que a él le gustaba pasar las veladas del fin de semana en el salón de la planta baja, leyendo y escuchando música clásica al calor de la chimenea y con la única compañía de las obras que colgaban de las paredes. Cardoso nos había contado todo aquello. Incluso nos había proporcionado un mapa de la finca y sus alrededores y un plano del interior de la casa por si los necesitábamos. Y nos había conseguido una cita. Cardoso repasó sus contactos y dio con un tipo que sabía que tenía buena relación con Varona. Solo dile que reciba a las dos personas que irán a verle a la casa de Toledo porque solamente tienen disponible el fin de semana, le pidió.

Llamamos a la puerta de entrada y el propio Alejandro Varona nos abrió. Cubría la entrada con su corpachón, embutido en un batín de seda con dibujos de fantasía, cinto con borlas y anchas solapas.

Nos saludó diciéndonos sin rodeos que no tenía mucho tiempo disponible. No sentía la menor obligación de disimular lo poco que le apetecía tenernos allí.

—Esperamos que le interese lo que venimos a plantearle.

—Muy interesante tendrá que ser como para venir a importunarme un sábado por la tarde.

Miró a un lado y nosotros seguimos su mirada y vimos que en un lateral de la casa estaban ya contemplándonos sus perros, esperando instrucciones.

—Solo os advierto de que basta con que despertéis a mi madre para que os convirtáis en la cena de esos bichos.

Fuimos al salón, donde efectivamente sonaba música clásica y el fuego crepitaba y en las paredes se alternaban cuadros diversos con librerías repletas de ejemplares con historiados cantos de piel, todo tal y como nos lo describiera Cardoso, cuya gente había hecho sin duda un meticuloso trabajo de información.

Varona se sentó en un sillón ancho y con grandes orejeras. Nosotros compartimos un sofá.

La conversación comenzó de forma extraña. Dardo le

dijo que éramos gente de confianza, que nos podía considerar amigos, que no habríamos ido hasta allí si no nos resultase de crucial importancia lo que íbamos a plantearle y que podía estar tranquilo con nosotros. Él le contestó que siempre estaba tranquilo, que teníamos más pinta de vendedores de enciclopedias a domicilio que de tipos peligrosos, que él decidía quién era o no era su amigo, que nos veía con pocas posibilidades de llegar a serlo y que ya estaba tardando en decirle para qué nos habíamos empeñado en verle. Me pareció un diálogo cómico, el de dos pavos reales exhibiéndose el uno ante el otro.

Dardo le habló de Roberto Ginés y de los apuros por los que pasaba su empresa constructora. Necesitaba que se le adjudicasen contratos pronto. Así de sencillo. Y estaba seguro de que él estaría dispuesto a tomarlo en consideración, porque quizá Dardo y él nunca fuesen a ser amigos, como había dicho, pero podía asegurarle que más le valdría que tampoco fuesen enemigos.

Alejandro Varona se resistió. Le dijo que conocía bien a Roberto Ginés y que era un tipo poco manejable. Un hombre de pueblo terco y nada flexible. No quería entender cuáles eran las reglas del juego. Por eso prefería dejarle fuera. Si eso convertía a Dardo en su enemigo, solo podía decirle que bienvenido a la larga lista que ya tenía.

Dardo le escuchó y después se puso en pie y miró a su alrededor. Su mirada se detuvo en uno de los cuadros de las paredes. Una cara de hombre grotesca. Un retrato espantoso. Le preguntó a Alejandro Varona por el autor y el precio. Francis Bacon. Había pagado por él más de diez millones. Una buena compra. Los coleccionistas estaban empezando a volverse locos con el tal Bacon. Al cabo de unos pocos años aquel cuadro valdría los sesenta millones fácil. Pero él se había adelantado a la moda, sabía comprar, dijo, sin poder resistirse a presumir.

Dardo asintió apreciativamente. Fue hasta la pared, descolgó el cuadro, que no era demasiado grande, le dio una patada por detrás para desmontar el bastidor y tiró el lienzo a la chimenea, donde se retorció, chisporroteó y fue devorado con rapidez por las llamas.

Alejandro Varona dio un grito, le maldijo, le preguntó si estaba loco y se cagó en su puta madre. Se puso en pie de un salto y se habría abalanzado sobre Dardo de no ser porque yo me adelanté, me levanté también, eché mano de la pistola HK que llevaba metida en la cintura, también proporcionada por Cardoso, y le apunté a la cabeza.

Dardo ya no propuso ni pidió nada: le dio instrucciones muy precisas. La constructora de Roberto Ginés sería adjudicataria de contratos de envergadura. Lo que tuviese que pagarle por ello no lo trataría con Ginés sino con él. Y añadió, como consejo amistoso, que no debía ser tan tonto como para volver a dejar entrar en su casa a desconocidos sin informarse mejor antes de quiénes eran y qué querían.

Alejandro Varona se resistió, más por reflejo que por firmeza. Balbuceó las excusas. Las cosas no son tan fáciles. Hay compromisos ya adquiridos. Llevará un tiempo.

El segundo cuadro en arder fue un Miró.

Alejandro Varona le juró a Dardo que le mataría. Dardo le aseguró que acabarían siendo amigos y le rogó que no levantase tanto la voz, no fuese a despertar a su señora madre, que seguro que la pobre mujer necesitaba descansar.

El tercer cuadro elegido por Dardo fue el más pequeño de todos. Un dibujo de una niña, apenas un esbozo, hecho con carboncillo sobre un basto papel marrón.

Dardo le dijo a Alejandro Varona que siempre le hacía sentir incómodo que le amenazasen con matarle. Después le volvió a preguntar por aquel otro cuadro y confesó que no tenía ni idea de arte, pero que le gustaba aprender. Ni siquiera había ido al colegio, confesó, así que Varona podría hacerse una idea de su grado de ignorancia.

Picasso. Una obra menor, de juventud. Su valor no era solo económico. Era su pieza favorita de la colección. Era una rareza, un capricho loco, había hecho un gran esfuerzo para poder adquirirla.

Alejandro Varona se echó a llorar al verla arder.

Cuando estuvimos de vuelta en el Dodge de Dardo, que habíamos aparcado a apenas unos metros de la entrada a la casa, no podíamos parar de reír.

Luego, al día siguiente, Dardo se vería de nuevo en su casa con Roberto Ginés. Alejandro Varona se portaría bien, le dijo. Y después le expuso cómo serían las cosas a partir de entonces. Ahora Ginés y Dardo serían socios. Dardo entraría en la constructora. Pero que no creyese que pretendía aprovecharse. Aportaría el capital que sus asesores fijasen como justo para convertirse en el socio mayoritario de la empresa. Él se encargaría de que lo que con tanta dedicación había puesto Ginés en pie nunca volviese a estar en riesgo de desaparecer. Además, se ocuparía personalmente de los acuerdos con Varona, y Ginés solo tendría que seguir haciendo lo mismo que había hecho siempre: trabajar con esfuerzo y con honradez y olvidarse de todo lo demás. Y, por cierto, añadió, al menos una vez a la semana podía invitar a Virginia a comer en su casa, que estaba seguro de que su esposa y él la echaban de menos tanto como ella a ellos.

Virginia y yo estábamos delante cuando Dardo le dijo aquello y nos asombró tanto como al propio Roberto Ginés. Para variar, Dardo no había compartido con ninguno de los dos sus intenciones de entrar en la empresa.

Ginés aceptó con resignación, comprendiendo como el buen negociador que siempre había sido que todo lo ocurrido no había sido su triunfo, sino el de Dardo.

Y también luego, pero en este caso unos cuantos años después, todo aquello se vendría abajo, saltaría por los aires, aunque para entonces ya no llegó a salpicar ni a Dardo ni a Roberto Ginés. Alejandro Varona acabaría viendo cómo un juez acordaba el embargo tanto de la casa familiar como de su colección de arte. El mismo juez que le mandó durante un buen puñado de años a la cárcel.

Pero todo eso sería luego. Aquella noche Dardo y yo regresamos a Madrid eufóricos y entusiasmados. No nos reíamos de Alejando Varona ni de su horrendo batín o de su llantina o de lo feos que eran aquellos cuadros por los que había imbéciles dispuestos a pagar millones. Nos reíamos porque, de pronto, por un momento, habíamos vuelto atrás, a los años del barrio, a los tiempos de dar palos y sentir vértigo.

Allí, en aquel coche, en aquella carretera vacía y oscura, no estaban los encorbatados ni ninguno de esos pelmazos con los que no nos quedaba más remedio que trasnochar, ni esos socios extranjeros con los que ni siquiera podíamos hablar sin alguien que nos tradujera. Allí solo estaban un par de gamberros. Dardo y yo. Los dos chavales del sector G huyendo después de dar un palo. Como le había dicho Dardo a Cardoso, necesitábamos divertirnos. Y aquella noche, mientras volvíamos, nos sentimos, al menos durante un rato, felices.

Fuimos los tres. Dardo, Zanco y yo. Fuimos al hospital Primero de Octubre y en la recepción nos esperaba una mujer menuda y rechoncha, una de esas mujeres resueltas y resolutivas que en cuanto tienen a alguien ingresado se hacen al instante con las riendas de todo el hospital. Nos dijo que era su tía y nos pidió que la siguiésemos y nos llevó hasta la tercera planta, al fondo de un largo pasillo. Tranquilos, nos dijo sin dejar de caminar, con el mismo tonillo imperioso con que un guía daría indicaciones a un grupo de turistas, no hay que tomar ninguna precaución especial, no tengáis miedo. Una enfermera nos salió al encuentro y la mujer no le dejó ni abrir la boca y le dijo, bonita, no te preocupes, son la visita autorizada, ya me encargo, y seguimos caminando, y después salió otra chica de una de las habitaciones y la mujer se lo repitió, bonita, aquí están, dijo señalándonos, y la segunda chica nos preguntó nuestros nombres, los comprobó consultando algún documento dentro de una carpeta que llevaba en la mano y le dijo a la mujer, como si fuese esta y no ella quien estuviese al mando, todo bien, pueden pasar.

Nunca le habríamos reconocido. En la única cama de la habitación había un hombre que, en un primer vistazo, cualquiera habría tomado por un anciano. Delgadez extrema, una deshilachada pelambrera grisácea moteada de calvas, ojos cavernosos, pómulos descarnados, llagas sobre la pálida piel apergaminada y una mascarilla de oxígeno cubriéndole la boca. Bajo las sábanas, el cuerpo apenas hacía bulto. Sobre ellas, pegados al cuerpo, los brazos extendidos, todo pellejo, terminaban en unas manos de largos dedos que eran solo falanges.

Gordi había llamado a nuestro piso. La misma mujer que nos había recibido a la entrada del hospital había recurrido a él para dar con nosotros. En realidad solo había pedido ver a Dardo. Pero este dijo que solo iría si nosotros podíamos acompañarle. Aceptaron. Fuimos. Y ahora estábamos a los pies de la cama donde yacía, esperando el final, Toño el Flecos.

En cuanto entramos le hizo una señal a la mujer, que nos había dicho en el ascensor que era su única pariente, hermana de su madre, a la que, la pobre, los disgustos se la habían llevado demasiado pronto, y por eso ahora le tocaba a ella apechugar con esto del sobrino, ley de vida, caridad cristiana y no sé qué más. Ella se acercó a quitarle la mascarilla. Toño no debía de tener fuerza para levantar los brazos y hacerlo por sí mismo.

—Cuando me dijeron si quería despedirme de alguien, no se me ocurrió nadie más —nos dijo Toño el Flecos, y aquello sonó a la vez a sarcasmo y a disculpa.

No supimos qué contestar. Estábamos los tres a un lado de la cama, inmóviles, atenazados por esa torpeza que entra cuando estás en un escenario desconocido e incómodo, por esa paralizante sensación de temor y culpa que inspira siempre un moribundo, como si los sanos tuviesen que pedir perdón por ser otro y no ellos quienes fuesen a morir.

La tía rompió el inquietante silencio diciendo con su hablar atropellado que iba a aprovechar que Toño estaba acompañado para bajar a sacarse un sándwich de la máquina, que llevaba todo el día sin comer, y la otra mujer, que había permanecido junto a la puerta y debía de ser una policía o una asistente social y en todo caso la responsable de vigilarlo, nos dijo que teníamos veinte minutos y que nos dejaba intimidad y esperaría fuera.

—Ya veis —nos dijo Toño con una voz que era poco más que un suspiro—, sois la última voluntad de un condenado a muerte.

No le preguntamos qué le pasaba. Ya habíamos oído hablar de aquello, como todo el mundo. Esa enfermedad rara que decían que solo mataba a yonquis y maricas. En Carabanchel se rumoreaba que había muchos reclusos que estaban infectándose, pero nunca había visto a nadie que la padeciese. En la prensa apenas se empezaba a hablar de ello. Se ironizaba con que aquello era un castigo o una bendición, según quisiese verlo cada uno, pero en todo caso de origen divino. Se debatía si algo tan parecido a una plaga bíblica era el principio del fin del mundo o de una nueva era. Todo eran incertidumbres. Que se contagiaba por un beso, por una tos o un estornudo cercanos, por la sangre o por la orina o por el semen o por beber del mismo vaso o estrecharse la mano. Que ese actor que había muerto, Rock Hudson, al final parece que era maricón perdido, vaya disgusto para Doris Day. Se señalaba al infectado como a un leproso, se los trataba como apestados. Aún se ocultaba a los enfermos, por eso resultaba todavía más sorprendente, más sobrecogedor, ver así a Toño el Flecos, el animal que nunca perdía una pelea, reducido a aquel cuerpo raquítico.

No se nos ocurría nada que decir. Y no solo por la impresión. Toño cumplía condena por el asesinato de aquella chica en la whiskería de Bravo Murillo. Nunca le habíamos ido a visitar ni habíamos vuelto a saber de él. Formaba parte de esa otra vida que parecía tan lejana, una sombra del pasado que ahora estaba allí, tendido en una cama, como una aparición, como si se tratase de un fantasma agonizante.

—¿Podemos hacer algo por ti? —le dijo Dardo, por puro formalismo, por que el silencio no se prolongara más.

Toño negó con la cabeza. Que Dardo hablase animó a lanzarse a Zanco, que fue más imprudente:

—Ha sido el caballo, ¿verdad?

Toño le miró y sus labios, tan blancos como la piel salvo por unas pequeñas llagas rojizas en ambas comisuras de la boca, se curvaron en un vano intento de alcanzar una sonrisa. Él no se pinchaba en los tiempos de la banda, como sí hacían el Trompos y el Pelao. Pero era lógico pensar que los años de cárcel podían haber cambiado eso.

Negó lentamente con la cabeza y un brillo fugaz, apenas un chispazo al fondo de las cuevas que eran ahora sus ojos, me hizo pensar, sorprendido, que algo de aquel momento le divertía.

—No, no —dijo—. No ha sido la droga.

Se puso a hablar. Despacio. Con una voz apenas audible, pero que, a medida que iba hablando, en vez de debilitarse, como cabría esperar, fue adquiriendo una ligera sonoridad. De vez en cuando hacía una pausa, aspiraba cuanto podía y llenarse de aire parecía ayudarle a continuar sin perder el hilo de voz que había logrado.

Nos recordó los domingos de cine en la Covacha a los que él nunca se apuntaba porque aprovechaba para dedicar aquellas tardes a otras cosas. Quiso saber si nunca nos habíamos preguntado por qué, cuando íbamos a Barrabás o a Canciller o a cualquier otra discoteca, él siempre desaparecía e iba a su aire. Nos habló de la pelea del bar El Lago, de aquel pobre chico. El chaval no accedió a sus proposiciones y a él se le fue la cabeza por el rechazo y la cosa se enredó y él se empeñó en que saliesen a pegarse, aunque el otro le propuso varias veces que mejor lo dejasen correr y se armó aquella pelea de todos contra todos y sí, joder, claro que fue él, se le fue la mano con la navaja. Aquella era la primera vez que lo admitía en voz alta.

—Y siempre supe que tú sabías que había sido yo, Dardo, y por eso nos ordenaste que no hablásemos nunca más de aquello y no me dijiste nada ni a mí ni a nadie y he tardado demasiado, casi no llego a tiempo, en darte las gracias por eso.

Dardo no contestó.

Toño siguió. Nos habló de tugurios con cuartos oscuros, de salas de cine a las que solo iban hombres, de descampados y de edificios abandonados, de que a veces era por sacarse un dinero y otras por pasarlo bien, y hasta hubo algunas, menudo imbécil, en que se había enamorado. Nos dijo que era cansado, agotador, estar siempre ocultando, disimulando, vivir con el miedo permanente de que se supiese. Nos habló, aunque menos, de aquellos últimos años, de la cárcel de Alcalá de Henares, de que allí había decidido que ya no le quedaba nada que perder y se había hartado de la jodida vergüenza y de ir a escondidas y no había desperdiciado ocasión. Cuando se empezó a correr la voz de que había aparecido esa enfermedad ya fue tarde. Llegó la tos y aquel primer esputo con sangre y supo desde el primer momento que aquella nueva condena sí era a muerte. Le habían contado que aquel veneno se te metía en el cuerpo y te devoraba por dentro. Era verdad.

Había podido con él, nada menos que con Toño el Flecos. Mirad mi cara, nos dijo. La giró para mostrar mejor la cicatriz que le cruzaba la mejilla izquierda, ahora un surco negro en la piel blanca. Trece años. Un tío le llamó «niñita». Pero yo gané la pelea. Así ha sido toda mi vida, dijo.

—Ahora solo soy un asesino camino del infierno. Y lo más extraño de todo es que a quien elijo para despedirme es a ti, Dardo, porque quiero darte las gracias a pesar de que sigo pensando que eres un hijo de mala madre.

Estábamos paralizados, aturdidos. Asustados. Ahogados por esa compasión egoísta en la que sientes tanto lo que le pasa al otro como te alegras de que no te pase a ti.

Solo queríamos salir de aquella habitación y él lo sabía.

Nos dijo que era extraño, que la verdad era que no se sentía mejor por habernos contado todo aquello. Ni aliviado ni reconfortado. Solo me siento morir, dijo. Nada más.

Cuando salimos del hospital estuve seguro de que Dardo y Zanco, como yo, tenían la misma extraña sensación de irrealidad. Como si lo anterior no hubiese existido. Como si Toño el Flecos aún estuviera en su módulo de la cárcel de Alcalá de Henares, repartiendo hostias para variar, tumbando a todo el que se le pusiera por delante, el amo de aquel lugar donde seguiría aún muchos, muchísimos años, cumpliendo su condena por disparar a bocajarro a aquella lumi de Bravo Murillo, siendo para siempre un bravucón sin sentimientos.

—Vámonos de aquí —fue lo único que dijo Dardo, y caminó rápido hasta el Dodge y condujo deprisa, premioso por poner distancia, porque aquel hospital, aquella enfermedad maligna y canalla y aquel hombre joven que moriría con cuerpo de anciano no tenían nada que ver con nosotros y lo único que quería, igual que Zanco y yo, era dejar de pensar en ello cuanto antes.

Aquella visita a Toño el Flecos fue lo que me decidió. No quería que llegase un día en que tuviese que volver a ir a un hospital, a encontrarme con otro cuerpo consumido, y que esa vez fuese el de Merche. Quería ayudarla y, para ello, necesitaba que alguien me ayudase a mí. Yo era un tipo limitado. Podía creerme alguien, manejando más dinero del que nunca hubiese imaginado, yendo por las noches a aquellos locales de moda, orgulloso de haber dejado atrás las penurias del viejo barrio. Pero solo era lo que era, un mangui venido a más, un ignorante que no sabía cómo salvar a una chica. Se lo pedí a Virginia. Ella pertenecía a un mundo más grande que el mío, ella sabría.

Le hablé de Merche. Fue una sorpresa para ella. Ni siquiera sabía de su existencia. Dardo nunca se la había mencionado. Aquello la enfadó.

—A veces me pregunto cuántas cosas no sé de él —me dijo con indignación y yo no contesté a eso, no quise comprobar ni indagar.

Le conté todos mis intentos fracasados de ayudar a Merche y le dije que estaba seguro de que había otras maneras de hacer algo por ella, pero que las desconocía porque yo venía de un mundo en el que no había ni marcha atrás ni carreteras alternativas. Quien tomaba la ruta que había tomado Merche terminaba siempre en el mismo lugar. Daba igual si era en portales, callejones, celdas o camas de hospital. En mi mundo, esperar que algo pudiese cambiar solo era una pérdida de tiempo y si las cosas nunca cambiaban a veces era solo porque no sabíamos cómo cambiarlas. Pero ahí estaba esa nueva amenaza, el sida, esa enfermedad de mierda que decían que iba a cobrarse vidas a miles, y yo estaba asustado y quería evitar que la de Merche fuese una de ellas.

Yo confiaba en Virginia. A pesar de que nuestra relación nunca llegaba a ser estrecha y seguíamos tomando precauciones indefinidas el uno con el otro, a la vez la admiraba. Había demostrado ser una mujer inteligente y estar sobrada de carácter. Había abandonado la vida perfecta que le habían diseñado sus padres para irse con Dardo. Había renunciado a ser un personaje más en un mundo que yo imaginaba como un cuento cursi de princesas con hijos siempre rubios. Ella había podido elegir y se había atrevido a dar un volantazo y tomar un desvío hacia una vida que solo le ofrecía incertidumbres. Eso la diferenciaba de Merche. Merche solo había podido conducir su vida en una carretera de una única dirección que iba en línea recta hacia el despeñadero.

Virginia me dijo al instante que podía contar con ella. Solo tardó unos días en decirme que iríamos juntos a buscarla.

Yo ya no veía mucho a Merche. Después de aquella primera vez, al día siguiente de salir de la cárcel, había vuelto tres o cuatro veces más por el local del Indio. Había intentado recuperar algo que se pareciese a aquella relación previa a mi condena: procurar que se alimentase bien, comprarle ropa o calzado, tratar de convencerla para que buscase un lugar mejor para vivir que aquel cuarto trastero. Pero ya no lograba que me hiciese caso en nada. Me veía aparecer y bufaba y protestaba y me decía que dejase de ser tan pelmazo, que me largase, que no me metiese en su vida, y solo rebajaba el tono de enfado para preguntarme si podía darle algo, que andaba con el mono y le estaban matando los calambres en las piernas o los retortijones de tripas. Le daba algunos billetes y ella se largaba a toda prisa y antes solo se despedía diciéndome que, por favor, no volviese nunca más, que no me soportaba desde que me había convertido en algo parecido a un cura que no paraba de soltarle sermones y ofrecerle caridad.

La última vez que había ido fue el Indio quien salió al bar a recibirme. Era un tipo enorme a lo alto y a lo ancho. Andaba con los pies muy abiertos y la cabeza echada hacia atrás, para compensar el peso de su enorme barriga. Iba siempre con una camiseta de manga corta, con manchas de sudor bajo el pecho, dejando ver unos brazos con un desmesurado diámetro de grasa sin músculo. Siempre había sudor en su frente y una mueca de asco en su boca. Me dijo que Merche no pensaba salir, que ni ella ni él querían verme más por allí, que dejase de tocarle los huevos, que no se me ocurriese volver si no era para dejarme el dinero con alguna de las chicas de la planta de arriba y que, por cierto, Merche le debía una pasta y seguiría trabajando para él hasta que se la hubiese devuelto y no había más que hablar. Pero regresé.

Virginia fue conmigo. Nunca había estado en el barrio. Íbamos en su coche, pero yo conducía y ella solo miraba por la ventana con la curiosidad del explorador que contempla un territorio exótico. Llevaba un rato callada cuando, sin venir a cuento de nada previo, me dijo:

—¿Merche era tu novia?

—Creo que sí. O algo parecido.

—¿Y aún la quieres?

La pregunta me sorprendió. Pero la sorpresa no era que me lo preguntara. Era que, de pronto, no supe qué contestar. Yo quería a una chica con la que hacía el amor en el asiento trasero de coches robados. Esa era la chica a la que yo deseaba ayudar. Pero esta otra, a la que ahora íbamos a buscar, no era ya aquella y no podía estar seguro de que lo que sentía por ella fuese lo mismo.

—No es fácil.

Virginia no insistió. Volvió a mirar por la ventanilla y dijo:

—Nunca lo es.

Entramos en el bar del Indio. Era temprano, pero aquel bar no cerraba en todo el día. No había nadie. Ni siquiera la camarera filipina había iniciado aún su jornada. Se me hizo raro ver allí a Virginia, en aquel lugar tan sórdido y desangelado. Fui más consciente que nunca de sus mesas cubiertas con manteles de hule, de la barra de metal con manchurrones de óxido en las junturas y del intenso olor a fregona mojada. Allí Virginia parecía más menuda, más ligera y más frágil.

El Indio apareció para ver quién había entrado. Al verme, el gesto de asco permanente de su boca se hizo mayor. Ya llevaba humedecidas la frente y la camiseta a pesar de la mañana fresca. Se nos acercó con su panza por delante y sus andares de pato.

—¿Y ahora qué? —nos gruñó.

No llegué a hablar. Virginia se me adelantó. Y pronto comprendí que me equivocaba por completo al haberme parecido desprotegida.

No le dijo ni quién era. Empezó por el final: Merche se venía con nosotros. Y, si no, el Indio podía tener por seguro que se quedaría sin aquel asqueroso negocio.

Virginia se hizo grande, como una montaña, a pesar de que su cabeza apenas quedaba a la altura del pecho del Indio.

—Mire, señor —le dijo sin el menor titubeo—, se me

ocurren mil posibles denuncias diferentes que ponerle. No solo le cerrarán este estercolero y le multarán hasta dejarle en pelotas, sino que además pasará una temporada en alguna prisión haciendo una dieta que le vendrá muy bien. Salvo que se aparte y deje que Merche venga con nosotros.

Yo estaba junto a ella, tan mudo de asombro como el propio Indio. Llevaba en la cintura, oculta bajo la cazadora, la HK que me pasara Cardoso, por si las cosas se torcían. Estaba seguro de que se iba a armar. Me equivoqué de nuevo.

El Indio se lo pensó unos segundos. Solo había que verle a él y a su negocio para comprender que era un tipo práctico. No hacía esfuerzos de más. No tenía pinta de ser de los que aspiran a que su bar sea más bonito o sus chicas más atractivas o su clientela más elegante. Optó por la decisión más cómoda.

—De acuerdo —dijo sin mayor disgusto—. Podéis llevaros a esa zorra yonqui si me pagáis lo que me debe.

Puso un precio. Virginia y yo sacamos todo el dinero que llevábamos encima. No llegaba a esa cantidad. El Indio nos preguntó cuánto teníamos y se dio por satisfecho.

Fuimos hasta la habitación del fondo. Merche dormía junto a su amiga Juana. Cuando Virginia se inclinó sobre ella y la despertó sacudiéndole con suavidad el hombro, Merche la observó durante un rato achinando los ojos, sin lograr entender por qué tenía ante sí algo tan inesperado como el rostro de una mujer tan guapa. Tal vez fue lo imprevisible de aquella presencia lo que hizo que no pusiese ninguna pega cuando Virginia le pidió que la acompañase. La cubrió por los hombros con la misma manta con la que dormía y la sacó de la habitación y solo al pasar a mi lado Merche habló por vez primera para decirme:

—Peyo tonto.

Verme pareció despertarla al fin y entonces miró de nuevo a Virginia, con asombro, y otra vez a mí.

—¿Esta es tu novia? —me preguntó con voz ronca—. Vaya, a lo mejor no eres tan tonto...

Se dejó llevar sin resistirse ni protestar, echando de vez en cuando vistazos fascinados a Virginia. Eran dos mujeres de edad similar, pero no podían ser más diferentes.

El Indio nos vio salir del pasillo sin moverse.

—Volverá. Todas vuelven —dijo con desprecio cuando pasamos a su lado camino de la salida.

Yo conduje y Virginia, que era la que se había ocupado de todo, cogió un mapa que se había traído y me fue dando indicaciones. Merche se hizo un ovillo en el asiento de atrás, se cubrió con la manta hasta debajo de la nariz y, antes de quedarse dormida, preguntó si podíamos darle algo para un pico o al menos para un café. La dejamos en aquella granja de la provincia de Segovia, un lugar de aspecto sencillo y apacible que había buscado Virginia y donde cuidaban a gente como ella. Nos recibió la amable pareja que dirigía aquello y Merche se fue con ellos sin protestar y sin acordarse de decirnos adiós.

Cuando volvimos al coche Virginia se enjugó una lágrima.

Acordamos no contarle nada a Dardo, aunque ninguno le dijo al otro el porqué. De vuelta a la casa de Torrelodones yo le di las gracias y ella me aseguró que todo iría bien. Por primera vez en mucho tiempo sentí un deseo imperioso de darle un abrazo a otra persona. Pero al final me contuve.

Dardo nos reunió bajo la pérgola. Esperó a que una de las asistentas nos trajera las bebidas. Martini rojo para él y Virginia y cervezas para Zanco y para mí. Se le veía de buen humor. Nos miraba sonriente, callado. Quería darle emoción a lo que iba a decir. Por fin, cuando la asistenta se hubo retirado, nos miró uno a uno y solo dijo una palabra:

—Coca.

Después calló otra vez. Volvió a esperar. Nos volvió a mirar, esta vez más despacio, buscando en nuestras caras alguna reacción. Por supuesto, no la hubo. Solo era una palabra.

—He estado dándole vueltas desde que vi a Toño en aquella cama —continuó por fin—. Esa enfermedad de mierda lo va a cambiar todo. Los yonquis van a caer como chinches. Uno detrás de otro. Nadie se atreverá a seguir usando jeringuillas. El consumo será diferente. El tiempo de la heroína ha pasado.

Dardo no nos dijo aquello porque ahora fuese a cambiar y a compartir con nosotros sus planes. Solo necesitaba lucir su reflexión. No nos hablaba como nuestro jefe ni como nuestro amigo, sino como un visionario que hubiese visto la luz y quisiese iluminar con ella a sus discípulos.

—Esnifar, fumar, lo que sea antes que pincharse. La coca. Va a imponerse sobre todo lo demás. Y es muy cara.

Pero dará igual. Todos esos pijos a los que les encanta meterse un tiro después de pasarse el día en sus despachos ganando pasta pagarán lo que haga falta. La coca se va a convertir en el gran capricho de todos los que quieren tener un subidón sin el riesgo de pillar la puta enfermedad.

Dardo nos fue señalando uno a uno para dar mayor énfasis a sus palabras.

—La coca es el futuro y nosotros no estamos en él. Hay que reorientar la estrategia, hay que posicionarse en el mercado, estar preparados para atender la demanda creciente, para ir por delante de cualquier competidor.

La palabrería era inevitable. Pero, más allá de eso, tenía razón. Había crecido gracias al caballo. Ahora tocaba dar otro giro. Sonaba lógico.

Cuando volvió a callar para esperar una reacción, Zanco le dijo con admiración:

—¿Y todo eso se te ha ocurrido solo por ver a Toño en el hospital?

Dardo asintió, sin darle mayor importancia a la pregunta. Yo no dije nada, pero me di cuenta de que, tal vez, Zanco y yo estábamos pensando lo mismo en aquel momento. Mientras Dardo hablaba, me habían venido a la cabeza aquellas otras palabras de Zanco: Dardo sabe sacarle provecho a la muerte. La visita a Toño el Flecos me había impulsado a buscar ayuda para Merche. A Dardo le había inspirado una nueva estrategia empresarial.

Al escucharle también me había acordado, sin saber concretar la relación exacta, de algo aún más lejano. El cuerpo del Pelao en un solar abandonado. Dardo y yo entre los curiosos. Y lo único que pareció importarle, lo único que mencionó cuando nos alejábamos del solar, fue que un policía de los que estaban allí nos había mirado con expresión de triunfo. Nunca volvió a mencionar al Pelao. Habíamos sabido que Toño el Flecos había muerto hacía un par de días, pero tampoco habíamos hablado de ello. Dardo no hablaba de los muertos, no iba a sus entierros. La coca. Solo eso importaba ahora. Había que atender un mercado de enorme potencial, sin tiempo para recordar a un viejo amigo. Si seguíamos apostando por el jaco pakistaní como producto principal y esa porquería del hachís marroquí como complemento, no aprovecharíamos la demanda de polvo blanco que se avecinaba, nos quedaríamos obsoletos, dejaríamos de ser competitivos. Dardo seguía con toda esa mierda de palabrería empresarial de manual para principiantes. Y Toño el Flecos, una vez descargado en nosotros su secreto, puesto en evidencia por aquella enfermedad exterminadora, dormía sin paz en el depósito del hospital.

Una vez más Dardo se entregó en cuerpo y alma a poner su nuevo plan en marcha. Dejó a un lado todo lo demás. Aquel negocio lo dominaban los gallegos. Perdió el interés por los turcos y los pakistaníes y delegó en los encorbatados la supervisión de los camiones y las demás redes de transporte. América. Había descuidado aquella parte del planeta. Tenía que contactar con los gallegos, tenía que mirar hacia América. Ese era el futuro. Y a formar parte de ese futuro fue a lo que dedicó su obsesiva actividad. Con el mismo método y el mismo talento de siempre: identificar los contactos adecuados, establecer relaciones, forjar alianzas, saber lo que podía ofrecer y hasta dónde podía pedir, cerrar acuerdos, mantener el principio de que lo que a él le diese beneficios debía dárselos por igual y hasta más aún a sus socios para mantenerlos contentos, abrir nuevas rutas de transporte.

Hubo algo que cambió.

Lo supe poco más de un mes después de aquella reunión. La primera mañana en que la primavera entró con fuerza. Virginia me había llamado a casa. Estaba por el centro haciendo recados. Era sábado, uno de esos días en que el sol llega aún con más luz que calor, una de esas mañanas en que uno se despierta con esa sensación tan irracional pero tan tranquilizadora de que, de pronto, todo es posible solo porque hace buen día.

—Vístete, que te recojo —me dijo Virginia con su voz alegre—, que hoy no hace día de ciudad.

Me esperó en su coche frente a mi portal. Zanco no quiso acompañarnos, así que nos fuimos los dos solos. La acompañé a varias tiendas. Recogió unos trajes en una y compró una lamparita en otra y luego pasamos un rato en una librería donde eligió unos cuantos libros.

—¿Has leído a Virginia Woolf? —me preguntó cuando volvíamos al coche.

Le dije que no, que en realidad no había leído a nadie.

—Creo que solo me gusta porque se llama igual que yo.

Se rio, no supe si de mi incultura o de la coincidencia de nombres. Estaba de buen humor.

Llegamos a su casa. Aparcó bajo el chamizo de la entrada y cogimos las bolsas con las compras y fuimos al jardín de atrás.

Yo llevaba varios días sin ver a Dardo. En toda aquella semana no habíamos ido ni una sola noche a nuestras habituales citas nocturnas. No era lo normal. Quedarme en casa tantas noches seguidas me resultaba extraño. Me causaba una cierta inquietud.

Dardo estaba en la pérgola, en el sillón en el que siempre se sentaba. Le acompañaban tres personas. Un hombre con pinta de galán maduro de telenovela: espléndida cabellera de un lustroso gris platino, bigote cuidado, piel bronceada y una impoluta camisa blanca. Otro, menos atractivo, de aspecto más basto, más parecido a un boxeador retirado, con una gran cabeza cuadrada, nariz aplastada y algo que afeaba su cara y que no supe concretar hasta que estuve más cerca y distinguí su labio leporino. El tercer hombre era Roque Cardoso.

Dardo no advirtió que Virginia y yo nos acercábamos hasta que estuvimos bajo la pérgola.

Fue entonces cuando ocurrió. En apariencia, un detalle sin importancia.

En realidad, un gesto que lo cambió todo.

Dardo calló en mitad de una frase. Nos miró y levantó la mano para detenernos e indicarnos que nos marchásemos antes incluso de que hubiésemos dicho «hola».

—Disculpad. Estamos ocupados.

Eso fue todo.

Virginia y yo tardamos en saber qué hacer. Debimos de parecer un par de idiotas, allí plantados, con las bolsas en la mano, tratando de descifrar las palabras de Dardo como si fuesen un mensaje en clave.

Dardo nunca había dejado a Virginia fuera de sus reuniones. Al revés. Le gustaba tenerla a su lado y escuchar sus consejos y opiniones. A mí tampoco. En todos aquellos encuentros nocturnos con gente de todo tipo, nunca me había excluido de ninguno.

Aquella fue la primera vez. Para los dos. Y los dos nos dimos la vuelta y nos marchamos, entramos en la casa para dejar las bolsas y fuimos a la cocina a por algo de beber y nos quedamos allí hablando de cualquier cosa. Mantuvimos el buen humor de toda la mañana y no nos dijimos el uno al otro lo que los dos habíamos descubierto a la vez. Que todo acababa de cambiar.

Una vez más Dardo pareció volver a empezar su vida desde cero. Había algo que siempre se cumplía con él. Cada vez que lograba el nuevo objetivo que se hubiese propuesto, ya fuese dejar los atracos para dedicarse a traficar, hacerse con el control de la venta del centro de la ciudad o expandirse como transportista internacional, Dardo parecía haber alcanzado el cielo, haber llegado a lo más alto, por encima de sus propias expectativas. Pero luego, cuando pasaba a otra etapa, cuando subía otro escalón en esas escaleras que nunca tenían un final, todo lo anterior pasaba de inmediato a parecer pequeño, demasiado insignificante, una mediocridad en comparación con la nueva cima que hubiese coronado.

Esa sensación fue entonces mayor que nunca. La vida de Dardo cambió a una velocidad sorprendente, empequeñeciendo el pasado, como si todo lo anterior que hubiese vivido hubiera sido solo un ensayo, un juego infantil, poco más que un entrenamiento para poder abarcar esa vida recomenzada que de pronto se hizo inmensa, desbordante y absorbente.

El primer cambio fue que ahora sus ocupaciones le mantenían cada vez más tiempo alejado de la casa de Torrelodones y de nosotros. A Dardo nunca le había gustado viajar. Hasta entonces había tejido sus redes, rutas y alianzas con contactos por medio mundo recurriendo a terceros, a los encorbatados, sobre todo, o forzando que los encuentros personales imprescindibles tuviesen lugar en Madrid.

Pero ahora fue diferente. Dardo pasaba más tiempo viajando que en casa. No delegaba en nadie el trato personal con sus nuevos contactos. Y, además, lo disfrutaba.

Se marchaba a viajes que solo duraban tres o cuatro días, pero eran constantes. Cuando regresaba nos invitaba a su casa a Zanco y a mí y nos hablaba de sitios que nos sonaban a escenarios exóticos de una película de aventuras. Nos hablaba de Medellín, de Sinaloa, de Juárez, de la isla de Margarita o de cayo Staniel, una playa de las Bahamas donde nos contó que podía verse, sumergida en sus aguas transparentes y poco profundas, como si fuera el cadáver de un gran tiburón de metal, una avioneta en la que se habían estrellado hacía unos años unos narcos que volaban hacia Florida y que nadie había retirado del fondo del mar. Volvía de todos sus viajes con algún descubrimiento que le había dejado asombrado. Allí dedican canciones que se llaman «corridos» a los tíos como nosotros. Allí, cuando matan a un soplón, le cortan las pelotas y se las meten en la boca al cadáver. Allí hay un tipo al que llaman «Jefe de Jefes» a cuyo primogénito acribillaron con nada menos que quinientos disparos y que encargó para su funeral cincuenta mil rosas, dejando sin flores a varias provincias.

Nos hablaba de personas a las que había conocido que, desde luego, sonaban más extravagantes que sus olvidadas amistades del Hanói. Una mujer hermosa y maligna que siempre vestía con botas de piel de cocodrilo y chamarras de avestruz, que controlaba el cártel más poderoso del golfo de México y que se decía que bastaba con el tono con que dijera el nombre de un hombre para que sus sicarios supiesen si le quería decapitado o como su próximo amante. Un piloto al que el abuso del peyote había vuelto loco, que llevaba cargamentos desde Colombia a Texas y presumía de volar siempre tan bajo para evitar ser detectado que era capaz de mantener durante cientos de millas la panza de su avioneta mojándose en el mar. Un militar que aseguraba estar en el negocio de la coca tan solo de manera temporal, hasta que lograse reunir los fondos que le permitirían financiar un golpe de Estado para hacerse con el poder en su país. Un tipo que se sentó a su lado en una cena en Tijuana y le dijo que su profesión era la de «pozolero» y, cuando le preguntó qué era eso, le explicó que se dedicaba a disolver cadáveres en ácido, que ya llevaba más de trescientos y que no había otro mejor que él en su oficio. Regresó de uno de sus viajes más eufórico que nunca. Lo había logrado. Al fin había estado allí. La hacienda Nápoles. Había cruzado aquel arco de entrada con la avioneta colocada encima. Incluso le habían invitado a quedarse a dormir. ¿Qué os parece? El macarra de San Blas. Nosotros no sabíamos de qué nos estaba hablando. Por el orgullo con que lo contó, dedujimos que había estado con Dios o, al menos, con alguien que se le debía de parecer mucho.

Aún faltaban muchos años para que las películas, las series de televisión y los libros familiarizasen al mundo entero con todo aquello. A nosotros las historias con que regresaba Dardo de sus viajes nos sonaban extrañas, como fábulas o leyendas, con escenarios y personajes que parecían formar parte de un universo imaginario, lejano y ajeno, pura fantasía, que le tenía hechizado.

Pero, más allá del exotismo, Dardo había logrado una vez más el objetivo. La coca. Su visión frente al lecho de muerte de Toño el Flecos. No tardó ni un año. Primero se había ofrecido a los gallegos. Después había llegado a todos aquellos capos del sur y el centro de América. Y había puesto sus redes de transporte al servicio de unos y otros. Ahora sus camiones y sus contenedores y sus puntos de entrada en puertos y aeropuertos ya no solo servían para traer, sino también para llevar. Dardo se convirtió en el hombre que mejor movía lo que llegaba desde América no solo por España, sino también por toda Europa. Si alguien se metía una raya en una casa de verano de la isla de Santorini o en un club de jazz de Estocolmo, era más que probable que fuese Dardo quien la hubiese hecho llegar hasta allí.

El galán maduro de telenovela había sido el enlace que le había introducido en todo aquello. Dardo nos lo describió como un hombre desafortunado pero feliz. Miembro de una de las más poderosas familias de Panamá, se había visto obligado a huir a España con una nueva identidad para evitar la cárcel. Dardo no conocía los detalles exactos. Una discusión que fue a más, demasiado tequila, un disparo y una chica muerta. Aquel mundo que ahora descubría Dardo no era muy distinto del de los poblados, aunque su dimensión fuese incomparable. Clanes y lazos de sangre. El panameño formaba parte de ello y los suyos no le dejaron tirado. Se vino a Madrid y, con el apoyo de su gente, había encontrado la felicidad trabajando sin distinción para cualquier patrón que necesitase acceder a los mercados europeos, daba igual si eran mexicanos, colombianos, peruanos o de donde fuese o si eran amigos o enemigos entre ellos. Él trabajaba con una lealtad sin distinciones ni preferencias y enseñó a Dardo a actuar igual.

El boxeador del labio quebrado no era tan importante. Actuaba como simple mensajero al servicio de los gallegos. No tenía mando en plaza ni capacidad de decisión, pero hacía de correo y de ojos y orejas para sus jefes. Vivía de un lado para otro, yendo y viniendo desde la ría de Arosa al campo de Gibraltar, hablaba poco, escuchaba mucho y transmitía solo aquello que se le ordenara transmitir.

Ambos aparecían por la casa de Torrelodones en cuanto Dardo regresaba de su último viaje. A veces Roque Cardoso se unía a ellos.

Dardo nunca nos pidió a Zanco o a mí que le acompañásemos en sus viajes. Aquella gente no quería tratar con más personas de las imprescindibles, decía. Pero no os preocupéis, bromeaba cuando estábamos los tres solos, compañía no me falta. Una novia en Acapulco, otra novia en Cartagena. Eso decía, con un guiño pícaro, aunque luego se apresuraba a asegurar que solo estaba de broma.

Hubo una vez que, recién llegado de Bogotá, nos contó que su anfitrión le había llevado a una elegante discoteca y que allí le había presentado a otros tres tipos y que, según se estaban saludando, había aparecido un sicario, se había acercado al grupo sin ningún disimulo, había sacado un pistolón, había disparado en la nuca a uno de ellos y después se había marchado caminando tranquilamente. Un asco, nos dijo, os podéis imaginar todo lo que nos salpicó. Pero eso no había sido lo peor del viaje. Después nos contó, con indignación, que una de sus chicas de allí había tenido un descuido e iba a hacerle padre. Pero al instante se rio y se burló de nosotros diciéndonos que éramos unos ingenuos capaces de creernos cualquier cosa y que lo del bebé era mentira, pero lo de los sesos esparcidos no.

Ese era ahora nuestro pequeño papel. Nos invitaba a comer o a cenar, nos sentaba bajo la pérgola y nos hablaba con entusiasmo de los lugares y las personas que había conocido.

Con Dardo era así. Nuestras vidas a veces avanzaban acompasadas y, otras, vivíamos a velocidades por completo diferentes.

Nos dedicábamos a lo de siempre. El negocio local. Yo seguía cumpliendo encargos menores. Siempre había un favor pendiente que hacer, alguna gestión que resolver con sus empleados o una visita a la que atender. Zanco se seguía ocupando de los pisos. Cuando Dardo regresaba y nos llamaba, se ponía contento como un niño que va a reencontrarse con un papá que ha estado demasiado tiempo ausente. No se daba cuenta de que nos habíamos quedado fuera. Encallados en lo que para Dardo ya era pasado. Zanco iba por los pisos, proveyendo a los camellos y recaudando cantidades que antes pudieron ser importantes, pero que ahora se habían quedado en poco más que calderilla. Sin darse cuenta de que si Dardo mantenía aún aquello era solo por tenerle entretenido. Yo tenía la sensación de que nos habíamos convertido en algo así como un secretario y un casero. Zanco aún creía que formaba parte del futuro de Dardo sin entender que ni siquiera existía ya en su presente.

Virginia seguía allí. Al margen. Sin queja. Pasaba los días en la casa y le recibía, alegre y cariñosa, cuando regresaba. Dardo le traía regalos que costaban pequeñas fortunas. Unos colgantes de plata de Zacatecas, un collar de esmeraldas de Puerto Arturo, unos pendientes de perlas de Mar de Cortez. Dardo aún no se había dado cuenta de que ella nunca usaba joyas. Es el hombre con peor gusto del mundo, nos decía, con él delante. Y Dardo lo admitía con una cómica humildad culpable, pero a la vuelta del siguiente viaje volvía a aparecer con un collar, una pulsera o un medallón tan aparatosos como valiosos que a ella le espantaban y que acumulaba en un cajón. Seguía siendo una mujer alegre, seguía siendo raro oírla quejarse de algo, seguía siendo optimista. Solo a veces, muy pocas, sus ojos se oscurecían, su sonrisa se escondía y su voz se iba lejos. Y entonces me miraba con una mirada cómplice, como si ambos compartiésemos un secreto del que era mejor no hablar. Maldito Dardo, me decía, con más ternura que rabia.

No nos quejábamos, aceptábamos sin protestar el nuevo papel que Dardo había decidido adjudicarnos en su vida. Nos obligábamos a creer que no existía esa distancia nueva e insalvable con él y, a la vez, verlo tan lejos nos iba acercando a nosotros dos.

Virginia tomaba el sol junto a la piscina, tendida sobre una tumbona de loneta de rayas azules y blancas. Yo estaba sentado en una silla a juego a su lado. Ella llevaba un bikini rojo y la piel le brillaba cubierta por crema bronceadora. Yo estaba vestido. Ella bebía un Martini con hielo, el tercero desde que yo había llegado hacía un rato, yo bebía cerveza.

Dardo estaba de viaje. Ella me había llamado, me había dicho que se le echaba la casa encima, que si me importaba ir a hacerle compañía un rato, que un lunes o un martes podía ser terrible, pero que no había nada peor que un domingo a solas. Pasábamos así muchas tardes, bajo la pérgola o junto a la piscina, hablando poco y bebiendo mucho.

El verano estaba a punto de empezar. Hacía calor. Virginia me había insistido para que me pusiese un bañador de Dardo y me diese un chapuzón. Me había resistido. Soy de tierra firme, le había dicho. Era cierto. Tanto como que, sin saber por qué, me incomodaba la idea de ponerme un bañador de Dardo.

Ella se apoyaba en un codo, bebía de su copa, me miraba desde detrás de los pequeños cristales redondos de sus gafas de sol.

Aquel domingo quería hablar.

—Dime, Peyo, ¿dónde estamos?

Tal vez estaba un poco borracha ya.

—Creo que no te entiendo.

—Una vez, hace ya tiempo, una de esas raras veces en que Dardo se despista y comparte lo que piensa, me dijo algo que nunca he olvidado. Me prometió que seríamos ricos, que nunca nos faltaría de nada, que no podía ni imaginarme hasta dónde pensaba llegar. Pero que había una cosa que tenía muy clara. Y también me prometió que en eso nunca cambiaría. Nunca, me dijo, jamás, ni en lo más mínimo, aceptaría acabar pareciéndose a los invitados de aquella fiesta de cumpleaños.

Se acabó la copa. Se inclinó para coger la botella, que estaba dentro de una cubitera en el suelo. El pelo suelto le cayó a un lado.

—Te parecerá extraño, pero a veces he pensado que aquella noche Dardo decidió que no quería necesitar nunca a nadie. Decidió que seguiría adelante solo. Y si aún nos tiene a su alrededor a ti, a mí o a Zanco es solo porque hay momentos en que la soledad le pesa demasiado.

Rellenó su copa.

—Mira esta casa en mitad de la nada —dijo intentando abarcar la casa, el terreno en pendiente y la piscina con un movimiento de brazo—. Aparte de Zanco y de ti, aquí nunca viene nadie que no sean todos esos tíos tan aburridos y tan pelotas. Y mira ese coche absurdo que lleva, tan aparatoso, tan pasado de moda. Todo es lo mismo. No es que sea un hombre sencillo o que no le guste presumir. Es que no quiere que nadie pueda juzgarle.

No dije nada. No me gustaba aquella conversación. Mi relación con Virginia era ahora más cercana, en especial desde el asunto de Merche, pero no incluía intercambio de intimidades y no estaba seguro de querer que las incluyera.

Le derrapaba la lengua un poco. Me miraba, divertida

con mi evidente incomodidad. Empezaba a ponerse morena.

—Somos demasiado jóvenes para vivir así —me dijo levantando un poco de más la voz—. Esto no es un hogar, es un escondite. Y ni siquiera sé de quién tenemos que escondernos. Creemos que Dardo es muy valiente, pero a lo mejor estamos equivocados, a lo mejor le da miedo todo el mundo. Y puede parecer que estamos aquí, en esta piscina, en esta casa tan fea, quietos. Pero eso no es del todo verdad.

Virginia se llevó el índice a los labios, en un exagerado gesto con el que me pedía discreción.

—Huimos —me dijo bajando la voz—. La vida de Dardo solo consiste en huir. Y nosotros solo corremos detrás de él.

Bebió de la copa y se bajó con un dedo las gafas hasta dejárselas apoyadas en la punta de la nariz y me miró por encima de los cristales con ojos burlones.

—¿Conoces la historia de Bonnie *and* Clyde?

Le dije que no. Ella arrugó los labios.

—Da igual. Casi mejor. No te gustaría saber cómo acabaron.

Dejó la copa y se levantó y extendió los brazos, de pie frente a mí, y yo aparté la mirada porque tenía demasiado cerca su cuerpo.

Ella adelantó un poco una pierna y después la otra, revisándolas.

—¿Estoy guapa?

—Siempre lo estás.

Me hizo una mueca de burla.

—Vaya, Peyo. Nunca me habías dicho un piropo —dijo.

Se tiró a la piscina de cabeza y yo la contemplé mientras se deslizaba bajo el agua.

La pareja que dirigía la granja llamaba con regularidad a Virginia. Le contaban los progresos. Todo iba bien. Muy despacio. Engordaba un par de kilos. Superaba una gastroenteritis, una infección de orina, una fiebre baja pero persistente que quizá estuviera provocada por una mononucleosis. Enfermedades menores, un milagro que no tuviese hepatitis, aseguraban. Y de lo otro, la enfermedad que siempre se evitaba nombrar, nada. Cada vez le gustaba más estar al aire libre. Empezaba a trabajar en un huerto. Recogía su primera cosecha de tomates y rábanos. Salía a dar cortos paseos por los alrededores. Primero acompañada. Por fin, de vez en cuando, porque tenía que ganar confianza en sí misma, muy cortos, sola. Volvía a tener ilusiones, magnífica señal: quería arreglarse la boca en cuanto saliese de allí. Virginia me contaba cada novedad. ¿Podríamos ir a visitarla? No. Aún no era aconsejable. Todo esto era un proceso muy lento. Ella no preguntaba por nadie. Mejor no enfrentarla aún con rostros del pasado. Poco a poco. Todo iba bien, le repetían a Virginia. Al ritmo que era de esperar.

Hasta aquella llamada tan diferente. Se lo comunicaron a Virginia con serenidad, con esa imperturbable placidez con que aquella pareja parecía encarar por igual dramas y alegrías. Se ha ido. Salió a dar uno de esos paseos sola y no regresó. Ocurría a veces. Calma. Había ocasiones en que necesitaban oxígeno, dijeron, aquello era una forma de confirmarse que seguían siendo libres, que no estaban allí prisioneros, que su vida les pertenecía. Podía volver en cualquier momento. Eso le dijeron a Virginia y eso me dijo ella a mí.

Pero yo supe desde el primer momento que ella no volvería.

La buscamos. Recorrimos andando los alrededores de la granja. Recorrimos en coche las calles del viejo barrio. Fuimos a ver al Indio y tanto él como la camarera filipina nos dijeron que no habían vuelto a saber de ella desde que nos la llevamos. Telefoneamos a comisarías y hospitales. Por fin, tras cuatro días de búsqueda, Virginia llamó a Roque Cardoso y le pidió ayuda y este puso en movimiento a su gente y fue quien la encontró.

La noche siguiente a que le llamásemos había aparecido en ese puticlub en que al parecer había trabajado, el bar de un tipo al que llaman el Indio, nos contó. Ella le pidió que le dejara pasar la noche en un cuarto trasero donde, por lo visto, ya se alojaba antes de la granja. El Indio le dijo que sí, porque era tarde y estaba claro que si no acabaría durmiendo en la calle. A la mañana siguiente, al ver que pasaban las horas y no terminaba de salir del cuarto, el Indio entró y vio cómo estaba y llamó a una ambulancia.

La historia de Merche cumplió, paso a paso, con todas las previsiones. Una historia predecible, repetida mil veces, que a nadie le interesaría ni contar ni escuchar. En ella no hubo sorpresas ni final feliz.

Fuimos al hospital que nos indicó Cardoso. Un médico nos dijo que Merche había llegado con un resto de vida. Sin apenas consciencia. Solo dijo un nombre. Quizá sin saber lo que decía. Y, al oír aquello, temí tanto como deseé que aquel nombre fuese el mío. Me aterró pensar que me había reclamado a su lado en aquel último instante y yo no había estado allí. Y, a la vez, deseé con una vehemencia infantil que esa última llamada, esa última palabra, fuese mi nombre, que me hubiese mencionado aunque hubiese sido solo para hacerme un reproche, para regañarme por no estar a su lado, para decirle al médico que, por favor, no me avisasen, que no quería verme, que yo solo era una pesadez de tío incapaz de ayudarla. Todo me hubiese valido. Como consuelo, como recuerdo, como regalo.

El médico nos dijo que no llegó a decir nada más. Solo aquel nombre. Juana. La llamó y después se fue.

Le esperé en la terminal del aeropuerto, en la salida de viajeros. Llegaba en un vuelo nocturno. Apenas despuntaba aún el amanecer. Había ido a recogerle en su Dodge. Se sorprendió al verme, me preguntó el porqué de aquella novedad y me agradeció el detalle. No le dije nada hasta que estuvimos en el coche. Conducía yo.

Se lo dije y él se quedó callado. Fue un silencio largo, espeso y, por supuesto, fúnebre.

Me hizo algunas preguntas. Cómo, dónde, cuándo. Después calló otra vez. Y luego me pidió que le llevase al viejo barrio.

No estaba seguro, pero pensé que era muy probable que fuese la primera vez en muchos años que Dardo regresaba. El barrio no levantaba cabeza. A aquellas horas tenía un aspecto inhóspito. Calles vacías, silencio frío, cemento oscuro, un perro sin dueño cruzando la calle, un hombre sin nadie cruzando más allá, y poco más. La resurrección aún estaba por llegar. Recorrimos la avenida. Circulamos por delante del local de los Recreativos Cosmos, donde ya no quedaba ni el cartel del nombre sobre la entrada. La plaza, el solar donde cayó el Pelao, la esquina donde pasaba su mierda el tísico. Dardo no me daba indicaciones de por dónde ir. Solo miraba por la ventanilla. Y yo iba diseñando aquella extraña ruta turística en la que nada de lo que viésemos iba a traer aquella mañana buenos recuerdos. Acabamos delante de nuestro bloque.

Me pidió que parase. No nos bajamos. Solo contempló, al otro lado de la acera, el portal.

—Nunca me perdonó —dijo cuando llevábamos algún rato allí.

No pregunté. Solo esperé.

—Mi padre. Ella siempre pensó que mi hermano y yo sabíamos lo que ocurría. Cuando aparecía con ganas de bronca, si era a ella a quien pillaba por banda, nosotros aprovechábamos para escapar, nos compensaba abandonarla, dejarla con él y así librarnos de que nos diese una paliza, sin defenderla ni protegerla, aunque supiésemos que a ella le haría otra cosa diferente a pegarle. Merche siempre pensó que mi hermano Nico se había largado por la vergüenza que sentía por haber permitido que ocurriera. Y a mí nunca me lo perdonó. Por eso rechazó toda la ayuda que le ofrecía. Su rencor fue aumentando con el tiempo. Hasta que se negó a volver a verme o a hablarme. No supe cómo cambiar eso. Solo acepté que no quisiese volver a saber de mí y yo me obligué a no querer saber nada de ella.

Yo también miraba al portal. Detrás de aquellas feas puertas con enrejado de metal, en la oscuridad de dentro, Merche y yo nos habíamos besado, nos habíamos toqueteado, habíamos vivido todo aquello que entonces parecía ser el principio de algo y que acabó siendo lo único bueno que íbamos a tener. Allí me había ordenado Dardo que me alejase de ella. Yo no entraba en sus planes redentores. Al menos algo había logrado. Lo supiese ya o no, decirle a Dardo lo que estaba ocurriendo con el padre le forzó a actuar, a poner fin a todo aquello.

—¿Y lo sabías? —le pregunté.

—¿El qué?

—Lo de tu padre; ¿sabías lo que le hacía antes de que yo te lo dijera?

Dardo apartó la mirada del portal.

—Vámonos.

Me pidió que le llevara al caserón del Indio. Quería conocer el escenario final.

Como siempre, a aquella hora tan temprana no había nadie aún. El taburete esperaba a la camarera filipina detrás de la barra, la esquina del fondo esperaba al único viejo que elegía aquel lugar para el primer café del día. La puerta estaba abierta, para que los rezagados de arriba pudiesen marcharse sin molestar. Pero no llegaba ningún sonido de la segunda planta. Si aún quedaba alguna de las chicas en los cuartos, debía de dormir tras la noche de faena.

Le señalé a Dardo la puerta bajo las escaleras. Allí vivía, le dije, y me sonó extraño, un poco a mentira, porque aquello no era vivir.

Entramos en el pasillo. La puerta lateral, la del despacho, estaba abierta. Vimos al Indio sentado tras la mesa repleta de papeles, carpetillas, correo y archivadores. Tenía un tenedor en una mano y un cuchillo en la otra. Había abierto un espacio en la mesa para poner en él un plato donde había un puñado de arroz, los restos de un huevo frito, un pedazo de pan y una salchicha a medio comer. A esas horas aquello podía servirle por igual de cena o de desayuno y, en todo caso, no podía tener un aspecto menos apetecible.

Al levantar la mirada y reconocerme, su mueca habitual de asco creció hasta deformarle la cara.

—¿Qué cojones quieres ahora? —me ladró—. Ya terminó todo. Ya no hay ningún motivo para que siga viendo tu careto por aquí, joder.

Dardo le habló con suavidad, ignorando aquello.

—Le he pedido yo que me trajera —dijo, sonando a petición de perdón—. No le molestaré mucho tiempo. Solo me gustaría saber qué pasó.

El Indio echó un vistazo calculador a Dardo sin abandonar la expresión de desprecio. Midiendo quién podía ser aquel desconocido. No pareció llegar a ninguna conclusión, pero se limpió la boca de restos de yema de huevo con el dorso de la mano, dejó los cubiertos junto al plato, levantó su pesado cuerpo con un largo bufido, rodeó la mesa y se plantó frente a nosotros, si no desafiante, sí al menos en guardia.

—No sé a qué te refieres —le dijo a Dardo—. Yo no quiero líos, ¿vale?

—No se los causaremos. Ya se lo he dicho. Saber. Solo eso. —Dardo le hablaba con una cortesía tranquilizadora—. Vino aquí y murió. Eso es lo único que nos han contado.

—¿Es usted madero o abogado o algo así? —se decidió por fin a preguntar el Indio.

—No le meteré en ningún problema. Confíe en mí.

El Indio titubeó, reblandecido por la ausencia de amenaza en el tono con que le hablaba Dardo. Acabó por encogerse de hombros. Nos contó poco más de lo que sabíamos por Cardoso.

—Vino en busca de aquella colega suya, la Juana. Pero Juana hace mucho que se fue, a saber dónde habrá acabado. Era como ella. Un desecho. Le dije que Juana ya no paraba por aquí y ella me dijo que era tarde y que no tenía dónde dormir y me pidió si le podía dejar su antiguo cuarto, que solo sería por esa noche. —El Indio me señaló—. Él vino unos días antes preguntando por ella, con una tía buena que me había dejado un número para llamarla si aparecía. Pensé que podía dejarla dormir y que por la mañana los avisaría de que estaba aquí.

El Indio lo contó con desgana, deseando sacarse la historia de encima. Le daba igual ya quién pudiese ser Dardo. Solo quería que nos marchásemos y le dejásemos seguir disfrutando de sus discutibles manjares y había considerado que acabaría antes si le explicaba a Dardo lo que quería.

—¿Eso es todo? —le preguntó este.

—No entiendo.

—¿Eso es todo lo que ocurrió esa noche?

—¿Qué otra cosa podía pasar?

—¿Qué le dio? ¿Qué se metió?

El Indio dio un pequeño paso atrás. Un movimiento reflejo. Había querido ser amable, hasta donde era capaz de serlo un tipo como él, contestando a las preguntas de aquel desconocido. Pero aquello era demasiado.

Pude ver en su cara que volvía a dudar, a desconfiar de quién podía ser Dardo. En su frente comenzaba a brillar el sudor. No quería complicaciones. Pensó rápido. Tenía que decidir en un segundo si le interesaba más mentir o decir la verdad. Por fin se encogió de hombros con resignación y volvió a elegir el camino que esperaba que le libraría antes de nosotros.

—¿Seguro que no eres poli? —preguntó aún, como última comprobación.

Dardo no se impacientó ni cambió el tono.

—Te he dicho que puedes estar tranquilo.

El Indio tuvo un último segundo de duda, pero acabó por suspirar, cansado de aquello.

—Me pidió que le pasara algo, sí —admitió—. Yo no vendo ni nada. Mi negocio es el que es. Ya veis que no me meto en problemas, que ni siquiera echo la llave del bar, aunque hoy estoy viendo que debería empezar a hacerlo. Pero siempre tengo algo por aquí. Algunas chicas lo necesitan. Intento que estén limpias, pero no siempre lo están. Le pasé una papela. Por ayudarla, porque veía que lo necesitaba. Joder, esa chavala había trabajado aquí mucho tiempo. No era mala chica, pero no tenía remedio. Solo había que verla para saber que, antes o después, acabaría así. Era de esas, ya me entendéis. Le pasé y se lo metió y por la mañana la encontré frita. Aún estaba viva, pero ya se veía que no había nada que hacer. Os juro que no era malo lo que le di. Pero su cuerpo ya no aguantaba un pico más.

Dardo asintió despacio, comprensivo.

—Yo no me la cargué, ¿vale? —se apresuró a añadir el Indio, arrepentido de inmediato de haber hablado tanto—. Me has dicho que no me meterás en líos. Ha sido mala suerte. Con los que son como ella es una ruleta rusa. Su último pico tocó aquí. Y si os lo cuento es solo porque sé que este le tenía cariño y supongo que tú también.

—Te lo agradezco. De verdad.

Dardo le sonrió. El Indio esperó, sin saber a qué atenerse, confiando en que nos fuésemos de una vez.

Dardo se giró para marcharse. Pasó a mi lado. Llegó hasta la puerta. Yo fui a seguirle.

Estaba a punto de salir del despacho cuando se detuvo. Se dio la vuelta. Pareció que había olvidado algo, que aún le quedaba algo por decir o que había tenido algún cambio de opinión. Regresó frente al Indio. Mantenía la expresión calmada. Cogió el cuchillo que este había dejado en la mesa. Y se lo clavó con todas sus fuerzas en el cuello.

Sonó como si estallara un globo. El Indio dio un solo paso atrás. Abrió mucho los ojos y la expresión de asco dejó paso a otra de pánico. Se llevó una mano al cuello, abrió la boca y, ya muerto, se quedó allí, de pie, mirando a Dardo.

Atravesamos el bar vacío y salimos a la calle. Dardo llevaba en la mano el cuchillo. Lo había metido y sacado tan rápido del cuello del Indio que apenas había llegado siquiera a mancharse de sangre.

Subimos al Dodge. Arranqué y nos alejamos. Fui a decir algo, pero, cuando iba a hablar, Dardo perdió aquella extraña calma que había mantenido todo el tiempo. Algo explotó en su interior. Brotó aquella ira salvaje que yo ya le había visto otras veces. Y me gritó:

—¡Cállate! ¡Cállate! ¡Cállate!

No dijo nada más en todo el camino. Le dejé frente a su casa, antes de cruzar el murete. Se bajó y sacó del maletero su equipaje y entró sin que ninguno de los dos dijésemos nada. Me marché y mientras me alejaba le imaginé abriendo la puerta de la casa, dando una voz alegre para anunciar que ya había vuelto. Virginia bajaría, le diría que estaba muy contenta de que ya estuviese de vuelta, le abrazaría y le besaría y él abriría la maleta y, mientras la casa se llenaba de un acogedor aroma a café recién hecho, él le daría un regalo más y ella se aguantaría las ganas de burlarse aunque volviera a parecerle un horror y tal vez luego subiesen al dormitorio y se reencontrasen haciendo el amor.

Aunque no me lo hubiese pedido, sabía lo que tenía que hacer. Y sabía dónde. Un vertedero aislado no muy lejos de allí. Una sucesión de montículos de basura. Si alguien pasaba cerca, solo vería una nube de humo elevándose por encima de ellos, sin poder distinguir siquiera lo que ardía.

Quemé el Dodge. No podía estar seguro de si alguien nos había visto llegar o irnos del local del Indio. No avisé a Dardo. Sabía que a él le encantaba aquel coche. Le parecía divertido eso de conducir un modelo que ya apenas se veía, tan fuera de tiempo y de lugar. Una de sus pocas excentricidades. Los papeles del vehículo eran falsos. Nadie podría relacionarlo con Dardo. Tal vez le cabrearía que lo hubiese hecho. Pero era mejor prevenir.

Fue como entonces. Cuando dábamos un palo con un coche robado y luego nos íbamos a un polígono o a cualquier descampado discreto para quemarlo.

Siempre nos quedábamos unos minutos viendo el coche arder. El fuego nos hipnotizaba. Había en ello algo de ceremonia, un pequeño aquelarre con el que celebrábamos un éxito más.

Esta vez el Dodge ardió y solo estaba yo para verlo. Ya no estábamos todos. Ya nunca volveríamos a estar todos.

Ahora

El teléfono suena a las dos de la madrugada. Tiene la costumbre de dejarlo a su lado, en la mesilla. Precisamente por si se produce esa llamada. En cuanto la despierta, sabe lo que es sin necesidad de mirar en la pantalla quién llama. «Mierda», murmura. Contesta y se lo dicen y solo responde con un lacónico «de acuerdo». Después corta la llamada y se queda un momento inmóvil, aún en la cama y sin encender la luz, a medio incorporar, incapaz de moverse, con el teléfono en la mano y el cuerpo estremecido.

José Javier Lozano, su padre, ha muerto mientras dormía.

Le habían notado raro a la hora de cenar, demasiado apagado. No le dieron gran importancia. Llevaba una temporada comiendo peor, así que era normal que le faltase tono vital. De todas formas dieron instrucciones al celador nocturno para que estuviese pendiente. En una visita a su habitación este había comprobado que ya no respiraba.

Dani se levanta, se pone unos vaqueros y una camiseta. Va a irse, pero antes de salir del piso se da cuenta de que está temblando, así que regresa al dormitorio para coger un jersey de su armario. No sirve de nada. El temblor no va a parar por mucho que se abrigue.

Baja a la calle. Atraviesa la plaza. Esa noche no recuerda

que, en los últimos tiempos, esa plaza que siempre ha tenido para ella un acogedor encanto se ha convertido en un territorio inquietante por el que siempre camina deprisa porque ya no se siente segura. Uno de los sin techo habituales está sentado en un banco, con el perro tumbado a sus pies, una manta sobre los hombros y uno de esos envases de plástico duro con pasta precocinada entre las manos.

—Es tarde para ir a ningún sitio —le dice él.

—También es tarde para cenar —le replica ella.

Se sonríen como si hubiesen intercambiado una contraseña que solo ellos conociesen. Los dos entienden que es mejor no indagar más allá en la vida del otro.

Dani llega hasta donde ha dejado aparcado su coche. Conduce el Mini por la ciudad dormida. Su cuerpo se templa. Se pregunta si no debería estar llorando, si no debería haber pasado por un momento desgarrado, si es normal sentirse así. Y al pensar eso no sabe definirse a sí misma cómo se siente. Ajena. Es una palabra extraña, pero es la que le viene a la cabeza. Aún no es consciente, pero ha empezado a separarse de sí misma.

Quiere protestar. Como quien protesta por un mal servicio, por una compra defectuosa o por una reparación fallida. Esto no debería haber sido así. Tiene una reclamación que hacer. Deberían permitirle que pudiese hacer retroceder el tiempo. Ni siquiera exige meses o años. Solo unas horas. Que el tiempo retroceda lo necesario para poder recorrer ese mismo camino, ir a la residencia, darle un beso a su padre y desearle que descanse antes de que se vaya a dormir. ¿Acaso es mucho pedir?

El enfado aumenta. El deseo de reclamar la obsesiona mientras recorre las calles vacías hasta ahogarla, hasta formarle una bola en el pecho que le dificulta respirar. Quiere reclamar, furiosa, indignada, poner verde a alguien por no concederle siquiera eso, pero no sabe a quién.

Conduce e intenta concentrarse solo en respirar. Aspirar, espirar. Respeta los semáforos, aunque no hay más coches que el suyo. Le gustaría ser actriz en vez de periodista. Poder llorar cuando se le antoje. Aunque no le surja de manera natural. Debe de aliviar. Sería una pésima actriz dramática. Se concentra en aspirar y espirar y en pensar tonterías así.

A las cuatro de la madrugada, dos horas después de la llamada, vuelve a estar en la calle. Frente a la entrada principal de la residencia. Vuelve a temblar, a pesar de que es una noche tibia.

Ha cumplido con todos los trámites necesarios. Le ha despedido. Y ahora tiembla. El enfado ha pasado. Ahora siente soledad. No la de ese momento. La que está por venir. Olvida, ahora que ya le añora, que era poca la compañía que el padre era capaz de ofrecerle. Solo ha salido porque necesita respirar. Quiere irse y quiere quedarse. Pero no es capaz de pensar ni de tomar decisiones. Cada vez se va más lejos de sí misma. Siente que ella no es ella. Es otra persona la que está viviendo eso.

Se saca el móvil del bolsillo. Le llama. No es consciente tampoco de la hora que es. Él no tarda ni tres tonos en contestar.

—¿Qué ocurre?

—Ha pasado algo.

—¿El qué? ¿Dónde estás?

—¿Puedes venir?

El móvil se lo ha regalado ella hace solo unos días. Nadie vive sin móvil, le dijo. Buscó el modelo más sencillo posible. Era el primer teléfono móvil que él tenía. Se resistió, pero ella le insistió en que podían necesitar contactar con urgencia.

Esa es la primera vez que le llama al móvil nuevo.

Cuando acaba la llamada ha dejado de temblar. Se siente mejor. Se queda en la puerta de la residencia esperándole.

Los días siguientes son una locura que confirma aquello de que en este país se entierra muy bien. Obituarios, telediarios, redes sociales, opinadores profesionales. Nadie quiere dejar de demostrar lo mucho que admira a José Javier Lozano. Los mensajes se repiten como letanías funerarias. Las palabras pierden su valor de tanto repetirlas. Independencia, honestidad, brillantez, profundidad, coherencia. Como ocurre tantas veces, el afán por ser el más elogioso lleva a la exageración. De inmediato José Javier Lozano alcanza la posteridad mitológica, que es eso que se logra un segundo antes de pasar al olvido. Referente del periodismo moderno, de la defensa de los valores democráticos, de la libertad de expresión y de unas cuantas cosas más. No hay quien no quiera compartir su anécdota, su recuerdo o su visión del personaje. El rey envía un telegrama de condolencias, que a la vez se hace público, a Dani. Reaparecen en escena políticos ya olvidados que disfrutan de un segundo de resurrección glosando su figura. Aparecen también los líderes actuales sumándose, con menos naturalidad, a la obligada exaltación. A Dani se le colapsa el teléfono de mensajes y llamadas.

Ella solo quiere que aquello pase. Esa sensación que comenzó la primera noche permanece. En realidad ha ido a más. Percibe lo que ocurre a su alrededor, se comporta como corresponde, recibe como debe a docenas de personas en el tanatorio, responde a pésames y frases de cariño, intercambia besos y abrazos. Pero sigue siendo como si no fuese ella la que está viviendo todo aquello. Lo vive desde la distancia, como si fuese otra la que está haciendo lo que debería estar haciendo ella y a la que contempla acomodada en una plácida anestesia.

En el entierro Antonio no se separa de su lado. Ejerce de padre sustituto para ayudarla a despedir al padre verdadero. La coge del brazo, la acompaña, la divierte con gruñidos susurrados: menos mal que a estas horas ese está aún sobrio; a ese de ahí sí que me gustaría enterrarle; esa, con tal de hacer vida social, no se pierde ni un entierro, cosas así. Hay momentos en que Dani tiene que contener la risa.

A la salida del cementerio Peyo se acerca. Antonio ha librado a Dani de los últimos pesados que aún quieren insistir en darle un consuelo que no consuela. La acompaña hasta el Mini y Peyo llega detrás.

Antonio sabe quién es antes de que Dani se lo presente. El expresidiario, le llama siempre. Una fuente superfiable, no te jode, le ha dicho en algún momento, un tipo que lo único que ha hecho en su vida es ser autor, cómplice o encubridor de delitos. Una joya, tu nuevo amigo. Dani nunca ha entrado a discutírselo. Sabe que en el fondo de aquellas pullas late una cierta envidia. A Antonio le gustaría tener acceso a un tipo como ese, con tanto que contar. Ser jefe y estar todo el día dando órdenes y echando broncas en un despacho puede dar satisfacciones, pero también apolilla.

El saludo entre ambos es frío. Han decidido que no se gustan antes de haberse estrechado la mano.

Dani le da las gracias a Antonio por su apoyo. Le besaría, pero sabe que eso le incomodaría. Regla de oro: entre ellos no hay demostraciones físicas de afecto. Luego le dice a Peyo:

—¿Te llevo en el coche?

A Antonio se le cambia la cara. Se le pone la cara de padre al que no le gustan las compañías de su hija. A Dani le hace gracia advertirlo. Peyo le ignora.

Antonio se espera a verlos subir en el Mini y alejarse. Menea la cabeza contrariado.

En el coche Dani le da las gracias a Peyo por haber acudido cuando le llamó de madrugada, después suspira con fuerza, se saca de dentro el cansancio, la hartura, los sentimientos contradictorios y los inexplicables, la ansiedad por que todo aquel revuelo pase y regrese la normalidad.

—¿Cómo estás?

—Cansada. No hacía falta que el mundo entero se empeñase en recordarme quién era mi padre. Nadie lo admiraba como yo. Lo que quiero ahora es poder despedirme con tranquilidad de ese otro tipo, el que no le importa a nadie, el viejecito senil al que visitaba los fines de semana.

No hablan mucho más. Es lo mejor de la compañía de Peyo. Dani ya ha aprendido a apreciarlo. Peyo sabe hacer compañía en silencio. No es un arte que domine cualquiera.

Le invita a subir a casa. Él le dice que preferirá estar sola y Dani insiste. Pero sin que le demos más vueltas a lo de siempre, le dice. Hoy no.

Abre una botella de tinto. Pone a Chet Baker con el móvil. Y Peyo habla por fin. Para decirle que ni hablar. Nada de trompeta melancólica hoy. Dani se ríe. Acata la orden obediente. Elige una *playlist* con las orquestas de Count Basie y Benny Goodman. Suena con una alegría fuera de lugar.

Solo beben y escuchan música y ella le dice que lo lógico sería que ahora le contara viejas anécdotas del pasado con su padre, historias cómicas o tiernas, pero que no tiene de ninguno de los dos tipos.

Se acomodan en el sofá, una al lado del otro, y dejan pasar la tarde. Dani se siente bien. Aquello es más reparador que cualquier funeral multitudinario. Vuelve a ser ella.

Cuando ya ha anochecido Peyo dice que se va.

Siempre que Peyo se marcha Dani tiene la sensación de que, un poco, escapa de ella. Y eso le divierte.

Una vez sola, Dani regresa a Chet Baker. Las notas alargadas de su trompeta son el abrazo que necesita. Se sirve la copa que vacía la botella y su mirada se detiene en el portátil que está sobre la mesa, junto a la ventana.

Las palabras de esos días resuenan en su cabeza. *Independencia, honestidad, coherencia.*

Se pregunta hasta qué punto ha logrado parecerse a su padre. Y prefiere no darse una respuesta.

Se acerca a la mesa, levanta la tapa del portátil. Observa la pantalla apagada. Va a darle a la tecla de encendido. Y le suena el móvil.

—No he querido llamarte antes para no molestar. Solo quiero transmitirte mi cariño. Es una gran pérdida. Para el periodismo, para todos. Sobre todo, claro, para ti. —Lo dice con solemnidad. Con el tono de una declaración formal—. Daniela, estoy seguro de que necesitarás un tiempo para reponerte. Si puedo hacer algo...

—No se me ocurre nada, señor ministro.

Él hace una pausa. Y después su voz suena más relajada, más personal, como si se olvidase de tanto formalismo al tener una repentina ocurrencia.

—Estaba pensando... —dice—, este viernes viajo a las Canarias. Inauguro una comisaría. Tal vez te interesaría cubrirlo. No es que sea una noticia muy interesante, pero estoy pensando en aprovechar y quedarme el fin de semana a reponer fuerzas. Conozco un hotel en Lanzarote...

—¿Me está invitando a pasar el fin de semana, ministro?

Otra pausa. Esta vez no es estudiada, como la anterior. Logra que sea breve, que no se note que el tono de ella le ha frenado en seco.

—Bueno, trabajo y placer... Un poco de todo.

—Suena muy apetecible. Pero no sé si a su mujer y su hijo también les apetecerá pasar el fin de semana conmigo.

Tercera pausa. Esta es más larga.

La voz de él retorna más apagada. Indecisa. A punto de iniciar la retirada.

—Ellos no vienen.

—Pues es una pena que no los lleve a conocer un hotel que seguro que es magnífico...

—Entendido, Daniela.

La cuarta pausa parece infinita. La voz regresa magullada. Ya no suena a retirada, sino a rendición sin condiciones.

—Espero que no me hayas malinterpretado.

—Esta mañana he enterrado a mi padre.

—Y entiendo tu dolor.

—Y una mierda que lo entiende, señor ministro.

Le cuelga. Al poco le entra la risa.

Vuelve a ser ella. Y le gusta estar de vuelta.

Abre la puerta del piso y aún no ha pasado del recibidor cuando la asalta el olor. Al principio solo huele a cerrado, a polvo en suspensión, el previsible olor espeso de las casas que llevan mucho tiempo sin ventilar. Pero, por debajo de ese olor inicial, pronto se abre paso el otro, tan reconocible. A Dani la golpea y la abraza a la vez. Es el olor de la infancia, el olor de la memoria, el olor en que se conservan las voces, las imágenes, el tacto y el sonido de personas, de objetos, de escenas de las que ya solo queda un vago aroma. Dani duda si entrar más allá. Hubo un tiempo en que solo quería escapar de ese olor, en que necesitaba no sentirlo más, cambiarlo por otro, el de su propia vida, el de su propia casa. Fue cuando ya solo vivían allí ella, su padre y el recuerdo que no compartían de la madre. Detenida en el recibidor, impregnada de ese olor con el que creció y del que luego huyó, el primer recuerdo concreto que la asalta es el de aquel día en que se armó de valor y, tras mucho retrasar el momento, se decidió a decirle al padre que estaba pensando en mudarse a su propio piso, sin tener ni idea de cómo reaccionaría. Llevaba tiempo reuniendo fuerzas para anunciárselo, temerosa de cuál podría ser su reacción. Él solo contestó «me parece bien» y ahí acabó la conversación sobre el asunto. El recuerdo no le hace daño. Solo la hace sonreír, con nostálgica benevolencia. Salió corriendo de allí con moderada rebeldía, pero con un hambre voraz de libertad, convencida de que, al menos, al dejar aquella casa, aquel olor, sería más fácil dejar también de ser lo único que parecía haber sido hasta entonces, la hija de, ese lastre que a veces enorgullecía y otras asfixiaba. Una ingenuidad juvenil más. Uno no puede escapar de ser quien es, por más que intente escapar de los olores que le identifican.

Sube los plomos y enciende la luz del pasillo y del salón. Los muebles están cubiertos por sábanas, creando el habitual aspecto fantasmagórico de toda casa en que el mobiliario está así protegido.

Le cuesta avanzar, como si cada paso que da la rejuveneciese un año y, al llegar al final del pasillo, fuese a acabar convertida en la niña a la que habían mandado a su dormitorio para no molestar a la visita que tenía el padre en el salón o en la adolescente que lo recorría tambaleándose al final de una noche con demasiados ron con piña o en la mujer que iba a coger la última maleta que había dejado en su cuarto y con la que habría terminado su mudanza al nuevo piso y la nueva vida. El reconocible crujido del parqué de tablillas bajo sus pies es lo que más la anima a seguir andando, aunque solo sea porque ese sonido tan evocador le produce un cierto efecto balsámico.

Ha tardado unos días en ir. Tenía que recoger unos papeles del padre, pero le costaba decidirse. Por fin, esa tarde, al salir de la redacción, ha decidido que mejor no lo retrasa más, que cuanto más tarde más le costará enfrentarse a aquel lugar en el que ya solo quedan ausencias. Se ha tomado aquel regreso al piso familiar como una peregrinación, como un sacrificio debido, pero también como una especie de prueba, de superación personal, aunque no sepa lo que quiere probar.

El despacho del padre está al fondo del pasillo. La habitación más silenciosa de la casa. Dani titubea cuando agarra el picaporte. Está a punto de decir: «¿Se puede?». Por puro reflejo: nunca ha entrado allí sin preguntarlo antes.

Cuando abre la puerta tiene el corazón en la boca. Las bisagras chirrían suavemente. Intenta reírse de sí misma. Como suele hacer, piensa tonterías para tranquilizarse. ¿Qué esperas encontrarte? ¿Al muñeco diabólico aguardándote? Porque si lo que aparece es el fantasma de José Javier Lozano, lo único que te dirá, frunciendo las cejas, será: «Deberías pedir permiso antes de entrar».

Sube la persiana, retira las sábanas. Se ha olvidado de que ha ido en busca de unos documentos, solo quiere volver a ver el despacho tal y como era. El olor se hace más intenso al remover el polvo. Pero ahora es diferente. Dani lo reconoce. Es el olor del padre. Tan nítido, tan perceptible como si hubiese estado allí tan solo unos minutos antes. Al final la huella que dejamos en este mundo es solo un olor que se irá en cuanto alguien abra una ventana, piensa.

Aspira con fuerza, como si fuese a poder conservarlo para siempre. Regresa ese sentimiento que lleva persiguiéndola unos días. Un extraño sentimiento de culpa. Una culpa sin causa. Ha intentado contrarrestarlo enfadándose con el padre. Pero no lo ha conseguido. Lo único que ha conseguido es enfadarse consigo misma. Nunca ha sido capaz de enfadarse con él. Es como si tuviese bloqueada esa capacidad. Su madre le había enseñado a que no hubiese sitio ni para el rencor ni para el reproche al padre. Y ahora no tendría sentido un rencor o un reproche póstumo. Por eso se enfada consigo misma. Porque siente esa inexplicable culpa y esa necesidad, aún menos racional, de pedirle perdón. No tiene sentido. Desearía pedirle perdón y, a la vez, no tiene ni idea de por qué tendría que pedírselo. Lleva días repasando su vida. No siente que le quede ninguna deuda por saldar con él. Las cosas fueron como fueron y siempre la ha aburrido la pesadez de tener que andar cargando con traumas y heridas. Tampoco está segura de que él se haya ido sintiendo algún tipo de decepción, frustración o enfado con ella porque, al fin y al cabo, nunca le demostró que ella le inspirase ningún sentimiento de especial intensidad. Pero, a pesar de todo ello, esa sensación de culpabilidad, esa ansiedad por ser perdonada, así, en abstracto, persiste. No entiende nada. Cuando la asalta con más fuerza solo se obliga a no razonar. Es el dolor, se dice, solo es el dolor.

Dani lleva la bolsa con su portátil colgada del hombro. Se la quita y la deja sobre el escritorio. Se quita también la chaqueta y cubre con ella el respaldo de la silla. Y se sienta.

Nunca, en toda su vida, se había sentado allí.

El corazón vuelve a acelerarse. Se siente invasora e impostora. Merece la condenación eterna por atreverse a usar ese sillón. De nuevo querría llorar, disfrutar al fin de la despedida sentimental, emotiva, que aún tiene pendiente. Ese sería un momento perfecto. Muy simbólico. Ahora soy yo la que ocupa el sillón. La que se queda. La que está sola. La que está al frente. Pero no lo consigue. Las lágrimas se siguen resistiendo. Tal vez, piensa, es solo de esa ausencia de lágrimas de lo que se siente culpable.

Se echa hacia atrás, apoya la espalda. Saca el ordenador.

La asalta la imagen del padre. Pero no es José Javier Lozano, el hombre que pasó buena parte de su vida tecleando incansable su Olivetti, escribiendo libros, artículos y conferencias, derrochando talento e inteligencia. Es el otro. Es el viejo que no tiene muy claro si el padre de su novia les permitirá casarse, el que se niega a comer garbanzos o a ponerse jerséis verdes un día y a la semana siguiente te dice que echa de menos un buen plato de garbanzos y que si ella sabe que el verde es de toda la vida su color favorito.

Ese viejo nunca tenía miedo. Era irreductible.

Y ella es su hija.

Abre el portátil, le da a la tecla de encendido y allí, en el despacho de aquel viejo, se pone a escribir.

—¿Estás segura?

—Ya me han hecho esa pregunta antes.

Antonio vuelve a mirar los papeles que está sujetando con las manos. No relee, solo piensa mientras los mira. Dani espera, sin decir nada.

Le ha enviado el artículo a las siete de la mañana por correo electrónico. Como suponía, a las nueve y media, en cuanto ha llegado a la redacción, la ha llamado a su despacho.

Antonio está sentado tras su mesa. Ha imprimido el artículo. Nunca lee en pantalla. Otra de sus manías. Dani está de pie al otro lado de la mesa. No suele sentarse cuando está en el despacho de Antonio. No se trata de una muestra de respeto. Es que piensa que así le será más fácil huir si él empieza a ponerse pesado o gruñón.

La pausa reflexiva de Antonio se alarga. Frunce los labios como si fuese a dar al aire un beso apretado. Dani no ha dormido en toda la noche, pero no siente el menor sueño.

—Le sobra especulación —dice al fin Antonio—. Ya sabes que no soy muy aficionado a las certezas morales.

—Sabes que lo que he escrito son mucho más que certezas morales.

Antonio levanta la mirada del papel para mirarla a ella.

—¿Respondes de todo su contenido?

—Antonio, ponme una Biblia y juro sobre ella si quieres, ¿vale?

—Este artículo traerá cola y lo sabes. Y, a veces, cuando uno enciende una mecha, no sabe bien qué potencia tendrá la bomba que hay en el otro extremo.

—Hagámosla explotar y ya veremos lo que pasa.

—No sé si a los que mandan en este periódico les apetecerá jugar con fuego tanto como a ti.

—Dijiste que publicarías lo que te entregase.

—A veces digo demasiadas tonterías.

Antonio vuelve a sumirse en sus pensamientos, los ojos de regreso al papel.

Ahí está todo. Sin trampas, sin trucos, sin requiebros ni temores. A veces afirma, a veces se cuestiona, deja claro lo que es solo intuición, subraya las certezas y en ningún momento se entrega a la fabulación sin argumentos. Ahí aparece el abogado atropellado. ¿Se está investigando si pudo ser un asesinato o ya se ha archivado como un mero accidente? Ahí está la historia de la negociación entre Lazic y el ministro del Interior. Dani ni ataca ni acusa. El mafioso serbio estaría tratando de chantajear al ministro desde su celda de máxima seguridad en Madrid VII. De ser cierto, ¿taparía el ministro del Interior una trama de polis corruptos para que el escándalo no le salpique? Y, por medio, traza un perfil de ese personaje misterioso. Un empresario llamado Gabriel Melgar y conocido como Dardo, un tipo al que la policía ha investigado ya en numerosas ocasiones, pero del que nunca se ha podido probar nada. Algunas cosas las deja en pregunta con suspense: ¿qué relación hay, si es que la hay, entre el mafioso serbio y este empresario? Y concluye, claro, prometiendo nuevas entregas. Dani sabe lo que hace. Se ha protegido. Las preguntas, las advertencias de lo que solo sería una posibilidad, los verbos condicionales la ponen a salvo de posibles querellas. Pero también se esfuerza por darle la mayor solidez y credibilidad, incluida la obligada referencia a «fuentes solventes que prefieren permanecer en el anonimato». Antonio tiene razón. No hay pruebas irrefutables en que se sostengan sus palabras. Pero Dani sabe que tampoco hay ni vacuo amarillismo ni mentiras tendenciosas.

—¿Me respaldarás?

Antonio levanta de nuevo la vista del papel ante la pregunta. Dani sabe bien lo que está ocurriendo detrás de sus ojos acuosos. El debate interno. El pulso entre lo que debe y lo que quiere hacer. Debe y quiere publicarlo, no debe y no quiere publicarlo. Dani apuesta por que el instinto y el olfato de Antonio le ganen la batalla al exceso de prudencia. Antonio sabe que Dani no escribe a ciegas. Y le gusta la historia. Y, además, está también el terror atávico de todo periodista: no publicarlo y que otro medio se te acabe adelantando.

—Sabes que es bueno —le dice ella como quien da el último empujoncito a alguien que está al borde de la piscina dudando si tirarse.

Antonio coge un Ducados del paquete que tiene encima de la mesa. Lo enciende. Fuma y sigue librando su batalla interna.

—Lo es —admite—. Y daremos que hablar. Mucho. Pero, sea cual sea la guerra que tú estás librando al escribir esto, no estoy seguro de que la vayas a ganar, Daniela.

—Nuestro trabajo no consiste en hacer la guerra. Nuestro trabajo consiste en contar la guerra. ¿Sabes quién me dijo eso cuando empezaba?

—¿Tu padre?

—No, Antonio. Tú.

Antonio da una intensa calada al cigarro. La entrada de todo ese humo en los pulmones puede que acabe matándole pronto, pero en ese momento le sienta de maravilla. Le calma, le anima y le asfixia temores.

—Cuando fuiste aquel día al ministerio y empezó todo este asunto te hice una pregunta: ¿fue una decisión tuya o lo hiciste por alguien? Ahora tengo que preguntarte lo mismo. ¿Por quién lo haces, Dani? ¿Por el expresidiario, por el abogado? —Antonio duda unos segundos antes de concluir su pregunta—: ¿Por tu padre?

Dani sonríe para sus adentros. Tiene la respuesta desde la noche anterior. Pero ni siquiera va a compartirla con alguien tan importante para ella como Antonio.

Por mí.

—¿Puedo decirte algo?

—Adelante.

Dani le dedica su mejor sonrisa.

—No eres tan viejo como para ser tan machista. Las mujeres no hacemos las cosas solo para ayudar, complacer u obedecer a los hombres.

Antonio duda. Está a punto de enfadarse y también de echarse a reír y al final hace una mueca extraña a medio camino entre ambas cosas.

—No intentes enredarme, Daniela.

—Si quieres ahorrarte el discursito reivindicativo, publica mi artículo.

Se ríen. Se entienden. Tienen la misma adicción. En el fondo ambos han sabido desde el comienzo cómo iba a terminar esa conversación:

—Maldita niñata. Tú ganas.

Ha puesto el despertador a las seis menos diez de la mañana. Cuando suena se levanta de inmediato sin la menor pereza o somnolencia, a pesar de que la noche anterior, con los nervios, se le fue la mano con el vino. Estuvo despierta hasta que el artículo apareció en la edición digital del periódico. Va a la cocina, se hace un café, se sienta en el sofá y pone la radio. Primeros boletines de noticias del día. Bruselas ha liberado por fin los fondos necesarios para que el Gobierno pueda hacer frente a la ralentización económica. Patera con doscientos inmigrantes naufraga frente a las costas de Sicilia. No se está barajando un adelanto electoral, afirma la vicepresidenta primera del Gobierno. El ministro del Interior, acusado de negociar con un líder de la mafia serbia. Ahí está. Cuarta noticia. Narrada por el locutor casi como un exotismo, un toque de color entre tanta noticia que suena a repetida. Dani mueve el dial. Bruselas garantiza financiación al Gobierno. La muerte de un abogado se vincula a la relación del ministro del Interior con un criminal serbio. Segunda. Contada de manera enrevesada y con más énfasis dramático que en la emisora anterior. Otro cambio de dial. El locutor, estrella de la radio matinal, lanza su primera soflama del día. No le sorprende en absoluto la noticia de que el ministro del Interior y la Fiscalía General del Estado vayan de la mano tapando una red de corrupción policial. Así se las gastan estos granujas, dice, con una risita despectiva. El café tiembla en el interior de la taza que sujeta Dani. Se le encoge el estómago.

Ha empezado la fiesta.

A las ocho la noticia abre ya los informativos de las cuatro emisoras que está siguiendo y un par de analistas estelares han hablado sobre ello. Uno ha puesto el grito en el cielo: lean lo que cuenta hoy en la prensa Daniela Lozano, un escándalo de consecuencias impredecibles. El otro es más prudente: que salga alguien rápido a dar explicaciones, que el asunto pinta mal.

A las nueve Antonio la saca de la ducha llamándola al móvil.

—¿Dónde coño estás? Nos espera un día calentito.

A las nueve y media la llama Lucía, una amiga y colega que escribe en un periódico de la competencia.

—Dios mío, Dani, ¿has visto las redes sociales?

A pesar de que el artículo lleva pocas horas en la calle, «Luis Cáceres» ya es el *trending topic* número uno en Twitter. El número dos es «Corrupción policial». El quinto es «Daniela Lozano». Daniela no es una usuaria regular de las redes sociales. Pero sabe lo que eso significa. Un terremoto de muchos grados.

Pone la tele. Las tertulias matinales están hablando de ello. Las presentadoras de los principales programas de la mañana se ponen solemnes: es muy grave que el Gobierno negocie con criminales para tapar casos de corrupción. En una de las cadenas ya son capaces de trazar un perfil de Zoran Lazic, al que presentan como el «máximo cabecilla de la mafia serbia en España». En otra, uno de los colaboradores habla de Gabriel Melgar, un próspero hombre de negocios. No tienen mucho que contar de ninguno de los dos. Se hinchan datos escasos. El uno fue detenido hace poco en el aeropuerto de Barcelona. El otro no ha podido ser localizado por más que lo han intentado. El marketing criminal aún está arrancando, piensa Dani al oírlo, con cierta sorna.

Dani llega a la redacción a las diez. Es, por supuesto, la estrella del día. Algunos compañeros la jalean, le dan una palmada o le hacen un guiño. Unos se ríen al verla. «Con un par, Dani, la que has liado.» En la mirada de algunos hay una tenue sombra de preocupación. «Suerte», le desean.

Va directa al despacho de Antonio. Este le exige silencio con un imperioso gesto de mano y le señala la televisión que tiene en una esquina. En ella aparece un plano medio del ministro Cáceres rodeado de manos que le acercan micrófonos a la boca. Está en la calle.

—No ha hecho una comparecencia oficial —le dice Antonio a Dani—. Quiere que parezca que no le da importancia.

Cáceres simula haberse parado a hablar con los periodistas a su llegada a un acto en el hotel Ritz por mera cortesía y empieza lamentándose por el drama humano de la patera de Sicilia y de la inmigración ilegal en general. Casi no le dejan acabar. Le acribillan a preguntas sobre el artículo. Él se muestra más sorprendido que contrariado. Desmiente la información. Va con la respuesta preparada. Basta con leer el artículo para comprender que esta periodista ha construido una historia que solo se sostiene en su imaginación, dice. Los periodistas insisten: ¿Conoce a Zoran Lazic? ¿A Gabriel Melgar? ¿A Daniela Lozano? Cáceres sonríe, con una sonrisa que sitúa en el punto justo. No es despreciativa ni indiferente, pero tampoco hay en ella la menor preocupación, a lo sumo denota una ligera contrariedad por tener que perder un solo segundo con semejante asunto. No, no conoce a esas personas. Perdón, se corrige. Sí, claro, sabe quién es Daniela Lozano, la hija del recientemente fallecido José Javier Lozano, y está seguro de que habrá coincidido con ella más de una vez, como con tantos otros periodistas. Llega la pregunta clave. Cáceres la contesta sin tensión. Imposta un poco la voz. No, por Dios, claro que no tiene la menor intención de dimitir. Y termina la entrevista haciendo un sentido alegato sobre la honestidad y el ejemplo que son para todos las Fuerzas y Cuerpos de Seguridad del Estado.

—Está acojonado —sentencia Antonio cuando el ministro desaparece de la pantalla.

La noticia sigue creciendo. Comparece en la sala de prensa del Congreso, ansioso por demostrar una profunda indignación, el líder de la oposición. Exige que dé explicaciones personalmente el presidente del Gobierno. Confía en que el ministro sea cesado si se confirma lo que asegura el artículo. Asegura que esta debería ser la gota que colme de una vez por todas la paciencia de los ciudadanos y que ayude a que se produzca, cuanto antes mejor, la caída del actual Gobierno.

Aparece un comunicado oficial de la fiscal general del Estado. Tacha de infundios todo el contenido del artículo. Recuerda la independencia de la institución respecto del Poder Ejecutivo. El Estado de derecho se asienta en el imperio de la ley y esta no se puede plegar jamás a ningún tipo de chantaje o negociación y, mucho menos, si el objetivo es ocultar casos de corrupción.

Sale al rato una nota de la Dirección General de la Policía. Por supuesto, se sigue investigando la muerte del abogado Raúl Puente. Hasta la fecha no hay ningún dato que permita pensar que su atropello fue intencionado y no un accidente tras el cual, como desgraciadamente ocurre tantas veces, el causante se dio a la fuga.

Dani pasa el día en la redacción. En realidad pasa el día

con Antonio sin salir de su despacho. Almuerzan un sándwich sin moverse. Acaban sumidos en una niebla formada por el paquete y medio de Ducados que se fuma Antonio a lo largo del día. Alternan radios y televisión. Un becario les trae vasitos con café de la máquina del pasillo. Otro se encarga de traerles pantallazos de las redes.

Hay opiniones para todos los gustos. Pero, en general, los usuarios hierven de indignación. Piden la cabeza de Cáceres y, ya puestos, del presidente del Gobierno. Hay largos hilos de debate sobre la credibilidad del artículo de Dani que suelen degenerar en un intercambio de insultos. El *hashtag* #MinistroDimisión es el más popular. Hay quienes prefieren pedir la pena de muerte para el criminal serbio, aunque no sepan de qué se le acusa, y están los que se preguntan si ese rico empresario, el tal Melgar, no estará financiando a la periodista y, ya puestos, al principal partido de la oposición. Las tertulias de la tarde son un campo de batalla en llamas. Los más cercanos a la oposición se ponen las botas. No todo vale, cloacas, guerra sucia: no dejan pasar ni un tópico. Cáceres debe ser el primer sacrificado. Los afines al Gobierno aguantan el chaparrón, piden prudencia, exigen pruebas, se aferran a la presunción de inocencia, se lamentan de que en este país se dicte sentencia antes de juzgar.

No hay un solo programa de radio o televisión que no haya llamado a la redacción pidiendo que Dani entre en directo. Antonio ha decidido que no. Mejor mantener la distancia. Dejar que la bola de nieve siga aumentando. Quedarse al margen.

Al caer la tarde Antonio está colorado, con la tensión por las nubes por los nervios y la satisfacción. Dani está más asombrada que contenta. Nunca había vivido nada parecido. Ni siquiera es capaz aún de reflexionar sobre lo que está pasando.

En los telediarios de las nueve se ve al presidente del Gobierno siendo asaltado por los periodistas a la salida de una cumbre en Bruselas. Expresa su satisfacción por el acuerdo sobre financiación que se ha obtenido. Pero la primera pregunta es sobre el artículo. No titubea. Ni él ni ningún miembro del Gobierno van a entrar a comentar un artículo que solo contiene graves acusaciones sin fundamento. Tan solo añade que ya se han dado instrucciones a la Abogacía del Estado para que analice la posibilidad de presentar las oportunas querellas contra el periódico y contra la autora por calumnias. Antes de que terminen los telediarios, un enérgico parlamentario de la oposición reclama con aspavientos que se cree una comisión de investigación en el Congreso para aclarar las posibles relaciones entre el ministro y el presunto criminal serbio.

A las nueve y media de la noche, en la página web del principal periódico de la competencia se cierra una encuesta que ha estado abierta todo el día con una pregunta muy sencilla: ¿cree que son ciertas las acusaciones que se han vertido hoy desde otro medio contra el ministro del Interior? El ochenta y cuatro por ciento cree que lo que cuenta Dani es verdad.

—Tienen un problema —sentencia Antonio mientras enciende su cigarro número cincuenta y seis del día.

Dani duda. Aquello no iba de montar un escándalo político. Iba de desenmascarar a delincuentes, ya fuesen Lazic, Dardo, un ministro que se salta la ley o unos policías corruptos. A ella no le interesan las dimisiones o los éxitos políticos de unos u otros. Le interesa la verdad, se recuerda a sí misma. En mayúsculas. Sin escatimar épica, que el día lo merece. La Verdad. Pero a esas horas está ya tan aturdida después de todo el día viajando en el centro de un tornado que ya no sabe muy bien en qué consiste esta.

Antes de irse a casa enciende el teléfono. Lo ha tenido

apagado desde por la mañana, cuando empezó a desatarse la locura. Al instante le entran una avalancha de mensajes y llamadas perdidas. Cuando por fin puede utilizarlo, le pone un whatsapp a Peyo. Le ha instalado ella la aplicación y confía en que sepa consultarla.

«Ha explotado la bomba.»

Al otro lado Peyo tarda en aparecer en línea. Pasa pronto a «escribiendo». Tarda una eternidad. Por fin a Dani le entra un mensaje:

«Enjoxrabu!na».

Dani se echa a reír.

En la plaza hay un agradable ambiente de comienzo de verano al anochecer. Dani pasa por delante del teatro Nuevo Apolo, que tiene encendidas las luces de la marquesina y donde estará en marcha la función. Deja a un lado el quiosco de prensa y la zona de juegos infantiles donde aún hay una pareja que vigila a un par de niños encaramados al tobogán. Empieza a verse gente con aspecto de turista que va y viene, cruzándose con vecinos con mono de buen tiempo y de calle que se resisten a irse a casa ya. Muchos ocupan las mesas de los bares que ya se han sacado a la calle. A la altura del monumento a Tirso de Molina ve a los tres sin techo habituales sentados en un poyete, compartiendo un cigarro y un cartón de vino. Pronto se irán. Durante el invierno se es más permisivo con su presencia, pero, cuando llega el buen tiempo y la vida en la plaza se alarga, cambian de sitio. «No sé si nos toca emigrar a lugares más frescos como las aves de paso o irnos a nuestra residencia de verano como los ricos», le había dicho uno de ellos a Dani cuando se le acercó a decirle adiós un mes de junio anterior. Los observa a ellos, pero su visión espacial alcanza a una figura, sin duda masculina, de espaldas, que parece esperar a alguien junto al monumento y que le resulta familiar. Siente el pellizco del miedo. Aquella noche y la sombra que la siguió hasta su casa no se le ha olvidado.

Pero al centrar la mirada en la figura, se da cuenta al instante de que se equivoca. Le resulta familiar, sí, pero no amenazante. El miedo incipiente se disuelve y deja paso a una profunda pereza. Es Ignacio Montes.

Él se gira como si le hubiese llamado con su mirada. La ve y caminan hasta encontrarse a mitad de camino. Se saludan sin entusiasmo.

—¿Te han enviado para regañarme? —le pregunta Dani con una sonrisa amistosa.

—No. Vengo a regañarte por iniciativa propia —le responde él, también con un tono sin la menor beligerancia—: ¿Podríamos ir a hablar a un sitio más discreto?

—Estoy cansada.

Él no insiste. Va de chaqueta y corbata, pero todo parece un poco fuera de sitio. La corbata aflojada, un hombro de la chaqueta más alto que otro, el pantalón arrugado. También está despeinado. Un día duro. No parece tener energía para convencer a Dani de nada, ni siquiera de tomarse una copa.

—¿Me contarías por qué lo has hecho?

—No.

—Teníamos un trato.

—Teníais una propuesta. Yo no me comprometí a nada.

—Por favor...

Ignacio extiende los brazos en un gesto de decepción.

—Te pasé la documentación, te gestioné las visitas a Lazic... Y todo para que al final nos traicionases.

Dani desvía la mirada. Vuelve a fijarla en los tres sin techo. La aparta más por impaciencia que por culpabilidad. Sabe que Ignacio tiene parte de razón. También sabe que no va a debatir eso con él.

—Estoy muy cansada.

Ignacio no se altera. No ha venido buscando pelea. No

parece recordar que le gusta sonar misterioso, aparentar una personalidad con dobleces y secretos. Hoy solo se muestra agraviado y confuso.

—Yo fui quien dio la idea de contar contigo. Me has dejado en una situación muy comprometida, Daniela. Tu comportamiento no ha sido muy ético.

Dani tampoco tiene ganas de lanzarse al habitual intercambio de pullas. Pero acusa el golpe.

—¿Era más ético callarme lo que sabía y escribir a vuestro dictado? No creo que tu ministro y tú estéis como para andar dando lecciones de ética.

—Al final va a resultar que tú no eres muy diferente a nosotros.

Ignacio se arrepiente nada más decir aquello. Iba en son de paz. Pero es tarde. Daniela le da la espalda para irse. Solo da dos pasos y vuelve a girarse. La paz se ha roto.

—Hay algo que nunca me has dicho, Ignacio Y te juro que tengo curiosidad. Nunca me has dicho qué opinas tú. Cumples siempre lo que se te ordena, eres el fiel servidor de tu amo. Pero, por una vez, ahora que nadie nos oye, en medio de esta plaza, date el gusto, sé tú mismo. Dime, ¿qué opinas tú? Tratos con presos, corrupción policial, esa gilipollez del marketing criminal que explica tan bien tu jefe, ya sabes, la montaña de mierda completa, ¿a ti qué te parece?

Ignacio se ruboriza. Pero no es por vergüenza, sino porque le sube la ira, por el esfuerzo de contenerla, porque sabe que dejarla salir no le llevará a ninguna parte.

—Mi opinión es intrascendente. Yo solo hago mi trabajo.

Daniela le mira sin responder. Con una mueca entre la diversión y el desprecio. Un tipo de cuarenta años ruborizado. Rabiando como un niño al que chinchan. No puede evitarlo. Siente, debajo del cansancio, aplastado hoy por un exceso de sentimientos acumulados a lo largo del día, ese placer infantil que le da fastidiarle.

Va a irse otra vez, pero ahora es Ignacio quien la detiene.

—Vamos a ir a por ti. Lo sabes, ¿verdad?

—¿Me estás amenazando?

La expresión de Ignacio se tiñe de decepción.

—No entiendes nada, Daniela. Te equivocas por completo conmigo. —Se encoge de hombros en un gesto de renuncia, del que tira la toalla—. Solo quería avisártelo. Sabes cómo funciona esto. Vamos a contraatacar.

—¿Y qué esperas que haga? ¿Suplicarte clemencia? ¿Darte las gracias por el aviso?

Ignacio niega con la cabeza.

—Está claro que tú y yo no tenemos mucho que agradecernos.

Dani se va. Sin acelerar el paso. Ignacio se queda allí, haciéndose mutua compañía con Tirso de Molina.

Dani echa un último vistazo a los sin techo. Uno de ellos rellena con el cartón de vino los vasos de los otros dos. A Dani le gustaría unirse. Compartir el vino peleón y hablar de cualquier cosa. Celebrar con ellos aquel día. Porque se supone que ha sido un día lleno de victorias. Aunque ella, no sabría concretar por qué, no se siente en absoluto victoriosa.

En cuanto entra en el Bar Cosmos, Peyo advierte que ocurre algo. Ha ido un poco más temprano de lo habitual. No ha dormido bien. Tras levantarse, ducharse y vestirse ha vuelto a tenderse en la cama y ha pasado un buen rato en su posición favorita, tumbado boca arriba, los ojos abiertos, las manos entrelazadas sobre el vientre. Se tumba así e intenta no pensar. No lo ha conseguido. Al contrario. Demasiadas ideas chocando unas con otras en el interior de su cabeza. Por eso ha preferido irse antes que otros días a desayunar al bar.

Le basta con ver la mirada que le dirige Gordi desde detrás de la barra en cuanto entra. Peyo ve en sus ojos la inquietud y se inquieta también él. Gordi apenas le hace un gesto con la cabeza. Peyo lo sigue hasta la mesa más al fondo del local.

Allí está Roque Cardoso. Con un café delante. Con la gorra inglesa y, a pesar de estar dentro del bar, las gafas de sol puestas.

Peyo pasa por delante de Gordi. Este le pregunta si le pone lo suyo. Peyo le dice que no con la cabeza. Va hasta la mesa del fondo. Cardoso sonríe al verle. Peyo se sienta frente a él.

—Tu chica se ha convertido en la estrella del momento —le dice Cardoso, animoso, a modo de saludo.

Revuelve su café a pesar de que no le ha echado azúcar. Luego se lleva la taza a la boca. Le da un sorbo y, después, levanta la mano para atraer la atención de Gordi y le dice desde la mesa que le vaya poniendo otro.

—Tengo la costumbre de empezar el día tomándome dos cafés solos seguidos. Podría tomarme uno doble. Pero no es lo mismo. Una manía estúpida.

Peyo no dice nada. Solo espera.

—Tengo que reconocer que la muchacha ha sido valiente. Diría que hasta un poco temeraria. Ha hecho toda una jugada de riesgo. Ahora habrá que ver lo que pasa.

El artículo se publicó el día anterior. Y ahora tiene a Cardoso sentado delante. Solo un día después. Las ideas que esta mañana se apelotonaban e iban de un lado a otro, como moscardones atrapados, en la cabeza de Peyo siguen ahí, solo que ahora van al doble de velocidad. A él los medios, las redes y los políticos no le interesan. Solo hay una cosa que le preocupa.

—¿Crees que ella está en peligro?

Cardoso se toma un tiempo para contestar, como si no tuviese clara la respuesta y necesitase elaborarla.

—¿Recuerdas lo que te dije cuando nos vimos en el Retiro? La chica solo era un problema menor. Bueno, pues ahora eso ha cambiado. Ha pasado a ser un gran problema. Se ha metido por medio en asuntos que le vienen grandes. Deberías haberle aconsejado que no se lanzara así a la piscina.

—Yo no tengo por qué decirle lo que debe o no debe publicar.

—¿Qué hay entre vosotros, Peyo? ¿Estás enamorado de ella? ¿Te la estás tirando?

—Vete a la mierda.

Cardoso asiente. Acepta la respuesta.

—Puede que la chica vaya a necesitar protección.

—¿Y tú has venido aquí para ofrecerte a protegerla?

Gordi se acerca con el segundo café. Al verle venir, Cardoso apura de un rápido sorbo la primera taza y se la cambia por la nueva. Aunque tampoco le echa nada, vuelve a remover el interior con la cucharilla.

—¿Sabes por qué llevo las gafas puestas?

Deja con parsimonia la cucharita en el plato y mira al interior de la taza, como si necesitase comprobar que ha revuelto bien el café solo.

—Glaucoma degenerativo. Irreversible. Creo que mis ojos han visto demasiada basura y ya no aguantan más.

Ríe. Una risa seca y breve, como una tos alargada.

—Dentro de año y medio como mucho me habré quedado ciego.

—Lo siento.

Peyo suena más educado que empático.

Cardoso le quita importancia al anuncio con un gesto.

—Me he casado dos veces. Dos divorcios. No soy un hombre fácil. Tengo dos hijos. Ambos del primer matrimonio. Ya son mayores. La chica vive en Londres, trabaja para un gran banco, gana una pasta, se ha casado con un tío de allí y tiene una hija con un nombre inglés que ni siquiera sé pronunciar bien. El chico es ingeniero. Ahora mismo está en Dubái. O puede que en Catar. Nunca me aclaro con esos sitios. De todas formas ninguno de los dos tiene demasiado interés en saber de mí. Como mucho, nos llamamos para felicitarnos la Navidad. No fui un buen padre. Nunca les ha faltado de nada. Los mejores colegios y esas cosas. Pero supongo que no se trataba solo de eso. Y ahora pago las consecuencias, claro. Cuando ya no vea nada, me temo que mi única compañía va a ser uno de esos perros tan bien entrenados...

Cardoso bebe de la segunda taza. En un acto reflejo se saca un paquete de tabaco del bolsillo, pero, al caer en la cuenta de que allí no puede fumar, lo deja sobre la mesa. Lo contempla y ríe.

—Marlboro Gold —dice—. No es lo mismo que el Winston, claro. Ya nada es lo mismo.

Calla por un momento, como si necesitase unos segundos para recordar por dónde iba.

—No te cuento eso para darte pena ni para inspirarte simpatía. Tú y yo no somos tipos sentimentales y a estas alturas nunca pretendería algo tan estúpido como que nos cayésemos bien. Fui un cabrón contigo, Peyo. No hace falta que volvamos a aquello. Me tocaste los huevos y te lo hice pagar. Y volvería a hacerlo igual. Siempre me pareciste un puto incordio.

Asiente, como si sus propias palabras le reafirmasen en sus ideas.

—Dardo os tenía aprecio a los dos. Al otro y a ti. Yo le decía que no le servíais para nada, que solo erais una carga, pero nunca me hizo caso.

Aparta el recuerdo con un movimiento de mano, como quien aleja a un mosquito molesto.

—Lo que quiero que entiendas es que a mí me queda ya poco que ganar o perder. Ha sido divertido, joder, no lo voy a negar. Pero pronto se apagará la luz y, la verdad, un ciego no está para meterse en peleas, ¿no te parece? Hay pocas cosas que me importen aún a estas alturas. Pero una de ellas, la que más, es cuidar de los míos. Y los míos, mi verdadera familia, no son esos dos hijos desagradecidos.

Vuelve a echar la mano al bolsillo. Saca un zippo. Juega con él, deslizándolo con una habilidad de malabarista entre los dedos. Eso parece aplacarle las ganas de fumar que Peyo intuye que le comen vivo tras los dos cafés.

—Soy el hijo de puta que crees, pero no con todo el mundo. Hay una serie de personas que han estado conmigo a lo largo de los años. Gente profesional, leal, que nunca me ha fallado. Gente, buenos policías, con sus carreras y sus familias y con hojas de servicio intachables. Gente que también ha hecho mucho por la seguridad de este país. Gente a la que tengo la obligación de proteger. Y esa gente es a la que Zoran Lazic ha ido conociendo a lo largo de los años a través de mí y a la que ahora puede joder.

—Y por eso le ofreciste al ministro Cáceres la cabeza de Dardo si él lograba impedir que Lazic hiciese públicos los nombres de esos policías.

Cardoso abre la tapa del zippo con un movimiento del dedo gordo. Lo enciende, sopla la llama hasta apagarla.

—Con el artículo que publicó ayer tu amiga, se han ido a la mierda muchas cosas. El ministro ya no se arriesgará a llegar a ningún acuerdo con Lazic del que pueda enterarse la prensa. Hay gente a la que quiero mucho que está hoy en mayor peligro que ayer. Si se hacen públicos sus nombres, sus carreras habrán terminado, podrían acabar en la cárcel, sus mujeres y sus hijos se quedarían en pelotas... Entenderás que eso es algo que no puedo consentir.

Peyo sabe que, detrás de las gafas, Cardoso ha fijado la mirada en él. Ahora es Cardoso el que espera.

Las ideas dejan de rebotar de un lado a otro en el interior de su cabeza, como si la reina madre de todas ellas diese la orden de parar y el enjambre al completo, obediente, se detuviese a la vez.

—¿Qué vienes a proponerme?

Cardoso deja el zippo sobre el paquete de tabaco. Posa una mano encima de la otra sobre la mesa y se inclina apenas hacia delante. Habla con voz tranquila, una voz acostumbrada a pactar, a sobrevivir y a ganar.

—Vengo a pedirte que si, en sus investigaciones, Daniela Lozano llega a tener esa lista de nombres, no la saque a la luz.

—No me consta que la tenga.

—Lo sé, Peyo. Pero el artículo de ayer ha derribado todas las piezas del tablero. Ahora hay que reordenarlas y ya no volverán a estar en la misma posición. Ahora toca recomenzar la partida a partir de la nueva situación. Lazic se ha quedado sin su chantaje para salir pronto de la cárcel. Ahora solo le queda cumplir con su amenaza si no se le trata bien. Ya no pierde nada por enredar aún más las cosas haciendo pública esa lista y el ministro no va a tener forma de evitarlo. Y, para ello, podría ofrecérsela a la periodista del momento. La amiga que le ha visitado dos veces en la cárcel. Sería la forma de que tuviese más impacto.

—Puede hacerla pública por cualquier otra vía.

—Eso es lo que quiero evitar. Necesitaría saber qué va a hacer Lazic ahora que se le ha jodido el contacto con el ministro. Y su amiga Daniela es la que mejor podría averiguarlo.

—¿Quieres que Daniela averigüe para ti qué va a hacer el serbio?

Cardoso no hace el menor gesto. También él sabe esperar.

Una vez escuchada la oferta, Peyo pasa a tomar la iniciativa y Cardoso se la cede.

—Y tu trato con el ministro sobre Dardo, ¿dónde queda ahora? —le pregunta Peyo—. Cáceres ya no puede pagarte con el silencio de Lazic. No ganas nada entregándole a Dardo.

—¿Te he dicho yo que tenga algún tipo de trato con el ministro sobre Dardo?

—No sabes dónde está Dardo, ¿verdad?

—Hace tiempo que solo hablamos por teléfono.

—¿Por qué se esconde? Evidentemente él no sabe que hasta ayer pretendías traicionarle y entregarle al ministro. Vivo o muerto...

—Deja de repetir esa invención tuya de que tengo un

acuerdo con el ministro o te acabarás creyendo que te lo he dicho yo. —Cardoso retoma su risa corta y después se encoge de hombros—. La verdad es que no tengo ni idea de por qué o de quién se esconde Dardo.

Cardoso separa las manos, se guarda el tabaco y el mechero en el bolsillo de la chaqueta del que los ha sacado y se echa para atrás en su silla con un suspiro.

—Asegúrate de que tu chica no hace pública la lista, ¿de acuerdo? —dice con tono de conclusión—. Es impulsiva. Cometió un error publicando ese artículo y debería tratar de enmendarlo. Si averigua qué intenciones tiene Lazic le bajaría el cabreo a mucha gente. Que sea sensata.

—Yo hablaré con ella. Tú encárgate de que no le pase nada.

—Por ahora de eso tendrás que encargarte tú. Yo no trabajo a cambio de nada. Si tiene algo que ofrecer, llegaremos a un buen acuerdo. Mientras, que vigile sus espaldas.

—Si alguien le hace daño, le mataré.

Al decirlo Peyo se da cuenta de que esa es la única idea que queda en su cabeza. Todas las demás —las que le inspiran sospechas, temores, dudas o preguntas, las que no es capaz de apresar, de concretar, ni siquiera de entender— se han quitado de en medio frente a esa.

—Juguemos bien las cartas todos y nadie tendrá que salir herido, ¿entendido?

Cardoso se levanta, se ajusta la gorra y las gafas, y, antes de irse, apoya amistosamente la mano en el hombro de Peyo.

—Por cierto, es joven y muy guapa. Eres un tío con suerte, bribón.

Empieza de un modo sutil. Un artículo breve en un periódico digital de moderada relevancia. Poca cosa. Daniela lo lee a las seis de la mañana. Se le olvidó quitar la alarma que había puesto para el día anterior. Pero no la despertó. Ya estaba levantada. Demasiado excitada para dormir. Navegaba por la red. Estaba en el salón, sentada en silencio y a oscuras. Iluminada por la pantalla del portátil, que sostenía en sus rodillas. Indagaba sobre la evolución de lo ocurrido. Y ahí estaba el artículo: «¿Quién es Daniela Lozano?».

Arrancaba con apariencia de elogio. Periodista de investigación. Pueden leerse sus artículos todos los domingos. Incisiva y con buena pluma. Sabe enganchar y entretener. Todo iba bien. Pero solo hasta el segundo párrafo. Por supuesto, Daniela Lozano era la hija del legendario José Javier Lozano, fallecido hacía solo unos días. Y el autor o autora (solo estaba firmado con iniciales: I. L. M.) establecía ahí la conexión ¿Por qué había escrito Daniela Lozano un artículo como el de ayer, que I. L. M. calificaba de «ficción desmadrada»? Tal vez hay momentos en que el apellido pesa demasiado. Esa era la tesis de I. L. M., que desarrollaba, de manera también desmadrada, en los párrafos siguientes. Padre elevado a los altares periodísticos. Hija de treinta y seis años que no está a la altura. Carrera profesional correcta pero no estelar. Autora de artículos de leer y olvidar con el aperitivo del domingo. Necesidad de un golpe de efecto. Nada mejor que aprovechar que todos han recordado al gran José Javier Lozano estos días para tratar de atraer la atención sobre ella con un artículo que —«digámoslo claro y sin medias tintas», enfatiza I. L. M.— tiene toda la pinta de ser una teoría conspiranoica con escaso sustento real.

Dani se apresura a poner la radio. Llegan las noticias de las seis. Putin se ha dejado un micro abierto durante un acto y se le ha oído decir lo que puede traducirse como «voy a volarles la cabeza a todos esos líderes cobardes de la OTAN». Dimite el presidente del Barça. Tres, cuatro, cinco titulares más. El sexto: polémica en torno a la veracidad de la supuesta conspiración del ministro del Interior denunciada por la periodista Daniela Lozano. Siguiente emisora. Editorial de opinión. Sí, el ministro es un granuja, pero veremos si no lo es también cierta plumilla con afán de notoriedad. Tercera emisora. Más directa: Daniela Lozano debería presentar cuanto antes pruebas que sustenten su «desmadrado» artículo. Curioso. Mismo calificativo.

Ha empezado una fiesta diferente, se dice Daniela.

En los programas matinales de televisión las presentadoras y sus colaboradores están de buen humor. Hacen chistes sobre Putin. Su foto cabalgando a pecho descubierto por la estepa rusa llena la pantalla. Después se busca el contraste cómico con una foto del recién dimitido presidente del Barça en bañador, con una tripa descontrolada y un daiquiri en la mano en un chiringuito de Punta Cana. Hay poco tiempo para dedicárselo al ministro Cáceres. Pero también acaba apareciendo una foto suya en el repaso de actualidad. Chaqueta y corbata elegantes, mirada intensa, espléndido mentón. «Yo no imagino a este hombre tan guapo siendo amigo de uno de esos mafiosos del Este que visten tan mal», dice un colaborador que siempre busca provocar con su histrionismo y hace reír a todos. «Empiezo a pensar que ayer se lanzó la primera temporada de una serie tan poco creíble que no la renovarán para una segunda», dice otro, y ríen más aún.

Antes de salir para la redacción llama otra vez Lucía, la misma amiga y colega del día anterior.

—Ya habrás visto que se ha puesto en marcha.

—¿De qué me hablas?

—La maquinaria, Dani. ¿Es que creías que se iban a quedar quietos?

—No son declaraciones oficiales. Solo son opiniones de tertulianos.

—Qué ingenua eres, cariño.

Cuando llega a la redacción, el becario que ayer les actualizaba lo que se cocía en las redes le sale al encuentro nada más verla. El *hashtag* #DanielaInventa está de número seis en la lista de tendencias. No es fácil competir con #PutinExterminador ni con #LeoVuelvePorfavor, desde luego, pero aun así va como un tiro. ¿Sabes lo que son los troles y los bots?, le pregunta el becario. ¿Personajes de Tolkien?, contesta ella. Camino de su mesa, hoy no hay ni aplausos ni guiños.

Antonio la llama a su despacho a media mañana. Está de pie. Tiene la tele encendida.

Antonio fuma, bufa, pasea y piensa.

—Nos están dando duro.

—Ya lo veo.

—Habrá que hacer algo.

—¿El qué?

—Pruebas. Otro artículo.

—Sabes que es difícil aportar pruebas concretas.

—Entonces, estamos jodidos.

—Tal vez sea porque hemos acertado.

—¿De verdad crees que eso importa?

En los telediarios del mediodía siguen con lo mismo. Putin ni niega ni confirma que le apetecería andar volando cabezas insignes. El presidente del Barça asegura que se va dejando las cuentas del club saneadas. No aparece nadie del Gobierno hablando de lo suyo. El líder de la oposición declara que el presidente del Gobierno debería demostrar su fortaleza internacional condenando sin dilación las insultantes palabras del presidente ruso. Le preguntan sobre varias cosas y solo, casi al final, le hacen una pregunta sobre cuándo solicitará formalmente en las Cortes la creación de la comisión de investigación sobre las acusaciones vertidas ayer en un medio contra el ministro del Interior. La respuesta no suena ya tan tajante: vamos a ser prudentes y esperar acontecimientos, no es bueno precipitarse, no dejaremos de estar vigilantes.

Por la tarde, un programa que analiza en tono satírico la actualidad le dedica un rato a Daniela. Una periodista adicta a la polémica. Ponen como ejemplo antiguos artículos suyos. Mercado negro de licencias de taxi, santeros timadores, mafias de manteros frente al Primark. Daniela recuerda los artículos. No despertaron una gran polémica, pasaron sin pena ni gloria, pero en el programa los enumeran como si hubiesen sido portada de su periódico. ¿Se le ha ido la mano esta vez?, se pregunta el presentador. Y de fondo cierra la pieza con los compases iniciales de *Thriller*, de Michael Jackson.

Las tertulias vespertinas tratan tangencialmente el tema. Las tornas han cambiado. Los que suelen apoyar a la oposición tratan de mantener viva la llama, aunque sin abrasarse. Los más afines al Gobierno la apagan con rapidez: ¿de verdad vamos a perder más tiempo debatiendo sobre las conjeturas de una periodista que ningún otro medio ha recogido? Un tertuliano se lanza a disertar, con exagerada consternación, sobre la pérdida de rigor en el periodismo actual. Otro le apostilla: una pena que la hija no sea como su padre, no siempre se cumple aquello de «de tal palo...». Un tercero añade otra perspectiva, adoptando un tono compasivo: ¿y si todo tuviese un motivo mucho más triste y ese artículo es solo el desahogo de una pobre chica incapaz de asumir que su novio ha muerto atropellado?

El periódico de la competencia cierra su encuesta del día: «¿Cree que lo que cuenta Daniela Lozano es verdad?». Solo un dieciocho por ciento ha votado «sí».

Por la noche, en un popular programa de debate político, su presentadora reflexiona en un largo monólogo mirando a la cámara. «Ahí tienen a la periodista Daniela Lozano y su particular ejercicio de *fake news*», dice. ¿Es tal el imperio del *clickbait* que una periodista es capaz de inventar toda una rebuscada conspiración para que su artículo sea el más cliqueado del día en la red? Está brillante. Dosificar términos en inglés da a su disertación una especie de sustento científico y refuerza el dramatismo.

Dani ve aquello sentada en su sofá. Se ha ido pronto a casa. Ha sido otro día largo. Ha tenido que volver a apagar el móvil. Apaga también la televisión, apretando el botón del mando como si quisiera partirlo en dos. Son las diez y media de la noche y vuelve a estar como a las seis de la mañana. Sentada a oscuras y en silencio. Solo el vino ha sustituido al café.

A la mañana siguiente el despertador del móvil vuelve a sonar a las seis menos diez. Se despierta en el sofá, vestida aún con la ropa del día anterior.

Han pasado cuarenta y ocho horas desde que se publicara su artículo. Noticias de las seis. Dos presidentes de comunidades autónomas, de partidos políticos diferentes, coinciden en convocar sin previo aviso elecciones anticipadas. Tiroteo en un centro comercial de Nashville, Tennessee, dos clientes y una dependienta muertos, abatido el autor.

Consulta las redes. El *hashtag* #DanielaInventa ha desaparecido. Putin anda por el décimo puesto. Hoy triunfa #NoQueremosVotar y otros que aluden a futbolistas que Daniela no identifica.

Cuarenta y ocho horas.

El mundo va demasiado deprisa. Todo parece indicar que ya se ha aburrido de ella. Y de su artículo.

No sale de casa en los dos días siguientes. Se viste con pijama, sudadera y calcetines. Se recoge el pelo en un moño descuidado. Se mantiene de lo que encuentra en la nevera, que no es mucho. Solo hace una excepción el segundo día: pide a domicilio una enorme hamburguesa, un placer prohibido que solo se concede en los momentos en que siente la necesidad de mimarse, de autodestruirse o de ambas cosas a la vez, como es el caso. El vino se ha acabado, pero no lo repone. La música no suena. No quiere que nada la distraiga.

Escribe.

Solo escribe.

A lo largo de esos días que pasa encerrada en casa, anclada al portátil, sin más pausas que las imprescindibles, que duerme apenas cuatro horas y que no contesta a llamadas ni mensajes, su ánimo viaja en una montaña rusa. Pasa por todo. Se siente indignada, impotente, desfondada, peleona, sorprendida, resignada, vengativa. La sucesión de estados de ánimo ni siquiera sigue una cadena lógica. Tiene ganas de romper cosas, de llorar, de reír, de dar puñetazos a un cojín y de meterse en la cama, bajar la persiana y apagar la luz. Pero no hace nada de eso.

Escribe.

Solo escribe.

El suelo del salón se acaba cubriendo de papeles. Y el escritorio y la mesita de centro y el sofá y la silla de al lado. Unos están arrugados; otros, lisos; otros, rotos en varios trozos; unos son los documentos de las dos carpetas que le diera Ignacio Montes, otros son borradores impresos y desechados, y hay también impresiones de páginas web.

Una noche, mientras bebe lo poco que queda de un cartón de zumo de naranja, Dani se asoma por la ventana por vez primera desde que inició el encierro: la vida ahí fuera. Citas que se esperan o se encuentran en la boca del metro. Parejas y grupos disfrutando de las terrazas. Turistas con pintas de turistas. Vecinos que pasean al perro. Seguro que ninguna de esas personas está pensando en ella ni en su artículo ni en la crucifixión perfectamente coordinada a la que ha sido sometida, piensa. Seguro que, si le preguntase a cualquiera de ellos sobre el asunto, le contestarían que se olvidase, que se tomase una o mejor dos cervezas en una de las mesitas de las terrazas, que se fuese de viaje o se comprase una pulsera o se hiciese un tatuaje y que siguiese adelante con su vida. El mundo no está pendiente de tu humillación, le dirían. Olvídate de querer ser una justiciera, una heroína, la aguerrida investigadora que desenmascaró a los malos.

Pero sabe que no haría caso a ninguno. Se aparta de la ventana. Vuelve a sentarse frente al ordenador. Imprime el último borrador con su pequeña impresora doméstica. Lo relee. Lo rompe en pedazos.

Escribe.

Solo escribe.

Y al otro lado de la ventana, abajo, en la calle, el mundo entero se reúne, la humanidad al completo, y todos a una, millones de gargantas le gritan: «¡¿Para qué?!». Pero ella los ignora. Porque esa ya no es la pregunta. «¡¿Por quién?!», le gritan después. Y a eso tampoco contesta. Porque las respuestas, igual que las preguntas, han dejado de importarle.

Dani le deja los dos artículos encima de su mesa. Uno junto al otro. En papel, por supuesto.

Antonio le ha pedido que vaya a su despacho en cuanto ha llegado. Dani ya estaba en la redacción. Esperándole. Ha llegado más temprano que nunca. Se siente bien, resucitada o, al menos, aún viva tras todo lo ocurrido los días anteriores. Se ha dado una larga ducha, se ha puesto unos vaqueros y una camiseta, se ha cepillado durante un rato el pelo, se lo ha recogido en una coleta y se ha bajado a desayunar a un bar cercano a su casa. Comida de verdad. Café y zumo natural y dos barritas de pan rústico con queso fresco y aguacate. Le ha sabido a gloria. Cree que ha conseguido estabilizar su ánimo.

Antonio la había autorizado a quedarse en casa esos dos días. Ella se lo pidió para poder concentrarse en el trabajo. Él le recomendó que mejor descansase, que se dedicase a reponer fuerzas tras la muerte de su padre y el revuelo del artículo. Ya suponía que ella no le obedecería. Ahora tiene en su mesa, delante de él, esos dos textos colocados en perfecta simetría.

—Elige —le dice Dani—. Uno se centra en Gabriel Melgar, en exponer su entramado empresarial y en reconstruir los intentos fallidos de procesarle, todo a partir de documentos aportados por el Ministerio del Interior. El otro tiene como objeto la muerte de Raúl Puente. En un accidente no te atropellan dos veces. Recojo extractos del atestado del accidente, de la autopsia... Cualquiera de los dos me permitirá continuar con otro en el que los vincularé con Zoran Lazic. Y ninguno contiene una sola frase que no esté respaldada por documentación.

Antonio contempla los artículos mientras ella habla. Apoya los codos en la mesa y la barbilla en las manos. Sus ojos aún conservan una ligera hinchazón que puede ser consecuencia del sueño o del insomnio.

—Daniela, no sigas.

Lo dice sin mirarla.

—Me dijiste que te diese otro artículo con pruebas más concretas.

—Ya no.

—¿Qué significa «ya no»?

Antonio cierra los ojos, coge aire. Luego abre un cajón de su escritorio en busca de tabaco. Dani se echa hacia delante.

—Antonio, ¿qué significa «ya no»?

Antonio no espera a coger el paquete de Ducados.

—Por ahora no vamos a sacar más artículos sobre este asunto.

—¿Qué?

Dani ha intentado preguntar sin gritar, pero ha sonado más a grito que a pregunta.

—Arriba dijeron que tu artículo no se apoyaba en nada sólido y que solo esparcía mierda. Y los jefes consideran que la mierda sin pruebas no forma parte de nuestra línea editorial, así que prefieren no seguir con este tema.

—Claro, porque en este periódico nunca se publican artículos sin contenido contrastable, ¿verdad? Venga, Antonio, no me jodas.

—La reacción del Gobierno funcionó. En solo veinticuatro horas lograron ridiculizarnos. Nosotros intentamos que explotara una bomba y ellos supieron desactivarla.

—Ha habido alguna llamada, ¿verdad?

Antonio coge del cajón el paquete de Ducados, saca un cigarro y lo enciende. Se toma su tiempo, como si por hacerlo despacio Daniela fuese a olvidarse de su pregunta.

—Alguien de muy arriba de allí ha presionado a los de aquí y han llegado a un acuerdo. Han decidido no tocarse las pelotas y han quedado como amigos con favores pendientes. Porque así es como funciona todo, ¿verdad?

—Déjalo ya, Daniela.

—¿Sabes una cosa? Me inquieta cuando me llamas por mi nombre completo.

Antonio no gruñe ni abronca. Mira a Daniela. Sombrío. El cigarrillo se consume entre sus dedos sin que aún le haya dado una sola calada.

—El director quiere que te tomes un tiempo. Durante unas semanas no sacaremos tu artículo. Cree que es mejor que tu firma no aparezca en el periódico durante una temporada.

Dani se endereza sin dar crédito. Espera unos segundos por si Antonio se echa a reír y la llama «niñata» y le dice que se lo ha creído como una boba y luego le suelta un peñazo sobre la necesaria confianza en las certezas morales o algo parecido. Pero nada de eso ocurre.

—Dime que estás de coña —le ruega ella, sin esperanza.

—Solo unas semanas. Hasta que pase el revuelo. Puedes escribir artículos de redacción mientras tanto. Sin firma.

Daniela le mira y Antonio le sostiene la mirada. Los ojos de ella se estrechan. Los de él, siempre húmedos en exceso, se limitan a aguantar.

Ella lo dice sin enfado, sin alterarse. Todos sus cambiantes estados de ánimo se repliegan. Solo queda una fría comprensión.

—Alguien ha pedido mi cabeza. Y es tan poderoso que se la vais a dar. Me vais a despedir.

La ceniza del cigarrillo de Antonio cae sobre la mesa, junto a uno de los dos artículos.

—Solo se ha decidido que te quedes un tiempo en el banquillo.

Dani asiente.

—Y una mierda, Antonio. Saben que ahora se volvería contra todos que me despidieseis de inmediato. Esos mismos periodistas que me han puesto a parir tendrían un arrebato de corporativismo y armarían un buen follón apoyándome. Puede que hasta volviesen a defender la veracidad de mi artículo. Pero se deja pasar un tiempo, desaparece mi firma, se olvida todo el mundo de mí y del artículo y al cabo de unas semanas se me puede mandar a la puta calle metida en algún ajuste de plantilla o lo que sea.

Ambos callan. Antonio aplasta en el cenicero el cigarrillo que no se ha fumado. Dani le observa.

—¿Y tú?

—Yo, ¿qué?

—¿Me has apoyado?

—Por supuesto.

Dani se obliga a sonar conciliadora.

—Supongo que les habrás dicho que, si me despiden a mí, tú también te irás. Eso es lo que haría un jefe que cree tanto en la Verdad y la Justicia como tú, ¿no?

Ahora es Antonio quien trata de discernir si eso va en broma o no. Ahora es ella la que se limita a aguantarle la mirada.

—Yo no escribí el artículo.

—Dijiste que me respaldarías. Y entiendo que el código deontológico o cualquiera de esas mierdas sobre las que te pasas la vida dando sermones exige que, ante unas represalias injustas a un miembro de tu equipo, tú debes estar de su lado hasta el final, ¿no?

—Me aseguraste que tenías fuentes fiables. Te pedí un segundo artículo que reforzase al primero con pruebas constatables.

—Tienes dos delante de ti.

—Acusaste al ministro del Interior de negociar con criminales y de proteger y ocultar a policías corruptos. Estos artículos no sirven para probar nada de ello.

—¿Es el propio ministro quien ha llamado y ante el que os habéis plegado todos? ¿O es que os ha prometido un jugoso aumento de publicidad institucional a cambio de ponerme en la calle?

—No voy a hablar de eso contigo.

Ambos se contienen antes de que el tono siga subiendo. Ambos saben que les cuesta frenar cuando se lanzan. Y hoy no se trata de irse dando un portazo o acabar firmando la paz con un insulto cariñoso. Hoy es otra cosa.

—Vas a dejarme caer.

Antonio tensa las mandíbulas y se frota la cara con las manos antes de hablar.

—No me vengas con esas, Daniela. Te respaldé. Saqué el artículo sin tocarte una coma a pesar de mis dudas. Quisiste publicarlo. Tomaste una decisión arriesgada, que yo respaldé, y salió mal. El Gobierno reaccionó. No me esperaba que los pusiese tan nerviosos. Han ido a por ti y tú no tienes munición suficiente para responder.

Dani asiente. Repite:

—Vas a dejarme caer.

Y después:

—¿Y a ti? ¿Qué te han ofrecido a cambio de pasar por este momento tan incómodo? ¿Un ascenso? ¿Una generosa subida de sueldo? ¿O solamente que puedas seguir en este despacho adoctrinando a jóvenes tan idiotas como para creerse tus mentiras?

Antonio señala a Daniela con un dedo que tiembla ligeramente. Tarda en poder controlar su voz.

—Toda mi vida es este periódico, Daniela. No me puedes exigir que sea ni un héroe ni un mártir.

Ella se encoge de hombros.

—Verdad y Justicia y toda esa mierda. Mierda con mayúsculas.

Dani recoge sus dos artículos de la mesa.

—Eres un puto fraude, Antonio.

—No voy a tolerarte que me insultes.

Antonio se esfuerza en relajar la expresión. Trata de regresar a la tensión bajo control anterior. Pero es tarde. Dani no le da tiempo.

—No esperaré al despido. Me voy. Hoy. Ahora.

—No te precipites, Daniela.

—Que te jodan. A ti y a los de arriba.

Se marcha de la redacción. Va a su coche y conduce, y pasarán aún unos minutos antes de que se dé cuenta de que le están temblando las manos sobre el volante y de que se pregunte, por primera vez de muchas, si ha hecho lo correcto o la mayor estupidez de su vida.

Se sienta en la barra, en un taburete junto a Peyo. Gordi les sirve sin preguntar. Caña para él, copa de tinto para ella.

—¿Te importa si me quedo aquí el resto de mi vida? —dice Daniela.

—Acabarías resultándome molesta.

Se centran en su bebida. Compañía sin necesidad de hablar.

Tienen ante ellos la segunda ronda cuando él pregunta:

—¿Qué vas a hacer?

Ella hace una mueca de fastidio y desinterés.

Ha llamado ella a Peyo. Le preguntó si estaba libre esa tarde. Él contestó que esperaba estarlo el resto de su vida. Dani preguntó si podían verse en el Cosmos. Necesitaba poner distancia con todo y esconderse del mundo. No ha ido para quejarse ni lamentarse ni maldecir ni buscar compasión. Solo compañía en silencio. Tampoco ha ido para hablar del futuro y por eso la pregunta le produce más pereza que incomodidad.

—Tengo ahorros para tirar una temporada y soy de poco gasto. Me tomaré un tiempo para poner orden en algunas cosas. Vender la casa de mis padres, revisar todos sus papeles, cosas así...

—¿Y después?

La mueca de Dani se repite, pero esta vez el fastidio por la insistencia de Peyo se impone sobre el desinterés.

—Quiero no tener que buscar motivos para hacer lo que me dé la gana —contesta, y suaviza el tono cuando le pregunta—: ¿Y tú? ¿Algún plan más allá de pasarte el resto de tu vida sentado en esta barra?

Peyo no se lo piensa mucho.

—Hace tiempo que aprendí a vivir al día.

Dani levanta su copa y advierte que está vacía. Mira el vaso de Peyo, también vacío. Cuando Gordi regresa después de cobrar en una mesa, le pide que los vuelva a llenar.

Beben en silencio, sin saber que ambos están pensando en lo que no le van a contar al otro. Peyo no le habla a Dani de su último encuentro con Cardoso. Dani no le habla a Peyo de su último encuentro con Ignacio Montes.

Peyo acaba preguntándole:

—¿Seguirás investigando?

Dani niega con la cabeza, como si le decepcionase que al final Peyo no haya resistido la tentación de hacerle esa pregunta. En su tono hay resignación por el simple hecho de tener que contestar.

—No sé por dónde seguir. Me he dado cuenta de que no sabía adónde quería llegar. No tengo ni idea de quién mató a Raúl ni puedo probar nada de las relaciones entre Dardo, Lazic, el ministro y Cardoso. Y, la verdad, no tengo demasiadas ganas de volver a ser carne de tertulia y *trending topic.*

El ruido de la persiana de metal de la entrada los sorprende. Se vuelven a mirar. Gordi ha cerrado el bar. En ese momento ellos dos son los únicos clientes.

Gordi, ruboroso, les anuncia:

—Hoy toca cerrar pronto. Celebración privada.

—¿Tenemos algo que celebrar? —le pregunta Dani.

—Ya se nos ocurrirá algo.

Les pide que se sienten en una mesa. Les pone delante manteles de papel, platos y cubiertos. Ambos esperan divertidos, sorprendidos de que Gordi tome la iniciativa.

La noche cambia. Gordi sale al rato de la cocina con una fuente con huevos fritos, chorizo y pimientos. Lo acompaña de una botella de tinto y otra de albariño.

Entonces es Dani quien le sorprende. Le pide que se siente a cenar con ellos.

Gordi enrojece hasta las orejas. Balbucea. Intenta decir que no. Peyo le dice que ni se le ocurra negarse.

Cenan y los tres comparten una misma sensación. Lo que estaba buscando Dani: allí están lejos de todo, la vida se queda al otro lado de la persiana bajada del bar.

No hablan de nada de lo que ha ocurrido. Ninguna mención ni al pasado ni al futuro. Beben y repiten. Comen y repiten. Acaban enredándose en un debate sobre gustos musicales. Gordi defiende el flamenco, Dani el jazz y Peyo dice que lo que sea menos la rumba. Según van vaciando botellas, sus opiniones se tornan más viscerales. Hasta que Dani dice que se acabó la discusión, que ni flamenco ni jazz y le pide a Gordi que ponga la radio y suena algo a medio camino entre el reguetón y la salsa y ella se empeña en que bailen y por supuesto los dos se resisten, pero Dani insiste. Al final logra arrastrar a Gordi a que dé unos pasos con ella y con Peyo no le queda otra que desistir.

Terminan la noche vaciando una botella de vino que Gordi saca de lo más recóndito de su almacén y que asegura que ha guardado durante años para una ocasión especial.

—Y como esa ocasión nunca acaba de llegar, esta noche me vale —bromea.

Dani propone que brinden por algo y Peyo le dice que no, que mejor no brindar por nada, que hay brindis que acaban convertidos en maldiciones, así que chocan sus vasos sin decir nada, saborean el vino y rematan el momento con bailes torpes y chistes malos.

—Gracias —le dice Gordi a Dani cuando ella se va. Y Dani le despide con un abrazo.

Peyo la acompaña hasta el Mini.

—Te llamaré —le dice ella.

—Ya no tenemos un motivo para seguir viéndonos.

Dani ha abierto la puerta de su coche y se detiene cuando está a punto de subirse.

—Aún no hemos acabado.

—¿A qué te refieres?

—Quiero saber cómo termina tu historia.

Peyo le sujeta la puerta mientras ella se sienta tras el volante, la cierra después y le contesta cuando ella baja la ventanilla:

—Mi historia aún no ha terminado.

—Me gusta esa respuesta.

Peyo camina hacia la pensión. Dani conduce de vuelta a casa.

Los dos comparten una misma sensación. Hay momentos en que todo adquiere un sentido, en que todo merece la pena. Esta noche ha sido uno de ellos.

El sonido del móvil le hace dar un brinco en el sofá. Estaba amodorrada. Ha pasado el día en casa. Ha recogido y guardado en una carpeta toda la documentación que recibiera de Ignacio Montes y una copia del artículo publicado y de los dos que va a dejar inéditos. Está decidida a abandonar el asunto. Lo ha guardado todo en un cajón. Al fondo. Luego ha pasado el día vagueando, digiriendo sin prisa la resaca y la cena de la noche anterior. Cuando suena el móvil ni siquiera está segura de la hora que es.

En la pantalla aparece uno de esos números de centralita con un sinfín de cifras. Llega a poner el dedo sobre el botón con el auricular rojo para rechazar la llamada. Justo antes, por impulso, presiona en el dibujo del auricular verde.

Una voz masculina la informa con tono monocorde de quién la llama y le pregunta si acepta la llamada. De nuevo Dani duda. Va a decir que no, pero otra vez hace lo contrario.

La voz llega apagada, como si la boca que habla estuviese muy apartada del aparato.

—Y, al final, ¿qué es lo que ha conseguido?

Debería haberle dado al botón del auricular rojo, piensa.

—No sabía que le permitiesen hacer llamadas.

—Ventajas de ser obediente.

Calla. Por un momento parece que la llamada se hubiese cortado.

—¿Se siente feliz, Daniela?

No contesta.

—¿Se siente bien consigo misma? ¿Cree que ha vengado a su novio?

Tampoco contesta.

Aprieta con fuerza el móvil. No corta la llamada.

—No puedo hablar mucho más. Estas llamadas las graban. Solo le diré que, con ese estúpido artículo, me ha condenado. Pero, sobre todo, me ha traicionado.

—Empiezo a hartarme de escucharle lo mismo a todo el mundo.

—Un buen periodista respeta el *off the record*.

—Y lo he hecho. Repase mi artículo y recuerde nuestras conversaciones. Nada de lo que digo ha salido de ellas.

Hay otro silencio en la línea. Cuando la voz regresa, suena más cercana.

—Me cuentan que siente debilidad por los hombres que han pasado por la cárcel. Eso me hace preguntarme si aún queda un poco de esperanza para nosotros.

—Voy a colgar.

—Daniela, me ha roto el corazón. Soy un hombre temperamental. Tengo un exceso de orgullo. Y eso me convierte también en un hombre rencoroso cuando me siento traicionado.

Dani corta la llamada.

Suelta el móvil.

Se levanta y, llevada también por un impulso, cierra los visillos de la ventana. Quiere asegurarse de que no pueden verla desde fuera. Luego, al darse cuenta de lo que acaba de hacer, se siente estúpida. Y también indefensa.

Le está esperando en la calle, frente al portal de la pensión. Es un tipo escuchimizado, tan estrecho que más que espigado parece estirado. Su cara es larga. Apenas conserva una lengua de pelo en el centro de la cabeza. Los ojos permanecen entornados, como si la piel de los párpados no le diese para abrirlos por completo. Tiene unos pómulos picudos y, bajo ellos, tres pliegues de piel en lugar de mejillas que van a morir en una barbilla afilada.

—No sabes quién soy, ¿verdad?

Se lo dice en cuanto Peyo sale del portal y sus miradas se encuentran. Peyo lo observa con extrañeza, sin disimular que no le reconoce.

—Ya me habían dicho que habías vuelto al barrio —le dice el otro—. Había pensado muchas veces en acercarme al Bar Cosmos a saludarte, que me han contado que paras mucho por allí. Pero, no sé, no estaba seguro de si te gustaría volver a ver a alguien del pasado.

Tiene sonrisa de conejo, con dos paletas solitarias más largas de lo normal y sin incisivos.

—Veo que también te han dicho dónde vivo.

—Ya sabes, en este barrio nunca fue fácil tener secretos.

El tipo se echa a reír. Tiene una risa espasmódica que le agita un pecho que apenas llena su camisa.

—No me reconoces, ¿eh?

Peyo le mira con cara de desconcierto.

—¡Peyo, despierta! ¡Que soy Miguel!

Eso no cambia nada. Peyo sigue observándole. Él se deja mirar, divertido. Pero Peyo no logra ubicarle. Cuando se da por vencido, Miguel vuelve a reír.

—¡El Trompos, joder!

A Peyo se le abre la boca de la sorpresa. No acierta a decir nada.

—Oye, quita esa cara, que tú tampoco pareces ya un niño.

Se abrazan. Peyo le pregunta cómo está. Bien. El Trompos le pregunta qué tal está él. Bien, también. Por un momento se miran y parecen no saber qué más decir.

El Trompos se vuelve y le señala el coche que está aparcado a su espalda. Cuesta identificarlo, pero es un Focus o, al menos, lo fue alguna vez. Está pintado de un color cereza brillante con franjas negras de vinilo en el capó y los laterales. Se le ha añadido un aparatoso alerón y se han cambiado llantas, retrovisores, faros y tubo de escape.

—Mira qué joya —le dice el Trompos—. Y esto es solo el exterior. Dentro tiene asientos reforzados con planchas de acero, iluminación led a juego con la pintura y un equipo de sonido que te puede hacer estallar los tímpanos. Y también he tuneado un poco las tripas, pero eso no se puede decir mucho, no vayan a cerrarme el tinglado.

—¿A eso te dedicas?

El Trompos asiente, con orgullo.

—Taller propio. Los coches son lo único que me importa —le dice—. Y hoy me toca probar este. ¿Me acompañas?

Peyo le echa un vistazo al coche y después al Trompos y después otra vez al coche. Y le dice que gracias, pero que mejor no, que no es aficionado a la velocidad.

—No correremos —le asegura el Trompos—. Solo

quiero hacerle unos kilómetros. Que le fluya un poco la sangre, ya me entiendes. El aceite, la gasofa, que todo le empape bien.

Peyo le insiste en que mejor en otro momento, lo que hace que él cambie el tono y le hable con más seriedad:

—No he venido para darte un paseo en coche, Peyo. Hay algo que quiero contarte.

El Trompos se mete las manos en los bolsillos. Pega los brazos al cuerpo y eso le hace parecer aún más menudo.

—Oí hablar en la radio de esa periodista y el artículo ese en que mencionaba a Dardo —dice—. Me había llegado que a veces te veían con una chica en el bar de Gordi. Una mujer joven con pinta de no ser del barrio.

Peyo ni niega ni confirma.

—¿De qué quieres hablar conmigo?

—Quiero contarte una historia. Solo eso. Te la cuento y luego tú la manejas como quieras. Yo ya no me meto en problemas. Es un milagro que haya llegado vivo hasta aquí y, a estas alturas, no estoy por la labor de ponerme en peligro.

—¿De qué va esa historia?

—De Dardo, de Zoran Lazic, de quinientos kilos de cocaína y de un chico llamado Baby Páez.

El Trompos ha empezado mintiendo a Peyo. No es verdad que no iban a correr. Peyo sube con él al coche y, al principio, el Trompos conduce con normalidad. Hasta que entran en la autopista radial 4. Empieza a pisar el acelerador. El tubo de escape regurgita. Expulsa gases, le explica a Peyo. Hay poco tráfico a esa hora. Ciento ochenta, ciento noventa, doscientos. El Trompos acelera y desacelera con rapidez. Cambia de marchas con movimientos secos y precisos. Testa los frenos. Baja a cien y al cabo de unos segundos vuelve a doscientos. Habla a la vez que conduce. Dice no sé qué de una nueva caja de cambios secuencial, de 280 caballos y 1,6 litros, de que esta joya podría competir sin complejos en el WRC, pero Peyo no le escucha, solo se aferra a la manilla que hay sobre la puerta, los ojos clavados al frente, como si pudiese frenar solo con la mirada en caso de necesidad. El coche alcanza los doscientos veinte. Peyo solo quiere bajarse.

Cuando dejan la radial y vuelven a circular por la autovía, el Trompos se transforma de nuevo en un conductor razonable. Conduce varios kilómetros, rápido pero dentro de los límites legales. Solo quiero rodarlo un poco más, le dice a Peyo. Y después empieza a contarle su historia.

Su vida, le dice, ha sido una carrera continua esquivando la muerte. Parte de los lejanos días en que la banda del Cosmos se disolvió, cuando Dardo los abandonó a su suerte. El Trompos tuvo que buscarse la vida. Siguió haciendo lo único que sabía. Conducir. No se incorporó a ninguna otra banda de manera permanente. Aceptaba trabajar con cualquiera que necesitase un conductor para dar un palo.

—Lo normal es que hubiese acabado muerto —le dice a Peyo sin especial emoción.

Llevaba años enganchado al caballo. Conducía por igual colocado o con mono. Se vio envuelto en persecuciones, se estrelló un sinfín de veces, destrozó un considerable número de coches y sus acompañantes salían siempre peor parados que él.

—Un día comprendí que mi cuota de milagros ya estaba agotada.

Lo dejó todo. Los palos y el caballo. Buscó ayuda y se desenganchó a las bravas, pasando por el infierno que tenía que pasar. A los veintidós años, limpio e inexplicablemente vivo, solo sufría aún un mono. El de los coches.

—No quería hacer nada que no fuese conducir. Así que tuve una idea para salir adelante. Me convertí en chófer.

—¿De gente rica?

La pregunta de Peyo le hace reír.

—No. Al revés. De grupos de tres o cuatro chavales que no tenían un duro. Eran chicos que apenas ganaban lo justo para contratarme de jueves a lunes. Yo les hacía de conductor y cuidaba de ellos. Supongo que has oído hablar de la Ruta Destroy. La Ruta del Bakalao.

Fue otro comienzo más para él: me convertí en una especie de agencia de viajes, dice.

—Yo los llevaba en una furgoneta y ellos podían desfasar cuanto quisieran sin tener que preocuparse del transporte. Los llevaba hasta Valencia. Y allí seguía a su servicio durante el fin de semana. Les hacía la ruta por los locales más de moda. Barraca, Chocolate, Spook. Si decidían tomarse un pequeño descanso, aparcaba en cualquier lugar discreto para que pudiesen dormir una o dos horas en la misma furgoneta y, luego, de vuelta a las discotecas hasta que tocaba volverse a Madrid. Así, de jueves a lunes. Una puñetera locura, te lo aseguro.

Aquellos chicos tenían que meterse de todo para aguantar. El Trompos amplió su oferta de servicios. No solo se encargaba del transporte. Llevaba en la furgoneta bocatas y agua que les vendía a precio de oro. Y también lo que quisiesen meterse.

—Empecé moviendo mescalina. Unas pastillas que llamaban chuflas y que algunos se zampaban a puñados, antes de que su precio se disparase. Luego llegaron las rulas, el éxtasis. Y también me pedían *crack* y más tarde *speed* y luego *speedball.* Se consumía de todo y cada vez más, menos la heroína, porque el jodido sida asustaba a todos, y la coca, que solo podían permitírsela los pijos. Al principio solo les vendía a quienes me hubiesen contratado, pero acabé pasándole a todo el que se acercase a pillar a la furgoneta.

El Trompos empezó alquilando la furgoneta en que los llevaba. Pronto pudo comprarse una. Ganaba mucho. Pero aquella forma de vida acabó pasándole factura. Volvió a consumir. También él necesitaba hacerlo para mantenerse despierto, para soportar semejantes maratones de setenta y dos horas alerta. Cada vez consumía más y, en consecuencia, necesitaba cada vez más dinero. Ya no le bastaba lo que se sacaba siendo a la vez chófer y camello de los *bakalaeros*.

El Trompos cuenta todo ello mientras sigue conduciendo por la autovía. Han dejado atrás Aranjuez. Están ya a más de cincuenta kilómetros de Madrid cuando toma un desvío y hace un cambio de sentido.

—Camino de vuelta —dice, y eso le vale tanto para su trayecto como para su relato.

Necesitaba tanto dinero que tuvo que combinar aquellas rutas de fin de semana con el regreso a su antigua especialidad.

—Mercenario para atracos. Me cotizaba bien. Había alcanzado un cierto prestigio en mis buenos tiempos. Y necesitaba tanta pasta para lo mío que no estaba para elegir. Aceptaba lo que fuese. Me unía igual a tíos que sabían lo que se hacían que a las bandas más chapuceras.

Las cosas eran diferentes. Ya no se hacía nada como en los tiempos de la banda del Cosmos. Ya no se llevaba el palo de pasamontañas y recortada. Ahora, si querías robar en una tienda de electrodomésticos o en una joyería o donde fuese, cogías un coche y te estrellabas contra ella.

—Sin delicadeza. Sin miramientos. Se había perdido el encanto.

Alunicero. Un nuevo oficio. Cogía un coche, le pisaba a fondo y se estampaba contra vallas, rejas, puertas y escaparates. Otros se ocupaban de entrar por el hueco abierto y hacerse con el botín, mientras él se encargaba de desencajar el coche, dar marcha atrás y esperarlos para huir.

—Pronto me hice un nombre. No tenía miedo ni prudencia. Cogía el coche que fuese y era capaz de lanzarme contra lo que me pidiesen con tal de que me pagasen por ello. Y, de paso, aprendí. De carrocerías, de motores. Sin darme cuenta, me convertí en un experto en coches a la vez que me jugaba la vida empotrándome con ellos.

Volvió a recorrer el camino que había hecho antes. Un giro más. Pasó de nuevo por el infierno. Se limpió por segunda vez. Ya se había convertido en el tipo que era ahora. Un enclenque, dice. Un cuerpo débil que no acepta más castigo. Había cumplido los treinta convertido en un esqueleto.

—Quería vivir —dice asintiendo con energía—. Siempre, por muy mal que estuviese, quería vivir. Podía hacerlo todo para destruirme, pero, a la vez, nunca cambié de deseo. Vivir. Solo seguir vivo. Y aún hoy me sorprende que no acabase en una celda, una silla de ruedas o una sepultura.

Pasó a otra etapa. Ya he perdido la cuenta de las veces que he recomenzado, dice. Se había convertido en una vieja gloria. Como una estrella del deporte retirada. Dejó atrás los atracos. Las drogas. Hasta el tabaco. Un comienzo desde cero. Apenas conservaba algo de dinero. Lo justo para alquilarse un pequeño local. Lo convirtió en su hogar y en su primer taller. Allí trabajaba, dormía y se preparaba la comida en un infiernillo. Pronto tuvo clientela. Antiguos compañeros de palos que progresaban y que se compraban coches y que querían lucirlos por sus barrios o ante las novias y los colegas. Trabajó duro, se mantuvo limpio, pudo alquilarse un piso y un local más grande y lo equipó con lo mejor. No volvió atrás. Aquella fue su vida durante cerca de doce años.

—Hasta que un día, hará unos diez años, entró por la puerta un chico con cara de bebé que volvió a cambiarlo todo. Tenía una pinta muy rara. Llevaba el pelo muy corto por arriba y rapado por los laterales, tenía una piel muy pálida, era regordete. Vestía todo de blanco y calzaba zapatos negros. Hablaba siempre despacio y a media voz y nunca perdía una serenidad como de estampita de santo. Era como un ángel, pero te juro que también tenía un cierto parecido con el puto dictador ese de Corea.

Le llamaban Baby Páez. Y fue a ver al Trompos para pedirle que trabajase para él.

Peyo ha escuchado todo ello sin interrumpirle. El Focus se ha mantenido a una velocidad que le ha permitido recobrar la esperanza de que tal vez no se maten en un accidente. Ya están cerca de la ciudad. El Trompos conduce, pero, sobre todo, está absorbido por su propia narración.

—Conocía mi pasado. Quería que le preparase coches. Era un completo pirado de los coches, así que, claro, a pesar de la diferencia de edad, nos hicimos buenos amigos. Y además pagaba con generosidad. Baby Páez era un tipo diferente. Solo tenía veinte años. Un chico de Vallecas. Había sido grafitero durante la adolescencia, pero ya lo había dejado. Cuando le conocí se pasaba la mayor parte del día jugando a los videojuegos. A esos de coches y ladrones, al *GTA*. Y escuchaba rap a todas horas. También había montado una banda que daba palos por toda España. Aunque al verle jamás te lo habrías imaginado, el chico era ya todo un jefazo. Especialista en alunizajes. Y para ello requería coches cada vez más resistentes y potentes.

El Trompos sonríe al evocarle.

—Además, el tipo cuidaba de mucha gente —continúa—. Era como un puto Robin Hood, no te exagero. Parte de lo que sacaba con los alunizajes lo dedicaba a ayudar a otros. Les daba pasta a familias que no podían pagar la renta o les compraba ropa a chavales o regalaba balones a los centros de acogida o mandaba cajas de alimentos a los comedores sociales. Nunca había conocido a nadie que hiciese eso. No te puedes imaginar lo que la gente le adoraba. Ibas con él por su barrio y se le acercaban y lo trataban como a un pequeño dios.

Hace una pausa, como si necesitase ordenar sus recuerdos, antes de continuar.

—También le gustaba el lujo. Le obsesionaba casi tanto como el rap. Y, claro, entre unas cosas y otras, cada vez necesitaba más dinero. Los atracos se le empezaban a quedar cortos. Supongo que eso te suena. Entró en otros negocios. Drogas, por supuesto. Y también le fue bien. Se compraba coches que eran un sueño. Y mucho oro, que guardaba en su casa. Varios maletines llenos de lingotes. Seguía con sus videojuegos y con el rap, pero, cuando decidía que necesitaba airearse, se iba a Ibiza, se pasaba un par de noches en la discoteca de moda, se dejaba miles de euros en cada juerga y volvía después a Vallecas como nuevo.

Están entrando en Madrid.

—Durante diez años estuve cerca de él. Le tuneaba todos esos coches espectaculares que se compraba. Me invitaba a comer a restaurantes que costaban una fortuna y nos pasábamos horas hablando de modelos, de motores, de todas esas cosas que nos apasionaban a los dos. Se entusiasmaba como un niño. Éramos un par de friquis.

Circulan por la M-30. El Trompos hace un vertiginoso regate para poder colarse entre dos coches y coger un desvío.

—¿Me sigues? —le pregunta a Peyo.

—Te sigo —le contesta—. Estoy deseando ver cómo nos lleva tu historia hasta el artículo de la periodista.

El Trompos ríe. Hace un par de adelantamientos más. Conduce con tal agilidad que el coche parece saltar, más que desplazarse, de un carril a otro.

—Tengo la costumbre de oír la radio mientras trabajo en el taller —dice a la vez que se entretiene abriéndose paso con rápidos cambios de un carril a otro, lo que está claro que hace más por diversión que porque tenga prisa—. Así supe lo del artículo de tu amiga y oí cómo la machacaban. A la chica le falta información. Y ahí es donde entro yo en juego.

El Trompos da un acelerón para pasar por delante de un autobús y cambiar una vez más de carril.

—¿Por qué quieres ayudarla? —le pregunta Peyo cuando están saliendo ya de la M-30 y tienen que detenerse ante un primer semáforo.

El Trompos le sonríe con su sonrisa de conejo.

—Lo mío son los motores, Peyo —le responde—. Es de lo único que sé algo. Y, después de tantos años, he llegado a una conclusión. Solo hay dos motores capaces de hacer que las personas cometan imprudencias.

Hace una pausa teatral y después lo dice:

—Uno es el amor.

Peyo se ríe.

—Pura filosofía —afirma.

—Siempre he sido un imprudente. No debería meterme en esto. Ya te he dicho que ha dejado de gustarme el riesgo. Pero mi motor interior ha arrancado y ya no lo puedo parar.

—¿No me estarás diciendo que has venido a verme por amor?

—No, Peyo. He venido por el segundo motor...

—¿Cuál es?

Las paletas del Trompos aparecen entre sus labios. Una mueca de placer. Vuelve a acelerar el Focus tuneado, que ruge de nuevo.

—La venganza, por supuesto.

Vuelve de la casa de su padre. Lleva varios días yendo allí. El lugar del que tanto necesitaba alejarse para empezar a vivir es ahora el refugio del que no quiere marcharse.

Pasa las horas en el despacho. Lee los libros que él escribió, los textos de sus conferencias conservados con meticulosa pulcritud dentro de fundas de plástico en carpetas de anillas y las notas y borradores ordenados en archivadores, separados por pestañas en las que el padre apuntaba el mes y el año de su escritura. Ha encontrado un par de cajas con álbumes de fotos. Cada fotografía tiene detrás, escritos a mano, el lugar, la fecha y los nombres de las personas que aparecen en ellas. Todo es así en el despacho, la vida en perfecto orden, clasificada, sin secretos ni misterios. Le ha enternecido y enfadado por igual la única foto que hay de ella en las cajas. Está con el trajecito cursilón y con el padre al lado. Primera comunión, pone detrás. Y debajo: Daniela. También anota su nombre. Como si solo fuese otro personaje junto a los que aparece el padre en aquellas fotos: Juan Pablo II, Kissinger, Felipe González, Francisco Umbral, Daniela. Como si pudiese olvidarlo. Como si el tiempo pudiese dejar a todos, incluida ella, sin identidad. Repasar todo aquello le irrita un poco, ese orden un tanto histérico, esa obsesiva organización de la vida en carpetas con separadores, fundas, fechas y anotaciones, pero a la vez le produce una extraña paz. En ese despacho todo es seguro, todo está en su sitio. Esa sensación de confortable seguridad que antes le daba su apartamento —trompeta, vino y calcetines con piñas dibujadas— ahora se la da ese aséptico despacho donde no hay nada, ni siquiera ella misma, sin etiquetar.

Sale por la boca del metro. No necesita usar el coche para ir a la casa familiar. Hay línea directa. Se mete en el vagón, se une a desconocidos, se pone unos cascos y oye música y cierra los ojos mientras recorren los túneles. Nada otorga más anonimato que ir en metro. Solo eres un viajero. Sin nombre ni identidad. Nadie se fija en ti, nadie te recordará. Ahí no existe esa amenaza que ahora la acompaña siempre. Dani sabe que está en riesgo. Un riesgo que no es capaz de concretar. Un temor sin rostro que no se ha separado de ella desde aquella noche en que se sintió seguida y que no se ha desvanecido.

Otra curiosidad: al sumergirse en la vida del padre, ha logrado no pensar en nada de lo otro. Ni en la muerte sin resolver de Raúl, ni en la voz de Lazic al otro lado del teléfono, ni en la impunidad con que todos ellos pueden reírse de su fracasado intento de sacarlos a la luz. No le da vueltas. Como haría su padre, ella los ha archivado. Pero el miedo sigue ahí. Sin personajes que lo rodeen. Sin anotación de ningún nombre al dorso. Sin lugar y sin fecha. Un miedo abstracto, que cuelga del vacío que se ha obligado a crear a su alrededor.

Cuando sube el último escalón de la boca de metro y pisa la plaza, consulta el móvil. Llamada perdida. Peyo. Le extraña. Peyo solo usa el móvil para contestar a sus llamadas, pero no para llamar él. Llevan días sin hablar. Desde la noche en que cenaron con Gordi. Dani ha tenido el impulso de llamarle muchas veces. Se ha contenido. Al ver su nombre en la pantalla, se alegra. Le echa de menos, sería absurdo negárselo. Decide que en cuanto entre por la puerta de casa le llamará.

La voz suena cuando aún sonríe por haber tomado esa decisión.

—¡Señorita! ¡Señorita!

Se vuelve por mero reflejo, sin pensar que pueda ser ella a quien están llamando.

Es el mismo sin techo que vio cenando en un banco la noche que murió el padre, el que la saluda siempre. Y es a ella a quien llama. Se le acerca alegre. Es un hombre de edad incalculable. Piel morena y cuarteada, barba que no llega a barba que le cubre con un brillo blanquecino media cara, pelos grises cortos y en desorden. Puede tener cincuenta años maltratados o setenta curtidos.

—Discúlpeme, señorita —le dice, respetuoso, cuando llega hasta ella.

A Dani le llega su olor a vino remontado. Le observa con amable incertidumbre.

—No se asuste —le dice él.

—Usted no me asusta —le contesta ella amistosa.

—Esto le va a sonar raro, pero tengo algo para usted.

El hombre se mete la mano en uno de los bolsillos exteriores de la chaqueta de paño. Saca un paquete de *kleenex* y un sobre de tamaño cuartilla. Se echa a reír al ver ambas cosas. Le pide a Dani disculpas, devuelve los *kleenex* al bolsillo y le tiende el sobre.

Dani lo coge con expresión curiosa.

—¿Quién se lo ha dado?

—Un hombre. Se me acercó y me preguntó si yo conocía a esa chica tan guapa que vive en aquel portal —dice señalando el edificio de Dani—. Supe que se refería a usted. Por lo de guapa, claro.

El sin techo le hace un guiño coqueto. Dani sopesa el sobre. Hay algo dentro que crea un pequeño bulto irregular.

—Me dio esto y, la verdad, una propina, y me pidió que se lo entregase cuando la viera.

—¿Cómo era?

—¿El qué?

—¡El hombre!

—Pues... como todos los hombres.

Dani abre el bolso que lleva colgado del hombro. Mete el sobre y rebusca para coger su cartera. El sin techo la frena agitando las manos con vehemencia.

—Ni se le ocurra darme nada —le dice.

—Claro que sí —insiste ella—. Hoy los invito yo a cenar a ustedes tres.

—Ni lo sueñe. Mañana invita, si quiere. Pero lo de hoy es un favor entre amigos.

Dani no insiste porque está claro que él no va a ceder.

—Me alegra que seamos amigos.

Dani cruza hacia su portal. Y no lo ve venir.

El coche arranca con un acelerón y se lanza a por ella.

Dani vuelve la cara y solo lo ve cuando ya lo tiene encima. Se agarra de manera instintiva a la cinta del bolso. Cierra los ojos.

Sale despedida hacia la acera contraria. Lo justo para que el morro del coche no la alcance de lleno. La golpea con el lateral. La hace girar sobre sí misma y después cae.

Dani no sabe que el primer golpe se lo ha dado el sin techo, que la ha empujado a tiempo para evitar que el coche la alcanzara. Pero se quedó sin margen para evitar que le diera a él.

El cuerpo del hombre rueda por encima del coche al ser atropellado. Cae por la parte de atrás. Cerca de donde Dani está también en el suelo.

El coche desaparece a toda velocidad. Varias personas empiezan a acercarse.

Dani levanta la cabeza. Se mira el cuerpo. Ve su ropa empezando a empaparse de sangre. Ve a su lado al sin techo. Durante un instante de tristeza absoluta piensa que ya no podrá invitarle a cenar. Después se desmaya.

V

TIEMPO DE TRAICIÓN

Antes

El yate estaba fondeado en un pantalán de Puerto Banús. Era un Benetti de treinta y cinco metros de eslora. Cinco camarotes, cocina, salón, tres baños, un despacho y una habitación solo para la mesa de billar. Todo ello decorado con una ostentación sin pudores por alguien con gran afición a los espejos y los dorados, con muebles y lámparas y alfombras con motivos arabescos, remates repujados y, en su conjunto, una estridencia sin recato. La cubierta de proa se destinaba a solárium, con dos hileras de tumbonas y un espacioso *jacuzzi*. En la popa, bajo techado, había un largo sofá que recorría todo el perímetro y varios sillones tan anchos que podrían sentarse en ellos sin estorbarse dos o tres personas y, en el centro, una gran mesa ovalada con un reborde de rejilla, por supuesto, dorado.

Al Nadir, el propietario de aquel espectacular yate —bautizado, según las gruesas letras doradas pintadas en el espejo de popa, como Le Pirate I—, nos enseñó todas las habitaciones, las dos cubiertas y la cabina, y les ordenó a los siete miembros de la tripulación que nos presentasen sus respetos. Concluida la visita, regresamos a la cubierta de popa y nos sentamos en aquellos sillones que bien podrían servir como camas.

En la mesa ovalada de centro nos esperaban dos bandejas. En una había tres copas de champán. En la otra, una cajita de plata y tres canutillos plateados. Junto a la mesa, en una cubitera con pie —dorada—, se enfriaba una botella de Dom Pérignon Rosé.

Al Nadir llamó a un marinero que se apresuró a servirnos el champán, a pesar de que él lo tenía a su lado. Cuando el marinero se fue, Al Nadir cogió la cajita de plata, la abrió para que pudiésemos ver el polvo blanco que contenía y nos ofreció. Dardo y yo le dijimos que no con gesto agradecido y él esnifó un pellizco por cada hueco de la nariz sin necesidad de usar uno de los canutillos y después levantó la copa.

—*Santé!*

Dardo y yo bebimos con él.

Al Nadir sonrió complacido. Bebió un largo trago de su copa y luego volvió a llamar al marinero y le dio unas apremiantes instrucciones en árabe y este se apresuró a llevarse la bandeja con la caja de plata y regresó con otra bandeja, de mucho mayor tamaño, donde había más de dos docenas de ostras sobre un lecho de hielo granizado.

Al Nadir nos instó a que tomásemos una. Miré a Dardo y vi que no se atrevía a rechazar otra vez su ofrecimiento, así que le seguí. Me metí una ostra en la boca. Nunca las había probado. Me repugnó su gusto y su tacto en el paladar y la lengua. Pero no hice ningún gesto que pudiese delatarme. Miré de nuevo a Dardo y, a pesar de que se mantuvo inexpresivo, estuve seguro de que a él le había pasado lo mismo.

Nuestro anfitrión se comió dos ostras seguidas. Sus gustos y los nuestros no coincidían.

—Espero les haya gustado mi pequeño barco pirata. Mi sueño. Desde niño quiero ser pirata. Vivir en el mar. Nunca pisar tierra. ¿Conocen a Sandokán?

Al Nadir era argelino, aunque había vivido desde niño en Marsella. Resultaba sorprendente e incómodo el pésimo español que hablaba, a pesar de que llevaba ya un tiempo instalado en Marbella. Probablemente su trato con la población local era escaso y tenía pocas oportunidades o poco interés en practicarlo. Hablaba con un fuerte acento que recordaba al de esos vendedores de zoco que ofrecen baratijas a los turistas. Pero su aspecto poco tenía que ver con eso. Tenía la apostura de todo un seductor o eso pretendía. Debía de rondar los cuarenta. Vestía un traje de lino de un color cremoso claro y una camisa de un intenso azul con los botones del pecho desabrochados para que se pudiese ver la cadena de oro que le colgaba del cuello y calzaba unos botines acharolados con demasiado tacón. En la muñeca derecha lucía un grueso Rolex también de oro y, en la izquierda, una esclavina de plata. Al igual que en su yate, deseaba también que en su propia persona se pudiese apreciar con solo un vistazo la dimensión de su éxito y su fortuna.

Se comió otras tres ostras seguidas, sin preocuparse demasiado por las buenas maneras. El líquido de una de ellas le resbaló por la barbilla. Murmuró una maldición, volvió a llamar al marinero y le soltó una larga y excitada parrafada. El marinero voló más que corrió al interior y regresó con unas servilletas pidiendo disculpas con reverencias por no haberlas puesto antes. Al Nadir le dijo algo que no entendimos, pero que no sonó comprensivo.

Tras media docena de ostras y tres copas de champán, se centró en el motivo de nuestro encuentro.

—Marbella es el nuevo centro del mundo —nos dijo con su español atropellado—. Cada vez más. Aquí quieren venir todos. Irlandeses, balcánicos, la Camorra napolitana, la Mocro Maffia holandesa, polacos, rumanos, búlgaros... Toda la mierda de Europa quiere sitio aquí. Unos se dedican a drogas, otros a armas, otros a mercado de automóviles, de relojes, de diamantes o de putas.

Al Nadir bajó la mirada a la bandeja y no pudo resistir la tentación. Se metió otra ostra en la boca y, cuando volvió a hablar, aún estaba allí y se dejaba ver, a la espera de que la tragase.

—Poco espacio, demasiada gente. Primero habrá competencia. Pero después acabará en guerras.

Hizo una pausa para tragarse la ostra que bailaba en su boca.

—Solo los más fuertes seguirán. Pero yo no voy a ser uno de ellos.

Esperó para ver nuestra reacción. Me miró primero a mí, menos tiempo, y después a Dardo, con una mirada ladina, la mirada de ese pirata que había querido ser desde niño.

—Yo seré mucho más. Yo seré el que decidirá quién se queda y quién se va.

De nuevo nos observó esperando una reacción por nuestra parte y solo continuó cuando tanto Dardo como yo asentimos admirativamente.

—Para ser el mejor, hay que trabajar con los mejores —dijo, la mirada fijada ya en Dardo, que la mantuvo sin inmutarse.

Los dos hombres se escrutaban. Se medían. Yo estaba al margen de eso. Solo estaba allí como decoración. Una vez más Dardo me había utilizado como una pieza de *attrezzo*, su vieja idea de que, si quería impresionar, debía acompañarle alguien que pudiese presentar como un aguerrido lugarteniente.

Al Nadir hizo su planteamiento. Había que esforzarse en entenderle. Su español primario, en contra de lo que pudiera parecer, no facilitaba las cosas. Simplificaba tanto lo que quería decir que había que estar muy atento y saber leerle entre líneas para captar lo que pudieran contener sus breves frases.

De todas formas, mucho de lo que decía ya lo sabíamos. Cardoso nos había puesto en antecedentes.

Había sido Roque Cardoso quien había montado el encuentro. En aquel momento Cardoso era ya comisario y seguía aumentando su prestigio y su poder como especialista policial en la lucha contra el crimen organizado. Al Nadir, nos había explicado, era ya todo un pez gordo y estaba llamado a serlo más aún. Era el número uno en el tráfico internacional de armas. No ha habido una sola guerra en este planeta en los últimos años en que alguno de los bandos o los dos no haya luchado con armas vendidas por él, nos dijo Cardoso. Su única causa es el dinero. Le da igual armar a ejércitos, guerrillas o grupos terroristas. Mencionad a quien se os ocurra, nos decía, que Al Nadir le tiene como cliente.

Al Nadir era también un pionero en el cumplimiento de todos los tópicos del gran criminal que tanto se repetirían en la Costa del Sol, hasta componer un patrón, en los años venideros. Coches más allá del lujo, aparatosa mansión con una tropa de sirvientes, cuenta abierta en las grandes joyerías y *boutiques*, yate descomunal. En los meses que hacía que se había instalado allí, ya había conseguido ser invitado a las exclusivas fiestas del todopoderoso Adnán Jashogyi y su exclusivo círculo, tenía mesa con reserva permanente en Olivia Valère y La Notte y a veces iba a jugar al golf al Marbella Club, aunque lo detestaba, tan solo por dejarse ver. Como diría Cardoso, poco dado a dejarse deslumbrar, todos los de su especie eran iguales: horteras, derrochadores y ansiosos por ser envidiados.

Además Al Nadir jugaba a todas las bandas. Al tiempo que se hacía con el control del mercado internacional de las armas, colaboraba con las policías de media Europa. Sin escrúpulos. Las alimentaba con soplos y delaciones, les proporcionaba información que les servía a los cuerpos policiales para anotarse éxitos operativos y a él para obtener un cierto blindaje. Manejaba con pericia una enmarañada red de contactos que le hacía mantener por igual una fructífera relación con altos mandos de Scotland Yard, de la Gendarmerie, de los Carabinieri, de la policía española o de Interpol que con dictadores, líderes de rebeliones, golpistas, capos mafiosos, gobernantes invasores o genocidas tribales del este de Europa, del Medio Oriente o de todo el continente africano. Solo tenía una regla: colaboraba con quien fuese menos con la DEA, la agencia antidroga de los norteamericanos. Vetados. Los odiaba. Podía vender a su propia madre a cualquier policía si de ello sacaba algún beneficio, salvo si se trataba de los yanquis. Cardoso no estaba seguro de la causa de ese odio. Al parecer, algo tenía que ver con una operación de los norteamericanos en el puerto de Marsella que acabó con un tiroteo y la muerte de un par de compinches de juventud de Al Nadir.

El argelino también picoteaba en el mercado de la droga, aunque de manera más tangencial que en el de las armas. Pero quería llevarse una tajada mayor. El consumo de coca no dejaba de crecer. Lo que Dardo intuyera se había cumplido por encima incluso de sus cálculos. Y, para ampliar su presencia en él, Al Nadir necesitaba establecer alianzas. Cardoso le había recomendado contactar con Dardo. Al Nadir ya había oído hablar de él. El español que tenía redes de transporte que cubrían medio planeta. Quiso conocerle.

Por eso estábamos allí, en la cubierta de popa de un yate descomunal, viendo a un argelino con el aspecto de un cantante de orquesta de verbena zampar ostras como si fuesen gominolas y ayudarse para tragarlas de un champán que debía de costar unos cuantos miles de euros la botella.

Habían pasado cuatro años desde que Dardo decidiese poner su mayor esfuerzo en la coca y convertirse en el principal transportista de los cárteles del otro lado del Atlántico. Había acertado. Había crecido, como siempre. Cuatro años después de tomar aquella decisión inspirada por la muerte de Toño el Flecos, nada era como antes. Su flota de camiones, que seguía recorriendo con total impunidad las carreteras de España y de toda Europa, se había triplicado. Había adquirido participaciones de una naviera bajo cuya firma tres mercantes se dedicaban a traer la mercancía americana y descargarla en lanchas rápidas a un par de cientos de kilómetros de la costa gallega. Invertía también en las planeadoras que recorrían el Estrecho transportando fardos de hachís desde las costas africanas a las playas de Cádiz y Málaga. Crecía. Siempre. No me resultaba sorprendente que un tipo como Al Nadir quisiese contar con él para ampliar sus propias redes de tráfico.

El argelino hizo su planteamiento entre ostra y ostra. De vez en cuando paraba de comer y nos pedía que lo hiciésemos nosotros, pero le rechazábamos el ofrecimiento con ademanes educados.

—¿No os gustan? —nos acabó diciendo, sorprendido de que eso fuese posible—. ¿Otra cosa para comer? ¿Hamburguesa?

Llamó al marinero de siempre sin esperar a que le contestásemos. Le dio instrucciones. Al poco, la bandeja con las ostras que aún quedaban fue retirada y el marinero nos trajo tres enormes hamburguesas. Al Nadir se abalanzó sobre la suya, devorándola a dentelladas. Solo de imaginar la unión de toda aquella carne y beicon y cebolla con las ostras en su estómago me daban ganas de vomitar.

Le hizo la oferta a Dardo. Pago por transporte. Tenía contactos a los que vender grandes cargamentos de la coca americana que traía Dardo a Europa en El Cairo, en Túnez, en Tánger, en Palermo, en Cerdeña. Quería dominar el tráfico en el Mediterráneo y, a través de ello, llegar hasta Rusia. Quería que Dardo fuese el proveedor y el transportista. Muchos transportes, mucho dinero, decía Al Nadir, sonando de nuevo como un vendedor de bazar. Mucho beneficio, reducir riesgo.

Dardo le escuchó en silencio. No transmitía ninguna emoción concreta. Cara de póker. Ya no era un traficante de medio pelo de Malasaña al que pudiese deslumbrarle un tipo de Rolex mazacote, ropa de marca mal conjuntada y yate con retretes de oro.

La oferta de Al Nadir era buena.

Crecer. Más.

Por fin Dardo le dio una respuesta:

—Lo siento. No me interesa.

A Al Nadir se le quedó colgando entre los labios los restos de un aro de cebolla. Sus ojos se abrieron con desmesura. Las aletas de la nariz también. Su piel morena se enrojeció.

Le llevó un cierto esfuerzo lograr tragarse el bocado que tenía en la boca y luego dijo, sin dar crédito, despacio, separando mucho cada palabra:

—¿Yo no te intereso?

Pensé que llamaría a su servicial camarero, le daría instrucciones en árabe y este se iría y regresaría con una pistola y nos volaría la cabeza allí mismo.

Dardo se lo explicó impasible:

—Si quiere trabajar conmigo, quiero entrar en todo. Yo colocaré la mierda que quiera en Egipto, en Túnez o donde me pida, eso no es problema. Pero usted me meterá en el negocio de las armas. Me ocuparé también de su transporte y entrega.

Al Nadir pareció calmarse. Recuperó la tranquilidad y el interés. Admitía negociar, lo que no podía soportar era el rechazo.

—Podría ser —dijo caviloso.

Dardo continuó:

—No me pagará una cantidad fija por transporte ni nada parecido. Quiero una participación. Un porcentaje del valor de cada transporte, de lo que le vayan a pagar a usted.

—¿Qué porcentaje?

—Quiero un doce por ciento más todos los costes del medio de transporte utilizado.

Al Nadir era un hombre expresivo y de reacciones inmediatas: sus ojos volvieron a intentar salírsele de las órbitas y su mandíbula se descolgó al escuchar aquello. Cada una de sus frases fue un grito:

—¡¿Un doce?! ¡¿De todos mis transportes?! ¡¿Usted está loco?! ¡¿Usted es bromista?!

Aquella sucesión de chillidos tampoco logró alterar a Dardo, que siguió hablando como si el otro aún le estuviese escuchando en silencio.

—Nadie puede ofrecerle tanta seguridad en los transportes como yo. Y eso tiene un precio. Mi oferta es sencilla. Si alguna carga es interceptada o robada o se pierde por el motivo que sea, yo asumo el cien por cien de la pérdida. Cien por cien, señor Al Nadir. Pero si llevo a cabo la entrega con éxito, yo recibo el doce por ciento de los beneficios netos.

Al Nadir miraba fijamente a Dardo. Con más curiosidad y sorpresa que enfado. Parecía preguntarse si aquella propuesta iba en serio o si Dardo se estaba riendo de él. Se podía ver en su cara que no lograba decidirse.

Por fin meneó la cabeza con energía, apoyó las manos en las rodillas, se levantó y extendió los brazos en un gesto de rendición.

—No puedo seguir hablando —dijo—. No estoy cerca de acuerdo. Hablar más será tiempo perdido.

—Le entiendo, señor Al Nadir. Y solo puedo decirle que ha sido un placer conocerle a usted y su precioso barco.

Así acabó aquel encuentro. Al Nadir nos despidió en la misma cubierta de popa, sin acompañarnos a la pasarela que unía el yate con el muelle. Nos estrechó la mano con expresión pesarosa y desilusionada, más sorprendido que enfadado ante el fracaso de la reunión.

Nos fuimos como habíamos venido. Un chófer nos trasladó en un llamativo Rolls-Royce del mismo color crema que el traje de Al Nadir hasta el aeropuerto de Málaga, donde habíamos aterrizado y nos había recogido esa misma mañana. No hablamos en todo el trayecto. Dardo mantenía una enigmática expresión de satisfacción. Quise hacerle alguna pregunta, pero él me indicó que era mejor que no hablásemos mientras estuviésemos en un coche propiedad del argelino.

Por fin, cuando entrábamos en la terminal del aeropuerto, pude decírselo:

—¿De verdad no te interesa este tipo?

Dardo se echó por fin a reír.

—¿Que si me interesa? Joder, Peyo, ¿has visto esa monstruosidad de yate y ese Rolls? ¿Sabes lo que mueve el tío este?

—¿Entonces...?

Dardo me dio una palmada en la espalda y volvió a reír.

—Aceptará.

No me dijo más.

Aquel era ahora Dardo. Aún no tenía los treinta años. Antes era él quien iba en busca de socios, ahora eran otros los que le buscaban a él. Había aprendido. Había crecido. Mucho más, incluso, de lo que yo pudiese intuir. Sabía jugar a un juego del que yo lo desconocía todo.

Y tuvo razón.

Tan solo unos días después, Al Nadir aceptó.

Llegué a casa cuando ya anochecía. Entraba en el piso de la calle de la Palma tras un día de yate y Rolls-Royce. El contraste me golpeó. Había salido de allí esa misma mañana, pero, al regresar, fue como si hubiesen pasado cien años. De pronto percibí cosas de las que nunca había sido consciente antes. Todo parecía repentinamente avejentado y polvoriento. Los muebles —que eran los mismos que había cuando entramos a vivir allí hacía más de ocho años y que ya entonces eran cochambrosos— me parecieron ahora poco más que restos de un naufragio. Las luces eran mortecinas, el pasillo demasiado estrecho, el grueso gotelé te hacía pensar en la rugosa superficie de las paredes de una cueva y todo estaba impregnado de un olor a vejez y a soledad que se te agarraba a la piel nada más cruzar la puerta.

Zanco estaba en el cuarto de estar con dos tipos que yo no conocía. Solo asomé la cabeza y dije «hola» y me fui a mi habitación sin esperar respuesta. Nunca me metía en los asuntos de Zanco y supuse que estarían cerrando alguna venta. No me gustaba que aquello se hiciese en nuestra casa, pero poco podía hacer al respecto.

La vida de Zanco, como la de todos, también había dado un giro más. Por fin, hacía poco más de un año, Dardo se había decidido a abandonar el tinglado de los pisos de Malasaña. Le dio, por supuesto, una minuciosa explicación con verborrea económica incluida. Le expuso argumentos que llevaba demasiado tiempo repitiéndole: no compensaba el riesgo, él ya no vendía al por menor, no le veía sentido a seguir con algo que ya no encajaba en su modelo de negocio. A Zanco, desde luego, no le convenció. Se resistió, le insistió para que siguieran con ello. Pero Dardo, que había cedido muchas veces antes a aquella petición, se mantuvo firme. Zanco se tuvo que resignar y aceptar que ese pequeño mundo de camellos pasando jaco y hachís a pequeña escala en los pisos, que tan confortable era para él, había llegado a su fin.

Dardo había incorporado a Zanco al mercado de la coca. De nuevo le había otorgado un papel menor. Y, de nuevo, yo tenía la sensación de que en ello había mucho de condescendencia, que lo hacía más porque Zanco se sintiera útil que por verdadero interés. Lo dedicó a vender a un escogido grupo de clientes. Tipos que manejaban pasta, que compraban por kilos y vendían por gramos a su propia clientela. Zanco los odiaba, de algún modo los consideraba los culpables de que su mundo anterior se hubiese desmoronado.

—No sé quiénes se creen que son —solía decir cuando alguno de ellos se iba del piso con su compra—. Es la misma mierda de siempre, pero ahora finolis. Estos gilipollas se hacen llamar *dealers,* pero en realidad solo son tan camellos como los otros, con la única diferencia de que se duchan a diario.

Zanco se encargaba de traer y custodiar la mercancía y la vendía en nuestra casa. Todo rápido, sin discusiones, sin necesidad de estar atento a que no hubiese sisas y a que las cantidades vendidas y lo cobrado cuadrasen, sin tener que enfrentarse a problemas recurrentes como que uno de los vendedores del piso sufriese un amarillo o desapareciese sin explicación durante varios días o que dos de ellos se hubiesen liado a puñetazos por cualquier motivo estúpido, ya fuese la propiedad de una china, compartir una pareja o ensuciar de más el baño. Cualquiera habría preferido este nuevo modo de vida. Pero Zanco no era feliz.

Era su forma de ser. Echaba de menos a sus amigos más tirados. Echaba de menos el trapicheo en la plaza. Echaba de menos esa vida de códigos callejeros en los que sabía manejarse con comodidad. Echaba de menos a Dardo.

Aquella sensación, ya conocida, de que a medida que el mundo de Dardo se hacía mayor el nuestro se iba haciendo más pequeño no había dejado de aumentar. Ni siquiera íbamos ya tan a menudo a la casa de Torrelodones, aunque solo fuera a beber, comer y escucharle contar las anécdotas de sus viajes. Vivíamos, sobre todo Zanco, varados en la calle de la Palma. Ambos éramos como piezas sueltas de una maquinaria que ha quedado obsoleta. Nuestros pequeños cometidos —Zanco vendiendo una cantidad de coca que era residual en todo lo que ya movía Dardo, yo ejerciendo de un impostado lugarteniente que en realidad solo atendía asuntos menores— no eran más que el rescoldo de un vínculo entre nosotros y Dardo que iba apagándose día a día.

Los dos sabíamos que era así. Lo aceptábamos con esa sumisa lealtad que siempre habíamos tenido hacia él, en parte porque le queríamos, en parte porque nunca habíamos conocido otra manera de vivir.

—A veces nos trata como a sus amigos del alma, a veces solo somos perritos obedientes que saltan por el aro cuando él nos lo ordena —decía Zanco, con esa creciente amargura que ya nunca le abandonaba.

Al poco de oír que se cerraba la puerta de la calle, salí de mi dormitorio. Los dos desconocidos se habían marchado. Zanco estaba de vuelta en el cuarto de estar. Alineaba sobre la mesa, con un calendario de bolsillo plastificado, una raya de coca. Otro de los cambios en la vida de Zanco era que desde hacía ya unos cuantos meses había empezado a consumir. Solo coca. Cuando quería excitación, la esnifaba. Cuando necesitaba que le hiciese un efecto sedante, la fumaba en pipa de metal. Esa noche tocaba venirse arriba.

—¿Qué tal os ha ido a los hombres importantes? —me preguntó nada más verme entrar en la habitación.

Le dije que bien, que había sido un día largo, sin entrar en detalles. Él se echó a reír aunque yo no había dicho nada gracioso.

—No cuentas mucho —me dijo—. Claro, habréis hecho cosas que el tonto de Zanco no debe saber y que, además, no comprendería.

Encorvó su menudo cuerpo hasta que la cara quedó a solo unos centímetros de la mesa y esnifó la raya del tirón a pesar de su considerable longitud. Luego cerró con fuerza los ojos y agitó la cabeza.

—Todo un tiro —afirmé, sin más ánimo que templar su evidente mal humor.

Con el dedo índice recogió restos de polvo blanco de la mesa, que luego se frotó en las encías.

—No me interesa tu opinión, Peyo.

—Ya veo que no tienes tu mejor noche.

Cogió algo que estaba a su lado en el sofá y lo dejó caer sobre la mesa, donde antes había estado la raya. Era un grueso fajo de billetes.

—Una pasta —dijo—. He cerrado una buena venta con esos tíos. A lo mejor Dardo y tú no lo sabéis, pero soy bueno de cojones en mi trabajo.

Zanco moqueó y se rio a la vez.

—¿Quieres que lo celebremos? —me ofreció recogiendo de la mesa el fajo y sopesándolo con la mano—. Yo aún tengo que pagar si quiero tirarme a una tía que merezca la pena. Entiendo que a ti, que eres un pez gordo de los que ponen cachondas a todas, no te hace falta. Pero si te apetece... Tú eliges: ¿pido unas putas o unas pizzas?

Zanco no pretendía ser gracioso. Le conocía bien. O pretendía ser gracioso a su manera. A la manera del niño dolido y celoso que era.

—No con ese dinero —le dije—. Ese dinero es de una venta. No te pertenece.

Zanco miró el fajo como si de pronto se diese cuenta de que lo tenía en la mano.

—Usted perdone. Se me olvidaba que es de Dardo. Todo es de Dardo. Hasta tú y yo somos de Dardo. A lo mejor te ha pedido que me vigiles, no me vaya a quedar con algo suyo.

Tiró el dinero al aire. Los billetes apenas volaron, girando sobre sí mismos, antes de caer sobre la mesa y el suelo.

Zanco se levantó, abrió un cajón del pequeño mueble sobre el que estaba la televisión y sacó de él un paquete de papel de aluminio. Regresó al sofá, desplegó el papel y empezó a prepararse otra raya con la coca que había dentro.

Le dije que iba a hacerme algo de cenar. Él se metió la raya antes de contestarme.

—Que te jodan, Peyo.

Sálvate.

La voz de Merche regresaba. Sonaba en la noche, sin ternura. Imperiosa. La voz de alguien que te reclama que cumplas de una vez con una obligación que lleva demasiado tiempo pendiente.

Habían pasado cuatro años desde su muerte. La echaba de menos. La añoraba con una melancolía más tierna que trágica, con un dolor que estaba siempre ahí, aunque no fuese consciente de él, como ocurre con el aire que respiras o los latidos del corazón. Pasados los años, cuando pensaba en Merche y en todo lo ocurrido, llegaba a conclusiones contradictorias. Por un lado recordarla me sumía en una debilitadora resignación. Pero su recuerdo también me alimentaba una rabia enquistada, un anhelo de rebelión ante lo establecido.

Había tomado una decisión. Iba a dejar todo aquello. Lo pensaba y, a la vez, permanecía atrapado en esa contradicción. Los días pasaban y yo seguía decidido a hacer algo y resignado a no hacerlo.

En aquellos cuatro años Dardo y yo nunca volvimos a mencionar a Merche. Tampoco hablamos de lo que ocurrió con el Indio. Aquellos arranques de violencia de Dardo, de los que ya había sido testigo más de una vez, parecían no haber existido en cuanto pasaban. Como tampoco sus consecuencias. Dardo nunca miraba atrás. Los sucesos, las personas, todo, parecían desaparecer de su pensamiento, como si viviese en un permanente presente, libre de las cargas que arrastra siempre consigo la memoria. Jamás podías intuir en él ningún pesar, un remordimiento o un arrepentimiento. A veces me parecía que era yo el que cargaba con todo aquel peso, el mío propio pero también el suyo, para así ayudarle a que él pudiera seguir avanzando, ligero de equipaje, en su vida de éxito.

Empecé a hacer planes tontos. Planes infantiles que acababan siendo más sueños que auténticos propósitos. Como quien se hace trampas a sí mismo. Nunca antes había imaginado una vida diferente. Ya era todo un cambio, el comienzo al menos de una cierta independencia. De alguna manera, el solo hecho de fijarme objetivos era ya una forma de sentir que mi vida era algo más que un apéndice, un elemento más sin identidad propia, sobre el cual yo ni siquiera tenía poder de decisión, de la vida de Dardo.

Imaginaba dónde viviría. Elegía ciudades de las que solo sabía el nombre, sin importarme cómo eran, cómo sería la vida de sus habitantes y ni siquiera en qué país estaban. Un día podía elegir Zaragoza y otro, qué sé yo, Copenhague. Daba igual. Tenía dinero más que de sobra para volver a empezar. Viajaría hasta la ciudad que fuese, me compraría una casa —nunca un piso— y encontraría un trabajo. Tenía que decidir cuál. ¿Taxista? ¿Albañil? Todos me parecían apetecibles. Seguía adelante con las decisiones. Me casaría. Tal vez hasta tendría un hijo, me decía. ¿Por qué no? Una niña. No, un niño. No, mejor una niña. No era que se me hubiese despertado un repentino instinto paternal. Tan solo recurría a estereotipos que me permitiesen dibujar en mi imaginación lo que entendía que debía ser el retrato completo de una vida ordinaria. La casita en Copenhague —o en Montecarlo o en

Gijón—, la apacible jornada conduciendo el taxi o poniendo ladrillos, el regreso a casa, coger al niño o niña en brazos. Pero luego llegaba siempre al mismo lugar: al punto en que el plan empezaba a distorsionarse, cuando de manera imperceptible, sin darme cuenta, el plan dejaba de ser un plan para convertirse en sueño. El lugar donde aparecía ella. Y era entonces cuando todo se deformaba. Porque la mujer que me recibía al otro lado de la puerta de nuestra casa tenía el rostro de Merche. Pero no era esa Merche final, la mujer destruida de sus años oscuros. Era aquella otra, la chica del banco en el estanque, la chica del asiento de atrás del coche, la chica cuya piel acariciaba en el portal. Y, cuando ella aparecía, la fantasía se desmoronaba con la fragilidad de un castillo de naipes al tornarse de inmediato irrealizable. Eliminaba de la cabeza el plan y volvía a la realidad. Sin cambios, sin destinos alternativos. Hasta que otra vez volviese a empezar, paso a paso, su reconstrucción. Una ciudad, un oficio, una hija o un hijo, así otra vez hasta el regreso del rostro imposible de Merche impidiéndome continuar.

Pero no se trataba solo de ella. Por supuesto que la añoraba y sentía también el áspero abrazo de la culpa por no haber evitado su inevitable final. Pero Merche era solo el nombre, el rostro detrás del cual se agazapaban otras cosas. La imagen del viejo barrio, de la azotea del bloque en el sector G, de la sucursal de banco en que irrumpíamos orgullosos de gritar «¡esto es un atraco!», del salón trasero de los Recreativos, del Pelao en aquel solar y de Toño el Flecos en la cama, de las madrugadas en el Hanói, de la noche en el calabozo de la comisaría de Centro y del año y medio en el chabolo del Bronx. Del Dodge ardiendo en aquel vertedero. Y de Dardo. El rostro de Merche que arruinaba mi plan era, en realidad, la máscara detrás de la que se escondía todo aquello. Ese era el peso que me acompañaba. Mi peso y el peso de Dardo que cargaba yo por él.

Tenía esa extraña sensación. Como si dar aquel paso, a la vez pequeño y gigante, de iniciar un nuevo camino, fuese una traición a todo aquello. Como si una nueva vida fuese a borrar el recuerdo de todo lo vivido antes. Como si yo tuviese la obligación de mantener una especie de lealtad a esos recuerdos.

Estaba hecho un lío.

Pero me iría. No sabía cuándo. Pronto. Estaba seguro.

Y, mientras, los días seguían y daba igual que unos fuesen días de yate y Rolls y otros de *dealers* y Zanco: todos se parecían demasiado entre sí, todos me recordaban que yo aún seguía allí, en esa vida que hacía ya tiempo que había dejado de ser la que deseaba vivir.

—Será solo un momento, ¿vale?

Virginia se fue escaleras arriba. Me quedé en medio del salón sin saber muy bien qué hacer. La cristalera que daba al jardín estaba abierta. Salí. No había vuelto a estar allí. Todo seguía igual. La piscina, el templete de madera al otro lado, las arizónicas protegiendo de miradas indiscretas. Tan solo que todo parecía más pequeño de como lo recordaba.

Virginia bajó y salió a buscarme. Supo lo que estaba pensando.

—No volví a celebrar mi cumpleaños con una fiesta —me dijo sin nostalgia.

Volvió a entrar en la casa, la seguí, me pidió disculpas por segunda vez por haber tenido que pasarnos para recoger una carpeta de documentos y llamó a la chica de servicio para pedirle que se encargase de dejarlo todo cerrado.

Cuando ya estábamos en su coche, ella conduciendo, me miró y me hizo la pregunta que me esperaba

—¿Cómo estás?

Y yo le contesté como ella esperaba que le contestase:

—Estoy bien.

Nada más. No era un diálogo especialmente sofisticado, desde luego. Pero habíamos convertido aquella pregunta y su respuesta en algo parecido a un ritual de saludo entre nosotros. Ella siempre me lo preguntaba con una mezcla de afecto y cautela. Se diría que temiese cada vez que mi respuesta pudiera ser diferente. Cuando le daba la respuesta esperada, sonreía aliviada de que no tuviese ninguna mala noticia que darle, como si le hubiese concedido una prórroga de felicidad hasta la próxima vez que nos viésemos. Y entonces ella concluía el ritual con las mismas palabras:

—Pues si tú estás bien, yo estoy bien.

Nos veíamos con regularidad. Ahora que ella estaba ocupada, ya no pasábamos tanto tiempo muerto en su piscina o su jardín como antes, pero a menudo me llamaba y me decía que se acercaba a recogerme a la calle de la Palma. Comíamos juntos en cualquier restaurante cercano a mi casa, donde encontrásemos sitio, sin sofisticaciones gastronómicas. O tomábamos un café si tenía prisa. Algunas veces solo caminábamos por el barrio. Había dejado de proponerle tomar una copa desde que una vez se lo dije y ella me dijo que ya no bebía alcohol. Se me había ido la mano, me explicó. Pasábamos un rato juntos, nos poníamos al día, flotando siempre en esa medida complicidad que a ambos nos resultaba tan cómoda.

De un encuentro a otro yo había ido apreciando cada cambio en ella. Su aspecto, ahora vestida con trajes de chaqueta que la hacían mayor y con el pelo siempre recogido en moños o coletas. Sus maneras más firmes, tal vez menos seductoras, reforzada esa sensación de que en ella siempre se contenía un aviso, una advertencia de que era mejor no ponerla a prueba. Su voz, su mirada, su manera de explicarle a un camarero cómo quería que le sirviese la ensalada, aliño aparte, tomate sí, pero ni hablar de remolacha. Su afecto sin ñoñería al decir aquello de «si tú estás bien, yo estoy bien». Todo había experimentado sutiles cambios, cada pequeño detalle resultaba ahora más maduro.

Roberto Ginés había fallecido hacía algo más de dos años. Ella estaba ahora al frente de la constructora. Por tanto, Dardo y ella también eran ahora socios. Dardo era el socio mayoritario y le había permitido a ella asumir la dirección de la empresa. Eso la hacía enormemente feliz. Virginia siempre me había dado la sensación de que sabía hacer suyo sin esfuerzo cualquier espacio en que tuviese que moverse.

Aquel día me había propuesto que fuese con ella a la casa de Torrelodones, a comer con ella y con Dardo, que acababa de regresar de uno de sus viajes. Por el camino me fue situando, después de dos o tres semanas sin vernos. Seguía trabajando cada vez más, la empresa sobrevivía a duras penas, a veces le daban ganas de tirar la toalla, pero entonces se acordaba de su padre y sentía que debía seguir luchando. Su madre pasaba cada vez más tiempo en una casa que tenían en Comillas. Ella se quedaba a menudo a dormir en la de La Moraleja. A Dardo le llevaban los demonios que lo hiciese. Odia todo lo que tenga que ver con mi vida anterior a él, me explicaba. Y te confieso que a veces me quedo solo para hacerle rabiar, añadía. Habían llegado a un acuerdo. Si él estaba de viaje, ella se quedaba en la casa de La Moraleja. Si él estaba en Torrelodones, ella iba a su lado. Virginia me lo contaba riéndose, feliz de contrariar un poco a Dardo, de obligarle a negociar y pactar.

Con los años Dardo y Virginia se habían convertido en una pareja indescifrable para mí. A veces parecían unidos por un lazo irrompible, por un amor perfecto, hasta empalagoso. A veces parecían precipitarse de manera irremediable hacia una violenta ruptura. Cada vez que estabas con los dos tenías que mantenerte alerta, porque en cualquier momento podían degenerar en un intercambio de pullas o de arrumacos y en cualquier caso era algo incómodo de presenciar. Una de sus principales discusiones tenía como motivo la casa de Torrelodones y el aislamiento en que vivían. Virginia no entendía por qué Dardo se empeñaba en seguir en aquella casa en medio de la nada, aislados del mundo. Reprochaba a Dardo que nunca se relacionase con nadie que no trabajase para él, que su única diversión fuese sentarse en su pérgola y tener reuniones de trabajo. Dardo le contestaba que cada uno era feliz a su manera y que, desde luego, él no sería feliz invitando a su casa a los imbéciles a los que ella echaba de menos, que no estaba para perder el tiempo con tonterías y que le sorprendía que ella aún necesitase divertirse con bobadas de adolescente.

Les daba igual que estuvieses con ellos cuando se lanzaban a discutir. Iban a más. Se repetían ataques y contraataques que reiteraban en cada pelea. Y luego, de pronto, ocurría algo. Yo nunca habría sabido decir qué era. Algo que solo ellos percibían. Una mirada, una palabra, un amago de sonrisa, nada que el tercero presente fuese capaz de captar. Y toda la ira desaparecía, cambiaban de ánimo como cambia de dirección el viento. Ella le daba un beso, él le cogía la mano, los dos se echaban a reír. La pelea, que un segundo antes estaba en un punto álgido, no dejaba huella. Él saltaba con cualquier ocurrencia, le preguntaba si le apetecería que se fuesen un fin de semana a Praga, a Capri, a donde ella eligiese, y ella se burlaba diciéndole que le veía más en un plan de paella y sangría en Gandía o Torrevieja. Vuelta a empezar. Había veces que les divertía incorporarme a sus duelos como un falso juez. ¿Te puedes creer que ahora se divierte jugando a ser una alta ejecutiva del mundo de la construcción, Peyo?, me decía él. ¿Te ha enseñado alguna foto de esa novia nueva que seguro que tiene en Barranquilla, Peyo?, me decía ella. Y así me convertían en testigo de su enésima firma de paz, en árbitro mudo de sus disputas y en notario de sus reconciliaciones.

Cuando llegamos a su casa y fuimos al jardín trasero, a Virginia le cambió la expresión. Dardo estaba en la pérgola con Roque Cardoso. Desde que la había dejado al margen de sus negocios, Virginia no soportaba a ninguno de los encorbatados y demás empleados que circulaban por la casa, pero, de manera especial, sentía un rechazo visceral por el comisario.

Saludó con un beso a Dardo y con fría corrección a Cardoso. Luego dijo que iba a cambiarse. Antes de irse, de espaldas a los dos, me hizo una cómica mueca de asco.

Me senté. Ambos me miraron con consternación. Pregunté qué ocurría. Cardoso apartó la mirada. Dardo me contestó evasivo.

—Repasábamos asuntos pendientes.

Asentí, sabedor de cuándo no debía preguntar más. Pero él me dijo:

—Hay uno de ellos que quiero tratar contigo.

Hizo una pausa, como si le costase bajar al detalle, y por fin añadió:

—Zanco.

Miré a ambos alternativamente.

—¿Qué pasa con Zanco?

—Está causando problemas —se adelantó Cardoso.

—Zanco es inofensivo —protesté.

Dardo meneó la cabeza, disgustado. Podía darme cuenta de lo incómodo que se sentía.

—Llevo toda la vida cuidando de él —me dijo, sonando a la vez enfadado y entristecido—. Desde que tú me lo pediste, ¿te acuerdas?

—Y todo ha ido bien.

—Puede que ya no.

Dardo miró a Cardoso, como si quisiese que él le tomase el relevo. Pero el comisario le esquivó la mirada, poco interesado en prolongar aquella conversación.

Virginia salió de la casa y vino hasta nosotros. Había sustituido el traje serio por un pantalón y una blusa más cómodos.

Dardo cambió la expresión al instante. Sonrió y le preguntó qué le apetecía tomar y ella le contestó que agua, pero, qué demonios, vivamos peligrosamente, que hoy sea con gas.

Comimos los cuatro y nos comportamos con una apacible cordialidad. Tras la sobremesa Cardoso dijo que tenía que irse ya, que le esperaba algún asunto pendiente en Madrid, y me sorprendió al preguntarme si quería que me llevase. Virginia se apresuró a decir que ya tenía pensado llevarme ella de vuelta. Cardoso dijo que no era necesario, que ya lo hacía él. Dardo intervino para darle las gracias a Cardoso por su amable ofrecimiento y le dijo a Virginia que prefería que ella se quedase. Entendí que nada de aquello era casual.

Íbamos hacia la parte delantera de la casa cuando Virginia se puso a mi lado. Dardo y Cardoso caminaban un par de metros delante de nosotros.

—¿Estás bien? —me preguntó, lo cual me sorprendió, porque aquel era nuestro ritual de saludo, nunca de despedida.

Yo estaba enfadado, preocupado, asustado e incómodo.

—No, no estoy bien.

Virginia asintió y me apoyó la mano en el brazo y eso me hizo sentir un poco mejor.

Cardoso se volvió y se dirigió a mí sin rastro de la actitud amistosa que habíamos forzado durante todo el día.

—¿Nos vamos ya?

Las cosas iban mal.

Eso era algo nuevo. Algo que, en todos aquellos años, nunca me había planteado siquiera que pudiese ocurrir. Que a Dardo le fuese algo mal. Una variable inesperada.

Cardoso esperó hasta que el camarero dejó las copas delante de nosotros en la barra. Un Cardhu con hielo para él, un Cacique con cola para mí. Me había llevado a uno de esos bares que intentan recrear el ambiente de un pub inglés tradicional, en la calle Diego de León. Mucha madera, cuadros de *jockeys* sobre sus caballos, barra larga, iluminación tenue, música de fondo de piano apenas audible y camareros con chalecos de rayas grises y pajarita.

—Ezequiel Reinosa —dijo Cardoso tras probar su whisky—. ¿Sabes quién es?

Le dije que no. Me hizo una rápida descripción. Tupido pelo plateado, bigote frondoso, camisa blanca. Inconfundible: el panameño desafortunado pero feliz.

—Dardo está en problemas —fue la segunda frase de Cardoso.

Luego encendió un cigarrillo y comenzó un relato.

Saltemos a unos años atrás, me dijo. Guillermo Rodríguez Orejuela, mandamás del cártel de Cali, y Jorge Luis Ochoa, mandamás del cártel de Medellín. Coinciden en un lugar que a ti, Peyo, te resultaría muy familiar, me dijo

Cardoso sin ápice de ironía. La cárcel de Carabanchel. Por sorprendente que parezca, andaban metidos en un asunto de contrabando de reses de lidia. Pero aprovecharon la estancia obligada en nuestro país para otro objetivo: cerrar un acuerdo. Por entonces ambos cárteles tenían muy buena relación. Las dos organizaciones estaban dispuestas a compartir las rutas que les permitiesen traer su coca a Europa, un mercado que se estaba volviendo tan atractivo como el de Estados Unidos. Para ello habían elegido a un tipo que sería, de alguna manera, el representante de todos ellos en Europa. Sí, Ezequiel Reinosa, un panameño miembro de una conocida familia de banqueros que, desde su país, llevaban años ocupándose de blanquear buena parte del dinero de los cárteles de toda Latinoamérica. Un tipo encantador, educado, con maneras de diplomático y olfato para los negocios, que había tenido que venirse a España para esquivar a la justicia panameña por un trágico lío de faldas, como ya me había contado Dardo.

Ochoa y Rodríguez Orejuela confiaron en el buen hacer de Reinosa para que estableciese una primera ruta de entrada de su coca. De Colombia a Galicia y de Galicia a Nápoles, donde la Camorra se encargaría a su vez de distribuirla por todo el continente.

Reinosa demostró su eficacia sabiendo manejarse con lealtad y mano izquierda en aquel complejo mundo donde se entrecruzaban personajes y organizaciones tan dispares.

—Negocios a lo grande —subrayó Cardoso admirativo—. Y ahí es donde Dardo aparece en el juego. El transporte seguro. Una pieza esencial de toda la maquinaria. Reinosa necesitaba dar con alguien que ofreciese las máximas garantías para mover la mercancía.

—¿Quién le recomendó a Reinosa que contactase con Dardo?

Hice la pregunta sabiendo que era retórica. Tan solo por confirmar. Pero noté que le gustaba que la hiciese.

—Siempre me has menospreciado, Peyo.

Dardo estaba buscando la manera de entrar en contacto con los gallegos. Ya había comprendido que el futuro estaba en la coca. Cardoso le mostró el camino.

—Tengo amigos en todas partes. Ya sabes: hoy por ti, mañana por mí. Lo que tú no quisiste aceptar cuando te lo ofrecí. Entonces yo pretendía acabar con Dardo y apostar por ti. Lo que es la vida. Si hubiésemos llegado a un buen acuerdo, tal vez tú serías ahora alguien importante y no el pelanas que eres.

Dardo se había hecho un nombre como el tipo que controlaba la llegada del *brown sugar* pakistaní. El tipo que necesitaban. Ezequiel Reinosa le puso en contacto con los gallegos, y estos, con los colombianos. Objetivo cumplido. Dardo había logrado introducirse donde quería.

—Y ya lo sabes: Dardo ha sabido aprovechar la oportunidad —dijo Cardoso rematando su copa.

Le indicó con una seña al camarero que le pusiese otra y añadió, más sombrío:

—Hasta que todo ha empezado a venirse abajo.

Yo le escuchaba embebido. Ni siquiera probaba mi copa. Aquella narración no tenía nada que ver con las anécdotas puntuales y frívolas que solía contarnos Dardo. El relato de Cardoso ordenaba muchos de los interrogantes y datos a medias que yo había ido acumulando durante años. Era una sensación extraña. De algún modo, también estaba repasando con ello mi propia vida y no podía evitar sentirme un poco idiota al comprobar lo mucho que ignoraba de un mundo que se suponía que era también el mío.

La red que conectaba a los productores americanos con los consumidores europeos no paró de crecer. Aquella primera ruta que unía Colombia, Pontevedra y Nápoles pronto se quedó escasa. Dardo la amplió con múltiples bifurcaciones con el mismo talento con el que siempre había logrado triunfar en cada uno de sus planes. Los interesados en utilizarla crecían. Por aquella tupida red circulaba coca de Medellín, de Cali, de los cárteles mexicanos, incluso de prósperos productores bolivianos y peruanos. Ezequiel Reinosa había enseñado a Dardo a no discriminar ni desmerecer, a perseguir por igual a clientes grandes o pequeños, a echarles el lazo ya fuese viajando por medio continente americano o invitándolos a copas y compañía en cualquier local de Madrid. Todos necesitaban canales de transporte seguro. Y Reinosa y Dardo se ofrecían a prestar ese servicio a quien estuviese dispuesto a pagarlo, sin hacer distinciones. Y lo mismo valía para los destinos. Cada vez más mercados cubiertos: Gran Bretaña, los países escandinavos y los bálticos, el centro de Europa y la costa mediterránea, o, lo que es lo mismo, el continente cubierto. Miles de consumidores a su disposición.

—Buenos tiempos —concluyó Cardoso—. Pero semejante tinglado tenía un requisito esencial: la paz de un corral en el que convivían demasiados gallos. Y esa paz ha terminado.

Las cosas habían empezado a torcerse hacía un par de años, cuando Jorge Luis Ochoa había sido detenido en Colombia. Aunque sería puesto pronto en libertad, quedó la sospecha de que había sido delatado por la gente de su antiguo amigo de Cali, Rodríguez Orejuela. Cali y Medellín ya no eran tan amigos. Y, para enrarecer más aún las cosas, por medio enredaban también los mexicanos, deseosos de desplazar a los colombianos en los mercados americanos y europeos. Pero la situación había empeorado hacía apenas unos meses, cuando un coche bomba había explotado frente al edificio Mónaco, en Medellín, donde se suponía que residía la familia de Escobar, y los indicios señalaban de nuevo que habían sido los de Cali. La guerra entre los cárteles era ya inevitable. A eso había que sumar otro elemento. El Gobierno colombiano también había declarado con determinación la guerra al narcotráfico. Las cifras de muertos de los distintos bandos daban vértigo. Colombia se había convertido en un campo de batalla de todos contra todos.

Yo no sabía nada de aquello. Mi vida era demasiado simple. Cumplía los encargos de Dardo, le acompañaba cuando tenía compromisos nocturnos, iba por su casa a verle a él o a Virginia y pasábamos un rato agradable. No tenía ni idea de lo que ocurría más allá. Esas guerras lejanas podían condicionarme por completo, pero lo cierto era que me sonaban a algo muy ajeno.

—Ezequiel Reinosa —repitió Cardoso.

Se encendió un Winston con el zippo antes de continuar.

—Hace unos quince días viajó a Miami. En misión de paz. Iba a verse con unos y otros. El mensaje era claro: mataos entre vosotros a este lado del océano si os apetece, pero no destruyáis unas rutas de transporte que os hacen ricos a todos. Sonaba sensato. Dos días después de llegar a Miami, Reinosa apareció flotando en la piscina de su hotel. Lanzado desde la ventana de su habitación con dos tiros en la frente.

Cardoso se llevó a la boca su copa. Un trago en memoria del panameño para el que, al final, el infortunio se había impuesto sobre la felicidad.

—¿Quién le ha matado? —pregunté.

—Vete tú a saber —me respondió con indiferencia—. Cuando eres amigo de todos en tiempos de paz, eres enemigo de todos cuando comienza la guerra.

De nuevo Cardoso regresó a sus primeras palabras:

—Dardo está en problemas.

Era el momento de quitarse de en medio, dijo Cardoso, de marcar distancias. Toda América era territorio de riesgo. Ni hablar de aparecer por allí. Y los transportes se resentirían. Los ingresos se hundirían. Un problema serio. Los gastos de funcionamiento de Dardo eran elevados. Barcos, aviones, camiones, sueldos, sobornos. Si los ingresos bajaban en exceso, la situación se complicaría con rapidez.

—Dardo tiene que andarse con cuidado —me explicó Cardoso—. En este momento nadie se fía de nadie. Ahora todos le consideran amigo de su enemigo.

—¿Podrían querer matarle a él también? —pregunté con temor.

—Imposible de saber. En principio a nadie le interesa eliminarle. Para esa gente, la vida de uno vale en función de lo útil que pueda ser. Reinosa fue asesinado porque habían perdido la confianza en él. Puede que en Dardo tampoco confíen ya. Pero, al menos, les sigue siendo útil.

Dardo tenía que limpiarse. Eso dijo Cardoso. Soltar carga. Demostrar que era fiable. Bajar el perfil. Que los gallegos se encargasen de lidiar con esa banda de locos y que él redujese su protagonismo al de un servil empleado. Dardo necesitaba reinventarse. Lo de siempre: nuevos planes, nuevos objetivos.

—Y a todo ello se suma otro frente abierto —prosiguió Cardoso, que narraba todo ello sin énfasis ni alarmismo, como quien contase poco más que el argumento de la última película que hubiese visto y que tampoco le hubiese entusiasmado especialmente—. Los Gobiernos empiezan a tomarse en serio la lucha contra el narcotráfico. Aquí también están cambiando las cosas. Ya no basta con apoyar a un tipo voluntarioso como hicieron en su día conmigo. En la policía vamos en serio de verdad. Llegan fondos, medios, y empieza a estudiarse la creación de unidades de élite especializadas.

Otro Winston, otro whisky.

—A Dardo le están investigando. Están mirándole con lupa. Ya sabes: el síndrome Capone.

—¿El qué?

—Pues eso, Peyo, Al Capone. Le acabaron pillando por los impuestos.

Sabía quién era. Pero creía que era un personaje de alguna película. No pregunté por no delatar mi ignorancia.

—Un clásico. Si no podemos trincarte por tus delitos principales, te agarraremos por la puerta de atrás. Tu dinero, tus impuestos, tus inversiones...

Dardo había hecho una fortuna en los últimos años. Aun así, era difícil probar que traficaba. Todos sus transportes tenían una sólida tapadera legal. No sería posible probar su participación en ningún delito desde los tiempos en que daba los palos con la banda. Y sus fieles encorbatados se habían encargado de lo otro, de la parte financiera. Aquello que él llamaba «el circuito infinito»: el dinero legal e ilegal fluyendo y alimentándose el uno al otro. Un circuito demasiado complejo para entenderlo si no eras un tipo con corbata y pelo engominado.

—¿Tú no puedes protegerle de los polis?

Mi pregunta no le gustó a Cardoso, que hizo una mueca de desagrado.

—Oye, yo no puedo controlarlo todo, ¿qué te crees? —gruñó—. Bastante me la juego por él. Yo también corro mis riesgos, joder.

Continuó, aunque algo enfurruñado.

—Sus asesores tendrán que ocuparse de ocultarlo todo más aún. Complicar la búsqueda. Magia financiera, ya sabes. Disolver empresas, crear otras, paraísos fiscales, toda esa mierda —dijo con menosprecio hacia lo que no dominaba—. Va a pasar apuros financieros. Pero tiene que reconstruirlo todo.

Crecer. Más.

Eso me vino a la cabeza. Porque a eso había reducido siempre los negocios de Dardo. Pero ahora el objetivo tenía que ser otro.

Sobrevivir. Volver a empezar.

Ahí entraba Al Nadir, el argelino. Nuevas rutas, nuevos mercados, nuevos clientes. El futuro, me dijo Cardoso, estaba en la Costa del Sol. Desde allí Dardo podría demostrar a sus desconfiados amigos americanos que seguía siendo útil, que podía redefinir el mercado para cuando acabase su maldita guerra. La mejor forma de no acabar flotando en una piscina. Quitarse un tiempo de en medio. Reaparecer siendo necesario. Un activo rentable, diría el propio Dardo.

Cardoso se refirió a nuestro reciente encuentro con el argelino en la cubierta de popa del Le Pirate I como la gran oportunidad de un nuevo comienzo. No le dije nada, pero recordé a Dardo rechazando la oferta de Al Nadir y haciendo la suya. En aquel momento yo no tenía ni idea de lo que estaba en juego. Salvar todo su pequeño imperio o, quién sabe, incluso evitar que le volasen la cabeza. Y Dardo se había levantado y se había marchado sin un acuerdo. Había apostado todo a una sola jugada. Y había ganado.

Crecer. Más.

Dardo no conocía otra forma de vivir. Para él sobrevivir no era suficiente.

—Vienen tiempos difíciles —concluyó Cardoso—. Dardo necesita hacer nuevos amigos tanto como necesita convencer a los antiguos de que vale más vivo que muerto. Y, a la vez, tiene que zafarse de mis compañeros, librarse de caer por el síndrome Capone.

Cardoso se sumió en un silencio caviloso.

Todo lo dicho se resumía en algo que aún me costaba asimilar: las cosas iban mal. A pesar de aquel largo relato, aún me resistía a creer que Dardo pudiese pasar por algún tipo de apuros.

—¿Por qué ayudas a Dardo?

Cardoso me lanzó un vistazo cómplice.

Creo que aquel fue el primer y único instante, corto, pasajero, casi imperceptible, que entre él y yo hubo algo que pudiese parecerse a la complicidad.

—Porque Dardo es diferente a todos. Es el mejor. Todos caerán. Todos. Los colombianos, los mexicanos, los gallegos. Todos acabarán muertos o encarcelados. Pero recuerda lo que te digo, Peyo: cuando todos ellos hayan caído, Dardo aún estará en pie.

Cardoso esbozó apenas una sonrisa al añadir:

—Y, por tanto, yo también.

Tenía una pregunta más que hacer. Y cuando la hice, después de todo lo hablado, sonó como una diminuta y solitaria gota de lluvia en medio del Atlántico.

—¿Y Zanco? ¿Qué tiene que ver con todo esto?

Cardoso suspiró. Encendió el último Winston de aquel encuentro.

—Ya te lo he explicado. Al Capone, joder. No te pillan por lo grande, sino por lo insignificante. Y Zanco es eso, un tipo insignificante que está creando problemas.

Una densa humareda salió a la vez de su boca y su nariz y su voz se abrió paso por ella.

—Tú no puedes arreglar el mundo. Pero, al menos, puedes echar una mano en eso. Hay momentos en que toca demostrar a quién es uno leal.

Tal vez Cardoso pretendía que aquello sonase amistoso. Pero a mí me sonó a amenaza.

Él siguió hablando, explicándome lo que quería de mí. Y mi sensación de que aquella petición no nos situaba en el mismo bando fue en aumento con cada una de sus palabras.

Aparqué en la acera contraria a la de las tres farolas que iluminaban débilmente la calle. Apagué el motor y las luces. Estaba en el límite de una urbanización de chalés cercana a San Agustín de Guadalix. A la derecha quedaba, a oscuras, un descampado. A la izquierda se alzaban cinco viviendas. Un lugar apacible y discreto. A esa hora, cerca de la una de la madrugada, no pasaba un alma por allí y todas las ventanas de las casas, incluida la que había ido a vigilar, que era la que cerraba la calle y la urbanización, estaban apagadas. Había otros coches aparcados delante y detrás del mío y la luz de las farolas apenas alcanzaba aquella acera, así que era difícil que alguien pudiera distinguir mi presencia.

Me dispuse a esperar.

Deseé que no ocurriera nada. Lo deseé con todas mis fuerzas.

Pero mi deseo no se cumplió.

Aún no llevaba ni una hora esperando cuando, por el lado contrario de la calle, apareció un Renault 5 azul. Apagó las luces en cuanto giró por la esquina. Aparcó frente a la casa que había ido a vigilar.

Tuve otro deseo. Un deseo estúpido, a la desesperada. Que aquel no fuese su coche, sino otro igual. Que quien se bajase de él no fuese Zanco.

No era mi noche de suerte.

Zanco se bajó y caminó, con su inconfundible cojera, hasta la parte trasera. Abrió el maletero y sacó una bolsa de deporte negra. Llamó a un timbre en la entrada del chalé. Alguien entreabrió la puerta de la valla que lo rodeaba, se aseguró de que era él y después se hizo a un lado para dejarle pasar.

Apenas estuvo dentro de la casa unos minutos. Cuando salió ya no llevaba la bolsa de deporte.

Arrancó su coche y pasó a mi lado sin haber encendido aún los faros.

Me quedé todavía un rato. Sentado en la oscuridad. Observando a una polilla que se empeñaba, una vez tras otra, en estrellarse contra el cristal de la farola más cercana.

La dirección de aquella casa me la había dado Cardoso. Hacía tiempo que su equipo la tenía bajo vigilancia. Pero Dardo quiere que te ocupes tú personalmente de esto, me había dicho.

De vez en cuando Zanco pasaba noches fuera de casa. Nunca se me habría ocurrido preguntarle adónde iba. Esa había sido una regla sagrada de nuestra convivencia, ya desde los tiempos en que Dardo también vivía con nosotros. Nada de preguntas.

Alguna de esas noches, me había explicado Cardoso, Zanco iba a reponer. Acudía a una nave propiedad de la empresa de transporte por carretera de Dardo, una especie de central donde la flota de camiones era cargada para distribuir la coca americana, el jaco pakistaní y el hachís norteafricano por diferentes destinos europeos. Allí le entregaban un bulto. Solo coca. Varios kilos, la cantidad que él hubiese solicitado antes de ir. Para su venta en nuestro piso a su grupo de clientes escogidos. Pero, antes de volver a casa, esas noches Zanco hacía una segunda parada. En aquel chalé.

Un laboratorio. Un venezolano y dos colombianos vivían en él y se dedicaban en el sótano a cortar coca. Convierten perico de calidad en una tiza repugnante, me dijo Cardoso.

Zanco dejaba allí parte del bulto que hubiese recogido en la nave de los camiones. Un par de kilos, no más de tres. Y lo recogía noches después multiplicado. De cada kilo podían salir tres. Luego lo repartía entre varios de sus viejos amigos de callejeo. Porteros, seguratas o camareros de garitos y camellos desahuciados por el cierre de los pisos de Dardo que se habían buscado la vida para seguir vendiendo. Una modesta red que se dedicaba a pasar una coca de escasa calidad a precios asequibles.

—Ese es el tinglado de Zanco —me dijo Cardoso—. El puto rey del menudeo. Por supuesto, a espaldas de Dardo. Con lo que saca vendiendo esa porquería cubre ante Dardo las cuentas de las ventas que hace en vuestra casa y se lleva un beneficio. Todo perfecto. Salvo porque lo está haciendo por su cuenta y con una droga que no le pertenece. Salvo porque la poli le tiene en el punto de mira.

Cardoso, según él por indicación de Dardo, quería que yo comprobase aquello, que me asegurase de si Zanco realmente visitaba aquel laboratorio. Se lo había dicho un confidente, pero lo quería confirmar. Y sería más discreto si me ocupaba yo de ello en vez de sus polis, me dijo. Me avisaría una noche en que Zanco hubiese comunicado que acudiría a la nave a reponer. Yo solo tendría que ir al chalé y esperar a ver si aparecía.

Me pareció extraño que me encargase a mí aquella confirmación y más aún que Dardo no me lo pidiese personalmente. Aquello me sonaba a prueba, a examen o a capricho. Fuera lo que fuese, no me gustaba. Pero lo hice, como hacía tantas otras cosas que no quería hacer.

Cardoso me llamó temprano a la mañana siguiente de

haber estado en aquella urbanización. Sonó el teléfono del piso y yo me apresuré a contestar. Zanco dormía aún.

Me hizo la pregunta en cuanto reconoció mi voz al contestar la llamada.

—¿Le viste?

¿Era tan importante? De acuerdo. Zanco desviaba parte de la coca de Dardo para sacar algún dinero extra. Consumía. Cada vez más. Y eso era caro. Dardo nos pagaba con generosidad. Pero tal vez Zanco necesitaba algo más de dinero. O, simplemente, echaba de menos el trapicheo del que le había privado el desmantelamiento de los pisos. O quería demostrarse a sí mismo que era capaz de montar algo sin necesidad de que nadie le diese instrucciones. Daba igual. No era tan importante. Cosas de Zanco. El tontaina e infantil Zanco.

Cardoso se impacientó.

—Dime algo, Peyo.

Dardo tenía problemas serios. Aquel no lo era. Solo era Zanco, maldita sea. Nuestro Zanco.

—Anoche no apareció nadie —le contesté.

Hubo un silencio. Largo. Luego Cardoso colgó sin decir nada más.

Skyline era poco más que una nave industrial a las afueras de Torremolinos. Una discoteca sin grandes pretensiones, alejada de las zonas más de moda que solían frecuentar los veraneantes. Una entrada con un gran cartel luminoso con su nombre y un rayo que lo rodeaba y apuntaba al cielo en neón rojo, una sala de baile con bolas de espejo diseminadas por el techo, una pista central con un juego de luces en el piso copiado de *Fiebre del sábado noche* y una única barra forrada con un mosaico formado por pequeños rombos de cristales de colores. Llevaba ya algunos años reconvertida en una discoteca de ambiente donde se mezclaban los chicos de la zona con turistas, sobre todo ingleses y alemanes, interesados en encontrar compañía para las vacaciones y cuyo presupuesto no les daba para frecuentar locales más sofisticados.

Detrás del Skyline había una pequeña explanada que le servía de aparcamiento. Nunca se llenaba por completo, ni siquiera los días y a las horas de más afluencia de público. Allí se solventaban peleas, polvos, potas y algún trapicheo menor de los clientes.

A las seis de la tarde, con la discoteca aún cerrada y cayendo un sol de castigo, en el aparcamiento del Skyline solo había un par de coches, un anticuado 1500 rejuvenecido por una pintura de motivos psicodélicos y un serio Ford Granada gris marengo. Allí llegamos en una furgoneta Nissan Caravan.

Éramos seis. Zanco, yo y cuatro policías fuera de servicio que nos habían recogido media hora antes, según lo convenido, a la entrada del hotel Don Pepe, de Marbella. Apenas habíamos cambiado unas palabras durante el trayecto hasta allí. Ni siquiera nos habían dicho sus nombres, salvo uno de ellos, el que conducía, un tipo con cara de palo que no ocultaba en su gesto y su mirada el desdén que le inspirábamos Zanco y yo, que debía de ser el jefe del grupo y que dijo llamarse Águila, lo cual estuve seguro de que era un apodo con afán peliculero.

Íbamos a dar un palo.

Dardo, como siempre sin detalles, me había hablado del asunto. Necesitaba liquidez. Urgente. Los ingresos, efectivamente, le habían bajado. La investigación a la que estaba sometido le obligaba a ser cauteloso con los movimientos de sus cuentas. Aquello era una oportunidad.

Yo le pedí que me dejase participar, también sin preguntarle detalles. Y le pedí algo más: que Zanco se sumase.

Dardo se resistió. ¿Por qué tú?, me preguntó. Porque lo necesito, le respondí. ¿Por qué Zanco? Porque lo necesita aún más que yo.

El asunto venía de Cardoso. Este, me contaría Dardo, se resistió a que Zanco o yo tuviésemos nada que ver con aquello. Dardo le dijo que o con nosotros o nada y Cardoso acabó por transigir de mala gana.

Zanco y yo habíamos viajado esa misma mañana desde Madrid a Marbella. Yo me ocupo del traslado, me había dicho él. Cuando bajé a la calle para irnos me encontré, esperándonos frente a la puerta de nuestra casa, un imponente Porsche 911 negro.

—No preguntes —me dijo Zanco—. Solo es un préstamo. Uno tiene amigos importantes. Y si vamos a volver a dar palos, hagámoslo con estilo.

Estaba entusiasmado. Ilusionado, nervioso, lleno de ganas. Hacía mucho que no le veía así. En la parada que hicimos para repostar una vez que dejamos Madrid, se hizo una raya en el salpicadero y se la metió. No protesté. Me sentía como un padre que lleva a su hijo de excursión. Permisivo y dispuesto a que disfrutase. Le dejé conducir y le pisó a fondo hasta llegar a Marbella.

Ahora estábamos allí, en el aparcamiento de detrás de la discoteca Skyline. Águila nos dio a cada uno un pasamontañas y una pistola, una ligera Astra del 9 corto.

—Ya sabéis —dijo, con el pasamontañas ya puesto y su arma en la mano—, rapidito todo y sin usar la pipa salvo que sea necesario.

El local tenía una puerta trasera que servía de salida de emergencias y daba al aparcamiento. Tal y como esperábamos, nos la habían dejado abierta.

Entramos en fila, Águila el primero, Zanco y yo detrás. Irrumpimos en la sala de la discoteca, pistolas en alto, al grito de «¡que nadie se mueva!».

La sala estaba en penumbra, iluminada solo por la luz natural que entraba por unos pequeños respiraderos abiertos en una de las paredes cerca del techo.

Había siete personas. Dos tipos sentados en sendos taburetes en la barra, ambos con lustrosas melenas negras engominadas, vestidos con trajes azules de tela brillosa que les quedaban como mínimo un par de tallas pequeños, corbata estrecha y zapatos muy puntiagudos. Italianos. Frente a ellos, a una mesa al borde de la pista de baile, cada uno en una silla, otros dos tipos, estos de aspecto tosco, pelo de punta cortado al uno y camisetas rojas de rugby con un enorme escudo de Gales en el pecho que les marcaban y apretaban los músculos.

En un lateral, sobre una tarima de un par de escalones de altura, en un sofá semicircular que rodeaba una mesita baja, estaban las otras tres personas. En un extremo, un hombrecillo menudo, vestido con un aburrido traje negro y camisa blanca y con una enorme cabeza calva con forma de bombilla, mirada triste y bigotillo recto. A pesar de su aspecto de contable aburrido, aquel hombre era el más reputado marchante de piedras preciosas robadas de toda Europa, venido expresamente de Roma para cerrar aquella operación. En el otro extremo del sofá se sentaba un joven marroquí. Llevaba un atildado polo de Lacoste blanco que hacía un atractivo contraste con su piel morena y unas bermudas de tergal de color caqui. Lo más llamativo en él eran sus ojos, grandes, rasgados y de un deslumbrante color verde. El tercer hombre en el sofá, sentado muy pegado al chico marroquí, se llamaba Ian Gillingham.

Gillingham era un galés de cincuenta y cuatro años. Nada más vernos entrar se puso de pie. Su cuerpo carecía de proporción: panza prominente y, bajo ella, unas piernecitas gallináceas que no parecían capaces de sostenerla. Tenía una alborotada mata de pelo donde se mezclaban mechones blancos y amarillentos, las mejillas y la nariz estaban rayadas por miles de venillas rojas y moradas propias de un borrachín pertinaz y sus ojillos, menudos y demasiado juntos entre sí, miraban bordeando siempre el estrabismo. Vestía una horrenda camisa de manga corta de fondo amarillo y estampado de flores, unas bermudas que dejaban al aire sus canillas y unas gruesas sandalias de piel gastada. Caía bien nada más verle, aunque solo fuese porque recordaba al humorista Benny Hill. Todo en él se correspondía con la imagen de uno de esos británicos que ahorran durante todo el invierno para viajar una semana en verano a la costa española y pasarse las vacaciones cociéndose durante el día en la piscina del hotel y bebiendo pintas templadas hasta cocerse también, aunque en un sentido diferente, por las noches.

Nada más lejos de la realidad.

Ian Gillingham había llegado a Torremolinos en los años sesenta, junto a muchos otros hippies que habían elegido el pueblo como destino de una vida que pretendían dedicar a practicar el amor libre, consumir LSD y tomar el sol. Hacía años que había abierto la discoteca Skyline, que le daba escasos beneficios, pero le servía para mantener la apariencia de ser solo un modesto empresario, un resto envejecido de la época de esplendor de Torremolinos, un inofensivo amante de la cerveza tibia, el rugby, la música disco y los chicos jóvenes. Y todo eso era cierto, pero además Gillingham era también un ingenioso y ambicioso ladrón.

Hacía solo unos meses Gillingham había planeado y participado en uno de esos atracos que a la prensa le encanta calificar como «el robo del siglo». En contra de todas las apariencias, ya era un hombre inmensamente rico gracias a robos anteriores y, en aquel momento, lo era más aún.

Había sido un golpe planeado al milímetro, ejecutado a la perfección y enormemente lucrativo. Seis hombres, entre ellos él, vestidos con uniformes de guardias de seguridad, lograron acceder a un almacén cercano al aeropuerto londinense de Heathrow que era propiedad de una empresa sudafricana de custodia de valores. Una vez allí, sacaron sus armas y redujeron a los vigilantes, a los que rociaron de gasolina y amenazaron con prenderles fuego si no les proporcionaban los códigos de las cajas de seguridad. El botín: diamantes por un valor cercano a los cuarenta millones de euros.

«Diamantes de sangre», me había aclarado Dardo, con cierta teatralidad, cuando me puso en antecedentes.

Gillingham había regresado a Torremolinos con su parte del botín. Ahora tocaba venderlo. Había esperado unos meses, hasta que el interés de Scotland Yard por dar con los autores del robo se relajase un poco. Y ya tenía un comprador. A Cardoso le habían informado del lugar y la fecha de la venta. Dardo se ocupó de buscar, a su vez, a alguien interesado en adquirir los diamantes. Fue fácil. Ahí estaba su nuevo amigo, dispuesto siempre a embarcarse en cualquier negocio que le sonase rentable: Al Nadir esperaba, probablemente comiendo ostras a puñados, a que le lleváramos los diamantes que habíamos ido a robar a la discoteca Skyline para pagarlos a tocateja.

Gillingham nos recibió poniéndose de pie y los dos italianos y los dos galeses saltaron también de sus respectivos asientos, pero al verse encañonados volvieron a sentarse. El marchante romano nos observó con una ligera expresión de contrariedad. El chico abría con terror sus enormes ojos verdes. Águila, Zanco y yo subimos a la tarima y fuimos junto al sofá. Tras nuestra ruidosa irrupción, de pronto se hizo un desconcertante silencio. Fue como si la escena se congelase durante unos segundos.

Y, a partir de aquel momento, todo fue algo chusco y chapucero.

Gillingham nos saludó desplegando una gran sonrisa de bienvenida tan natural que podría haber pasado por sincera.

—Señores —nos dijo con un español casi impecable, sin dar señal de que le inspirásemos el más mínimo temor—, me temo que aún estamos cerrados. Tendrán ustedes que venir más tarde y estaré encantado de invitarlos a una copa.

Águila dirigió hacia él su Astra.

—Sabe a lo que venimos —dijo con el mismo tono con pretensiones de tipo duro que había usado las pocas veces que le había escuchado hablar—. Si nos lo da rápido, no habrá nada que lamentar.

Gillingham se encogió de hombros.

—No sé a qué se refiere, señor. ¿O debo decir «señora»? Con esa cosa tan horrible que le tapa la cara no lo distingo muy bien.

Águila no apreció su sentido del humor. Se acercó al galés, levantó el brazo y le apoyó el cañón de la pistola en la frente.

—Los diamantes. Rápido. O de esta no sales.

Tampoco entonces dejó Gillingham de sonreír.

—Si vamos a liarnos a tiros, quiero que sepa que yo estoy listo para morir. ¿Lo está usted?

Águila titubeó. No se esperaba aquello. Aquel tipo de aspecto ridículo tenía una pistola en la frente y seguía mostrando una inquebrantable flema británica.

A un lado del sofá el italiano esperaba, las rodillas pegadas, las manos sobre ellas. Al otro, el chico marroquí observaba la escena sin relajar la expresión de terror.

La escena quedó de nuevo paralizada. Águila no sabía qué hacer. Le preocupaba más no perder la autoridad que el resultado del asalto.

—Entonces ¿le disparo o qué? —le preguntó al propio Gillingham, con una voz que había perdido firmeza.

Gillingham le contestó:

—*Help yourself.*

Yo dirigí a Zanco un vistazo interrogativo. Estábamos cada uno a un lado de Águila, un paso por detrás. Zanco me devolvió la mirada, se encogió de hombros y, con hartura, dijo:

—A tomar por culo.

Dio un paso al frente. Ignoró la composición estática que formaban Águila y Gillingham, el uno con la pistola en la frente del otro, el otro con los brazos a medio levantar y la sonrisa bonachona.

Zanco se inclinó y le puso la pistola en la entrepierna al chico de ojos verdes y le dijo a Gillingham:

—Si no quieres que el chaval pase de efebo a eunuco, ya nos estás diciendo dónde están los putos diamantes.

El chico miró a Gillingham con sus grandes ojos, ahora suplicantes. La expresión tranquila del galés se desmoronó. El italiano cerró los ojos con resignación, consciente de que estaban a punto de perder.

—Deja al muchacho —dijo Gillingham con voz quebrada.

Zanco no cedió.

—Los putos diamantes, joder, que tenemos prisa.

Gillingham hizo un gesto a los gorilas de las camisetas de rugby. Uno de ellos se levantó y fue hasta detrás de la barra. Sacó de debajo dos gruesos maletines negros y los puso sobre ella.

Uno de los italianos trajeados cometió un error.

Metió la mano por dentro de la chaqueta y se sacó del costado una pistola. El poli que le apuntaba disparó. Le dio en el estómago. El italiano cayó sentado sobre el mismo taburete del que acababa de levantarse y se miró con sorpresa la tripa, donde pronto empezó a teñírsele de rojo la camisa.

El matón galés que aún estaba sentado en su mesa quiso aprovechar el momento de desconcierto. Se sacó su arma de la parte trasera del pantalón. Disparó tres veces. Pero estaba nervioso. La mano le tembló, bajó el cañón en exceso y, de los tres disparos, solo uno dio en el blanco. Uno de nuestros polis recibió un balazo en el muslo derecho. Se puso a dar saltos sobre la pierna ilesa y a gritarle al galés que le había disparado que era un pedazo de hijo de puta. El poli que estaba junto al herido disparó al galés. También estaba demasiado nervioso y no acertó. El galés se apresuró a tirarse al suelo y allí se quedó, brazos y piernas extendidos, dejando clara su rendición, mientras el poli herido seguía llamándole de todo a gritos. El otro galés que había ido a sacar los maletines se tiró detrás de la barra cuando empezaron los disparos y ya no volvió a salir.

Tras todo aquel movimiento se produjo otra pausa. Todos los que estábamos en la sala de la discoteca necesitábamos tomarnos unos segundos para decidir qué hacer. Yo opté por ir hasta la barra y cargar con los dos pesados maletines. El italiano con el tiro en el estómago estaba a mi lado. Le sonreí amistosamente.

—Vete rápido al ambulatorio —le dije, medio en broma medio en serio—. La Seguridad Social española funciona muy bien, seguro que te dejan como nuevo.

Él no pareció entenderme. Se miraba la tripa ensangrentada con asombro.

Águila, al que se le había puesto cara de bobo desde que perdiera la iniciativa, permanecía paralizado con la pistola aún apoyada en la frente de Gillingham. Zanco también seguía aplastando con la suya el paquete del chaval. El poli herido saltaba a la pata coja, apoyándose en el brazo de un compañero, y gimoteaba. El tercero de nuestros polis esperaba órdenes, aturdido aún por el repentino intercambio de disparos.

Tuve que gritarles:

—¡Vámonos de una puta vez!

Todos recuperaron la movilidad al tiempo. Corrimos hacia la salida de emergencia, donde con las prisas chocamos unos con otros y regresamos al aparcamiento a trompicones. Al poli herido le cargaban en volandas los otros dos compañeros. Yo metí las maletas en la parte de atrás de la furgoneta. Águila se sentó al volante y Zanco a su lado.

Nadie recordó que el plan incluía llevarnos también el dinero que el romano iba a pagar por los diamantes.

Me senté en el asiento corrido de delante junto a Zanco, que quedó entre Águila y yo.

—Banda de mierda —dijo Zanco cuando ya salíamos del aparcamiento.

—¿Desde cuándo sabes tú qué son un efebo y un eunuco?

Nos echamos a reír.

Dejamos Torremolinos y, de vuelta frente al hotel Don Pepe, ya en Marbella, nos bajamos de la furgoneta, recogimos las dos maletas y nos marchamos tras una seca despedida de Águila y los demás.

Subimos a nuestro coche, Zanco se preparó y se metió otra raya y nos fuimos a entregar los maletines al Le Pirate I y después de vuelta a Madrid con el dinero recibido de Al Nadir.

—Has progresado un poco desde que dabas tirones encima de una Lambretta —le dije a Zanco, contemplándole al volante del Porsche.

Zanco estaba eufórico, más feliz de lo que le había visto en mucho tiempo. Por el camino imitó la voz de Águila queriendo sonar como Clint Eastwood, la expresión atontada del italiano con el estómago agujereado, la del poli lloriqueando mientras saltaba a la pata coja y la de Gillingham al borde del llanto al pensar que su chico iba a quedarse sin pelotas.

Llegamos a Madrid de madrugada. Entregamos la pasta a Dardo y este se ocuparía días después de dar su parte a Cardoso y sus polis y de darnos también a Zanco y a mí la nuestra. Con el resto pudo hacer frente a aquella mala racha financiera que estaba atravesando.

No tuvimos constancia de que ningún italiano hubiese aparecido muerto en esos días por la Costa del Sol como consecuencia de un disparo en el estómago, así que quizá hizo caso a mi consejo. Al poli herido en la pierna le consiguieron sus compañeros un médico discreto que le sacara la bala y una baja por estrés para recuperarse. A Gillingham, que conservaba aún una parte de su botín de diamantes, no le quedó otra que aceptar con deportividad el robo y siguió regentando Skyline junto a un nuevo novio veinteañero. Y Mohamed, el chico de los grandes ojos verdes, conservó intactas sus pelotas y además recibió una importante cantidad de pasta, porque había sido él quien les había dado el soplo de aquella venta a los polis de Cardoso y el que se había encargado de que la puerta de atrás quedara abierta. Su romance con Gillingham, que apenas duraba dos semanas cuando dimos el palo, no cuajó y al poco acabaron.

Dardo nos dijo a Zanco y a mí que le daba envidia lo bien que nos lo habíamos pasado. Tenía razón.

Dardo nunca compartió conmigo sus problemas, pero yo sabía que tenía que poner orden en sus finanzas. Por un lado, para hacer frente a una menor actividad, y por otro, para asegurarse de que no dejaba flancos abiertos por los que pudiese prosperar la investigación a la que estaba sometido. Aquella sería la primera de esas investigaciones que, años después, quedarían reducidas a poco más de un folio en la documentación que Daniela recibiría de Ignacio Montes. Sin embargo, en aquel momento le puso en serios aprietos.

Durante semanas Dardo se recluyó con un grupo de abogados y asesores que buscaban asegurarse de que no terminaría en la cárcel si acababa siendo procesado y a la vez trataban de poner su patrimonio a salvo de posibles embargos.

Tuvo que tomar decisiones dolorosas. Vender barcos, reducir la flota de camiones, pagar grandes cantidades para regularizar su situación fiscal. Y, entre otras cosas, declaró en quiebra la constructora de Roberto Ginés.

Virginia se había desvivido por levantar la empresa. Desde que se pusiera al frente la había mantenido alejada de las adjudicaciones irregulares, había hecho los ajustes necesarios e iba, a duras penas, manteniéndola a flote. Virginia era dura, luchadora, trabajadora y resistente. Pero a

Dardo, según le aconsejaron sus fieles encorbatados, no le interesaba que la empresa siguiera adelante. Ya había cumplido su función. La había utilizado como un instrumento de blanqueo en ese circuito infinito del que tanto le gustaba hablar. Ahora que ponía orden, tocaba soltar lastre y hacer desaparecer cualquier rastro que pudiese seguirse contra él.

No anticipó a Virginia su decisión. Los abogados se presentaron en el despacho de ella en las oficinas de la constructora y le comunicaron que la empresa que su padre había creado y a la que había dedicado su vida iba a desaparecer.

Virginia salió de las oficinas de la constructora nada más saberlo, condujo hasta la casa de Torrelodones, entró en el despacho donde Dardo estaba reunido con sus asesores y le exigió a gritos una explicación. Dardo, como siempre, no entró en detalles. Ni siquiera se alteró. Tan solo mostró una cierta incomodidad por que le montase aquella escena en presencia de terceros. Todos tenemos que hacer sacrificios, le dijo. Buscaremos otra cosa para ti, pondremos en marcha nuevos proyectos y serás tú quien los dirija.

—No entiendes nada, ¿verdad? —fue lo único que dijo ella antes de irse.

Virginia se marchó. Se instaló en su casa familiar de La Moraleja. Me pidió que nos viésemos. Me contó lo ocurrido y me aseguró que aquello era el final, que se marchaba. De pronto, me dijo, todo lo que antes era lógico se había convertido en absurdo. Llegaba un momento en que dejaban de funcionar las mentiras que uno se cuenta a sí mismo para seguir adelante. Lo había dado todo. Se había convertido en una persona que nunca imaginó que sería por él. Había renunciado, aceptado, asumido, colaborado, ocultado y permitido demasiadas cosas a lo largo de los años que llevaban juntos.

Así se lo había dicho también a Dardo. Merecía algo más a cambio.

—Yo no te lo pedí, tú lo elegiste —fue lo único que le respondió él.

Un par de semanas después Cardoso fue a ver a Dardo con buenas noticias. Sus colegas no lograban encontrar nada contra él. El circuito infinito funcionaba. Los investigadores empezaban a tener la sensación de que chocaban contra un muro. Estaban a punto de tirar la toalla.

Dardo nos llamó, quería celebrarlo. Nos invitó a cenar a Zanco y a mí. Zanco iba contento, entusiasmado por volver a casa de Dardo tras todo aquel tiempo sin reunirnos los tres. Se metió un par de rayas antes de salir y cuando llegamos y Dardo nos saludó a ambos con un abrazo, los ojos le brillaban de excitación.

Virginia también salió a recibirnos.

Besó a Zanco primero y después a mí.

—¿Estás bien? —me preguntó.

—Has vuelto.

Me sonrió. Y en ese momento no me pareció la chica dura, la que te inspiraba a la vez vértigo y seguridad con solo mirarte, la chica inexpugnable que me inquietó desde la primera noche en que la viera en la sala trasera del Hanói. Por vez primera la vi envuelta por un desconocido halo de fragilidad.

Fue una noche agradable. Dardo empezó hablando de trabajo. Nos dijo que las cosas iban a mejorar. Nos contó sus ideas de reorganización. Inversiones inmobiliarias. Dedicaría el dinero limpio a adquirir propiedades en el Algarve y en las playas de la costa norteafricana. El circuito volvería a fluir. Al Nadir estaba encantado con la operación de los diamantes. Harían muchas cosas juntos en el futuro. Los de América se calmarían. Todo volvería a ir bien.

Virginia le pidió con suavidad que dejase de hablar de

trabajo. Él se echó a reír, dijo que tenía razón, nos pidió disculpas. Me estoy volviendo un coñazo, nos dijo. Pegadme un navajazo si os aburro, por favor. Nos reímos.

Cenamos, bebimos. Todos. Virginia también. Por lo visto había abandonado sus propósitos. Había vuelto. A casa y a beber.

Avanzada ya la noche, la acompañé a la cocina a por más bebida. Ya estábamos algo borrachos y por eso decidí no contenerme.

—¿Por qué has vuelto? —le pregunté.

Ella me miró. Con una mirada firme. Sin rastro de la fragilidad anterior. Me miró siendo otra vez ella. Supe en ese momento y me alegré de saber que, fuera lo que fuese por lo que había regresado, tal vez estuviese cansada, pero aún no estaba rendida.

Su mirada tuvo algo de reto.

—No lo sé, Peyo —me dijo—. Dime, ¿por qué estás tú aquí?

No supe qué contestar. Ella se dio cuenta de la dureza de su tono y se apresuró a sonreírme.

—Puede que solo estemos aquí porque aún sigamos creyendo que algún día todo cambiará.

Se acercó a mí. Me dio un beso en la mejilla. Un beso amistoso, de consuelo. Luego se volvió para coger unos vasos y unas botellas y yo miré por la ventana de la cocina y vi a Dardo y me sentí culpable sin saber de qué.

—O puede que solo estemos aquí porque no tenemos otro sitio adonde ir...

Vaciamos muchas copas esa noche. Contamos las historias del pasado que se repiten una y otra vez en toda reunión de viejos amigos y que van cambiando sutilmente, hasta convertirse en relatos imaginarios que nunca ocurrieron tal como se cuentan.

Virginia y Dardo mantuvieron un equilibrio amable

entre ellos, sin caer en peleas ni en arrebatos cariñosos, como otras veces. Tarde ya, bastante bebidos los cuatro, Dardo le cogió la mano y se echó a reír y nos dijo que iba a contarnos algo que nos iba a dejar a Zanco y a mí de piedra.

—Virginia y yo nos hemos casado —dijo con etílica solemnidad.

Virginia puso cara de sorpresa y Dardo se echó a reír.

Hacía apenas unos meses. Fue una especie de regalo sorpresa. Dardo lo organizó todo sin contárselo a ella. Hasta para esas cosas no compartía detalles. Un sábado cualquiera. Virginia ni se lo olía. Fueron a la iglesia más cercana. Allí los esperaban una de sus chicas de servicio y el marido de esta, que harían de testigos, y un cura que accedió a guardar el secreto durante los preparativos a cambio de un sustancioso donativo.

—¡Casados por la iglesia! —Dardo casi lloraba de risa al contárnoslo—. ¿Os lo podéis creer?

No nos avisó ni a nosotros porque el encanto del asunto era que no solo fuese una sorpresa, sino que además lo mantuviesen en secreto. Un capricho romántico: marido y mujer sin que el mundo lo sepa.

—Hasta ahora —apostilló Virginia.

Ella no sonreía. Dardo le besó la mano que le tenía cogida.

—Quería presumir de esposa guapa delante de mis mejores amigos —dijo con una exagerada mueca de arrepentimiento—. Siento haber roto el secreto.

—Siempre te cuesta mantener tu palabra.

Dardo dudó. La observó tratando de dilucidar hasta qué punto era real la contrariedad de ella. Decidió ignorarlo. Le dijo a Virginia que tenía razón en eso y, a nosotros, nos propuso que nos pasáramos al champán para brindar, aunque fuese con meses de retraso, por los recién casados.

Virginia también dudó, pero al final aceptó que el secreto ya no fuese tal y se ofreció a ir a por el champán.

Cuando regresó, pareció haber dejado atrás su enfado por que Dardo desvelara el secreto matrimonial.

A medida que la velada avanzaba y que las botellas se iban vaciando, todo empezó a quedar atrás, todos los problemas de aquellas semanas, todas las palabras contenidas, las miradas esquivadas, los secretos rotos y los que aún se mantenían entre nosotros.

La noche discurrió con placidez hasta que llegó la hora de despedirnos intercambiando abrazos, felices de tenernos los unos a los otros, prometiéndonos con la exaltación propia del exceso de alcohol que repetiríamos más a menudo cenas como esa.

No podíamos imaginar que aquella sería la última vez que estaríamos los cuatro juntos.

Me asaltaron en el portal de la calle de la Palma. Estaba a punto de abrirlo y no tuve tiempo de reaccionar. Un coche frenó en seco cuando pasaba a mi altura. Bajaron dos tipos. Uno me clavó el cañón de una pistola en el costado. El otro me cubrió la cabeza con una capucha y me esposó las manos a la espalda. No hablaron. Me empujaron hasta el coche. Fue tan inesperado que no acerté ni a protestar. Antes de que se me ocurriera decir una palabra, me habían metido en el maletero y el coche estaba en marcha.

Cuando me quitaron la capucha calculé que había pasado media hora, pero podía no ser así. Encogido, inmovilizado y a oscuras se pierde con rapidez la noción del tiempo. Estaba aturdido, de rodillas y todavía esposado. Tardé en enfocar la mirada. Había dos tipos frente a mí. Miré a mi alrededor y vi detrás a otros dos. Estábamos en un almacén o un hangar, una estancia vacía, no muy grande, iluminada por una solitaria bombilla desnuda, en la que cada pequeño movimiento producía un eco metálico. Allí no había nada, salvo un barreño lleno de agua hasta el borde.

Uno de los que estaban a mi espalda me cogió por la nuca, me empujó y me metió la cabeza en el barreño. El otro le ayudó a sujetarme cuando empecé a retorcerme.

Iba a morir. Lo pensé con una fría nitidez.

Hacía media hora iba a entrar en mi casa. Era un día más. Y ahora iba a morir. Y el cambio de una situación a otra se había producido tan deprisa que ni siquiera me había dado tiempo a hacerme ninguna pregunta. Quién, por qué. Daba igual.

Iba a morir.

El tiempo se hace eterno cuando te sostienen la cabeza bajo el agua. Me enderezaron en el momento en que empezaba a dejar de resistirme. Boqueé, tosí, escupí, vomité un chorro de agua. Logré abrir los ojos.

Y vi a Cardoso al otro lado del barreño.

Los dos tipos seguían agarrándome para mantenerme de rodillas, pero con el cuerpo levantado.

Cardoso me observaba fumando un Winston.

La última vez que nos habíamos visto había sido en el pub inglés. Habíamos compartido copa y conversación. Ahora le tenía ante mí, con dos tipos a su espalda y otros dos agarrándome, listos para ahogarme en un barreño.

—Dime, Peyo, ¿eres de fiar?

Estaba aturdido. Seguía cogiendo aire por la boca con ansiedad. No quería escucharle, no quería hablar. Solo quería respirar. Sentir el aire entrando en mis pulmones. Pegarme un atracón de oxígeno.

—¿Eres de fiar? —me repitió.

Apenas acerté a articular palabra.

—No sé de qué me hablas.

Él movió la cabeza decepcionado.

—A Dardo podréis engañarle. A mí, no.

Volvieron a empujarme hacia delante. Traté de resistirme, pero era imposible. Una mano volvió a apoyarse en mi nuca. Me hundió la cabeza en el agua.

Iba a morir. La idea —simple, indiscutible— regresó con la misma insistencia que la primera vez. El agua me entró por nariz y boca como un torrente que arrasase con cualquier muro de contención. Iba a morir y deseé que fuese cuanto antes.

Pero duró una eternidad.

Cuando me levantaron estaba al borde del desmayo. El pecho me dolía como si me lo hubiesen abierto en canal y alguien intentase arrancarme los pulmones. Vomité. Me eché una bocanada de agua sobre el pecho. Esta vez el orden de la reacción fue diferente: primero vomité, luego tuve un ataque de tos y solo después me acordé de respirar.

Cardoso seguía frente al barreño. Era incapaz de saber el tiempo que me tenían bajo el agua, así que el cigarrillo que fumaba podía ser el mismo u otro diferente.

—Te lo repetiré otra vez: ¿eres de fiar?

Entendí que más me valía espabilar si no quería regresar bajo el agua.

Parpadeé con energía para tratar de aclarar mi visión, enturbiada por el agua que me chorreaba por la cara y por el ahogo.

Contra mi voluntad, mi voz sonó absurdamente enfadada, como si estuviese en posición de poder discutir.

—¿Lo eres tú? —le dije, sin control sobre mi tono, quizá tan solo porque tenía esa certeza de que moriría pronto—. Ya me jodiste una vez mandándome a la cárcel. ¿Qué cojones quieres ahora de mí?

Cardoso lanzó su cigarrillo de un papirotazo al interior del barreño, donde se quedó flotando.

—¿Joderte? —Su risa era seca—. Tú no puedes ni imaginar lo que te haría si de verdad quisiese joderte.

Volví al agua. Esta vez duró más que las dos anteriores. Por lo demás, ya conocía el proceso. Una resistencia refleja e inútil de mi cuerpo. Una certeza en mi cabeza: voy a morir. Un deseo: ojalá sea cuanto antes. Y, luego, vuelta afuera, vómito, tos, babas y un hambre desesperada de aire.

Cardoso esperó en silencio hasta estar seguro de que yo

recuperaba el suficiente conocimiento como para entenderle.

—Dardo no puede caer —me dijo con la misma tranquilidad que si volviésemos a estar charlando en la barra del pub inglés—. Si lo hace, caeríamos muchos otros.

El inoportuno enfado no regresó. Ya no sentí nada. No tenía energía para sentir. Tan solo, por puro instinto de supervivencia, pensé que si lograba estirar un diálogo no volverían a sumergirme.

—Tú le dijiste que todo iba bien —balbuceé, luchando por recuperar la lucidez necesaria para poder conversar con coherencia—. Dijiste que no lograban encontrar nada contra él.

—Me he enterado de algo con lo que no contaba.

Sentí la presión de la mano en mi nuca. Me apresuré a suplicar que parara, que, por favor, no me lo hicieran otra vez. Cardoso detuvo con un gesto al que me agarraba. Estuve a punto de llorar de agradecimiento.

—Tu amigo. El cojo. Ese imbécil de Zanco.

—¿Qué pasa con él ahora?

—Le tienen agarrado por los huevos. Los estupas, mis colegas de Estupefacientes. Acabo de enterarme de que le han pillado con sus trapicheos. Pueden meterle en el trullo cuando quieran. A no ser que colabore.

Mi mente se despejó. Un poco. Seguía importándome más que cualquier otra cosa el conseguir que no volviesen a hundirme la cabeza en el barreño. Pero empezaba a recuperar una lucidez aún espesa.

—¿De qué me hablas?

—De que le han ofrecido un trato. Ataron cabos y saben quién es y con quién está relacionado. Mira por dónde, cuando estaban a punto de cerrar la investigación se les ha aparecido la Virgen en forma de enano cojo. Le han ofrecido librarse de la cárcel si testifica contra Dardo.

Cardoso se limitó a hacer una ligera señal con la cabeza a los dos tipos que me sujetaban. Regresé al agua. Sentí como si descendiese a mayor profundidad que las veces anteriores. Me sumí en la oscuridad. Escuché en aquella oscura sima el eco metálico distorsionado que bajaba desde el exterior. Ya no me resistí. Relajé el cuerpo, abrí la boca y esperé. Dejé de pensar en nada. No me ocurrió ninguna de esas cosas que se dicen, nada de mi vida pasando por delante de mis ojos. Morir era un deseo, un triunfo.

Me sacaron y tuvieron que recuperarme a bofetones y sujetarme con más empeño para evitar que me derrumbase.

—Todo esto ha sido culpa tuya.

Se lo oí decir a Cardoso, aunque ni siquiera le veía, ni siquiera sabía si mis ojos estaban abiertos o no. Faltaba demasiado aire en mis pulmones y en mi cerebro.

—Yo podría ir directamente a por ese cojo idiota y acabar con él en un minuto, pero Dardo quiere que te ocupes tú. Piensa que tú tratarás a ese imbécil mejor que yo. Y en eso tiene razón. Por eso te pedí que te encargases. Y, en lugar de hacerlo, me mentiste. Me tomaste por imbécil. Cuando te envié, yo ya sabía que Zanco va por ese laboratorio cada vez que recoge su carga para que corten lo que le roba a Dardo, ¿qué te crees? Solo quería ponerte a prueba. Saber si podía confiar en ti, si eres de fiar o no. Y me demostraste que no.

—Zanco es mi amigo —dije sin estar seguro de si mi voz sonaba inteligible o no.

—Precisamente por eso creo que no eres de fiar.

—Soy de fiar —dije y lo acompañé de una arcada que hizo que resbalase por mi barbilla una espuma de bilis y agua.

—¿Estás con él?

No contesté. No lograba entenderle por completo. Cardoso subió la voz, aunque el volumen no era mi problema.

—¿Estás compinchado con él?

Negué con la cabeza. Pero no supe si se daba cuenta.

—¿Y si a ti también te tiene cogido la poli? ¿Y si solucionamos lo de Zanco y luego resulta que eres tú el que declara contra Dardo y nos jodes a todos?

Puse todo mi empeño, la escasa consciencia que mantenía, para que mi voz adquiriese fuerza y claridad.

—Sabes que eso no va a pasar.

Hubo una quinta vez. Pero ya no me importó. Fue en la que menos sufrí. Tal vez el cuerpo se acostumbra a todo. Cuando me sacaron pensé que ya estaba preparado para seguir con aquello cuantas veces quisieran. Y esa idea estuvo a punto de hacerme reír.

Cardoso se inclinó hacia mí. O eso me pareció. Entreabrí los ojos y vi su rostro velado por el agua. Grande. Cerca. Ocupando todo mi campo de visión.

—Sé que no estás metido en lo de Zanco. Esto solo ha sido un castigo por mentirme. No vuelvas a hacerlo, Peyo.

—¿Dardo sabe esto?

—Siempre preguntas la misma estupidez. Eres un pobre idiota, Peyo.

El rostro del comisario se me acercó más aún.

—Recuerda: si Zanco nos jode, tú también caerás. Así que ya podemos ir pensando entre todos cómo solucionar este problema.

No resistí más. Perdí el conocimiento. Me dejé llevar a un lugar lejano, plácido, luminoso. De pronto ya no estaba en aquel almacén ni en compañía de Cardoso y sus hombres. Estaba solo, en un espacio vacío donde solo había aire puro que entraba y salía de mi cuerpo con una deliciosa facilidad. Aquel sitio era el paraíso.

Quise quedarme allí para siempre. Pero regresé.

Me descubrí tirado en la acera. Enfrente del portal de mi casa.

Elegí París. Estaba lo bastante lejos, pero no necesitaba coger un avión. Lo preparé en apenas unos días. Me saqué un billete en el Estrella Puerta del Sol, el tren nocturno que me llevaría directo a mi nueva vida. Me dediqué a solucionar los trámites para obtener el pasaporte a pesar de mis antecedentes penales. Saqué del banco una considerable suma de dinero para manejarme con comodidad. Y no se lo dije a nadie.

No huía. Lo ocurrido en aquel almacén lo había precipitado. Pero no me iba por miedo. Me iba porque estaba cansado. No sentía ganas de venganza ni me veía con fuerzas de enfrentarme a Cardoso o a Dardo o de enfrentarlos a ellos entre sí. Solo quería alejarme de todo. Había llegado el momento y sabía que o lo hacía entonces o ya no lo haría nunca. Me iba sin perseguir ningún sueño. Nada del trabajo de horarios fijos ni del hijo o la hija en la casita con jardín ni de Merche esperándome para recibirme con un beso al final de la jornada.

Llegó el día e hice un petate. Metí el dinero que había sacado en el fondo y, encima, unos zapatos de recambio y unas mudas de ropa. Ni siquiera vacié del todo mi armario. El tren partía al anochecer. Zanco no estaba en casa. Salí de mi dormitorio y del piso y del barrio donde había pasado los últimos años y cogí el metro hasta Chamartín.

Sin despedidas.

Mientras iba en el metro traté de pensar solo en lo que haría después. Cuestiones prácticas. Llegaría a París al amanecer. No hablaba el idioma, no conocía la ciudad ni a nadie que viviese allí. Vale, lo primero: buscar alojamiento. O eso podía ser lo segundo. Lo primero: ir a ver la Torre Eiffel. Al fin y al cabo, era lo único que sabía de París.

Estaba contento. Era una felicidad extraña. Cada paso que había dado hacia el metro, cada vez que este dejaba atrás una parada, cada escalón que subí para salir a la estación, era como una pequeña batalla ganada. Cada músculo de mi cuerpo se resistía, se empeñaba en frenarme, trataba de hacerme retroceder. Pero seguí adelante. Contento.

Esperé en un banco de la estación, contemplando el panel donde se anunciaban las horas y las vías de salida de cada tren. Hasta que por megafonía anunciaron el mío.

Entonces me levanté, me eché al hombro el petate y regresé a casa.

Me senté en el salón hasta que Zanco apareció. Llegó de madrugada. Le dije que tenía que hablar con él. No son horas, protestó. Mejor mañana. Le dije que lo sabía todo. Que le tenían agarrado. Que había hecho un trato. Que iba a declarar contra Dardo.

Zanco no reaccionó con su habitual excitación. Se limitó a mirarme. Con incredulidad primero, con tranquilidad después.

Su prisa por irse a dormir desapareció.

—Eres un imbécil —me dijo.

Repitió mis palabras. Le tenían agarrado. Le habían ofrecido un trato. Le habían dicho que le dejarían en paz si les entregaba a Dardo en bandeja. Sí, me dijo, todo eso era cierto.

Y yo era imbécil si pensaba que él sería capaz de hacer algo así.

Fue una noche larga. La pasamos en el salón. Hablamos de cosas que tendríamos que haber hablado hacía ya mucho.

Tenía deudas. Estaba hasta arriba. Consumir le había arruinado. Tenía el tinglado ese de coca sucia con el que intentaba hacer frente a sus acreedores. Él no era Dardo. No tenía su talento para prosperar. Solo soy Zanco, joder, me dijo.

Le habían detenido. Tenían pruebas de sobra para hacerle pasar en la trena una considerable temporada. Salvo que colaborara. Él solo era un pececito, poco más que un renacuajo. Querían al pez gordo. Dardo se escabullía bien, le dijeron. Pero, con un testigo como él, estaría acabado. Una buena oferta.

Me contó todo aquello, que escuché sin interrumpirle aunque ya lo supiese, porque él necesitaba hablar. Luego saltó atrás. Regresó a su historia favorita. El día en que el Jaro salió con un permiso del trullo y fue a buscarle y le ofreció unirse a él para dar un palo. Iba a reconstruir la banda. Y quería que Zanco volviese a estar en ella. Imagínate, se lo pedía nada menos que el Jaro. A él, el tullido de doce años. Fueron a dar el palo y el Jaro acabó reventado a tiros. Después apareció Dardo. Ya conoces el resto.

—¿De verdad te crees que yo traicionaría a Dardo?

Amanecía cuando le pregunté:

—Entonces ¿qué vas a hacer?

—Ahora, voy a irme a dormir.

—¿Y después?

—Después voy a decirles a los maderos que se metan su trato por donde más duele.

Irán a por ti, le dije. Todos. Polis buenos y polis malos.

Estaré esperándolos, me dijo.

Era ya de día cuando me fui a mi dormitorio. El Estrella Puerta del Sol debía de estar entrando en esos momentos en la estación de Austerlitz. ¿Quién coño querría vivir en París?, pensé.

El petate estaba sobre la cama. Lo deshice, me desnudé y el billete de tren se cayó del bolsillo trasero de mi pantalón.

Lo recogí del suelo, lo rompí en varios trozos y me eché a dormir.

Virginia bailaba en el centro del pequeño salón, en la calle de la Palma. Por la radio sonaban los éxitos de Los 40 Principales. Ella daba vueltas sobre sí misma, la falda se le levantaba y se le enroscaba en las piernas con cada giro y mantenía en alto la mano derecha sujetando la copa con ginebra y tónica sin que se le derramase una sola gota.

—Vamos, Peyo, baila conmigo.

—Ni lo sueñes.

—No seas aburrido.

Le había pedido que viniese a casa en cuanto Zanco me había comentado que no estaría. Como ya hiciera con Merche, también quise pedirle ayuda con lo de Zanco. Virginia sabía tomar decisiones.

Le dimos muchas vueltas. Planteamos, pulimos y desechamos opciones. Llegamos a algunas conclusiones. Había que sacarle de Madrid. Construirle una nueva vida. Que dejara de meterse. Empezar lejos y desde cero. Enumerábamos todo aquello y, aunque no se lo dije a ella, me daba una cierta envidia. Estábamos planeando para Zanco algo que sonaba demasiado parecido a lo que yo deseaba para mí.

No le conté a Virginia que, hacía solo un par de días, había estado en la estación de Chamartín. Tenía la sensación de que no lo habría entendido, aunque no estaba seguro de qué le habría costado más entender: que hubiese querido irme o que hubiese renunciado a ello.

¿Y Dardo? Fui yo quien lo mencionó. Dardo sabía que Zanco le robaba. Tenía a Roque Cardoso para mantenerle informado. Pero eso era lo de menos. Un robo insignificante. Podría comprenderle y perdonarle. Pero necesitábamos que confiase en que Zanco nunca le delataría para evitar la cárcel.

Virginia oyó aquello sin opinar. No habíamos mencionado antes a Dardo y el solo hecho de que apareciese en la conversación pareció ensombrecerle el ánimo.

—Yo ya no soy capaz de saber cómo reaccionará Dardo ante las cosas —me dijo.

Se puso otra copa.

—Ha cambiado tanto... —añadió con un suspiro.

Ella hizo girar el vaso y pareció buscar inspiración en el tintineo de los hielos contra el cristal.

—Dardo se ha convertido en el señor del castillo. Vive encerrado, obsesionado con dominar un mundo en el que no le interesa vivir, ese que está más allá del muro que lo rodea. Dardo quiere ser Al Pacino, pero aún no ha decidido en qué película.

No entendí su comentario.

—Y, luego, aquí estoy yo. —Volvió a suspirar—. Lo veo en tus ojos, Peyo. Me miras y piensas: ¿qué hace esta tonta a su lado?, ¿no esperábamos todos más de ella?

Me preguntó si yo quería otra copa y le dije que sí. Esperaba que se despistase, que olvidase de lo que estaba hablando y cambiase de tema. Yo quería regresar al asunto de Zanco. Me sentía incómodo cuando Virginia abría la puerta que llevaba a las intimidades. Siempre había temido que, si atravesaba esa puerta, entraría en un lugar del que ya no sabría salir.

Pero ella continuó. Miraba al frente y señalaba con un dedo amenazador, como si se dirigiese a un tercero invisible.

—Ha vendido la empresa de mi padre, me ha apartado de sus asuntos, solo quiere que esté ahí quietecita, como una de esas figuras de jardín. ¿Puedes entenderlo?

Me miró como si necesitase asegurarse de que yo la estaba escuchando.

—Él destruye mi vida y yo vuelvo. Sumisa, cariñosa. Como si no hubiese pasado nada. Vuelvo y, a la vez, cada día pienso que es el último, que se acabó. Cada día decido que no volveré más, que me voy, que aposté y perdí y no quiero jugar más. Y vuelvo...

Cerró los ojos y cogió aire con fuerza, conteniendo un suspiro más.

—¿Quieres que te cuente un secreto?

Le dije que no. Pero le dio igual.

—Dardo guarda una pistola en un cajón de su despacho. La otra noche no podía dormir. Fui y la cogí. Regresé al dormitorio. Dardo dormía. Yo nunca había tenido antes una pistola en la mano. Le apunté. Decidí que iba a matarle. Solo así me libraría de él.

Deseé que no me hubiese confesado algo así. Estuve a punto de pedirle que se callara.

—Así estuve un rato. A los pies de la cama. Sujetando la pistola con las dos manos. Apuntándole.

Meneó la cabeza, se inclinó para que el pelo le cayese hacia delante tapándole la cara, como si la avergonzase lo que acababa de contar.

—Pon la radio, anda —me pidió.

No volvimos a hablar de Zanco ni a mencionar a Dardo. Bebimos. Escuchamos música. Cuando llegó la noche ella bailaba en medio de la habitación los éxitos del momento. Acabamos la botella de ginebra. Yo la veía bailar y pronto me olvidé de lo demás, porque me gustaba mirarla.

Me ofrecí a llevarla a la casa de La Moraleja. Yo no estaba como para conducir hasta Torrelodones. Ella se resistió. Propuso que nos fuésemos a algún bar. ¿Dónde está Zanco?, me preguntó. Le dije que no lo sabía. Vamos a buscarle, me propuso, a decirle que con él conseguiremos lo que no conseguimos con Merche, que no dejaremos que le pase nada malo.

Logré convencerla de marcharnos prometiéndole que iríamos a buscarle. Fuimos en mi coche y, una vez que arrancamos, bajé la ventanilla y ella apoyó la cabeza en el respaldo.

—¿Son más guapas?

—¿Quiénes?

—Todas esas tías que se tira Dardo. Dime, ¿son más guapas que yo?

—No sé de quién me hablas.

Ella entornó los ojos.

—El señor del castillo y su fiel escudero. Siempre le protegerás, ¿verdad?

No volvió a hablar durante el resto del trayecto. Tal vez se quedó dormida. Pero, justo cuando detuve el coche frente a su casa de La Moraleja, murmuró:

—Maldita sea.

Me dirigió una mirada de burla y de ternura.

—También debes protegerme a mí. Acompáñame hasta casa, fiel escudero.

Abrió la puerta del jardín y se inclinó para quitarse los zapatos, y después la seguí mientras caminaba descalza, dando saltitos sobre las losetas de pizarra que llevaban a la puerta principal.

—Deberíamos habernos ido a bailar —dijo.

Sacó las llaves del bolso y acertó a la tercera con la cerradura y entró y encendió la luz del recibidor y me insistió en que pasase y la seguí adentro y me preguntó si me apetecía tomar algo y le dije que ni hablar, que yo me iba ya.

Se volvió, me miró y dio un paso para pegarse a mí. Levantó la cara y acercó su boca a la mía.

—¿No me vas a escoltar hasta la cama?

Di un paso atrás, ella dio un paso adelante.

—Eres un cobarde, Peyo.

—Déjate de tonterías.

Mi espalda tocó la pared del recibidor. Su cuerpo tocó el mío.

—Te doy miedo.

Los zapatos sonaron al caer al suelo cuando los soltó. Una de sus manos buscó mi nuca, la otra mi pantalón.

—Virginia, no. Por favor.

La mano de abajo agarró y apretó.

—Me pregunto si sería capaz de seducirte.

Su respiración entraba en mi boca. Sus labios tocaron los míos.

Buscó la hebilla de mi cinturón. La mano en la nuca atrajo mi boca hacia la suya.

—¿Cuántas veces lo has imaginado?

—Voy a marcharme.

—Agárrame de una vez.

Le puse las manos en la cintura. Sentí los huesos de su cadera.

Ella me desabrochaba el pantalón.

—Quieres —me dijo.

Me volvió a agarrar, ya sin ropa.

Yo bajé las manos, levanté su falda, le aferré el culo. La empujé. Ahora fue ella la que apoyó la espalda contra la pared contraria.

Me llevó con ella sin soltarme.

—¿Vas a hacerme daño? —me dijo.

Rio mientras le mordía el cuello, mientras le agarraba el pelo, mientras le bajaba las bragas.

—Hazlo, Peyo —me dijo cuando ya se encaramaba a mí y yo buscaba el camino entre sus piernas.

Gimió, protestó.

—Hazlo.

—Cállate.

—Hazlo, joder, hazlo...

Ella hundió sus manos en mi espalda.

Fue brusco, torpe, intenso, un diálogo de gruñidos, breve y con rabia. Y luego ella dejó que su espalda resbalase por la pared y yo bajé con ella hasta el suelo y, una vez allí, los dos aún sin aire, ella acercó su boca a mi oído.

—Que se joda Dardo.

Separé mi cara de la de ella. La miré y Virginia apartó la mirada.

Me levanté y me subí el pantalón. Ella cerró los ojos.

Me marché. Fuera cogí aire y aceleré el paso y subí al coche y arranqué y me alejé de allí.

Quise poner distancia cuanto antes, toda la posible, dejar aquello atrás de inmediato.

Pero el olor de su cuerpo, el sabor de sus besos y el eco de aquellas últimas palabras permanecieron conmigo.

Dardo se sentó en su silla detrás del escritorio y contempló la ventana. Las gotas de lluvia repiqueteaban contra el cristal. El chaparrón empezaba a arreciar.

La lluvia nos había pillado por sorpresa en la pérgola. Nos habíamos tenido que apresurar a refugiarnos en el interior de la casa. Hacía buena tarde, temperatura de final de verano, pero con aguacero de comienzos de otoño. Fuimos a su despacho. Yo había estado pocas veces allí. No era una habitación demasiado grande y estaba amueblada con extrema sobriedad. Pero, a pesar de que el despacho no imponía, yo sentí que estar allí establecía una cierta distancia entre nosotros, que convertía aquel encuentro en algo demasiado parecido a una reunión formal de trabajo.

Había ido a pedirle que ayudase a Zanco. En cuanto nos sentamos bajo la pérgola se lo planteé sin rodeos. Zanco se había equivocado usando coca de Dardo para sus propios negocios. No cabían excusas. Le pedía benevolencia, perdón, ayuda. Porque era Zanco. Ese era mi principal argumento. Sin más matices ni explicaciones.

Dardo me escuchó en silencio, con rostro inexpresivo. Sonó el chasquido del primer trueno y empezaron a caer goterones y tuvimos que correr hacia la casa y, solo cuando ya estuvimos en el despacho, sentado cada uno a un lado del escritorio, acompañados por el sonido de la lluvia contra los cristales, comenzó a hablar.

—Uno de los conductores de mis camiones utilizaba los viajes para hacer sus propios negocios —me dijo—. Se dedicaba al hachís. No me lo robaba a mí. Él se hacía con su propia mercancía y aprovechaba los viajes en el camión de mi empresa para colocarla en clubs de Francia, Holanda y Bélgica. La seguridad de todo lo que hago es mi principal valor. Un tipo vendiendo por su cuenta es un elemento sin control que puede poner en riesgo toda la red de transporte. Un día ese conductor se vio envuelto en un desafortunado incidente. Solía parar siempre, en su viaje de vuelta, en un área de servicio cercana a Perpiñán. Fue a mear. Y tuvo un mal encuentro. Tres tipos le estaban esperando en el baño. Le dieron una paliza tremenda y se llevaron el camión. Lo peor fue que le partieron los diez dedos de las manos golpeándolos con la puerta de un retrete. Unas fracturas tan feas que soldaron mal. El pobre muchacho ya no pudo seguir llevando un camión. Había quedado incapacitado para conducir largas distancias.

Dardo contó aquello sin especial emoción, pero, al terminar, suspiró con una expresión de pesar, como si lamentase el desenlace. Aunque pronto recompuso el gesto.

—En un viaje a Cartagena de Indias conocí a una chica. Era una preciosidad. Estaba empezando como modelo y te bastaba con verla para saber que tenía un gran futuro. Pero arrastraba una losa del pasado. Un marido. Un imbécil con el que se había casado siendo aún una adolescente para huir de la pobreza. Ese cabrón le daba a base de bien y, además, le exigía que le entregase todas sus ganancias. La siguiente vez que fui a Cartagena me dijeron que la chica había muerto. La habían matado a golpes y habían dejado su cuerpo en una playa frente a las islas del Rosario. Me entristeció tanto que ya no fui capaz de volver a Cartagena, el lugar más bello del mundo, porque para mí había perdido todo el encanto. El marido pagó por lo que hizo. Desapareció y nunca se volvió a saber de él. Hay quien dice que su cuerpo sirvió de alimento a los peces que rondan cierta playa frente a las islas del Rosario.

Esta vez Dardo sonrió con contenida satisfacción.

—Y déjame que te cuente solo una más. Augusto, uno de los patriarcas gitanos más poderosos. Tío de nuestro perista, ¿te acuerdas de él? Los hijos de Augusto venden nuestra coca en los poblados. Un tipo de ley. Si Augusto es tu amigo, no habrá gitano que se atreva a jugártela. Hace cosa de un año se empeñó en invitarme a su casa a comer. Quería honrarme y yo no podía hacerle el feo. Me encantó ir a su casa, la verdad. Su mujer nos preparó un puchero y Augusto me fue presentando, con mucho orgullo, uno a uno, a sus nietos. Quince. Uno de ellos me llamó la atención. Un niño de unos siete años. Tenía un bulto enorme a un lado del cuello. Los médicos les habían dicho que no había cura posible, me explicó Augusto. Y aquello no paraba de crecer. Al cabo de unos meses, me dijo, le habría aplastado la tráquea y le mataría por asfixia. Tenías que ver cómo lloraban Augusto y su mujer al contármelo. Pero los médicos se equivocaban o, tal vez, no prestaron la atención requerida a aquel niño gitano. Encontré a un médico que sí se tomó interés. Le han operado hace poco. Le han extirpado la mierda esa. No le quedará mucho más que una cicatriz en el cuello.

Dardo respiró hondo y volvió a suspirar. Más allá de lo que contaba había algo diferente en él aquella tarde que no supe concretar. Una luz fundida en su mirada.

Se frotó los ojos, se echó atrás en su silla y al volver a hablar percibí un rastro de cansancio en su voz.

—En mi vida ocurren más cosas de las que tú o Zanco conocéis. Cosas bonitas y feas, alegres o tristes, cosas justas e injustas, cosas que terminan bien o que acaban fatal, unas en las que puedo hacer algo y otras en las que no hay nada que pueda hacer. Son asuntos que exigen que tome una decisión. Y en cada caso la decisión ha de ser nueva y diferente. Se puede elegir ser cruel o bondadoso, egoísta o permisivo, se puede optar por la justicia, la venganza, la compasión, el castigo, lo que sea. Pero ante cada nueva decisión no te sirve de nada la experiencia anterior. Porque no hay criterios válidos, no hay reglas preestablecidas. No puedes aplicar ante una nueva situación lo que hayas aprendido de la anterior. Y puedes rodearte de un ejército de asesores y pedir un millón de opiniones o consejos. Pero, al final del camino, cuando llega el momento de decidir, siempre estás solo.

Se puso de pie. Se metió las manos en los bolsillos de los vaqueros y dio unos pasos por la habitación.

Al verle allí, paseando por su despacho, de pronto me pareció muy joven, más aún de lo que era. Y sentí un repentino impulso. Las ganas de decirle que dejásemos de jugar a la vida adulta, que regresásemos al viejo barrio, que nos hiciésemos con un coche cualquiera y buscásemos alguna tienda en la que dar un palo rápido con el que sacaríamos pasta para pillar algo de kifi e irnos a la azotea de nuestro bloque a contemplar las nubes.

—No voy a ayudar a Zanco.

No me sorprendió. Todas sus palabras conducían a eso. Pero ello no impidió que le replicara al instante, con un tono que, en contra de mi voluntad, resultó más implorante que racional.

—Si va a la cárcel, los dos sabemos que no sobrevivirá allí. Y si no va, será porque ha aceptado el trato que le ofrece la poli y tú estarás en problemas.

Dardo se acercó a la ventana y contempló el jardín bajo la lluvia.

—Esa será una decisión que tendrá que tomar él.

—¿Vas a correr el riesgo de que pueda declarar contra ti?

Se volvió hacia mí con mirada severa y su voz sonó, de pronto, al borde del enfado.

—Desde que era un niño le he protegido y le he mimado. Te acabo de explicar cómo funcionan las cosas: ahora le toca a él decidir solo.

—Zanco no te traicionará.

—Ya lo ha hecho dedicándose a robarme coca. Hay muchas formas de traicionar a un amigo.

Dardo regresó a su silla. Yo callé, dejando que pasara aquel instante de repentina tensión. Él volvió a respirar hondo y pareció recuperar la calma.

Entrelazó las manos y apoyó la barbilla en ellas.

—Virginia se ha ido.

Lo dijo sin entonación. Yo me puse alerta. Sentí que el estómago se me encogía. Tres días antes había dejado a Virginia atrás en el recibidor de su casa familiar. Era la primera vez que veía a Dardo desde entonces. Era la primera vez que tenía que comportarme como si aquello no hubiese ocurrido y mantener una falsa naturalidad.

—¿Otra vez?

Negó con la cabeza.

—Esta vez no es otro de sus enfados. No es que se haya ido a casa de sus padres por una pelea o una rabieta. Se ha ido. Del todo. Ayer. Y ni siquiera sé adónde. Solo me dijo eso. Que se marchaba y no iba a volver.

No supe qué decir. Lo primero que pensé fue que Virginia se había ido sin decirme adiós, que tal vez me merecía una despedida.

—Ya ves —me dijo—, no estoy en racha. Parece que quien no me traiciona me abandona. Dime, Peyo, ¿qué vas a elegir tú?

El fugaz recuerdo de lo ocurrido tres noches antes atravesó mi pensamiento y me obligué a alejarlo a toda velocidad, como si Dardo pudiese ver las imágenes que me venían a la mente.

—No digas estupideces —me apresuré a decir—. Virginia volverá.

—Quizá. Pero entonces seré yo quien tendrá que afrontar otra decisión a solas. Porque no estoy seguro de que vaya a aceptar que vuelva.

Volvió a levantarse, esta vez con más ímpetu, como impulsado por un resorte. Pensé que lo hacía para que dejase de verle la cara por un instante.

Dardo me hizo la última pregunta que podía esperar en aquel momento:

—Dime, Peyo, ¿piensas mucho en Merche?

—A veces —respondí desarmado por la sorpresa—. ¿Por qué me lo preguntas?

Se encogió de hombros.

—No lo sé. Supongo que porque al final todos se van.

Me dio la espalda. Regresó a la ventana. Hubo unos segundos de silencio.

—Voy a vender esta casa.

—Creí que te gustaba vivir aquí.

—Llegamos a otro final, Peyo. Es tiempo de cambios.

—¿Qué te planteas hacer?

Volvió a encogerse de hombros, pero esta vez el rostro se le iluminó. Aquel era su terreno. Los planes insinuados, solo esbozados a medias, nunca compartidos por completo. Ofrecerte un futuro desconocido y esperar que le siguieses sin hacer preguntas.

—No importan los proyectos concretos —dijo—. Ganar o perder. Al final todo se reduce a eso. Y lo único que importa es conseguir que sean más las veces que ganas que las que pierdes.

Llamaron a la puerta. Tres golpes rápidos.

Dardo miró primero a la ventana, donde empezaba a caer la oscuridad.

La puerta se abrió a mi espalda. Me volví.

Roque Cardoso estaba tras ella. Al verme dudó si pasar o no.

—Si lo prefieres, espero fuera —le dijo a Dardo.

—En absoluto —contestó este—. Había olvidado que habíamos quedado para cenar. Te apuntas, ¿verdad, Peyo?

Me levanté. Cardoso me contemplaba con indiferencia.

No le había vuelto a ver desde la noche del barreño.

Y, por extraño que pueda parecer, después de todo lo vivido con él creo que, de los muchos momentos en que deseé matar a ese hombre, aquel instante en que nos miramos en el despacho de Dardo fue cuando lo deseé con más intensidad.

Le dije a Dardo que me era imposible quedarme, que tenía un compromiso, y procuré que sonara un poco pícaro e intrigante para que no me insistiera. No lo hizo. Solo se ofreció a acompañarme hasta mi coche.

Cuando Cardoso se hizo a un lado para dejarnos salir, me lanzó un beso.

Antes de subirme al coche regresé, sin esperanza, al único argumento que me parecía indiscutible.

—Es Zanco, no lo olvides.

Dardo me despidió con una escueta respuesta:

—Ganar o perder. No hay nada más.

Zanco ya se encontraba en casa cuando regresé. Eran cerca de las diez y media. Estaba medio tumbado en el sofá. Delante de él, en la mesa, había dos botellines de Mahou vacíos, una bolsa de patatas fritas arrugada y la pipa metálica con la que fumaba su mierda cuando quería relajarse. Veía la televisión. Una película de tiros. Nos saludamos y ni él me preguntó de dónde venía ni yo se lo dije.

Fui a mi dormitorio. Pensé en meterme en la ducha, pero me dio pereza. Me quité la camisa, que conservaba aún el olor a humedad de la lluvia, y me puse una camiseta. No tenía hambre ni me apetecía ir a ver la peli con Zanco. Tampoco tenía sueño, pero aun así me eché en la cama. Me tumbé boca arriba, las manos unidas sobre el estómago, y acabé pensando en Virginia, que se había ido, que por fin había decidido no volver. Sentí una mezcla de enfado y orgullo. Me obligué a sentirme contento por ella, sin reproche ni rencor.

Empezaba a entrarme sueño.

La puerta saltó por los aires con estruendo a la primera embestida del ariete. La cerradura crujió y la vieja madera sonó como una explosión. Di un salto en la cama del susto.

Sonaron las voces. Sobreponiéndose unas a otras. Agresivas, apremiantes. Gritos de «¡Policía!», «¡Quietos!» y «¡Al suelo!».

Es sorprendente lo que da tiempo a pensar en una décima de segundo. Los paquetes que Zanco guardaba en la casa con la coca para sus selectos clientes. Varios kilos. Estábamos jodidos. Los encontrarían.

Salí corriendo al pasillo. Zanco salió también del salón, delante de mí, tapándome la visión. Los geos ya estaban dentro. Avanzaban por el pasillo.

Y aquel fue el final.

Dardo tenía razón. Ganar o perder. No había más.

Zanco disparó. Llevaba una pistola. Debía de tenerla siempre a mano por si algún cliente le daba alguna sorpresa o por si el pasillo se llenaba de polis armados.

Eligió perder. Disparó una sola vez. Uno de los policías recibió el impacto en su chaleco antibalas. Cayó hacia un lado, contra la pared. Sus compañeros, que se estaban apelotonando en el estrecho pasillo, respondieron al fuego.

Zanco estaba entre ellos y yo. Me daba la espalda.

Vi cómo su menudo cuerpo botaba con cada bala que se incrustaba en él.

Me tiré al suelo para evitar que los disparos también me alcanzasen.

El cuerpo de Zanco cayó despacio, desmadejado, en un repentino silencio. Cuando estuvo en el suelo pude ver a los policías al otro lado del pasillo. Y vi también que la pistola de Zanco había caído junto a mi cara.

Y yo elegí ganar. Grité. Fue un aullido, un berrido, un grito largo, ronco, salvaje. Un grito de furia y de victoria. Y, sin levantarme del suelo, alargué el brazo y cogí el arma y disparé.

Disparé al Chungo y al Indio, a Roque Cardoso y a los hermanos Bayat, a Al Nadir y a aquel marido de Cartagena que acabó convertido en comida para los peces. Disparé para cubrir a Virginia en su huida y para salvar al tontaina de Zanco. Disparé hasta quedarme sin balas y una de ellas, solo una, encontró el camino imposible, el centímetro único, el enganche mal sujeto o el botón mal abrochado, ese impredecible uno entre un millón, el azar más maldito, lo que fuera. Pero una de esas balas disparadas a ciegas, cerrando con fuerza los ojos, gritando, buscando ganar a todos ellos, solo ganar, alcanzó a uno de aquellos policías en el cuello y le mató al instante.

Solté el arma sin saberlo, estiré los brazos y sentí cómo los geos, que tampoco sabían aún, caían sobre mí para inmovilizarme. Solo unos segundos después supieron. Y escuché los insultos de unos y los gritos desesperados de otros pidiendo un médico con urgencia para el compañero muerto. Y, aplastado contra el suelo, pude ver, entre brazos y piernas, el rostro de Zanco cerca del mío, apoyada la mejilla en el viejo parqué, los ojos abiertos, y comprendí que al final él había ganado.

Había tomado esa decisión solitaria con la que terminan todas las historias. Había rechazado el trato. Había elegido un final, sin que nadie se lo impusiera.

Y supe que yo también tenía ya mi propio final. Y que a mí me había tocado perder.

—¿Qué más puedo contarte ya? El resto es aburrido. Aquella noche terminó todo o, al menos, empezó algo diferente. Llegué al final de un camino y, tras él, no había otro que pudiese seguir. Y pronto comprendí que, si tenía el más pequeño deseo de sobrevivir a lo que me esperaba, lo primero que tenía que hacer era liberarme del pasado antes de convertirme para siempre en su prisionero. Y eso hice, a eso me dediqué durante mucho tiempo. No es fácil, te lo aseguro. Requiere esfuerzo, disciplina y sufrimiento. Solo puedes lograrlo si renuncias a todo, si tu memoria no selecciona, porque no es posible conservar tan solo aquellos recuerdos que quieres retener y despreciar el resto. Adiós a todo o nada desaparecerá. Las infinitas horas que uno tiene en prisión permiten conseguirlo. Por supuesto, intentaron retenerme en ese pasado. Cardoso se presentó en los calabozos de los juzgados cuando aún estaba celebrándose mi juicio. Me traía un mensaje. Ya te lo puedes imaginar: que estuviese tranquilo, que cuidarían de mí, que no me faltaría de nada, ni dinero ni protección, que harían todo lo posible por sacarme cuanto antes. Le contesté que si no desaparecía de mi presencia, yo no sería tan leal como Zanco y volvería a la sala del juicio y empezaría a hablar. Me despidió recordándome que solo me consideraba un idiota. Dardo también lo intentó. Solicitó llamadas y visitas. Las rechacé todas, hasta que acabó por desistir. No quería verle. Ni siquiera sentía ya la necesidad de hacer preguntas. Las de siempre: ¿fue cosa tuya?, ¿lo sabías?, ¿lo consentiste? Al fin y al cabo, ¿qué más daba? Las respuestas dejaron de ser importantes. A la única que echaba en falta era a Virginia, pero poco a poco la fui sacando también de mi cabeza. Tenía otras cosas de que ocuparme. Cuando logras deshacerte del pasado, estás preparado para convertirte en otro. Y eso hice yo. Partir de cero. Otro Peyo. Encontré el consuelo de los libros. Lo que son las cosas, ¿verdad? Yo, que no había ido al colegio, que jamás había leído nada, que la única formación que tenía era la recibida en las calles. Me gustaba leer ensayos y biografías. Cuando solo tienes por delante un futuro entre rejas, una manera de engañarte es viviendo la vida de otros a través de los libros. También leía novelas policiacas. Historias de crímenes, de asesinos, de bandas y de mafiosos, que muchas veces me resultaban ridículas por lo irreal. Así empecé a ser otro. Pero no te tomes esto como una historia bonita ni edificante. Solo es una historia de mierda. Mejoraron mis formas, mi capacidad de razonar, mi manera de hablar. Fui construyendo a este Peyo que has conocido. Y también fui un buen preso. Obediente, sin meterme en broncas, discreto. Me hice transparente. Respeté costumbres y establecí rutinas, porque sin eso te hundes en el caos. Y un día se me acercó un funcionario y me dijo que tenía una llamada. Fue una sorpresa porque yo no conservaba relación con nadie de fuera. Me dice que le recordarás como Gordi, me aclaró el funcionario. Era extraño: de pronto habían pasado veinticinco años, la vida se había ido. Y volví a escuchar la voz a tropezones del bueno de Gordi. Me decía que sabía que iba a salir pronto y que tenía algo para mí. Y decidí que podía aceptarlo. Yo ya no conservaba ni orgullo ni rencor. No tenía ningún sitio adonde ir y, qué demonios, llevaba todos aquellos años interminables encerrado, sin contar los breves permisos que en cierto modo también pasaba escondido, así que decidí que iría a ver qué era lo que podía tener para mí. Salí y fui al Cosmos y allí apareciste tú y, ya ves, me enredaste en esta otra historia. Yo mismo estoy sorprendido: el silencioso Peyo no ha parado de hablar hasta contarte toda su vida. Uno de los pocos privilegios de haber envejecido entre rejas es que, cuando sales, puedes hacer lo que te dé la gana sin tener que buscar motivos. Tienes mi historia y ya no importa. Lo que importa es esta otra historia que nos ha unido. Y aún le falta un final. Pero puedo asegurarte, no lo dudes ni por un minuto, que esta vez estoy decidido a ganar.

Ahora

Baby Páez quiere más.

Ha completado las misiones de todos los juegos de *Grand Theft Auto.* Ha ganado todas las medallas posibles de *Call of Duty* y sus secuelas. Guarda en su armario veintidós camisetas blancas y doce pantalones también blancos de Dolce & Gabbana, Gucci y Versace, y varios modelos para coleccionistas de zapatillas Air Jordan. Bajo la cama de su dormitorio esconde dos maletas llenas de lingotes de oro y lleva invertidos más de cien mil euros en bitcoines. En el garaje de la casa que le ha comprado a su madre en Moralzarzal tiene aparcados un Mercedes Clase G y un Audi RS8, ambos retocados por el Trompos. Ha conocido en persona a sus ídolos musicales: una noche se tomó una copa con Kase.O después de un concierto de Violadores del Verso, conoció a Natos y Waor cuando aún actuaban en casas de okupas y un día le dio un arrebato y condujo a solas hasta Granada para ver actuar a los gemelos Ayax y Prok y acabó saludándolos en la Industrial Copera. En su última escapada a Ibiza, después de una noche en Amnesia, se lo acabó haciendo en la playa con una de las concursantes más populares de *La isla de las tentaciones.* Su vida es perfecta.

Pero nunca ha dado un golpe grande de verdad. Y eso

le obsesiona. Ha hecho su fortuna con los alunizajes, con el tráfico de diferentes variedades de pastillas de MDMA y 2CB y con el creciente negocio del tusi, la coca rosa que enloquece a los pijos. Pero quiere más. Quiere una aventura como las que vive en los juegos de la Play. Y la oportunidad se le presenta con una información que le llega de un joven agente del Servicio de Vigilancia Aduanera que anda metido en trapicheos con un primo, el cual a su vez forma parte de la banda de Baby Páez.

Quinientos sesenta kilos de coca.

Están depositados en un almacén del servicio de Sanidad Exterior de la Subdelegación del Gobierno, en el puerto de Málaga.

Una patrullera del Servicio de Vigilancia Aduanera interceptó un barco sospechoso en el Estrecho. Se pensaron que podía llevar el habitual cargamento de hachís marroquí y se encontraron con la sorpresa. Según pudo saber el informador, el alijo capturado iba a estar poco tiempo en el almacén del puerto. No se consideraba un lugar por completo seguro. Si querían hacerse con él, había que actuar deprisa.

Era lo que Baby Páez estaba esperando. Por fin algo grande. Nada de tener a su banda estampando otro coche contra el escaparate de una tienda de móviles o pasando bolsas con pastillas de colorines en los servicios de las discotecas. Robar en una dependencia del Gobierno. Es subir a otro nivel, como en los juegos. Baby Páez decide hacerlo al instante. Pero falla una cosa: su gente no está preparada para algo así. Esto no es un trabajo para canis que solo saben estrellar coches contra lunas. Necesita ayuda.

Habla con su amigo el Trompos. El Trompos ya tiene unos años y ha vivido mucho. Se fía de su opinión. Va a verle a su taller. Se lo cuenta y ve el brillo que ilumina al instante sus ojos. El instinto que lleva dentro se despierta.

Esto es algo muy serio, algo para profesionales, asegura. Con el entusiasmo de un adicto que recae, el Trompos le dice a Baby Páez que cuente con su ayuda.

El Trompos le da muchas vueltas. Pero, por mucho que lo piensa, solo se le ocurre una posibilidad. Se pasa por el Bar Cosmos. No es cliente habitual. Gordi y él se cruzan por el barrio y mantienen una relación limitada al intercambio de saludos y poco más. El Trompos lleva toda la vida oyendo las historias que se cuentan sobre Dardo, toda una leyenda para la gente del barrio. Pero le dejó tirado y eso no se olvida. Nunca ha querido volver a tener relación con él. Ahora le pregunta a Gordi si sabe cómo contactarle. No le da detalles. Gordi solo le dice que vuelva por el bar en un par de días. Cuando vuelve, Gordi le dice que Dardo ha aceptado verle.

El Trompos y Baby Páez se encuentran con Dardo en un reservado de Los Remos, una marisquería a la salida de Madrid por la carretera de La Coruña. Dardo los escucha. Les dice que tiene que pensárselo. A Dardo la propuesta le tienta, pero Baby Páez le parece un personaje demasiado exótico. Indaga sobre él. Una nueva generación, una joven promesa, le recuerda a él mismo hace un millón de años. Decide ignorar su extraño aspecto y sumarse. Pero le insiste en la necesidad de contar con gente de primera. Él se ocupará de buscarla, le dice.

Tan solo cuarenta y ocho horas después Dardo y Baby Páez viajan juntos en el Audi de este. El Trompos conduce. Van a Estepona. Se plantan allí en cuatro horas. Dardo no ha dado detalles de a quién van a ver. Solo dice que él no le conoce personalmente, pero que le han asegurado que es el mejor socio que pueden tener, que nadie podrá montar un equipo más capacitado para llevar a cabo el robo.

Zoran Lazic los recibe en su casa. Lazic los invita a comer en el jardín trasero de una mansión en la que todo parece estar fuera de escala de tan ostentoso, junto a una piscina de dimensiones absurdas. El Trompos percibe cómo Dardo y Lazic se caen bien desde el primer momento. Se reconocen como iguales el uno en el otro. Al final de la comida Lazic ya ha aceptado participar.

Baby Páez pondrá a los conductores, Lazic a los tipos que se harán con el cargamento y Dardo se encargará de dar salida a este. La preparación de todo ello ha de hacerse a gran velocidad. Hay que llevar a cabo vigilancias en el puerto, comprobar la seguridad del almacén, preparar la carga del botín y su posterior escondite, planear cada paso con celeridad antes de que las autoridades decidan trasladar la droga a otro sitio. Diez días después de la comida en Estepona está todo listo.

A las dos de la madrugada de una noche de luna nueva, dos furgonetas Mercedes Vito aparcan junto a la verja que rodea las instalaciones del puerto de Málaga. De ellas se bajan cinco hombres con el rostro cubierto por pasamontañas. Cargan con todo el equipo que necesitan en varias mochilas: un martillo percutor, un taladro industrial con batería, cinco sopletes, dos bombonas de acetileno, un inhibidor de frecuencias, un par de espráis de pintura negra y tres carretillas plegables. Los cinco hombres son serbios y exmilitares. Saben lo que hacen. No necesitan ni hablar.

Empiezan inutilizando el sistema de seguridad exterior. En aquella zona del puerto no hay vigilantes. Han estudiado el sistema durante días. Saben por qué ángulo muerto acercarse a cegar con la pintura las dos cámaras que abarcan con su campo de visión el recorrido que tienen que hacer por dentro del recinto. Tras ello van al cajetín donde cortarán los cables necesarios para que caiga todo el sistema perimetral y así no salte ninguna alarma.

Fracturan con el martillo la cerradura de acceso al almacén. Una vez dentro, cada uno de los cinco hombres se aplica a la tarea que tiene asignada. Lo primero es anular también el sistema de seguridad interior. El informador del Servicio de Vigilancia Aduanera les ha pasado todos los detalles. Actúan con rapidez y precisión. Inhabilitan cámaras, volumétricos, alarmas silenciosas y sísmicas.

Ante ellos está la cámara acorazada. Usan la taladradora. Abren dos agujeros en el acero para poder manipularla. El último obstáculo es una reja que no ofrece especial resistencia. No llevan ni veinte minutos dentro del almacén cuando acceden al botín. Quinientos sesenta paquetes de un kilo, todos con el escudo del equipo de fútbol del Manchester City impreso en su cara superior.

Trabajan en cadena con las carretillas. Trasladan todos los paquetes a las furgonetas.

Menos de una hora después de su llegada, las dos Mercedes Vito se marchan con los quinientos sesenta kilos de coca. A diez kilómetros de Málaga, en un camino secundario sin iluminación, las furgonetas se detienen junto a otros tres vehículos, un Range Rover, una furgoneta Ford Transit y un Porsche Panamera. Pasan los paquetes de las Vito a la Transit. En aquellos vehículos solo va un conductor. El Porsche y la Transit se largan en cuanto concluye el traspaso y los cinco serbios se quedan con el Range Rover y se encargan de desmontar las matrículas falsas de las dos Vito. Se aseguran de que no quede nada en ellas que pueda delatarlos y las abandonan en el aparcamiento de la estación de tren María Zambrano de Málaga.

El Trompos conduce el Porsche Panamera. En los últimos días ha repetido tantas veces aquel trayecto que podría hacerlo con los ojos cerrados. Baby Páez le había rogado que participase. Necesitaba a alguien con su experiencia que supervisase al grupo de conductores. El Trompos no se hizo de rogar. En realidad no quería perderse aquello por nada.

A las cuatro de la madrugada todo ha terminado. Los quinientos sesenta kilos se han descargado y están ya en una nave a la salida de Marchena, en la provincia de Sevilla. La nave, propiedad de una empresa de Dardo, es lo que se conoce como una «guardería», un lugar seguro donde dejar los alijos después de descargados del barco o las lanzaderas que los hayan traído a los puertos o las playas andaluzas hasta que se ponga en marcha su distribución.

El Trompos telefonea a Baby Páez y le dice que todo ha ido bien. Baby Páez llamará a Dardo y este a Lazic.

A las seis de la mañana, tan solo cuatro horas después de que comenzara el robo, los cinco serbios, el Trompos y los demás conductores de la banda de Baby Páez que se han ocupado de los traslados, el propio Baby Páez, Dardo y Zoran Lazic duermen ya plácidamente.

Ninguno imagina que, dentro de uno de los quinientos sesenta paquetes, hundido en el polvo blanco, hay un pequeño dispositivo encendido. Es un GPS.

Esa noche todo salió perfecto, le dice el Trompos a Peyo cuando se lo cuenta. A partir de ese momento todo empezará a ir mal.

Dani tiene mejor aspecto. No está acostada, sino sentada en el sillón de la habitación. Aunque aún tiene la vía en la muñeca derecha, ya no está unida por cables a ningún monitor. Su piel y sus labios han recuperado color, su mirada es más viva y la abrasión que le abarca todo el pómulo izquierdo ha empezado a cicatrizar. Lleva puesta una bata y calza zapatillas. La manga corta deja ver la escayola que le cubre el brazo izquierdo.

Peyo le ha llevado una caja de bombones. Dani se ríe cuando se la da. No te pega aparecer con regalitos, se burla. Cambian las frases de rigor: cómo estás hoy, se te ve cada vez más fuerte, estos tres días aquí me han parecido tres años, cuándo te dan el alta, lo peor es la comida. Peyo la ve recuperada como para dar un paso más. Entra en un terreno que ha esquivado en sus dos visitas anteriores, cuando ella aún permanecía en la cama y medio atontada.

—Hay algo que debería haberte contado —le dice.

Dani debe saberlo antes de salir del hospital, ha decidido. Le explica su último encuentro con Cardoso. La amenaza velada. El riesgo que este le había dicho que corría Dani. La propuesta del comisario: evitar que Lazic haga pública la lista de polis a cambio de protección.

A medida que lo escucha el rostro de Dani va cambiando. Empalidece. Los labios se aprietan, los ojos se estrechan y brillan. Los dedos índice y corazón de su mano derecha tamborilean cada vez más deprisa sobre el reposabrazos del sillón.

Cuando Peyo concluye, Dani lanza la caja de bombones sobre la cama y se pone de pie.

—Me has puesto en peligro —es lo primero que le dice. Se da la vuelta. Resopla. No sabe hacia dónde ir en la pequeña habitación—. ¡¿Ahora me cuentas eso?! —le grita, y levanta el brazo con la escayola hasta ponérselo a unos centímetros de la cara—. ¿Ves esto? ¿Quieres que me desnude y te enseñe todas las heridas y moratones? ¿Te recuerdo mejor lo de mi conmoción cerebral?

Peyo permanece inmóvil.

—Me equivoqué al ocultártelo. Creía que así te protegía.

Eso no calma a Dani. Al contrario. La irrita más aún.

—Ha habido un muerto.

—Siento lo de ese hombre.

Dani le vuelve a dar la espalda. Se aleja de él y le mira con desprecio.

—Alberto Jiménez Martín.

—¿Perdón?

—Ese hombre tenía un nombre. Alberto Jiménez Martín. Tenía una identidad y una vida. Yo me he preocupado de enterarme, supongo que tú no. Trabajó muchos años de electricista. Las cosas se le torcieron. Enviudó. Se quedó sin empleo. Empezó a beber de más. Y acabó en la calle. Tenía un hijo. He hablado con él. Alberto Jiménez Martín no es un hombre sin nombre. No es una víctima anónima, ni es un número de una estadística, ni un cadáver sin identificar olvidado en un depósito. Y a lo mejor estaría vivo si tú me hubieses contado lo de Cardoso y me hubieses avisado de hasta qué punto yo podía estar en peligro. Porque, por si no lo recuerdas, hijo de puta, Alberto Jiménez Martín murió por salvarme.

Las rodillas de Dani flaquean a la vez que sus ojos se llenan de lágrimas. Se apoya en el respaldo del sillón. Necesita volver a sentarse.

—No creo que culparme a mí sea justo.

—¿Justo? —Dani le lanza una breve carcajada sarcástica—. No me hables de justicia, Peyo.

Calla. Trata de controlar un emergente mareo. Cierra con fuerza los ojos, una lágrima se le escapa. La voz le tiembla de mareo y de furia.

—¿Alguna vez te has preguntado a cuánta gente matasteis, cuántas vidas arruinasteis, a cuántas familias destrozasteis Dardo y tú y vuestros amiguitos? ¿Es justo eso? ¿Alguna vez sientes culpa o remordimiento o la necesidad de ser perdonado?

Dani traga saliva, parece recuperar el tono vital, coge aire y se esfuerza en templarse, pero no lo logra por completo.

—Nunca hemos hablado de eso. Me lo has contado todo, pero nunca hablas de esa parte. Del perdón, de la redención. Sí, pagaste por matar a un hombre, ese pobre policía, del que prefiero ni preguntarte si sabes algo de él, su nombre, si tenía familia, lo que sea. Pero ¿has pagado por los demás? Esas historias que me has contado dejan muchas vidas rotas. ¿Alguna vez piensas en vuestras víctimas? ¿Es justo que tú estés ahí, de pie, y en cambio todas esas personas ya no estén?

Peyo la ha escuchado sin moverse. Aguantando los golpes. Sintiendo cómo se estrellan contra él unas palabras y una mirada que son nuevas en Dani.

—¿Vas a juzgarme tú? —le dice sin animosidad, sin presentar defensa, dejando que siga, incitándola incluso, y no sabe si soporta más aquellas palabras porque él se merece que se las diga o porque ella se merece decírselas.

—Tengo derecho a juzgarte, ¿no crees? —añade ella,

con la voz tambaleante de nuevo—. He cometido muchos errores en toda esta historia. He sido imprudente, ingenua, ambiciosa, impulsiva, todo lo que quieras. Pero ahora pienso que mi mayor error puede que haya sido confiar en ti.

Peyo no logra frenar el impulso de defenderse.

—No puedes saber quién intentó matarte —le dice—. Pudo ser Cardoso y su gente o pudo ser Lazic. También él te amenazó por teléfono. O Dardo. El artículo te puso en la diana de todos ellos.

—¿Y eso excusa que tú no me advirtieras?

—Solo he querido protegerte —le repite Peyo.

—No eres bueno protegiendo a las personas, ¿sabes?

Dani apoya la nuca en el respaldo del sillón. Debe de habérsele disparado la tensión. No hace ni media hora que el médico le había subrayado que lo más importante era que estuviese tranquila. Se toma unos segundos para que todo —la respiración, los latidos del corazón, la ira— se temple. Y Peyo aprovecha la pausa para decir:

—Tengo algo más que contarte.

Dani ni siquiera abre los ojos.

—No quiero escuchar nada más, Peyo.

—Los tenemos.

Dani siente el pinchazo en el estómago. Lo reconoce al instante. Entreabre los ojos. Pasa rápido de pinchazo a pellizco.

—¿De qué hablas ahora?

—De Dardo y Lazic.

El mono. El pellizco se transforma con rapidez en todo un mordisco en el estómago. La adicción. El hambre de noticia. El instinto de saber y contar. Ahí está. Ni la conmoción cerebral ni el brazo roto ni tener medio cuerpo untado de Betadine ni el rabioso dolor por la muerte de Alberto Jiménez Martín han acabado con eso.

—Ya sé cuál es el vínculo entre ellos.

Dani se resiste. No quiere ir por ahí. No quiere dejar a un lado el enfado. Trata de agarrarse a él, de que no se le escape. Imagina a Raúl caído en el asfalto. Evoca el rostro de Alberto Jiménez Martín, ya muerto, como lo vio un segundo antes de desmayarse.

—No quiero saber nada —se obliga a decir, luchando por sacarse las imágenes de la cabeza—. Para mí toda esta mierda de historia ha terminado. Han muerto dos personas que conocía. Alberto y mi novio.

—No era tu novio.

Peyo ha intentado que suene al viejo chiste recurrente. Ella no da señal de apreciarlo.

—Me he quedado sin trabajo y he arruinado mi escaso prestigio profesional. Mi jefe y amigo, del que creía haber aprendido todo lo que sé sobre el periodismo, me parece ahora un farsante. Acabo de salir de una conmoción cerebral. Tengo el cúbito izquierdo hecho migas. Y no sé si los que lo han hecho volverán a intentar matarme.

La voz de Dani tiembla cuando le dice:

—No quiero saber nada más de criminales como tú.

Peyo asiente. Acepta.

—Lo siento —dice ella, en un fugaz instante de debilidad—. Estoy jodida y triste y cabreada y frustrada. Esto se acabó.

Cierra de nuevo los ojos.

Peyo se vuelve para marcharse.

Y ella le detiene cuando está ya junto a la puerta.

—No voy a seguir con esto. Pero no puedo evitar la curiosidad —le dice—. ¿Cuál es el vínculo entre esos malnacidos?

Peyo regresa al centro de la habitación.

Y empieza a contarle.

La DEA, la agencia antidroga norteamericana, lleva casi cuarenta años establecida en España y colabora con fluidez y regularidad con las principales unidades de lucha contra la droga y el crimen organizado de las Fuerzas y Cuerpos de Seguridad: la UDYCO, el GRECO o el Servicio de Vigilancia Aduanera. Pero, a veces, los norteamericanos deciden ir por libre. Y esta fue una de esas veces.

El Albatros, el mercante de bajo tonelaje cargado con los quinientos sesenta kilos de coca, era una tapadera de la DEA. Iban a hacer una entrega controlada. Un clásico: agentes encubiertos fingen ser narcos, pactan una venta de droga y agarran al traficante.

Esta vez era una operación tan ambiciosa que la DEA había decidido mantenerla en secreto incluso ante sus colegas españoles, temerosos de que cualquier filtración pudiese echar por tierra un operativo que llevaba meses organizándose. Los agentes se habían hecho pasar por vendedores mexicanos. El tiempo en que todo el tráfico lo controlaban unos pocos narcos había pasado. Ahora las organizaciones estaban tan fragmentadas que resultaba muy fácil hacerse pasar por un traficante capaz de traer a Europa media tonelada de coca. Aquella cantidad superaba con mucho lo que se solía mover en las entregas controladas. Pero había que ofrecer una cantidad llamativa para lograr interesar al objetivo. Por fin, tras lentas y delicadas negociaciones, habían conseguido ganarse la confianza de este. La venta se iba a hacer a unas cuantas millas de la costa malagueña. De barco a barco. Del mercante Albatros al yate Le Pirate IV.

Al Nadir llevaba años siendo un ansiado objetivo de la DEA. El argelino era, además del mayor traficante de armas del mundo, el principal distribuidor en Europa de la coca mexicana y colombiana. Tenía a su disposición las rutas de distribución gracias a su duradera alianza con otro viejo conocido de la DEA al que hasta entonces tampoco había sido posible agarrar. Gabriel Melgar, alias Dardo. Al Nadir, al que se le conocía como «el príncipe de Marbella», había mordido el anzuelo. Los falsos narcos le habían logrado convencer de que lo mejor sería que el cargamento se recogiese con su propio yate, que una embarcación de recreo podría llevarlo hasta tierra levantando menos sospechas. Probar que el argelino cargaba droga en su yate aseguraba una condena que no lograría evitar. Y la DEA estaba dispuesta a todo para atrapar a quien presumía de ser su mayor enemigo y de llevar años burlándose de su obsesión por capturarle.

Pero, como ocurre en ocasiones, un operativo minuciosamente diseñado fracasó por un imprevisto menor. Una lancha del Servicio de Vigilancia Aduanera atisbó el mercante y decidió abordarlo para una inspección rutinaria. El resultado: quinientos sesenta paquetes de coca en la bodega camuflados como *merchandising* del Manchester City. Los falsos traficantes tuvieron que identificarse ante los agentes españoles. Se hicieron llamadas telefónicas urgentes, pero no sirvió de nada. Los norteamericanos se habían saltado el procedimiento habitual. No habían notificado el operativo en aguas españolas ni habían solicitado autorización judicial. Desde la Audiencia Nacional se dictó un auto inflexible. No se podían hacer excepciones y, además, ya se les había advertido a los norteamericanos en otras ocasiones que no debían saltarse las normas. Los quinientos sesenta kilos de coca, propiedad de la DEA, fueron confiscados hasta que la juez competente se pronunciara y depositados con la máxima discreción en el puerto más cercano, el de Málaga, en un almacén seguro, hasta que se autorizase su devolución a los estadounidenses. Al Nadir se quedó esperando aquel cargamento que nunca llegó y que no podía imaginar que le habría enviado a prisión.

El desastre fue aún más completo cuando, esa noche de luna nueva, alguien robó toda aquella droga del puerto de Málaga, sin que el agente del Servicio de Vigilancia Aduanera que les dio el soplo a los ladrones supiese que pertenecía a la DEA y que la agencia había colocado en el alijo un GPS que se mantenía en funcionamiento cuando se la llevaron.

Españoles y norteamericanos sí trabajaron juntos en la búsqueda de la droga robada. Montaron una vigilancia en la nave de Marchena, se hicieron seguimientos y se interceptaron llamadas y, tan solo una semana después del robo, un inspector de la UDYCO y un agente de la oficina en Madrid de la DEA acudieron al chalé de Moralzarzal donde Baby Páez disfrutaba del fin de semana en compañía de su madre.

Baby Páez había pasado por alguna comisaría de adolescente, cuando le pillaban con los amigos pintando grafitis en las cocheras de Renfe, pero nunca le habían procesado ni había estado en la cárcel. Para un aficionado a los videojuegos protagonizados por criminales y a las películas de la saga *Fast & Furious* y semejantes, saberse perseguido por el Gobierno norteamericano le aterrorizó.

Le propusieron el trato habitual: danos algo que merezca la pena y te libras de entrar con cadenas en pies y manos en una prisión federal de Kentucky o Alabama. La amenaza peliculera funcionó. No dudó en ofrecerles a Dardo y a Zoran Lazic.

El Trompos se lo cuenta así a Peyo e intenta disculpar a su amigo.

—El chico se moría de miedo. Por mucho que hubiese montado la banda de aluniceros y estuviese traficando, no era más que un chaval aficionado a los videojuegos. Un chico ingenuo. Así que les dio lo que le pedían: aceptó declarar contra los dos.

Baby Páez le confiesa al Trompos el acuerdo al que ha llegado.

Siguiendo con la cadena de desastres, el Trompos comete un error. Contacta con Dardo a través de Gordi y le pone sobre aviso.

Y lo que ocurre a partir de entonces le trae a Peyo amargas reminiscencias del pasado.

—No pretendía traicionar a Baby Páez. Todo lo contrario. Imaginaba lo que podría pasarle si Lazic o Dardo se enteraban de que los había vendido. Quería que Dardo le protegiera, que pensara alguna manera de ayudarle para que no tuviese que llegar a declarar —le dice el Trompos a Peyo—. Todos estábamos nerviosos. Empezamos a equivocarnos.

En cuanto el Trompos le pone sobre aviso, Dardo desaparece. El Trompos presume que es el propio Dardo quien alerta de una posible detención inminente a Lazic. Pero el serbio no consigue ponerse a salvo y será detenido en el aeropuerto de Barcelona.

Al Trompos le cuesta contar lo que sigue. Su voz se oscurece.

Solo unos días después Baby Páez camina por el Puente de Vallecas. Vuelve a su casa tras haberse pasado a dejarle dinero a un antiguo compañero de instituto que se ha quedado en el paro y anda con apuros para sacar a sus dos críos adelante. Está tranquilo. Aún no ha hecho su declaración ante los polis españoles y norteamericanos, pero sabe que en cuanto la firme, el riesgo de acabar en alguna lejana cárcel yanqui habrá pasado.

Hay un coche parado en doble fila. Cuando Baby Páez pasa a su altura, un fusil asoma por la ventanilla trasera.

—Lo cosieron a tiros. En medio de la calle. Pero no murió al instante. Llegó a arrastrarse por el suelo y a meterse en un portal. Su madre recibió una llamada en el móvil. A Baby Páez solo le dio tiempo a decirle una frase: «Mamá, quería decirte adiós».

Tras el largo relato la emoción le impide al Trompos continuar. Peyo ve cómo sube y baja la afilada nuez de su cuello.

El mismo día en que Baby Páez es tiroteado, antes incluso de enterarse de lo ocurrido, el Trompos recibe una llamada en el taller.

—Te debo una —le dice Dardo—. Me avisaste a tiempo. Me has demostrado que eres un amigo y yo soy agradecido. No tienes que preocuparte por tu seguridad. Sé que puedo confiar en tu silencio.

Dardo cuelga sin darle tiempo al Trompos a decir nada.

Han pasado unos meses de todo eso.

La DEA recuperó la droga robada, pero se quedó sin Baby Páez, el testigo que les habría permitido agarrar por fin a dos viejos objetivos como Dardo y Zoran Lazic, además de habérseles escapado el más deseado de todos, el argelino Al Nadir.

Lazic inició, desde la prisión de Estremera, la negociación con Interior para evitar que su estancia allí se prolongara en exceso.

Dardo sigue desaparecido.

—Baby Páez era un buen chico —concluye el Trompos—. Se metió en algo que le venía muy grande y, cuando las cosas se torcieron, no supo aguantar la presión. Pero no merecía morir así. Otros siguen vivos y él acabó desangrándose en un portal.

El Trompos sonríe y se le pone cara de conejo.

—No quiero complicarme la vida, ya te lo he dicho. Me ha costado lo mío llegar vivo hasta hoy. Pero me siento culpable. Baby Páez murió porque yo creí que le protegería si le contaba a Dardo lo que estaba ocurriendo. Fui un idiota. Por eso, cuando leí el artículo de tu amiga, la periodista, me dije: qué demonios, Trompos, no puedes dejar esto así, Baby Páez se merece que no te escondas más.

El Trompos acaba con el tono aliviado de quien, tras mucho vacilar, tiene al fin la sensación de estar haciendo lo correcto.

—La venganza y el amor mueven el mundo, amigo mío. Y yo quería mucho a ese chico y te he contado todo esto para vengar su muerte. A partir de aquí lo dejo en tus manos, Peyo.

Dani entra en su apartamento al mediodía. Va sola. Peyo se ofreció a recogerla y trasladarla cuando le diesen el alta, pero ella se negó. No quería volver a verle tras su encuentro del día anterior. No sabe si querrá volver a verle nunca más. Va al salón y descorre las cortinas. Observa la plaza. No ve a los otros dos sin techo, el hombre y la mujer que solían estar con Alberto Jiménez Martín. Dani le echa de menos con la intensidad con que añoraría a alguien cercano. Apenas habían cambiado algunas palabras. Pero a veces siente que le duele su pérdida más de lo que le dolió la de Raúl. O es solo que todo lo empeora el que a Alberto Jiménez Martín le viese morir y que lo hiciera para salvarla.

Deja sobre la mesa una bolsa con sus pertenencias. La bata, el camisón y las zapatillas que le había llevado al hospital su amiga Lucía. La ropa, el calzado y el bolso que llevaba cuando tuvo lugar el atropello. En la mesa está el portátil. Ya había guardado la documentación y los borradores de artículos.

Está tentada de abrir el portátil y ver lo que encuentra en internet del atropello. Lucía le ha contado algo. Apenas alguna breve reseña. Titulares desapasionados. Atropellan a la periodista que acusó al ministro Cáceres de proteger a policías corruptos. Atropellan a la periodista Daniela Lozano, cuyo novio murió en un accidente similar hace solo unos meses. Coincidencia aceptada con naturalidad. Como si lo raro fuese que haya alguien a quien no le atropellen de vez en cuando. ¿Nadie ve en ello nada sospechoso? Que se jodan.

Va a la cocina. Abre la nevera. Tenía pendiente hacer la compra. Solo hay un cartón de zumo de naranja. Y dos latas de atún. Está furiosa. Le pica la escayola, el roce de la ropa le molesta en algunas de las abrasiones que tiene por el cuerpo. Le arde aún la ira contra Peyo. Y todo ello la mantiene alterada y enfadada y con ganas de maldecir.

Podría haberse ido a la casa de sus padres. O de alguna de sus amigas. O a un hotel. A cualquier sitio que no tengan controlados los que intentaron matarla a ella y mataron a Alberto Jiménez Martín. Esos tipos repugnantes de los que no había oído hablar hacía solo unos meses y que ahora le han puesto la vida del revés. Dardo, Lazic, Cardoso. Y Peyo. Los malos. Ninguno lleva un brazo escayolado, ni está muerto de miedo, ni ha tenido que ver morir a un sin techo de su barrio.

No va a permitir que puedan con ella.

Venid a por mí, cabrones. Aquí me tenéis.

Ya han fastidiado demasiado su vida. No va a dejar que lo sigan haciendo. No van a echarla de su casa. Ni siquiera va a seguir pensando en ellos. No tiene intención de continuar investigando ni de volver a escribir sobre ninguno. Quiere olvidarlos y que se olviden de ella. No es solo el miedo. O sí. Pero también es el enfado, el dolor. También es la muerte de Alberto Jiménez Martín, la traición de Antonio, la ocultación de Peyo. Y la pérdida de su padre.

Regresa al salón. Piensa en bajar a por vino. Y tal vez también a por algo de comer. Coge la bolsa que ha traído y saca el bolso. Tiene la cinta rota. Al verlo, recuerda. Tiene que esforzarse para no echarse a llorar. El miedo aumenta, la ira también.

Que se jodan, que se jodan, que se jodan.

Abre la cremallera del bolso para sacar la cartera y coger la tarjeta de crédito. Entonces lo ve.

El paquete que le entregó Alberto Jiménez Martín.

Le sorprende. No ha pensado en ello en los cuatro días que ha pasado en el hospital. Debe de haber sido algún tipo de bloqueo mental, piensa. O que estaba adormilada o sedada o demasiado dolorida o demasiado dolida para pensar en nada.

Coge el sobre. Un tipo me lo dio para usted, le dijo Alberto Jiménez Martín. Para la chica guapa. Eso la hace sonreír. Tendrías que verme ahora, amigo. La cara macilenta, el pelo sucio, el brazo escayolado, el pómulo izquierdo cubierto por una costra. Menuda chica guapa.

Rasga el sobre. Lo vuelca sobre la mesa. De su interior cae un *pendrive.*

Siente el pellizco, el mordisco, el mono.

La adicción, una vez más.

Da un paso hacia la puerta del apartamento. Lo primero es bajar a por vino. Y a por algo de comer, no lo olvides. Eso es lo importante. Ya le echará un vistazo después al *pendrive.* Luego. O esta tarde. O mañana.

Sabe que se está mintiendo.

Por supuesto, abre el portátil y lo enciende y espera con impaciencia a que arranque el sistema operativo y mete el *pendrive* en la ranura del puerto y cliquea en cuanto aparece la opción de acceder a su contenido.

Tres archivos. JPG. Tres fotografías.

Dani se esfuerza en controlar el temblor de la mano para manejar con precisión el ratón.

Abre las fotos.

Deja de respirar.

¿A quién pretendía engañar?

Esto no ha terminado aún. No va a abandonar. Nunca tuvo la menor intención de abandonar.

Que se jodan.

Esa mañana ha pensado en acercarse al piso familiar para seguir ordenando los papeles del padre y preparándolo para la venta. Moratones, heridas y escayola aparte, se encuentra con fuerzas. Hace tres días que le dieron el alta. Solo ha salido a la calle para comprar comida. Rápido, echando vistazos por encima del hombro, comprobando hasta el hartazgo cada vez que tiene que cruzar que no hay ningún coche sospechoso a un lado y al otro. Está paranoica, se lo admite a sí misma. Cada vez que ha regresado a su casa tras una salida, el corazón se le salía por la boca. Pero sigue decidida a resistir.

Desayuna, se ducha y se viste dispuesta a ir a casa de los padres. Pero cuando ya está lista para salir comprende que no va a hacerlo. El miedo la atenaza. Se pone un pretexto. Se ha hecho tarde. Mejor quedarse en casa. Debería cocinar algo. O hacer limpieza. Lo que sea.

La avergüenza rendirse. Se pasa el resto de la mañana sin hacer nada. Cabreada. Llamándose «cobarde».

A mediodía se prepara una bandeja con la comida. Una ensalada de rúcula con queso de cabra, granada y nueces. Se maneja con bastante soltura a pesar de la escayola. Va al salón y deja la bandeja en la mesita y coge el mando para ver las noticias de la tele. Lo que esté ocurriendo en el mundo queda muy lejos de ese apartamento en el que vive recluida.

Una noticia acaba abriéndose paso en su cerebro hasta captar su atención. La policía se ha presentado a primera hora de la mañana en las sedes centrales de una de las grandes compañías eléctricas y de uno de los principales bancos españoles. Han sido detenidos sus directores de seguridad. Dani levanta la mirada de la bandeja a la pantalla. Se ve la imagen de los periodistas esperando, cámaras y micrófonos preparados, fuera de ambos edificios. Se suceden dos escenas que son un calco la una de la otra. «Pena de telediario», lo llaman. Los dos hombres salen por la puerta principal de sus respectivas oficinas, las manos esposadas, un agente custodiándolos a cada lado, entre disparos de cámaras de fotos y preguntas gritadas sin esperanza de que sean respondidas, hasta entrar en un vehículo policial. La voz en *off* femenina que cuenta la noticia explica que ambos directores de seguridad son prestigiosos comisarios de policía que accedieron a estos puestos una vez retirados. Da sus nombres. A Dani no le suena de nada el de la eléctrica. El del banco se apellida Aguilera, pero la locutora comenta como curiosidad que en los ambientes policiales siempre se le ha conocido como «Águila».

Dani deja de comer. Sus ojos siguen fijos en la pantalla de la televisión, aunque ya no vea lo que emiten a continuación.

La noticia concluye. Al parecer, estas son las primeras actuaciones de un amplio operativo policial que se ha denominado «operación Dominó». Se espera que en las próximas horas se vayan produciendo otras detenciones, termina la voz.

Busca el móvil. No da con él. Por fin lo encuentra debajo de un paño en la cocina. Llama a Lucía. Le contesta tras la tercera señal.

—¿Qué es esto de la operación Dominó?

—Aún no sabemos. Pero tiene pinta de algo muy gordo.

—¿Habíais oído algo sobre ello antes de hoy?

—Ni una palabra. Y ya es difícil que algo de la poli no se filtre. Pero esta vez han logrado llevarlo con mucho secreto.

Dani pasa la tarde enganchada a la radio y la tele. La noticia de las detenciones da juego al instante. Escándalo en las alturas del mundo financiero. Nada puede gustar más en las tertulias. Y, además, la operación Dominó sigue proporcionando novedades a lo largo de la tarde. Detenidos cinco agentes de la Brigada de Estupefacientes, tres en Madrid y dos en Barcelona. Detenidos una docena de policías locales de varios pueblos de la sierra norte de Madrid. Detenidos otros policías de diferentes rangos en Cádiz, en Mérida, en Pontevedra. Unos están destinados en la Policía Judicial, otros en Extranjería. Se detiene también a un agente destinado en el aeropuerto de Barajas y a otro de la Unidad del Tesoro dedicada a perseguir el blanqueo de capitales. En las radios se especula con los delitos que se les achacan. Se empieza por los previsibles: tráfico de drogas, de inmigrantes, de mujeres. Según avanza la tarde, el repertorio va extendiéndose: los policías locales formaban un grupo organizado dedicado al secuestro y la extorsión, el subcomisario detenido en Pontevedra recibía pagos de prostíbulos por toda Galicia a cambio de protección, los dos policías de Barcelona controlaban una mafia de apuestas ilegales. Hay de todo. Medio Código Penal cubierto. Y los dos peces gordos, el de la eléctrica y el del banco, se encargaban de los asuntos grandes: espionaje, chantaje, evasión de capitales. Y, al parecer, desde el primero hasta el último están conectados entre sí. Una tupida trama, una red bien organizada. Las grandes afirmaciones se suceden en las cadenas de radio: el mayor escándalo de corrupción policial de nuestra democracia, la basura de nuestros cuerpos de seguridad sale a flote, una sociedad enferma puesta en evidencia. Cualquier afirmación grandilocuente es bienvenida para engrandecer el debate.

El ministro Luis Cáceres aparece pronto en el centro del escándalo. ¿Negligencia? ¿Inoperancia? ¿Complicidad? Toda una legislatura en el Ministerio del Interior y no ha sido capaz de detectar una organización de criminales que parece tener más miembros que afiliados tiene su partido y actuar contra ella, se burlan. ¿O es que los ha estado tapando? ¿Podría haber algún interés en el Gobierno de que esto no se supiera? Como es de esperar, surgen teorías y especulaciones, a cuál más sofisticada e imaginativa, que solo coinciden en que Cáceres es el responsable de lo que se cocía en las cocinas o —mejor aún, siempre funcionan los clásicos— en las cloacas del Estado.

Dani no se levanta del sofá hasta la madrugada. No vuelve a llamar a su amiga. Tampoco contesta a algunas llamadas que le aparecen en el móvil. A lo largo del día ha estado varias veces a punto de llamar a Peyo. Se ha contenido. También ha estado tentada de llamar a Ignacio Montes. Tampoco lo ha hecho.

No acaba de entender lo que está pasando. Pero no quiere hablar con nadie.

Al día siguiente la operación Dominó continúa. El día comienza con una historia en la que todos los programas de noticias y los comentaristas se detienen por el juego que da.

En Algeciras se ha detenido a un sargento de la Guardia Civil conocido como «Caralelo». Según parece, lidera a un grupo de compañeros destinados en la comandancia de la zona a los que se los conoce como «los Jardelas», que es como se llama al hachís de mayor calidad que llega de África. Los Jardelas se dedican a lo que haga falta, desde participar en el tráfico de drogas a facilitar la llegada de inmigrantes ilegales. También colaboran con regularidad con un clan de mafiosos búlgaros establecido en la Costa del Sol y especializado en palizas y asesinatos por encargo. Lo que da un interés con toques cómicos a la detención es que Caralelo es hijo de Caraloco. El tal Caraloco —ojos saltones y boca torcida— había sido capitán de la Guardia Civil, también en Algeciras, y fue expulsado en su día del Benemérito Instituto por su implicación en numerosos casos de corrupción semejantes a los que ahora achacan a su hijo. De hecho, el apodo de Caralelo, que este odia, es una forma que tienen los compañeros de recordarle al sargento que siempre saldrá perdiendo en la comparación con su padre, el capitán. Este caso de corrupción de segunda generación, con los chistes que permiten los estúpidos apodos de padre e hijo, entusiasma a los medios.

Además se detiene a otros doce guardias civiles, a un par de funcionarios de Aduanas, a un práctico del puerto de Málaga y al dueño de un bar de La Línea cuyo almacén trasero se usaba de caleta para almacenar alijos recién llegados por mar.

Luis Cáceres no se deja ver ante la prensa. Las críticas van en aumento. Se le hace responsable directo de la existencia de la organización criminal. Se le piden explicaciones. Se solicita su dimisión.

Durante los tres días siguientes el efecto dominó sigue adelante. Cada registro, cada móvil requisado, cada testimonio tomado da lugar a nuevas detenciones. Ya no se trata solo de policías y guardias civiles. Los medios van contando cada nueva detención como si dieran el parte de bajas de una guerra. Directivos del puerto de Melilla y de La Coruña, un juez de primera instancia de Alicante y una fiscal de la Audiencia Provincial de Huelva, los propietarios de un casino de la Costa Brava, de una discoteca de Ciudad Real y de un resort de Ibiza. Un inspector de Hacienda, una abogada de Marbella y otro de Bilbao. El número de detenidos acabará acercándose al centenar. Y los rumores empiezan a ser aún más interesantes que la realidad: ya se habla de la posible dimisión del presidente del banco y del de la eléctrica, de la inminente detención de dos exministros del partido de la oposición, de varios alcaldes y hasta de un conocido productor de cine. Certezas y especulación se unen en crónicas apasionantes.

Dani no ha hecho nada más que seguir las informaciones. Ha hablado un par de veces con Lucía. Lo único que le consta a esta es que la oficina de prensa del ministerio, que dirige Ignacio Montes, va informando periódicamente de cada novedad. A la vez que se lapida en los medios a su jefe. Hasta que, al fin, Lucía llama a Dani y le cuenta que acaba de anunciarse que el ministro va a comparecer.

La operación Dominó lleva ya seis días en marcha cuando Luis Cáceres se presenta en la sala de prensa de la sede del ministerio, en la calle Amador de los Ríos. La sala está abarrotada. Cáceres se sitúa tras el atril. Su aspecto es impecable. La puesta en escena es la de las grandes ocasiones. A su derecha, los directores de la policía y la Guardia Civil. A la izquierda, tres comisarios de policía y tres generales de la Guardia Civil con sus deslumbrantes uniformes.

El ministro habla con solemnidad, sin sacar a pasear su repertorio de sonrisas, con mirada profunda que no esquiva al auditorio y con voz grave. El momento exige altura institucional.

La operación Dominó ha estado preparándose durante meses, explica. Un trabajo minucioso y complicado. Un ejemplo de la perfecta coordinación entre las unidades de Asuntos Internos del Cuerpo Nacional de Policía y la Guardia Civil. Gracias a ello, la organización criminal más extensa, activa y peligrosa que ha actuado jamás en nuestro territorio ha sido al fin desmantelada. No es un éxito de los políticos, dice, sino de nuestras Fuerzas y Cuerpos de Seguridad, que se merecen todo nuestro respeto y nuestro aplauso.

Tras una larga intervención en que da detalles de las diferentes detenciones, Cáceres adopta un contenido tono victimista:

—Durante estos días he soportado todo tipo de duros ataques, críticas y descalificaciones hacia mi persona. Les puedo asegurar que comprendía su impaciencia por que me presentase a dar explicaciones. Pero, por encima de mi imagen pública, he querido primar el respeto al trabajo policial. Lo más importante no era yo, sino que la operación Dominó siguiese su curso. No quería correr ni el más mínimo riesgo de que se pudiese entorpecer con injerencias políticas la brillante labor que estaban llevando a cabo nuestras Fuerzas y Cuerpos de Seguridad. Si ello llegase a costarme mi carrera política, sería un precio que sin duda aceptaría pagar con gusto. Comprenderán mi silencio, por mucho que las palabras tan injustas que se han dicho sobre mí me hayan podido doler.

Brillante. Dani tiene que admitirlo.

Perfecto manejo de los tiempos. Aparición estelar. Palabras estudiadas. Funciona. Cáceres pasa de malvado inepto a héroe incomprendido. Ignacio Montes sabe hacer su trabajo, piensa Dani. Luis Cáceres también.

Acepta preguntas.

La primera: ¿no se siente responsable de no haber descubierto antes semejante trama en su ministerio? Primera sonrisa, apenas un atisbo: los tiempos policiales no son los tiempos políticos. Lo importante no es el éxito de los políticos, sino la eficacia policial, ¿no le parece?

Segunda pregunta: ¿tiene todo esto alguna relación con las acusaciones que le hicieron hace poco de estar protegiendo a policías corruptos? Y ahora sí. Cáceres parece inflarse, despliega su encanto sin contención. Seguro, desafiante. Un futuro presidente del Gobierno.

—Ya ve usted cómo los protejo: metiéndolos en prisión

—dice recreándose en cada palabra—. Creo que la operación Dominó es el mejor desmentido a aquellas desmadradas acusaciones de una periodista que estuvieron a punto de hacer fracasar un trabajo policial que requería la máxima discreción.

La palabra *desmadrada* otra vez, piensa Dani. Les encanta.

Cáceres termina su rueda de prensa con un hábil truco teatral. Advierte que aún habrá alguna gran sorpresa. Suspense final y fundido a negro. Deja la sala con evidente satisfacción.

Ha logrado contener las críticas, tal vez incluso revertirlas. Ha sido capaz de esperar todos esos días a que la operación avanzase y salir a dar la cara, triunfante, en el momento adecuado. Veinte minutos después de la rueda de prensa, ya circulan por las redes sociales memes en que el rostro del ministro aparece cubierto por la máscara de Batman. No puede haber un éxito mayor.

Dani va a la cocina y vacía en una copa los restos de su última botella de vino. Mañana tendrá que bajar a comprar.

Cuando regresa de la cocina al salón, su mirada va hacia la mesa donde tiene el portátil. Al lado de este, está el *pendrive.* Dani no ha hecho nada aún con su contenido. Ha aprendido. No volverá a ocurrirle como con el primer artículo. Nada de apresurarse. Quería estar segura de cada paso. Luego comenzó la operación Dominó y decidió que esperaría.

Puede que este sea el momento, piensa.

Todos han jugado sus cartas. Ahora ha llegado su turno.

Hay algo demasiado irreal en la belleza del escenario, como si cada uno de sus elementos hubiese sido colocado por un escenógrafo de gusto barroco. Los cirros de un naranja chillón sobre fondo azul encienden un atardecer de colores saturados, dando a la sucesión de edificaciones que conforman el templo de Debod un aura mítica, revestido el conjunto de un misterio que transporta a un espacio atemporal. Al acercarse, Peyo va descifrando las figuras que se mueven en el contraluz. Un grupo de chicos y chicas se hacen selfis buscando el colorido telón del cielo ribeteado por los montes de la sierra o la imponente presencia del Palacio Real. Otro grupo, de turistas británicos, se pregunta con asombro qué hace un templo egipcio en Madrid y no donde creen que debería estar: en el Museo Británico. Algunas parejas se hacen frente al crepúsculo la promesa de un amor eterno. La única silueta estática y solitaria es la de Roque Cardoso.

Ha sido Peyo quien le ha llamado tras localizar el teléfono de su oficina. Una secretaria le contestó con antipatía. Peyo copió su manera de hablar, racaneando las palabras. Dígale que Peyo quiere verle. Nada más. Media hora después la secretaria le llamó al móvil. De nuevo, diálogo telegráfico. Ocho de la tarde, templo de Debod.

Cardoso está de pie, en el mirador, contemplando el

atardecer como quien contempla un gran tapiz. Con sus gafas de sol, su gorra y las manos metidas en los bolsillos delanteros de una chaqueta de lana fina.

—Madrid es, a veces, una ciudad que habla —le dice a Peyo cuando le tiene a su lado—. Es exigente. A veces te regaña, a veces te consuela. Pero siempre hay en lo que te dice algo que no cambia: la oferta de un nuevo comienzo. Y solo a veces, muy pocas, esa oferta es mentira. Porque, como todos, también Madrid miente a veces. Y es que no siempre queda tiempo para volver a empezar.

Recortada su figura contra el atardecer, Cardoso le llega a parecer por un instante a Peyo todo aquello que sabe que no es. Afable, sereno, cercano, a tres pasos de distancia del miserable que siempre le ha parecido y, en cambio, a solo uno de empezar a ser un jubilado entrañable. Efecto óptico. El escenario ayuda. Peyo se obliga a no dejarse engañar por las falsas apariencias de toda esa bucólica escenografía.

Cardoso habla. Con Peyo y consigo mismo.

—El jodido efecto dominó. Por una vez mis antiguos colegas le han puesto un nombre acertado a una operación. Tu amiga, la periodista, ha hecho un gran trabajo y ni siquiera lo sabe. ¿Te acuerdas de lo que te dije la última vez que nos vimos? Esa chica ha meneado el tablero y tocaba recolocar las piezas. Yo pensaba en el ajedrez, pero me equivocaba. La periodista le dio el empujón a la primera ficha. Y han empezado a caer una detrás de otra.

Habla pausado. Podría parecer que divertido.

Gira la cabeza para mirar por vez primera a Peyo desde detrás de los cristales que ocultan sus ojos enfermos.

—Hay algo que nunca entendiste, Peyo. Y eso te ha hecho desperdiciar la mayor parte de tu vida en la cárcel. ¿Nunca te has preguntado por qué ni Dardo ni yo temimos que nos delatases o que declarases contra nosotros para conseguir cualquier rebaja de condena o algún beneficio penitenciario?

Cardoso se contesta sin esperar respuesta:

—Porque estábamos seguros de que tú no lo harías.

Lo dice sin afecto ni admiración. Peyo lo sabe: no lo está elogiando, solo despreciándolo con suavidad.

Cardoso se vuelve de nuevo para observar el lento atardecer, en que las franjas azules se van tornando púrpuras y los cirros naranjas se cubren de gris.

—La supervivencia siempre está por delante de la lealtad. Nunca aprendiste esa lección, Peyo. Y eso te condenó.

Y sonríe con inesperada nostalgia.

—Hemos estado jugando a un maldito juego de traiciones. Todos.

Las risas de los chicos que se hacen selfis llegan hasta ellos. Cambian las formaciones. Fotos en grupo, en parejas, en tríos. La voz de una mujer se cuela entre las risas arrastrando cada sílaba hasta lo exagerado: *absolutely amazing, isn't it?*

Cardoso sigue hablando, indiferente a todo lo que ocurre en el cielo y en la tierra.

—Mírame —dice—. Empecé por traicionarme a mí mismo. Roque Cardoso. El *sheriff*. El gran policía. Traicionado por el otro Roque Cardoso. El amigo de los traficantes. Con una mano trincaba a los malos, con la otra me asociaba con ellos. ¿Cómo es eso que dice la Biblia sobre lo que haga tu mano izquierda y tu mano derecha? Toda mi vida ha consistido en enfrentar a esos dos hijos de puta que hay en mí. Y lo único que he buscado siempre con ello ha sido sobrevivir. El poder, el dinero, la influencia, todo ello son también formas de sobrevivir. Así que entré en el juego. Traicioné todos los ideales que tenía cuando era solo un jovencito ignorante que solo quería jugar a policías y ladrones. Y también traicioné a mis mujeres y a mis hijos. Y a todo aquel que, de una u otra manera, se interpusiera en mi camino. Incluso he acabado traicionando a quien me ofreció la primera oportunidad para dejar de ser algo más que el tipo gris que estaba predestinado a ser. A Dardo. Y todo, cada paso, cada traición, solo tenía un único objetivo: la supervivencia. Hasta que al final he acabado siendo traicionado yo. Como era de esperar. Porque en eso consiste el juego.

Puede que Cardoso quiera sonar a hombre sabio, pero solo suena a viejo cansado, piensa Peyo.

—Todos somos traidores. Dardo, tu gran amigo, el mismo por el que callaste lo que podrías haber contado y te tragaste sin rechistar veinticinco años de condena, no es diferente.

Peyo, al que las palabras de Cardoso le importan lo justo, porque no está ni para mostrarse comprensivo ni para ofrecer apoyo al antiguo comisario, habla por primera vez.

—Dardo traicionó a Baby Páez. Y supongo que también a Lazic.

Cardoso pone cara de sorpresa. No esperaba una bajada tan brusca a la realidad.

—Vaya, ¿conoces la historia? Creo que os he menospreciado demasiado a tu amiga y a ti.

—Me faltan detalles.

Cardoso acepta tocar tierra. Adelante, le anima. Peyo pregunta. Él contesta sin esquivar respuestas, pero con desgana, como quien repite una historia que hubiese contado ya mil veces.

Todo en ese asunto fue un error, asegura. Dardo va a verle para contarle la historia del alijo que espera ser robado en Málaga. Entusiasmado. Le pide a Cardoso que investigue si el tal Baby Páez es de fiar. Cardoso le recomienda que deje correr el asunto. No merece la pena. Ya no eres un ladronzuelo de mierda que asalta farmacias, le dice a Dardo.

—No me hizo ni caso —se lamenta ahora Cardoso—. Estaba cachondo como un viejo que viese la oportunidad de volver a tirarse a una veinteañera. La edad nos vuelve gilipollas. Así que pensé que si iba a hacer la estupidez de asociarse con ese niñato rapero, que al menos le ayudasen los mejores. Y los mejores son los hombres de Lazic.

Cardoso pone en contacto a Dardo y Lazic. No se conocen de antes. Cardoso lleva años haciendo negocios de todo tipo con ambos, pero ellos nunca han coincidido. Por supuesto, cada uno ha oído a Cardoso mil veces hablando del otro y siempre quedaba pendiente el propósito de reunirlos. Hasta la estúpida historia de ese robo, dice Cardoso. Lazic se entusiasma tanto como Dardo. Los dos son igual de inconscientes. Se tomaron el asunto como una gamberrada de estudiantes, una forma de matar el aburrimiento.

Peyo le concluye el relato:

—Y, cuando todo se complicó, Dardo le vendió.

Cardoso asiente pesaroso.

—A Dardo le avisaron de que la DEA tenía agarrado al rapero. Me preguntó qué hacer. Me vi con él y con Lazic. Les dije que lo tenían jodido. Así son las cosas a veces: tras años de impunidad, haberse metido en aquella aventura podía salirles más caro que todo lo que ambos llevan haciendo, cada uno por su cuenta, desde hace décadas. Les aconsejé lo mismo a los dos: tocaba quitarse de en medio, al menos una temporada. Hasta que encontrásemos la forma de solucionar la situación.

Lazic decide viajar en coche hasta Barcelona porque piensa que será más difícil que algún poli le pueda reconocer que en el aeropuerto de Málaga. Le detienen en el Prat cuando va a coger un avión a París.

—Alguien debió de avisar a la policía de que el serbio

aparecería en aquel aeropuerto —dice Cardoso con ironía—. Alguien que pensó que la detención de Lazic satisfaría a norteamericanos y españoles como para dejarle a él en paz el tiempo que necesitaba para decidir qué pasos dar. La única persona, además de mí, que sabía cuándo estaría Lazic en el Prat.

Cardoso suspira con el cansancio de un jugador al que empiezan a faltarle las fuerzas.

—Dardo traicionó a mi viejo amigo, el puto pirado de Lazic. Fui yo quien se lo había presentado. Y, a pesar de ello, lo hizo sin pedirme permiso o avisarme. Y yo sentí que eso era también una traición a mí y, por tanto, me autorizaba a traicionarle a él. Otra regla del juego.

Calla. Ambos contemplan el cielo sobre la sierra. Las franjas de azul oscuro se estrechan, los cirros ya grises siguen ganando terreno. A un lado el Palacio Real pierde esplendor. Al otro, el grupo de chicos se ha sentado en corro a apenas unos metros de ellos para charlar, reír y liar y fumarse unos cigarrillos. Los ingleses se van ya hacia su siguiente destino, un tablao, una cena en Cava Baja o una cama de hotel.

—¿Por qué sigue escondido Dardo? —pregunta Peyo—. ¿Sabe que tú habías acordado con el ministro Cáceres su captura?

—No lo sé. Desde que se publicó el artículo ha roto contacto conmigo. Sigo sin tener ni idea de dónde está y de por qué se mantiene escondido. Supongo que por cautela, porque no se fiará de que Lazic no intente vengarse. O puede que sea de mí de quien no se fíe.

Cardoso hace una mueca de desdén. No le interesa aquello. Ya no. Su cabeza está en otro sitio, lejos de Dardo.

—Las fichas del dominó van cayendo a golpe de traiciones —dice regresando al hilo de pensamiento del que le ha arrancado Peyo—. Ahora me toca a mí. El ministro me ha traicionado. El artículo de Daniela Lozano cortó su negociación con Lazic. La captura de Dardo dejó de ser su objetivo. Y si era Lazic quien daba a conocer la lista de mi gente, Cáceres estaba acabado. Así que está intentando hacer una jugada maestra. Un cambio radical de estrategia. Un nuevo objetivo para su éxito político: sacar él a la luz la misma lista de nombres que antes trataba de ocultar y presentarse como el gran luchador contra la corrupción policial. Presentarse como un héroe. Lazic queda desactivado y nadie le creerá si cuenta su historia de la negociación. Ha dejado de necesitar la caída de Dardo y eso significa que puede dejarme tirado.

—Pero los tiempos no coinciden. Según el ministro, la operación Dominó es algo que lleva muchos meses cocinándose.

—¿Y tú le crees? —Cardoso niega con la cabeza, desalentado—. Por Dios, Peyo, ¿es que no has aprendido nada? No existe esa mierda de la operación Dominó. No ha habido ninguna sofisticada investigación policial. Lazic había reunido los nombres de la gente que trabajaba para mí. Se la pasaría al ministro en algún momento de sus negociaciones. Y ahora Cáceres solo ha tenido que ordenar que se detenga a los que estaban en esa lista. Y esperar el efecto dominó. Esa es toda la complicadísima operación que ahora nos quiere vender.

Cardoso ríe, con su risa breve y seca que suena a tos.

—Hay otra regla en este juego. Nunca menosprecies a los demás jugadores. El ministro Cáceres, que parecía el más tonto de los jugadores que estábamos sentados a la mesa, ha resultado ser bastante más listo que todos nosotros. Será un gran presidente de Gobierno.

—Y, ahora que tu organización ha caído, ¿qué te va a pasar a ti?

Cardoso no duda. Lo expone sin rabia ni pena. Como

un hecho inevitable ante el que no merece la pena resistirse.

Los suyos le traicionarán, dice. Todos. No tiene la menor duda. Aquellos cuyas carreras ha cuidado hasta hacerlos llegar a puestos que jamás habrían alcanzado por sí solos. Los que ha tenido en nómina, los que ha librado de que los pillaran cuando cometían algún error en sus correrías. Los mismos a los que ha impulsado, protegido, formado, hasta cuidado de sus familias, siendo para todos ellos un poco de todo: padre, mentor, consejero, protector, jefe y socio. Ley de vida. Es el juego.

—Lo de siempre. Una vez que te atrapan, negocias con todo lo que puedes ofrecer. Y lo que todos ofrecerán será mi cabeza. Y harán bien. Ni siquiera se lo reprocho. Al final no he conseguido protegerlos, así que están también en su derecho de sentir que, en cierto modo, los he traicionado. Ahora yo seré la próxima pieza que derribar. Solo será cuestión de días.

Mueve la cabeza, en un gesto de desaliento y comprensión.

—Este juego no tiene final. El que hoy es el traidor será mañana el traicionado. El premio del juego es la supervivencia. Pero la traición también se cobra un precio, siempre impone su propia condición: la soledad.

Los chicos han terminado su charla y sus cigarrillos. Se levantan para irse. El cielo se oscurece, sin matices ya. La noche lo reduce todo a un único color. Las diferentes edificaciones que forman el conjunto del templo apenas son ahora sombras cansadas tras dos mil doscientos años de vida.

Peyo ha esperado. Le ha escuchado. Ha satisfecho la curiosidad de algunos cabos sueltos. Pero no era para eso para lo que había querido verle. Está allí en busca de una única respuesta.

—¿Quién intentó matar a Daniela Lozano?

—Te juro que no lo sé.

—¿Sigue estando en peligro?

Cardoso le mira. Saca por vez primera una mano del bolsillo. Se quita las gafas. Sus ojos, pequeños, líquidos, pero sin que nada en ellos anuncie la cercana ceguera, le observan con tristeza y decepción. Peyo no está a la altura, parece pensar. No esperaba que, después de todo lo dicho, sigan siendo solo esa chica y su seguridad lo que le importe.

Cuando le contesta ha dejado de ser el hombre reflexivo, su voz ya no suena templada, no pretende compartir con Peyo ni sus pensamientos ni el ocaso. A Peyo le vuelve a sonar como el de antes, como el de siempre. El *sheriff*, el traidor, un hijoputa por igual con la mano derecha y con la izquierda.

—¿Quién no lo está? ¿Acaso crees que tú no estás en peligro? Solo somos fichas en un efecto dominó, Peyo. No lo olvides. A todos nos llega el momento de caer.

Es ya de noche cuando Peyo se marcha. Cardoso se queda allí, en un mirador desde el cual ya no hay nada que mirar. Saca un cigarrillo del paquete de Marlboro Gold que lleva en el bolsillo. Lo enciende con el zippo y fuma en la oscuridad.

Las barras de cierre se descorren de manera automática con un sordo crujido. La puerta de la celda queda abierta y uno de los dos funcionarios que han ido a buscarle asoma su cabeza al interior.

—Podemos irnos —le dice.

Se levanta de la silla y coge la pequeña bolsa de deporte que ha dejado sobre el catre.

—Llevas poco equipaje.

—Podéis hacer lo que os dé la gana con lo que dejo.

Caminan los tres hacia la salida del módulo. El resto de las celdas están cerradas. Los pasos resuenan con un eco desigual. Una puerta se descorre. Salen a otro corredor, este exterior, que bordea el patio de recreo. Otra puerta, otro pasillo interior y otra puerta. Entran en la zona administrativa. Uno de los funcionarios que le acompañan se adelanta y le indica un despacho. Allí dos funcionarios están sentados tras escritorios con pilas de carpetas a ambos lados del ordenador.

—Algo se muere en el alma cuando un amigo se va —canturrea el funcionario que los ha guiado.

Uno de los que están sentados le mira con desgana, acostumbrado a que cante lo mismo cada vez que toca una salida.

Firma papeles. Le dan un sobre cerrado con su documentación. El funcionario que se encarga de todo ello lo hace sin dirigirle la palabra, sin mirarle. Aquel momento solo es para él algo rutinario, le da igual lo mucho que signifique para quien está al otro lado de su mesa.

Último pasillo, este más corto. Última puerta, dos hojas de cristal, sin barrotes internos ni cerrojos.

—Puede que ahí fuera haya demasiada luz para ti, vampiro —le dice el funcionario.

Sale.

Zoran Lazic es libre.

Su abogado le está esperando. Ya han entrado las visitas del día, así que no hay nadie más. Tan solo, a unos metros, en el aparcamiento, dos de sus hombres le esperan junto al Mercedes en que han ido a recogerle.

El abogado le saluda obsequioso. Es un tipo de unos cuarenta y cinco. Vestido con un traje elegante que pega poco allí, de tupida cabellera negra y barba cuidada para que parezca ser siempre de pocos días.

Tras la muerte de Raúl, Lazic optó por contratar a un despacho de los grandes. El abogado que ahora le espera es uno de los socios del bufete. Han hecho un buen trabajo. Se han ganado la disparatada minuta que le han presentado.

Prepararon la vista sin descuidar ningún flanco. Primero, el lamento: no se puede tener a alguien tantos meses en prisión preventiva sin que en la instrucción se haya hecho constar, más allá de la especulación, algún indicio sólido de la comisión de delitos. Después, la confusión: las cámaras del aeropuerto demuestran que a Zoran Lazic se le detuvo una vez que había pasado el control de los pasajes, no en la zona de tránsito sino en el *finger* que lleva al avión. ¿Pueden las autoridades españolas llevar a cabo una detención en un *finger* de un vuelo extranjero? ¿Son los *finger* un elemento más de las zonas de tránsito, en las que sin duda la competencia es de las autoridades locales, o pueden considerarse ya parte de la aeronave, en cuyo caso la jurisdicción pasaría a ser del Estado al que pertenece el avión? Los abogados plantean una de esas disquisiciones que apasionan a los académicos, apelando a una especie de limbo jurisdiccional, con ánimo de aumentar la sensación de irregularidad del encarcelamiento de su cliente. Pero todo eso solo son fuegos artificiales. Lo más importante es lo tercero: la indefensión. Cuando los nuevos abogados de Lazic pidieron al juzgado que se les remitiera el expediente de la causa para poder preparar su defensa, el juez de instrucción no lo envió completo. Faltaban documentos tan fundamentales como la diligencia de detención en el aeropuerto o la primera toma de testimonio de Lazic en comisaría. Un descuido imperdonable, una vulneración de los derechos fundamentales del reo. La propia jueza responsable de la vista se lamentó de semejante incidente procesal, según lo definió, y eso la inclinó a ser más comprensiva y acabar decretando la libertad bajo fianza de medio millón de euros, con retención del pasaporte y prohibición de salir del territorio nacional y obligación de presentarse cada quince días en una comisaría.

A Lazic todas esas condiciones le dan igual. Se detiene antes de caminar hacia el aparcamiento. Aspira hasta hinchar los pulmones. Solo le importa una cosa: está respirando aire libre.

Va hasta el Mercedes que le espera. Saluda a los dos hombres. Ambos se suben a los asientos delanteros y él va a subir atrás. El abogado trota para rodear el coche y entrar por la otra puerta trasera.

—¿Adónde va? —le pregunta Lazic, antes de que la abra.

El abogado le mira sin comprender.

—Nos vamos, ¿no?

Lazic niega con la cabeza.

—Si no le importa, prefiero ir solo.

Se sube al coche. Deja fuera al abogado. Con cara de pasmo. Ha ido a Estremera en ese coche. Ahora se queda solo en un aparcamiento donde no hay nadie más.

Lazic pide al copiloto que ponga la radio.

Baja la ventanilla. Deja que el aire le dé en la cara.

Su expresión se relaja por vez primera desde que le fueron a buscar los funcionarios a la celda.

Durante varios kilómetros en la radio suena música. A las dos en punto comienzan las noticias. Nada que le interese. El mundo es un asco, pero al menos él ahora está libre en ese mundo asqueroso. Pasan los asuntos más llamativos. A continuación se enuncian noticias más cortas. Aumentan las voces que piden la dimisión del ministro del Interior tras la corrupción destapada en su ministerio.

Luis Cáceres había acertado, piensa. Su primer plan —pactar con él y tapar la lista— le habría dado menos quebraderos de cabeza. No es su problema, se dice. Los políticos son demasiado cobardes. Y su relación con todo ese asunto de los polis y guardias corruptos ha terminado. Terminó hacía ya unas semanas, cuando su abogado fue a verle a prisión y le contó la llamada que había recibido.

El artículo de Daniela Lozano ya se había publicado. Los contactos con Interior habían quedado rotos. Aún no había decidido qué hacer. Dudaba si enviar la lista de la gente de Cardoso a los medios. No le serviría para mucho. Solo sería un desahogo, un acto de rabia. Nunca hagas nada que no te reporte un beneficio concreto. Alguien, hacía mucho, le había enseñado aquello. Cuando era aún joven e impetuoso. Cuando aún se dedicaba a trabajar para los jefes del clan de Zemun en las calles de Belgrado tras la guerra. Antes de cualquier acción piensa qué ganarás con ella, porque donde no hay ganancia hay siempre pérdida. Se lo decía un compañero de las cuadrillas de ejecución.

Sacar a la luz la lista no iba a sacarle a él de prisión. Decidió esperar. Y acertó conteniéndose.

Su abogado recibió la llamada. Breve. Un mensaje para su cliente.

La vista irá bien. Pero solo si sigue callado.

El mensaje fue cierto. La vista fue bien. El descuido del juez al enviar incompleto el expediente fue decisivo. Esas cosas pasan.

Las noticias de la radio terminan. Vuelve la música. Una canción de C. Tangana. *Tú me dejaste de querer.* A Lazic le gusta. Deja de darle vueltas a todo ello y se limita a disfrutar.

El copiloto se vuelve. Le pregunta en serbio:

—¿Vamos a Estepona?

Lazic cierra los ojos. Deja que el aire libre le dé en la cara, le entre en los pulmones por la nariz y por la boca entreabierta.

—No. A Madrid. Me alojaré en el Palace. Quiero solucionar algunos asuntos antes de volver a casa.

—Lazic ha salido de la cárcel.

No necesita decir más. Con eso, todo lo anterior queda olvidado.

Dani ha ido a buscar a Peyo al Bar Cosmos. No estaba allí. Gordi ha notado que algo ocurría nada más verla. Le ha preguntado si él podía ayudarla, si quería tomar algo. Solo necesito ver a Peyo, le dice Dani. En cuanto ha oído la noticia en la radio, antes aún de que amaneciera, le ha llamado al móvil que le regaló. Era la primera vez que le llamaba desde el atropello. Estaba apagado. Se ha vestido y ha salido a la calle. Ha ido hasta su coche a la carrera. Ha conducido mirando por el retrovisor. Nadie la seguía.

Duda. No sabe si esperarle en el bar o no. No quiere quedarse quieta en ningún sitio. Como si eso la hiciese más difícil de localizar. Forma parte del miedo. Decide irse. Se despide de Gordi, que la observa con preocupación. Sale del bar. Y, nada más salir, se topa con Peyo.

Se lo dice. Y el enfado y todos aquellos días sin hablarse y las ofensas y las heridas abiertas quedan de inmediato a un lado.

—No tiene por qué hacerte nada —es lo primero que dice él, más por tranquilizarla que por convencimiento.

—Me amenazó. Pudo ser él quien encargó que me mataran.

A Dani le tiembla un poco la voz y el labio inferior.

Peyo no duda.

—Vámonos.

A mediodía ambos entran en la casa familiar de los Lozano. Peyo ha hecho un equipaje de urgencia en la pensión, ella ha hecho lo mismo en su apartamento. Entran en la casa y retiran las sábanas de los muebles que Dani aún no había descubierto y abren las ventanas y la entrada de aire y luz los anima a ambos. De pronto comparten una misma sensación: aquello adquiere un repentino espíritu de excursión.

Peyo se instala en el dormitorio de los padres, una habitación ocupada casi por completo por una gran cama de grueso colchón y recio cabecero de nogal. Dani va a la que fue su habitación. Él baja a por provisiones. Ella deja el portátil y su pequeña impresora doméstica y folios y pósits y un bolígrafo azul y otro rojo en el escritorio del padre.

Comen una ensalada. La idea de todo aquello parecía clara, indiscutible, cuando la han hablado esa mañana. Ahora tienen un momento de duda.

—No puedes pasarte aquí escondida el resto de tu vida —le advierte Peyo.

—Sé lo que tengo que hacer —le dice ella.

Durante los días siguientes establecen unas rápidas reglas de convivencia. Dani pasa la mayor parte de la jornada encerrada en el despacho. Hace llamadas, tira de contactos, investiga y escribe. Peyo cuida de ella. No necesitan hablar mucho. Establecen rutinas y se respetan espacios. Peyo baja a comprar lo que necesiten, prepara comidas sencillas, se queda en el salón leyendo una vieja novela de espías de Alistair MacLean que saca de la biblioteca del padre.

Peyo solo se va un rato durante la mañana del segundo día. Va al taller del Trompos en San Blas. Le había llamado el día anterior para preguntarle si le podía conseguir un arma. Si de verdad quiere proteger a Dani, más le vale tener una. El Trompos sabe moverse. Solo tarda un día en conseguírsela. Le entrega, envuelta en un paño y en una bolsa del Carrefour, una pistola Beretta 92. Peyo le paga con billetes de cincuenta. Tras aquella compra apenas le quedará ya dinero para subsistir un par de semanas más.

El Trompos solo le hace una pregunta:

—¿Vas a ocuparte?

—Te dije que lo haría.

Al final de cada día Dani y Peyo se reúnen en el salón. Dani se ha traído su pequeño altavoz. Chet Baker ha ido con ellos.

Solo están pendientes de las noticias para saber si hablan de la salida de la cárcel de Lazic. Apenas atrae interés. Los pocos medios que lo mencionan subrayan que la operación Dominó ha dejado claro que no había una negociación con el serbio, como escribiera Dani. El personaje ha perdido interés. Que salga ahora de la cárcel, cuando la operación aún no se ha dado por cerrada, se considera solo una coincidencia en los tiempos. El asunto se liquida con la misma ligereza que el atropello de Dani. Ya se sabe: hay noticias que triunfan y otras que no logran cuajar. El foco está puesto en las nuevas detenciones que aún pueda haber y en la cuerda floja en que hace equilibrios el ministro Cáceres para salvar su carrera.

Peyo no le menciona a Dani lo de la pistola.

Ella no le habla de lo que escribe.

Al final del tercer día Dani repasa las preguntas pendientes, como solían hacer. La lista se ha reducido. Pero aún quedan por resolver las más importantes: ¿quién mató a Raúl Puente? ¿Quién intentó asesinarla y mató a Alberto Jiménez Martín? ¿Dónde está Dardo?

También hay preguntas nuevas: ¿es Lazic un riesgo para Dani?, ¿cuánto tiempo seguirán encerrados en esa casa, con él ejerciendo de guardaespaldas y ella escribiendo en el despacho? Pero Peyo no las formula en voz alta.

Nadie gana. A Peyo le resuenan a menudo las palabras de Cardoso durante su último encuentro. Ahí están Dani y él, en ese piso, en tierra de nadie, sin saber siquiera si ellos están ganando o perdiendo.

Al final del quinto día de encierro Dani le llama desde el despacho. Le entrega un montoncito de folios. Ahí está todo, le dice.

—Pero antes quiero que veas algo.

Dani le pide que rodee la mesa para que pueda ver con ella la pantalla del portátil. Cliquea en una carpeta llamada «AJM». Las iniciales de Alberto Jiménez Martín. Aparecen las tres fotografías que ha copiado del *pendrive*.

A la mañana siguiente Dani vuelve por fin a salir a la calle. Va en su Mini a la redacción del periódico en el que trabaja su amiga Lucía. Esta la espera en la entrada. Peyo va con ella, pero le dice que se queda en la calle. Lucía guía a Dani hasta el despacho del redactor jefe. Lucas Montañés, un tipo en torno a los cuarenta, entusiasta, con ganas. Otro adicto, piensa Dani nada más conocerle. Le gusta. No da discursos, no predica, no reprocha ni regaña. Solo olfatea y busca la presa.

La reunión dura dos horas. Dani le entrega sus artículos. Cuatro. Toda una serie. Y le detalla su elaboración. En el primero desarrolla algunos elementos del que ya publicara, dando mayor relevancia a Roque Cardoso y su papel en todo el complejo entramado de relaciones entre Lazic, Dardo y el ministro Cáceres. En los otros tres retoma parte de lo escrito en los textos inéditos que le presentara a Antonio y lo amplía con lo sabido después. Le explica al redactor jefe el respaldo de lo escrito. Le habla de Baby Páez, del Trompos, de Peyo. Y le muestra las fotos.

Pasadas las dos horas Dani se encuentra con Peyo en la calle, frente al edificio del periódico.

Peyo no pregunta nada. Dani calla.

Vuelven a la casa.

—Ni hablar —dice Peyo de pronto, cuando ya se han bajado del Mini y están a punto de entrar en el portal—. Nadie te sigue. No hay riesgo.

Aire. Se acabó. Nada de volver a encerrarse entre cuatro paredes.

Elige, añade Peyo, que tú eres una mujer de mundo. Ella elige un discreto restaurante con terraza a las afueras de Barajas.

Comen al aire libre. Un atracón de chuletitas de cordero. Los dos se dan cuenta a la vez de lo hambrientos que están tras todos aquellos días malcomiendo en el piso.

El móvil de Dani suena cuando ya están de vuelta en el piso y empieza a caer la tarde. Es Lucía.

—Montañés ha dado el visto bueno. Vamos adelante.

Dani abre una botella de vino. Hay que celebrarlo.

Después de la tercera copa Dani mira con exagerada seriedad a Peyo y le indica:

—¿Sabes lo que te digo? Que ya va siendo hora de que te dejes de remilgos.

Peyo, que está en el sofá, se pone rígido y la mira con recelo. Ella se sienta sobre sus propias piernas al lado de él. Apoya la cabeza en su hombro.

Peyo duda. Ella se ríe.

—No deberías tener tanto miedo a las muestras de cariño.

Peyo tarda en recorrer una distancia inexistente. Estira el brazo y luego, despacio, asustado, lo baja hasta posarlo sobre los hombros de ella.

Y se quedan así largo rato. Ella acurrucada contra él. Él cobijándola en el hueco que forma entre el cuerpo y el brazo. Y Chet Baker tocando la trompeta.

—¿Ves como no es tan difícil? —le dice ella.

Dani tarda poco en quedarse dormida en aquella posición. Y Peyo vela su sueño.

Cardoso regresa a la oficina a las tres y media. Viene de la tasca que hay abajo, donde come cuando no tiene una cita de trabajo. Siempre en la misma mesa. Siempre lo mismo: menestra y un filete de ternera empanado con pimientos rojos aliñados. Comida casera sobre mantel de cuadros, con frasca de vino y vaso de vidrio grueso y pan de hogaza, a la vieja usanza. Los camareros le sirven sin preguntarle lo que quiere, porque nunca cambia. Ninguno le da conversación si él no la inicia. Saben que Cardoso va allí a comer y a pensar a solas. A las tres y cuarto se pide un pacharán. A las tres y media se sube a la oficina. Cada vez que va, igual.

La oficina está decorada con clasicismo. Estilo inglés. Elegancia sobria y algo anticuada. A Cardoso le importa un comino la decoración. Pero sabe que el tipo de clientes que van por allí esperan encontrarse con una cierta distinción. La imagen de una consultora de seguridad debe alejarse de la de una comisaría. O de la de un vulgar despacho de detectives. Los clientes buscan otro concepto. Seguridad de lujo. Quieren sentir que se protege a sus empresas, sus negocios o sus personas, pero que, además, se los protege con clase. Y Cardoso sabe ofrecer lo que quieren. Junto a él, en la oficina tienen despacho cinco personas más, los directores de los departamentos de la firma —Financiero, Jurídico, de Planificación y de Ciberseguridad— y su secretaria.

El resto de los empleados están un piso más arriba, donde todo es más funcional, sin tanta ebanistería ni alfombra de estilo persa. Y, por supuesto, por aquel edificio no aparece jamás su otra gente, los que se ocupan de asuntos que los clientes no tienen por qué conocer, los que han caído ahora con la maldita operación policial.

A esa hora en la oficina solo está Angelines, la secretaria. Eficaz, elegante, guapa y antipática. Los demás la llaman «el sargento de hierro». Ella los llama «pichaflojas». Y todos tan contentos. Angelines es la única persona en el mundo capaz de regañar a Cardoso y que este le haga caso. Le lleva la agenda, le obliga a ser puntual, le afea si lleva una corbata estridente o mal anudada o una camisa que se mate con la chaqueta, le persigue para que deje de usar de una vez la dichosa gorra y para que se quite las gafas de sol cuando esté en interiores. Cardoso se rebela, le gruñe, la amenaza con despedirla de una vez, pero en el fondo le gusta que alguien cuide de él, aunque sea a golpes. Una vez intentó acostarse con ella, otra le propuso que se casasen. Y en ambos casos Angelines le mandó a la mierda sin titubear.

—Me bajo —le dice ella cuando entra—. ¿Necesitas algo?

Cosa rara, la voz de Angelines no suena como un portazo o un bofetón. Se acerca a la amabilidad. Sabe que no es el momento para otra cosa. El jefe está en apuros. No es la primera vez, desde luego, pero esta le da mala espina.

Cardoso le dice que puede irse y entra en su despacho. El mobiliario, una combinación de metal y cuero, es el que compró cuando arrancó la consultora, veinte años atrás. No hace juego con el del resto de la oficina. Se quita la gorra, pero se deja las gafas. Le molesta la luz, por muy tenue que sea. Su oculista dice que no tendría por qué ser así, que hay algo de psicosomático en ello, pero él se empeña en mantener sus ojos protegidos. Se ha convencido de que así conservará la vista más tiempo.

Se sienta tras el escritorio, donde reposa la prensa del día. Cardoso aún lee todo en papel, nada de pantallas. En su despacho ni siquiera hay ordenador. Las lecturas en papel, las conversaciones por teléfono. Nada de correo electrónico ni WhatsApp ni Telegram ni SMS.

Mira los periódicos, pero no los toca. Los leyó antes de bajar a comer. Aparece en todos. Repiten el mismo rumor pendiente de confirmar: las primeras declaraciones de algunos de los detenidos en la operación Dominó apuntan a que el controvertido excomisario Roque Cardoso podría ser el cabecilla de la organización criminal desarticulada.

Ya ha comenzado.

El juego.

Le han preguntado sobre el rumor al ministro Cáceres, que continúa librando su propia batalla por la supervivencia política. Las investigaciones deben seguir su curso, ha contestado, evasivo pero tajante. Ha recurrido otra vez al tópico misterioso: no descarta que aún haya más detenciones.

Cardoso se pregunta cuánto tardará en sonar el timbre, si será esa misma tarde o mañana por la mañana. Angelines abrirá y serán dos hombres, tres como mucho. Sombríos y un poco acoquinados. Al fin y al cabo, habrán oído todas las historias que se cuentan de él y eso impone. Le dirán a Angelines que quieren verle. Ella se mostrará antipática como siempre. Sin cita previa, ni lo sueñen. Tendrán que enseñarle sus placas. Ella los llevará entonces hasta el despacho. Le saludarán con educación y le dirán, casi excusándose, a lo que vienen. Duda si le esposarán o no. Depende de que el ministro haya dado instrucciones para que se filtre la detención. Sí, decide, le esposarán. Habrá prensa abajo esperando. Seguro. La foto de Roque Cardoso detenido y esposado es otro asidero para el ministro.

El juego. Siempre es el juego.

Cardoso coge los cuatro periódicos y los mete en la papelera que tiene junto al sillón. También retira el resto de los papeles que hay sobre el escritorio. Los apila y los deja en una mesita supletoria que hay a su izquierda, junto al teléfono. El escritorio queda limpio.

Abre el cajón superior de la cajonera que tiene a la derecha. Saca un sobre blanco. Comprueba que contiene el texto de cuatro hojas que ha escrito a mano y firmado esa misma mañana antes de bajar a comer. Lo deja en el centro del escritorio.

Luego abre un cajón, coge la Smith & Wesson de nueve milímetros que guarda en él, se mete el cañón en la boca y aprieta el gatillo.

Luis Cáceres comparece detrás del atril de la sala de prensa. La cámara le encuadra en un plano medio. Está solo, sin la compañía de altos cargos, comisarios o generales. La piel de la cara ha perdido color, los labios se han resecado, la voz se mantiene firme pero a un volumen menor, las manos se aferran a los lados del atril como si temiese caerse si lo suelta. Hay un dramatismo en su actitud que esta vez no es impostado, que tiene algo de desesperado y terminal. No mira a la cámara.

Lo niega todo.

Roque Cardoso dejó un documento manuscrito y firmado. Su secretaria, Angelines, llevó a cabo un último encargo para su jefe con la misma diligencia que cuando estaba vivo. Siguió las instrucciones que este había dejado escritas en el sobre. Le envió una copia a cada uno de los directores de los mismos periódicos que Roque Cardoso leía cada mañana.

No era una confesión completa. No enumeraba los muchos delitos que había cometido a lo largo de su extensa carrera a ambos lados de la ley. No mencionaba a ninguno de los detenidos en la operación Dominó. No buscaba ni inculparse ni exculparse de nada. Y no había ningún elemento personal o sentimental. Nada de palabras de despedida ni un recuerdo expreso para alguien. Ni siquiera una frase, lo que fuera, que sirviese de epitafio o de epílogo a esa vida a la que había puesto fin de un disparo en la boca.

El texto conservaba la frialdad de un informe policial. Zoran Lazic, con quien había mantenido una estrecha relación de negocios durante décadas, había elaborado una lista de policías, guardias civiles y otros profesionales que trabajaban para él. Lazic le había traicionado. Había utilizado esa lista para negociar su libertad o, al menos, una condena leve con el ministro del Interior, Luis Cáceres. El ministro se había puesto en contacto con Roque Cardoso. Aceptaría la propuesta de Lazic si Cardoso, a su vez, le ayudaba a apuntarse un éxito político: la detención del empresario Gabriel Melgar, también conocido como Dardo, un traficante que llevaba años esquivando a la justicia.

Dicho de otro modo (y así lo decía expresamente Cardoso en su declaración ológrafa): todo lo que había contado la periodista Daniela Lozano era verdad.

Cardoso concluía dejando claro que la operación Dominó no era tal. La calificaba como una mera huida hacia delante del ministro Cáceres, que traicionaba así lo negociado tanto con Lazic como con el propio Cardoso.

El juego.

Cardoso hacía su movimiento final. Fue lo que pensó Peyo cuando supo por los medios de la existencia de ese escrito. Cardoso era el traicionado traidor. Y Cáceres es ahora el traidor traicionado. O viceversa.

Supervivencia y soledad.

Cáceres dice en su comparecencia lo que no le queda más remedio que decir. Habla de fabulación y confabulación, de conspiración, de cortina de humo, de venganza, de ventilador y mierda, disculpen la expresión, de indignación, de pulso firme, del error que sería dar credibilidad a las palabras de un delincuente primero acorralado y después muerto.

El marketing criminal se dispara nada más conocerse el suicidio de Cardoso y su texto póstumo. Bastan unas horas para elevarle a algo parecido al Olimpo de la maldad. Se le sitúa detrás de todos los crímenes y escándalos que han tenido lugar en España durante décadas, incluso de algunos en que por una simple razón de edad es imposible que pudiera participar. Su imagen misteriosa, gorra y gafas, se reproduce hasta la saciedad. Genera esa fascinación mal disimulada que producen los grandes villanos, esa admiración inconfesable que hay detrás de la condena a sus actos.

El ministro ha culminado su comparecencia con una declaración solemne:

—Nunca, repito, nunca he conocido al señor Roque Cardoso, le he visto, me he reunido o he hablado con él.

Dani y Peyo están viendo el corte con esas palabras en televisión cuando suena el móvil de ella.

Es Lucía. Solo dice:

—Chica, prepárate, que allá vamos.

Diez minutos después el artículo aparece en la versión digital de su periódico. Lo encabeza una de las tres fotografías del *pendrive* de Dani. La fotografía ha sido tomada a través de la puerta entreabierta del reservado de un restaurante. Se ve parte de la mesa y a los dos comensales. Luis Cáceres y Roque Cardoso charlan, ambos sonriendo.

A la fotografía la sigue el primero de los cuatro artículos que entregó Dani a Lucas Montañés, el redactor jefe del periódico.

Ese primer artículo coincide en muchos datos con lo que ha contado Roque Cardoso en su escrito. El excomisario se le ha adelantado. Pero no importa. Lo que importa son las fotografías. Intercaladas entre los siguientes párrafos del artículo aparecen las otras dos. La segunda es muy parecida a la primera, tan solo con una ligera variación del ángulo y la distancia. Cardoso fuma y Cáceres sonríe más aún que en la anterior. La tercera está tomada a la salida del restaurante, a una cierta distancia. Cardoso y el ministro se estrechan la mano para despedirse.

Al final del artículo se anuncia que habrá más, todos firmados por Daniela Lozano.

Dani y Peyo lo leen a la vez en la pantalla del portátil. Después Dani lo cierra y apaga su móvil.

—Supongo que no me vas a decir quién te pasó esas fotos —le dice Peyo, que no se lo había preguntado antes, cuando se las había enseñado hacía un par de días.

Dani sonríe.

—Me las pasó Alberto Jiménez Martín.

Peyo no insiste. Señala el móvil apagado.

—¿No quieres saber qué va a ocurrir ahora?

—No quiero vivir lo de la otra vez. Prefiero descansar.

Pasan la tarde en el piso familiar. Incomunicados. Ni móvil ni tele ni radio. Peyo se queda en el salón. Dani se mueve por la casa. Se ducha, pasa un aspirador, prepara una de esas ensaladas que tanto le gustan para cenar. Busca mantenerse ocupada. Se maneja como si no tuviese la escayola en el brazo izquierdo y las lesiones del cuerpo no parecen restarle ya movilidad. Peyo la escucha canturrear.

Cenan. Una cena rara. Comparten vino y ensalada y Dani se empeña en comportarse como si nada ocurriese. Solo quiere hablar de asuntos pueriles. Peyo lo respeta. Dani le cuenta anécdotas intrascendentes de cuando empezaba su carrera de periodista.

Son ya las once de la noche cuando Dani dice que ya pueden encender móviles, televisión y radio. El teléfono de ella empieza a vibrar enloquecido. Como una cafetera recalentada. No tardan en encontrar canales y emisoras que aún están hablando de todo ello.

Luis Cáceres ha dimitido como ministro a media tarde.

El portavoz del Gobierno ha comparecido ante los medios. Lamenta que un miembro del gabinete mintiera a los ciudadanos. Condena el comportamiento del ya exministro. Y, por supuesto, huelga decirlo, remarca que ni el presidente del Gobierno ni ningún otro miembro de este tenía conocimiento de las relaciones de Luis Cáceres con un mafioso serbio o con el excomisario Roque Cardoso.

Todos los analistas, comentaristas y tertulianos coinciden en que Cáceres será procesado por prevaricación.

Soledad, piensa Peyo. Al final es lo único que queda.

La Audiencia Nacional ha dictado orden de busca y captura contra Zoran Lazic. Un auto ha revocado su libertad condicional. Lo último que se ha sabido de él es que se alojaba en el hotel Palace tras salir de la cárcel de Estremera. Ahora está en paradero desconocido. A los periodistas les encanta repetir su apodo: el Vampiro de Nis. Funciona de maravilla para el marketing criminal. El personaje ha recuperado protagonismo de manera fulminante.

Cuando por fin terminan las vibraciones del móvil de Dani, le entra una llamada. Es Lucía. Dani contesta. Su amiga suena muy alterada.

—¡¿Se puede saber qué haces con el móvil apagado?! —le grita—. ¿Estás siguiendo todo lo que dicen de ti?

Ven titulares y declaraciones a través de internet. Daniela Lozano lo destapó. Daniela Lozano tenía razón. Nos portamos mal con Daniela Lozano. Los mismos que la denostaron, que ridiculizaron su primer artículo, que la tacharon de fantasiosa y amarillista, ahora se deshacen en elogios hacia ella en sus columnas, sus tertulias y sus cuentas en redes sociales.

—Has ganado —le dice Peyo.

—Bueno, ya sabes cómo es esto —le dice ella—. Hoy ganas, mañana puedes volver a perder.

Llamadas y mensajes siguen entrando en el móvil de ella. No les presta atención.

La sorpresa es que el móvil de Peyo también suena. Solo dos personas tienen su número. Y una de ellas es Dani.

Peyo contesta.

La voz de Gordi suena débil, encogida, abrumada.

—Siento molestarte a estas horas, Peyo.

Es la primera vez que le llama a ese móvil.

—¿Qué pasa?

Gordi tarda en responder. Pero no es porque quiera darle emoción ni suspense. Es que está tan nervioso que no le sale la voz. Necesita unos segundos para superar el ahogo y lograr decirlo:

—Ha llamado Dardo. Quiere verte.

Gordi espera hasta que se van el resto de los clientes. Peyo lleva un rato en el bar, de vuelta en su taburete de la barra tras los días de ausencia. Apenas han cruzado unas palabras. Gordi ha estado yendo de aquí para allá, atendiendo a la clientela. Peyo se mantiene en su sitio, estirando una caña. Y, únicamente cuando se han quedado solos, Gordi le ha dado todos los detalles de la llamada y Peyo los ha anotado.

Viene de ver al Trompos en su taller, un local donde solo caben un par de coches a la vez. Hay piezas por todas partes. Parachoques, alerones, travesaños, capós, ruedas, altavoces, faros y, junto a ello, todo tipo de herramientas, sopletes y pistolas de pintura. En un primer vistazo, aquello parece más un desguace que un taller. Huele a gasolina, a aceite, a aguarrás y, sobre todo, a pintura. Un olor capaz de colocarte de por vida. Sobre un estante, entre llaves y destornilladores de diferentes modelos, hay un aparatoso reproductor de *compact disc*, que uno creería roto de tan anticuado. Suena Rosendo a un volumen desaforado. Entre el mareante olor, la música a todo trapo y lo difícil que es moverse entre el caos de piezas y los dos coches a medio tunear, lo único que desea uno nada más entrar allí es marcharse cuanto antes.

Peyo ha ido a media tarde. Ha abierto la puerta de un

empujón, porque encaja mal en el marco, y se ha quedado esperando, respirando ese oxígeno envenenado y oyendo a Rosendo cantar que este juego ha terminado mucho antes de empezar. El Trompos ha salido de un cuartucho que hay al fondo que le sirve de oficina, vestuario y a veces, cuando se embebe con algún encargo, hasta de dormitorio.

—Han pasado muchas cosas, ¿eh? —le dice a Peyo como saludo, teniendo casi que gritar para hacerse oír por encima de la música.

Peyo le contesta, pero no oye lo que le dice. Le indica con un gesto que espere y va hasta la pared de la estantería, estira el brazo y apaga el reproductor de discos.

—Decía que han pasado un huevo de cosas.

—Y yo decía que he venido a darte las gracias.

El Trompos asiente, pero no hace preguntas. Le ofrece una cerveza, Peyo la acepta, el Trompos va al cuarto trasero, vuelve con un par de latas y le da una. Para sorpresa de Peyo, está helada.

Han pasado la tarde en el taller. Cuando llevas un rato dentro, el cerebro está ya tan intoxicado que se deja de percibir la mezcla de olores. Se han sentado en un par de sillas de playa. Han dejado vacía la neverita que el Trompos tiene en el cuarto. Al Trompos se le ve tan a gusto allí sentado como si estuviese al borde del mar o en un banco del parque. No hay para él mejor lugar en el mundo que su taller y Peyo no ha protestado ni ha propuesto ir a otro sitio por no decepcionarle.

No han hablado de nada de lo que cabría esperar que hablasen. No han mencionado ni los sucesos recientes ni lo que está por venir. Han saltado muy atrás. Antes de todo. Cuando aún eran unos niños y se liaban a pedradas o a puñetazos en la plaza, en duelos a muerte con un par de cigarrillos como trofeo para el ganador, o cuando entraban en tropel en el ultramarinos para despistar al tendero y poder así asaltar el congelador y hacerse con el primer gran botín de su vida, unos helados *flashgolosina* de menta o de limón.

El Trompos repasa nombres. Sitúa a cada uno. Los que murieron, los que se fueron para no volver, otros que son como él y aún siguen por ahí dando tumbos, alternando buenas y malas rachas, algunos esforzándose en no meterse en líos, otros sin saber vivir sin meterse en líos. El Trompos le traza en pocas frases la historia de chicos y chicas de su infancia y Peyo no le dice que apenas le suenan de algo la mayoría de los nombres que cita porque le está gustando escucharle, le gusta que le hable de aquellos días y del presente, sin que lo que queda en medio importe demasiado.

Al escuchar los relatos del Trompos sobre la vida de gente que no recuerda, a Peyo le resulta extraño darse cuenta de que ha pasado tantas semanas en el barrio y no ha buscado a nadie. Se reprocha no haber hecho nada por provocar un reencuentro con alguna de esas personas. Es como si hubiese estado todo este tiempo en cualquier otro barrio en vez de en el suyo y eso, de pronto, le hace sentir mal, le genera una repentina e indefinida sensación de culpa, como si le hubiese fallado, no ya a esos personajes de su infancia que ni siquiera recuerda, sino al propio barrio.

Las latas de cerveza vacías se acaban desperdigando por el suelo y se confunden en el caos de piezas y herramientas. Cuando Peyo le dice al Trompos que se va, este le acompaña hasta la puerta del taller, pero no sale a la calle con él.

—Yo me quedo aquí —le dice—. Este es mi sitio.

—Hace muchos años, cuando Merche me preguntaba qué proyectos tenía para el futuro, le decía que me gustaría trabajar en un taller.

Han mencionado a muchas personas, pero esa es la primera vez que surge el nombre de Merche.

Ninguno de los dos quiere detenerse en ello.

—Me alegra que hayas encontrado un sitio —le dice Peyo.

El Trompos se señala una rayita algo más blanca que el resto de su piel, encima de la esquina de su ceja izquierda.

—No recuerdas esto, ¿verdad?

Peyo niega con la cabeza.

—Me lo hiciste tú. Con uno de aquellos tirachinas que montábamos con palos, gomas y pinzas de la ropa.

—No me acuerdo.

—Lo sé. —El Trompos muestra sus largas paletas en una mueca de falsa ofensa—. Ya me he dado cuenta de que no te acordabas de nada de lo que hemos estado hablando. Eso es bueno. La nostalgia solo es otra mala droga.

Se despiden con un abrazo. Se dicen adiós como han pasado la tarde: sin mencionar lo que pueda ocurrir.

Peyo va del taller al Bar Cosmos. Camina sin prisa. Y a mitad de camino tuerce por una calle que le desvía de su destino.

Necesita ir.

Llega cuando ya se ha hecho de noche. Ni siquiera está seguro de que sea el sitio correcto. Se detiene en la acera, bajo una farola, y contempla el agradable edificio de pisos de cuatro plantas que tiene ante él, al otro lado de la calle. A través de los ventanales de los salones, que llegan hasta el suelo, se atisba algo de la vida en el interior. Televisiones encendidas, una mujer joven que le habla a alguien que está sentado en un sofá, unos niños que se levantan del suelo y se van corriendo. Busca alguna referencia que le oriente, pero no la encuentra. A pesar de ello, está seguro.

En ese solar estaba la decrépita casa donde el Indio tenía el bar y el puticlub. No queda ni rastro de ella.

Mejor así, piensa.

Va al Bar Cosmos y recorre el trecho que le queda sintiéndose orgulloso de este barrio que no se parece en nada al que fue. Es un barrio que ha vencido al tiempo y al destino. Y se lamenta de no haber sabido celebrar su victoria. Debería haber entrado en todos sus bares, en sus tiendas, haber recorrido todas sus calles, haber buscado a viejos conocidos y haberlos visitado en sus casas. Tiene la incómoda sensación de estar en deuda sin saber ni qué debe ni a quién. Gordi le pregunta si quiere otra cerveza. Peyo le dice que ya ha bebido de sobra. Gordi le pregunta cómo está Dani. Peyo solo contesta que bien. Gordi le pregunta si quiere cenar algo. Peyo le contesta que vale. Cada pregunta y respuesta es solo una breve interrupción de un silencio que dura demasiado.

Peyo se encarga de preparar una de las mesas. Pone platos, vasos y cubiertos. Gordi va a la cocina y cuando vuelve trae una bandeja con una presa de aspecto apetecible y patatas fritas y una botella de vino.

Comen. En silencio. Sin mirarse. Hasta que Gordi decide hablar.

Esta noche su voz suena firme y tranquila. No tartamudea ni se trabuca al hablar.

—Tengo una mujer y un hijo.

Peyo detiene el tenedor con un trozo de carne pinchado a mitad de camino hacia su boca. Levanta la mirada con asombro, porque lo último que le cabía esperar de Gordi era que fuese padre y marido.

—¿Cómo no me lo habías dicho antes?

—Nunca me has preguntado.

Gordi se lleva su vaso de vino a la boca. Bebe sin prisa.

—Ella se llama Elena. Es auxiliar de clínica. En La Paz. Es una mujer buena, guapa y paciente conmigo. Nuestro hijo se llama Juanito, aunque pronto tendremos que empezar a llamarle Juan, porque ya tiene quince años y me saca una cabeza. Le va bien en los estudios y es un portero de fútbol bastante decente. Me siento muy orgulloso de los dos.

—¿Por qué me cuentas eso ahora?

Las mejillas de Gordi se han coloreado. Pero esta vez es un color de orgullo, un enrojecimiento de satisfacción.

—Todo se lo debo a Dardo.

Gordi aprecia la curiosidad que expresa el rostro de Peyo. Le resulta novedoso y halagador que por una vez muestre interés por lo que él pueda decir.

—Yo os admiraba. Cuando aún estábamos en los Recreativos y vosotros ya dabais vuestros palos y yo solo era el gordito que ayudaba a su padre. Os veía y me parecíais increíbles. Para mí erais como los personajes de las películas. Como los siete magníficos o los doce del patíbulo. El Trompos, el Flecos, tú... Y Dardo, claro. Joder, cuánto deseaba ser como vosotros. Lo soñaba cada día. No podía querer nada tanto en la vida. Así que un día me armé de valor, me acerqué a Dardo y le pedí que me admitiese en la banda.

Una sonrisa un poco triste asoma a su rostro, como si solo ahora, tantos años después, comprendiese que no tenía ninguna posibilidad de obtener una respuesta positiva. Gordi, el pelirrojo gordito, queriendo ser todo un quinqui. De risa.

—Dardo me dijo que no, pero no se burló ni me despreció. Creo que esa fue la única vez que hablamos durante un rato largo. Me dijo que tal vez en ese momento yo no me daba cuenta, pero mi vida iba a ser mucho mejor si no me convertía en otro de vosotros. ¿Sabes cuál es nuestro futuro?, me dijo. Ser infelices. Eso fue lo que me dijo. Todo lo que ves en este momento es mentira, me dijo. Terminará y, cuando termine, cada uno de nosotros estará en algún sitio, solo e infeliz. Así que no te pongas triste por que no te deje unirte a nosotros, porque, cuando ese final llegue, tú serás el único que al final del día tendrá una familia y un hogar y un trabajo decente.

Gordi hace una pausa, como si sus propias palabras le hiciesen meditar.

—¿Sabes qué edad tenía Dardo cuando me dijo eso?

Peyo espera sin decir nada.

—Dieciséis años, joder.

Las mejillas de Gordi refulgen. Habla más de lo que Peyo le ha oído nunca hablar de seguido. Recorre con rapidez el pasado que siguió a aquel momento. Los Recreativos Cosmos cerraron. Su padre murió poco después porque al final resultó que no tenía interés en vivir fuera de los Recreativos. Él no sabía qué hacer con su vida, una vida con la que hasta entonces no había hecho nada. La banda de Dardo ya no existía. Estaba solo. Asustado. Consiguió un trabajo de camarero en uno de los muchos bares del barrio.

Dardo se presentó allí un día.

—Creía que Dardo no volvía nunca por el barrio —dice Peyo.

—Me dijo que, dando un paseo, había visto este local —continúa Gordi—. Estaba pensando en comprarlo. Se le había ocurrido una idea. Bar Cosmos, me dijo, ¿cómo te suena? Una vez quisiste unirte a mí, me dijo, ¿qué tal ahora?

—¿Dardo es el dueño de este bar? —exclama Peyo.

—Le pregunté por qué lo hacía. Me dijo que quería asegurarse de que se cumpliese lo que un día me había dicho, que no lo había olvidado. Mi vida feliz. Yo le dije que él sí lo había logrado, que él sí era feliz. Al oír eso se echó a reír.

Gordi extiende los brazos, como si pudiese sujetar sobre la palma de sus manos el suelo y las paredes, las mesas y las sillas, la barra y las botellas de los estantes y todos los vasos que siempre seca, el bar entero.

—Lo compramos a medias. Yo tuve que pedir un préstamo, claro, pero ya lo he liquidado. Él solo vino un par de veces, muy al principio. Nunca se ha metido en nada del negocio ni me ha pedido beneficios. Decía que le bastaba con tener su mitad. Hace mucho que ni siquiera le veo, no sé ni decirte cuánto. Solo tengo un número de teléfono. Él me llamó para avisarme de tu salida y pedirme que me ocupase de darte el dinero y me ha llamado ahora para decirme que quería que os vieseis.

El silencio regresa. Gordi suspira. No está acostumbrado a hablar tanto. Parece como si se hubiese desinflado un poco, como si se sintiese aliviado, más ligero.

—Solo te he contado todo esto por una razón —afirma y, por vez primera en la conversación, se atasca un poco entre cada palabra, un aviso de que regresa su habitual balbuceo—. Nada tiene un solo color, Peyo. Dardo quiso ayudarte a volver a empezar dejándote aquí ese dinero. Quería que estuvieses bien. Y Dardo fue quien me dio la oportunidad de tener la vida que tengo. Y no se equivocaba: soy feliz y mi mujer y mi hijo también lo son.

Gordi se inclina apenas hacia delante. Se atora. El rostro se le enrojece más aún, pero esta vez sí es porque vuelve a necesitar coger fuerzas para hablar. Lo suelta por fin, como una bocanada de aire, una última espiración.

—Es nuestro amigo. Es un chico del barrio. No lo olvides.

El siguiente silencio es el más largo. Se prolonga a través de la memoria de ambos, de toda esa última noche, de todo lo dicho y lo no dicho.

—Es hora de irnos, Gordi —señala al fin Peyo—. Tu mujer y tu hijo te estarán esperando.

Gordi no se mueve. Le está mirando.

—¿Te queda aún dinero? ¿Necesitas algo?

Peyo le responde que no con un gesto.

—¿Qué vas a hacer?

Peyo se levanta del taburete. No quiere sostener esa mirada.

—Es hora de volver a casa.

Cuando Peyo se marcha, se despiden como un día cualquiera. Ninguno de los dos lo dice, pero ambos saben que él nunca volverá.

Peyo abre la puerta del piso procurando hacer el menor ruido posible. Dentro está a oscuras y en silencio. Camina pisando con cuidado de que no cruja el parqué. Pero, al girar en el pasillo, se topa con Dani. Lleva el pantalón ancho y la camiseta que usa para dormir.

—¿Te he despertado?

—Solo quería asegurarme de que no era nadie que viniese a matarme.

Se dedican una sonrisa tranquilizadora. Desde que esa mañana han decidido que dejan el retiro en el piso familiar, se ha quebrado esa convivencia improvisada a partir de confortables sobreentendidos. En su lugar se ha interpuesto una indefinida incomodidad, como si cada uno se sintiese culpable ante el otro de que una larga vida juntos llegase a su fin.

—¿Todo bien?

—Todo bien.

—Entonces, ya seguro, ¿te vas mañana?

Dani sabe que no hay duda al respecto. Peyo le ha contado el motivo de la llamada de Gordi. Lo han vuelto a hablar hace unas horas, antes de que Peyo se fuese al barrio. Dani cree que no debe hacerlo. Solo ve riesgos. Aún faltan respuestas, le ha dicho él. No existen ya muchas vías para obtenerlas. Y sabe que son importantes para ella. A pesar de que todos aplauden a Dani por su investigación periodística, ella siente que no ha logrado nada. No han resuelto las muertes de Raúl y Alberto Jiménez Martín. Y Lazic sigue siendo una amenaza.

Peyo le miente una vez más. No va a ver a Dardo en busca de esas respuestas que ella necesita. Va para protegerla. No se le ocurre otra manera. Pero no va a decirle eso. Aunque intuye que ella lo sabe.

Dani ha tenido que acabar cediendo.

—Entiendo que vayas —le ha dicho—. Lo que no entiendo es lo otro.

Peyo le ha preguntado a qué se refiere.

—A que no piensas volver.

Tampoco le había dicho él eso. Esos últimos días han establecido entre ambos un peculiar vínculo que no requiere palabras. Porque Dani tiene razón. No va a volver. Peyo lo sabe desde que decidió que iría a ver a Dardo. Por eso, tras su conversación, se fue al barrio a ver al Trompos y a Gordi. Una despedida.

Dani le preguntó por qué. Y en esto él sí le dijo la verdad:

—No lo sé. Solo sé que esa es la única manera de que llegue a ser libre por completo.

Ella no ha insistido. De todas formas, Peyo no habría sabido darle más razones.

Dani le ha dicho que se vuelve a su apartamento. Una vez que ha escrito y entregado los artículos, protegida por él, regresa a su primera idea tras salir del hospital: sea quien sea quien vaya a por ella, no va a echarla de su casa.

—Esto no podía durar para siempre —le dice ella.

Él sabe que no. Pero, por un instante, desearía que sí.

Se miran en el pasillo. Dudan. Y deciden lo mismo a la vez. Y saben que están de acuerdo sin tener que compartir ni sus dudas ni su decisión.

—Buenas noches, Dani.

—Buenas noches, Peyo.

Acostado en la mullida cama de los padres de Dani, Peyo permanece despierto. Tumbado boca arriba, los ojos abiertos, las manos unidas sobre el vientre. Piensa en Roque Cardoso, ahora muerto. Sin pena ni alegría. Piensa en Dardo, al que verá pronto, tres décadas después. Piensa en Dani, que está ahí, al otro lado de un tabique, al otro lado del mundo. Piensa en Merche, porque no ha dejado de pensar en ella ni un solo día de su vida, como tampoco ha dejado de pensar en Virginia. Pero, para su propia sorpresa, en quien acaba pensando más tiempo es en Gordi. Lo imagina en su casa, acostado junto a Elena, la auxiliar de clínica guapa y paciente, y cerca de Juanito, que ya merece ser Juan. Piensa en qué consiste la felicidad y se queda dormido sin lograr saberlo.

A la mañana siguiente Peyo recoge sus cosas en silencio, con actitudes mecánicas. Se va sin ceremonia, sin mirar atrás.

Dani lo lleva en su Mini a la estación de Atocha. Tampoco en el coche hablan demasiado. Solo detalles concretos. Hora de salida del tren de Peyo. Próxima cita con el traumatólogo de Dani.

Ella le acompaña dentro de la estación. Bajan por las escaleras mecánicas y contemplan las plantas del jardín tropical interior. Se detienen frente al control de billetes. Peyo se ajusta el petate en el que lleva sus pertenencias. Ella se retuerce con la mano derecha la parte del índice izquierdo que le asoma de la escayola, en un gesto nervioso que él nunca le ha visto.

—¿Así? ¿Y ya está?

—Ya sabes. No soy bueno con las muestras de afecto.

—Sigo pensando que nada de esto es una buena idea.

—Sería mucho peor si no nos separamos. Ya has visto la que armamos cuando estamos juntos.

—No tengo preparadas unas palabras de despedida. Te aseguro que anoche me pasé mucho rato pensando en qué podía decirte cuando llegase este momento. Y, la verdad, no se me ocurrió nada que me convenciese.

—Entonces no digas nada. Tú solo ten mucho cuidado, ¿de acuerdo?

Dani asiente.

—Se me ocurre una pregunta —dice.

—Adelante.

Hace una pausa. Traga aire. Suspira.

—No, mejor dejémoslo así.

Los dos se echan a reír.

Peyo camina en dirección a la encargada de comprobar los billetes. Dani le ve alejarse por el vestíbulo de la estación. Recuerda una tontería de su adolescencia: se pregunta si él se volverá para mirarla.

Peyo se da la vuelta. La mira.

Y después continúa su camino.

VI

TIEMPO DE OLVIDO

Peyo llega cinco minutos más tarde de la hora acordada. Él está allí ya. En el mirador de la fortaleza. Al frente, más allá del acantilado que corona el mirador, el sol ha iniciado su descenso hacia las aguas. Las atraviesa con un reflejo que degrada su color. Las tonalidades van desde el azul turquesa del horizonte al verde oscuro que moja la piedra.

Es el hombre de la foto desenfocada que le dieron a Dani. Más bajo de lo que Peyo lo recordaba y algo más corpulento. Viste un pantalón caqui y una camisa marrón claro, ropa cómoda pero sin coquetería. Contempla el paisaje infinito, las manos en los bolsillos, los ojos entornados para no deslumbrarse.

Peyo tiene unos segundos para observarle antes de que él se percate de su presencia. Se alegra de verle tanto como desearía no estar allí y, entre esos dos sentimientos extremos, hay otros cientos que ni siquiera es capaz de aislar y distinguir.

Es Dardo.

El tren dejó a Peyo en Huelva a mediodía. Alquiló un coche en la misma estación y ha pasado una tarde agradable recorriendo la costa del Algarve por la A-22. El tiempo estaba cambiante. A ratos brillaba el sol, a ratos se nublaba, pero en ambos casos la luz resultaba acogedora y la brisa más o menos fresca traía restos de olor del cercano océano.

Una hora antes ha parado en Tavira, uno de los muchos pueblos que jalonan la costa. Se ha sentado en la terraza de un café frente a la playa y ha pasado allí una hora, contemplando a los bañistas. En la mesa de al lado cuatro jóvenes de melenas clareadas por el exceso de sol discuten sobre tablas y olas, y, aunque Peyo no sabe nada de surf, los ha estado escuchando porque prefería oír hablar de algo que no le interesa antes que seguir dándoles vueltas a sus propios pensamientos.

Por fin los jóvenes se han levantado y los ha visto subirse en una furgoneta. Se ha quedado en la terraza un rato más, remolón, sin saber cómo retrasar más lo que viene.

Una hora después está en el cabo de San Vicente. El sol ha vencido a la bruma neblinosa. El atardecer es despejado. El faro, con su cúpula y su balcón rojos, la linterna aún apagada, se alza dispuesto a cumplir con su tarea de vigía una noche más. A su lado los restos de la fortaleza, abatida por los años y las batallas, se ensombrecen con el atardecer.

Dardo se vuelve. Se miran por vez primera en décadas. Se reconocen más allá de los cambios físicos, porque pueden ser ya otros, pero a los ojos de ambos siguen siendo los mismos.

No saben cómo saludarse. Un abrazo efusivo resultaría excesivo para el presente. Un frío estrechamiento de manos no haría honor al pasado.

—Siento haberte hecho venir aquí. Las indicaciones para llegar a mi casa son demasiado complicadas y podrías haberte perdido.

—Sin problema. Merece la pena conocer esto.

Se saltan los comentarios previsibles que ayudarían a arrancar. Nada de elogios ni bromas sobre el aspecto físico.

—Los antiguos marineros consideraban este lugar el fin del mundo. Aquí termina el golfo de Cádiz y, más allá, no había nada. Vengo aquí algunas tardes. El atardecer es inigualable.

Dardo deja que Peyo disfrute en silencio por unos instantes del descenso del sol, que cae sin prisa, una enorme circunferencia de bordes temblorosos, por debajo ya de su línea de visión, con los colores del agua cambiando según va acercándose a ella.

Peyo recuerda ese otro crepúsculo que contempló hace apenas unos días. Ese mismo sol descendía por entre los montes de la sierra madrileña y teñía de tonos anaranjados, tan diferentes a los de esta tarde que bien podría parecer otro, la piedra de los edificios egipcios. Calcula que deben de haber pasado como un millón de años entre aquel atardecer y este.

—Si lo piensas, tiene cierto sentido que acabemos encontrándonos en el fin del mundo.

Dardo se apoya en el muro.

—Echaré de menos estos atardeceres cuando me vaya.

—¿Te vas?

—Hasta el lugar más bonito puede acabar cansándote si estás solo. Tú eres el primero al que veo en todo el tiempo que llevo aquí.

—¿Y por qué viniste?

Dardo se encoge de hombros.

—Caramba, Peyo, imagino que habrá mil cosas que quieras saber. Pero, por Dios, no empieces ya el interrogatorio. Dejemos que el sol se vaya a dormir. Ya habrá tiempo para las preguntas.

Quedan en silencio. Observan al sol culminar su bajada, hundirse en el mar, seguir aún iluminando agua y cielo a pesar de estar sumergido. Las aguas del Atlántico ya no muestran mil colores, se cubren de un único tono ceniciento previo a la oscuridad total.

Peyo espera. Está al lado de Dardo. Y, aunque debería, no le sorprende cómo se siente por ello.

Se siente bien.

Dardo se vuelve al fin para mirarle. Peyo advierte una sombra de cansancio en esa mirada. Pero, más allá de las huellas inevitables del paso del tiempo, también sigue ahí la decisión, la seguridad en sí mismo, ese misterio irresoluble que siempre hubo en su mirada y su sonrisa, en su manera de decir las cosas, que hacía que a todos —amigos, mujeres, socios y enemigos— les costase tanto decirle que no.

—Tenemos muchas cosas por resolver esta noche. ¿Te parece que empecemos?

Apenas le quedan papeles por revisar y clasificar. Hay cajas abiertas por el suelo del despacho. Ha creado categorías. Libros que conservará y libros de los que deshacerse, documentos intrascendentes como facturas y recibos, notas y borradores de artículos y conferencias, escritos de terceros y recortes de prensa, títulos y diplomas. Cada cosa en sus cajas, que va identificando con un rotulador y cerrando con cinta a medida que se llenan. Las estanterías están ya en los huesos, los cajones del escritorio están vacíos, el despacho del padre ha perdido su aspecto solemne, ahora es solo una habitación en mudanza.

Dani trata de tomar las decisiones sin que interfieran los sentimientos. Habrá cajas que donará, otras que llevará consigo y algunas que acabarán en la basura. Desmontar un despacho que se le antojaba siempre intacto, invariable en su orden perfecto a través de los años, tiene algo de irreverencia, de saqueo, de profanación. Por un lado, toda esa actividad de revisar y decidir la caja a la que debe ir cada cosa le ayuda a no pensar, a dejar a un lado lo demás, a creerse que la vida es algo tan sencillo como decidir qué caja le corresponde a un libro o unos papeles. Pero, a la vez, deshacer ese despacho duele. Es volver a despedir al padre, otra forma de darle sepultura.

Cuando acabe deberá seguir desmontando el resto de

la casa. Tendrá que buscar un destino para los muebles. Dar de baja luz, agua, gas, teléfono. Investigar cuál es el precio razonable con el que sacar la casa al mercado. Elegir la agencia inmobiliaria. Pero nada de todo ello le afecta del mismo modo que desmontar el despacho. Nada de ello tiene el halo de ceremonia que hay en esa intromisión en el mundo exclusivo del padre.

Se sienta y coloca sobre el escritorio una caja que estaba en la estantería más baja de la biblioteca, casi a ras del suelo. Es de lo poco que queda por clasificar. Dentro hay un libro y una carpeta. El libro es pequeño y grueso y tiene las tapas de una tela acolchada de rayas azules y rosas. Dani lo abre por una de sus primeras páginas. En ella hay una tabla. Dos columnas. Escritas a mano. Tras ver docenas de papeles, Dani reconoce al instante la caligrafía del padre. Letra pulcra, menuda y redonda, sin un trazo de más. Números precisos, con pequeños remates en los picos que les otorgan una cierta elegancia.

Es una tabla de pesos. Mes a mes. Un mes, cuatro trescientos. Dos meses, cinco doscientos cincuenta. A los ocho meses, ya son nueve novecientos. Así hasta los dos años, a los que llega con unos redondos dieciséis kilos.

Pasa a la siguiente página. Otra tabla semejante a la anterior. Esta es de altura. Noventa y tres centímetros a los dos años, un metro con dos a los tres. Y mediciones cada seis meses. La misma letra precisa, los mismos números cuidados. Pasan los meses y los años, pero la caligrafía no varía. Ni siquiera el color de la tinta con que se han escrito. Las anotaciones podrían haberse hecho todas en el mismo día de lo simétricas y semejantes que son.

Otra página. Regalos de cumpleaños. Todo un inventario. Triciclo, cocinita, muñeca Nancy, caja de rotuladores de colores, jersey y falda. Los regalos de Reyes se recogen en las dos páginas siguientes con igual enumeración. Y en otra van los de la primera comunión. Esas tablas de regalos tienen una tercera columna. En ella el padre anota comentarios escuetos. Le gustó, sorprendida, encantada, tal vez esperaba otra cosa. Al lado de uno de los regalos de Reyes, ya a los cinco años, un plumier completo, el padre escribe una frase más larga: entusiasmo inesperado, ¿escritora en camino?

Las últimas páginas se asemejan a un diario. Se suceden curiosidades acompañadas de comentarios. Primera palabra que dijo: «Falapa». Es su manera de llamar a la cuchara, nadie sabe por qué, apunta al margen el padre. Primera canción que canta a todas horas: un elefante no para de balancearse sobre la tela de una araña, no lo soportamos más. Primeras lecturas: prefiere *Los Siete Secretos* a *Los Cinco*, es de ideas fijas. Y, al fin, por supuesto, las notas. Curso a curso, asignatura a asignatura. Con una apariencia semejante a la de un boletín escolar. Buena en Lengua, excelente en Literatura, siempre a rastras con las Mates y la Física.

Dani nunca había visto ese libro. Lo deja sobre el escritorio despacio, con cuidado, como si fuese un objeto frágil. Saca la carpeta de dentro de la caja.

Una carpeta de anillas. Ha revisado otras semejantes. Dentro, cada documento se conserva en una funda de plástico sobre la que hay pegada una pequeña etiqueta en que está escrita una fecha.

Dani va pasando las fundas. Dentro de cada una hay un artículo escrito por ella.

Por supuesto, no está todo lo que ha publicado en su carrera. Es una selección. El padre debía de guardar los que más le gustaban. Las etiquetas van marcándole el paso de los años. Desde que empezara a trabajar hasta hace tres años, cuando la cabeza del padre empezó a dejar de ser lo que era.

Leía todo lo que publicaba. Elegía sus favoritos y los guardaba. Nunca se lo dijo.

Comprende. El hombre adusto, de pocas palabras, sin tiempo nunca que malgastar. El padre admirado y buscado que nunca estaba al alcance, que parecía estar siempre un paso más allá de donde ella habría deseado.

Descubre su error.

José Javier Lozano quería a su manera. Quería con precisión, con certeza, con datos, quería con una meticulosidad académica, midiendo y pesando y anotando regalos y reacciones y anécdotas y evolución. Viéndola ser niña, vigilando su crecimiento y su formación, disfrutando de la hija periodista. Sin efusión, sin frivolidad, sin tiempo que perder.

José Javier Lozano quería raro. Quería mal. Quería de la única manera que sabía querer. Y, solo ahora, Dani es capaz de comprenderlo.

Deja de leer sus propios artículos. No los ve. Sus ojos se han anegado de lágrimas que le emborronan la visión. Tenía pendientes esas lágrimas. Guardadas. Escondidas. Y ese es un buen momento para dejarlas ir.

Peyo sigue con su coche al de Dardo, que va en un jeep de color verde militar con techo de loneta y con la carrocería salpicada de manchurrones de tierra. Entran en Sagres. Dardo lo lleva a cenar a un restaurante frente a la lonja, que a esas horas permanece cerrada. El restaurante tiene el aspecto modesto de un bareto para pescadores, sin ningún reclamo turístico, pero Dardo le asegura que ofrecen el mejor pescado de la zona. Se sientan fuera, en una mesa esquinada. El camarero saluda con familiaridad. Dardo pregunta cuál es el pescado del día. Dorada. Pues ya sabes, dice, ensalada de pulpo, dorada y una botella de Imprevisto blanco.

—Uno tiene que saber cuándo ha llegado la hora de retirarse —dice Dardo, cuando ya tienen en la mesa dos vasos y la botella de vino—, pero momentos como este son los que me hacen dudar.

Las cosas han ido despacio, le explica. Más de lo que se esperaba. Eligió una de sus propiedades en el Algarve mientras duraba todo el proceso. Ya le avisaron de que llevaría algún tiempo, pero no esperaba que tanto. La burocracia, el papeleo, todo se ha ido retrasando. Creemos que los norteamericanos lo hacen todo mejor que nosotros y no es verdad, dice. Igual de lentos.

—Aparecen un par de tipos. Se pasan días haciéndome

una y otra vez las mismas preguntas. Se van. Me piden que espere hasta que vuelvan a contactar conmigo. Y a veces pasan hasta dos o tres semanas sin que sepa nada de ellos. Hasta que reaparecen y vuelta a empezar. En cada visita lo mismo. Una y otra vez. Comprueban cada dato que les das un millón de veces. Ni te imaginas lo desesperante y aburrido que puede ser.

Peyo le para. Le dice que no entiende nada. Le pregunta de qué le está hablando. El camarero les trae la ensalada de pulpo. Dardo sirve a Peyo y luego se pone él en su plato.

—La gente de la DEA. Para eso estoy aquí. Cuando terminen de organizarlo todo me tendré que ir a donde ellos decidan. Nombre nuevo, vida nueva. ¿Es que no has visto películas, Peyo?

—No te entiendo.

—Testigo protegido. Tú les das lo que te piden y ellos te perdonan tus delitos, te buscan un escondite y te pasas el resto de tu vida disfrutando de una plácida jubilación con una identidad falsa. —Dardo se mete un trozo de pulpo en la boca y lo saborea con entusiasmo—. Esto es una delicia —dice con un gemido apreciativo—. Ahora tengo ganas de largarme de una vez, pero estoy seguro de que pronto echaré demasiado de menos esto.

—¿Estás colaborando con los norteamericanos?

—No te diré que me siento orgulloso de ello, pero tampoco me avergüenzo.

Dardo suspira y aprieta los labios en un gesto en que hay resignación y pesadumbre.

—Ya no estoy en forma, Peyo. Ha sido un viaje largo, tú lo sabes. Ha llegado el momento de parar.

—Nunca habría imaginado oírte decir eso.

—Digamos que no es una retirada por completo voluntaria. Tan solo me he anticipado. He preferido elegir yo mi final a que otros me lo impusieran.

Dardo sujeta su vaso de vino en la mesa con dos dedos. Lo hace girar sobre el mantel.

—A lo largo de los años he visto a muchos nacer, crecer y caer. Tipos que adquirían poder y fortuna con sus negocios y luego, siempre, al final, la acababan jodiendo y terminaban en la mierda. Yo llegué a creer que nunca sería uno de ellos. Me creí el más listo. Me investigaban y jamás lograban tener nada con lo que agarrarme. Aparecieron tipos que intentaron hacerme la competencia y siempre los acabé expulsando de la partida. Pero al final, como tantos otros, acabé cometiendo una pequeña estupidez y eso ha bastado para que todo se venga abajo.

—El robo del puerto de Málaga.

—El robo del puerto de Málaga, sí.

Dardo lo narra con pesar, lamentándose de haber sido tan idiota. Peyo le deja contarlo, aunque ya lo sepa. La propuesta con que le fueron el Trompos y Baby Páez. El robo. La droga guardada en una nave de su propiedad. El GPS y la detención de Baby Páez.

—Mataste a ese chico.

A Dardo nunca le ha gustado bajar al detalle. No da siquiera señal de haber oído eso. Todo se complicó, resume. Los norteamericanos estaban como locos por detener a todos los que habían participado en el robo. Habían hecho el ridículo con todo aquello, habían cabreado además a sus colegas españoles. La única manera de recuperar la dignidad perdida y la confianza rota era siendo implacables en la persecución de los ladrones.

—Hay gente que es capaz de soportar la presión y mantenerse callada, y los hay que no. Es algo que uno aprende a detectar. Tú eres de los que aguantan. Baby Páez no lo era.

Había que tomar la iniciativa. Actúa rápido. Dardo ofrece un trato. A los españoles los contenta entregándoles a Zoran Lazic. Se apuntan así a un pez gordo de la mafia internacional. Solo tienen que acercarse al aeropuerto de Barcelona y ahí lo tienen.

—Lo que no supe prever es en qué iba a consistir el trato que después les ofrecería Lazic —se lamenta Dardo—. ¿Ves lo que te digo? Ya no estoy en forma.

La DEA también quiere lo suyo. Y no se va a conformar con cualquier cosa. El orgullo herido exige una compensación de altura.

Dardo se da cuenta de que Peyo no ha probado su ensalada. Le insta a que coma. No encontrarás mejor pulpo en ningún sitio, le asegura. Peyo se lleva un trozo a la boca, aunque no tiene hambre. Le cuesta masticar y tragárselo.

—Empecé a verlo todo desde otra perspectiva. Todo ese desastre del robo de Málaga no era una derrota. Era una señal. No, yo no era diferente. Como todos, también yo terminaría cayendo si me empeñaba en seguir. Mejor acabar. Del todo. Han sido muchos años. Llega la hora de marcharse. Que nadie pueda dar conmigo para cobrarse viejas deudas. Y esa desaparición total es lo que pedí a los norteamericanos.

—¿A cambio de qué?

Dardo tarda en contestar. No ha cambiado. Le gusta intrigar. Le gustan los golpes de efecto. Le gusta tener ahí a Peyo, sentado al otro lado de la mesa, sin probar ni comida ni bebida porque lo único que quiere es saber.

El camarero les trae la dorada en una bandeja. *A cor do ouro e o tamanho de uma baleia,* dice el camarero inclinando la bandeja para que los dos puedan apreciar la espléndida pieza, adquirida esa misma mañana en la lonja cercana. Dardo lo celebra con un breve aplauso.

A Peyo le retiran el plato con su pulpo casi intacto y le ponen uno limpio y Dardo vuelve a encargarse de servir.

—Tenía que irme de España —explica Dardo—. Los

norteamericanos exigían organizarlo todo desde un tercer país en el que no quisiesen detenerme sus autoridades para evitar cualquier conflicto legal. La entrega de Lazic fue mi salvoconducto ante la policía española para que me dejaran salir sin problema. Y aquí estoy. Esperando a que los jodidos yanquis se den por satisfechos con toda la información que les estoy pasando para montar su caso y por fin me lleven a pasar el resto de mi vida a donde demonios decidan.

—No me has dicho aún qué les das a cambio.

Dardo levanta su vaso.

—El premio gordo.

Bebe y lo vuelve a rellenar.

—¿Recuerdas a Al Nadir?

Dardo tiene de todo para darles. Operaciones, fechas, cifras, nombres. Al Nadir, el príncipe, había estado a punto de caer en manos de los norteamericanos por lo mismo que Dardo: el capricho de enredarse en una operación menor pero emocionante. Comprar media tonelada de coca a unos falsos traficantes mexicanos cargándola en su propio yate particular.

—Es triste que nos hagamos mayores y cometamos errores de principiantes —dice Dardo con tono condescendiente—. La edad no trae la sabiduría, como dicen. Solo produce un peligroso aburrimiento.

Años tratando de dar caza al mayor traficante de armas y drogas del mundo e iban a atraparle de la manera más simplona. Pero Dardo les ofrece a los norteamericanos algo mucho mejor. Con su testimonio podrán procesarle por una larga lista de delitos mayores y no solo por la compra de un cargamento de coca. Todos felices.

—Y esa es otra buena razón para esconderse —concluye Dardo—. Uno no testifica contra alguien como Al Nadir y sigue con su vida habitual.

Se sirve dorada por dos veces. Peyo ni siquiera termina su primera ración.

—Las cosas se complicaron cuando Lazic trató de chantajear al ministro. Y luego aparecisteis tú y esa periodista. Su artículo lo enredó todo. Yo no podía permitirme que españoles y norteamericanos se pusieran nerviosos. Si se empezaba a hablar de mí en la prensa, mi acuerdo con la DEA podía irse a la mierda.

Dardo se limpia la boca con la servilleta.

—Pero también me habéis salvado. Cardoso iba a por mí y, con la que habéis montado, me lo habéis quitado de encima.

—¿Sabías que Cardoso iba a traicionarte?

La pregunta parece divertir a Dardo.

—Cardoso y yo hemos estado utilizándonos desde los tiempos del Hanói. Los dos nos hemos beneficiado de nuestra relación. Después de tantos años se nos podría definir como buenos amigos y, a pesar de ello, siempre supe que, si alguna vez lo necesitaba, no dudaría en ir a por mí. Pero vosotros me habéis librado de él. Así que ya ves, Peyo: tú me odias y yo, en cambio, te estoy agradecido.

Dardo ha contado todo ello con una cierta jovialidad, como el amigo que pone al día a otro de sus últimos amoríos o cualquier andanza intrascendente. Probablemente esperaba de Peyo alguna reacción más expresiva. Pero Peyo se mantiene serio, inapetente, sin querer entrar en la ficción de que esa cena sea solo un inofensivo y feliz reencuentro entre dos viejos amigos.

Dardo hace un último intento. Le dice que ya ha hablado demasiado de él.

Historias de criminales, ¿a quién le interesan?, dice riéndose.

Puedes despreciarme, solo soy un soplón, le intenta provocar.

Háblame de ti, le pide al fin.

—¿De mí? ¿Qué puedo contarte de mí, Dardo? Yo ni siquiera he tenido una vida.

La mitad de la dorada queda en la bandeja. La mitad del vino queda en la botella. Del mar cercano comienza a subir un ligero relente que atraviesa la piel y busca morder los huesos.

—Delicioso —le dice Dardo al camarero cuando se acerca a recoger la mesa.

Después, menos jovial, contempla a Peyo durante unos segundos.

—De acuerdo. Vayamos a mi casa a tomar una copa y a liquidar todo este asunto, si te parece bien.

Peyo asiente en silencio.

Se publica el segundo artículo. Su protagonista es Baby Páez. Cómo un joven alunicero acabó tiroteado en una calle de Vallecas por empeñarse en jugar con los mayores. Dani traza el hilo que une la caída de la red criminal de Roque Cardoso y del ministro del Interior, que ya trató en el primer artículo, con la alianza de Baby Páez con dos personajes de altura dentro del crimen organizado para robar el cargamento de droga equivocado.

Un éxito.

Lucas Montañés, el redactor jefe que aceptó publicar la serie, llama entusiasmado. Gustan, le dice. No, joder, más que eso: entusiasman. Lo más leído del día. ¿Solo cuatro artículos? ¿No podría estirarlo? Ya hemos enganchado a los lectores, eso no ocurre todos los días.

Dani le recuerda lo que queda por contar. El tercer artículo enlaza con el segundo narrando las carreras paralelas de Dardo y Lazic, desarrolla lo que ha investigado a partir de los informes sobre empresas y tapaderas legales de Dardo que le pasara Montes y acaba reflexionando acerca de las diferencias entre el crimen organizado autóctono y el importado.

El cuarto habla de Alberto Jiménez Martín. Al final del camino, después de tanto crimen y tanta sangre, de tanta ambición y tanta traición, lo único que queda es un vagabundo muerto sobre el asfalto. Alberto Jiménez Martín se merece esa licencia poética.

No escribiré más sobre todo esto, le dice Dani a Montañés. Quiero pasar página, seguir adelante. Montañés no duda: ¿con nosotros? Le ofrece ficharla para su periódico. Vente a verme. Dani evita comprometerse, solo le dice que ya hablarán.

Esa misma mañana recibe una llamada en el móvil que duda si contestar o no. Se queda mirando el nombre en la pantalla. Debe de estar a punto de colgar cuando al fin contesta.

—Hola, Antonio.

Hubo un tiempo en el que Antonio respondía a aquel saludo echándole una bronca por el motivo más peregrino, daba igual, tan solo porque le gustaba rugir y, una vez desahogado, rubricaba la regañina con alguna de sus grandes máximas sobre la profesión.

Ahora, solo hay un silencio incómodo antes de que él diga:

—Son buenos.

Espera. Dani no dice nada. Él vuelve a hablar:

—He leído los dos. La historia ha cogido cuerpo desde lo que publicaste con nosotros. Te felicito. Todo el mundo ha visto en las noticias lo que ha ocurrido. Pero, ahora, los lectores también quieren saber lo que Daniela Lozano tiene que contar sobre ello.

Otra pausa. ¿Un elogio de Antonio? Cuando entró en el periódico, los más nuevos de la redacción hacían chistes sobre ello. ¿Qué podía producir un elogio del viejo gruñón? Antonio, he conseguido una exclusiva: Cristo ha regresado a la Tierra y va a darme una entrevista. Y él diría: que sepas que no tendrás portada si no le sacas un titular bueno de verdad.

Dani, sentada en el sillón del despacho de su padre,

sonríe al recordar. Añora a aquella periodista novata, impresionable y crédula.

Le da las gracias. Él carraspea. Le oye: está fumando un Ducados, seguro.

—¿Volverías?

—El tabaco te acabará matando.

—Todo fue un error. Todos nos equivocamos.

Dani casi puede sentir el humo y el olor del cigarro a través del móvil. Puede verle. Antonio se lo lleva a la boca, aplasta de más la boquilla entre sus labios, aspira y expulsa una bocanada de las suyas, que siempre parecen más largas y más densas que las de cualquier otro fumador.

—¿Sabes, Antonio? Hay algo mucho peor que la traición, la mentira o la injusticia. Todo puede llegar a perdonarse. Incluso, a veces, hasta a comprenderse. Pero hay algo de lo que uno nunca se recupera. Y es de la decepción.

Dani mira a su alrededor. Recorre con los ojos el despacho ya desmontado. Es una mirada de despedida.

—Si él hubiese tenido que elegir entre plegarse a la presión y quitarme de en medio o caer a mi lado, estoy segura de lo que habría hecho —le dice a Antonio—. Pero tú no eres como él.

Antonio no pregunta a quién se refiere. No hace falta.

—Buena suerte, Dani.

Ella deja el móvil sobre el escritorio, junto al librito de tapas de tela y la carpeta. Cierra los ojos.

Ha terminado allí. Es hora de seguir adelante.

Se llama, desde muchos años antes de que Dardo la comprara, A Quinta Dos Piedosos. Es una parcela en una zona aislada de Monte de Santo António, a medio camino entre Sagres y la Vila do Bispo. Se llega a ella tras recorrer cinco kilómetros por una vía comarcal que sale de la A-22 y desemboca en un laberinto de caminos rurales tan estrechos que ni siquiera tienen marcada la distinción entre el carril de ida y el de vuelta. Tras pasar el muro que rodea la finca se llega a una plazoleta en cuyo centro hay una fuente de piedra de la que no fluye agua. La casa, más larga que ancha, es de una sola altura, con las paredes encaladas y el techo de teja de barro y la mampostería que enmarca las ventanas pintadas de azul. Un lugar solitario y difícil de encontrar. Perfecto para alquilar a turistas que buscan un alojamiento tranquilo y cercanía a las playas, que es a lo que se ha dedicado la casa desde que Dardo la comprara. O para vivir con discreción a la espera de que la agencia antidroga norteamericana te recoloque en algún otro rincón del planeta.

Detrás de la casa hay una pequeña piscina en forma de riñón y un techado que una vez fue parte de una cuadra y ahora sirve para dejar los coches. Aparcan allí.

Cuando apagan las luces de los coches la oscuridad es total. Tan solo una luna a medio crecer aporta luz para caminar sin tropiezos.

Entran a la casa por una puerta trasera. Peyo sigue a Dardo por un pasillo hasta el salón. Es una habitación amplia. El mobiliario es rústico. Sofá y un par de sillas, una mesa de centro, una lámpara de hierro y un aparador. Una estera desgastada en el suelo. Dos cuadros de sosos paisajes marinos. Una estancia agradable, pero sin el alma de un hogar. Un ventanal da a la rotonda delantera, donde la fuente apagada adquiere un cierto aire de monumento funerario a la luz de la luna.

Dardo no se muestra tan animoso como en el restaurante.

Le explica a Peyo que en circunstancias normales tiene una asistenta, una cocinera y un conductor que duermen en la casa. Pero hoy les ha dado el día libre.

—Me ha parecido que era mejor no tener testigos —dice con sorna.

Va al aparador y saca una botella de oporto y un par de vasos de cristal. Sirve y le tiende uno a Peyo. Este no se sienta, así que Dardo permanece también de pie.

—Dime, Peyo, ¿tú crees en Dios?

Este le mira sorprendido. No esperaba semejante pregunta.

—No he dedicado demasiado tiempo a pensar en ello. ¿Por qué? ¿Tú sí?

—A veces dudo. Y entonces pienso que, si al final existe, tendrá un sitio reservado para mí en el infierno. Pero no será por todo lo que he hecho en mi vida. Solo será por una cosa. Será por Merche.

Peyo cambia la expresión de sorpresa por una de rechazo. No. No va a hablar de Merche. Esta noche no. Ni siquiera se fía de que no sea solo un truco. Una forma de reblandecerle.

No lo dice, pero Dardo le mira y lo lee en su cara. Es demasiado tarde en sus vidas para recuperar lo que no compartieron cuando debían. Lo acepta. Merche queda fuera.

—Ya habrá tiempo para que hablemos de ello en el infierno —dice.

El silencio es incómodo.

—Virginia regresó. Solo volví a verla una vez más.

Dardo la menciona como si fuese una ocurrencia repentina. Ambos saben que no lo es.

—Se presentó por sorpresa después de años sin saber de ella. Para decirme que quería el divorcio. Aquella estúpida boda, ya sabes. Me resultó extraño que, después de tanto tiempo, se molestase en venir a pedírmelo. Tenía buen aspecto. Parecía feliz. Le pregunté si lo necesitaba porque quería volver a casarse.

El recuerdo ensombrece la mirada de Dardo.

—Me dijo que no. Que solo quería acabar con el último vínculo que la unía conmigo. Me dijo que se marchaba. Lejos. Había vivido aquí y allá. Nunca lo bastante lejos de mí, me dijo, y supe que no lo decía en broma. Ahora iba a aumentar la distancia. Se mudaba a Buenos Aires. Una nueva vida. Le dije que por supuesto que firmaría el divorcio. Y le ofrecí también dinero. Al fin y al cabo nunca recibió la parte que le correspondía de la liquidación de la constructora de su padre. No lo aceptó. No quiero nada de ti, me dijo. Solo quiero ser capaz de no volver nunca a tu lado. Extraña frase de despedida, ¿no te parece?

Dardo respira hondo, melancólico.

—Nunca he dejado de quererla. Como tú a Merche. Al final va a resultar que solo somos un par de románticos.

Se lleva su vaso a los labios y su expresión recobra vida, se enciende.

—Siempre tuve una duda. Dime, ¿te enamoraste de ella?

—¿De Merche?

—No. De Virginia.

—No sé a qué viene eso.

—Es por saber si te la follaste por amor o solo por diversión.

—No sé de qué hablas.

—Venga, Peyo. Ya estamos viejos para esto. ¿Tú crees que puede importarme a estas alturas que te follases a mi mujer? Solo quería ver la cara que ponías al decírtelo. Y tendrías que verte ahora mismo, amigo mío.

Peyo deja el vaso de vino en la mesa. Dardo contempla, pensativo, el interior del suyo.

—Merche se fue, Virginia puso un océano de distancia por medio, tú estabas en prisión... Lo hice mal con todos a los que he querido. Y ya sé que lo lógico sería que te dijese que me arrepiento, que desearía que todo hubiese sido diferente, que toda mi vida me parece un error...

Parece planteárselo por un momento.

—Y una mierda. Cuando voy a ese mirador frente al mar en que nos hemos encontrado, cuando estoy ahí frente al sol, ¿sabes lo que pienso? Pienso que es mío. Todo. El sol, el cielo, el mar. Me lo he ganado. He peleado por cada rayo de luz, por cada centímetro de cielo, por cada gota de agua. Han sido años de lucha. Y lo he conquistado. Estoy en el lugar exacto en que siempre quise estar. He vencido todas y cada una de mis batallas. He derrotado a todos mis enemigos. Y ahora estoy aquí, de pie, vivo, vencedor, contemplando un mundo que me pertenece.

—Yo solo veo a un hombre que está solo.

—Por supuesto. Hace mucho que lo supe y lo acepté. Arriba uno siempre está solo.

Dardo deja su vaso junto al de Peyo. Se acerca a la ventana, descorre el paño que cuelga de una barra y contempla la rotonda, la fuente, la noche.

—Sé por qué has aceptado venir, Peyo. Y tú sabes para qué te he pedido que vinieras.

Su voz se torna de nuevo sombría.

—Los dos pensamos que, esta noche, el otro debe morir.

Dardo deja de mirar por la ventana para encarar a Peyo.

—Yo fui quien ordenó que mataran a Daniela Lozano. Y elegí el atropello para que muriese igual que su novio y así se atribuyesen sus muertes a un mismo autor. Zoran Lazic cargaría con ambos asesinatos. El futuro que he pactado depende de la discreción. Si se conoce mi historia, las autoridades españolas no podrán permitir que desaparezca sin seguir buscándome y a los norteamericanos no les será cómodo esconderme. Daniela Lozano ha demostrado ser una amenaza para mi anonimato. Y tú estás con ella. Dispuesto incluso a matarme para protegerla.

—Podríamos llegar a algún acuerdo.

—Seguro que tú y yo sí. Pero nunca podría confiar en una periodista. No puedo permitirme que quede ese cabo suelto.

—Hace años oí decir lo mismo de Zanco. Que solo era eso. Un cabo suelto. Y supongo que también yo soy eso ahora. Parece que en eso es en lo que acabamos convirtiéndonos todos.

—Contigo solo se trata de legítima defensa. Entenderás que no voy a dejar que me mates sin más. Y también sé que no vas a renunciar a proteger a esa chica. Eres así, Peyo. Como con Merche. Como con Virginia. Llevas toda tu vida intentando proteger a mujeres de mí. Te empeñas en querer ser el caballero andante y en convertirme a mí en el dragón.

Dardo mira de nuevo por la ventana, como si buscase allí fuera, en la profunda oscuridad que rodea la casa, sus próximas palabras.

—¿Sabes cuál es tu problema, Peyo? Que tienes principios. A tu manera, siempre has sido fiel a unos códigos equivocados. Crees demasiado en la lealtad. Durante años me seguiste mientras yo te dejaba tirado una y otra vez. Permití que Roque Cardoso te enviara a Carabanchel para ganarme su favor. Y no evité aquel asalto al piso. Y ahora te ocurre lo mismo con esa periodista. Te conozco y sé que tu lealtad es inamovible. Yo podría ofrecerte de todo. Ya no necesito todo mi dinero y mis propiedades. Ni siquiera tengo herederos. Aquí lo tienes. Todo. Para ti. A cambio, solo te pido que te mantengas al margen y me dejes librarme de esa entrometida. Cualquiera aceptaría una oferta así. Una vida de lujo a cambio de una chica a la que ni conocías hace unas semanas. Ni siquiera creo que estés enamorado de ella, porque los dos sabemos que nunca has dejado de querer a mi hermana. Lo más estúpido es que solo has venido a matarme por esa idea tuya de la lealtad.

—Hay algo en lo que estás equivocado, Dardo. Crees que todas las personas que te importaron han acabado abandonándote. Pero no es así. Has sido tú quien nos has ido quitando de en medio. En realidad siempre has preferido estar solo.

A Peyo le llega, desde el fondo del cerebro, el eco de una letanía que suena como una vieja canción de infancia que se hubiese quedado sin música con los años.

Crecer. Más.

—¿Te ha merecido la pena?

—Solo soy un chico de barrio, Peyo. Y lo único que he hecho ha sido luchar por salir de él. ¿Tenía otra alternativa?

—Merche, Virginia, Zanco, yo. ¡Nosotros éramos la alternativa!

—¡Por favor, Peyo! ¿De verdad crees que con vosotros habría podido alcanzar la vida que he tenido? —Dardo se ríe ante lo que le resulta inconcebible—. Dime, ¿dónde estabas tú hace un año? ¿O diez? ¿O veinte? Hace veinte yo estaba cenando con Al Nadir y con el líder rebelde de no sé qué país en lo más alto de la BP Tower de Londres, planeando el cambio de régimen de varios países africanos mediante la venta de armas a grupos insurgentes. Hace diez estaba sobrevolando Dubái en helicóptero junto a un jeque para elegir un terreno en el que invertir en la construcción de un gran centro comercial que me permitiría blanquear millones de euros. Y hace un año yo estaba en una suite del hotel Bristol de París follándome a una actriz italiana de veintisiete años con el cuerpo de una diosa. Esa ha sido mi vida. Dime, ¿dónde estabas tú?

Dardo se detiene. Coge aire. No quiere enfadarse. No quiere convertir la conversación en una discusión. Se obliga a regresar al tono anterior.

—Joder, Peyo, por supuesto que he cometido errores. Os he echado de menos. Me he sentido solo un millón de veces. Llevo meses aquí escondido, con demasiado tiempo para pensar. Y la perspectiva es acabar pasando a solas el resto de mi vida en cualquier pueblecito de Wyoming o Wisconsin, en cualquiera de esos sitios de mierda que ni siquiera sé muy bien dónde están. Pero al final del día sigo arriba, en lo más alto del acantilado, y el sol está abajo, a mis pies.

Va al aparador y abre uno de sus cajones.

—Tengo algo para ti.

Peyo le ve meter la mano en el cajón. Se pone rígido. Dardo lo percibe y sonríe.

—Sé que llevas una pistola en la cintura. Me menosprecias, Peyo. Venga, no la escondas más, anda.

Peyo duda. Despacio, se mete la mano por debajo del faldón de la camisa y, cuando la saca, lleva en ella la Beretta que le pasó el Trompos.

Dardo sonríe al verla.

—Voy a sacar una cosa de este cajón —le dice—. No me dispares aún, ¿de acuerdo?

Peyo no distingue lo que coge. Dardo lo lanza al sofá, junto a él. Peyo se inclina y lo recoge.

Es una cabeza de águila de perfil. Una hebilla plateada.

—Yo he conservado la mía. ¿Tienes la tuya?

Peyo no sabe qué hizo con su hebilla. Se perdió en algún momento del pasado. Igual que tantas otras cosas.

Al contemplar esta otra en su mano, siente nostalgia y rabia y culpa y no entiende nada. Porque estar ahí, en esa casa, con una pistola con la que pretende matar a su mejor amigo, al único que ha tenido nunca, se torna de pronto extraño y absurdo. Observa la cabeza de águila y olvida los miles de días intermedios, cada minuto que le ha llevado hasta este desde aquel día lejano en que Dardo, su amigo, el único, les repartió las hebillas a los chicos de la banda.

—Nunca he vuelto a ser tan feliz como entonces —dice Dardo.

Cuando Peyo eleva la mirada, Dardo le está apuntando con una pistola que debía de estar en el mismo cajón que la hebilla.

—Entonces ¿qué hacemos ahora? ¿Empezamos a disparar?

Peyo levanta el brazo derecho y también le apunta.

—Voy a matarte ahora mismo tan solo porque no eres capaz de matarme tú a mí —le dice Dardo con serenidad.

—Esto es una locura.

—Entonces dispara.

Peyo baja un par de centímetros su arma, pero al instante la vuelve a subir. Dardo le apremia.

—Vamos, hazlo. Para eso habías venido. Conviértete de una vez en lo que siempre has querido ser. El héroe que salva a la chica.

—No digas estupideces.

—Si no me disparas, te dispararé yo.

Apenas los separan un par de metros. Solo necesitan tomar una pequeña decisión. Le bastaría a cualquiera aumentar apenas la presión sobre el gatillo para que una bala acabe con todo.

—¿Vas a hacerlo o no? —le pregunta Dardo.

—¿Y tú?

Ambos perciben a la vez un mismo destello. Apenas un chispazo de luz que entra en la habitación a través de la ventana.

Dardo baja el brazo. Peyo hace lo mismo. Dardo se acerca a la ventana. Trata de ver algo más allá de la rotonda, de la fuente, del murete.

Se repite. Otro destello. Un débil haz de luz.

—¿Qué pasa?

Peyo va a la ventana. A cien metros se distingue el origen de esa luz que salta y va y viene y, a veces, apunta hacia la casa. No se puede ir a oscuras por completo por ese camino si uno no quiere salirse de él. Como mínimo hay que mantener encendidas las luces de posición para poder orientarse. Y eso los delata.

Los puntos de luz se hacen más nítidos a medida que se acercan. Seis puntos. Son tres vehículos.

—¿Los has traído tú?

—Claro que no.

—Entonces te han seguido.

—Imposible. Nos habríamos dado cuenta al venir.

—Hoy en día hay mil formas de hacer un seguimiento. Balizas, GPS, drones. Da igual. Te estarían vigilando. Debí tener eso en cuenta cuando te pedí que vinieras. ¿Ves lo que te digo? Me hago mayor. Ya no soy capaz de controlar todas las variables.

—¿Quiénes son?

—Hombres de Al Nadir, de Lazic... Elige tú.

Peyo trata de distinguir algo más en la oscuridad. Los puntos de luz suben y bajan con los baches del camino y van, poco a poco, aumentando su diámetro. No sabe calcular a qué distancia pueden estar.

—Me temo que has dejado pasar la oportunidad de matarme.

Llega tarde. Ha vuelto a casa en coche. Ha aparcado cerca y ha recorrido el camino hasta el portal obligándose a no mirar a los lados ni atrás.

Creyó que podría dominarlo. Incluso llegó a pensar que tal vez habría desaparecido. Se maldice por ingenua. Ahí está. De vuelta. La mano que aprieta por dentro, que te retuerce las tripas y te saca el aire hasta hacerte sentir hueca. El miedo, impertinente y humillante.

Va a cruzar. Pasa un coche. Da un salto atrás. El coche ni siquiera le ha pasado cerca. Pero el salto ha sido reflejo.

Coge aire. Atraviesa la plaza caminando deprisa.

No sabe por qué ha vuelto a su apartamento. Esa chulería inútil: no van a poder conmigo. Ese innecesario deseo de demostrarse que es capaz. Al sentir de nuevo ese miedo que la agarrota, se da cuenta de que no hay nada de victoria en su regreso.

Entra y acelera el paso y va al ascensor y sube en él mirando hacia arriba y dando golpecitos con el tacón derecho en el suelo. Recorre el pasillo hasta su apartamento a un ritmo cercano al trote y entra, y solo cuando cierra se da cuenta de que ha hecho todo ello con el aire contenido en los pulmones. Empieza a ser costumbre lo de dejar de respirar cuando se muere de miedo.

Enciende la luz del pasillo, va al salón.

De nuevo la respiración se le interrumpe.

Zoran Lazic está de pie, en el centro de la habitación.

A Dani se le escapa un grito sordo. Él se muestra feliz de sorprenderla.

—Si no recuerdo mal, teníamos una cita pendiente.

—¿Cómo ha entrado aquí?

—Soy un vampiro, ¿recuerdas?

Dani retrocede.

—Usted debería estar en la cárcel.

—Lo sé. Y, en cambio, estoy aquí. ¿No te parece maravilloso?

Dani intenta hablar. No tiene saliva ni aire para hacerlo. De pronto se le han ido las fuerzas hasta para separar los labios.

—Me dejas que te tutee, ¿verdad, Daniela? Al fin y al cabo, algo me dice que esta noche nuestra relación va a dar un gran paso adelante.

Ella logra decirlo. Con voz baja, desesperanzada:

—Salga de mi casa.

Intenta volverse, correr, huir. Él es más rápido. La agarra, la lanza contra la pared. Se aplasta contra ella.

Dani siente el contacto del cuchillo que le pone en el cuello.

—No has sido justa conmigo, Daniela —le dice Lazic, sus caras tan cercanas que el denso aliento de él se confunde con la respiración atragantada de ella—. Ese estúpido artículo... Me describiste como a un pobre idiota, un cobarde obsesionado con que le trataran bien en la cárcel. Un perdedor.

—Eso no es verdad —dice ella temerosa de hablar, de respirar, de hacer cualquier movimiento que pueda provocar que la hoja del cuchillo le atraviese la piel.

—Dime, ¿te parezco ahora un perdedor?

Dani cierra los ojos. El cuerpo de Lazic se aplasta contra el suyo. Siente cada centímetro de contacto. Siente la excitación de él. Siente la cercanía de su boca en la cara y su mano recorriéndole el costado.

Quiere gritar, pero la presión del cuerpo del serbio ni siquiera le permite coger aire.

—Los dos estábamos esperando esto —le susurra él al oído.

Ella apenas logra responder:

—Suélteme.

—He venido a cenar, Daniela. Y ya sabes cuáles son mis costumbres.

—¿De qué le servirá matarme?

—No se trata de matarte. Voy a hacerte mía. Voy a llevarte para siempre dentro de mí.

La mano de Lazic se detiene en su pecho. Le hace daño. A ella le brota el llanto.

—Voy a alimentarme de ti.

Dani tiene la sensación de que el cuchillo entra en la piel. Tensa los músculos, como si con ello fuese a impedirlo. Aprieta las mandíbulas tanto como los ojos.

Quiere gritar, suplicar, pedir perdón, rendirse, lo que sea, lo que haga falta, porque no quiere morir. Pero cada vez le falta más aire. Se ahoga.

Siente la respiración de Lazic tan cerca como si fuese la suya propia. No es una respiración acelerada. Respira con regularidad. Matar no le altera.

Una mano de Lazic aprieta el cuchillo contra su cuello. La otra sigue recorriendo su cuerpo. Ha dejado su pecho. Baja por el vientre. Busca entre las piernas.

Dani concentra las escasas fuerzas que le quedan en articular con dificultad una sola frase:

—Hay algo que debe saber.

A su oído llega lo que puede ser un gruñido de desprecio o de deseo.

—Ya no hay nada de ti que me pueda interesar. Yo te

amaba, tú me rechazaste. No hay nada más vengativo que un amante despechado.

—Créame que le interesará.

Dani advierte que la mano de él se ha detenido en su pantalón. La presión del cuerpo afloja un poco. El cuchillo parece retroceder. Tal vez solo un milímetro que vale por toda una galaxia de distancia. Sus propias rodillas vuelven a sujetarla. El aire encuentra algún estrecho camino por el que llegar hasta sus pulmones. Abre los ojos.

—Hay algo que no le dije cuando le vi en la cárcel.

Él se aparta otro poco. El cuchillo ya no le presiona la piel del cuello, tan solo se apoya en ella. Lazic se separa y Dani puede verle la cara. Y sus ojos sin vida.

—Pensó que yo era una pobre idiota. Una chica estúpida y asustada. No se molestó en asegurarse.

Lazic la observa con curiosidad, sorprendido de la repentina firmeza que ha recuperado la voz de Dani.

—Cometió un error.

En el rostro de Lazic se perfila una mueca de burla.

—El amor es lo que tiene. Te hace equivocarte.

Ella le mira con una expresión desafiante que casa mal con las lágrimas que le brotan sin control.

—Déjeme enseñarle algo.

Lazic da un paso atrás. Intrigado.

—¿Quieres jugar? De acuerdo. No tengo prisa.

Retira el cuchillo. Dani se acaricia el cuello en un gesto inconsciente, como si necesitase comprobar que sigue intacto. Sus dedos se mojan con el hilo de sangre que brota de un pequeño corte.

Va hasta la librería. Lazic la contempla, seguro de que tiene el control de la situación, de que ella no intentará nada extraño. Daniela abre un cajón y saca de él algo que Lazic no acierta a distinguir. Levanta la mano para que él pueda verlo bien. Es una pequeña grabadora.

A Daniela le tiembla la mano, pero acierta a apretar el botón de *play*. Las voces suenan metálicas. Como si surgiesen de una radio antigua.

—Hay una vieja tradición militar en mi país. Si matas a un enemigo que se merezca tu respeto, tienes derecho a adquirir su virilidad. Para ello solo tienes que hacer una cosa: comerte su próstata. Mazek era un hombre valiente, un soldado de fuerza y honor. Era una pena que tanta virilidad se perdiese. Por eso su asesino cumplió con la tradición. Heredó su virilidad.

—¿Usted hizo eso?

—Por supuesto, Daniela. Yo jamás haría algo tan vulgar como ordenar que maten a un hombre atropellándole. No me menosprecie, por favor.

El rostro de Dani se transforma en una mueca amarga que no es de triunfo, sino de desprecio.

—Como puede imaginar, hay alguien que tiene instrucciones de entregar a la policía una copia de esta grabación si a mí me ocurre algo.

La mano que sujeta el cuchillo queda a media altura, indecisa. Se diría que a Lazic le lleva un tiempo comprender lo que acaba de escuchar.

—Vaya —dice al fin—, así que me grabaste cuando te mentía.

Dani tiene un momento de duda.

—¿Usted no mató a Mazek?

—Oh, no, no. Por supuesto que lo hice —dice Lazic—. Me refiero a lo otro. Te mentí respecto a Raúl Puente. Claro que fui yo quien ordenó que le matasen. Espero que puedas perdonarme. Solo quería causarte una buena impresión.

Dani siente un repentino cansancio. Cree que no podrá resistir de pie. Es como si las pocas fuerzas que ha logrado reunir la volviesen a abandonar de golpe al tener al fin la respuesta a la pregunta con la que comenzó todo.

—¿Por qué?

Lazic extiende los brazos en un gesto de hastío, poco interesado en hablar de ello.

—Raúl era un tipo ambicioso e imbécil. Le pasé una copia con el listado de los hombres de Cardoso y quiso jugar su propia partida. Contactó con algunos. Intentó sacar tajada. No podía permitir que ese idiota interfiriera en mis asuntos y pudiera acabar perjudicando mis tratos con el ministro. Me estaba jugando demasiado.

—¿También fue usted quien intentó matarme?

—¿A ti? Por Dios, ¡claro que no! A ti nunca te mataría del mismo modo que a Raúl. A ti te reservaba para este momento. Una fiesta. Un banquete. La celebración de mi salida de la cárcel.

Lazic da un paso hacia ella.

—Ya te dije que soy rencoroso.

Dani siente las lágrimas que ruedan por su cara. No dejan de brotar, incontrolables.

Repite lo mismo, pero esta vez su voz suena más tajante.

—Salga de mi casa.

Intenta conservar la voz firme. No puede permitirse que Lazic se dé cuenta del enfado que tiene consigo misma. Debería haberlo hecho. La copia de la grabación. Dársela a Lucía para que la tuviese por si le pasaba algo. No había encontrado el momento. Imperdonable. Hasta para salvar su vida le falta orden y disciplina. Y ahora no le queda más remedio que huir hacia delante. Jugar de farol.

—No te rindes, Daniela, y eso me gusta. —Lazic asiente, con admiración e incredulidad—. ¿De verdad crees que me importa esa mierda de grabación?

—Le condenarán por mi muerte, por la de Mazek y espero que también por la de Raúl. No saldrá jamás de la cárcel.

—No lo entiendes, Daniela. No volveré a entrar jamás en la cárcel.

Se abalanza sobre ella.

El cuerpo del serbio se le viene encima. Daniela da un paso atrás, pero eso no basta para quedar fuera de su alcance.

Reacciona por instinto. Lazic está alargando los brazos para volver a agarrarla. Ella lanza el suyo. Describe un amplio arco. Le golpea con todas sus fuerzas.

La escayola alcanza a Lazic en la cara. El golpe le sorprende a contrapié. Se tambalea. La ceja se le abre y un chorro de sangre brota con fuerza. Queda aturdido el tiempo suficiente como para que Daniela lo vuelva a hacer. Le golpea de nuevo. El yeso vuelve a estrellarse contra el rostro del serbio, que esta vez cae al suelo del impacto.

Dani salta por encima de él. Corre hacia el pasillo. La puerta de la calle parece estar a todo un universo de distancia. Va hacia ella. Llora, jadea, tiembla y corre.

Pero Lazic reacciona. Alarga el brazo desde el suelo. Agarra el tobillo de Daniela. Tira. Ella pierde el equilibrio. Cae.

Están los dos en el suelo. Ella se ayuda de los codos para tratar de arrastrarse hasta la puerta del apartamento. Él no suelta el tobillo e intenta atraerla. La sangre de la ceja abierta le cubre la cara. Resopla, agita la cabeza para librarse de la sangre que le tapa la visión, masculla entre dientes.

—Estás muerta, hija de puta.

Él es más fuerte. No suelta la presa. El cuerpo de Dani retrocede. La está arrastrando hacia él. Dani comprende que tiene que hacer algo. Se gira. Deja de intentar reptar hacia la salida. Lanza el pie que tiene suelto contra la cara de él. Le patea en nariz, boca, frente. Sin parar. Llorando y bufando a la vez. Con desesperación, con ganas. Hasta que él afloja la mano por un instante, lo justo para que ella pueda liberarse.

Se levanta. Recupera apenas el equilibrio. Alcanza la puerta del apartamento. A su espalda la respiración de Lazic se ha transformado en un gruñido salvaje, en el sonido que haría un animal herido y desesperado.

Dani corre. Corre por las escaleras, por el portal. Corre cuando sale a la calle. Corre hasta dejar atrás la plaza. Sigue corriendo varias manzanas después. Y, aunque ya no esté, sigue oyendo detrás esa respiración furiosa, asesina, hambrienta de Zoran Lazic. La oye aún cuando llega a casa de su amiga Lucía, cuando esta le abre la puerta y ella se derrumba nada más entrar en el apartamento, exhausta de cansancio y de miedo, sin poder hablar, sin poder dejar de llorar.

Seguirá oyéndola mucho después. Esa noche. Los días siguientes. Llegará a pensar que seguirá oyendo esa respiración a su espalda durante el resto de su vida.

Dardo se mueve con rapidez. Va hasta el aparador y saca del cajón un par de cargadores para su pistola. Apaga la luz. Abre el ventanal y corre el paño de lona que hace de cortina hasta dejar abierto solo un resquicio.

Los tres vehículos se acercan ya al muro exterior. Es posible vislumbrar su silueta, aunque aún sean solo sombras recortadas en la oscuridad.

Se vuelve hacia Peyo. Le habla con premura.

—Sal por la puerta trasera por la que hemos entrado. Coge mi jeep. Tiene las llaves puestas. Conduce campo a través. El terreno es llano. Acabarás encontrando alguno de los caminos.

—¿Qué pretendes?

—Un cambio de planes. Hace un minuto iba a matarte. Ahora voy a salvarte la vida.

—Podemos irnos los dos.

—Nos darían caza. Vienen solo a por mí. Cuando vean que sigo aquí, no se molestarán en seguirte.

Peyo no se mueve.

—¿Vas a dejarte matar por esa gente? —le pregunta.

En la penumbra, apenas acierta a distinguir el brillo en la mirada de Dardo.

—Voy a pelear. Soy un chico de barrio. No es tan fácil acabar conmigo.

—No tienes ninguna posibilidad.

—Ganar o perder, Peyo. En eso consistió siempre todo.

Dardo mira por la ventana. El primer vehículo ha cruzado el muro. Son todoterrenos negros. Parecen tanques.

—En realidad te mentía. Irme a vivir a un pueblecito yanqui me parece un coñazo. No lo aguantaría. Ya me conoces: acabaría asaltando con una recortada la farmacia local o robando el cepillo de la iglesia.

—Entonces ¿por qué has estado colaborando con la DEA?

—Para que puedan agarrar por las pelotas a ese cabrón de Al Nadir. Una vez que tuviesen lo que querían, mi plan era desaparecer.

—Hazlo.

—Demasiado tarde.

Los tres vehículos rodean la fuente. Se detienen. Se apagan las luces de posición y los motores.

—Vete ya —le insta Dardo—. La puerta trasera dejará de ser segura pronto.

De los todoterrenos empiezan a bajar hombres con sigilo. Visten de negro. Botas militares, pantalón, jersey y pasamontañas. Todos llevan fusiles de asalto en las manos. Son siluetas reiteradas. Mismo aspecto, mismos movimientos.

—Solo una cosa más.

Los hombres se despliegan por la rotonda.

—Llévate la hebilla. Y procura no perder también esta.

Peyo titubea.

Dardo le apunta con su pistola.

—Joder, Peyo, o te vas de una puta vez o vuelvo a mi plan inicial y te pego ahora mismo un tiro.

—Los dos sabemos que no seríamos capaces de dispararnos.

—No me pongas a prueba.

Por fin, Peyo arranca. Coge la hebilla y camina con

paso ligero y el cuerpo encogido hacia el pasillo que lleva a la puerta trasera.

El que debe de ser el líder del grupo hace unas señas indicando a sus hombres que rodeen la casa. Cuatro de ellos obedecen. Van dos por cada lado. En la plazoleta quedan otros cuatro, más el que da las órdenes. Se mueven con precisión. Sus pasos no producen el menor sonido.

Peyo sale de la casa. El cobertizo donde están aparcados su coche y el jeep está a apenas una decena de metros.

Corre hacia él. Lleva la pistola en la mano.

Siente la hebilla en el bolsillo al correr. A mitad de camino se detiene.

No entiende qué está haciendo. Es extraño lo que uno puede pensar en el momento más inesperado: le viene de pronto a la cabeza el recuerdo de aquel día en la estación. El tren al que nunca subió.

Hubo demasiados trenes a los que nunca subió, piensa. Trenes que dejó pasar, que nunca pasaron o que pasaron de largo sin detenerse.

Cuando Dardo le ve regresar a su lado junto a la ventana del salón, le susurra con una furia mal contenida:

—Pero ¿qué cojones haces aquí otra vez?

Peyo sonríe. Tal vez sea la primera vez que sonríe en toda la noche.

—O nos vamos juntos o nos quedamos los dos.

Dardo sonríe también.

—No es fácil acabar con nosotros.

—Somos chicos de barrio.

La primera ráfaga entra por la ventana. Es breve. Tras ella hay una pausa de varios segundos. Luego llegan las demás.

Dardo y Peyo se aplastan contra el suelo. Por encima se desata un enloquecido temporal de balas, esquirlas de madera que saltan de los muebles acribillados, pedazos de pintura, de cal y de ladrillo de las paredes agujereadas, un estruendo de disparos, madera quebrada y cristales rotos. Les cae encima todo ello, tendidos en el suelo bajo el quicio de la ventana, sin soltar las pistolas y con las manos sobre la cabeza, como si eso pudiese protegerlos.

Hasta que se hace el silencio. Los disparos cesan bruscamente sin dejar siquiera su eco en la noche. No llega ningún sonido del exterior. Dentro, las paredes y los muebles y la lámpara y los cuadros crujen, despanzurrados todos, y caen los pedazos que no han volado por los aires.

Peyo levanta la cabeza.

—Deben de estar recargando.

Se miran. Los dos están tumbados, con la cabeza entre las manos y trozos de yeso y astillas en el pelo.

—Ahora o nunca —dice Dardo.

—Ganar o perder.

Dardo asiente.

—¿Me sigues?

Peyo asiente también.

—Como diría Zanco, a muerte contigo.

VII

—

AHORA

Ahora

La ha citado en la cervecería a las nueve. Ella llega a las nueve y cuarto. Antes de entrar echa un vistazo a la tasca del otro lado de la calle. La Venencia.

Se obliga a rechazar el recuerdo que le viene a la cabeza.

Entra en el bar y le ve sentado tras una de las mesas altas que hay junto a la ventana. El local está lleno. Dani tiene que abrirse paso. Ignacio Montes se levanta cuando llega a la mesa y se saludan con dos besos.

Viste camisa y unos vaqueros. Hace años que Dani no le ha visto sin traje. Desde los tiempos en que trabajaban juntos. Una década. Así vestido parece un poco más joven y, sobre todo, menos estirado.

Ella busca con la mirada al camarero. Logra hacer contacto visual por entre los clientes que ocupan la barra y le indica que le ponga una cerveza. Ignacio tiene la suya en la mesa.

—Reconozco que me ha sorprendido tu llamada —le dice él.

Dani pone una exagerada expresión de misterio, pero solo es para hacerle sonreír. No toca jugar a los espías, eso quedó atrás.

Ignacio le dice que se alegra de ver que está recuperada por completo. Ella levanta el brazo izquierdo, ya sin escayola, y mueve los dedos con agilidad.

—¿Cómo estás tú?

—Viéndolas venir.

—Al final solo somos un par de parados bebiendo en un bar.

—No compares. Tú ahora eres una periodista famosa.

El camarero se desliza con habilidad entre los clientes y le pone la cerveza en la mesa. Dani le da un sorbo y se lame la espuma que le ha quedado en el labio.

—¿Sabes ya qué vas a hacer?

—A corto plazo beberme esta cerveza. Y después, beberme otra, y es muy probable que una tercera. Y, una vez que esté algo borracho, si aún no has huido, intentaré ligar contigo y, cuando me hayas rechazado, me iré a mi casa a dormirla.

—Un plan muy elaborado.

—No soy de los que dejan cosas al azar.

La clientela sigue aumentando. Ven por la ventana a los que van de un lado a otro en busca de diversión un jueves por la noche.

Hay algo placentero, protector, en la sensación de formar parte de toda esa gente cuyo único deseo es pasar un rato agradable. Ambos parecen pensar lo mismo.

—Quería darte las gracias.

Ignacio pone una expresión de extrañeza.

—¿Por qué me pasaste el *pendrive* con las fotos?

No se molesta en fingir sorpresa.

—Te estabas metiendo en demasiados problemas. Pensé que las fotos podrían protegerte si las cosas se te ponían muy feas.

—Pero sabías que, si las usaba, te quedarías sin tu trabajo.

Hace una mueca con la que trata de restarle importancia.

—A veces sienta bien hacer lo correcto para variar.

—Al final va a resultar que eres un buen amigo.

—Ya te lo decía, pero tú te empeñabas en no creerme.

Hablan de Luis Cáceres. Es inevitable. Su presencia sigue siendo algo recurrente en los medios. Afronta un calvario judicial. Prevaricación, encubrimiento, corrupción. Se habla incluso de una turbia conspiración judicial para que Zoran Lazic pudiese salir de prisión que ya está siendo investigada. Nadie duda de que acabará pasando una buena temporada entre rejas. Mencionar al exministro los lleva a hacer repaso. Con la segunda cerveza pasan de Cáceres a Lazic.

En su caso, lo ocurrido no habría ocupado tanto espacio en periódicos y telediarios de no ser porque el serbio había sido el detonante que provocó la caída de Cáceres.

Puerto Banús. Cinco de la tarde. No es la hora más concurrida. El sol invita a permanecer en playas, piscinas o al cobijo de un aire acondicionado y dejar para más tarde cualquier tarea. Un hombre sale de la tienda de Louis Vuitton. Lleva una bolsa de la firma y dentro una bonita caja en la que guarda un bolso que le ha costado más de tres mil euros.

El hombre, de aspecto recio, no llama la atención. No es muy diferente a otros que suelen salir de la tienda con regalos para sus amantes, esposas o conquistas. Calza unas chanclas de Valentino con brillantes decorando las gomas doradas, viste unas bermudas que le llegan hasta debajo de las rodillas y una camiseta ceñida con el logo de Gucci atravesando el pecho. Lleva unas aparatosas gafas de sol. Nadie se fija en alguien así en Marbella. Nadie se imagina que está evadido de la justicia y ni siquiera eso sería sorprendente.

Zoran Lazic ha regresado para liquidar algunos asuntos, entre ellos pasar un par de días en una suite de Puente Romano con una venezolana a la que ya le había echado el ojo cuando le encerraron, antes de irse de España para siempre. Venderá la mansión de Estepona, cambiará de bancos sus fondos, cogerá a su mujer y sus hijos, a los que tiene esperando en una casa segura, y se marchará en cuanto le pasen unos nuevos pasaportes falsos. En menos de una semana estará todo listo. Su nueva casa, su nueva vida, en una lujosa y discreta urbanización cercana a Niza, le está esperando. No llevará consigo a la venezolana que le espera en el hotel. Un bolso de Vuitton, champán, cena en la terraza de la suite y sus dotes como amante bastarán para dejarla contenta.

Lazic va hasta su coche, un Mustang GT de un color imposible que ha aparcado cerca. El coche sí se lo lleva. Le cambiará las placas. Le pondrá matrícula francesa. Todo tiene que adaptarse a esa nueva vida en la que, como el coche, él tampoco será ya el mismo. Nueva matrícula, nuevo nombre. Todo cambia. La vida sigue.

Eso piensa cuando se saca del bolsillo el mando y aprieta el botón de apertura de las puertas del coche.

Eso piensa un segundo antes de sentir el punto frío en la nuca.

Maldita sea, piensa. Se lo habían advertido. No era recomendable que se dejase ver. No hizo caso. En su nueva vida debería escuchar más a su gente. Pero comprende que ya no tendrá una nueva vida.

Zoran Lazic es asesinado en Puerto Banús de un disparo en la cabeza. La noticia ni siquiera habría llegado a la prensa nacional de no haber sido él quien era. Un ajuste de cuentas entre mafiosos en la Costa del Sol es algo demasiado frecuente para atraer la atención de los grandes medios. Pero ahí está el marketing criminal una vez más. Lazic es una estrella, aunque su muerte pronto le llevará al olvido.

—No te voy a negar que saber que ha muerto me ha aliviado —le dice Dani a Ignacio.

—No se ha podido confirmar quién le mató, pero las

pocas amistades que aún me quedan en la poli me dicen que fue Al Nadir.

—Antes de su propia caída —apunta Dani.

—Antes de su propia caída —confirma Ignacio.

Al Nadir también ha tenido su momento de gloria en la prensa. Su detención se ha vendido como el mejor ejemplo de la perfecta sincronización y entendimiento que existe entre las fuerzas de seguridad norteamericanas y españolas, según ha presumido la nueva ministra de Interior, precisamente la sucesora de Cáceres. Al Nadir, el legendario traficante de armas y drogas, fue detenido por la policía española en su palacio marbellí. Las dos docenas de personas que formaban su cuerpo de servicio, su tercera esposa y cinco de sus siete hijos fueron testigos de cómo le esposaban y se lo llevaban en el asiento trasero de un coche patrulla como a un vulgar ratero. Una laboriosa investigación conjunta entre la DEA, la Policía Nacional y la Guardia Civil desembocaba en su procesamiento en los tribunales estadounidenses. Al Nadir fue entregado a las autoridades norteamericanas y trasladado a una prisión de máxima seguridad de Estados Unidos. La pieza clave han sido las declaraciones juradas hechas por el empresario español Gabriel Melgar, alias Dardo, cuyo paradero sigue siendo un misterio.

Dardo entra así en escena con la tercera cerveza.

—Me llegó el rumor del tiroteo en una casa en Portugal —dice Ignacio—. Pero ni siquiera mis amigos polis han podido confirmármelo. Parece que allí se escondía Dardo, pero nunca se encontró ningún cadáver. Tal vez quien le matase se molestó en hacer desaparecer el cuerpo. O puede que no sea cierto y que Dardo siga escondido.

Dani calla. No plantea ninguna pregunta, no aporta ningún comentario, no especula. Evita la mirada de él. No quiere que Ignacio advierta que no quiere hablar de eso.

—¿Y tu amigo?

—¿A quién te refieres?

—El expresidiario. El tal Peyo. ¿Qué ha sido de él?

Dani se lleva el vaso a la boca. Bebe despacio. En realidad, gana tiempo. Para coger fuerzas. Para ser capaz de fingir. Para no tener que hablar de lo que ha vivido durante las últimas semanas. La constante espera de una llamada, la esperanza de que suene el timbre de su apartamento. La minuciosa búsqueda de algún indicio o alguna pista en esas noticias que se han ido sucediendo. La aceptación de que no habrá regreso.

Cuando siente que será capaz de resistir, de no delatar sentimiento alguno, le contesta con una plácida indiferencia:

—Estoy segura de que está bañándose en el mar.

Habrá una cuarta cerveza. Ignacio la propone y Dani la acepta con la condición de que dejen de hablar de toda esa historia, que ya satura, no da más de sí, le dice. Ella ya publicó sus artículos, se acabó, no quiere seguir atrapada en todo ello. Ha rechazado la propuesta de seguir escribiendo artículos sobre el asunto y la oferta de dos editoriales para hacer un libro. No ha querido acudir a tertulias ni convertirse en la entrevistada.

Montes acepta. Y cambia su plan inicial. No intenta ligar con ella.

Hablan de cosas sin importancia y luego se van del bar y él se ofrece a acompañarla hasta su casa y ella le dice que no hace falta, que mejor se coja un taxi, que las cervezas le han hecho su efecto y es mejor que se vaya ya, antes de que decida volver a su plan original, lo intente y ella le rechace y luego él le pida disculpas y tengan que pasar por el previsible e innecesario rato de incomodidad. Le acompaña a coger el taxi hasta la plaza de Santa Ana.

—¿Qué te parece si creamos juntos un pódcast? —le dice Dani mientras caminan hacia la parada de taxis, los dos con paso inseguro.

—El mundo no necesita más pódcasts.

—El nuestro será diferente. Un éxito seguro.

—¿Y de qué hablaríamos?

—No lo sé. ¿Sabes algo de famosos? ¿Con quién follan y esas cosas?

—Bastante tengo con intentar hacerlo yo como para preocuparme de con quién lo hacen otros.

—¿Política entonces?

—Un aburrimiento.

—¿Crímenes y asesinos?

—Por un tiempo al menos, ni hablar.

—No me lo estás poniendo fácil, Ignacio.

—¿Jardinería?

—Es una opción.

—Va a ser apasionante, sí.

Ambos ríen.

Una impertinente vocecita en su cabeza le recuerda a Dani algo que una vez fue importante. Arriesgar. Apostar. Tal vez más adelante, le contesta a la voz. Ahora, todo eso puede esperar.

Llegan hasta la parada de taxis.

—¿Estás segura de que no quieres que te acompañe? —le pregunta él.

Ella niega con la cabeza.

—Te llamaré pronto.

—Te estaré esperando, Dani.

Se queda en la acera. Le ve subirse en el taxi y decirle adiós desde la ventanilla trasera. Ella también le dice adiós con la mano.

Cuando el taxi se ha ido, Dani permanece unos segundos detenida en la acera.

Le gusta caminar de noche por la ciudad.

Le gusta no tener prisa ni ningún lugar al que llegar.

Antes

—Hay algo que no entiendo. Si el sol está en el cielo, ¿por qué lo vemos más abajo que nosotros?

—Es por el movimiento del planeta.

—¿Qué movimiento?

—La Tierra se mueve, eso lo sabes, ¿no?

—¿Se mueve hacia dónde?

—Hacia ningún sitio. Da vueltas.

—¿Vueltas? ¿Y para qué?

—No lo sé. Solo las da.

Dardo no parece convencido con la respuesta. Sigue contemplando el sol, que desciende por el estrecho espacio que separa los dos bloques que tienen enfrente, sin fuerza ya para deslumbrarlos.

Dardo está subido en el remate de cemento que rodea la azotea, con los pies al borde del vacío. Peyo, más prudente, está a su lado, pero detrás del muro de protección.

—¿Podrá comprarse el sol?

—No lo sé. Solo hay uno, así que si quisieras comprarlo, supongo que tendrías que ser el tío más rico del mundo.

—Vale. Yo voy a ser ese tío.

—El tío más rico del mundo no vive en el sector G.

—Yo no viviré siempre aquí.

—¿Ah, no? ¿Y adónde piensas ir?

—Aún no lo he decidido. De lo único que estoy seguro es de que no voy a hacer esa gilipollez: no me voy a mover solo dando vueltas inútiles, como hace el planeta. Yo me moveré. Pero iré hacia delante. O hacia arriba.

—Y te comprarás el sol.

—Te aseguro que seré tan rico como para poder comprarlo si quiero.

Tienen diez años. Acaban de fumarse una china que les ha pasado el hermano mayor de Dardo, que ya forma parte de una banda y que, por supuesto, se las cobra igual que si fuesen unos desconocidos. A ninguno de los dos les gusta demasiado el mareo que provoca, pero aun así las compran cada vez que tienen algo de dinero. Los hace sentir mayores y peligrosos.

Dardo salta desde el muro al suelo de la azotea. Sus andares son una mala imitación de los de su hermano mayor. Quedan raros en su menudo cuerpo de niño.

El sol queda atrás. Termina su descenso a solas. Los dos niños bajan a las calles del barrio.

Dardo camina unos pasos por delante de su amigo.

—¿Adónde vamos? —le pregunta Peyo.

Dardo se vuelve, le sonríe y sigue caminando sin contestar.

NOTA DEL AUTOR

Los perseguidos es, por supuesto, una obra de ficción. Los personajes que aparecen en la novela no se corresponden con personas reales, aunque en algunos casos me haya permitido hacer algunos guiños identificables.

Pero, sin abandonar la ficción, he incorporado a la trama hechos que sucedieron en su día. Me resultaba atractiva la imagen de un helicóptero aterrizando en plena calle de Fuencarral de Madrid mientras la gente entraba en los cines, algo que ocurrió el 24 de abril de 1984. Unos meses antes, el 26 de noviembre del 83, se llevó a cabo en un almacén cercano al aeropuerto de Heathrow un robo con un método muy similar al que aquí atribuyo a Ian Gillingham. Traficantes iraníes se enfrentaron en un tiroteo entre bandas en la calle San Vicente Ferrer (a solo unos metros de donde se han tiroteado en mi relato) el 18 de septiembre de 1984. Los iraníes mantenían el chusco método de enterrar la heroína en un descampado de Móstoles hasta que fue descubierta en septiembre del 86 (cuando un alijo de dieciocho kilos aún era considerado un récord de aprehensión histórico). Como muchos recordarán, una adorable niña llamada Melodie Nakachian fue secuestrada en Marbella en noviembre de 1987. Y el famoso Al Kassar, el auténtico «príncipe» de Marbella, fue detenido por la DEA y está encarcelado en Estados Unidos desde 2007.

Estos son solo algunos ejemplos de los sucesos reales que he incorporado a esta historia, sin respetar su cronología, pero también sin alterarlos en exceso más allá de los ajustes necesarios. Por tanto, me desdigo de lo afirmado antes: sí hay un trasfondo de realidad en ciertos momentos del relato y puedo arriesgarme a afirmar que algunas de las cosas que cuento en estas páginas pudieron ocurrir de un modo muy parecido.

Para escribir la novela he consultado numerosos artículos en esa hemeroteca infinita que es internet. A los autores de tantos reportajes apasionantes y precisos que me han permitido conocer historias que superan a cualquier ficción y que han enriquecido mi relato, gracias.

Hay fuentes que, por su especial importancia, deseo mencionar expresamente: el brillante libro de Iñaki Domínguez *Macarras interseculares* (Editorial Melusina, 2020) ha sido imprescindible fuente de consulta para narrar los años jóvenes de Dardo y Peyo. Igualmente me ha sido de una enorme utilidad la recopilación de los excelentes artículos de Javier Valenzuela reunidos en *Crónicas quinquis* (Libros del KO, 2013).

Un mafioso serbio caníbal podría parecer una licencia creativa. Pero no lo es. De nuevo, las hemerotecas me ayudaron a construir el personaje de Zoran Lazic. Sobre todo, un reportaje de Marisa Gallero publicado en *Interviú* el 29 de septiembre de 2014 me introdujo en el mundo de los Tigres de Arkan y en algunas de sus siniestras prácticas.

Para comprender la multiculturalidad criminal de Marbella, por llamarla de alguna manera, el «mapa» que me sirvió de guía fue el reportaje de Nacho Carretero y Arturo Lezcano: «Marbella, sede global del crimen organizado», publicado en *El País* el 25 de abril de 2021.

Mauricio, Manolo y Ricardo fueron mis *lectores cero*, los primeros en leer las diferentes versiones del manuscrito, darme consejos, señalarme errores y animarme a seguir con entusiasmo. Me aportaron mucha luz en los largos meses de redacción.

Estoy en deuda con todos a los que os he asaltado con inesperadas preguntas sobre drogas, armas, rap, coches, yates, asuntos legales, cuestiones médicas y no sé cuántas cosas más. Sois muchos y os lo agradezco a todos. Y si hay algún error o imprecisión de esos que los entendidos en lo que sea detectan al instante y se apresuran a afearte, sin duda es responsabilidad mía y solo mía.

También respondo por Chet Baker, por el placer de beber Mahou y por lo bien que ha evolucionado el distrito madrileño de San Blas-Canillejas desde sus oscuros años setenta y ochenta.

He sufrido y he disfrutado mucho escribiendo esta novela. Solo deseo que sus lectores también disfruten con ella.

Al fin y al cabo, de eso se trata.